Rudolf Marko
Die Bilderkammer

Rudolf Marko

DIE BILDERKAMMER

Roman

Wolfgang Krüger Verlag

Satz: Fotosatz Otto Gutfreund GmbH, Darmstadt
Druck und Einband: Franz Spiegel Buch GmbH, Ulm
Printed in Germany 1999
ISBN 3-8105-0866-7

Und als er nachgesehen hatte, ob die Knoten der Stricke auch fest genug waren, ließ er los, und die Bäumchen fuhren in die Höhe und schnellten das Füchslein hinauf, daß es in der Luft schwebte und zappelte.
»Warte da so lange, bis ich wiederkomme«, sagte der Spielmann und ging seines Weges.

Brüder Grimm

1

Du hast ihn wirklich an der Stimme erkannt? fragte Hanna.
Ja, sagte ich.
Nach all den Jahren? Das muß über zwanzig Jahre her sein.
Ich nahm ihr die Zigarre aus der Hand und zündete sie wieder an.
Einundzwanzig, sagte ich. Aber damals waren wir Tag und Nacht zusammen, sozusagen. Und der Babbo, das ist einer, an den du dich erinnerst.
Ist das nicht der, von dem du mir erzählt hast? Der mit dem Schiff?
Mhm! Der mit der Ninotschka.
Ob er die noch hat? Was meinst du?
Ich weiß nicht, Hanna. Du kannst ihn ja selber fragen.
Sie schnitt ein breites Stück von dem Blaubeerkuchen herunter, hob es mit beiden Händen hoch, biß hinein, kaute, schluckte und schleckte sich die Finger ab.
Baldur heißt er, der Babbo, sagte sie. Stimmts?
Ja. Baldur Boris Pastrukov. Von Pastrukov, um genau zu sein.
Ritter? Baron? Graf?
Ich hob die Schultern und zog an meiner Zigarre.
Das mußt du ihn selber fragen, sagte ich.
Sie biß in ihren Kuchen. Eine Haarsträhne fiel ihr über die Nase, und sie strich sie mit blaubeerverschmierten Fingern zur Seite.
Jetzt schmierst du dir das Zeug schon in die Haare, sagte ich.
Ja doch, sagte sie. Aus Verzweiflung. Weil du nichts weißt. Nach allem soll ich ihn selber fragen. Holst du ihn ab?
Ich nickte.
Von wo aus hat er denn angerufen?

Das weiß ich. Von Kispiox Landing. Irgendwelche Touristen haben ihn mitgenommen. Er müßte ungefähr in zwei Stunden an der Fähre sein.
Hast du ihm das gesagt?
Ja.
Hast du ihm auch gesagt, daß du ihn abholst?
Nein.
Das war dumm. Er wird mit jemand mitfahren, und ihr werdet euch verfehlen.
Glaub ich nicht.
Sie stützte die Ellbogen auf den Tisch und zog ihre rotviolett verfärbten Finger einen nach dem anderen quer durch den Mund.
Bis die Kinder zurückkommen, kann er jedenfalls die Hütte beim Biberdamm haben, sagte sie. Was meinst du? Wird ihm die recht sein?
Ich grinste. Das mußt du ihn selber fragen!
Sie nickte und sah auf ihre Uhr.
Dann fahr mal besser gleich, sagte sie. Damit ich nachher Zeit hab für all die Fragerei. Nimm die Eier für Ruby mit.
Ich nickte und drückte den Zigarrenstummel im Aschenbecher aus.
Gehst du noch nach den Viechern schauen? fragte ich.
Mach ich, sagte sie.
Wenn Petkaus Kühe wieder durch den Zaun sind, rufst du diesmal gleich Dorothy an?
Mach ich auch. Nimm deine Jacke mit!

Bis Cheslatta Junction hatte ich die Kiesstraße für mich allein. Die tiefstehende Sonne schien mir in die Augen; ich fuhr langsam, wich den Schlaglöchern aus und war nach jeder Kurve darauf gefaßt, vor McLarrys Rindern bremsen zu müssen, die um diese Jahreszeit das dürftige Gras an den Straßenrändern ihren vertrockneten Weiden vorzogen. Hinter Takysie Lake begegneten mir mehrere Langholzfuhren, die ihre Ladungen bei der

Babine-Sägemühle abgeliefert hatten und nun leer nach Hause fuhren, dichte, braungelbe Staubwolken aufwirbelnd. Ich kurbelte mein Fenster hoch; sogleich wurde es drückend warm im Wagen. Erst drei oder vier Kilometer weiter hatte sich der Staub soweit gelegt, daß ich das Fenster wieder hinablassen konnte. Dann kam auch schon der nächste Lastwagen, und ich mußte es wieder schließen. Sand und Kies prasselten gegen meine Windschutzscheibe.

Am Ufer des Tchesinkut-Lake, der kreisrund und von breiten Schilfgürteln eingefaßt in einem flachen Talgrund liegt, hielt ich vor dem Wohnwagen, der Ruby und Orrin Corthell gehört. Niemand war zu Hause. Die Eingangstür war angelehnt. Ich trat von der angebauten Veranda unmittelbar in die Küche und stellte die beiden Eierkartons in den Kühlschrank. Auf dem Tisch lagen Teile eines Jagdgewehrs und einer Motorsäge. Es roch nach kaltem Zigarettenrauch und Waschbenzin. Schwerfällige, grünschillernde Fliegen krabbelten an den Scheiben des Blumenfensters.

Grassy Plains lag auf der Höhe des nächsten Hügels. Von dort bis nach Danskin ging die Straße geradeaus über die Hügel und durch die Täler. Hatte ich ein Tal durchfahren und fuhr die nächste Steigung hinauf, konnte ich im Rückspiegel den Verlauf der Straße an der Staubwolke erkennen, die in der Sonne leuchtend hinter mir zurückblieb.

Eine lange Weile begegnete mir kein Fahrzeug mehr. Kurz vor Danskin sah ich, weshalb. Ein Arbeitstrupp der Straßenbauverwaltung mit einem Schaufelbagger und einem Bulldozer hatte die Straße aufgerissen und war dabei, das meterdicke Stahlrohr zu ersetzen, das einen Bach unter der Straße hindurchleitete. Das alte Rohr, rostzerfressen und verbeult, war bereits auf einen Anhänger verladen. Ich sah dem Schaufelbagger zu, der Kies und Geröll in den Graben füllte. Jenseits des Grabens warteten einige Lastwagen. Hinter mir wartete niemand.

Nach einer Dreiviertelstunde hatte der Bulldozer die Straße auf einer Seite wieder eingeebnet. Sein Fahrer winkte erst die Last-

wagen durch, danach mich. Er winkte mit einem dicken Stück Wassermelone; im Vorbeifahren sah ich, wie er hineinbiß und den Saft von den Fingern schlenkerte.
Vor dem Gotteshaus der Mennoniten in Danskin standen nebeneinander zwei einspännige, schwarze Wägelchen. Reuben Petkau und Ebenezer Bergen waren dabei, eine Kiste auf eins der Wägelchen zu heben. Ich winkte ihnen zu. Sie hatten keine Hand frei; statt zu winken, nickten sie mit ihren bleichen Gesichtern unter den schwarzen, breitrandigen Hüten.
Als ich die ersten Häuser von Tatalrose erreichte, begegnete mir eine Autokolonne. Das hieß, daß die Fähre vor einer halben Stunde in Southbank, am südlichen Ufer des Trembleur Lake, angelegt hatte. Die meisten der Autos waren Pickups. Durch die verstaubten Windschutzscheiben, auf denen das Licht der untergehenden Sonne zitterte, waren die Insassen nicht zu sehen; doch wußte ich von jedem Auto, wem es gehörte. Guy Pascalle, Millicent Moroski und Linda Giesbrecht blinzelten mir mit ihren Scheinwerfern zu. Am Schluß der Kolonne fuhren drei oder vier Campingfahrzeuge mit Motorbooten auf Anhängern; Touristen, die zum Fischen gekommen waren. Für Jäger war es noch zu früh.
Das letzte Stück der Straße, das von Summit Grove steil nach Southbank hinunterführte, war vor zwei Jahren asphaltiert worden. Die Stöße der Schlaglöcher und Querrillen und das rauschende Mahlen der Reifen im Kies hörten mit einem Mal auf. Unter mir lag schwarzgrün der See. Die Carrier Princess war bereits wieder nach Tintagel unterwegs. Ihr Kielwasser wies wie ein weißer Pfeil zum Nordufer hinüber.
Ich ließ meinen Pickup auf den Parkplatz neben dem Fährendock rollen und stieg aus. Ich war allein. Der Kiosk, der tagsüber Coca-Cola, Popcorn und Ansichtskarten verkaufte, war geschlossen. Bis auf den Laut der Wellen, die gegen das steinige Ufer und gegen die Dalben des Fährendocks schwappten, war es still. Auf den Felsrücken im Südosten lag noch fahles, messingfarbenes Licht.

Es wurde rasch kalt. Ich holte meine Jacke aus dem Pickup und wanderte am Ufer entlang. Vor der bewaldeten Landzunge im Westen, auf der Bernie Chetwynd, einer der Fährenkapitäne, sein Haus hatte, schwammen weiß zwei Trompeterschwäne. Ich hielt nach dem Jungen Ausschau, das sie in diesem Sommer großgezogen hatten; nach einer Weile entdeckte ich es, einen lichtgrauen Fleck auf dem tiefgrauen Wasser.
Es war Nacht, als die Carrier Princess das nächste Mal anlegte. Babbo war nicht an Bord. Ich wartete die beiden folgenden Fahrten der Fähre ab. Leere Langholzlaster rumpelten die Rampe herauf. Einige Fußgänger folgten, die in Southbank wohnten. Babbo kam nicht. Ich startete den Motor und war im Begriff abzufahren, da klopfte jemand an das rechte Seitenfenster. Es war Simon Little Beaver, einer der Cheslatta-Indianer, die auf ihrem Reservat in der Nähe von Danskin lebten. Ich öffnete die Tür und ließ ihn einsteigen. Er war betrunken, saß sehr aufrecht und starr da und redete leise, mit langen Pausen zwischen den Wörtern. Er sprach kein Englisch. Ich kannte nur einige Dutzend Wörter seiner Sprache. Er redete von der Lachsfischerei im Herbst. In Danskin bat er mich, ihn aussteigen zu lassen, und dankte mir.
Der Mond schien hell. Aus den riesigen Kahlschlägen bei Grassy Plains und Takysie Lake, wo vor acht Jahren noch dichter Wald gestanden hatte, stieg schimmernder Nebel hoch. Ich fuhr rasch. Nachtfalter zerplatzten an der Windschutzscheibe.
Jemand hatte unser Einfahrtstor offengelassen. Das war sicher Dorothy gewesen. Dorothy Petkau war bekannt dafür, daß sie Farmtore offenließ, auch ihr eigenes, obwohl sie und Mark selber Tiere hielten und sie genau wußte, welche Freude es war, Stunden damit zu verbringen, Rinder, Pferde oder Schafe wieder einzufangen und heimzutreiben. Ich schloß das Tor hinter mir.
Beim Espenwäldchen am Hang des Bachtals sah ich für einen Augenblick im Scheinwerferlicht unsere Ziegen davonrennen. Die jedenfalls hatten das offene Tor nicht entdeckt.

Unser Haus war dunkel. Auf der offenen Veranda saß Suleiman im Mondlicht und wartete auf mich. Als ich die Haustür öffnete, erhob er sich und preßte schnurrend seinen Kopf gegen mein Bein.
In der Küche stand noch die Wärme des vergangenen Tages; es roch nach Harz, Tabak und frischen Zwiebeln. Ich suchte nach Streichhölzern und entzündete die Petroleumlampe, die über dem Tisch hing.
Vom Blaubeerkuchen war nichts mehr übrig. Neben der leeren Kuchenplatte lag, von einer Kaffeetasse beschwert, ein Zettel mit Hannas Schrift.
Ich schob die Tasse zur Seite und las:
Hm! Er gefällt mir, dein Ritter von Pastrukov. Die Ninotschka hat er noch. Mach ein paar Kartoffeln zu den Fischen – nur für uns beide. Wer ist Edith?

2

Die Fische wurden vor den Kartoffeln fertig. Ich schob die Pfanne zur Seite, öffnete beide Küchenfenster und sah dem Fettqualm nach, der durch die Fliegengitter nach draußen zog. Ein paar Minuten später, während ich das Kartoffelwasser abgoß, hörte ich Hannas Schritte auf der Veranda, das leise Poltern, als sie ihre Gummistiefel unter die Bank stellte, das Klappen der Haustür, das Ächzen der Dielen im Flur.
Du kommst grade recht, sagte ich.
Ich hab mich beeilt, entgegnete sie. Ich hab die Fische schon im Wald gerochen. Hab ich einen Hunger!
Dann hock dich. Tee oder Wein?
Wein, glaub ich.
Sie setzte sich auf die Eckbank und kämmte mit den Fingern durch ihr Haar. Fichtennadeln und Espenblätter rieselten auf den Tisch und auf ihren Teller.

Blas das von deinem Teller, sagte ich. Der Fisch ist schon paniert.
Sie blies. Blätter und Nadeln flogen bis auf meinen Teller.
Good show! sagte ich.
Blas das von deinem Teller, sagte sie.
Ich blies. Dann aßen und tranken wir.
Hat er nicht mehr mitkommen wollen? fragte ich nach einer Weile.
Hanna schüttelte den Kopf.
Er schläft schon, sagte sie. Jedenfalls hat er kein Licht mehr gehabt. Übrigens, das Licht! In den Lampen war kein Tropfen Petroleum mehr. Ich hab dann gottseidank noch ein Stümpfchen von einer Adventskerze gefunden. Sonst hätte Babbo im Finstern gesessen.
Ich lachte.
Das hätte ihm wenig ausgemacht, sagte ich. Und Adventskerze, das paßt doch, wenn jemand kommt. Wer hat ihn denn mitgenommen?
Linda. Ausgerechnet.
O Gott! Dann kennt er schon die halbe Giesbrecht-Saga.
Die halbe? Linda hat ihn noch zwanzig Minuten oben an der Einfahrt festgehalten, um die andere Hälfte zu erzählen. Aber da hat sich Babbo noch einmal fürs Mitnehmen bedankt. Mit einem Handkuß. Das hat ihr den Mund zugeklappt. Sagt er.
Ich lachte, verschluckte mich und mußte husten.
Die Szene kann ich mir vorstellen! sagte ich. Gut sogar. Lindas erster Handkuß – Jesus! Muß eine Art Entjungferung für sie gewesen sein. Das hat dir also an ihm gefallen? Am Babbo, meine ich?
Hanna hielt mir ihren Becher entgegen. Ich goß ihr nach, und als der Becher randvoll war, nickte sie, stützte die Ellbogen auf, hielt den Becher mit beiden Händen und schlürfte.
Ja doch, sagte sie. Das – und wie er geht. Er geht so ähnlich wie du. Er muß nicht schauen, wohin er tritt. Aber er gefällt mir überhaupt. Wir haben zusammen die Runde gemacht. Waren bei den Viechern. Die Schafe und Pferde sind auf dem

Ostviertel, bei den großen Tannen. Die Vögel sind alle auf der Insel.
Dann müssen Coyoten in der Nähe sein, sagte ich. Habt ihr welche gehört?
Nein. Im Schlamm am dritten Biberdamm waren ein paar Spuren, aber die waren alt. Wer ist Edith?
Ich hab keine Ahnung. Wie kommst du drauf?
Durch den Babbo. Grüß dich, Gnädigste! hat er gesagt. Dann hat er mich angeschaut. Und dann hat er gesagt: Der Edith ihre Augen!
Hm. Du hättest ihn fragen sollen. Mir gegenüber hat er nie eine Edith erwähnt. Übrigens, war Dorothy hier?
Ja. Wie kommst du drauf?
Durch das Tor. Es stand offen.
Oh!
Ja! Oh! Was hat sie denn gewollt?
Sie hat zwei Kühe gesucht.
Und? Waren sie bei uns?
Nicht, daß wir sie gesehen hätten.
Dann ruf Dorothy an und weise sie taktvoll darauf hin, daß unser Einfahrtstor einen Riegel besitzt.
Jetzt? Es ist gleich halb eins!
Na und? Wenn sie unser Tor offenlassen darf, dürfen wir sie wecken. Laß es läuten, bis sie abhebt.
Indes Hanna telephonierte, räumte ich den Tisch ab, brachte die Fischreste auf die Veranda hinaus, wo Suleiman im braunen Mondlicht saß, holte eine zweite Flasche Wein und zündete mir eine Zigarre an.
Das Telephongespräch dauerte lange. Schließlich legte Hanna auf, nachdem sie mehrmals eine gute Nacht gewünscht hatte, setzte sich an ihren Platz, zog die Beine unter sich, seufzte und trank ihren Becher in einem Zug leer. Ich goß ihr nach.
Die Rindviecher haben sich also gefunden? sagte ich.
Mark hat sie gefunden, sagte Hanna. In seinem Haferfeld. Gut, nicht?

Ja doch. Richtig fair. Wie lange ist er schon in Kanada?
Seit seiner Geburt! Du stellst merkwürdige Fragen! Bist du müde?
Nicht Mark, Hanna. Babbo! Wie lange ist Babbo schon in Kanada?
Ah! Sieben oder acht Wochen. Oben im Norden ist er gewesen: Telegraph Creek, Tuya Lake, Swan Lake, Meldrum Creek. Er will eine Weile bei uns bleiben – mindestens eine Woche hab ich ihm verordnet –, und dann will er in den Süden. Vielleicht kommt er später noch einmal bei uns vorbei. Im Winter, hat er gemeint, oder im Frühjahr. Du, weißt du was?
Nee, sagte ich. Du weißt doch, daß ich nichts weiß.
Sie streckte mir ihre Hand entgegen, und ich reichte ihr meine Zigarre.
Laß sie nicht wieder ausgehen, sagte ich.
Sie blies mir den Rauch über den Tisch zu.
Nein doch, sagte sie.
Weißt du, was? Ich hab das Gefühl, er ist hinter jemandem her, der Ritter von Pastrukov. Er sucht jemanden.
Hat er das gesagt?
Natürlich nicht. Ich hab doch gesagt, es ist nur ein Gefühl.
Ist er hinter einer Frau her?
Ich denk schon! Wenn er von der anderen Partei wäre, würde er mir nicht gefallen.
Na, dann hast du ja deine Antwort.
Hm?
Du bist müde. Wenn du recht hast mit deinem Gefühl, und Babbo ist hinter einer Frau her, dann doch wohl hinter dieser Edith. Logisch?
Sie nickte.
Ja doch, sagte sie. Doch! So könnte es sein.
Jetzt mal raus damit, sagte ich. Hat er dir schon einen Antrag gemacht?
Wie kommst du darauf? Pflegt er jeder Frau gleich Anträge zu machen?

Er pflegte. Selten im Ernst. Meist wollte er nur sehen, wie die Frauen reagieren. Du kannst dir denken, daß er damit öfter in blöde Situationen geraten ist.
Hanna biß sich auf die Unterlippe und kratzte sich an der Nase. Kann ich mir denken, sagte sie. Also es war so: Ich hab frisches Bettzeug für ihn mitgenommen. Und wie ich dann anfing, ihm das Bett zu beziehen, da hat er gesagt, danke, aber das macht er lieber selber; eine Frau soll das Bett nur für jemanden machen, mit dem sie es teilen will.
Alter Spruch von ihm, sagte ich und streckte meine Hand aus. Hanna gab mir die Zigarre und verschränkte die Hände im Nacken. Die Zigarre war ausgegangen.
Scheiße, sagte ich. Sie ist aus. Du bist müde.
Sie lachte.
Kalt! sagte sie.
Bist du schläfrig?
Wärmer!
Angenehm schläfrig?
Warm!
Geil?
Heiß!
Ich stand auf, ging um den Tisch herum und beugte mich über sie.
Bett oder Sofa? sagte ich in ihr Haar hinein.
Sofa, sagte sie. Das ist näher.

Später, das Mondlicht war ein Stück weitergewandert und glänzte nun auf dem hin- und herschwingenden Pendel der Wanduhr, biß Hanna mich in den Daumen und lachte leise.
Raus damit! sagte ich.
Sie ließ meinen Daumen los.
Behalt ihn ruhig drin, sagte ich. Ich will wissen, worüber du gelacht hast.
Ich weiß, sagte sie. Aber mit vollem Mund kann ich schlecht reden. Wir haben uns doch Sorgen gemacht, weil die beiden

alten Schafe nicht gedeckt waren, die Blasida und die Stava. Na, jetzt sind sie gedeckt. Ich hab es dir vorhin gleich sagen wollen. Dann hab ich es vergessen, und eben ist es mir wieder eingefallen. Lach nicht so widerlich!

3

Wieder einmal hatten die Biber das Einlaufgitter des hydraulischen Widders mit Schlamm, Knüppeln und Steinen zugebaut. Ich kniete mich auf den Steg, krempelte die Ärmel hoch und räumte es frei. Meine Finger wurden in dem eiskalten Wasser rasch gefühllos. Ich trocknete sie an den Hosenbeinen ab und stieg dann zwischen Farnkraut, Brennesseln und Himbeersträuchern auf unserem Trampelpfad in die Schlucht hinunter, in welcher der Widder stand. Ich entlüftete ihn, stieß ihn an und wartete eine Weile, bis die Schläge rascher kamen und metallisch klangen. Dann drehte ich nach und nach den Hahn zur Steigleitung auf; die Schläge verlangsamten sich, klangen nun voll und dumpf, und ich konnte das Zischen hören, mit dem das Wasser in die Leitung strömte.

Aus dem Ofenrohr, das den First der Hütte überragte, kam kein Rauch. Suleiman saß auf der Veranda neben der Tür. Ich klopfte. Niemand antwortete. Ich klinkte die Tür auf und trat ein. Der Kater folgte mir. Die Zimmer von Martin und Benedikt waren aufgeräumt; Decken und Kissen lagen auf den Fußenden der Betten; die Fenster standen einen Spalt weit offen. Auf dem Spültisch in der Küche waren nebeneinander die vier leeren Petroleumlampen aufgereiht. Ich bückte mich, räumte einen Eimer mit Kartoffeln, einen aufgeweichten Pappkarton voller verwitterter Knochen und die Schachtel mit den Schlittschuhen der Kinder zur Seite und fand schließlich den weißen Petroleumkanister. Er war halb voll. Ich machte mich daran, die Lampen nachzufüllen. Suleiman stieg in den Karton mit den Kno-

chen, schnüffelte an ihnen, sprang wieder heraus, zögerte kurz, sprang dann auf den Spültisch und rieb sich an der Lampe, die ich gerade nachfüllte.
Laß das, sagte ich. Du wirst nach Petroleum stinken, und deine Weiber werden nach dir schlagen.
Nachdem ich die Lampen gefüllt, mit Zeitungspapier abgewischt und die Brenner wieder aufgeschraubt hatte, ging ich zur Tür von Liliths Zimmer und klopfte. Alles blieb still. Ich klopfte abermals; als keine Antwort kam, öffnete ich die Tür und trat ein. Das Bett war leer und verwühlt; zwischen dem Kopfkissen und der Wand lag Liliths altes braunes Stoffpferd, das sie manchmal noch zum Einschlafen brauchte. Beide Fenster waren weit geöffnet. Über dem Kubbenstuhl hing eine alte Bundeswehrparka. Neben dem Kopfende des Bettes stand ein offener, olivbrauner Rucksack. Unterzeug und Taschentücher waren an einer Seite des Tisches zu Stapeln geordnet; ein aufgeschlagenes Taschenbuch lag da, mit einem runden, tiefroten, an einer Seite ein wenig eingekerbten Stein beschwert. In der Mitte des schalenförmigen Kerzenleuchters krümmte sich ein verkohlter Docht, der in einer Pfütze erstarrten Wachses steckte. Graue Asche und ein Häufchen halb verschmorten Tabaks lagen in der Schale des Leuchters. Zwei Pfeifen waren an seinen Rand gelehnt, die eine leer, die andere frisch gestopft.
Der Kater strich an meinen Beinen vorbei, sprang aufs Bett, rollte sich auf dem Kopfkissen zusammen und schloß die Augen bis auf einen weizengelben Spalt. Ich trat an den Tisch, legte den tiefroten Stein zur Seite, der sich glatt und warm anfühlte, ergriff das Buch und begann an der Stelle zu lesen, auf die mein Blick fiel. Ich las halblaut vor mich hin: Als die Etrusker …
Ja schau, sagte Babbos Stimme hinter mir. Der Much!
Ich legte das Buch auf den Tisch; als meine Finger es losließen, klappte es zu. Ich drehte mich um.
Der Babbo! sagte ich. Jetzt hab ich dein Buch verblättert.
Er stand in der Tür, die Hände hinterm Rücken verschränkt, und

sah mich an. Seine rechte Augenbraue hob sich. Sein rechter Mundwinkel zuckte.
Macht nix, sagte er. Ich find die Stelle schon wieder. Ich wär eh gestern fertig geworden damit. Aber die Kerze ist heruntergebrannt.
Petroleum war genug da, sagte ich. Es stand bloß nicht dort, wo es hingehört.
Macht nix. Ich bin sowieso saumüd gewesen. Später in der Nacht haben mich dann die Wildgänse geweckt.
Das waren keine Wildgänse, Babbo. Die kommen erst in zwei, drei Wochen. Das waren unsere.
Ist doch wurscht, sagte er, nahm die Hände vom Rücken, stützte sie auf die Hüften und lehnte sich mit einer Schulter an den Türrahmen. Ist doch wurscht! Geweckt haben sie mich halt.
Er legte den Kopf zur Seite und sah mich schweigend an.
You look older, sagte er. Much older!
So do you, sagte ich.
Er stieß sich mit der Schulter vom Türrahmen ab, trat auf mich zu und streckte die Hand aus. Aber dann schüttelten wir uns nicht die Hände; wir umarmten einander, küßten uns auf beide Wangen, traten einen Schritt zurück.
Einen prächtigen Kater habt ihr, sagte er.
Suleiman heißt der.
Und die Hütte hier heißt Chilicote. Wieso?
Er trat an den Tisch, nahm die gestopfte Pfeife und zündete sie an.
Die Kinder haben ihr den Namen gegeben, sagte ich. Früher gab es hier in der Nähe ein Indianerdorf, das so hieß.
Ah! Deswegen habt ihr eure Tochter Pocahontas genannt!
So nennt sie sich selber, wenn sie eine ihrer indianischen Phasen hat. Lilith Maria heißt sie.
Das hab ich nicht gewußt. Hanna hat bloß von Pocahontas geredet. Haben die Buben auch Indianernamen?
Sicher. Martin ist Summer Chief, Benedikt Winter Chief. Aber nur . . .

Aber nur, wenn sie eine indianische Phase durchmachen. Ich versteh schon. Sag einmal, Much: Vorhin, wie ich aufgestanden bin, ist draußen am Brunnen kein Wasser geflossen. Jetzt fließt es. Habt ihr nur am Tag Wasser – oder wie?
Manchmal verstopfen die Biber den Einlauf, und dann bleibt der Widder stehen. Im ersten Sommer haben sie das jede Nacht getan. Jetzt nur noch zwei-, dreimal im Monat.
Läuft der Widder auch im Winter?
Nein, Babbo. Dafür wird es zu kalt.
Und wenn du ein Häuschen um den Widder herum baust? Gut isoliert?
Da hab ich schon dran gedacht. Ich komm bloß nie dazu. Vielleicht nächstes Jahr?
Nix! Jetzt gleich! Diese Woche! Du und ich!
Machen wir, sagte ich. Die Kinder werden sich freuen, wenn sie im Winter keinen Schnee mehr zu schmelzen brauchen. Bleibst du so lang, bis die Kinder zurückkommen?
Weiß ich nicht, Much. Deine Frau hat mir nur gesagt, daß sie mit den Pfadfindern in den Bergen sind – dort hinten.
Er wies mit dem Pfeifenstiel über seine Schulter hinweg nach Südwesten.
Ja, sagte ich. Im Similkameen. Fischen, Hütten bauen, Beeren suchen, Lagerfeuer – halt das, was ihr drüben in Deutschland einen Abenteuerurlaub nennt.
Er zog an seiner Pfeife und kniff die Augen vor dem Rauch zusammen.
Ach wo, sagte er. Survival-Seminar. So heißt das jetzt. Wann kommen sie heim, eure drei?
In elf Tagen. Bevor die Jagdzeit angeht.
In elf Tagen bin ich fort, Much. Ich muß was erledigen. Wär es euch recht, wenn ich im Winter noch mal vorbeischau? Oder im Frühjahr?
Freilich!
Gut!
Er klopfte die Pfeife in die Schale des Kerzenleuchters aus, nahm

ein Taschentuch von dem Stapel, schüttelte es auseinander und rieb sich damit das Gesicht ab.
Räum dein Zeug doch in den Schrank, sagte ich. Da ist Platz.
Das hat mir deine Frau auch geraten, sagte er. Wie sie weg war, hab ich gemerkt, daß der Kasten versperrt ist. Der Schrank. Und daß der Schlüssel nicht steckt.
Das war Pocahontas, sagte ich.
Ich ging zum Schrank, tastete oben hinter den geschnitzten Verzierungen entlang, bis ich den Schlüssel gefunden hatte, und sperrte das Schloß auf. Die Tür öffnete sich von selber. Aus dem obersten Fach rutschten alte Schulhefte heraus und klatschten zu Boden; gepreßte Herbstblätter segelten ihnen nach, braune, grüne, braungrüne. Ich kniete mich hin, um die Sachen aufzusammeln, als noch etwas herabfiel, etwas Dunkles, und mit einem weichen Patschen neben mir auf die Dielen schlug: eine schwarze Schwimmflosse aus Gummi.
Scheiße, sagte ich. Da siehst du, warum das Mädel immer den Schrank zusperrt.
Babbo sagte nichts. Ich legte die Herbstblätter in die Hefte zurück und ordnete die Hefte zu einem Stoß. Dann drehte ich mich zur Seite, um an die Blätter und Hefte zu kommen, die neben und hinter mir lagen, und sah Babbo. Er hatte die Unterlippe zwischen die Zähne gezogen und nagte an ihr. Das Taschentuch hielt er zusammengeknüllt in der Hand.
Ist das deine? fragte er.
Die Schwimmflosse? sagte ich. Ja doch.
Und das übrige? Die übrige Ausrüstung? Wo ist die?
Die hab ich auch noch. Weshalb?
Weiß deine Frau davon?
Freilich weiß sie davon. Die Kinder auch. Weshalb fragst du?
Er hörte auf, an seiner Lippe zu nagen, schaute auf das verknüllte Taschentuch in seiner Hand, schüttelte es auseinander und rieb sich damit die Stirn.
Stell dich nicht blöd, Much, sagte er. Natürlich wissen deine

Leute, daß die Sachen da sind. Ich red nicht von den Sachen. Du weißt, von was ich red.
Jetzt ja, sagte ich.
Und?
Ich hab keinem was erzählt. Auch Hanna nicht.
Hast du nie dran gedacht, es ihr zu erzählen?
Dran gedacht? Natürlich hab ich dran gedacht.
Er legte den Kopf zur Seite und steckte das Taschentuch ein.
Aber getan hast du es nicht? Merkwürdig.
Ich trat auf ihn zu und blieb dicht vor ihm stehen.
Laß den alten Scheiß, Pastrukov, sagte ich. Wir räumen dein Zeug ein, und dann gehen wir frühstücken.
Seine rechte Braue hob sich. Sein rechter Mundwinkel zuckte. Dann lächelte er.
Von Pastrukov, sagte er. Vor sieben oder acht Jahren haben sie mir nahegelegt, den Titel wieder zu führen. Gut fürs Firmenimage, hieß es. Ja, gehen wir frühstücken. Das Einräumen hat Zeit.

4

Hanna trat auf die Veranda heraus, als wir uns dem Haus näherten. Sie trug einen dunkelblauen Faltenrock, eine dunkelblaue Seidenbluse mit weißen Punkten und großem Kragen und weiße, hochhackige Sandalen.
He! rief ich ihr zu. So hab ich dich seit Wochen nicht gesehen. Wer hat dich denn dazu angeregt?
Wer schon? rief sie zurück. Wo habt ihr gesteckt? Ich wollte euch gerade suchen gehen.
Wir bitten um Nachsicht, sagte Babbo. Ich hab einen Morgenspaziergang gemacht; danach haben wir noch ein bissel über alte Zeiten geschwätzt.
Grüß dich, Gnädigste!

Er ergriff ihre Hand, beugte sich nieder und küßte leicht seinen eigenen Handrücken. Hanna lachte und warf die Haare zurück. Ist das die zeitgemäße Variante des österreichischen Charmes? fragte sie. Oder hast du nur sehen wollen, wie ich reagiere?
Weder – noch, sagte Babbo. Es ist eine Kinderei – und gar nicht meine Idee. Ich hab das einem Verwandten abgeschaut. Er war das Enfant terrible unserer Sippe.
Nicht das letzte, sagte Hanna. Komm rein, es ist alles fertig. Boychuck hat angerufen. Er will die Schafe nun doch schon heute haben. Bringst du sie hin, Much?
Ich werd wohl müssen, sagte ich.
Während wir frühstückten, erkundigte sich Babbo, wieviel Land wir hätten, wie viele Tiere, ob wir von der Farm leben könnten. Ich erzählte ihm, daß wir kaum Lebensmittel kaufen müßten, daß die Einkünfte von der Farm jedoch bei weitem nicht ausreichten und ich jedes Jahr vom Beginn der Jagdzeit bis in den Spätwinter bei einem Tierpräparator arbeitete, Felle abzog, säuberte und gerbte, Formen aus Glasfaser und Kunststoff herstellte, auf welche die fertigen Felle aufgezogen wurden, Vogelbälge ausstopfte und auf Astknorren montierte, Glasaugen einsetzte und drohend aufgerichtete Bären und Vielfraße mit künstlichen Gebissen versah.
Künstliche Gebisse? sagte Babbo. Ja geh! Wieso denn das?
Weil die natürlichen Zähne sich mit der Zeit im Kiefer lockern und herausfallen, sagte ich.
Und was machst du in der übrigen Zeit? fragte Babbo. Ich meine, wenn auf der Farm nicht so viel zu tun ist?
Er hilft Nachbarn beim Heumachen, sagte Hanna. Oder bei Bauarbeiten. Das kommt oft vor. Wenn gar nichts zu finden ist, beziehen wir Arbeitslosengeld.
Babbo legte sein Besteck hin.
Arbeitslos? sagte er zu mir. Du? Geh!
Ich nickte, grinste und zündete mir eine kleine Zigarre an. Hanna stellte die Kaffeetasse, die sie eben zum Mund gehoben hatte, heftig auf die Tischplatte nieder.

Ja doch! sagte sie. Wir sind hier nicht in Deutschland. Jeder, den wir kennen, bezieht ein paar Monate im Jahr Arbeitslosengeld. So ist das hier. Andere Länder, andere Sitten.
Andere Weiber, anderer Brustumfang, murmelte Babbo.
Hanna wischte mit dem Zeigefinger Ahornsirup von ihrem Teller und schleckte den Finger ab.
Jesus! sagte sie. Bleib beim Thema. Der Much hätte damals den Taucherjob bei Chelaslie Forest Products nicht hinschmeißen sollen. Das waren zwar auch nur vier Monate im Jahr, aber viel mehr Geld. Folglich auch mehr Arbeitslosengeld. Wer will noch Kaffee?
Babbo und ich meldeten uns. Hanna stand auf und ging mit der Kanne zum Herd.
Babbo zog seine Pfeife und einen ledernen, glattgewetzten Tabaksbeutel aus der Tasche.
Was ich fragen wollte, sagte er. Weswegen seid ihr aus Deutschland fort? Ihr hab doch angenehme Jobs gehabt, gut verdient, oder?
Ja eben! sagte Hanna. Wenn sich die Kuh zu wohl fühlt, geht sie aufs Eis tanzen. Uns ging es ...
Na hör mal, unterbrach ich sie. Zu gut ging es uns wirklich nicht. Übrigens wäre das auch kaum ein Grund gewesen auszuwandern. Und Gründe hatten wir, mehr als einen. Handfeste Gründe!
Hanna goß kochendes Wasser in den Kaffeefilter.
Gründe? sagte sie, ohne sich umzudrehen. Nicht doch, Much. Gefühle hatten wir. Ziemlich gemischte Gefühle.
Babbo kratzte seine Pfeife aus.
Hört sich interessant an, sagte er.
Wieso denn? fragte ich.
Er grinste.
Mei! Gefühle gleichen Chemikalien, net wahr? Wenn sie rein und unvermischt vorkommen, spielt sich überhaupt nix ab. Sterbenslangweilig. Sobald sie sich aber vermischen, wirds interessant, beziehungsweise ballistisch.

Was meinst du damit? fragte Hanna.
Mit ballistisch? Ist doch klar. Eure gemischten Gefühle haben genug Energie entwickelt, um euch von Germany bis in den kanadischen Westen zu katapultieren. Find ich beachtlich. Woraus hat denn diese Gefühlsmischung im einzelnen bestanden?
Hanna lachte und wandte sich um.
Du brauchst ein Rezept? fragte sie. Bitte sehr: Nimm einen kräftigen Klumpen von abendländischem Kulturüberdruß, füge die gleiche Menge latenter Kriegsängste hinzu, würze mit naturbelassenem Aussteigeridealismus und gärender Abenteuerlust, knete das Ganze durch, aber nicht allzu gründlich, und schmecke den Teig mit einer Prise persönlicher Problemchen ab.
Fertig!
Babbo blickte von seiner Pfeife auf.
Fertig? sagte er. Ungebacken? Schau, schau! Also ihr habt ein neues Leben gesucht, urig, im Rohzustand, stimmts?
Ich nickte.
Habt ihrs gefunden?
Ich nickte abermals.
Babbo brannte seine Pfeife an.
Gratuliere, sagte er. Na, ich such auch was, auf einem viel schlichteren Niveau. Vielleicht könnt ihr mir helfen. Ich such jemanden, der hier in der Gegend wohnt.
Hanna trat mit der Kaffeekanne neben ihn; während sie ihm einschenkte, blinzelte sie mir zu.
Noch ein Enfant terrible aus eurer Sippe? fragte sie. Wie heißt das Schäfchen?
Sutherland, sagte Babbo, Rauch von sich blasend. Tom Sutherland.
Ah! sagte Hanna. Thom! Mit Th vorne. Darauf legt er Wert. Ja, der wohnt am Takysie Lake. Aber er arbeitet nicht mehr. Willst du trotzdem zu ihm?
Sie schenkte mir ein, nahm mir meine Zigarre aus der Hand und setzte sich.
Ja, sagte Babbo. Ja, Gnädigste.

Okay, Gnädigster, sagte Hanna und zog an der Zigarre. Wir laden nachher die Schafe auf, und du kannst mitfahren. Thom lebt allein; der freut sich immer, wenn Besuch kommt. Recht so?
Babbo lehnte den Kopf gegen die Wand, sah Hanna aus seinen tiefliegenden Augen an und lächelte ihr zu.
Schon recht, sagte er.
Gut! Dann hab ich euch Mannenvolk bis zum Abend aus den Haaren.
Babbo öffnete den Mund. Ich wußte, welche Entgegnung nun kommen mußte, runzelte die Stirn und schüttelte den Kopf. Babbo schloß den Mund, holte sein Taschentuch hervor und schneuzte sich. Hanna zerdrückte den nassen Zigarrenstummel im Aschenbecher und stand auf.
Ich geh mich umziehen, sagte sie.
Schade! sagte ich.
Wohin bringt ihr die Schafe? fragte Babbo.
Anahim Lake, sagte ich. Ungefähr eine Stunde östlich von Kispiox Landing. Du mußt gestern durchgefahren sein.
Ist das der Ort, der nach faulen Eiern stinkt?
Mhm. Das kommt von der Papierfabrik. Ich hab dort mal übernachtet, damals, als ich nach einer Farm suchte. Es war Nebel; der Gestank war überwältigend. Ich hab bei geschlossenem Fenster schlafen müssen. Am Morgen hab ich die Besitzerin des Motels gefragt, woher dieser schreckliche Gestank kommt. Sie hat gelächelt und erklärt: That's our paper mill. The smell of money!
Ja, sagte Babbo. Darauf verstehen sie sich.
Wie meinst du?
Sie verstehen sich darauf, alles so zu beleuchten, daß die Schattenseiten zurücktreten. Die Engländer, die Kanadier, die Amis, die Australier.
Wir nicht?
Wir habens von ihnen gelernt.
Meinst du? Komm, wir suchen ein Paar Gummistiefel für dich.

Am besten behältst du sie gleich an. Thom wird dir seine Fischteiche zeigen wollen.
Fischteiche? Ich hab gehört, er soll so was wie ein Goldsucher gewesen sein.
Stimmt. Prospektor war er; er hat nach allen Arten von Bodenschätzen gesucht. Gold hat er nur einmal gefunden. Hast du von Meldrum Creek gehört?
Ich war dort.
Und?
Das Tal sieht aus wie eine Kiesgrube auf dem Mond. Berge von Abraum, Bulldozer, Druckwasserschläuche. Und zehn oder zwölf Leute.
Ja. Die holen jeden Monat mehr als eine halbe Million heraus. Von der kriegt Thom seine Prozente. Und das ist nur eine seiner Einnahmequellen. Vor sechs Jahren hat er zu arbeiten aufgehört. Erst hat er gefarmt. Danach hat er sich auf die Forellen verlegt. Na, du wirst ja sehen. Komm, wir suchen dir Stiefel. Hanna muß gleich soweit sein.
Wir holten den geschlossenen Anhänger für die Viehtransporte, fuhren ihn zum Schafpferch und setzten ihn rückwärts an die Laderampe heran. Die Hunde halfen uns dabei, die Schafe, die mit einem roten Farbfleck im Nacken gekennzeichnet waren, von der Herde abzusondern und in den Verladepferch zu treiben. Hanna prüfte bei jedem der achtzehn Tiere die ins Ohr tätowierte Nummer, verglich sie mit der auf der Liste, hakte ab. Nach einer halben Stunde waren wir fertig. Einige der zurückbleibenden Schafe blökten, fragend, suchend, und die im Anhänger antworteten ihnen.
So! sagte ich zu Hanna. Bis heute abend! Sei brav!
Sie rieb die Hände aneinander, die von Wollfett glänzten.
Was bleibt mir denn übrig? sagte sie. Wo ihr beide wegfahrt?

5

Am westlichen Himmel lag flach, scharf begrenzt und blaugrau eine ungeheure Wolkenbank, vor der die Blätter der Espen und Pappeln gelb wie reifer Mais in der Sonne leuchteten. Der Anhänger schwänzelte jedesmal, wenn ich vor einer Kurve vom Gas ging. Babbo rauchte.
Vielleicht kriegen wir Regen, sagte ich.
Ja, sagte Babbo. Die Luft ist feuchter als gestern.
In Aaronsons Einfahrt stand, wie schon seit einer Woche, der grüne Chevrolet mit den beiden platten Vorderreifen. Der rote Briefkasten lag im Straßengraben, von Gras umwuchert.
Ein Arzt aus Vancouver, sagte ich. Sommers macht er hier Urlaub und lebt alternativ. Seine Frau mag das nicht. Die haut jedes Jahr ab, und dann muß er hinterher und läßt alles stehen und liegen.
Und? fragte Babbo. Wer gewinnt? Kommt sie mit ihm zurück, oder fährt er mit ihr nach Vancouver?
Das wechselt, sagte ich.
Hinter der nächsten Kurve standen McLarrys Rinder auf der Kiesstraße. Ich bremste. Der Anhänger schwänzelte; ich schaltete herunter, gab Gas, und er beruhigte sich. Die Rinder trotteten schaukelnd zur Seite.
Wie reden die Leute dich an? fragte Babbo. Much?
Damit hab ichs versucht. Sie haben es immer wie Matsch ausgesprochen. Und Mike, da war Hanna dagegen.
Michael also?
Ich nickte.
Aus dem kleinen, kreisrunden See im Talgrund unterhalb von Cheslatta Junction stiegen dichte Dunstschwaden und sammelten sich in Höhe der Baumwipfel zu einer kreisrunden, durchscheinenden Schicht.
Hübsch schaut das aus, sagte Babbo. Also Michael sagen sie zu dir. Ich hab mich auf den Boris verlegt.
Ich wich einem Schlagloch aus.

Du bist noch in Frankreich? fragte ich.
Nix! sagte er. In Australien war ich.
Was hast du dort gemacht?
Die Generalvertretung.
Karriere?
Mhm. Ich hab jetzt viereinhalb Monate Urlaub. Danach muß ich mich entscheiden: Berlin, St. Petersburg oder Moskau.
Und? Wohin ziehts dich?
Er kratzte seine Pfeife über dem Aschenbecher aus. Bei dem Gerüttel ging das meiste daneben.
Weiß nicht, sagte er. Kommt drauf an.
Wo drauf? Ob Wasser in der Nähe ist, zum Segeln? Also: St. Petersburg! Wo hast du deine Ninotschka?
Die liegt in Missunde.
Ah. Leben deine Eltern noch?
Mama lebt noch. Der Papa ist schon lang tot. Seit meinem zweiten Jahr in Australien.
Wann bist du da hingegangen?
Vor über acht Jahren. Nach der Scheidung.
Du warst verheiratet? Mit wem?
Darfst raten!
Ännchen?
Nix!
Gerti?
Nix!
Hm. Petrina?
Nix! Du weißt doch, keine Blonden. Nein. Mit der Dorle.
Dorle? Dorle Kollmer? Das mußte ins Knie gehn!
Du sagst es.
Kinder?
Keine Kinder. Wie lang seid ihr verheiratet, Much?
Seit zwanzig Jahren. Dreh dein Fenster hoch, da will einer überholen.
Ich ging ein wenig vom Gas; die Langholzfuhre staubte vorbei, und der Fahrer ließ zweimal die Hupe ertönen.

Die werden pro Fuhre bezahlt, sagte ich. Hundert Dollar. Wenn sie draufdrücken, schaffen sie drei Fuhren am Tag.
Babbo stopfte seine Pfeife und wischte sich mit dem Taschentuch übers Gesicht, bevor er sie ansteckte.
Was war das für ein Tauchjob, von dem Hanna vorhin gesprochen hat?
Das ist eine längere Geschichte.
Ist doch wurscht! Mach sie halt kurz.
Ich drehte mein Fenster herunter, und der Rauch wurde an mir vorbei ins Freie gerissen.
Okay, sagte ich. In den fünfziger Jahren haben sie hier Stauseen angelegt, für das Kraftwerk in Kemano, das die Aluminiumhütte in Kitimat mit Strom versorgt. Es war eilig, und damals war Holz noch billiger als heute. In den Tälern, die unter Wasser kamen, haben sie die Wälder stehenlassen. Jetzt ist Holz bedeutend teurer; außerdem kommen immer wieder Bäume hoch und gefährden die Freizeitschiffer auf den Stauseen. Da hat sich eine Firma bereit erklärt, das Holz heraufzuholen. Sie arbeiten von einer schwimmenden Plattform aus, mit einer großen Kreissäge, die bis zu vierzig Meter tief hinabgelassen werden kann. Sie brauchen Taucher, die das Ding von unten steuern.
Über Telephon?
Nein, Babbo. Direkt. Irgendwie mischt da noch ein Computer mit, aber da kenn ich mich nicht aus. Es sind immer zwei Mann zugleich unten, mit so einer Art von Peilgeräten, deren Daten der Computer dann koordiniert.
Gefährlich?
Kaum. Du bist hundert Meter von der Säge entfernt. Du kannst sehen und hören, was vorgeht. Dir muß ich das ja nicht erklären. Alles geht wie in Zeitlupe. Das Wasser um die Säge herum fängt zu wallen an. Späne und Rindenstücke quellen zu einer Wolke auseinander und sinken auf den Grund. Dann kippt der Baum zur Seite, ganz langsam; er ist ja mit Wasser vollgesogen. Und dann steigt er ganz, ganz langsam nach oben. Sobald die Sicht wieder klar ist, kommt der nächste dran.

Und?
Das ist alles.
Nix! Du weichst mir wieder aus, Much. Wie heut früh.
Keine Spur! Du hast gefragt, was für ein Job das war, den ich hingeschmissen hab.
Alsdann: weshalb hast du ihn hingeschmissen?
Ich schaltete hoch.
In der dritten Woche, sagte ich, haben wir an einem steilen Hang gearbeitet. Guy Pascalle war mit mir zusammen unten. Es war kurz vor Ende unserer Schicht. Wir haben die Säge auf einen großen Baum gesteuert, eine Pappel oder einen Ahorn. Laubbäume waren selten. Ich hatte bisher nur mit Nadelbäumen zu tun gehabt. Ich hab nicht gewußt, daß manche Laubbäume zu schwer sind, um aufzuschwimmen, nach all den Jahren unter Wasser, halb verfault und vollgesogen wie Schwämme. Ich hab gesehen und gehört, wie die Säge den Baum durchschnitt. Der Baum kippte langsam zur Seite, hing ein paar Augenblicke lang schräg im Wasser und fing dann an, den Abhang hinunterzurutschen. Guy Pascalle hat den rechten Arm gehoben. Gleich darauf quoll eine Schlammwolke hoch, schwarz, und ich konnte Guy nicht mehr sehen.
Was hast du gemacht?
Notsignal gegeben.
So was Blödes. Und dann? Notaufstieg?
Ach wo. Normal. Guy war ein paar Minuten vor mir oben.
Hat er was gesagt?
Ja. Er sagte, er hat den Arm gehoben, um mich zu warnen, daß die Sicht sich gleich ein bißchen verschlechtern wird. So hat er sich ausgedrückt. Er hat nicht glauben wollen, daß ich wegen so einem harmlosen Zwischenfall den Job hinschmeiße. Was hättest du an meiner Stelle gemacht?
Weiß ich nicht, Much.
Jetzt bist du es, der ausweicht.
Schmarrn. Ich weiß es wirklich nicht.
Tauchst du noch?

Manchmal.
Allein oder mit anderen?
Allein. Sag einmal, Much: Hast du deiner Hanna dasselbe erzählt wie mir eben?
Freilich. Wieso?
Wie ich heut früh hab wissen wollen, ob du ihr von St. Jean d'Hyères erzählt hast, da hast du gesagt, nein. Dabei hast du diesen Taucherjob hingeschmissen, weil dir St. Jean hochgekommen ist. Hab ich recht?
Ja. Aber davon weiß Hanna nichts. Ich bin von der Arbeit nach Haus gekommen. Ich hab Hanna gesagt, daß ich den Job nicht weitermache, weil ich Schiß gekriegt hab. Sie hat gefragt, weswegen, und ich hab ihr erzählt, was passiert war. In der Nacht bin ich wach geworden, und da erst ist mir St. Jean eingefallen. Oder ich hab von St. Jean geträumt und bin deshalb aufgewacht. Ich weiß nicht mehr.
War die Hanna wach?
Sie hat geschlafen.
Du hättest sie wecken können.
Hättest du das an meiner Stelle getan?
Ja. Ich hätte sie geweckt und ihr von St. Jean erzählt.
Na schön. Ich bin eben nicht du. Wem hast du von St. Jean erzählt? Deiner Frau?
Der Dorle? Geh!
Jemandem hast du davon erzählt. Wem? Dieser Edith?
Für einen kurzen Augenblick hatte ich mich halb zu Babbo gewandt und die Straße aus den Augen gelassen. Mit einem heftigen Stoß polterte das rechte Vorderrad durch ein Schlagloch, gleich darauf das rechte Hinterrad. Ich gab Gas und lenkte nach links; im Rückspiegel sah ich die Räder des Anhängers knapp am Rand des Schlaglochs vorbeirollen.
Gottverdammter Scheißdreck! sagte ich.
Babbo stopfte seine Pfeife.
So ist das also bei euch, sagte er nach einer Meile. Deine Hanna erzählt dir alles, während du . . .?

Er strich mehrere Streichhölzer an, die der Fahrtwind sofort wieder ausblies. Schließlich benutzte er den elektrischen Zigarrenanzünder.

Stimmt, sagte er, nachdem er die Pfeife in Gang gebracht hatte. Dieser Edith hab ich eines Tages von St. Jean erzählt. Eines Nachts. Draußen ging ein Gewitter nieder.

Wer war Edith? fragte ich. Ich hab gestern zum erstenmal von ihr gehört.

Die Mutter einer Jugendfreundin. Das ist eine längere Geschichte.

Ist doch wurscht. Mach sie halt kurz.

Geht nicht, Much. Lang oder gar nicht. Ich erzähl sie euch. Bestimmt.

Fang schon mal an!

Ich erzähl sie euch beiden. Die Hanna soll auch dabei sein.

Saupreiß, tschechoslowakischer! sagte ich.

Er nickte und zog sein Taschentuch hervor.

Wir fuhren über die Kuppe eines Hügels. Takysie Lake lag unter uns: linker Hand das Haus der Théraults mit seinen beiden Balkons, die Autoreparaturwerkstatt von Sid Snider, deren Dach zur Mitte hin durchhing, die aus hellen Kiefernstämmen erbaute Kingdom Hall der Zeugen Jehovas; rechter Hand am Hang die weißgestrichenen, steildachigen, mit grünen Asphaltschindeln gedeckten Gebäude, die Myron und Anita Cunningham gehörten; und schließlich, zwischen der Straße und dem Seeufer, Melanson's General Store and Lake Resort. Auf dem lebensgroßen hölzernen Elch mit dem echten Geweih, der inmitten der gepflegten Rasenfläche stand, ritt ein kleines Mädchen in einem zweiteiligen roten Badeanzug.

Babbo winkte ihr zu. Sie lächelte strahlend, erwachsen, winkte jedoch nicht.

Brett mit Erbsen, sagte Babbo. Wofür das Oberteil?

Andere Länder, andere Sitten, sagte ich. Geh ohne Hemd oder ohne Schuhe in den Laden da, und du wirst nicht bedient.

Eine halbe Meile hinter Takysie Lake bog ich nach rechts in den

Weg ein, der zu Thom Sutherlands Farm führte, und schaltete Vierradantrieb und Geländeuntersetzung ein. Die Radspuren waren tief ausgefahren. Weiden und Himbeeren wucherten weit in den Weg herein.

Du hättest mich an der Straße rauslassen sollen, sagte Babbo.

So? sagte ich. Es sind zwei Meilen.

Wir fuhren schweigend weiter, von Seite zu Seite schaukelnd. Ein rostiger Mähdrescher tauchte auf, bis zu den Achsen ins Erdreich gesunken; ein uralter Traktor; noch ein uralter Traktor, vor einen Plattformwagen gekuppelt, auf dem sich braungelbe modernde Heuballen türmten; eine dachlose Scheune aus grau verwitterten Brettern und, ein Stück weiter, die zerknüllten Reste ihres Blechdachs, das ein Sommersturm vor einigen Jahren abgehoben und hier hatte fallen lassen. Nun ging es bergan durch lichten Kiefernwald; dann wurde der Weg eben, zugleich hörte der Wald auf, und vor uns sahen wir Thom Sutherlands himbeerroten Wohnwagen, an den sich allerlei Anbauten lehnten. Um den Wohnwagen herum war die Erde in weitem Umkreis flachgefahren und nahezu kahl.

Ich dachte, der Mann ist wohlhabend, sagte Babbo.

Ist er auch. Wie er wohnt, ist ihm wurscht. Schau, da hängt ein Schild an der Tür. Er ist bestimmt fischen gegangen.

In seinen Fischteichen?

Nicht doch. Im See.

Ich hielt an. Babbo stieg aus, ging zur Tür des Wohnwagens, las, was auf dem Schild stand, nickte und kam zurück.

Willst du warten? fragte ich.

Freilich. Sag einmal, habt ihr Zement?

Ich glaub nicht. Wozu?

Zum Betonieren, Depp. Wir haben doch beschlossen, euren hydraulischen Widder winterfest zu machen. Also bring Zement mit.

Okay. Ich bin so um sieben herum zurück und hol dich hier ab, recht so?

Der Anhänger schwankte ein wenig. Drinnen blökte ein Schaf, kurz und verdrossen.
Das brauchts nicht, sagte Babbo. Ich find schon wen, der mich heimfährt. Bis später.
Bis später, sagte ich.

6

Obwohl wir nun seit sechs Jahren regelmäßig Schafe und Ziegen an Serge Boychuck verkauften, handelte er immer noch zäh um jeden Cent. Nach und nach hatte auch ich Geschmack an der Feilscherei gefunden; und so brauchten wir jedesmal ein wenig länger, bis wir uns geeinigt hatten.
Rada, Serges Frau, lud mich zu einem Teller Borschtsch ein. Ich aß zwei und trank auch ein Glas vom hausgemachten Himbeerschnaps, den Serge in seiner Wurstküche brannte, sozusagen unter den Augen der Polizei; der Posten der Royal Canadian Mounted Police befand sich drei Häuser weiter.
Es hatte zu nieseln begonnen, als ich endlich aufbrach. Die Bank war bereits geschlossen. Ich klebte den Umschlag zu, in dem mir Serge den Scheck überreicht hatte, schrieb meinen Namen und unsere Kontonummer darauf und warf ihn in den Briefkasten.
Die Baustoffhandlung war noch geöffnet. Ich kaufte acht Sack Portlandzement und einige Paar Arbeitshandschuhe, die verbilligt angeboten wurden, sowie drei Rollen schwere Dachpappe.
Der Himmel war lichtgrau und gleichmäßig seidenglatt. Jedes überholende Fahrzeug besprühte meine Windschutzscheibe mit einem Schleier schmierigen Wasserstaubs. Ich kam eine halbe Stunde nach Abfahrt der Sieben-Uhr-Fähre in Tintagel an und mußte auf die nächste Fähre warten. Das Nieseln hatte aufgehört. Im Westen erschien ein Streifen satten Burgunderrots, das

sich langsam zu einem intensiven, unnatürlichen Violett verfärbte. Zwei Familien von Trompeterschwänen gründelten zwischen den Wellenbrechern vor der Landspitze.
Die Fähre war schwach besetzt. Aus den Fahrerhäusern der beiden leeren Langholzfuhren kam Rockmusik. Einige Indianer saßen in dem Winkel zwischen Ankerwinde und Schlauchboot auf dem stählernen Deck, rauchend, redend. Eine Vierliterflasche Rotwein ging von Hand zu Hand.
Die verdammten Indianer, sagte jemand neben mir. Haben wieder ihren Scheck gekriegt. Dafür zahlen wir Steuern, du und ich.
Ich wandte den Kopf und sah Noel Critchleys langes, trockenes Gesicht unter der öligen Baseballmütze.
Ja? sagte ich. Und wie gehts bei euch?
Not too bad, sagte er.
Waren die Teile für deinen Traktor endlich da?
Ja. Wie gehts bei euch?
Könnte schlimmer sein. Wie gehts deiner Frau? Ich hab gehört, sie war im Krankenhaus?
Ja. Es war nichts. Dieser verdammte Doktor.
Freut mich zu hören, Noel.
Ja. Ich muß dich was fragen, Michael.
Nun?
Hast du unseren Hund gesehen?
Welchen, Noel? Ihr habt vier.
Du weißt, welchen. Ohfor.
Hanna hat ihn gesehen. Vor zehn Tagen etwa.
Wo?
Auf Giesbrechts Heuwiese, unten am Fluß. Er hat wieder Rehe gejagt.
Scheiße!
Ja. Vorgestern hat er Marks Rinder durch den Zaun gehetzt.
Scheiße! Verdammtes Scheißvieh!
Das hat Dorothy auch gesagt.
Ich werd sie anrufen.
Hm. Kannst du den Ohfor nicht beim Haus halten?

Warum?
Eines Tages wird ihn jemand abschießen.
Wer?
Jemand von Fish and Wildlife zum Beispiel.
Das wäre gegens Gesetz.
Nicht, wenn der Hund wildert.
Da hast du recht.
Die Diesel der Fähre verstummten. Eine Weile war nur die stampfende Rockmusik zu hören und das Rauschen des Wassers an den Bordwänden der Fähre, die ins Anlegedock hineinglitt. Dann schäumte hinten Wasser auf; die Diesel heulten, das Deck vibrierte, als die Schrauben rückwärts liefen; und mit einem weichen Stoß legte die Fähre an. Taue wurden festgemacht, die stählerne Rampe senkte sich.
Ja, wiederholte Noel. Da hast du recht. Bis demnächst, Michael!
Bis demnächst, Noel! sagte ich.
Nacheinander wurden die Fahrzeuge von der Fähre gewinkt. Ich fuhr als letzter die Rampe hinauf und an dem Parkplatz entlang, wo ich gestern vergeblich auf Babbo gewartet hatte. Neben dem Erfrischungskiosk stiegen die Indianer in einen uralten schwarzen Cadillac, der hinten tief in den Federn hing. Einer von ihnen hielt die Rotweinflasche mit beiden Armen an sich gedrückt.
Die Straße war noch naß. In den Schlaglöchern hatte sich Wasser gesammelt, so daß man sie früher erkennen und ihnen ausweichen konnte. Zwei oder drei Kilometer hinter Danskin wurde es neblig. Ich fuhr langsamer und drehte das Fenster herunter. Die hereinwehende Luft war schwül und duftete nach altem Heu. Der Nebel zu beiden Seiten der Straße verdichtete sich. Über der Straße selber schwebten nur wässerige Dunstschleier, schimmernd im Scheinwerferlicht. In Takysie Lake begann ich, nach Babbo Ausschau zu halten. Ich sah niemanden. Ab und zu leuchteten am Straßenrand Tieraugen auf: bläulichgrün, fahlgelb, tiefrot.
Ein halbwüchsiger Elch trat auf die Fahrbahn. Ich bremste und schaltete die Scheinwerfer aus. Der Elch stand bewegungslos,

den Kopf zu mir gewandt. Ich drückte auf die Hupe. Der Elch prustete, scharrte mit einem Vorderfuß, warf den schweren, ramsnasigen Kopf hoch, trabte über die Straße und tauchte den Abhang hinunter ins Gebüsch. Ich hörte Äste brechen. Mondschein fiel durch den Nebel, ein runder, verwaschener Fleck braungelber Helligkeit.
Ich fuhr weiter, ohne die Scheinwerfer einzuschalten. Die Räder rauschten im Sand, eintönig, einschläfernd. Die Straße war wie ein Gang unter Wasser, ein Gang im Gestein, durch dessen Spalten von der Oberwelt her Licht herunterdrang.
Der grüne Chevrolet, der am Morgen in Aaronsons Einfahrt gestanden und sie halb versperrt hatte, stand nun mit aufgebockter Vorderachse vor dem Haus; neben ihm sah ich einen zweiten, ebenfalls grünen Wagen. Der rote Briefkasten war wieder aufgerichtet. Peggy Aaronson war zurück.
Zu Hause fuhr ich den Anhänger in den Schuppen und kuppelte ihn ab. Den Pickup ließ ich draußen stehen. Wind hatte sich erhoben und trieb den Nebel nach Südosten. Ab und zu wurde der Mond sichtbar. In der Ferne jappten und jaulten Coyoten.
Hanna saß auf der Eckbank in der Küche und las. Als ich eintrat, legte sie das Buch neben sich auf die Bank.
Du siehst müde aus, sagte sie. Was gibts Neues?
Aaronson hat seine Alte wieder eingefangen, sagte ich.
Aber das ist unfair!
Wieso denn?
Weil er sie letztes Jahr auch zurückgeholt hat. Diesmal hätte er mit ihr nach Vancouver gehen müssen. Nicht wahr?
Ja. Aber es ist so, wie ich gesagt hab. Was ich gern wüßte: Wie hat sie überhaupt abhauen können? Sam hat an ihrem Auto aus beiden Vorderreifen die Luft rausgelassen.
Für Peggy ist das kein Hindernis. Was hast du für die Schafe bekommen?
Eintausendsiebenhundertdreizehn Dollar und achtundfünfzig Cent.
Sie biß sich auf die Unterlippe und kratzte sich an der Nase.

Na ja, sagte sie. Bist du müde?
Ja.
Hungrig?
Auch.
Dann setz dich. Ich hab grade was über die Etrusker gelesen.
Sie ging zum Herd, legte nach und schob einen Topf übers Feuer. Ich setzte mich an ihren Platz und nahm das Buch zur Hand.
Das ist Babbos Buch, sagte ich. Wann ist er heimgekommen?
Kurz vor vier, glaub ich. Er hat ein bißchen was gegessen. Wir haben uns lange unterhalten. Dann hat er mir geholfen, den Zoltan einzusperren, weil die ersten Ziegen bockig werden, und danach hab ich ihm die Pferde gezeigt. Auf dem Rückweg hab ich in Chilicote hineingeschaut, wie er sich eingerichtet hat. Dort hab ich das Buch gesehen. Er hat es mir gleich mitgegeben. Aber jetzt iß, sonst wird alles kalt.
Sie stellte mir eine Flasche Bier und ein Glas neben den Teller und nahm sich selber auch ein Bier. Als ich gegessen hatte, zündete ich mir eine Zigarre an und hielt sie ihr hin. Sie schüttelte den Kopf.
Nicht jetzt, sagte sie und sah mich an.
Ediths Augen, sagte ich.
Ja, sagte Hanna. Edith Lubin hat sie geheißen.
Wann hat er dir das erzählt?
Vorhin. Er hat sie dieses Frühjahr noch einmal besucht. Ein paar Wochen danach ist sie gestorben.
Das hat er mir nicht erzählt.
Hat er dir erzählt, wie ihre Tochter heißt? Die Jugendfreundin?
Nein. Aber mir scheint, dir hat er es erzählt. Und du verschweigst es mir.
Sie stützte das Kinn auf die verschränkten Hände.
Michael, sagte sie. Lieber Erzengel. Ich hab nicht vorgehabt, es dir zu verschweigen. Nina heißt sie.
Nina? Menschenskind!
Nicht wahr?

Ja doch. Nina. Ninotschka. Ich hab nie dran gedacht, ihn zu fragen, wie er auf den Namen für sein Schiff gekommen ist. Ich hab angenommen, er hat es nach dem Film getauft, dem mit Greta Garbo.
Hanna fuhr sich mit der Zungenspitze über die Lippen.
Das hab ich auch gedacht, sagte sie. Logisch. Aber falsch. Jedenfalls, es ist diese Nina, nach der Babbo sucht. Nur, sie heißt nicht mehr Nina Lubin. Babbo war in Meldrum Creek. Dort hat er gehört, sie soll jemand geheiratet haben, dessen Nachnamen niemand kennt. Ob der Vorname echt war, weiß auch keiner. Du siehst?
Ja, sagte ich. Jetzt seh ich, weshalb er mit Thom Sutherland reden wollte. Hat der was gewußt?
Wenig. Er will sich umhören. Wenn es wirklich dieser Dudley ist, den Nina geheiratet hat, wird er ihn finden. Sag einmal, Much: habt ihr zwei euch heut morgen gestritten, Babbo und du?
Ich rückte ein wenig zur Seite, zog die Schublade auf, kramte zwischen Kochlöffeln und anderem Küchengerät herum, bis ich eine braun verfärbte Zigarrenspitze aus Pappe mit Plastikmundstück gefunden hatte, steckte meine Zigarre hinein und drückte sie fest.
Gestritten? sagte ich. Was bringt dich da drauf?
Eure Gesichter, als ihr zum Frühstück kamt.
Ich hielt ihr die Zigarre hin.
Nein pfui! sagte sie. Nicht mit dem widerlichen Ding dran. Zieh doch gleich einen Pariser drüber!
Das wär eine Idee, sagte ich. Gegen Lungenkrebs.
Kehlkopfkrebs, Much. Zigarren sind gut für Kehlkopfkrebs. Habt ihr euch gestritten?
Nein. Wir haben einander mißverstanden.
Ihr habt einander seit einundzwanzig Jahren nicht gesehen? Nicht geschrieben? Nichts? Stimmt das?
Stimmt.
Ah. Und das erste, was ihr tut: ihr mißversteht einander. Kam das

früher auch vor? Damals, als ihr sozusagen Tag und Nacht zusammen gelebt habt?
Ja, Hanna. Das ist vorgekommen. Selten. Aber wenn, dann gründlich. Der Babbo kann ziemlich kompliziert sein.
Find ich überhaupt nicht!
Was sagt das? Frauen haben ihn nie kompliziert gefunden. Trotzdem hat es zwischen ihnen und ihm Mißverständnisse gegeben. Und was für welche. Hat er dir schon von seiner Ehe mit Dorle erzählt?
Nein. Er hat nur in einem Nebensatz erwähnt, daß er geschieden ist.
Mehr weiß ich auch nicht. Jedenfalls, daß die beiden geheiratet haben, das war so ein Mißverständnis.
So eins wie zwischen ihm und dir heute morgen?
Nicht doch. Eins von denen, wie sie zwischen ihm und den Frauen gang und gäbe waren.
Hanna kniff die Augen zusammen.
Hast du diese Dorle gekannt? fragte sie.
Wir waren Nachbarskinder, sagte ich. Sicher hab ich sie gekannt.
Gut?
Ja. Aber nicht in der Art, auf die du anspielst.
Blödsinn, Much! Ich spiel auf gar nichts an. Ich hab nur den ganzen Tag lang gegrübelt, was euch beide vor einundzwanzig Jahren auseinandergebracht hat. Was war es? Ein Mißverständnis?
Ich drückte den Zigarrenstummel im Aschenbecher aus. Langsam faltete sich das feuchte Deckblatt auseinander. Nach einer Weile begann es zu qualmen. Ich stand auf, nahm den Aschenbecher und kippte seinen Inhalt in den Herd.
Kein Mißverständnis, sagte ich. Eine Frau.

7

Gegen elf Uhr waren wir mit dem Ausheben der Erde fertig. Wir hängten den schweren Ackerwagen an den Traktor, fuhren zum Fluß hinunter und holten eine Ladung Kies. Ein warmer Südwind ging. Das Sonnenlicht fiel schwer und goldgelb durch das Laub der Espen. Auf dem Ostviertel, zwischen den großen Tannen und dem See, weideten unsere Schafe. Sie sahen nicht auf; nur die beiden Hunde wandten die Köpfe nach uns.

Der Schornstein von Chilicote qualmte, als wir zurückkamen. Ich schob den Kies mit dem Frontlader vom Wagen, während Babbo die Zementsäcke heranschleppte. Dann rief Hanna uns zum Essen.

Schweinshaxen? sagte Babbo. Ist das die Possibility! Sind die frisch?

Frisch aus der Kühltruhe, sagte Hanna. Ich hab sie probiert. Sie sind einwandfrei. Setzt euch!

Ist schon recht, Gnädigste, sagte Babbo. Macht ihr das Sauerkraut auch selber?

Ja doch, Durchlaucht, sagte Hanna. Ab und zu verkaufen wir sogar welches.

Gibt's hier viele Deutsche?

Du meinst, wegen der vielen deutschen Namen an den Briefkästen? sagte ich. Das sind meistens Mennoniten. Die sind in den vierziger Jahren angesiedelt worden. Außer uns gibt es hier auf der Südseite nur zwei deutsche Familien: die Gutekunsts und die Knockes.

Die Mennoniten sprechen auch noch Deutsch, sagte Hanna.

Schon, sagte ich. Aber nur zu Hause und im Gottesdienst. Ein merkwürdiges, altertümliches Deutsch.

Den Knocke hab ich schon kennengelernt, sagte Babbo. Alfons Knocke. Der hat mich gestern heimgefahren. Der spricht auch ein merkwürdiges Deutsch. Trubel mit der Klatsch! hat er gesagt, wie es beim Schalten gekracht hat.

Yeah, sagte Hanna. Trouble with the clutch. Das ist noch harm-

los. Was hältst du davon: In dieser Saison kannst du die Moose nicht hunten. Die brüten jetzt.
Bitte?
You can't hunt the moose in this season, übersetzte ich. They're breeding now.
Jessas! Reden eure Kinder auch so?
Nee, sagte ich. Entweder wird Englisch geredet oder Deutsch. Wie gefällt dir der Alfons Knocke?
Na ja. Er hat unterwegs fünf oder sechs Leute erwähnt. Über jeden hat er irgendeine abfällige Bemerkung gemacht.
Ja doch, sagte Hanna. So ist er.
Als er vor vierzehn Jahren hierherkam, sagte ich, und im General Store einkaufte, hat er verkündet, daß er den Kanadiern jetzt einmal vormachen wird, wie man eine Ranch betreibt. Du kannst dir denken, wie die Oldtimer das aufgenommen haben. Noch dazu von einem Deutschen.
Da warst du nicht dabei, sagte Hanna, und reichte mir das Sauerkraut.
Danke dir, sagte ich. Natürlich war ich nicht dabei. Aber Dorothys Geschichten stimmen meistens. Diese ist außerdem typisch. Der Alfons tut sich gerne dick.
Mir hat er erzählt, sagte Babbo, daß er die größte Ranch südlich vom Trembleur Lake besitzt.
Besaß! sagte ich. Jetzt gehören neun Zehntel davon der Bank, und der Rest wird abgeholzt.
Da schau, sagte Babbo. Wie kam denn das?
Er hat einen Kredit aufgenommen, sagte Hanna. Neunhunderttausend. Er hat Land zugekauft. Rinder zugekauft. Zäune gebaut. Winterstallungen. Zwei große Viehtransporter angeschafft. Dann sind die Rinderpreise runtergegangen, im Herbst 80. Im Winter 80 fing der Zinssatz an zu steigen. Im Frühjahr 81 stand er bei vierundzwanzig Prozent. So kam das.
Babbo kaute und nickte ihr zu.
Sauber! sagte er. Und die Bank? Ich meine, wieso läßt die ihn weiterwurschteln? Wieso verkauft sie nicht den ganzen Krempel?

Weil niemand ihn haben will, sagte ich. Solang sie den Alfons wurschteln lassen, wie du das nennst, kriegen sie wenigstens einen Teil ihrer Zinsen.
Was ich fragen wollte, sagte Hanna. Welche abfälligen Bemerkungen hat Alfons eigentlich über uns gemacht?
Babbo spießte ein Stück Schweinshaxe auf die Gabel.
Angeblich finden es die Leute falsch, daß ihr eure Kinder nicht in die Schule schickt, sagte er.
Ja, ja, sagte Hanna. Was meint Alfons denn persönlich dazu?
Er meint, das ist euer Bier. Er findet, ihr habt euch einigermaßen eingelebt. Ihr könntet aber mehr aus eurer Farm herausholen, besonders aus den Wäldern.
Ja, ja, sagte ich. Er hat uns angeboten, das Abholzen der überalterten Bestände, wie er sie nennt, selber durchzuführen und den Gewinn mit uns zu teilen. Ich hab gesagt, ich werd es mir überlegen.
Hast du das gemacht?
Ich bin noch dabei.
Widerlich! sagte Hanna und warf die Haare zurück.
Wer? fragte Babbo. Der Alfons?
Ja, sagte Hanna. Nein. Nicht er selber. Ich finde diese Art von guten Ratschlägen widerlich. Du siehst und hörst und spürst, die Leute haben nur ihren eigenen Profit im Sinn. Aber ihnen einfach sagen, sie sollen sich zum Teufel scheren, das geht nicht. Das wäre unhöflich. Unkanadisch. Du mußt einen Weg finden abzulehnen, ohne nein zu sagen. Was hat Alfons sonst noch auf Lager gehabt?
Babbo ergriff seine Gabel.
Mei, sagte er. Ach ja: ihr sollt euch grauslich gestritten haben mit einem von den Nachbarn. Christmas heißt er – oder so ähnlich.
Er schob das Stück Schweinshaxe in den Mund und nahm sich noch einen Knödel aus der Schüssel, die Hanna ihm hinhielt.
Critchley, sagte sie. Noel Critchley. Der hat zu viele Rinder. Oder zu wenig Land.

Das ist verwirrend, Hanna, warf ich ein. Er hat etwa hundertzwanzig Rinder und etwa neunzig Hektar Wiesen. Das heißt, er hat entweder zu wenig Weide, oder zu wenig Heu. Hier braucht man Heu für sieben Monate.
Jessas, sagte Babbo. In Australien sind die Viecher das ganze Jahr auf der Weide.
Tu felix Australia, sagte Hanna.
Folglich, fuhr ich fort, ist es mit Noels Weiden jedes Jahr dieselbe Geschichte. Mitte Juli gleichen sie einer braunen Steppenlandschaft, staubig, kahlgefressen, schwermütig. Die Viecher werden ebenfalls schwermütig. Und dann werden sie hungrig und brechen durch die Zäune. Falls sie das nicht von alleine tun, hilft Noel ein bissel nach.
Hanna hob die Hand.
Du hast was vergessen, Much. Wer aus Europa kommt, ist dran gewöhnt, daß jeder Bauer sein Vieh einzäunen muß. Hier ist es umgekehrt. Du mußt die Tiere der Nachbarn auszäunen.
Ja, sagte ich. Danke. Ich muß noch erwähnen, daß Noels Land an das von Petkaus, an das von Knockes und an das unsrige grenzt. Wir waren damals noch nicht hier. Es soll ein trockenes Jahr gewesen sein. Noels Weiden waren bereits im Juni kahlgefressen. Seine Rinder standen am Zaun und schauten auf die Knockeschen Wiesen hinüber, wo das Gras noch grün war.
Schwermütig werdens geschaut haben, sagte Babbo.
Hanna verzog das Gesicht. Babbo grinste.
Da hat Noel ein wenig nachgeholfen, fuhr ich fort. Nachts. Mit der Drahtschere. Der Alfons und seine Söhne hatten zwei Tage lang zu tun. Noels Rinder hatten sich zerstreut. Sie mußten sie finden, hinaustreiben und den Zaun flicken. Eine Woche darauf waren die Rinder wieder da, und in der nächsten Woche zum drittenmal. Da ist Alfons zu Noel gefahren und hat mit ihm gesprochen. Du kannst dir vorstellen, in welchem Ton.
Schon, sagte Babbo. Was hat Noel geantwortet?
Scheiße! hat er gesagt. Aber ich kann nichts dafür. Ihr müßt euren Zaun in Ordnung halten. Das ist das Gesetz.

Da ist nur der eine Zaun! hat Alfons gebrüllt. Das ist genauso dein Zaun wie unser Zaun!
Das ist wahr, hat Noel geantwortet. Aber es sind nicht eure Rinder, die zu mir kommen. Meine kommen zu euch. Haltet sie draußen. Das ist das Gesetz.
Babbo hatte begonnen, seine Pfeife zu stopfen.
Lieb! sagte er. Erzähl weiter!
Na ja, sagte ich. Alfons ist heimgefahren und hat seinen Anwalt in Vancouver angerufen. Der hat ihm bestätigt, was Hanna vorhin sagte: Es ist deine Sache, die Tiere der Nachbarn draußen zu halten. Vor einem Rechtsstreit hat er den Alfons gewarnt. Aber ich glaube, er hat ihm einen Tip gegeben.
Da warst du nicht dabei, sagte Hanna. Das vermuten wir.
Genau, sagte ich. Wir vermuten, er hat ihm den Tip gegeben, sich lieber handfest zu wehren. Zunächst aber hatten die Knockes für den Rest des Jahres Ruhe. Dafür sind Noels Rinder jetzt zu Petkaus gegangen. Erst im folgenden Jahr, im Juli, hat es auch bei den Knockes wieder angefangen. Beim ersten Mal sind nur dreißig oder vierzig Rinder durchgebrochen. Zehn Tage später waren es alle hundertzwanzig. Auch der neue Bulle war dabei, den Noel im Frühjahr gekauft hatte.
Er soll teuer gewesen sein, sagte Hanna.
War er, sagte ich. Als Alfons ihn auf Noels Weide zurücktrieb, hat er hinten gelahmt. Nach und nach ist es besser geworden, aber nicht gut. Noel hat an ihm rumgedoktert. Doch als die Kühe anfingen zu rindern, stieg der Bulle nicht auf. Da hat Noel schließlich den Veterinär aus Anahim Lake gerufen.
Der verlangt dreihundertzwanzig Dollar, sagte Hanna. Nur für die Fahrt. Alles andere geht extra.
Und? fragte Babbo. Was hat der Veterinär herausgefunden?
Daß jemand dem Bullen mit einem Kleinkalibergewehr in die Hinterhufe geschossen hatte, sagte ich.
Babbo hielt ein Streichholz an seine Pfeife und paffte ein paarmal, bis der Tabak aufglühte.
Vendetta im Wilden Westen, sagte er. Fesch!

Hanna nahm ihm die Pfeife aus der Hand, schnupperte an ihr, steckte sie in den Mund und zog. Es knisterte.
Paß auf, Babbo, sagte ich. Die spuckt dir die Pfeife voll, bis oben ein Springbrunnen rauskommt.
Laß sie ruhig zuzeln, Much, sagte Babbo. Ich hab das ganz gern, wenns ein bissel saftet. Ich brauch dann nicht so viel Bier zu trinken. Wie ist das weitergegangen zwischen dem Alfons und diesem Christley?
Critchley, sagte Hanna und gab ihm die Pfeife zurück. Ab und zu brechen noch Viecher durch den Zaun. Mal die vom Noel, mal die vom Alfons. Ich glaub aber, das sind echte Unfälle. Im übrigen herrscht so was wie Waffenstillstand zwischen den Knockes und den Critchleys. So wie zwischen den Critchleys und uns.
Erzähl schon, sagte Babbo. Was war?
Ziemlich die gleiche Geschichte, sagte ich.
Find ich überhaupt nicht! rief Hanna. Erstens hat er unseren Zaun nur zweimal durchgeschnitten, und zweitens war da kein Bulle.
Und ob da einer war, sagte ich.
Ja doch. Ja! Ich hab sagen wollen, wir haben nicht auf ihn geschossen.
Alsdann, sagte Babbo. Wollt ihr euch zanken oder wollt ihr erzählen?
Also es war ganz anders, begann Hanna. Wir haben sofort gemerkt, der Zaun war durchschnitten, nicht zerrissen. Beim erstenmal haben wir Noel angerufen. Er hat ziemlich das gleiche gesagt wie damals zu Alfons.
Na bitte, murmelte ich.
Unterbrich mich nicht, sagte Hanna. Beim zweitenmal, das war kurz vor der Heuzeit, haben wir Pferdespuren gefunden. Noel hatte nicht bloß unseren Zaun zerschnitten, er hatte seine Viecher auch noch auf unser Land getrieben, weit hinein. Much war stinkwütend. Überall war das Gras in den Boden getrampelt. Hast du schon mal Gras gemäht, das am Boden liegt?

Hab ich, sagte Babbo und hielt ihr die Pfeife hin.
Nicht jetzt, sagte sie. Danke. Na, dann weißt du ja Bescheid. Geregnet hat es außerdem noch. Wir haben im Regen die Rinder hinausgetrieben und unseren Zaun geflickt. Nach ein paar Tagen kam schönes Wetter. Wir haben mit dem Heuen angefangen. Die Nachbarn ebenfalls. Die meisten hier machen die kleinen, viereckigen Ballen. Noel Critchley ist einer von den wenigen, die Rundballen machen. Die wiegen so um die siebenhundert Kilo. Sie haben einen Vorteil: Du kannst sie eine Zeitlang draußen liegen lassen, im Regen, ohne daß sie durchweicht werden. Der Nachteil: Du kannst sie nicht von Hand aufladen. Du schraubst einen zweieinhalb Meter langen Spieß an den Frontlader vom Traktor, bohrst ihn in die Rundballen und hebst sie auf den Wagen.
Hab ich schon gesehen, sagte Babbo. Erzähl weiter!
Gut. Also wir haben uns beeilt, unser Heu in die Scheune zu kriegen. Der Wetterbericht war miserabel, und wir haben es gerade so geschafft. Noel hatte keine Eile. Seine Rundballen waren fertig. Am Abend fing es an zu regnen. In der Nacht sind wir beide losgegangen, Much und ich, jeder mit einem Messer. Es waren einundneunzig Rundballen. Wir haben an allen die Sisalschnüre durchschnitten, mit denen sie abgebunden waren.
Ein paar Tage danach, sagte ich, bin ich zufällig vorbeigefahren, als Noel gerade versuchte, seine Ballen aufzuladen.
Babbo hob die rechte Braue.
Was hast du gemacht? fragte er.
Freundlich gewinkt, wie sichs gehört. Was sonst? Daß er diese Freude uns verdankt, hat er sowieso gewußt.
Habt ihr noch mehr so Geschichten erlebt?
Kanadische Anekdoten, meinst du? sagte Hanna. Ein paar. Viele haben wir auch erzählt bekommen. Unsere Pocahontas schreibt sie alle auf. Falls du sie lesen möchtest – sie sind in einem roten Ordner im Schrank in deinem Zimmer. Unter dem Fach mit dem Taucherzeug.

Sie stand auf und begann, den Tisch abzuräumen.
Prima, sagte Babbo. Werd ich machen. Hab eh nix zum Lesen, seit du mir mein Buch gekrallt hast.
Gekrallt? sagte Hanna. Lügenbaron! Hast du ein paar australische Anekdoten mitgebracht?
Freilich. Von der Krokodiljagd. Und ein paar Eingeborenengeschichten, Dreamtime-Geschichten. Und die von der Bilderhöhle von Yarramarra. Die ist ein bissel kriminell.
Fang an! sagte Hanna und goß heißes Wasser über das Geschirr im Spülbecken.
Nicht jetzt. Es sind längere Geschichten. Jetzt haben wir zu tun. Außerdem, ich erzähl lieber abends, wenns dunkel ist.
Damit wir nicht sehen, wenn du lügst?
Babbo kratzte in seiner Pfeife herum.
Auch deswegen, Gnädigste, sagte er, steckte die Pfeife ein und stand auf.
Moment! sagte Hanna und drehte sich um. Much?
Ihr Gesicht war erhitzt. Winzige Schweißtröpfchen standen auf der Stirn, auf den Nasenflügeln und auf der Oberlippe.
Ja? sagte ich.
Drei von den Geißen sind voll dran, sagte sie. Esmeralda, Zlateh, Amalthea. Welche soll ich zuerst zum Bock tun?
Babbo, der bereits in der offenen Tür stand, trat einen Schritt zurück und stützte sich auf eine Stuhllehne.
Zum Bock? sagte er. Kannst du warten, bis wir mit dem Betonieren fertig sind? Ich hab sowas noch nie gesehen.
Jugend forscht? sagte Hanna. Meinetwegen. Aber kommt, bevor es dunkel ist.
Babbo stieß sich von der Stuhllehne ab.
Danke schön, sagte er. Komm, Much. Laß uns einen anrühren, einen schönen, steifen, mit Eisenstäben verstärkten. So long, Gnädigste!

8

Unten in der Schlucht war die Luft schwül und reglos und roch scharf nach zertretenem Farnkraut. Babbo schleppte den Beton in Eimern heran; ich füllte ihn in die Schalung, stampfte ihn fest und legte die Eisenstäbe ein. Als die Schalung voll war, zog ich die Oberfläche des Betons mit Latte und Wasserwaage ab. Schließlich legten wir vorsichtig Bohlen aus, in die Löcher gebohrt waren. Durch diese hindurch steckten wir die Gewindebolzen in den Beton, an denen wir später die Wände des Häuschens und den Widder festschrauben würden.

Babbo nahm seine khakifarbene Schirmmütze ab, wischte sich mit seinem Taschentuch den Schweiß von Gesicht und Hals, hängte das Taschentuch zum Trocknen über einen Himbeerstrauch und setzte die Mütze wieder auf.

Prima, sagte er. Das war geschwind. Auf zur Geißenhochzeit!

Du kannst schon los, sagte ich. Ich wasch noch die Geräte ab und deck den Beton mit Säcken zu und halt sie so lange feucht, bis die Sonne hier unten weggeht.

Na ja, sagte er und hockte sich nieder. Bleib ich halt auch.

Ich sammelte die Schaufeln und die Kellen ein, trug sie ein Stück bachabwärts, wo sich das Wasser zu einem Tümpel sammelte, und säuberte sie. Der Beton war bereits ziemlich fest und ging schwer ab. Als ich zurückkam, hatte Babbo die alten Getreidesäcke naßgemacht und über das Fundament gebreitet.

Brav, sagte ich.

Er stieg einige Schritte den Hang hinauf und setzte sich ins Farnkraut. Die Sonne schien auf seinen schmalen, muskulösen Mund. Der Rest seines Gesichts lag im Schatten des Mützenschirms. Ich setzte mich auf einen alten Baumstumpf.

Du, Much, sagte Babbo, wie hast du deine Frau kennengelernt?

Hanna?

Freilich die Hanna. Oder hast du noch eine? Also! Wie habt ihr euch kennengelernt?

In einem Seminar über Josef von Eichendorff.

Wo war das?
In Basel. Ich hab ein Jahr in Basel studiert. Sie war länger dort.
War Germanistik ihr Hauptfach?
Nein. Leider Theologie. Sie war im Kloster.
Er hob den Kopf und kniff die Augen zu gegen die Sonne.
Hanna im Kloster? sagte er. Ehrlich?
Ehrlich.
Er klopfte mit dem Mundstück der Pfeife gegen seine Zähne.
Sakra, sagte er. So was von romantisch. Hätt ich dir nie zugetraut.
Romantisch? Wieso?
Ja freilich. Entführung aus dem Konvent – oder?
Blödsinn. Ich hab sie nicht entführt. Hinbegleitet hab ich sie sogar, einmal. Ausgetreten ist sie erst vier Monate, nachdem wir uns kennengelernt hatten.
Wegen dir?
Nicht, daß ich wüßte.
Weswegen denn?
Vielleicht hat ihre Freundin da einen Einfluß gehabt. Meret hieß die. Sie ist anderthalb Jahre vor Hanna eingetreten und ein halbes Jahr vor ihr ausgetreten.
Du weißt nix Näheres?
Nein.
Hast nie gefragt?
Das ist nicht so bei uns, Babbo. Wir fragen nicht viel. Wenn einer was sagen will, sagt er es. Kannst sie ja selber fragen.
Ja?
Sicher. Wenns dich so interessiert. Wie ging denn das mit der Dorle auseinander? Etwa, weil du dein Schiff nicht nach ihr genannt hast?
Er nahm die kalte Pfeife aus dem Mund und lachte mit geschlossenen Lippen.
Na? sagte ich nach einer Weile. Hab ichs getroffen?
Du hast Einfälle, sagte er. Gar nicht blöd. Logisch sogar, wenn man die Dorle kennt. Aber falsch. Das Schiff hat Saudade ge-

heißen, wie Papa es mir gekauft hat. Auf deutsch: Sehnsucht. Ich hätt es dabei gelassen, wenn ich nicht gemerkt hätte, daß es einen Spitznamen hat und daß jeder ihn kennt. Wo ich angelegt hab, hieß es: Aha! Da kommt die rote Sau! Das hat mir gestunken, und da hab ich das Schiff umgetauft.
Nach der Nina Lubin?
Das weißt du schon? Schau! Ja, nach der Nina Lubin. Das war vor deiner Zeit, Much. Und vor der Dorle ihrer Zeit. Die Dorle hat bis zuletzt geglaubt, das Schiff heißt nach dem Film. Du weißt, dem mit der Greta Garbo.
Respekt! Du bist besser als ich.
In was?
Im Ausweichen. Was hat euch auseinandergebracht?
Ach so. Ich hab gar nicht ausweichen wollen. Auseinandergebracht hat uns, daß wir Partner getauscht haben. Jetzt, wenn ich zurückschau, bin ich sicher, daß wir beide damit die gleiche Absicht verfolgt haben. Ohne daß wir es wußten.
Ihr wolltet voneinander loskommen?
Ja klar. Jeder von uns hat am anderen geklebt wie an einem Fliegenfänger. Aber wenn du mit eigenen Augen siehst, wie – na ja. Nix gegen die gute alte Eifersucht. Habt ihr auch mal so was probiert? Partnertausch?
Ich hab es mal vorgeschlagen. Wir hatten eine schwierige Zeit, Hanna und ich. Da hab ich so was vorgeschlagen.
Sie hat abgelehnt?
Hat sie. Strikt. Ich hab insistiert. Ich bin immer wieder damit gekommen. Du kennst mich ja.
Ich kann mirs vorstellen. Wie hat sie dich davon abgebracht?
Sie hat gesagt: Wenn ich mich von einem ficken laß, dann richtig. Wenn du das siehst, wirst du mich nicht mehr wollen. Ich dich auch nicht. Willst du das?
Babbo nickte, schob die Mütze aus der Stirn, brach eine Himbeerranke ab und stocherte mit ihr in seiner Pfeife herum.
Sag einmal, sagte er, bindet der Beton besser ab, wenn man draufseicht?

Er stinkt für immer nach Pisse, sagte ich. Seich woanders hin, du rote Aristokratensau.
Mach ich, sagte er, stand auf und ging ein paar Schritte den Bach hinunter. Ich sammelte die Geräte ein.

Daheim hängten wir den Ackerwagen ab, tankten den Traktor auf, stellten ihn ein und gingen dann zum Bockspferch, der sich ein gutes Stück südwestlich vom Haus und durch Weideland von diesem und dem niedrigen, langgestreckten Ziegenstall getrennt im Windschatten einer Reihe alter Baumwollpappeln befand. Der Ziegenbock stand neben der Pferchtür und rieb seinen Kopf mit den dick gerippten Hörnern, deren Spitzen sich nach den Seiten hin umbogen, an einem der Pfosten.
Zoltan! rief ich. He, Zoltan!
Zoltan? sagte Babbo. Nach wem heißt der so?
Nach meinem Schwager. Niemand hier kennt den Namen. Also verstehen sie alle Sultan und finden uns very funny.
Der Bock hob den Kopf, sah mich aus bernsteinfarbenen Augen an und stieß ein blubberndes Gemecker hervor. Das Fell seines Gesichts, die langen Behänge an seinen Vorderbeinen und besonders sein dichter, gelockter Kinnbart waren gelbbraun verfärbt. Er stank kräftig nach verfaulendem Knoblauch. Babbo schnupperte.
Saugeil, sagte er. Wo hat der seine Stinkdrüse?
Ich begann außen am Zaun entlangzugehen. Der Bock folgte mir.
Der braucht keine, sagte ich. Du wirst gleich zu sehen kriegen, wie er sich für seine Weiber parfümiert. Wir müssen ihn von der Tür fortlocken, damit Hanna die Ziege hineinführen kann.
An der Seite des Pferchs, die der Tür gegenüberlag, blieb ich stehen. Der Bock stieß sich mit den Vorderfüßen vom Boden ab, stellte sich auf die Hinterbeine und stemmte die vorderen Hufe gegen die zweitoberste Stange des Zauns.
Mensch! sagte Babbo langgezogen. Der Zaun ist gerade hoch genug! Wozu habt ihr den Stacheldraht gespannt?

Weil er sonst den Kopf zwischen die Stangen schiebt und sie mit den Hörnern auseinanderhebelt. Nein! Nicht!
Doch Babbo hatte schon die Hand ausgestreckt und kraulte den Bock an der Stirn, dort, wo die Hörner ansetzten. Der Bock grunzte, riß den Kopf nach hinten und begann mit dumpfem, stoßweisem Meckern Babbos Hand zu belecken.
Na schau, sagte Babbo. Wieso denn nicht?
Weil du jetzt stinkst wie er.
Babbo zog die Hand zurück und schnüffelte an ihr.
Recht hast, sagte er. Irgendwie stinkt das interessant. Hat noch keiner probiert, da draus ein Parfüm zu machen? Wahnsinnige Weiber, die so was kaufen, gibts haufenweise.
Probiers! sagte ich. Werd reich!
Der Bock schnaubte, stieß sich vom Zaun ab, schwang auf der Hinterhand herum und setzte die Vorderfüße nieder. Dann drehte er sich im Kreis, den Kopf gesenkt und nach hinten gewandt.
Jetzt! sagte ich. Paß auf!
Der erigierte Penis war zum Vorschein gekommen, lang, dünn, glänzend rot auf der Oberseite, unten blaß, mit einer langen, schmalen Eichel, die geformt war wie die Kappe einer jungen Stinkmorchel; an ihrer Spitze hing ein nach unten gekrümmter Fortsatz, ein roter Tentakel. Der Bock hatte den Kopf noch weiter nach hinten gedreht und spritzte sich nun einen pulsierenden Urinstrahl mitten ins Gesicht. Seine Zunge schlabberte. Sein Bart troff. Schließlich versiegte der Strahl. Der Bock streckte sich, schüttelte sich, zog die Oberlippe hoch und entblößte Gaumen und Zähne.
Sauber, sagte Babbo. So eine Drecksau. Sag einmal, Much: Was ist das für ein roter Faden da vorn an seinem Zebedäus?
Vielleicht der rote Faden, der sich durch sein Sexualleben zieht? Ich hab keine Ahnung. Da kommt Hanna. Frag sie.
Hanna war schon auf halbem Weg zwischen Ziegenstall und Bockspferch. Sie hielt eine weiße Ziege am Halsband gefaßt. Die Ziege trug den Kopf hoch erhoben, wedelte mit dem gleichfalls

hoch erhobenen kleinen Schwanz und strebte meckernd der Pferchtür zu, Hanna neben sich herziehend.
Zoltan! rief ich.
Der Bock schaute zu mir her. Hanna öffnete den Riegel, ließ die Ziege los, schloß die Tür hinter ihr und kam dann raschen Schritts den Zaun entlang zu uns.
Das ist aber Esmeralda, sagte ich, als Hanna zwischen mir und Babbo stehenblieb. Du wolltest doch zuerst Zlateh dranlassen.
Ich habs mir anders überlegt, sagte Hanna. Privileg der Weiber.
Echt? sagte Babbo. Du, Hanna: der Zoltan hat da so einen dünnen roten Fangarm vorn an seinem Zipferl. Zu was ist der gut? Der Much hat keine Ahnung.
Ich auch nicht, sagte Hanna.
So? sagte ich. Wo du alle erreichbaren Ziegenbücher verschlungen hast?
Die wirklich interessanten Sachen stehen da nie drin. Deswegen will ich auch selber eins schreiben.
Tu das. Was wird da über den roten Faden am Pint des Ziegenbocks drinstehen?
Vielleicht, daß er mit ihm die Ziege innerlich kitzelt?
Sie sah mich an, in die tiefstehende Sonne blinzelnd.
Laß dir doch auch so einen Faden wachsen, Much. Dann werden wirs bald wissen.
Ansprüche! sagte Babbo. Privileg der Weiber!
Echt? sagte Hanna. Schwätz nicht. Schau!
Mitten im Pferch waren die Ziege und der Bock Kopf an Kopf stehengeblieben. Die Ziege beschnüffelte seinen Bart, meckerte leise und begann, an seinem Maul zu knabbern. Nach einer Weile grunzte der Bock, schob sich vorwärts, bohrte seine Schnauze in die Flanke der Ziege und beleckte diese von unten nach oben, blubbernd, sabbernd. Die Ziege wedelte mit dem Schwanz und wich langsam seitlich aus. Der Bock schob nach, ihren Hals beleckend; so drehten sich die Tiere zweimal umeinander im Kreis. Die Ziege blieb stehen. Der Bock ging hin-

ten um sie herum, scheuerte seinen Kopf an ihrer Flanke und stieß ein dumpfes, rasches Meckern hervor: bok-bok-bok-bok-bok.
Die Ziege sah sich um, machte einen Schritt vorwärts, kauerte mit gespreizten Hinterbeinen nieder und urinierte ins Gras. Der Bock schob seine Schnauze in den gelben Strahl, schleckte, sabberte, warf den Kopf hoch und zog die Oberlippe weit zurück, Zähne und Zahnfleisch zeigend.
Ja mich leckst am Arsch! rief Babbo. Der grinst!
Du aber auch, sagte Hanna.
Der Bock senkte den Kopf und blubberte leise; seine Zunge fuhr aus und ein. Er preßte seine Schnauze in die gerötete Geschlechtsöffnung der Ziege und schob. Die Ziege machte einen langsamen, zögernden Schritt und blieb stehen. Der Bock hob ein Vorderbein und scharrte mit dem Huf von oben nach unten an ihrer Flanke entlang. Wieder machte die Ziege einen Schritt und blieb stehen. Das Blubbern, das tief aus der Kehle des Bocks kam, steigerte sich zu einem dumpfen, raschen Gemecker. Er hob sich auf die Hinterbeine und schob sich auf die Ziege hinauf; seine Vorderbeine glitten zu beiden Seiten an den Flanken der Ziege entlang, bis sie zwischen ihrem Bauch und ihren Hinterkeulen Halt fanden, und mit einem kräftigen Stoß drang er in sie ein, während sie ihm ihr Hinterteil entgegenhob. Einen Augenblick lang stand er halb aufgerichtet da, den Leib der Ziege umklammernd. Dann bäumte er sich hoch; es riß ihm den Kopf zurück; seine Augen wurden starr, und mit einem blubbernden, ächzenden Schnaufen rutschte er von der Ziege herunter, drängte sich gegen ihre Seite und rieb seinen Kopf an ihr, auf und ab.
Ein Schauer lief über das Fell der Ziege. Ihre Hinterfüße machten einen Schritt, bis sie unmittelbar hinter den Vorderfüßen standen. Ihr Rücken wölbte sich. Die Haare entlang ihrer Wirbelsäule stellten sich auf. Abermals lief ein Schauer über das weiße Fell. Dann streckte sich die Ziege, schüttelte sich, sah sich nach dem Bock um.

Heilige Jungfrau Maria, sagte Babbo leise. Und ich hab gedacht, Tierweibchen kriegen keinen Orgasmus.
Und ob sie einen kriegen! sagte Hanna.
Babbo nahm seine Mütze ab, wischte sich mit ihr über die Stirn und setzte sie wieder auf.
Hanna betrachtete ihn.
Was ist? sagte sie. Schau nicht so aristokratzbürstig drein!
Geh! sagte er. Ihr kennt das alles. Auf euch macht das keinen Eindruck mehr. Ich bin halt noch sensibel.
Ha! sagte Hanna. Sensibler Edelmann grinst wie geiler Geißbock! Das wäre was für die Bildzeitung!
Freilich. Von mir aus. Edelmann, Eismann, Buhmann, Blödmann, Wassermann, Seemann, Spielmann.
Ah! Du bist mehrere?
Sie trat an ihn heran, zog mit einer Fingerspitze sein linkes unteres Augenlid weit herab, spähte, ließ es zurückschnellen.
Stimmt, sagte sie. Du bist mehrere. Was spielt er denn, der Spielmann?
Immer mit dem letzten anfangen, sagte Babbo. Privileg der Weiber. Quetschkommode spiel ich.
Oh. Die hast du nicht mitgebracht. Müssen wir halt ohne Tischmusik speisen. Kommt, lassen wir die beiden allein. Die sind noch nicht fertig miteinander.
Sie nahm Babbo und mich bei der Hand und zog uns vom Pferch fort.
Riech mal an deiner Hand, Hanna, sagte ich. Nein, an der rechten!
Ohne den Schritt zu verlangsamen und ohne Babbos Hand loszulassen, beugte sie sich hinunter und schnüffelte.
Noch einer! sagte sie. Stinkmann!
Sie begann im Takt mit den Armen zu schlenkern.
Eins! zählte Babbo. Zwei! Drei!
Zugleich ließen wir Hannas Hände los, faßten in ihre Achselhöhlen und hoben sie hoch. Sie stieß einen überraschten Schrei aus.

Ihr Kindsköpfe! rief sie lachend.
Wir setzten sie zu Boden.
Nicht doch, rief sie, und warf die Haare zurück. Noch mal!

9

Während wir zu Abend aßen, sank die Sonne hinter die Küstenberge. Die Bretterwände, die Möbel, der weiß emaillierte Herd verfärbten sich von Löwenmaulrosa über Geranienrot zum Braunviolett abblühender Pfingstrosen und verblaßten rasch zu deutlich unterschiedenen Tönen von dichtem Grau. Wind blies durch die Fliegenfenster. Hanna räumte den Tisch ab. Babbo hatte sich eine Pfeife angesteckt.
Zwielicht, sagte ich.
Schummertid, sagte Babbo.
Soll ich eine Lampe anzünden? fragte Hanna.
Später, sagte ich.
Gut, sagte Hanna. Ich geh jetzt duschen und zieh mich um. Danach erzählt der Babbo uns endlich von der Edith und der Nina. Ja?
Nicht heut, sagte Babbo.
Ach geh! sagte Hanna.
Schau, sagte Babbo, ich habs versprochen. Ich machs auch. Frag den Much. Ich nickte.
Na ja, sagte Hanna. Schade. Was hast du vor?
Borgt ihr mir euer Auto? fragte Babbo.
Freilich, sagte ich.
Ach so, sagte Hanna. Du willst zu Thom? Habt ihr das abgemacht?
Er hat gesagt, er wird herkommen, sagte Babbo. Falls er nicht kommt, kann ich jederzeit zu ihm fahren. Er war doch nicht hier?

Niemand war hier. Angerufen hat auch keiner. Aber Thom hat ja gar kein Telephon.
Du weißt noch den Weg? fragte ich.
Glaub schon, sagte Babbo. Muß ich Sprit auffüllen?
Ja, sagte ich. Du weißt, aus welchem Tank?
Mhm! Neben dem Maschinenschuppen.
Aus dem kleineren, sagte Hanna. In dem anderen ist Diesel.

Wir hörten das Auto aus dem Hof hinausfahren. Das Geräusch wurde leiser und hörte bald auf. Dafür brachte der Westwind von weit her und kaum wahrnehmbar das Jappen und Jaulen eines Coyotenrudels.
Gehst du heut nacht nach den Viechern schauen? fragte Hanna.
Mach ich, sagte ich. Wir sollten früh schlafen gehen. Du kannst mich ja wecken, wenn du was hörst. In der Nähe, meine ich.
Hanna zündete die Petroleumlampe an und holte sich Babbos Buch. Ich las in einer der alten Nummern des National Geographic, welche die Kinder überall im Haus verstreuten; in längeren Zeitabständen pflegten Hanna oder ich sie einzusammeln, zu ordnen und zurück ins Regal zu stellen.
Schau, sagte ich. Hier sind Bilder von den Etruskern.
Ich schob ihr das offene Heft übern Tisch. Sie schüttelte den Kopf, leckte eine Fingerspitze an und blätterte um.
Ich bin schon viel weiter, sagte sie. Die Etrusker waren bloß Randfiguren.
Na, dann eben nicht, sagte ich.
Als die Pendeluhr nebenan im Wohnzimmer elf schlug, stand ich auf.
Komm, sagte ich. Schlafenszeit.
Ich les grade noch das Kapitel zu Ende, sagte Hanna. Wo bleibt der Mensch so lang? Ist er in den Graben gefahren?
Der nicht, sagte ich.
Müde? fragte Hanna.
Saumüde.
Dann geh schon. Wärm das Bett an. Ich komm gleich nach.

Ich küßte sie aufs linke Ohr.
Aber wirklich gleich! flüsterte ich.
Ja doch! Es sind nur noch vier oder fünf Seiten. Jetzt hast du mir das Ohr vollgespuckt!
Sie bohrte mit einem Finger im Gehörgang, besah den Finger mit gerunzelten Brauen und wischte ihn an ihren Jeans ab.

Eine Weile lag ich wach und lauschte auf den Wind, aber nicht lange; weder hörte ich Babbo zurückkommen noch Hanna zu Bett gehen. Ich träumte von einem breiten, ziemlich niedrigen Gang unter Wasser, einem Gang im Gestein, durch dessen Spalten von der Oberwelt her Sonnenlicht drang. Meine Beine pendelten auf und nieder und trieben mich voran, vom Licht in den Schatten, vom Schatten ins Licht. Hinter einer Biegung versperrten mir schwarze, feuerrot gefleckte Fische den Weg. Sie füllten den ganzen Gang aus, standen so dicht beisammen, daß ihre Flossen sich aneinander rieben und ein eigenartiges Geräusch erzeugten, ein helles trockenes Schaben wie von Insekten, die ihre Beine an den Flügeln reiben.
Coyoten weckten mich. Das vielstimmige Stakkato ihres Gekläffs, das scharfe Jappen, das kurz ansteigende, jäh abbrechende Jaulen waren so laut und nah, als befänden sie sich unmittelbar unter unseren Fenstern. Ich streckte die Hand aus, um Hanna wachzuschütteln, und berührte nur Bettzeug. Ich setzte mich auf. Das Kopfkissen war zerdrückt, die Decke zur Seite geknüllt. Hanna war nicht da.
Ich stand auf, ging ans Fenster. Der Wind hatte sich gelegt. Der untergehende Mond warf lange Schatten, schwarz wie Ruß, an deren Enden flirrend die Pappeln standen. Von jenseits der Pappeln kam das Geheul der Coyoten, entfernte sich, näherte sich, als bewegten sie sich in enger werdenden Kreisen um etwas Stummes herum. Ich zog mir Socken über die Füße, dachte kurz daran, ein Gewehr mitzunehmen, ließ es dann bleiben, lief im Schlafanzug die Treppe hinunter, fuhr auf der Veranda in meine Gummistiefel und ging rasch zum Ziegenstall hinüber.

Der warme Duft nach wiedergekäutem Gras, nach Milch und Dung drang mir entgegen, als ich die Tür öffnete. Alles war ruhig. Ich ging weiter zum Bockspferch. Im Eingang seiner Hütte, die in einer Ecke des Pferchs stand, lag Zoltan. Die großen, gedrehten Hörner schimmerten, als er den Kopf hob. Esmeralda war fort. Hanna mußte sie in den Stall zurückgebracht haben.

Rasch ging ich weiter, auf das Coyotengeheul zu. Das Gras war feucht. Meine Schritte machten kein Geräusch. Trotzdem schienen die Coyoten mich gehört zu haben. Vielleicht hatte ihnen auch eine Luftströmung, die ich nicht wahrnahm, meine Witterung zugetragen. Mit einem Mal brach das Geheul ab. Ein einzelnes, heiseres Jappen war noch zu hören. Dann war es still. Ich blieb stehen. Ungefähr eine Minute stand ich und horchte. Plötzlich setzte das Kläffen und Jaulen wieder ein; sehr weit weg nun, und nicht mehr im Westen, sondern viel weiter südlich, auf das Similkameengebirge zu.

Ich ging weiter; ich wollte sicher sein, daß keins unserer Tiere sich auf das Westviertel verlaufen hatte, das an die Straße grenzte. Taufeuchte Spinnennetze glitzerten zwischen den Halmen. Nach einer Weile fand ich die Spuren, welche die Coyoten hinterlassen hatten; dunkle, eben noch erkennbare Furchen im hohen Gras. Sie bildeten tatsächlich einen Kreis. In seiner Mitte stieß ich auf den Baumstrunk, neben dem Mark Petkau im vorigen Winter seine alte Stute erschossen hatte. Der Schädel, der Brustkorb, einige Wirbel und die großen Knochen der Beine lagen noch da, glatt, milchweiß, geruchlos.

Geruchlos für mich.

Ich schlug einen weiten Bogen um das ganze Westviertel herum. Nichts; kein Schaf, kein Pferd, keine Ziege. Abermals stieß ich auf Spuren des Coyotenrudels. Sie führten nach Südwesten. Ich kreuzte sie, wandte mich nach Osten, traf mitten im Kiefernwald auf unseren Fahrweg und ging ihn entlang. Hinter der kleinen Brücke, die über den Bach führte, in der Finsternis unter den alten Kiefern, kam mir jemand entgegen. Ich blieb stehen.

Ah, sagte ich. Du bist es. Die Coyoten waren aber oben; gleich hinterm Bockspferch.
Als ich aufstand, waren keine Coyoten da, sagte Hanna. Ich hab unsere Hunde gehört.
Weshalb hast du mich nicht geweckt?
Das sagst du immer. Hinterher. Wenn ichs mal tu, bist du den ganzen nächsten Tag so widerlich, daß ich dich ohrfeigen möchte. Die Schafe sind durch den Zaun vom Ostviertel. Irgendwas hat sie erschreckt. Keine Coyoten.
Sind sie alle da? Die Schafe, meine ich?
Weiß ich nicht. Sie müssen weit gerannt sein. Wir haben sie nicht gefunden. Ein rührender Mensch, dein Freund. Er ist sofort mitgekommen und hat mir geholfen. Aber es hat keinen Zweck, jetzt weiter zu suchen. Morgen. Und ihr müßt den Zaun flicken.
Machen wir. Ihr seid ein seltenes Paar von Idioten, du und Babbo.
Na hör mal!
Doch! Endlich hab ich ihm abgewöhnt, daß er immer sagt: deine Frau! wenn er von dir redet. Und jetzt fängst du an und nennst ihn: dein Freund!
Ja und? Spinnst du, Much?
Schon gut.
Ich legte meinen Arm um ihre Mitte und zog sie an mich. Langsam gingen wir den Weg entlang.
Mhm! sagte sie nach einer Weile. Fester! Du mußt sie öfter mal drücken, die Eierstöcke. Vielleicht fangen sie dann wieder an.
Wer weiß? sagte ich. Ich werd mir Mühe geben. Tu ich doch sowieso meistens, oder?
Schon.
Hast du mich lieb?
Blödmann! Ich denk an meine Schafe.
Denen gehts gut. Morgen sammeln wir sie ein, und du kannst sie auf den Arm nehmen und trösten. Du hättest mich wecken sollen, als du die Hunde gehört hast.
Stimmt. Hätte ich sollen. Hab ich aber nicht. Du hast geträumt.

Hast mit den Beinen gestrampelt wie ein Baby, wenn es sich total verschissen hat.
Danke. Liebenswürdiger Vergleich. Logisch sogar, aber falsch. Ich hab vom Tauchen geträumt.
Vom Tauchen?
Sie blieb stehen, drehte sich aus meinem Arm heraus und faßte mit beiden Händen meine Oberarme.
Vom Tauchen? wiederholte sie leiser. Erzähl!
Ich lachte, machte mich frei, legte meinen Arm wieder um sie und zog sie mit mir fort.
Da ist weiter nichts zu erzählen, sagte ich. Ich bin endlos lange geschwommen. Schließlich haben mir Fische den Weg versperrt. Hunderte. Tausende. Sie haben ein merkwürdiges Geräusch gemacht. Merkwürdig für Fische. Wie Grillen. Zikaden.
Ach so!
Sie lehnte ihren Kopf an meine Schulter.
Auf der Veranda saß Suleiman. Er maunzte uns an und schlüpfte mit ins Haus. In der Küche setzte Hanna sich auf die Bank, öffnete die Schublade und suchte in ihr herum, bis sie die Zigarren gefunden hatte.
Magst du auch eine? fragte sie.
An sich ja, sagte ich. Aber willst du nicht in die Heia?
Jetzt? Wo ich meine Schafe nicht finden kann? Ich weiß nicht mal, was sie so in Panik gebracht hat.
Sie brannte zwei Zigarren zugleich an. Das rote Aufglühen spiegelte sich funkelnd in ihren Augen. Dann reichte sie mir eine über den Tisch.
Danke dir, sagte ich. Denk dran: nicht lutschen!
Ich werd mir Mühe geben, Much. Wahrscheinlich vergebens.
Wahrscheinlich. Sag mal, Hanna: was war der Anlaß, daß du damals deine Klostergemeinschaft verlassen hast?
Sie warf heftig den Kopf zurück, lehnte ihn dann gegen die Wand und sog an ihrer Zigarre.
Was ist? fragte ich.
Nichts. Sag ich dir später.

Eine Weile schwiegen wir beide.
Hatte es was mit Meret zu tun? fragte ich.
Nein. Doch, auch. Sie ist zu mir in mein Zimmer gekommen. Es war nicht erlaubt, einander auf den Zimmern zu besuchen. Es war am Morgen, nach der Meditation. Meret hat nicht angeklopft. Sie ist hereingekommen und hat die Tür hinter sich zugemacht.
Bist du wahnsinnig? hab ich gesagt. Wenn Cornelia das merkt, meldet sie es Mutter Adriana.
Meret hat gelacht, ihr schönes heiseres Lachen. Das möcht ich noch mal hören!
Hanna sog an ihrer Zigarre. Glühende Asche fiel ihr in den Schoß. Sie wischte sie mit einer raschen Handbewegung fort.
Sie hat gelacht, sagte sie. Sie hat sich auf meinen einzigen Stuhl gesetzt – und ich mich aufs Bett.
Ich bin wahnsinnig, hat sie gesagt. Ich geh!
Du? hab ich gesagt. Du willst austreten?
Ich bin ausgetreten, hat sie gesagt. Jetzt. Vorhin. Ich komme graden Wegs aus Adrianas Zimmer.
Was hat sie gesagt, Meret?
Sie hat mir nicht glauben wollen, Hanna. Sie dachte, es sei mir nicht ernst. Eine Laune. So was wie eine Laune, ja. Ich solle beten. Erst als ich ihr gesagt hab, ich würde im Herbst meine Gelübde auf keinen Fall erneuern, hat sie verstanden.
Was hat sie gesagt?
Sie sagte, ich dürfe mich von niemandem verabschieden und solle vor dem Mittagessen aus dem Haus sein. Cornelia werde mir jetzt meinen Koffer geben und etwas Geld, und ich könne alle Kleider, die ich von der Gemeinschaft bekommen habe, mitnehmen. Und da war noch etwas. Adriana wollte wissen, ob ich mit jemandem in der Gemeinschaft über meinen Austritt gesprochen habe. Ich habe ihr nicht erzählt, daß ich zu dir gehen würde. Aber sie wird euch alle fragen. Dich besonders.
Sie kann es ruhig wissen, Meret. Ich bin im Gehorsam verpflichtet, die Wahrheit zu sagen.

Sie wird es dir nicht leichtmachen. Du kennst Adriana.
Mutter! Mutter Adriana!
Für dich, Hanna! Nicht mehr für mich! Ich geh! Ich geh! Ich geh!
Schrei nicht so! Man kann dich hören. Weshalb gehst du?
Willst du die Gründe wissen? Oder den Anlaß?
Jetzt redest du wie Cornelia. Alles will ich wissen. Falls du darüber reden magst.
Ich mag!
Sie ist aufgestanden, zum Fenster gegangen, hat hinausgeschaut, obwohl man nicht richtig hinausschauen konnte; die Gardinen waren zu dicht. Wir sollten nicht hinausschauen; wir sollten nach innen blicken. Sie ist vom Fenster zurückgekommen, hat sich hingesetzt und ein Bein übers andere geschlagen.
Hanna, hat sie gesagt, die Gründe kennst du. Wir sollen uns Gott übergeben; alle unsere Freiheit, unser Gedächtnis, unseren Verstand und unseren ganzen Willen. Wir verzichten nicht nur auf Besitz, Familie, Entscheidungsfreiheit. Wir versuchen jeden Tag, alles, was wir sind und haben, dem Schöpfer zurückzugeben. Ich möchte immer noch glauben, daß es möglich ist, sich selber abzulegen. Ja, das sind Adrianas Worte: Meret, Sie müssen sich selber ablegen!
Sie hat leise gelacht.
Aber ich kann es nicht, hat sie gesagt. Ich kann es nicht.
Hanna zog an ihrer Zigarre. Suleiman, der neben ihr auf der Bank lag, hob den Kopf und starrte mit runden Augen in die Glut. Im Wohnzimmer schlug mehrmals die Pendeluhr.
Du hast es auch nicht gekonnt, sagte ich.
Hanna zog die Beine unter sich.
Doch! sagte sie. Ich hätte es gekonnt. Aber nachdem Meret fort war, wollte ich es nicht mehr. Nein, das ist falsch. Etwas in mir hat aufgehört. Nicht aufgehört zu wollen, einfach aufgehört. Wozu? hab ich mich gefragt. Wozu das Ganze? Das war das Wort, um das sich meine Meditationen drehten: Wozu? Wozu hat Gott mir Freiheit, Gedächtnis, Verstand und Willen gegeben? Nur, um sie

wieder zurückzufordern? Ja doch: am Ende meines Lebens. Aber wozu jetzt? Wozu die Eile? Wozu dies stumpfsinnige, barbarische Vorwegnehmen? Mir schien es mehr und mehr schamlos, wie sie Gott bedrängten mit ihrem Opfersinn.

Sie streifte die Zigarre überm Aschenbecher ab. Die Zigarre zerbrach. Hanna benutzte den Stummel, den sie noch in den Fingern hielt, um die Glut mit mahlenden Bewegungen zu löschen. Dann wandte sie den Kopf zum Fenster.

Draußen wird es schon grau, sagte sie. Ja, das waren die Gründe. Meine Gründe. Der Anlaß ergab sich im März. Ich kam von der Uni und fand Muttis Brief vor. Sie schrieb, Vati müsse sich nun doch der Operation unterziehen; ich solle unbedingt kommen. Mutter Adriana gab mir eine Woche Urlaub. Ich fuhr. Wir haben Vati ins Krankenhaus gebracht. Mutti ist bei ihm geblieben. Sie hat erreicht, daß sie ihr ein Bett in sein Zimmer gestellt haben. Ich bin nach Hause gegangen. Die Straßen waren voller Schneematsch, und in den Weinbergen klebte Nebel. Aber das Haus war warm. Ich hab mir was zu essen gemacht, hab ausgepackt, hab geduscht. Ich war allein im Haus. Aus dem Badezimmer bin ich nackt übern Flur in mein Zimmer gegangen. Ich hab den Wäscheschrank aufgemacht, um mir frisches Unterzeug zu holen. Innen an der Tür war ein Spiegel. Ich bin so stehengeblieben, wie ich war, und hab mich angeschaut.

Was hast du gedacht? fragte ich.

Nichts, sagte Hanna. Ich hab nur geschaut. Eine Woche danach war ich wieder in Basel. Im Eichendorff-Seminar hat jemand mich am Ellbogen berührt. Ich hab mich abrupt umgedreht.

Ja, bitte? hab ich gesagt.

Verzeihung, hast du gesagt. Wolken ziehn wie schwere Träume – wo steht das?

Welche Ausgabe haben Sie denn? hab ich gefragt.

Den Richard Dietze. 1906.

Den hab ich auch. Seite dreizehn.

Danke!

Bitte!

Hanna lachte.
Vier Monate später hab ich Mutter Adriana gegenüber gesessen, fuhr sie fort. Sie lehnte hinterm Schreibtisch in ihrem hohen Polsterstuhl; ich hockte tief unter ihr in dem niedrigen Besucherfauteuil. Ich hab ihr gesagt, daß ich austreten werde, und weshalb.
Ist ein Mann im Spiel? hat sie gefragt.
Nein, hab ich geantwortet.
Nun gut, hat sie gesagt. Sie werden sich von niemandem verabschieden. Gehen Sie vor dem Mittagessen. Cornelia wird Ihnen Ihre Sachen aushändigen. Sagen Sie ihr, wieviel Geld Sie brauchen.
Sie hat die Augen geschlossen. Ihre Lider waren sehr weiß, mit dicken, violetten Rändern. Eine Weile lang war nichts zu hören als das Geräusch von dem Bleistift, den Mutter Adriana auf ihrem Schreibtisch hin und her schob. Dann hat sie die Lider gehoben und mich angeschaut.
Heiraten werden Sie wohl nicht mehr, Johanna! hat sie gesagt. Das war der Abschied.
Hanna gähnte, streckte sich und kraulte Suleiman zwischen den Ohren. Der Kater rollte sich mit einem gurrenden Kehllaut auf den Rücken.
Es war aber ein Mann im Spiel, Hanna, sagte ich. Du hast mich schon gekannt.
Ha! Denselben Einwand hab ich vorhin von deinem Freund gehört, am zerrissenen Zaun vom Ostviertel!
Ja? Was hast du ihm geantwortet?
Daß du nichts mit meinem Austritt zu tun hattest. Daß wir erst Wochen danach zum erstenmal miteinander essen gegangen sind. Much, wie kommt es, daß ihr beide mir innerhalb weniger Stunden die gleiche Frage stellt? Ihr habt euch abgesprochen, du und Babbo. Gibs schon zu!
Suleiman sprang zu Boden, lief zur Tür, sah sich um und mauzte. Ich ließ ihn hinaus, ging zum Tisch zurück, setzte mich auf die Kante und nahm Hannas Hände.

Ich bin gestern nachmittag drauf zu sprechen gekommen, daß du im Kloster warst, sagte ich. Er hat wissen wollen, weshalb du ausgetreten bist. Ich hab gesagt, das weiß ich nicht; er kann dich ja selber fragen. Er hat dazu ein sehr zweifelndes Gesicht gemacht.

Das kann ich mir vorstellen.

Gut. Ich hab dich vorhin gefragt, weil ich es wissen wollte. Da war nichts abgesprochen, wirklich nicht. Kannst du dir das auch vorstellen?

Ja doch. Aber ich glaub dir nicht. Gleich am ersten Tag, noch bevor Babbo ankam, hast du begonnen, mich mit meinen Fragen an ihn zu verweisen. Jetzt fängst du an, ihn mit seinen zu mir zu schicken. Abgesprochen ist vielleicht das falsche Wort. Vielleicht weiß Babbo gar nicht, was du vorhast. Ich bin fast sicher, er weiß es nicht.

Was hab ich vor?

Uns zu verkuppeln.

Ich drückte ihre Hände zwischen meinen.

Hanna, sagte ich. So was würde mir niemals in den Sinn kommen. Das weißt du!

Weiß ich das? Denk elf Jahre zurück.

Hanna!

Monatelang hast du mir in den Ohren gelegen, ich solle mit einem anderen Mann schlafen! Am besten mit zweien oder dreien zugleich. Es wird mir guttun, hast du gesagt. Es wird mich selbstsicherer machen. Freier. Liebenswerter. Tausend Gründe hast du angeführt. Du hast nicht hören wollen, daß ich nein und nein gesagt hab. Von der Tagung in Wiesbaden hast du mir seitenlange Briefe geschrieben, zärtliche Briefe, Much, pornographische Briefe, liebevoll ausgemalt: jedes Schamhaar an seinem Platz, jede Vorhaut mit ihrem persönlichen Faltenwurf. Du hast nicht nachgelassen. Schließlich hast du mich soweit gehabt.

Davon hast du nie gesprochen! Wann war das?

An dem Wochenende im Juli, an dem Lilith bei meiner Schwester zum Kindergeburtstag eingeladen war. Erinnerst du dich?

Nein.
Samstagabend, Much. Du hast wieder mit dem Thema angefangen. Ich hab zu dir gesagt: Überreden kannst du mich vielleicht; überzeugen kannst du mich nie. Wenn ich es tu, wird es dir eines Tages leid tun. Es wird uns auseinanderbringen. Du hast gesagt: Schön. Reden wir nicht mehr davon. Dann bist du zu deinem Skatabend gegangen. Erinnerst du dich jetzt?
Ja.
Wie du fort warst, hab ich die Platte aufgelegt, die du mir zu Weihnachten geschenkt hattest. Danach hab ich versucht, ein Buch zu lesen. Aber mir war zu elend. Ich hab einen Kognak getrunken, und danach noch drei oder vier. Ich bin ins Schlafzimmer gegangen. Ich hab den schwarzen Minirock angezogen, die graue Seidenbluse mit dem Malvenmuster, die hochhackigen schwarzen Sandalen, die dir so gefallen haben. Ich bin ins Bad gegangen, hab mich parfümiert, hab mich so angemalt, wie ich mir vorgestellt hab, daß man sich anmalen muß, wenn man auf den Strich geht. Ich hab mir überlegt, was ich sagen soll, wenn mich einer anspricht, der mir nicht paßt. Ich bin ins Wohnzimmer gegangen und hab noch einen Kognak getrunken.
Hanna! hab ich laut gesagt. Brings hinter dich!
Es hat geklingelt.
Fein! hab ich gedacht. Vielleicht ist das einer, der fickbar ist. Dann behalt ich ihn aber hier, bis der Much kommt!
Im Flur bin ich über den Teppich gestolpert. Ich bin um ein Haar der Länge nach hingeschlagen. Ich hab die Tür geöffnet. Du warst es. Weißt du noch, was du gesagt hast?
Ja. Ich sagte: Ich hab vergessen, daß während der Schulferien der Skat ausfällt. Dann sagte ich noch irgendwas vom Fasching.
Karneval ist aber erst in vier Monaten! Das hast du gesagt. Ich bin dir um den Hals gefallen und hab losgeheult. Du hast angenehm nach Bier und Zigarrenrauch gerochen. Nachdem ich mich leergeheult hatte, war dein weißes Hemd bunt: Lippenstift, Lidschatten, Augenbrauenstift, alles durcheinanderge-

schmiert. Du hast für jeden von uns ein Schnitzel gebraten und Reis und Salat dazu gemacht. Gut hat das geschmeckt. Nach dem Essen hast du mir sehr lieb, sehr ruhig erklärt, daß ich ja recht habe und alles nur ein Irrtum von dir war. Daß du gar nicht wirklich gewollt hast, ich solle mit jemandem anderen schlafen. Daß es nur Phantasien waren; eingebildete sexuelle Szenen, wie man sie sich manchmal beim Onanieren vorstellt, und daß du diese Vorstellungen eben mit Wünschen verwechselt hast. Das hat mir auch eingeleuchtet.
Sie zog ihre Hände zwischen meinen Händen heraus, strich sich das Haar aus dem Gesicht, warf es über die Schultern nach hinten und nahm meine Hände zwischen ihre.
Dann ist ja alles gut, sagte ich.
Sie schüttelte heftig den Kopf.
Du hast mich gebeten, alles zu vergessen, sagte sie.
Und du hast es versprochen, sagte ich.
Nein, Much. Ich hab versprochen, daß ich versuchen will, zu vergessen.
Du trägst es mir nach?
Ja doch. Darauf läuft es hinaus. Ich hab dir schon in Basel gesagt, daß ich nachtragend bin. Aber das ist es nicht, was ich dir sagen will.
Was denn, Hanna?
Vor elf Jahren warst du es, der gewollt hat. Ich wollte nicht.
Ich hab nicht gewollt, Hanna!
Nein. Du hast geglaubt, daß du willst. Jetzt glaub ich, daß ich will.
Was?
Mit dem Boris schlafen.
Nein!
Doch. Es hat nichts mit dir zu tun. Nicht mit dir vor elf Jahren. Nicht mit dir jetzt. Mit mir. Mit ihm. Er reizt mich.
Das hat wenig zu sagen.
Das hat viel zu sagen. Bei mir. Du warst der einzige, der mich gereizt hat. Bis jetzt.

Was reizt dich an ihm?
Nichts an ihm. Er! Ich hab Lust auf ihn.
Hat er Lust auf dich?
Ja doch!
Wie willst du das wissen? Du kennst ihn kaum.
Ich hab ihm einen Kuß gegeben. Vorhin, am zerrissenen Zaun vom Ostviertel. Er war verblüfft. Verlegen. Er hat sich gefreut.
Ja und? Das kann ich ihm alles nachfühlen. Mir geht es genauso mit dir.
Ja?
Ja. Du weißt ganz gut, wie du wirkst. Jetzt laß den Unsinn. Das sind alles Phantasien. Ich will so was nicht. Der Babbo will es auch nicht.
So? Wer weiß. Du meinst, er wird sich zurückhalten? Aus Freundschaft? Aus Solidarität? Du unterschätzt mich. Ich weiß, daß ich ihn dazu bringen kann.
Liebst du ihn?
Nein. Ich lieb dich. Ich hab Lust, mich vom Boris vögeln zu lassen. Gründlich. Bis es mir zu allen Löchern rauskommt. Verstehst du?
Nein.
Lust hab ich. Das heißt nicht, daß ich will. Ob ich will, weiß ich noch nicht. Wenn ich will, werd ich es tun.
Wirst du es mir sagen?
Wie soll ich das wissen?
Hanna?
Mhm?
Bitte, tu es nicht!
Ich nahm ihr Gesicht in beide Hände und beugte mich zu ihr, um sie zu küssen. Sie bog den Kopf von mir fort.
Nein, sagte sie. Sei nicht so.
Ich stand auf.
Du mußt melken, sagte ich. Und ich muß ausmisten.
Ich komm gleich nach, sagte Hanna. Erst geh ich unter die Dusche.

Beeil dich, sagte ich. Wir müssen auch den Zaun flicken und die Schafe finden. Ich wüßte gern, wovor die davongerannt sind. Wir sollten sie aufs Westviertel tun. Das ist näher.
Ich drehte mich um und ging zur Tür.
Much? rief Hanna leise.
Ja? sagte ich, die Hand auf der Türklinke.
Wirst du fortgehen von mir? fragte sie.
Das könnte dir so passen, sagte ich und ging hinaus. Der Flur war voll bräunlicher Dämmerung. Draußen war es hell.

10

Nachdem sie mit dem Melken fertig war und die Ziegen auf die Weide gebracht hatte, zentrifugierte Hanna die Milch. Ich holte den Werkzeugkasten, zwei Paar dicke Lederhandschuhe, eine Rolle Stacheldraht und einen Sack Glaswolle und lud alles auf den Pickup. Hanna brachte ihren Sattel und einen Korb, schob beides auf die Ladefläche, legte das Zaumzeug dazu und schloß die Heckklappe.
Soll einer von uns mitreiten? fragte ich.
Ich komm schon zurecht, sagte sie. Ich hab ja die Hunde. Ihr müßt den Zaun flicken.
Okay. Schrei halt, wenn du jemanden brauchst.
Mach ich. Schau auf deiner Seite, ob du die Pferde siehst. Bitte!
Wir fuhren langsam von den Gebäuden fort, den Hang entlang ins Bachtal hinunter und in den Wald hinein. Hochnebel trieb zwischen den Baumwipfeln. Ab und zu kam die Sonne durch. Die Pferde standen auf der langgestreckten, von Birken eingefaßten Lichtung, die zum See hin abfiel. Ich hielt an.
Da sind sie, sagte ich. Welches nimmst du?
Tsoona, sagte Hanna. Ich hab euch Brote eingepackt und zwei Thermosflaschen. Kaffee und Tee.

Sie beugte sich rasch hinunter, küßte meine Hand, die auf dem Schalthebel lag, stieg aus, schlug die Tür zu, ging nach hinten und holte Sattel und Zaumzeug vom Wagen. Dann kam sie noch einmal nach vorn. Ich kurbelte mein Fenster hinunter.
Bis heut abend! sagte sie.
Bis heut abend! Du, Hanna: was ist, wenn du ein Kind bekommst?
Unsinn! Wir geben uns seit vier oder fünf Jahren Mühe. Ich bin jenseits von Gut und Böse.
Du kriegst jeden Monat deine Periode. Pünktlich.
Sie zog die braune Schirmmütze tiefer ins Gesicht.
Dr. Kumar sagt, das kommt vor.
Ich hab nichts gegen Dr. Kumar, sagte ich. Persönlich find ich sie nett. Aber du weißt, die Ärzte, die es in einem Kaff wie Anahim Lake lang aushalten, sind nicht unbedingt die besten. Fahr doch mal nach Prince George. Oder am besten gleich nach Vancouver.
Sie seufzte.
Ja doch, sagte sie. Wenn mal Zeit ist!
Sie wandte sich ab, hob das Zaumzeug auf und warf es über die Schulter. Ich schaute ihr nach. Sie schritt rasch durch das nasse Gras, von dem Tropfen sprühten. Ihr roter Pullover leuchtete im kühlen Sonnenlicht.
Die Sonnenblumen vor der Südwand von Chilicote, die Lilith im Frühjahr gesät hatte, wurden schon braun. Vögel hatten begonnen, sich die Kerne zu holen, obgleich sie noch nicht ganz reif waren. Babbos Bettdecke und sein Kopfkissen hingen über dem Geländer der Veranda. Die Fenster seines Zimmers waren geöffnet.
He! rief ich. Pastrukov! Wo steckst du?
Niemand antwortete.
Ich ging hinein. Auf dem Tisch stand der Leuchter, in dem eine halb abgebrannte Kerze steckte. Neben ihm lag aufgeschlagen der rote Ordner, der Liliths kanadische Anekdotensammlung enthielt, beschwert mit dem runden, an einer Seite ein wenig eingekerbten tiefroten Stein. Ich beugte mich über den Ordner.

Selten nur, las ich, werden heute diese Pfade begangen. Die Indianer, deren Füße sie durch die duftende Wildnis gebahnt hatten, leben jetzt in Holzhäusern, sehen fern und langweilen sich. Und die Geister, denen sie früher Nahrung zu bringen pflegten, sind hungrig und langweilen sich auch.
Draußen raschelte und knackte es.
Hier! rief ich, ging zum Fenster und beugte mich hinaus. Das runde, schwarze Hinterteil eines Bären verschwand eben in den Weidenbüschen am Rand der Schlucht.
Ich ging vor die Hütte, rief noch ein paarmal, ohne Antwort zu erhalten, stieg dann ins Auto und fuhr weiter. Das Tor zum Ostviertel war geschlossen. Ich schaltete den Vierradantrieb ein, bog nach links ab und holperte langsam den Zaun entlang. Auf der Kuppe angekommen, sah ich Babbo. Er war dabei, die zerrissenen Drähte aus den Büschen zu ziehen, wohin die Schafe sie bei ihrer Flucht mitgeschleppt hatten. Ich wendete, hielt an und stieg aus.
Morgen! sagte ich. Du hattest eben Bärenbesuch.
Ein schwarzer, junger? sagte Babbo. Der war schon vor zwei oder drei Stunden mal da. Er ist scheu.
Solang du nichts Eßbares herumliegen läßt, bleibt er auch scheu, sagte ich. Wie hast du den Weg wiedergefunden? Ihr wart doch im Finstern hier?
Schon. Ich schlaf wenig, weißt du. Ich treib mich viel auf eurem Grund herum.
Hast du die Schafe gesehen?
Nein. Wo ist die Hanna?
Die muß bald kommen. Hoch zu Pferd. Wenn sie einen von uns braucht, wird sie rufen. Hier!
Ich warf ihm zwei von den dicken Lederhandschuhen zu. Er fing sie kurz vor seiner Brust mit einer raschen Bewegung der rechten Hand.
Zieh an, sagte ich. Bringt nichts, wenn du dir die Finger kaputtreißt. Hanna findet, du bist ein rührender Mensch. Weil du sofort mitgegangen bist, wie sie dich aus dem Bett geholt hat.

So war das aber nicht, Much. Bei euch war alles dunkel. Also hab ich das Auto in den Schuppen gestellt und bin nach Chilicote gelatscht. Unterwegs hab ich die Hanna eingeholt.
Dann hab ich sie mißverstanden. Wenn du willst, kannst du mit den Drähten weitermachen und die lockeren Pfosten festschlagen. Der Schlegel liegt auf dem Auto. Ich geh mal rasch nachschauen, ob der Schweinezaun ganz ist. Eine Schweinejagd, die fehlt uns noch.
Ich stieg über einen Knäuel zerrissenen Stacheldrahts, an dem Wolle hing, und zwängte mich durchs Gebüsch, das sich in einem breiten Streifen bis zum See erstreckte.
Der Schweinezaun war unbeschädigt. Die beiden Säue standen bis zu den Bäuchen im Wasser und wühlten Schlamm auf. Weiter draußen hatte sich eine kleine Entenschar versammelt und sah ihnen neugierig zu.
Eine halbe Stunde später war ich zurück. Babbo hatte die Drähte entwirrt, gerade gebogen und nebeneinander im Gras ausgelegt und war dabei, einen Pfosten einzuschlagen. Er ließ den Schlegel sinken, als er mich sah.
Was ist? rief er. Alles paletti?
Yes, Sir, sagte ich. Der Zaun ist heil, die Schweine sind gesund und wühlen in ihrer duftenden Wildnis. Wie gefallen dir die Geschichten?
Geschichten?
Die von unserer Pocahontas. Sie liegen auf deinem Tisch.
Ach, die! Gut find ich die. Sie schreibt so aus sich raus, wie wenn sie reden tät. Die komischen Sachen bringt sie ganz trocken, das macht sie noch komischer. Zum Beispiel, wie der Alfons Knocke sich giftet, weil die Leute hier immer noch Mr. Nocki zu ihm sagen.
Liest du der Reihe nach?
Immer, Much. Ich werd fuchtig, wenn jemand hinten in einem Buch anfängt. Die Dorle hat das oft gemacht. Besonders bei Kriminalgeschichten.
Hanna macht es auch. Manchmal. Offenbar ein Privileg der Wei-

ber. Ich bin neugierig, wie dir die Story von der Weihnachtsfeier gefallen wird.
Wie alt ist sie?
Wer?
Die Pocahontas natürlich.
Sechzehn wird sie.
Wem von euch beiden schaut sie gleich?
Hm. Im Ganzen, glaub ich, wird sie später mal meiner Mutter ähnlich sehen. Die große Nase und die braunen Augen, die hat sie aber von Hanna.
Echt?
Er hob den Schlegel und schlug drei- oder viermal auf den Pfosten. Dann rüttelte er an ihm.
Dirndl, der ist drin! sagte er und stellte den Schlegel nieder. Weißt was, Much? Beneiden tu ich dich. Um die Kinder. Besonders um die Pocahontas. Ich möcht so gern eine Tochter haben.
Da bestehen ja Aussichten, sagte ich.
Seine Lippen öffneten sich ein wenig. Er sagte nichts, sah mich nur an. Nach einer Weile hob sich seine rechte Braue. Sein rechter Mundwinkel zuckte. Er blickte zu Boden, zog ein Taschentuch heraus und rieb damit seinen Hals.
Du Hundling, sagte er. Wegen dem Busserl!
Ich schwieg. Er stopfte das Tuch in die Tasche und ergriff den Schlegel.
Geh her, sagte er. Wir machen das hier fertig. Nachher kannst du mich zum Thom fahren. Der läßt mich die paar Tage bei sich wohnen. Wenn nicht, ich find schon was.
Einen Schmarrn werd ich, sagte ich. Du bleibst. Sie hat angefangen. Das hat sie mir selber gesagt. Mit dir hat das nichts zu schaffen. Das ist zwischen mir und meiner Frau.
Wenn du meinst, sagte er. Ist sie das? Dreh dich um!
Ich drehte mich um. Pferd und Reiterin, mehr als eine halbe Meile entfernt, waren eine schwarze Silhouette vor der braungrünen Schattenmasse des Nordhangs. Oben auf dem Hügel flammten die Pappeln grellgelb in der Sonne.

Ja, sagte ich. Das ist sie.
Treibt sie die Schafe hierher zurück?
Nein. Wir tun sie aufs Westviertel. Die Weide dort ist trockener; schlechter als hier. Aber wir möchten sie in der Nähe haben, solang wir nicht wissen, was sie so verschreckt hat.
Habt ihr auch braune Schafe?
Braune? Wir haben keine braunen Schafe. Was bringt dich auf die Idee?
Er grub in der Gesäßtasche seiner Jeans und hielt mir ein verfilztes Büschel gelockter, rotbrauner Wolle hin. Ich nahm es, drehte es zwischen den Fingern. Schließlich roch ich daran.
Menschenskind! sagte ich. Wo hast du das her?
Hat im Stacheldraht gehangen, Much. Eine Freundin von Mama hat mich gebeten, ihr solche Wolle mitzubringen. Die Farbe ist schwer zu kriegen, weißt du. Da hab ich das Büschel da eingesteckt, damit ich dran denke, euch zu fragen.
Schaut nach Ohfor aus, sagte ich. Ich hab erst vorgestern mit Noel über ihn gesprochen. Ohfor ist einer seiner Hunde. Er wildert.
Setter?
Teilweise. Hat auch Schäferhund und Neufundländer drin. Und seine Haxen sind krumm. Da hat wohl mal ein Dackel in die Genealogie hineingespuckt.
Gespuckt? Na Servus.
Wir grinsten.
Ohfor, sagte Babbo. Heißt das irgendwas?
Nicht direkt. Er hat, schon als er klein war, lauter Scheiß angestellt. Zahnpastatuben zerkaut; Putzlappen gefressen; einen Haufen halb verdauter Mäuse in die Badewanne gekotzt. Pam, Noels Frau, hat jedesmal geschrien: Oh for God's sake, not again!
Aha. Und dem Thom sein Hund, der verrückte Pudel? Wieso heißt der Slider?
Thom hat ihn von Petkaus. Er ist im Stall aufgewachsen. Da ist er immer auf dem Bauch unter der Trennwand zu den Schwei-

nen durchgerutscht und hat versucht, bei der Sau zu trinken. Viele Tiere kommen hier durch solche Eigenheiten zu ihren Namen. Die Leute finden das witzig.
Ich steckte das Büschel Hundewolle ein, und wir begannen, die Drähte anzunageln, anzustückeln und zu spannen.
Hast du von Thom was erfahren? fragte ich.
Hat die Hanna dir nix erzählt?Ja dann ... Dieser Dudley könnte schon derjenige sein, den ich suche. Falls die Nina ihn geheiratet hat. Der Thom hat eine Menge über ihn gewußt; vor allem, daß er Dudley Barebum genannt wird, weil er niemals Unterhosen trägt.
Geh!
Ehrlich, Much. Die Edith hat mir einen Brief gezeigt, den sie letztes Jahr zu Weihnachten von ihrer Nina gekriegt hat. Die Nina schreibt, sie wird vielleicht wieder heiraten. Sie erwähnt nicht, wie der Mensch mit Nachnamen heißt, wie alt er ist, was er tut. Dafür erzählt sie anderthalb Seiten lang, was sie alles angestellt hat, damit er endlich Unterhosen anzieht, und daß alles vergebens war. Der Brief kam aus Meldrum Creek.
Aber dort ist sie nicht mehr.
Nein. Thom hat gesagt, er fährt morgen für mehrere Tage fort. Er kennt einen in Kamloops, der mit einem befreundet ist, dessen Schwester vor Jahren mit diesem Dudley ein Kind gehabt hat. Die könnte wissen, wo er steckt. Weil er Unterhalt bezahlt. Sag einmal, Much: weswegen hat sich die Frau vom Thom umgebracht?
Christine?
Er hat nur gesagt, sie war eine Indianerin. Und eine gute Frau, obwohl sie gesoffen hat.
Thom hat mit ihr gesoffen. Seit sie tot ist, hat er aufgehört. Ich glaub, sie hat sich erhängt, weil ihr der Tod ihres Bruders zugesetzt hat. Ihr Bruder war ihr letzter lebender Verwandter. Er ist im Winter mit dem Auto übern See gefahren und durchs Eis gebrochen. Ich habs gesehen. Ich war auf der Fähre.
Haben sie ihn gefunden?

Ich schüttelte den Kopf.
Guy Pascalle und zwei andere Taucher waren unten, sagte ich. Der Seegrund fällt an der Stelle steil ab. Es gibt starke Strömungen. Sie haben nicht mal das Auto entdeckt.
Sachen passieren hier, sagte Babbo.

Wir aßen zu Mittag, nachdem wir mit dem Zaun fertig waren, fuhren dann nach Chilicote und fingen an, das Häuschen für den Widder zu zimmern. Spät am Nachmittag hörte ich Schafe blöken, weit weg, zwischen Chilicote und dem See. Es dämmerte, als wir erst den Widder, danach das Häuschen auf dem Fundament festschraubten, das Fallrohr und die Steigleitung anschlossen und den Widder nach einigen vergeblichen Versuchen endlich zum Laufen brachten.
Da schau her! sagte Babbo. Sehr gut! Setzen! Der technische Fortschritt ist ein unaufhaltsamer!
Hanna saß auf der obersten Verandastufe, staubig, verschwitzt, barfüßig, und fettete ihren Sattel ein.
Könnt ihr nicht später fertig werden, anstatt jetzt hier herumzuhängen? sagte sie. Das Essen braucht noch ewig.
Alle Schafe da? fragte ich.
Ja doch. Ich hab sie natürlich gezählt.
Wie viele hast du mit Jod eingeschmiert?
Elf.
Babbo schaute auf sie hinunter.
Mei, sagte er. Laß mich das machen und geh baden, Venus!
Sowas von Seemann! sagte sie, ohne den Blick zu heben. Mach mal drei Schritte rückwärts. Große! Brav. Jetzt schau an der einzelnen Kiefer rechts vorbei nach Süd-Süd-West. Dort steht sie, die Venus. Dicht überm Horizont.
Stimmt sogar, sagte Babbo. Wißt ihr, was paradox ist an ihr? An der Venus?
Ja doch, sagte Hanna. Daß sie sich von dir anschauen läßt.
Falsch, Gnädigste. Daß sie ein Planet ist, und kein Fickstern.
Ba-ba-bah! sagte Hanna, schraubte den Deckel auf die Dose mit

dem Sattelfett, steckte sie Babbo in die Tasche, stand auf und hielt ihm den Sattel hin.
Bitte schön! sagte sie. Die Tür rechts am Maschinenschuppen führt zur Werkstatt. Neben der Werkstatt befindet sich die herrschaftliche Sattelkammer.
Ich zog das rotbraune Wollebüschel aus der Tasche und legte es auf den Sattel. Hanna beugte sich vor und schnüffelte daran.
Ohfor, sagte sie sofort. Daß ich daran nicht gedacht hab.
Sie hob den Kopf und sah Babbo an.
Wo hast du das gefunden? fragte sie.
Im Stacheldraht, sagte Babbo. Wer sagt dir, daß ich es gefunden hab?
Du! Jetzt lauf und komm wieder und hilf dem Much, nach dem Essen schauen. Ich geh duschen.
Wir traten von der Veranda ins Haus. Hanna küßte mich fest aufs Schlüsselbein.
Gott, bin ich froh, daß die Kinder fort sind! sagte sie.
So? Vor vier Tagen haben sie dir noch gefehlt.
Ja doch. Sie fehlen mir, und ich freu mich, daß ich sie aus den Haaren hab. Wo ist der Widerspruch?
Da bin ich überfragt. Immerhin erkennst du an, daß einer besteht. Was gibt es zum Essen?
Pilzreis, Zwiebelgulasch und Salat. Den Salat hab ich schon angemacht. Paß vor allem auf, daß der Reis nicht vermatscht. Bis nachher!
Ich hob den Deckel vom Gulasch, sah, daß es aufgehört hatte zu kochen, und schob den Topf in die Mitte der Herdplatte. Dann kostete ich den Reis. Er war nahezu gar. Ich rührte ihn um, deckte ihn wieder zu und stellte ihn ins Wärmfach. Über mir im Badezimmer hörte ich das dumpfe Rauschen von Wasser.
Babbo kam herein.
Alles untergebracht? fragte ich.
Freilich. Kann ich was tun?

Setz dich hin und rauch eine. Magst du nachher duschen?
Er nickte und setzte sich auf die Bank, auf den Platz, an dem meistens Hanna saß.
Falls du was Sauberes anziehen möchtest, sagte ich, kannst du was von meinen Sachen haben. Mir scheint, wir haben immer noch die gleiche Größe.
Danke. Das brauchts nicht. Ich hab erst heut morgen sauberes Zeug angezogen.
Mhm. An dir könnte sich dieser Dudley ein Vorbild nehmen.
Ich hob den Deckel vom Gulasch, rührte darin und zog es etwas weiter zum Herdrand.
Wechselt ihr euch beim Kochen ab? fragte Babbo, seine Pfeife stopfend.
Meistens kocht Hanna, sagte ich. Als wir geheiratet haben, hat sie nicht mal ein weiches Ei hingekriegt. Ehrlich. Sie hat das Kochen von mir gelernt. Ich machs nur noch ganz selten. Wir haben wieder die alte, repressive Rollenverteilung.
Er grinste.
Absichtlich? fragte er. Aus ideologischen Gründen?
Nee, sagte ich. Es hat sich so ergeben. Wir befinden uns beide ganz wohl dabei.
Er zündete seine Pfeife an. Ich rührte im Gulasch.
Ja! sagte er. Den Eindruck hab ich auch. Ihr seid zu beneiden. Die Dorle, weißt, die ist damals voll eingestiegen in diese sogenannte Emanzipationskiste. Geschichten könnt ich erzählen – die Zehennägel würden euch hochklappen.
Über uns wurde das Rauschen des Wassers leiser und hörte dann ganz auf. Nur in der Abwasserleitung gurgelte es noch.
He, ihr Etrusker! rief Hanna. Bad ist frei!
Ich hörte sie mit raschen Schritten über den oberen Flur ins Schlafzimmer gehen und die Tür schließen.
Etrusker? sagte Babbo. Was hat sie gemeint?
Vielleicht, daß wir riechen wie irgendwelche archäologischen Funde? Frag sie doch selber.
Er legte seine Pfeife in den Aschenbecher.

Schade, sagte er. Grad hat sie so gut geschmeckt. Wo kommt überhaupt euer heißes Wasser her?
Aus dem Herd hier, sagte ich. Da ist eine Heizschlange drin. Jetzt spring, ich will auch noch drankommen.
Babbo war schon nach wenigen Minuten wieder zurück, Haare und Bart gekräuselt von Feuchtigkeit. Er nahm seine Pfeife auf und zog an ihr.
So was! sagte er. Die ist noch an. Hast du die am Brennen gehalten?
Hab ich. Service des Hauses. Jetzt tu mir einen Gegendienst und laß das Gulasch nicht anbrennen, okay?
Auch ich war rasch fertig, trocknete mich ab und zog mich an. Im Schlafzimmer summte noch immer der elektrische Fön. Ich ging die Treppe hinunter und durchs Wohnzimmer in die Küche.
Ich glaub, der Gulasch ist recht, sagte Babbo. Ich hab ihn in eine von den blauen Schüsseln getan.
Good boy, sagte ich. Ein Bier?
Nachher, danke. Hast du die Hanna gefragt, wann sie fertig wird?
Ich werd mich hüten. Wenn ich das tu, braucht sie bloß länger. In dem Punkt ist sie repressiv.
Mensch! Hab ich einen Hunger!
Beherrsch dich halt.
Was meinst, was ich die ganze Zeit tu?
Am Gulasch schnuppern?
Das auch. Nein, ich hab mir überlegt, wie die Nina an so einen Kaschperl kommt, der grundsätzlich keine Unterhosen mag. Ob der zu einer Sekte gehört? Wahrlich, ich sage euch: Die Unterhose ist ein Greuel vor dem Angesicht des Herrn! Steht so was irgendwo in der Bibel? In den Apokryphen vielleicht?
Ich lachte.
Schon möglich, sagte ich. Im übrigen geht die Liebe seltsame Wege.
Saublöder Spruch! Aber wahr.
Ich deckte den Tisch, schaltete das elektrische Licht ein, legte Holz nach und setzte mich.

Babbo, sagte ich, macht es dir was aus, ans andere Ende zu rutschen? Du sitzt auf Hannas Platz.
Entschuldige, sagte er und stand auf. Ich hab nicht aufgepaßt. Du weißt, ich frag sonst immer, wo ich sitzen soll.
Mach keinen Wind, sagte ich.
Von oben aus dem Schlafzimmer waren Schritte zu hören, langsam, weich, gedämpft. Dann verstummten sie. Nach einer Weile hörten wir sie abermals; rascher jetzt, heller, entschiedener.
Gala? sagte Babbo.
Klingt so, sagte ich.
Die Schlafzimmertür öffnete und schloß sich. Die Schritte kamen die Treppe herunter. Im offenen Durchgang zwischen Wohnzimmer und Küche blieb Hanna stehen und lächelte mir zu. Sie trug schwarze, schmale Schuhe mit sehr hohen Absätzen, einen bodenlangen, weiten, schwarzen Leinenrock und die langärmlige, tief ausgeschnittene meergrüne Leinenbluse, die vorne mit zwei großen, hellroten Seepferdchen bestickt war. Die Haare hatte Hanna zu einem Knoten gewunden, der tief in ihrem Nacken lag. Obwohl ihre Haut gebräunt war, sah sie gegen die starken Farben sehr hell aus, beinahe weiß.
Schön bist du, sagte ich heiser.
Sie lachte.
Ich altes Weib, sagte sie. Weißt du noch, wo wir die Bluse gekauft haben?
Ja, sagte ich. Oh ja. In einem kleinen Laden in einer schmalen Gasse in Dubrovnik, die mit lauter Treppen zum Hafen hinunterging. Es war ein glühheißer Tag. In der Gasse war es kühl. Der Laden nebenan verkaufte auch Seepferdchen. Getrocknete.
Ja doch! Es war einen Monat vor Liliths Geburt. Mein Bauch war so dick, daß ich die Bluse nicht zukriegte. Aber du warst sicher, sie würde mir passen. Du hattest recht.
Ragusa, sagte Babbo. Dubrovnik hieß früher Ragusa, zu Zeiten der Donaumonarchie. Mein Großvater war damals dort stationiert. Rittmeister war er.
So? sagte Hanna. Rittmeister von Pastrukov?

Sie trat an den gedeckten Tisch heran.
Hübsch habt ihr das gemacht, sagte sie. Danke!
Sie raffte den Rock zusammen und schlüpfte zwischen Tischkante und Bank an ihren Platz. Babbo, der mir gegenübersaß, starrte sie an. Als Hanna sich setzte und ihren Rock zurechtstrich, bemerkte sie Babbos Blick. Eine helle Röte, von derselben Farbe wie die gestickten Seepferdchen, erschien über ihren Brüsten, stieg rasch den Hals empor und lief über ihr Gesicht bis in die Haarwurzeln hinein. Sie schlug die Augen nieder und hob mit einer kleinen, heftigen Bewegung den Kopf, als wolle sie ihr Haar nach hinten werfen. Langsam verblaßte die Röte. Babbo hatte sein Taschentuch herausgezogen und betupfte damit seine Stirn.
Guten Appetit, meine Herren! sagte Hanna. Bedient euch! Es ist alles da, was das Herz begehrt.
Sie lächelte mir zu.
Während des Essens sprachen wir vom Winter im Süden Australiens und im Westen Kanadas, von Schafen, Hunden, Pferden und Segelbooten. Zum Abräumen band Hanna sich eine Schürze vor.
Babbo, sagte sie. Du trinkst Bier?
Gern, sagte er.
Much? sagte sie. Holst du bitte das Bier? Für mich eine Flasche von dem eigenen Roten?
Laß mich das machen, sagte Babbo. Wo gehts in den Keller?
Der große Spiegel links im Flur, sagte Hanna. Der ist die Tür. Paß auf, die Treppe ist steil!
Als Babbo zurückkam, hatte Hanna den Tisch abgewischt, eine Petroleumlampe entzündet und das elektrische Licht ausgeschaltet. Ich hatte eine Zigarre angeraucht; Hanna hatte sie mir weggenommen und zog an ihr. Sie war noch fast ganz trocken. Babbo schenkte uns ein und setzte sich an seinen Platz.
Magst du erzählen, Babbo? fragte Hanna.
Freilich mag er, sagte ich. Wir erzählen beide gern.
Babbo, der gerade seine Pfeife stopfte, nickte. Dann schaute er auf.

Soll ich mit der Nina anfangen? fragte er. Oder mit der Edith Lubin?
Mit der Edith, sagte Hanna. Ich muß doch wissen, wer da ein Leben lang mit meinen Augen herumgelaufen ist. Much?
Einverstanden, sagte ich. Mit der Edith.
Ist recht, sagte Babbo, riß ein Streichholz an und hielt es an seine Pfeife.
Es ist 1945, sagte er durch den Rauch hindurch. Mama und ich und unsere drei Koffer stehen auf dem Bahnsteig in St. Koloman. Der winzige Zug, mit dem wir aus dem Vertriebenenlager gekommen sind, dampft gerade aus der Station. Wir schreiben den sechsten August, und ich bin ein kleiner Bub.
Little boy, sagte Hanna, und reichte mir meine Zigarre, die naß war.

11

Ich bin ein kleiner Bub, etwas über acht Jahre alt. Die Berge vor mir sind riesig. Ich weiß, was Berge sind. Daheim in Selenice hab ich Berge gesehen: in den alten Zeitschriftenbänden auf dem Dachboden, auf Postkarten, auf dem Gemälde von der Schlacht am Col di Lana. Heute hab ich zum erstenmal gesehen, wie wirkliche Berge ausschauen. Im Morgengrauen sind sie nähergekommen. Später waren wir mitten zwischen ihnen. Sie haben sich über uns geneigt, sind wieder zurückgetreten, manchmal haben sie uns verschluckt. Dann hat Mama das Fenster hochgeschoben. Draußen in dem schwarzen hallenden Getöse sind Funken vorbeigeflogen. Sobald es wieder hell geworden ist, waren auch die Berge wieder da, haben sich hergedreht und weggewandt, haben sich grün ausgebreitet, sind plötzlich dunkel hochgesprungen.
Diese Berge stehen still.
Sie sind weit weg. Sie sind ganz nah. Wälder steigen an ihnen

hinauf, lichtgrün, blaugrün, grünschwarz. Wiesen unterbrechen die Wälder, steile Wiesen, die fast senkrecht wirken. Auf einer von ihnen kann ich ein Häuschen sehen. Rauch steht über seinem Dach, ein schräger grauer Strich, der erst ganz weit oben auseinanderläuft und verblaßt, dort, wo auch die Wälder aufhören und die Felsen beginnen. Die Felsen sind voller Lichter und Schatten, voller Risse und Rinnen; in einigen hängen reglos gleißende Fäden.

Ja! sagt die Mama. Da sind wir. Wollen wir gehen?

Ich sage nichts. In den Schienen vor unseren Füßen mahlt und stampft es noch leise. Dann pfeift die Lokomotive, weit entfernt. Ich schaue ihr nach. Der Bahndamm verläuft neben einer langen, staubigen Kastanienallee, die in den Ort hineinführt. Eben verschwindet der letzte der kleinen grünen Eisenbahnwagen hinter einer Biegung. Nur die Dampfwolke ist noch zu sehen.

Ich schaue wieder zu den Bergen hin.

Ja, Mama, sage ich. Wie weit ist es?

Fast sechs Kilometer, mein Kleiner. Wenn wir müde werden, bleiben wir stehen und rasten uns aus.

Ja, Mama, sage ich und hebe meinen Koffer hoch.

Er fühlt sich schwerer an als fünfzehn Kilo. Die Erwachsenen haben jeder dreißig Kilo Gepäck mitnehmen dürfen; die Kinder fünfzehn.

Wir gehen an dem gelben Stationsgebäude mit den braunen Dachbalken und dem schwarzen Schieferdach vorbei. Zwischen den Gleisen schnüffelt ein Hund an einem Brocken Kohle herum, den die Lokomotive verloren hat. Wir gehen ein langes Stück auf dem schmalen Fußweg am Bahndamm entlang. Dann wendet sich der Weg nach rechts. Wir überqueren die Gleise und stellen unsere Koffer ab, im Schatten einer alten Linde. Mama zieht ihren dunkelgrünen Lodenmantel aus, hängt ihn sich um die Schultern, wischt mit dem Handrücken über ihre Stirn, an der die Haare kleben. Im Stamm der Linde stecken vier rostige Reißnägel. An einem von ihnen hängt ein Eck von einem Blatt

Papier. Weit oben hat die Linde einen dicken, waagrechten Ast, von dem zwei abgeschnittene Seile herabhängen. Sie sind verschieden lang. An den Enden haben sie sich aufgedreht.
Mama? sage ich.
Sie schaut mich an. Ihre Augen sind rot umrändert; ihre Lippen weißlich und aufgesprungen.
Ja? sagt sie.
Ich schaue zu den beiden Seilenden hin.
Mama, sage ich. Haben sie hier auch welche aufgehängt?
Sie schüttelt den Kopf und fährt mir mit der Hand durch die Haare.
Wer wird denn an so was denken, sagt sie. Sicher haben hier Kinder eine Schaukel gehabt, und jemand hat sie abgeschnitten. Komm jetzt!
Wir gehen. Ich zähle meine Schritte. Bei siebenundachtzig ist mein Arm lahm. Ich stelle meinen Koffer hin. Rechts und links vom Weg sind Holzzäune. Hinter dem einen liegt eine Wiese, auf der Kühe weiden; dahinter eine andere, größere, auf der Kinder und Frauen mit Rechen lange Reihen von Heu umwenden. Hinter dem anderen Zaun steht Roggen. Zwischen den Halmen, deren Ähren anfangen, gelb zu werden, wachsen blaue Kornblumen und knallroter Klatschmohn. Mir ist heiß.
Bald sind wir an der Hauptstraße, sagt Mama. Dann haben wir mehr als ein Drittel des Wegs hinter uns.
Wird der Onkel Jodi zu Haus sein? frage ich.
Ich bin neugierig auf den Onkel. Jodokus heißt er, Jodokus Eichham. Mama hat mir erzählt, daß ich ihn kenne; daß er uns zum letztenmal besucht hat, als ich vier war. Ich erinnere mich nicht.
Vielleicht, sagt Mama. Er hat Beziehungen, Baldur. Vielleicht haben sie ihn reisen lassen. Wir werden es sehen. Komm jetzt!
Von der Hauptstraße her dröhnen Motoren. Das Geräusch schwillt an, heult vorbei, wird rasch leiser, schwillt wieder an. Panzer vielleicht. Aber Panzer fahren nicht so schnell. Lastwagen, wahrscheinlich.

Weizen steht nun zu beiden Seiten des Weges. Nach einer Weile macht der Weg eine Biegung. Wir können die Straße sehen. Es sind Lastwagen, die vorbeifahren. Viele. Sie sind grün und braun angemalt und haben fünfzackige weiße Sterne an den Seiten.
Ah! sage ich. Das sind die Juden. Nicht wahr?
Mama lacht, aber nicht so, als ob sie das, was ich gesagt habe, lustig findet.
Amerikaner sind das, sagt sie. Der Davidsstern hat einen Zacken mehr.
Am Rand der Hauptstraße stellen wir unsere Koffer ab und warten. Die Kolonne ist lang; ich gebe das Zählen auf, bevor ich bei sechzig bin. Die meisten der Lastwagen ziehen Anhänger hinter sich her: Feldküchen, Haubitzen, Mörser, Panzerabwehrkanonen, Flakgeschütze. Sie schauen sehr neu aus. Die Fahrerhäuser der Lastwagen haben keine Türen. Ich kann die Fahrer gut sehen. Einer von ihnen, ein Schwarzer, hat seinen Fuß in dem gelben Schnürstiefel auf den Kotflügel über dem Vorderrad gestellt. In der einen Hand hält er eine Flasche, aus der er trinkt. Mit der anderen lenkt er. Das möchte ich auch können. Hinten auf den Ladeflächen sitzen und stehen Soldaten. Viele haben ihre Helme abgenommen; ihre Haare sind kurz geschoren. Einige winken uns zu. Mama winkt nicht. Ich winke auch nicht.
Von dem letzten Lastwagen winkt uns ein Amerikaner zu, der sehr groß ist, dicke Arme hat und rote Haare. Er schaut unserem Förster in Selenice ähnlich, nur daß er viel jünger ist. Er ruft etwas. Ich kann ihn nicht verstehen. Dann wirft er etwas. Ein schmales, längliches Päckchen klatscht auf den Asphalt, rutscht ein Stück, bleibt liegen. Es glänzt silbrig und grün. Ich möchte es aufheben. Mama merkt, daß ich es aufheben möchte.
Untersteh dich, Bub! sagt sie. Wer weiß, was das ist. Komm jetzt!
Wir überqueren die Straße. Der Asphalt ist rissig und hat viele kleine Löcher; an manchen Stellen sind große Brocken herausgerissen und zur Seite geschleudert. Auf der anderen Straßenseite geht der Weg weiter. Er ist jetzt so breit, daß zwei Wagen

aneinander vorbeikommen können. Links von uns liegt ein Hof mit einer langen Scheune und mehreren Schuppen. Vor ihm, gleich an der Hauptstraße, steht ein niedriges Gebäude mit Schindeldach und vielen Fenstern. Engljähringer, lese ich auf dem Schild über der Tür. Gasthaus und Fleischhauerei. Oben im Giebel hängt noch ein Schild. Es ist blau; eine braune Hand ist darauf zu sehen, die einen grauen Bierkrug hält, mit Schaum oben drauf. Zipfer Bier! steht in weißen Buchstaben schräg von unten nach oben geschrieben.
Ahorne, Apfelbäume und Birnbäume stehen auf beiden Seiten des Weges. Zwischen ihnen wuchern dichte breite Hecken; Haselnüsse, Weißdorn, Berberitzen. Wir gehen rechts, wo es schattig ist. Ein paarmal rasten wir. Weit vor uns sehen wir einen hohen Baum, eine Tanne oder eine Fichte. Er hat nur noch Aststummel und glänzt tiefschwarz in der Sonne. Langsam kommen wir näher. Mama fängt an, rascher zu gehen. Ich laufe hinterher, obwohl mein Koffer jetzt sehr schwer geworden ist.
Unter dem verbrannten Baum in den verbrannten Büschen liegt ein Panzer. An einigen Stellen ist der graue Lack noch zu sehen. Überall sonst ist er abgeblättert. Das geschwärzte Eisen hat schon Rost angesetzt. Eine Kette ist abgesprungen. Gras wächst zwischen den Gliedern durch. Der riesige Turm ist abgehoben und nach vorn gerutscht. Das Geschützrohr hat sich in die Erde gebohrt.
Ein Königstiger, sag ich, und stelle den Koffer hin. Nicht wahr?
Auch Mama hat ihre Koffer hingestellt. Sie wischt sich mit einem Ärmel ihres Mantels die Stirn ab.
Daß du das alles weißt! sagt sie. So einen hätte dein Papa fast noch bekommen. Aber dann sind die Russen durchgebrochen, gottseidank!
Wieso? sag ich. Wieso gottseidank?
Wieso? sagt Mama. Weil sie auf die Königstiger Jagd gemacht haben. Mit Bombenflugzeugen. Sie haben selber nichts Vergleichbares gehabt, verstehst du? Sie haben gefürchtet, wir könnten doch noch siegen. Komm jetzt!

Die Berge sind nun näher. Dunkler sind sie geworden. Auf die Felsen ganz oben scheint noch die Sonne. Nach einer Weile biegt aus einem Seitenweg ein Bauer mit einem Pferdewagen ein und nimmt uns mit. Sein linkes Hosenbein ist leer, nach oben geschlagen und mit zwei Sicherheitsnadeln festgesteckt. Mama sitzt vorne neben ihm. Sie reden miteinander, leise. Ich sitze hinten auf den Säcken und halte die Koffer fest. Der Kirchturm von St. Koloman ist hinter den Wiesen und Baumreihen zu sehen, ganz klein, gelb wie eine Quitte. Seine Spitze schaut aus wie eine umgekehrte schwarze Zwiebel. Oben blinkt sie golden. Wo ist der See?

Dann hält der Wagen. Wir steigen ab. Mama hebt unsere Koffer herunter. Der Bauer lüftet seinen grünen Hut, der an der Seite mit einem dicken runden Pinsel aus silbrigen Haaren geschmückt ist.

Alsdann, sagt er. Pfüat Eahna Gott, gnä' Frau!

Vergeltsgott, sagt Mama. Und grüß die Eltern von mir!

Er nickt. Die Pferde ziehen an. Der Wagen biegt nach links ab und verschwindet hinter einer Buchenhecke, über der ein braunes Schindeldach zu sehen ist. Wir nehmen unsere Koffer auf. Nach hundertelf Schritten wendet sich der Weg nach rechts, geht unter weit ausladenden Eichen und Eschen sanft bergab und hört dann auf. Durch das grüne Laub sehe ich ein Stück von einem Dach, die Balkenwand einer Hütte und Fahrerhaus und Motorhaube eines alten, braunen Lastwagens. Es könnte ein Fiat sein; ich bin nicht sicher.

Aber wir gehen nicht zu dem Haus mit dem Lastwagen hinunter. Mama schlägt den sandigen Fußpfad ein, der geradeaus führt. Es wird kühl. Wasser rauscht. Hinter uns blafft verdrossen ein Hund. Eine Kette klirrt. Wir gehen über einen Brettersteg mit hohem Geländer. Das Bachbett ist breit, tief eingeschnitten. Zwischen weißen Sandbänken, über Steine, die rund sind und grau, weiß, rot oder bunt gefleckt, fließt hellgrün der Bach.

Das ist der Weißenbach, sagt Mama. Jetzt haben wir nicht mehr weit.

Die Berge vor uns haben sich verwandelt. Einer, der mit der dreieckigen steilen Wiese, ist ganz nah. Zwei waldige Hügel sind erschienen, die wie riesige, abgetretene Stufen zu ihm hinaufführen. Drei andere Berge haben sich hintereinandergeschoben und schauen jetzt aus wie einer, mit vielen Rissen und Falten und fünf gleich hohen Spitzen. Dafür sind in dem Tal, aus dem der Weißenbach kommt, mehrere neue Berge zu sehen. Einer von ihnen gleicht einer ägyptischen Pyramide; der neben ihm hat links einen runden Katzenbuckel mit Wäldern wie Fell und oben einen kleinen, spitzen Hundekopf mit aufgerissenem Maul. Beide sind durch einen Grat miteinander verbunden, der gezackt ist wie der Rücken des Drachens auf den Bildern vom heiligen Georg.
Wir kommen zu einem kleinen, dunkelbraunen Blockhaus. Aus dem grauen Schindeldach erhebt sich ein dicker, roter Schornstein. An der Giebelseite sehe ich zwei Fenster und eine Tür, von der ein langer, schmaler Pfad durch die Wiese zu uns her läuft. Neben der Tür lehnt eine grüne Holzbank an der Wand. Unter einem Pflaumenbaum steht ein hölzerner Pumpbrunnen; sein Schwengel ist gekrümmt wie ein umgekehrtes Fragezeichen. Jenseits der Wiese, am Waldrand und halb hinter Bäumen verborgen, liegt ein großer Bauernhof. Mitten durch die Wiese kommt in weitem Bogen ein Bach. Sein Wasser ist glatt und dunkel. Es bewegt sich rasch. Wir stellen unsere Koffer nieder.
Ist das der Schwarzenbach, Mama? frage ich.
Sie lacht und setzt sich auf einen ihrer Koffer.
Nein, mein Kleiner, sagt sie. Den Schwarzenbach, den gibt es auch. Der fließt aber auf der anderen Seite in den See, bei St. Leogang. Das hier ist ein Fluder. Ein Mühlbach. Er bringt Wasser vom Weißenbach zu der Glöggler-Säge. Du wirst sie gleich sehen.
Ist dort ein Wasserrad?
Freilich. Zwei sogar. Eins für den Sommer und eins für den Winter. Das für den Winter heißt Eisrad. Es ist drinnen im Sägegebäude untergebracht, damit es nicht einfrieren kann. Tun dir die Füße auch so weh?

Ein bißchen. Und dann? Wohin geht das Fluder, nachdem es die Wasserräder gedreht hat?
Es fließt durch die Wiesen und Felder und durch den Garten vom Onkel Jodi; und einen halben Kilometer weiter fließt es wieder in den Weißenbach zurück.
Aha. Eigentlich logisch.
Nicht wahr?
Sie lächelt mir zu und befeuchtet ihre aufgesprungenen Lippen mit der Zungenspitze.
Wer wohnt in dem kleinen Haus dort? frage ich. Es ist so braun wie die Lebkuchen, die Tante Mimi uns immer zu Weihnachten geschickt hat.
Mama stützt die Ellbogen auf die Knie.
Gott, die arme Mimi! sagt sie. Was du alles im Kopf hast!
Sie zeigt auf den großen Hof am Waldrand.
Das ist der Moosgassner-Hof, sagt sie. Und das Hexenhaus hier, das ist das Austragshaus vom Moosgassner-Hof. Wenn die Bauern so alt sind, daß sie nicht mehr arbeiten können, ziehen sie hierher. Ihre Kinder übernehmen dann den Hof und machen all die Arbeit.
Wohnt jetzt niemand hier? frage ich. Sind sie alle gestorben?
Die Franziska ist vor vierzehn Jahren gestorben, Baldur, sagt Mama. Der Sebastian lebt noch. Er ist der Vater von der Tante Agnes. Er ist sechsundneunzig Jahre alt.
Ob er hundert wird?
Das wissen die Götter.
Sie steht auf, streckt sich, greift nach ihren Koffern. Ich bücke mich nach dem meinen.
Du, ich hab ein Rätsel für dich, sagt sie, während wir weitergehen. Jeder will es werden; keiner will es sein. Was ist das?
Ich grüble und grüble, und schließlich fällt mir die Lösung ein. Sie ist ganz einfach.
Führer! sage ich. Jeder will Führer werden. Keiner will es sein. Jedenfalls nicht für lange. Stimmts?
Mama bleibt stehen. Die Koffer behält sie in den Händen.

Um Himmelswillen, Bub! sagt sie. Wie kommst du darauf?
Papa hat einmal so was gesagt, sage ich.
Was hat er gesagt?
Für eine Woche bloß möchte ich Führer sein, hat er gesagt. Ich würde die Truppen von Stalingrad zurücknehmen und mit den Russen Frieden schließen. Danach würde ich alle unsere Kräfte gegen die Engländer werfen.
Daran erinnerst du dich? Zu wem hat er das gesagt?
Zu dir, Mama.
Ah! Und du, Baldur? Hast du es jemandem erzählt?
Nein, Mama. So was darf man doch nicht erzählen. Weil der Feind mithört. Was ist denn die Lösung?
Wie bitte?
Die Lösung von dem Rätsel, Mama. Jeder will es werden; keiner will es sein. Was ist das?
Ach so! lacht sie. Alt!
Alt?
Freilich. Jeder will alt werden. Keiner will alt sein. Verstehst du?
Lange denke ich nach. Der Koffer zerrt an meinem Arm. Ich nehme ihn in die andere Hand. Das hilft.
Nein, sage ich schließlich. Es klingt logisch, irgendwie. Trotzdem versteh ich es nicht.
Laß dir Zeit, sagt Mama.
Wieviel Zeit? frage ich.
Sechzig Jahre? Siebzig? Wer weiß!
Das ist lang.
Oh ja. Das ist lang.
Ich fange wieder an, meine Schritte zu zählen. Bei siebenhundertelf sind wir vor der Glöggler-Sägemühle. Sie steht still. Die Wasserräder kann ich nicht sehen. In der offenen Halle liegen dicke gelbe Baumstämme mit hellbraunen Streifen auf niedrigen eisernen Wägelchen. Sägemehl ist zu Haufen zusammengeschaufelt. Hinter der Halle steht Buchenwald, aus dem ein Tosen zu uns dringt, wie von einem Wasserfall. Neben der Sägemühle breitet sich ein weiter, flacher Platz. Bretter und Balken sind zu

ordentlichen Stapeln aufgestellt. Jede Schicht ist von der nächsten durch eingeschobene Latten getrennt. Die Stapel werfen lange Schatten mit Lichtstreifen dazwischen, wie Gitter.
Bei eintausendachthundertsiebzehn kann ich das Fluder nicht mehr sehen. Ich bin müde. Ich möchte im Gehen einschlafen. Aber das ist unmöglich, weil ich kein Maultier bin. Papa hat mir einmal erzählt, Maultiere können im Gehen schlafen, auch wenn sie einen Wagen ziehen. Bei zweitausendsiebenunddreißig ist das Fluder auf einmal wieder da, dicht neben einer breiten Hecke, aus der Bündel von jungen Birken wachsen. Ihre Rinde leuchtet rötlich. Vor uns auf dem Sandweg kriechen unsere Schatten und die Schatten unserer Koffer. Sie sind lang und schmal, wie Nacktschnecken. Bei zweitausenddreihundertdrei gehen wir unter Bäumen; links sind es Obstbäume, rechts Blautannen, hinter denen ich das Wasser des Fluders gurgeln höre; Fluder, Fluder, gurgelt es. Bei zweitausendfünfhundertdreiundfünfzig gehen wir langsam über eine kleine Holzbrücke. Sie ist braun wie Lebkuchen, braun wie das Austragshaus vom Moosgassner. Auch das Gartentor, vor dem Mama stehenbleibt und ihre Koffer niedersetzt, ist braun.
Stell deinen Koffer hin, sagt Mama.
Ich gehorche und schaue auf meinen Koffer hinunter. Er ist braun. Im Kies unter dem Gartentor sind Rechenspuren. Mama murmelt etwas auf Tschechisch. Sofort bin ich wieder wach.
Aber Mama! sag ich. Wie kannst du so was in den Mund nehmen!
Recht hast du, sagt sie. Aber es ist doch wirklich wahr! Vielleicht ist ja niemand zu Hause. Komm! Wir gehen einfach hinein!
Sie schiebt einen Riegel zurück. Das Tor schwingt auf. Wir gehen durch, und Mama schließt das Tor. Erst jetzt sehe ich das Haus. Es ist weiß verputzt und mit wildem Wein bewachsen, wie unser Haus in Selenice. Die Fenster sind anders. Oben haben sie Bögen, und die Läden sind dunkelgrün. Auch das Dach ist anders, und der Balkon. Zu der Haustür führen drei Stufen hinauf. Ich stolpere auf der zweiten und stütze mich im letzten Augenblick auf meinen Koffer, um nicht hinzufallen.

Gib acht, sagt Mama. Da ist dein Bruno drin.
Die Tür geht auf. Eine alte Frau in einem langen braunen Rock und einem hochgeschlossenen Lodenjäckchen steht auf der Schwelle.
Grüß Gott, Grüß Gott! sagt sie. Kommt herein! Zieht eure Schuhe aus!
Sie spricht in einem hohen, singenden Ton. Ein dünner grauer Zopf ist auf ihrem Scheitel zu einer Schnecke aufgesteckt. Die braune Haut spannt sich straff über ihr mageres Gesicht. Um die hellblauen Augen und besonders um den Mund hat sie viele Fältchen; eigentlich schauen sie nicht wie Fältchen aus, mehr wie die feinen Risse, die sich über alte Bilder ziehen.
Sie nimmt unsere Schuhe und stellt sie unter den Kleiderrechen. Sie taucht zwei Finger in ein grünes Porzellangefäß, das neben der Tür an der Wand hängt und wie ein kleines Waschbecken aussieht, und malt der Mama ein Kreuz auf die Stirn, eins auf den Mund und eins auf die Brust. Danach komme ich an die Reihe. Ich fahre mir mit der Zunge über die Lippen. Das Wasser schmeckt wie Blumenwasser, das lang in einer Vase gestanden hat.
Ja, grüß dich, Karin, sagt die Frau. Du bist dünn geworden. Seid ihr den ganzen Weg zu Fuß gegangen?
Der Klaffenböck Sepp hat uns ein Stück weit mitgenommen, sagt Mama. Er hat ein Bein verloren, der arme Kerl.
Ja, sagt die Frau. Die eigenen Leute haben auf ihn geschossen. Ein Irrtum. Furchtbar. Gottes unerforschlicher Wille.
Ich hatte gehofft, ihr würdet uns einen Wagen schicken, sagt Mama. Ihr habt doch gewußt, daß nur der eine Zug geht.
Das war nicht möglich, Karin, sagt die Frau, und wendet ihr braunes Gesicht mit den engen, hellblauen Augen hin und her. Das war nicht möglich. Das Grummet muß herein. Der Peter hat nur die drei Frauen zur Hilfe. Der Toni und der Franz sind noch in Gefangenschaft, und die Kinder haben alle die Masern.
Habt ihr einen Arzt geholt? fragt Mama.

Natürlich, Karin. Das war eine Geschichte, sag ich dir. Telephonieren können wir nicht. Der Doktor Aumüller ist gefallen, und den Doktor Pirner haben die Amerikaner eingesperrt, niemand weiß, wegen was. Wir haben den Doktor Magerstein aus St. Leogang rufen müssen. Er ist mit dem Auto gekommen. Stell dir vor!
Den Doktor Samuel Magerstein?
Ja. Den. Sie haben ihn im April aus dem Konzentrationslager befreit, heißt es. Die Behörden haben ihm alles zurückgeben müssen, das Haus und die Praxis. Und ein Auto hat er auch!
Das freut mich aber, sagt Mama. Wie geht es seiner Frau?
Er spricht nicht von ihr, Karin. Es heißt, sie war in einem anderen Lager, in einem für Frauen. Dort ist sie krank geworden, und da haben sie sie umgebracht. Furchtbar. Und das ist euer Sohn?
Sie beugt sich zu mir herunter und legt eine trockene, glatte Hand an mein Gesicht.
Ja, sagt Mama. Gib deiner Tante die Hand und sag, wie du heißt!
Ich strecke meine rechte Hand aus. Aber die Frau nimmt sie nicht.
Ich bin deine Tante Agnes, sagt sie. Und wie heißt du?
Baldur Boris von Pastrukov, sage ich.
Baldur? sagt sie. Ist das ein Heiliger?
Nein, sage ich. Baldur ist der Lichtgott.
Sie zieht ihre Hand von meinem Gesicht zurück und richtet sich auf.
Ist er getauft, Karin? fragt sie.
Selbstverständlich ist er getauft, sagt Mama. Entschuldige, Agnes, aber ich kann kaum noch auf den Füßen stehen. Könnten wir ...?
Aber natürlich, Karin! Ich muß um Verzeihung bitten. Hunger habt ihr sicherlich auch. Häng deinen Mantel auf. Hier geht es in die Küche.
Sie geht voraus. Ich kann ihre Füße nicht sehen; der braune Rock reicht bis auf den Boden. Mamas Strümpfe haben an beiden Fersen Löcher. Ich gehe hinter ihr her über den buntgestreiften

Teppich und an einem ovalen Spiegel mit geschnitztem Rahmen vorbei in die Küche. Es riecht nach Kaffee, Kiefernholz und Fußbodenwachs. Wir essen Butterbrot, richtiges Butterbrot. Ich trinke Milch dazu. Mama und Tante Agnes trinken Kaffee. Tante Agnes fragt, wie es Papa geht. Mama erzählt, wie es Papa gelungen ist, in englische Gefangenschaft zu kommen.
Der Marek und noch vier andere haben sich vor den Russen abgesetzt, sagt sie.
Tante Agnes erzählt, daß der Onkel Jodi nicht gefangen ist, weil er ja kein Soldat war, daß er aber trotzdem nicht aus Wien wegkann, weil die Russen ihn nicht lassen, obwohl er Beziehungen hat.
Sie nennt ihn nicht Onkel Jodi.
Mein Jodokus! sagt sie.
Danach reden die beiden vom Krieg. Ich schlafe immer wieder ein, obwohl ich zuhören möchte. Ich möchte auch mein zweites Butterbrot essen. Bevor ich es anbeißen kann, schlafe ich wieder ein.
Mama schüttelt mich wach. Draußen ist Nacht. Hinter der Tante Agnes her, die eine Petroleumlampe trägt, steigen wir eine breite Treppe hinauf. Oben ist alles aus Holz; Wände, Decken, Fußböden. Unser Zimmer geht auf den Balkon. Zwei Betten stehen darin, zwei Nachtschränkchen, ein bemalter Kleiderschrank, ein Stuhl und ein Toilettentisch mit einem grünen Waschbecken, neben dem ein grüner Krug steht. Mama öffnet einen ihrer Koffer, zieht mich aus, wäscht mich mit dem kalten Wasser ab, zieht mir den Schlafanzug über. Dann öffnet sie meinen Koffer, holt den Bären heraus und setzt ihn auf mein Kopfkissen.
So! sagt sie. Der Bruno ist bei dir. Ich komm auch bald. Schlaf gut, mein Kleiner.
Sie gibt mir einen Kuß. Ihre Lippen fühlen sich wie Baumrinde an.
Pfüat Eahna Gott, gnä' Frau! sag ich.
Baldur! sagt sie. Keinen Dialekt, bitte! Wir reden Schriftdeutsch. Jetzt schlaf!

Sie nimmt die Lampe und geht hinaus. Die Tür läßt sie angelehnt.
Später in der Nacht wache ich auf. Der Mond scheint mir ins Gesicht. Er ist kreisrund und braungelb wie die Baumstämme in der Sägemühle. Von unten aus dem Haus höre ich Mamas erregte Stimme. Ich stehe auf. Der Holzboden ist warm. Lautlos schleiche ich aus dem Zimmer, den Flur entlang, die Treppe hinunter. Ich tue das nicht zum erstenmal. Ich hab es schon oft getan, in Selenice. Mit den interessanten Gesprächen warten die Erwachsenen immer, bis ich im Bett bin.
Die Küchentür steht einen Spalt weit offen. Ein Lichtstreifen fällt auf Mamas dunkelgrünen Lodenmantel, der am Kleiderrechen hängt. Tante Agnes spricht mit ihrer hohen, singenden Stimme.
Es ist eine vollkommen natürliche Frage, liebe Karin, sagt sie. Vollkommen natürlich. Trotzdem bereue ich es, wenn sie dich gekränkt hat.
Gekränkt! sagt Mama. Das ist es nicht, liebe Agnes. Du müßtest mich besser kennen. Weshalb sollte ich fremden Männern schöne Augen machen, während der Marek fort ist? Ich hab andere Dinge im Kopf, weiß Gott.
Dann ist es ja recht, sagt Tante Agnes. Es geht mir nur um dein Seelenheil. Und der Bub muß Ostern zur Kommunion.
Daran hab ich auch schon gedacht, sagt Mama.
Ein Stuhlbein schabt drinnen über die Dielen. Eine Tasse klirrt. Rasch schleiche ich mich davon, die Treppe hinauf, ins Zimmer hinein. Der Bruno schaut mir aus leuchtenden Augen entgegen. Ich nehme ihn in den Arm und decke uns beide zu. Eine Weile bin ich noch wach. Mama kommt nicht.

12

Es gibt Regeln. Hausregeln. Tante Agnes teilt sie uns mit. Nicht auf einmal; aber nach zwei Tagen kennen wir sie alle.
Außer unserem Zimmer im Dachgeschoß dürfen wir nur die Küche betreten, den Keller, den Abort. In das Eßzimmer im Erdgeschoß und in das große Wohnzimmer mit dem Kachelofen dürfen wir nicht hinein; in die anderen Räume im Dachgeschoß auch nicht.
Wir dürfen keinen Lärm machen, besonders nicht, wenn Tante Agnes schläft. Sie geht früh zu Bett und steht früh auf. Außerdem hält sie einen Mittagsschlaf.
Wir dürfen im Haus keine Schuhe tragen.
Wäsche dürfen wir nur am Balkon aufhängen.
Wir dürfen nur einmal am Tag kochen. Wir dürfen unsere Vorräte nicht mit denen von Tante Agnes vermischen. Sie hat uns für unsere Vorräte im Keller ein Regalfach freigeräumt. Aber wir haben noch keine Vorräte, außer einem Papiersack mit Graupen und einem kleineren Papiersack mit Salz.
Wir dürfen die Post nicht anschauen. Tante Agnes holt sie herein und sieht sie durch. Aber es ist nie etwas für uns dabei.
Wir dürfen die Salzburger Zeitung nicht lesen, ehe Tante Agnes mit ihr fertig ist. Sie ist meistens erst am Abend mit ihr fertig, oft erst am nächsten Morgen. Sie legt sie dann auf den Küchentisch, für uns.
Im Garten dürfen wir nicht auf die Terrasse gehen. Wir dürfen nur die Wege benutzen. Wir dürfen nicht auf den Rasen treten. Wir dürfen keine Blumen abreißen. Wir dürfen kein Obst pflücken, auch keine Beeren.
Wir dürfen nicht fluchen. Aber das tun wir sowieso nicht. Auch nicht auf Tschechisch.
Lebensmittel sind rationiert. Tante Agnes wiegt auf der Küchenwaage ab, was uns zusteht: Brot, Kunsthonig, Margarine. Was sie für sich abwiegt, sehe ich nicht. Sie ißt nicht mit uns. Sie nimmt ihre Mahlzeiten im Eßzimmer ein. Butter gibt es an

den Wochentagen keine. Auch keine Vollmilch. Kaffee nur am Sonntag. Am Sonntag, wenn wir aus der Heiligen Messe in St. Koloman nach Hause kommen, frühstückt Tante Agnes mit uns in der Küche, und Mama bekommt echten Kaffee, eine Tasse. Danach nimmt Tante Agnes die Kaffeekanne mit sich ins Wohnzimmer hinüber und schaltet das Radio ein. Wir hören Orgelmusik.

Pachelbel! sagt Mama dann. Oder: Bruckner! Bach! Sie steht auf, geht zur Küchentür, die Tante Agnes hinter sich geschlossen hat, und öffnet sie einen Spalt, damit wir die Musik besser hören können.

Zwischen dem Schüsselregal und dem Tellerregal hängt eine große gerahmte Photographie. Ein junges Mädchen in einem langen, dunklen Rock mit besticktem Mieder und einer hellen Bluse mit weiten, gefältelten Ärmeln steht unter einem blühenden Kirschbaum. Im Arm hält sie ein weißes Ferkel, auf das sie hinabschaut. Sie hat ein rundes, weiches Gesicht, einen kleinen, geschwungenen Mund; die Lippen sind ein wenig geöffnet. Zwei blonde Zöpfe hängen ihr über die Schultern nach vorn. Sie reichen fast bis auf den Rücken des Ferkels, das mißmutig blinzelt.

Jeden Morgen, wenn Mama und ich frühstücken, schaue ich die Photographie an. Sie hängt mir gegenüber. Ich möchte wissen, ob sie das Ferkel gewaschen haben, bevor das Mädchen es auf den Arm hat nehmen dürfen.

Es ist an unserem zweiten Sonntag bei Tante Agnes. Sie ist mit ihrem Kaffee ins Wohnzimmer gegangen und hat das Radio eingeschaltet. Mama sagt, es ist etwas von Mozart. Eine Messe. Ich trockne die Sachen ab, die Mama mir reicht. Eine Schüssel ist dabei, die noch von gestern abend übriggeblieben ist. Sie ist weiß, mit grünen Streifen ringsherum. Ich strecke die Hand nach der Schüssel aus. Ich bin nicht ganz bei der Sache. Ich schaue das junge Mädchen auf der Photographie an. Die Schüssel ist glitschig. Sie rutscht mir aus der Hand, fällt auf den Boden und zerspringt in winzige Scherben; grüne, weiße, grünweiße.

Die Tür geht auf. Tante Agnes steht da, in ihrem Sonntagsge-

wand, dem bestickten Mieder, der weißen, weitärmeligen Bluse. Sie wendet ihr braunes Gesicht hin und her.
Karin! sagt sie. Wirklich! Wo ich gerade von der Heiligen Kommunion komme. Und ausgerechnet die Gmundner Kartoffelschüssel. Die Lieblingsschüssel von meinem Jodokus.
Sie schreit nicht. Sie spricht in einem hohen, singenden Ton; sehr leise, sehr sanft.
Ich will sagen, daß ich die Schüssel zerschlagen habe. Papa hat mich gelehrt, daß es unwürdig ist zu schweigen, wenn man etwas angestellt hat. Aber ich bringe kein Wort heraus. Mamas Gesicht ist weiß, so weiß wie die Bluse von der Tante Agnes.
Ich muß dich um Verzeihung bitten, Agnes, sagt Mama. Das war nachlässig von mir.
Tante Agnes schweigt. Sie und Mama schauen einander an. Die Messe aus dem Radio ist gut zu hören. Tante Agnes muß die Eßzimmertür offengelassen haben.
Ich hole die schwarze Kehrschaufel und den kleinen Handbesen, um die vielen Scherben zusammenzufegen. Tante Agnes tritt auf mich zu.
Nein, Boris, sagt sie. Das muß ich machen.
Es dauert eine ganze Weile, bis sie fertig ist. Sie trägt die Scherben auf der Kehrschaufel vor sich her, aus der Küche hinaus. Ich weiß nicht, wohin sie geht; der Kübel für die Abfälle steht unter dem Abwaschtisch. Von Mamas Händen tropft Wasser auf die Dielen.
Tante Agnes kommt zurück. Sie reicht mir die Kehrschaufel und den Handbesen. Ich hänge beide an ihren Platz. In der offenen Tür dreht Tante Agnes sich noch einmal um.
Karin! sagt sie. Bitte! Du tropfst die ganzen Dielen voll!
Die Küchentür schließt sich hinter ihr; gleich darauf die Tür zum Eßzimmer. Dann wird das Radio ausgeschaltet. Es wird so still, daß ich die Tropfen von Mamas Händen auf die Dielen platschen höre.
Mama, sag ich. Weshalb hast du gesagt, daß du es gewesen bist? Ich war es doch.

Sie nimmt eins von den Geschirrtüchern und trocknet sich die Hände ab.
Ich weiß nicht, mein Kleiner, sagt sie. Es ist ja auch gleichgültig.
Sie wischt die Dielen auf, während ich Teller, Tassen und Besteck an ihre Plätze räume.
So! sagt Mama schließlich. Was tun wir nun? Sollen wir Pilze suchen gehen?
Ja gerne, sag ich. Mama?
Was ist, Baldur?
Mama, wieso hat der Onkel Jodi die Tante Agnes eigentlich geheiratet?
Ha! sagt Mama. Schau sie dir doch an!
Sie macht eine Kopfbewegung nach der Wand hin, an der zwischen Schüsselregal und Tellerregal die Photographie von dem jungen Mädchen mit dem Ferkel hängt. Ich verstehe nicht, was sie meint.
Ich versteh nicht, Mama, sage ich.
Das ist sie, sagt Mama und zeigt auf die Photographie. Das ist deine Tante Agnes. Siebzehn Jahre alt. Der Onkel Jodi hat sich in sie verliebt. Kannst du das nicht begreifen?
Ich überlege.
Doch, sage ich. Sie ist schön. Ob sie das Ferkel gewaschen haben, bevor sie es hat anfassen dürfen?
Mama lacht.
Bestimmt! sagt sie. Ganz bestimmt! Gott, was gäbe ich jetzt für eine Zigarette!
Am Abend teilt Tante Agnes uns eine neue Hausregel mit. Wir dürfen von dem Gmundner Geschirr kein Stück mehr anfassen.
Tagsüber helfen wir auf dem Moosgassner-Hof den zweiten Heuschnitt einbringen, welcher Grummet heißt. Wir rechen das Heu auf Schwaden, wenden es, schieben es zu Haufen, laden es auf, fahren es ein, laden es ab. Der Peter Moosgassner ist der Bruder von der Tante Agnes. Er gleicht ihr überhaupt nicht. Er ist lang und dürr, hat sehr breite Schultern und einen großen Kopf

mit einer Hakennase. Er hat dichte, gelockte, graue Haare. Wenn er von seiner Schwester spricht, sagt er nie: die Agnes. Er sagt: die Frau Hofrat. Seine Frau heißt Resi. Die Frauen vom Toni und vom Franz heißen Annerl und Vroni. Alle drei Frauen sind klein, haben dicke Arme und Beine, riesige Brüste und rote Gesichter mit breiten Mündern. Alle drei sind blond. Mama sagt mir, daß sie Schwestern sind. Drei Brüder haben drei Schwestern geheiratet. Ich will wissen, weshalb.
Um den Besitz beisammen zu halten, sagt Mama. Das wurde bei uns ebenso gemacht. Nicht nur unter den Bauern, auch beim Landadel.
Ich frage den Peter, wie die Berge heißen. Der Berg mit der dreieckigen steilen Wiese, an dessen Fuß Onkel Jodis Haus steht, heißt Rinnkogel. Die Wiese ist die Moosgassner-Alm. Peters Kühe sind dort oben, den ganzen Sommer lang. Seine jüngere Schwester, die Judith, paßt auf sie auf, melkt sie, macht Butter und Käse. Im September werden die Kühe von der Alm heruntergetrieben und kommen den Winter über in den Stall. Die anderen Berge heißen der Reihe nach Reiterkogel, Lammerfeld, Kirner und Rothorn. Der gezackte Grat zwischen dem Kirner und dem Rothorn, welches einer Pyramide gleicht, ist das Gamskar.
Der Peter erklärt mir, daß es auf jedem Hof zwei Namen gibt, den Hofnamen und den Familiennamen. Bei ihm sind die beiden gleich. Aber das ist selten. Der Enterbacherhof, der an dem Weg liegt, welcher von Onkel Jodis Haus auf die Moosgassner-Alm führt, gehört einer Familie, die Linortner heißt. Der junge Bauer, der Mama und mich ein Stück mitgenommen hat, als wir von St. Koloman kamen, der mit dem einen Bein, heißt Sepp Klaffenböck. Aber sein Hof heißt Mühlpoint. Und das Wasslergut an der Kalterleithen gehört dem Vinzenz Eisl und seiner Frau Maria.
Der Peter erklärt mir auch, daß nur die Fremden Peter Moosgassner, Sepp Klaffenböck, Vinzenz Eisl sagen. Die Einheimischen reden vom Moosgassner Peter, vom Klaffenböck Sepp, vom Eisl Vinzenz.
Der Moosgassner Peter redet Dialekt. Hochdeutsch versteht er;

aber wenn er es sprechen will, hört es sich an, als ob er an einem zähen Stück Kuhfleisch kaut.
Wenn Mama nicht in der Nähe ist, versuche ich auch, Dialekt zu reden. Anfangs geht es schlecht, weil ich mir beim Reden vorstelle, wie die Wörter geschrieben werden. Das bringt mich ins Stottern. Dann stelle ich mir nichts mehr vor, und auf einmal geht es. Es geht gut. Der Peter freut sich. Sauber! sagt er dann. Ja do schau her! Wird scho!
Seine Frau, die Resi, gibt uns abends immer etwas zum Essen mit: einen Laib Brot; einen Patzen Butter; ein Stück Räucherspeck; eine halbe Schinkenwurst; einen Papiersack voll Kartoffeln, die sie Erdäpfel nennt. Sie sagt, wir sollen aufpassen, daß die Frau Hofrat es nicht sieht.
Das kann ich schon einrichten, sagt Mama. Aber was soll ich tun, damit die Frau Hofrat es nicht riecht?
Darüber muß die Resi schrecklich lachen. Ich sehe, daß in ihrem breiten roten Mund ein paar Zähne fehlen.
An den Abenden, wenn wir früh genug heimkommen, darf ich die gekiesten Gartenwege sauberrechen und die Blumenbeete jäten. Dabei muß ich sehr vorsichtig sein – und sehr leise, weil Tante Agnes vielleicht schon zu Bett gegangen ist. Mama gießt die Gemüsebeete, hilft mir beim Jäten, erntet Erbsen, schneidet Kohlköpfe ab und macht Sauerkraut. Das hat sie auch in Selenice jedes Jahr getan. Und sie hackt Brennholz klein, jeden Tag ein paar Armvoll. Ich hab nicht gewußt, daß sie das kann.
An den Sonntagen gehen wir zu Fuß nach St. Koloman zum Hochamt. Tante Agnes sagt, der Peter würde uns schon fahren, das kostet sie nur ein Wort. Aber dann wäre es keine Buße mehr. Ich verstehe nicht, wie sie das meint.
Die Kirche ist herrlich, größer als die in Selenice, und überall stehen, sitzen und knien Heilige. Mir hat es vor allem der heilige Sebastian angetan. Er steckt voller Pfeile; siebzehn zähle ich. Es muß entsetzlich weh tun. Doch auf seinem Gesicht ist davon nichts zu bemerken. Er hat den Kopf in den Nacken gelegt und lächelt zum Gewölbe des Hauptschiffs empor, von wo ihn aus

einem gelb umrandeten Dreieck Gottes dunkelblaues Auge starr anschaut.
Tante Agnes nimmt jeden Sonntag die Heilige Kommunion. Sie drängt Mama, auch zur Kommunion zu gehen. Mama weigert sich.
Liebe Agnes, sagt sie, du hast natürlich recht. Aber ich gehe erst, wenn der Marek gesund zurück ist und der Baldur wieder seinen Papa hat.
Seit ich mich erinnern kann, hat Mama mich immer Baldur genannt. Tante Agnes nennt mich nur Boris. Einige Tage lang bringt mich das durcheinander. Dann stelle ich mir vor, ich bin einer von zwei Zwillingsbrüdern, die Baldur und Boris heißen. Wenn der Baldur gerufen wird, kommt der Boris, und umgekehrt. Sie tun das absichtlich. Es ist ein Spiel, das sie mit den Erwachsenen treiben; es macht ihnen Spaß. Mir macht es auch Spaß; vor allem, weil weder Mama noch Tante Agnes etwas bemerken. Sie glauben, ich bin einer. Aber ich bin zwei.
Unsere Schuhsohlen werden dünn. Das Oberleder bekommt Risse. An einem Sonntag stößt Mama auf dem Heimweg von der Kirche mit dem Fuß gegen einen Stein und reißt sich den linken Absatz los. Tante Agnes sucht lange auf dem Dachboden und bringt für Mama und mich je zwei Paar alte Schuhe herunter. Sie haben genagelte Sohlen. Das Leder ist hart wie ein Pferdehuf. Mama schmiert die Schuhe mehrmals mit Rindertalg ein. Nachdem wir sie einen Tag lang beim Heuen getragen haben, sind sie viel weicher, und wir haben Blasen an den Füßen. Mama fängt an, Wollsocken zu stricken, damit wir keine wunden Füße mehr bekommen. Sie strickt auch eine rote Pudelmütze für den Bruno.
Eines Abends, das Haus riecht noch schwach nach dem Huhn, das Tante Agnes für sich gebraten hat, und nach den Speckkartoffeln mit Pilzen, die wir gegessen haben, kommt Mama aus der Küche herauf in unser Zimmer. Vorsichtig nimmt sie den Bruno, der neben mir auf dem Kopfkissen sitzt, und will mit ihm hinausgehen. Ich mache die Augen auf.

Schlaf! sagt Mama.
Was willst du mit ihm? frage ich.
Er muß die neue Mütze anprobieren, sagt Mama.
Mama! sag ich. Du willst ihm wieder den Bauch aufschneiden!
Ich muß, mein Kleiner. Weißt du, ich trenne bloß die Naht auf.
Es tut überhaupt nicht weh.
Ich will aber dabei sein!
Mama seufzt.
Na schön, sagt sie. Ich bin gleich wieder hier.
Sie gibt mir den Bären zurück und geht.
Seit wir von Selenice fort sind, hat der Bruno vorne am Bauch eine Naht. Man kann sie nur sehen, wenn man die rote Wollhose ein Stück nach unten zieht. Auch dann muß man genau hinschauen; sie ist mit brauner Seide genäht, in feinen, engen Stichen. Mama hat mir versichert, daß es eine echte chirurgische Naht ist.
Mama ist gleich wieder da, wie sie gesagt hat. Sie hat eine Petroleumlampe mitgebracht. Sie legt die kleine gebogene Nagelschere, die sie auch beim Nähen verwendet, auf das Nachtschränkchen. Daneben legt sie eine große Handvoll ungesponnener brauner Wolle. Auch die rote Pudelmütze hat Mama mitgebracht. Sie setzt sie dem Bruno auf.
Na! sagt sie. Und ob die paßt!
Sie zieht dem Bären die Mütze über die Augen und ergreift die Schere.
Wenn er nichts sieht, spürt er auch nichts, sagt sie.
Ich schaue zu.
Vorsichtig trennt Mama die Naht auf. Roßhaar kommt zum Vorschein. Mama schiebt es behutsam zur Seite. Dann holt sie alles heraus, was der Bär während der drei Monate, seit wir Selenice verlassen haben, im Bauch gehabt hat, und legt es Stück für Stück aufs Nachtschränkchen: Ringe – zwei mit Rubinen, einen mit einem Smaragd, zwei mit Brillanten; einen Armreif – eine goldene Schlange, die ihre Schwanzspitze im Maul hält; eine Brosche mit zwei Seepferdchen; eine ovale Brosche mit einem Opal,

die über zweihundert Jahre alt ist; eine Perlenkette, die Mama von ihrer Großmama geerbt hat – die Perlen werden von hinten nach vorn immer größer, und in der Mitte hängt eine besonders große Perle, die länglich geformt ist wie ein Wassertropfen; dann noch drei Goldmünzen, in Seidenpapier gewickelt, und zum Schluß den Siegelring mit unserem Wappen.
Ich schaue zu, wie Mama die braune Wolle in den Bärenbauch stopft, braunen Seidenfaden in die Nadel fädelt, näht. Sie näht rasch. Der silberne Fingerhut blitzt im Lampenlicht.
Am nächsten Tag werden wir mit dem Grummet fertig. Der Peter sagt, jetzt können wir bald die Erdäpfel graben.
Aber am Tag darauf gießt es. Die Berge haben sich in Wolken versteckt. Das Fluder, das durch den Garten fließt und aus dem Mama immer die Gießkannen füllt, führt braunes Wasser. Blätter schwimmen darauf.
Mama fährt nach Salzburg.
Sie bleibt über Nacht. Mit dem Nachmittagszug kommt sie zurück. Auf der Bahnstation trifft sie Dr. Magerstein, der eine Schachtel mit Medikamenten abholt. Er nimmt Mama mit, weil er sowieso zu den Moosgassner-Kindern muß. Mama zeigt mir, was sie mitgebracht hat: Geld. Amerikanisches Geld. Ich darf es auch anfassen. Hinterher muß ich mir die Hände waschen.
Die Tage sind lang. Jeden Abend vor dem Einschlafen denke ich an den vergangenen Tag; es kommt mir vor, als sei ein Monat vergangen, drei Monate, ein Jahr.
Ich erinnere mich an alles. Doch nach einigen Tagen treten die Dinge, die Menschen, die Ereignisse aus der Reihenfolge heraus, in der sie mir begegnet sind, und bilden Gruppen. In einer Gruppe befinden sich Gesichter; in einer Gespräche; in einer anderen Überraschungen. In einer kleinen Gruppe, die sich zwischen all den anderen in den Vordergrund drängt, stehen die Dinge beieinander, die ich nicht begreife.
An einem Abend liest Mama mir aus der Salzburger Zeitung von einer Bombe vor, die eine ganze japanische Stadt mit achtzigtausend Einwohnern vernichtet hat.

Eine einzige Bombe, sagt Mama. Achtzigtausend Einwohner. Und das sind nur die Menschen. Stell dir all die Tiere vor.
In einem alten Reisebericht auf dem Dachboden in Selenice habe ich Bilder von japanischen Städten gesehen. Ich versuche, mir all die Tiere vorzustellen, die auf den Bildern zu sehen waren: die Hunde, die Katzen, die Hühner, Enten, Papageien, die Pferde, Kühe und Schildkröten. Es gelingt mir nicht.
Wir essen. Dann waschen wir das Geschirr ab. Ich gebe mir große Mühe, nichts fallen zu lassen.
So eine hätten wir haben müssen! sagt Mama unvermittelt, während sie die Bratpfanne mit Zeitungspapier auswischt.
Was hätten wir haben müssen, Mama? frage ich.
So eine Bombe, sagt Mama. Dann hätten wir in Selenice bleiben können ... Aber was red ich denn da? Das ist ja Wahnsinn!
Zweimal bringt der Briefträger Post für uns, die Tante Agnes Mama aushändigt. Der eine Brief ist vom Landeshauptmann. Er enthält unsere Aufenthaltsgenehmigung und eine Arbeitsbewilligung für Mama. Der andere ist von der Gemeindeverwaltung und enthält unsere Lebensmittelkarten für den Monat September. Sie sind auf dickem, faserigem, hellbraunem Papier gedruckt und haben unregelmäßig verteilte, dunkelbraune Flecken, in denen die hellen Fäserchen besonders deutlich hervortreten.
Die schauen ein bißchen wie Herbstblätter aus, sag ich.
Nicht wahr? sagt Mama lächelnd. Ein sympathisches Land, in dem die Bürokraten einen so guten Geschmack haben.
Von Papa hören wir nichts.

13

Im ganzen Haus duftet es nach Äpfeln. Im Keller liegen sie zum Ausreifen auf den Regalen. In der Küche stehen Gläser mit Apfelkompott und Töpfe mit Apfelmus. Auf dem Balkon hängen Ketten von Apfelringen zum Trocknen.

Es ist der erste Sonntag im September, sonnig, dunstig, windstill. Die Küchenfenster stehen offen. Wir sind vom Hochamt zurück. Während wir frühstücken, schaue ich immer wieder auf das braune Gesicht von Tante Agnes mit den feinen Rissen um Mund und Augen; dann schaue ich auf das Bild von dem jungen blonden Mädchen mit dem Ferkel im Arm; dann wieder auf Tante Agnes.
Mama trinkt ihre Tasse echten Kaffee. Sie läßt sich Zeit. Als sie ausgetrunken hat, steht Tante Agnes auf und ergreift die grünweiße Kaffeekanne.
Ja, ihr müßt mich jetzt entschuldigen, sagt sie. Ich brauch ein bissel Ruhe.
Sie lauscht, stellt die Kanne wieder hin und tritt ans Fenster. Jetzt höre ich auch etwas. Wagenräder rollen im Sand. Hufe trappeln. Ein Pferd schnaubt.
Tante Agnes dreht sich um und rennt durch die Küche, wobei sie um ein Haar mit dem Ellbogen die Kaffeekanne vom Tisch wirft, und zur Tür hinaus. Ich bin nicht ganz sicher, ob sie wirklich rennt, oder ob sie schlittert; ich kann ihre Füße nicht sehen. Jedenfalls ist sie ganz rasch draußen. Wir hören, wie sie die Haustür aufreißt, und gleich darauf ihre Schritte im Kies. Ich schaue zum Fenster hinaus. Sie rennt tatsächlich; jetzt sind ihre Füße sichtbar. Sie stecken in schmalen schwarzen Schuhen. Sie rennt auf einen großen Mann mit graugelben Haaren zu, der durch das Gartentor tritt. Draußen auf dem Sandweg wendet ein offener, schwarzer Jagdwagen, von zwei Schimmeln gezogen. Er wendet in einem Zug, ohne zurückzusetzen. Das ist schwierig; der Weg ist so breit wie der Wagen lang ist. Hinten auf den Gepäckkasten sind in einem verschlungenen Muster mit Silberfarbe die Buchstaben CKC gemalt. Der Herr, der kutschiert, ist klein und dick und hat einen schwarzen Schnauzbart. Er winkt mit einem grünen Hut, setzt ihn dann schief auf seinen kahlen braunen Schädel und schlenkert mit den Zügeln. Der Jagdwagen poltert über die Fluderbrücke und verschwindet hinter den Blautannen.

Der große Mann mit den graugelben Haaren muß Onkel Jodi sein; Tante Agnes hängt an seinem Hals und bewegt ihren Kopf hin und her.
Mama steht neben mir. Sie hat ihren Arm um mich gelegt.
Na endlich! sagt sie.
Schon recht! sagt Onkel Jodi zur Tante Agnes. Schon recht, Aggi! Jetzt mußt du dich aber beruhigen, gell?
Seine Stimme ist laut und tief, wie die vom Sarastro. Als Papa das letztemal auf Urlaub war, sind wir alle drei in Prag in der Zauberflöte gewesen. Ich bin eingeschlafen. Der Sarastro hat mich geweckt.
Weißt du, Aggi, sagt Onkel Jodi jetzt, ich bin schon gestern angekommen. Aber es war so spät; da hab ich beim Casimir übernachtet. Und jetzt hat er mich heimgefahren. Stell dir vor, die Amerikaner haben seine Villa beschlagnahmt. Sie wollen ein Erholungsheim drin einrichten, für die Überlebenden der Lager. Der Casimir, die Julie und die Kinder dürfen im Kutscherhaus wohnen. Die Julie ist vollkommen außer sich.
Mama zieht mich vom Fenster weg, bindet die Schürze ab, trocknet ihre Hände, rollt die Ärmel ihrer Bluse herunter, knöpft die Manschetten zu.
Heilige Götter! flüstert sie. Ich schau bestimmt aus wie die Kuh unterm Schwanz. Komm jetzt!
Sie packt mich bei der Hand und führt mich hinaus und durch den Flur bis unter die Haustür. Dort bleiben wir stehen. Der Onkel Jodi sieht uns sofort.
Ja mich leckst – ja, mich zerreißts! ruft er. Die Karin! Laß dich anschauen, Mäderl!
Er läßt Tante Agnes los, die stehenbleibt wie angenagelt, ein Sacktuch aus dem Ärmel zieht und sich damit die Augen wischt, und geht auf Mama zu, die ihm die Stufen hinunter entgegenkommt. Er faßt ihre Schultern mit seinen eckigen braunen Händen, zieht sie an sich und küßt sie mit einem Sarastroschmatzer erst auf die linke, dann auf die rechte Wange. Er hält sie wieder von sich weg und schaut sie an.

Fesch! sagt er. Der Marek wird sich freuen! Ja, die Lobositz und die Eichham, die halten was aus. Hat euch die Aggi gut gefüttert?
Mama nickt nur, sucht mit der einen Hand nach ihrem Sacktuch, findet es nicht, wischt sich die Tränen mit dem Handrücken ab.
Onkel Jodi läßt Mama los, küßt ihr die Hand, streckt mir seine Hand entgegen.
Der junge Herr von Pastrukov? sagt er. Willkommen!
Ich nehme seine Hand und drücke sie, so kräftig wie ich kann.
Grüß dich, Onkel Hofrat! sag ich.
Er lacht. Ich kann mehrere goldene Zähne sehen. Gold, das paßt zum Sarastro.
Sauber! sagt er zur Mama. Die Goschn hat er jedenfalls vom Marek. Aber die Augen hat er von dir. Wie gespuckt.
Er legt den Arm um Tante Agnes. Ihre Augen sind groß; fast wie auf der Photographie in der Küche.
Alsdann, sagt er. Betreten wir die heiligen Hallen. Ich geh mich gleich brausen, wenn ihr gestattet. Nachher essen wir, und danach wird geratscht. Hand heben, wer dagegen ist!
Niemand ist dagegen. Wir gehen ins Haus.
Zum erstenmal dürfen wir im Eßzimmer essen.
Onkel Jodi trinkt von dem Kräuterschnaps, den Tante Agnes ihm hingestellt hat. Während er ißt und trinkt, legt er manchmal seine eckige braune Hand auf ihre Schulter oder auf ihr Knie. Einmal hält er mir sein Schnapsglas hin.
Probieren? sagt er.
Mama wirft mir einen Blick zu.
Danke, Onkel Jodi, sage ich. Später vielleicht.
Er lacht.
Ja so ein Falott! sagt er. Später! Du meinst, wenn ich so besoffen bin, daß ich deine Glasln nimmer zählen kann?
Jodokus! sagt Tante Agnes.
Ja, ja, ja! sagt der Onkel.
Er faltet seine Serviette zusammen, zieht sie durch den beiner-

nen Serviettenring, legt sie neben seinen Teller, schenkt sich noch einen Schnaps ein und gibt der Tante Agnes einen Kuß, genau aufs linke Ohr.
A Pipperl, a Papperl, a Pupperl! sagt er. Auf Schriftdeutsch: was zum Trinken, was zum Fressen, und ein Weib im Arm!
Tante Agnes sagt nichts. Die haarfeinen Risse um ihren Mund und ihre Augen sind verschwunden. An ihrer Stelle sehe ich nur ein paar Fältchen, wenige. Ihre Lippen haben sich gerötet. Bisher waren sie immer bräunlich.
Onkel Jodi steht auf.
Alsdann, sagt er. Hinaus in die freie Natur! Kaffee, Aggi? Zwei Liter? Drei?
Tante Agnes nickt.
Ich hab schon das Wasser zugestellt, sagt sie. Ich schau gleich danach.
Auch Mama erhebt sich.
Ich muß dir was gestehen, Jodi, sagt sie. Wir, der Baldur und ich, haben deine Gmundner Kartoffelschüssel zerschlagen.
Der Boris? sagt Tante Agnes. Was hat der damit zu tun?
Onkel Jodi schaut von seiner Frau zur Mama, von der Mama zu seiner Frau.
Ja, sakra! sagt er leise. Ja, so ein Unglück! Österreich hat viel überlebt. Aber die Erdäpfelschüssel – das bedeutet das Ende.
Einen Augenblick lang schweigt er.
Weißt du was, Karin? fährt er dann fort. Die Gmundner Manufaktur arbeitet schon wieder. Bei Gelegenheit besorg ich zwei neue Schüsseln; eine für uns, und die zweite, die dürft ihr zusammenhauen. Wenn ihrs gut macht, werden wir Bravo und Dacapo schreien. Recht so?
Mama starrt ihn an. Ihr rechter Mundwinkel zuckt. Tante Agnes hat die Teller aufeinandergestellt. Sie bewegt ihr Gesicht hin und her und trägt sie hinaus.
Auf der Terrasse stehen fünf weiße Korbsessel und ein ovaler Korbtisch. Wir setzen uns. Onkel Jodi zieht eine kurze Pfeife aus der Jackentasche und fängt an, sie zu stopfen. Er hat das

Streichholz schon in der Hand, da hält er inne und schaut Mama an.
Karinchen? sagt er. Du hast das Rauchen aufgegeben?
Mama lächelt ihm zu, das Kinn in beide Hände gestützt.
Gezwungenermaßen, Jodi, sagt sie. Es gibt kaum Zigaretten. Außerdem, ich kann mir keine leisten.
Der Onkel legt seine Pfeife auf den Tisch;
Ah geh! sagt er. Nix! Kommt überhaupt nicht in näheren ministeriellen Betracht. Die kleinen Freuden sind es, welche die großen überhaupt erst erträglich machen.
Er geht ins Haus. Nach einer Weile kommt er mit einem Bogen grünen Seidenpapiers zurück und beginnt, Zigaretten zu basteln. Den Tabak nimmt er aus seinem Tabaksbeutel. Die Zigaretten schauen ganz richtig aus, solange sie auf dem Tisch liegen. Aber sobald Onkel Jodi sie hochhebt, gehen sie auf; der Tabak rieselt durch die geflochtene Tischplatte auf den Terrassenboden.
Onkel Jodi geht noch einmal ins Haus. Diesmal bringt er eine Glasflasche mit.
Büroleim! sagt er. Besser wie gar nix!
Es stimmt. Die Zigaretten bleiben jetzt ganz.
Onkel Jodi nimmt eine, klopft mit dem Daumennagel das eine Ende fest, reicht sie Mama, gibt ihr Feuer. Danach zündet er seine Pfeife an.
Na? sagt er gedehnt. Wie schmeckts?
Mama hat die Augen geschlossen und läßt den Rauch durch die Nasenlöcher heraus.
Lasterhaft! sagt sie.
Lüg mich nicht an, sagt der Onkel.
I wo, sagt Mama.
Nachher ist es recht. Riechen tut es nämlich wie alte Heeresmatratzen.
Tante Agnes tritt mit dem Kaffeetablett aus der Terrassentür, schaut Mama an, bleibt stehen.
Aggi, du bist ein Engel! ruft Onkel Jodi. Her mit dem Kaffee!

Tante Agnes schaut immer noch die rauchende Mama an. Dann reißt sie sich los, geht zum Tisch, stellt das Tablett nieder.
Darf der Boris Kaffee trinken? fragt sie. Dabei schaut sie mich an, statt Mama.
Mama bläst Rauch vor sich hin und nickt mir zu.
Aber nur eine Tasse, Baldur! sagt sie.
Onkel Jodi sitzt in seinem Sessel, die Beine lang untern Tisch gestreckt. Seine Pfeife qualmt wie die Lokomotive, die unseren Zug nach St. Koloman gebracht hat. Er nimmt die Pfeife aus dem Mund, der sich langsam in die Breite zieht, bis ich alle Goldzähne sehen kann. Sechs sind es.
Nachtigall, Nachtigall, sagt er leise. Nachtigall, dich hör ich trampeln!
Bitte, Jodokus? sagt Tante Agnes.
Wer hat das aufgebracht? fragt der Onkel. Ich meine, den Buben mit verschiedenen Namen zu rufen? Der heilige Konfusius?
Eine Weile herrscht Schweigen.
Wir beide wohl, sagt schließlich Mama. Agnes und ich.
Ah! sagt Onkel Jodi. Ah ja! Ich versteh!
Er steckt seine Pfeife zwischen die Zähne, zieht an ihr, nimmt sie heraus.
A Bibberl, a Babberl, a Bubberl, sagt er. Babbababbababbababbageno! Babbi, Babba, Babbo! Ah ja!
Er schaut mir in die Augen. Die seinen sind braun, dunkelbraun, und zugleich sehr hell. Das ist merkwürdig.
Baldur Boris von Pastrukov, sagt er. Wär es dir recht, wenn wir dich Babbo nennen?
Aber Jodokus, sagt Tante Agnes. Der Bub ist getauft!
Jaja, das weiß ich, sagt der Onkel. Ich bin ja auch kein Priester, dem der Heilige Geist beisteht. Mir hilft bloß mein gesunder Menschenverstand. Babbo: ist es dir recht?
O ja, Onkel Jodi! sag ich.
Bestens! sagt Onkel Jodi. Ministerieller Erlaß; ausgefertigt, kopiert, unterschrieben, dreimal gegengezeichnet und einmal beglaubigt: Babbo! Und jetzt: Wie ist es euch ergangen?

Er klopft seine Pfeife auf dem Terrassenboden aus, bläst sie durch und stopft sie von neuem.
Die Erwachsenen erzählen.
Tante Agnes erzählt, wie sie im Juli vom Himbeerpflücken auf der Unterberger-Alm, ganz hinten im Weißenbachtal, zurückgekommen ist. Sie ist gerade bei der Heuhütte vom Urbanbauern gewesen, da hat sie es weiter bachabwärts, dort, wo die Klamm anfängt, krachen hören. Sie hat gedacht, der Krieg hat wieder angefangen, ist sofort vom Weg herunter und ein Stück den Hang hinauf in den Wald. Dort ist sie weitergegangen. Es hat wieder und wieder gekracht. Sie ist schon oberhalb von dem Felsen gewesen, bei dem der Weißenbach in die Klamm hineinfließt, da hat sie gesehen, daß es Soldaten sind, amerikanische Soldaten. Einer hat eine Handgranate in den Bach geworfen. Nach ein paar Augenblicken hat es gerummst; eine weißgrüne Wasserfontäne hat sich erhoben; und dann sind nach und nach die toten Fische hochgekommen. Die Soldaten haben sich in den Bach gestürzt und die Fische eingesammelt. Nur die großen haben sie genommen.
Sieben oder acht Soldaten sind es gewesen, sagt Tante Agnes. Zwei Schwarze waren dabei. Ich hab mich gefürchtet. Ich hab einen weiten Umweg durch die Wälder gemacht, über den Bildstock.
Sie schaut Onkel Jodi an. Der nickt.
Das war schon recht so, Aggi, sagt er.
Mama erzählt von dem Nachmittag, an dem die drei Männer vom Volkskomitee gekommen sind, um uns mitzuteilen, daß wir Selenice innerhalb von vierundzwanzig Stunden zu verlassen haben.
Drei von unseren eigenen Bauern! sagt Mama. Das mußt du dir mal vorstellen, Jodi. Ich hab wirklich geglaubt, ich verlier den Verstand. Und weißt du, was? Sie haben nicht Pastrukova zu mir gesagt oder Genossin. Sie haben mich mit Gnädige Frau angeredet. Alle drei: der Beranek, der Kravnik, der Kaffka. Zum Schluß, als sie gegangen sind, hat sich der Beranek noch einmal umgedreht.

Seien Sie froh, Gnädige Frau, hat er gesagt, daß niemand hier in Selenice einen Haß auf Sie hat!
Aber Karin, sagt Onkel Jodi. Der Mann hatte recht. Schau, der Günther, der Schwager vom Casimir, der war in seinem Dorf verhaßt. Nicht nur, weil er ein Obernazi war. Du weißt, wie er gewirtschaftet hat. Na, und den haben sie erschossen, samt Frau und Kindern. Ganz so, wie sie 1917 in Rußland die Zarenfamilie erschossen haben. Wie war das übrigens: Habt ihr was von den Russen gesehen?
Mama nickt und zündet sich die dritte von Onkel Jodis selbstgemachten Zigaretten an.
Oh ja! sagt sie. Am selben Tag. Es war schon dunkel, da ist eine Panzerabteilung im Dorf eingerückt. Erst hab ich geglaubt, es sind unsere. Aber es waren Russen. Sie hatten drei von unseren Panzern erbeutet. Ein Offizier ist zu mir gekommen, ins Rote Zimmer. Ich war beim Packen. Ich hab den Teddybären vom Baldur, vom Babbo, meine ich, rasch mit einer Hose zugedeckt. Oberstleutnant Besmyertschik! hat sich der Offizier vorgestellt.
Er hat recht gut Tschechisch gesprochen. In der rechten Hand hat er ein frisches Weißbrot getragen. Ein Weißbrot, Jodi!
Logisch, sagt Onkel Jodi. Hunger wird er halt gehabt haben.
Ja ja, sagt Mama. So gesehen, ist es logisch. Also ich bin aufgestanden, bin auf ihn zugetreten und hab ihm die Hand gereicht. Er hat das Weißbrot in die linke Hand genommen, wir haben einander die Hände geschüttelt, und ich hab meinen Namen gesagt. Er hat mich gefragt, ob wir irgendwas im Haus haben, womit wir Nachrichten übermitteln können: ein Telephon? Einen Telegraphen? Ein Funkgerät?
Ich sage nein.
Blinkscheinwerfer? fragt er weiter. Signalpatronen? Raketen?
Nein, sage ich.
Im selben Augenblick fällt mir ein, daß in dem Nußbaumschrank, vor dem der Oberstleutnant steht, alle die Chemikalien liegen, aus denen der Marek vor dem Krieg jedes Jahr zu Silve-

ster die Leuchtkugeln und die bengalischen Feuer und die Kanonenschläge und die Brillantraketen gemacht hat. Ich finde das irrsinnig komisch. Ich beiße mir auf die Lippen, aber es hilft nichts. Ich muß laut herauslachen.
Der Oberstleutnant schaut in mein Gesicht. Er lächelt.
Ich glaube Ihnen, sagt er und streckt seine rechte Hand aus. Wieder schütteln wir uns die Hände.
Meine Leute sind diszipliniert, sagt er. Bleiben Sie bitte trotzdem bis zum Morgen im Haus. Gute Nacht!
Er nimmt sein Weißbrot wieder in die rechte Hand und geht.
Onkel Jodi zieht an seiner Pfeife.
Sauber, sagt er. Glück habt ihr gehabt. Ich hab schon andere Geschichten von den Russen gehört.
Ich auch, sagt Mama und drückt ihre Zigarette auf dem weißen Terrassenboden aus.
Ja, sagt Tante Agnes. Ihr habt eben den Krieg verloren.
Aber Aggi! sagt Onkel Jodi. Wir! Wir alle haben den Krieg verloren.
Ja wieso denn, Jodokus? sagt Tante Agnes. Du meinst doch nicht, weil der Hitler aus Braunau war? Das liegt doch ganz an der Grenze. Fast schon im Reich.
Fast schon? sagt Onkel Jodi. Geh fort! Wir waren das Reich. Wir haben dem Adolf zugejubelt. Alle, Aggi! Ich auch!
Er tippt mit dem Pfeifenstiel mehrmals an seine grüne Hemdbrust.
Deppen waren wir, fährt er fort. Mit dabei sein haben wir wollen. Alsdann: wir waren dabei. Jetzt haben wir die Trümmer. Die Schuttberge. Brennesseln wachsen schon drauf, richtige Wälder. Und wir Wiener Bürokraten, wir graben unsere Akten aus dem Schutt. Die brauchen wir nämlich. Manchmal finden wir auch Tote. Die beerdigen wir. Die Russen schauen uns zu. Von den Baracken im Hof, in denen die Fahrbereitschaft untergebracht war, stehen noch drei. In denen lagern wir vorläufig unsere Akten. Die Russen haben uns das erlaubt. So schauts aus. Vom Barock zum Barack!

Die Erwachsenen erzählen bis zum Abendessen. Es gibt gedeckten Apfelkuchen und Kaffee. Ich kriege nur Milch.
Mama, sag ich, als sie mir gute Nacht wünscht. Du bist doch eine geborene von Lobositz, nicht?
Ja, Babbo, sagt sie. Weshalb?
Weil, wenn der Onkel Jodi ein Eichham ist, wie kann er dann mein Onkel sein?
Er ist dein Großonkel, sagt Mama. Aber Großonkel, das ist so ein langes Wort.
Also ist er der Bruder von deinem Papa? Oder von deiner Mama?
Er ist der Halbbruder meines Vaters. Schlaf jetzt!
Mama? Was ist ein Halbbruder?
Ich erklär dir das später. Das verstehst du noch nicht. Jetzt schlaf. Morgen ist wieder ein langer Tag.
Sie geht hinaus. Nach einer Weile kann ich unten auf der Terrasse ihre Stimme hören, die Stimme von Onkel Jodi, manchmal auch die von Tante Agnes. Ich strenge mich an, wach zu bleiben. Ich möchte mehr über die Toten wissen, die Onkel Jodi in den Trümmern findet. Schauen sie so aus wie die Deserteure? In der Eichenallee, die von Selenice zur Strakonicer Landstraße hinaus geht, haben Soldaten an den Ästen gehangen. Sieben. Mama hat gesagt, das sind Deserteure, schau nicht hin. Ich hab aber doch hingeschaut. Ihre Hände waren auf dem Rücken zusammengebunden. Ihre Gesichter waren schwarz. Eine gelbe Flüssigkeit ist aus den Augen über die schwarzen Gesichter heruntergelaufen, wie Vanillepudding. Fliegen sind auf ihnen herumgekrabbelt. Es hat gestunken.
Die Stimmen unten auf der Terrasse heben und senken sich. Dann summen sie, wie die Fliegen. Ich schlafe ein.
Ich träume von einem Wald aus riesigen Brennesseln mit dicken, stachligen Stämmen. Tote wandern in dem Wald umher. Ihre Gesichter sind so wie die von lebenden Menschen; aber sie haben die Augen zu. Daher weiß ich, daß sie tot sind. Manchmal stößt einer von ihnen gegen einen Brennesselstamm, zuckt zurück, wandert in einer anderen Richtung weiter.

Ich möchte wissen, wohin sie gehen.
Nach zwei Tagen muß Onkel Jodi fort. Nicht nach Wien; nach Wien muß er erst in drei Wochen. Er muß in die Wälder, Baumstämme anmerken. Die Amerikaner haben Bauholz angefordert. Die Bauern brauchen Brennholz für den Winter. Onkel Jodi verspricht, daß er mich mitnehmen wird, wenn es einmal weniger drängt.
Wir dürfen jetzt ins Eßzimmer und ins Wohnzimmer. Wir gehen aber nur, wenn Tante Agnes uns hineinbittet. Mama sagt, das gehört sich so.
Wir bekommen zum drittenmal Post. Diesmal ist der Brief von der Volksschule in St. Koloman. Der Herr Oberlehrer Löschenberger teilt der sehr verehrten Frau Pastrukov mit, daß das neue Schuljahr aufgrund zeitbedingter Umstände erst am siebenundzwanzigsten September beginnt.
Das sind noch einundzwanzig Tage. Jeder wird so lang sein wie ein Monat; wie drei Monate; wie ein Jahr.

*

Babbo lehnte sich zurück, kaute auf dem Mundstück seiner Pfeife und musterte Hanna, die ihm in die Augen sah, ernst, wach und gespannt.
Schau net so, Gnädigste! sagte er. Glaubst, ich denk mir das aus? Nein: so war das wirklich. Tage, die frühmorgens beginnen, die ewig dauern könnten und nur deshalb enden, weil die blöden Erwachsenen einen schließlich ins Bett stecken. Hab ich recht?
Hanna nickte.
Dein Onkel Jodi, sagte sie. Lebt er noch?
Nein, Gnädigste.
Und dein Papa?
Auch nicht mehr. Laß sie ruhen, ja? Bis ich sie wieder heraufhole. Bleiben wir bei Mama!

14

Mama und ich sind unterwegs zum Erdäpfelgraben bei Moosgassners. Es ist früh am Morgen. Hier unten im Tal ist noch Schatten. Dunst schwimmt über den Wiesen. Das Lammerfeld, der Kirner und das Rothorn hinten im Weißenbachtal glitzern schon in der Sonne. Der Felsturm des Falkensteins vor uns beginnt ganz oben rot zu glimmen.
Kurz vor der Glöggler-Säge überholt uns langsam ein brauner Lastwagen mit Anhänger. Es ist derselbe Lastwagen, den ich am ersten Tag auf dem Weg von St. Koloman nach Weißenbach gesehen habe, drüben am anderen Bachufer, nahe dem Brettersteg, den nur Fußgänger benutzen können. Es ist kein Fiat; es ist ein Lancia. Er fährt an uns vorbei, biegt nach links zum Sägewerk ein und verschwindet zwischen den haushohen Bretterstapeln.
Die Säge steht noch still. Ich möchte sie mir gerne anschauen; ich möchte auch den braunen Lancia in Ruhe anschauen und herausfinden, ob es das Modell mit acht oder das mit zwölf Gängen ist. Doch Mama sagt, jetzt haben wir keine Zeit. Im Winter werden wir viel Zeit für solche Sachen haben.
Dann möchte ich wenigstens sehen, wo das Fluder ins Sägewerk hineinfließt, sage ich. Komm, Mama! Es ist nur ein kleiner Umweg.
Na schön, sagt Mama. Du bist ein Quälgeist.
Zwischen dem Fahrweg und der Sägemühle ist das Fluder nicht zu sehen. Es fließt unter geschälten Baumstämmen dahin, die in hohen Stößen aufeinanderliegen, ein Stoß dicht neben dem anderen, und darauf warten, durch die Säge zu gehen. Dreißig, vierzig Schritte vor der Wand der Sägemühle kommt das Fluder wieder zutage. Sein Wasser ist dunkel, still, reißend. Die gemauerten Ränder des Fluders sind mit grünen Algenbärten bewachsen, die leise hin und her wehen, wie Flossen von Fischen. Vor der viereckigen Öffnung in der Bretterwand, durch die das Fluder zu den Wasserrädern hinströmt, ist ein Gitter aus dicken, senkrechten Eisenstäben angebracht. Holzstücke haben sich zwischen den

Stäben verfangen, Äste, Blätter, Gras; auch ein totes Tier, eine Katze oder eine Ratte; ich kann es nicht genau erkennen, es ist zu tief. Hinter der Sägemühle tost das hinabstürzende Wasser. Ein feiner, kalter Sprühregen weht zu uns her. Mama bewegt die Lippen, aber ich kann nicht verstehen, was sie sagt. Sie lacht, nimmt mich bei der Hand und zieht mich fort.
Was hast du gesagt, Mama? frage ich, während wir weitergehen.
Ob du zufrieden bist! sagt sie.
Na ja, sag ich. Es ist ja bald Winter.
Sie seufzt.
Ja, sagt sie. Ich möchte wissen, wie es gehen wird, wenn Onkel Jodi wieder in Wien ist.
Wir schlagen den Fußpfad ein, der am Austragshaus vom Moosgassner-Bauern vorbei zum Brettersteg über den Weißenbach führt. Auf der grünen Bank neben der Tür sitzt der alte Sebastian. Morgens und abends sitzt er fast immer dort. Tagsüber hab ich ihn noch nie gesehen. Mama sagt, wahrscheinlich verträgt er die Sonnenhitze nicht; das ist oft so bei sehr alten Leuten.
Wir biegen nach links ab und gehen gerade auf das Austragshaus zu. Das ist für uns der kürzeste Weg. Der Erdäpfelacker, mit dem wir heute anfangen, liegt zwischen dem Austragshaus und dem Moosgassner-Hof.
Aus dem dicken, roten Schornstein steigt bläulicher Rauch. Auf dem Rand des Holztrogs beim Pumpbrunnen hockt ein Spatz und trinkt. Er bleibt sitzen, als wir näherkommen, schaut zu uns her, trinkt wieder.
Der alte Sebastian sitzt vornübergebeugt auf der Bank. Er hat beide Hände auf einen Stock gestützt, der unten eine Eisenspitze hat und oben einen Adlerkopf; der Schnabel ist der Griff. Der Stock und die Hände zittern; schwach, aber sehr rasch. Der alte Sebastian hat einen Bart, der ihm bis in den Schoß hängt. In der Mitte ist er braungelb verklebt, an den Seiten fast weiß und gekräuselt. Auf dem Kopf trägt der alte Sebastian einen grünschwarzen Hut mit einem langen Pinsel; das ist ein Gamsbart.

Ich weiß auch, daß er nicht am Kinn der Gamsböcke wächst, sondern am Bauch. Onkel Jodi hat mir das erzählt.
Grüß Gott, Herr Moosgassner, sagt Mama. So ein schöner Morgen!
Wir bleiben stehen. Der alte Mann antwortet nicht. Neben ihm auf der Bank liegt eine schwarze Pfeife. Sie ist lang, bestimmt so lang wie sein Bart, und hat einen braunen Kopf, wie ein Fäßchen geformt.
Grüß Gott! wiederholt Mama.
Der alte Moosgassner schweigt. Er rührt sich nicht. Nur die Hände mit dem Stock zittern. Er schaut aus kleinen, hellgrauen Augen über meine Schulter weg ins Weite. Ich drehe mich um, weil ich sehen will, wohin er schaut, und schließe geblendet die Augen. Aus den Wäldern am Hang des Rinnkogels steigt gleißend die Sonne.
Komm, sagt Mama. Stören wir ihn nicht.
Wir gehen am Austragshaus vorbei und machen einen Bogen um Gemüsebeete, die kniehoch voll Unkraut stehen.
Mama, sage ich, sobald wir außer Hörweite des alten Mannes sind. Weshalb hat er nicht geantwortet?
Das ist manchmal so bei alten Leuten, sagt Mama. Halb sind sie hier, und halb schon drüben. Das verstehst du noch nicht.
Doch, Mama. Das versteh ich. Du meinst, sie sind lebende Tote, nicht wahr? Sie möchten wissen, wohin sie gehen?
Babbo! Wer um Himmelswillen pflanzt dir solche makabren Ideen ins Hirn?
Niemand, Mama. Ich hab mal so was geträumt.
Geträumt? Jetzt sag mir, woran hast du vor dem Einschlafen gedacht, damals, wie du das geträumt hast? Weißt du das noch?
Freilich weiß ich das. Ich hab an die Deserteure gedacht. An die in Selenice.
Heilige Götter! Vergiß sie, Babbo. Vergiß das alles. Komm, wir rennen ein Stück. Schau, dort sind schon die Resi und die Annerl, und die Kinder sind auch schon da. Los! Schneller!
Wir rennen los. Ich bin vor Mama dort.

Die Kinder haben schon seit einer Woche die Masern hinter sich und dürfen wieder aus dem Haus. Oder sind es zwei Wochen? Ich bin nicht sicher. Fünf Kinder sind es. Der Addi und die Agnes gehören der Resi und dem Peter. Der Addi ist einen Monat älter als ich und kommt auch in die dritte Klasse. Die Agnes ist zwei Jahre jünger als wir. Agnes heißt sie, weil die Tante Agnes, die Frau vom Onkel Jodi, nicht nur ihre Tante ist, sondern auch ihre Godi, ihre Taufpatin. Die fünfjährigen Zwillinge, der Franzl und der Hansi, sind die Kinder von der Annerl und vom Toni; die Vroni, deren Mann Franz heißt, hat nur ein Kind, ein Mäderl. Es ist zwei Jahre alt und heißt Carmen. Die Carmen ist blond, fett und rosig. Sie macht sich immer sofort dreckig. Wenn sie etwas findet, was ihr gefällt, steckt sie es in den Mund und ißt es: einen Brocken Erde, einen Regenwurm, eine Wurzel, einen Engerling. Es muß ihr schmecken, denn sie lächelt, während sie kaut. Ich hab nie erlebt, daß ihr hinterher schlecht wird.
Die Vroni hat gesagt, wir sollen auf die Carmen aufpassen. Aber das ist leicht gesagt. Wir müssen auch aufpassen, daß wir mit der Gabel keine Erdäpfel anstechen. Wir müssen das Kraut auf Haufen tragen. Wir müssen die Erdäpfel ausbreiten, damit sie trocknen; und wir müssen sie sortieren. Die ganz kleinen sind für die Schweine. Die größten werden bald gegessen, weil sie sonst innen faul werden. Und die mittleren werden eingelagert. Die müssen reichen bis zum nächsten Herbst.
Wir geben uns Mühe; wir passen auf, daß die Carmen nichts Unrechtes ißt. Manchmal ißt sie doch etwas. Wenn die Vroni das merkt, läßt sie ihre Grabgabel fallen, rennt zu der Carmen hin und versucht, ihr den Bissen mit dem Zeigefinger aus dem Mund zu holen. Meistens ist es zu spät, und die Carmen lächelt mit ihrem breiten roten Mund, weil der Bissen gut war und weil sie ihn längst hinuntergeschluckt hat.
Carmen! schreit ihre Mutter dann, Carmen, du Drecksau!
Mama muß darüber jedesmal furchtbar lachen. Anfangs hat sie heimlich gelacht, hinter der vorgehaltenen Hand, um die Vroni

nicht zu kränken. Dann hat sie gemerkt, daß die Vroni es überhaupt nicht übelnimmt, und nun lacht sie laut heraus. Die Vroni lacht mit.

Jessas, Frau Karin! ruft sie. Ein Dirndl, und so ein Gieraß! War der deinige auch so?

Ja schon, antwortet Mama lachend. Freilich. Gott sei Dank hat er einen anderen Geschmack gehabt.

Die Sonne steigt höher. Nach einer halben Stunde, es kann auch eine ganze sein, kommt der Peter. Er fängt in der Reihe an, die neben der von Mama liegt. Das heißt, ich kann heute mit ihm nicht Dialekt reden. Also gehe ich ans andere Ende vom Acker, dorthin, wo der Addi schon einen großen Haufen Kraut aufgeschichtet hat, das wir später verbrennen werden.

Servus Addi, sag ich.

Servus Babbo, sagt er.

Er hat hellgraue Augen wie sein Großvater, der alte Sebastian. Das schmale Gesicht und die Hakennase hat der Addi von seinem Vater. Der Addi kann nicht nur Dialekt. Er kann auch Schriftdeutsch, von der Schule her. Mit mir redet er beides, je nachdem. Vor allem bringt er mir Fluchen bei.

Verdammt! sag ich einmal, wie ich einen Erdapfel ansteche.

Nix! sagt der Addi. Das ist eine Sünde. Verdammt, das darf nur der Herrgott sagen.

So? Wann sagt der Herrgott so was?

Am Jüngsten Tag natürlich. Wenn er die Erdäpfel – ah, Schmarrn! – wenn er die Seelen sortiert. Die Sünder sortiert er nach links. Die Gerechten sortiert er nach rechts. Deswegen heißen sie ja die Gerechten. Dann sagt er zu den Linken: Verdammt! Zum Teufel mit euch! Und zu den Gerechten sagt er: Ihr seid jetzt erlöst! Marsch in den Himmel! So hat uns das der Herr Pfarrer erzählt. Ungefähr, gell.

Was darf ich denn sagen, wenn ich eine Wut hab?

Jessas! Da kannst viel sagen!

Zum Beispiel?

Zum Beispiel: Kreizteifieininuamoi!

Kreizteifieininuamoi! wiederhole ich. Und was heißt das auf Schriftdeutsch?
Der Addi überlegt, bohrt dabei in der Nase, zieht den Finger heraus, betrachtet ihn, wischt ihn an der Lederhose ab.
Hm! sagte er. Das heißt: Kreuzteufelhineinnocheinmal! Aber auf Schriftdeutsch ist das nix. Gar nix.
Das finde ich auch.
Zu Mittag bringt uns die Vroni Essen auf den Acker: Schwarzbrot, gestern gebacken, Räucherspeck, Zwiebeln, saure Gurken und frischgepreßten Apfelmost. Während dem Essen springt sie plötzlich auf und stürzt zu der Carmen hin, die auf allen vieren zwischen den Erdäpfelreihen dahinkrabbelt. Sie öffnet ihr mit zwei Fingern den Mund und holt etwas heraus. Es ist ein halber kleiner Erdapfel. Die andere Hälfte hat die Carmen schon hinuntergeschluckt.
Abends, als Mama und ich nach Hause gehen, sitzt der alte Sebastian immer noch auf der grünen Bank neben der Haustür.
Grüß Gott, Herr Moosgassner! sagt Mama.
Sie bekommt keine Antwort. Der alte Mann schaut an ihr vorbei zum Pumpbrunnen hinüber. Hinter dem Trog wuchern Brennesseln; ein ganzer Wald von Brennesseln.
Komm, Babbo, sagt Mama. Stören wie ihn nicht. Er träumt.
Nach zwei ganzen Tagen und einem halben Tag sind wir mit dem Acker fertig. Wir zünden das Kraut an und rösten ein paar von den angestochenen Erdäpfeln, die wir aussortiert haben, in der Glut. Wenn sie so weit ausgekühlt sind, daß man sie anfassen kann, essen wir sie, mit Salz und ein bißchen Butter.
Als wir abends am Austragshaus vorbeigehen, sitzt der alte Sebastian nicht wie sonst auf seiner Bank. Nur die Pfeife liegt da. Sie ist ausgegangen. Dafür kommt aus dem dicken roten Schornstein schwarzer Rauch und weht gegen den Moosgassner-Hof hin.
Wo ist der alte Wastl, Mama? frage ich. Er hat seine Pfeife vergessen.
Ja, sagt Mama. Er ist alt. Er wird sich schlafen gelegt haben.
Auch Tante Agnes hat sich schon schlafen gelegt, und wir essen in

der Küche. Ich hab nicht mehr viel Hunger. Draußen windet es. Mama bleibt noch bei mir im Zimmer und strickt an einem Strumpf. Während die Nadeln klicken, denke ich an den vergangenen Tag. Der Addi hat gesagt, wir werden bald einmal zusammen fischen gehen. Aber richtig. Nicht mit Handgranaten.
Die Nadeln klicken. Auf dem Balkon flappt die aufgehängte Bettwäsche im Wind.
Mama rüttelt mich wach. Im Zimmer herrscht graue Dämmerung. Regen rauscht aufs Schindeldach.
Wach auf, Babbo! sagt sie. Wach auf! Ich muß fort.
Was ist? frage ich.
Der Peter war vorhin da, sagt sie. Sein Vater ist verschwunden. Wir müssen ihn suchen. Der Peter und die Tante Agnes sind vorausgegangen. Ich muß jetzt auch gehen.
Sein Vater? sag ich. Der alte Wastl?
Der alte Sebastian, ja. Hör zu: wir werden lang ausbleiben. Bis zum Abend vielleicht. Nimm dir etwas zum Essen, wenn du hungrig wirst. Mach kein Feuer!
Kann ich mitkommen, Mama?
Keins von den Kindern kommt mit, Babbo. Das ist nichts für Kinder. Wenn du willst, kannst du die Birnen schälen und vierteln und die Kernhäuser herausschneiden. Dann muß ich sie nur noch einkochen, wenn ich heimkomme.
Aber wenn du erst am Abend heimkommst, werden sie ganz braun sein, Mama.
Du kannst sie in die Gläser tun und Zuckerwasser einfüllen. Das Zuckerwasser steht im Aluminiumtopf auf dem Herd. Vergiß nicht, sie müssen bedeckt sein.
Sie gibt mir einen Kuß.
Gib dem Bruno auch einen, sage ich und halte ihr den Bären hin.
Sie küßt ihn auf die Schnauze.
Seid brav, ihr beiden! sagt sie.

Es regnet den ganzen Tag. Ich schäle, schneide, stopfe die geviertelten Birnen in die Gläser, fülle Zuckerwasser auf, bis es einen

Fingerbreit über den Birnen steht. Ich bin am vierundvierzigsten Glas, als Mama und Tante Agnes nach Hause kommen. Ihre Kleider sind durchweicht. Von Mamas Hut hängt die Feder herunter; sie sieht aus wie die Feder eines ertrunkenen Vogels.
Nichts! sagt Mama. Nichts haben wir gefunden. Du warst aber fleißig!
Darf ich jetzt Feuer machen, Mama? frage ich.
O ja! sagt Mama. Bitte!
Keine Spur, sagt Tante Agnes. Niemand hat ihn gesehen. Vorigen Donnerstag hätten er und die Mutter ihren neunundsechzigsten Hochzeitstag feiern können.
Agnes, sagt Mama. Hat jemand bei dem Eisengitter nachgeschaut? Dort, wo der Mühlbach in die Sägehalle hineinfließt?
Beim Rechen, meinst du? sagt Tante Agnes. Freilich. Dort war nichts, Karin. Keine Spur. Wir werden ihn nicht finden. Gott muß es so wollen.
Wasser tropft von ihrem Umhang auf die Dielen.
Wir werden morgen weiter suchen, sagt Mama. Es ist nicht alles Gottes Wille, Agnes. Auch uns hat er einen Willen gegeben.
Was willst du damit sagen, Karin?
Was ich damit sagen will? Daß wir nicht alles auf Gott schieben dürfen. Daß wir selber einen freien Willen haben. So ist es doch?
Das weiß ich, Karin. Willst du andeuten, daß der Vater sich etwas angetan hat?
Sie wendet ihr braunes Gesicht langsam hin und her. Ihre Nasenlöcher ziehen die Luft ein. Sie erinnert mich an ein Eichhörnchen, das eine Gefahr wittert.
Ich will nichts dergleichen andeuten, sagt Mama. Jetzt gib mir bitte deinen Umhang. Wir tropfen hier alles voll.
Es regnet die Nacht hindurch. In der Früh geht die Suche weiter. Während des Vormittags sehe ich drei oder vier Pferdefuhrwerke, viele Männer und Frauen zu Fuß, einen Reiter auf einem dicken braunweißen Pferd, zwei Gendarmen auf Fahrrädern. Am späten Nachmittag kommt Mama allein zurück. Sie ist naß bis zu den Knien hinauf. Ich schaue in ihr Gesicht.

Wo? frage ich.
Im Fluder, sagt Mama. Am Vormittag haben wir das Tal abgesucht, bis zur Klamm. Der Weißenbach ist über die Ufer getreten. Einer von den Männern ist hineingefallen und fast ertrunken, weil er nicht schwimmen kann. Dann hat einer von den Gendarmen gesagt, das Fluder muß abgesperrt werden. Der Peter und noch zwei andere sind gegangen und haben das Schleusentor heruntergekurbelt. Als das Wasser abgelaufen war, haben sie das Fluder abgesucht.
Wo war er, der Wastl?
Dort, wo das Fluder unter den aufgestapelten Baumstämmen durchfließt. Ein Baumstamm war ins Fluder hineingerutscht. An dem ist er hängengeblieben.
Hast du ihn gesehen, Mama?
Nein, Babbo. Tante Agnes hat gesagt, er hat friedlich ausgesehen. Weißt du, was du sagen mußt, wenn die Tante Agnes heimkommt?
Ja, Mama. Was meint sie, wenn sie sagt, er hat friedlich ausgeschaut?
Das kann ich dir nicht erklären, mein Kleiner. Das muß man sehen. Morgen gehen wir hin. Vielleicht sehen wir den alten Sebastian noch einmal.
Aber wir sehen den alten Wastl nicht mehr. Als wir am nächsten Vormittag zum Moosgassner-Hof kommen, ist der Sarg geschlossen. Er ist aus hellem Fichtenholz und riecht nach Leinöl. Auf dem Deckel liegt ein Kranz aus violetten Astern und ein altes geschnitztes Kruzifix. Das Kreuz ist ganz schwarz. Der Christus auch. Nur unterhalb der Wunde in seiner nackten Brust hängt ein gelber Harztropfen. Viele Kerzen brennen, flackern in dem nassen Luftzug, der durch die geöffneten Fenster in die Stube weht. Draußen regnet es. Der Spiegel über der Kredenz ist mit einem weißen Tuch verhängt, das rundherum mit blauen Kreuzstichen verziert ist. In der Mitte sind mit roten Kreuzstichen drei Worte eingestickt: Glaube. Hoffnung. Liebe.

Das Begräbnis findet am Sonntag statt. Es regnet, zart und stetig. Als wir uns der Kirche von St. Koloman nähern, hören wir ein Glöckchen bimmeln, dünn, zaghaft. Tante Agnes sagt, das ist die Totenglocke, die einzige, die den Krieg überlebt hat. Die anderen vier Glocken haben sie abgeholt und eingeschmolzen.
Das Totenamt dauert lang. Wir singen. Wir beten. Der Herr Pfarrer spricht.
Unser Bruder Sebastian Moosgassner ist von uns gegangen, sagt er.
Ich schaue auf den hellen Sarg, der jetzt von vielen Kränzen bedeckt ist. Ich schaue auf die Statue des heiligen Sebastian, in dem siebzehn Pfeile stecken. Er ist der Schutzheilige vom alten Wastl. Vor den Pfeilen hat er ihn beschützt. Vor dem glatten, dunklen, reißenden Wasser im Fluder hat er ihn nicht beschützt. Hat Gott das so gewollt?

Wir sitzen beim Abendessen, da öffnet sich die Küchentür. Tante Agnes steht da.
Komm doch herein, Agnes, sagt Mama. Setz dich. Möchtest du etwas vom Kartoffelpüree? Es ist genug da.
Danke, Karin. Ich esse heute nichts. Ich will auch gleich wieder in die Kirche. Ich bin nur heimgekommen, um mich umzuziehen. Ich möchte dich etwas fragen.
Ja?
Es ist so. Meine Brüder werden das Austragshaus noch lang nicht brauchen; Gott erhalte ihnen ihre Gesundheit. Es wäre dem Peter nicht recht, wenn es so lange leerstünde. Er hat gemeint, ich soll dich fragen, ob ihr dort einziehen möchtet. Nicht, daß ich euch loswerden will, Karin. Das will ich keineswegs. Aber ein eigenes Zuhause, auch wenn es nur klein ist? Was soll ich dem Peter ausrichten?
Mama steht auf.
Daß wir uns freuen! sagt sie. Ich hatte sowieso vor, bald etwas Eigenes für uns zu finden, damit wir dir nicht länger zur Last fallen.

Ihr fallt mir nicht zur Last, Karin! Gott ist mein Zeuge!
Aber Agnes! Ich weiß, daß wir dir zur Last fallen. Es ist vollkommen natürlich. Sag bitte deinem Bruder, daß ich ihm danke und daß ich sein Angebot annehme. Über die Miete werden wir uns schon einig werden.
Tante Agnes wendet ihr Gesicht hin und her.
Von Geld kann wirklich keine Rede sein, liebe Karin, sagt sie. Der Peter ist froh, wenn das Häuschen bewohnt wird, statt zu verfallen. Vielleicht könnt ihr ihm ja gelegentlich aushelfen, wenn die Arbeit drängt. Das wäre etwas anderes.
Selbstverständlich, sagt Mama.
Am übernächsten Tag fährt der Peter unsere Sachen mit einem Leiterwagen zum Austragshaus. Tante Agnes hat uns drei alte Stühle geschenkt, ein Nachtkastel, dem ein Bein fehlt, einige Teller und Schüsseln, die Sprünge haben oder aus denen Ecken herausgeschlagen sind, Löffel, Gabeln und Messer. Außerdem haben wir von ihr ein Weihwassergefäß bekommen, das mit Enzian und Alpenrosen bemalt ist, und ein kleines Kruzifix aus Messing, damit wir uns einen Herrgottswinkel einrichten können. Sie hat uns auch ein sechseckiges braunes Medizinfläschchen mitgegeben. Vorsicht! Jodtinktur! steht auf dem Etikett. Es ist aber Weihwasser in dem Fläschchen.
Die Resi hat die Fußböden mit Sand und Wasser geschrubbt, die Balkenwände abgewaschen, die Möbel abgewischt und den Herd geputzt. Sie hat uns einen Haufen blauweiß gewürfelter Bettwäsche mitgebracht: Leintücher, Kopfkissen, Decken, zwei Federbetten. Lauter altes Zeug, sagt sie, aber hausgemacht; das hält noch lang.
Wenn ich zur Haustür hineingehe, ist links der Abort. Ich schaue hinein. Es sind zwei runde Löcher in dem Sitzbrett, ein großes und ein kleines. Rechts, gegenüber vom Abort, ist die Speisekammer. Geradeaus geht es in die Stube, die zugleich die Küche ist. In der Mitte steht ein grüngekachelter Herd. Seine Platte ist mit Messingstangen eingefaßt. Unter dem einen Fenster steht ein alter Bauerntisch aus Eichenbohlen und ein Lehn-

sessel, mit rotem Juchtenleder bezogen. Das Leder hat ein paar Risse, aus denen Roßhaar herausschaut. Unter dem anderen Fenster steht ein Abwaschtisch mit einem tiefen Kupferbecken. Eine Küchenkredenz mit Aufsatz ist da, zwei Hocker, ein Kleiderkasten, von dem die Farbe abgeblättert ist. Hinter der Stube befindet sich das Schlafzimmer mit einem breiten und einem schmalen Bett. Neben der Tür steht noch ein Kleiderkasten, dunkelgrün angestrichen und mit weißen und roten Rosen bemalt. Die Resi sagt, der ist aus Tirol; den hat ihr Ururgroßvater selber geschreinert.

In der Schublade von dem Bauerntisch findet der Peter ein quadratisches blaues Emailleschild. 111 steht darauf in weißen Ziffern, und darunter, in kleinen weißen Buchstaben: Weißenbach. Irgendwo findet er auch einen Hammer, an dem der Kopf wackelt, und ein paar Nägel. Er nagelt das Schild über der Haustür an die Balkenwand. Er braucht keine Leiter; er stellt sich nur ein wenig auf die Zehenspitzen.

Firti samma! sagt er lachend.

Auf Schriftdeutsch heißt das: Wir sind fertig!

Er und die Resi wünschen uns Gottes Segen, steigen auf ihren Leiterwagen und fahren nach Hause. Quer über die Wiesen und die abgeernteten Äcker wäre es viel kürzer. Aber sie fahren auf dem Weg.

Ich gehe zum Pumpbrunnen und probiere ihn aus. Der Schwengel quietscht. Tief unten gurgelt es. Dann kommt ein Wasserschwall aus dem dicken, gußeisernen Rohr und fällt rauschend in den Trog.

Ich gehe durchs Gras zu Mama, die sich auf die grüne Bank gesetzt hat.

Er funktioniert, sage ich.

Sie nickt.

Wie gefällt dir unser Häuschen, Babbo? fragt sie.

Gut!

Weißst du, was mir jetzt noch fehlt?

Der Papa.

Mhm! Was sonst?
Eine Zigarette?
Richtig. Im Frühjahr pflanzen wir Tabak.
Sie steht auf und geht ins Haus.

15

Der erste Schultag ist da. Onkel Jodi holt Mama und mich ab. Sein Zug geht erst in drei Stunden; er findet es aber gemütlicher, wenn wir den Weg nach St. Koloman zusammen machen.
Wir sind noch ein gutes Stück von dem Brettersteg über den Weißenbach entfernt, da hören wir drüben am anderen Ufer einen Dieselmotor anspringen. Eine schwarze Qualmwolke steigt hinter den Bäumen hoch. Als wir den Steg betreten, wird das Motorengeräusch lauter. Der braune Lancia kommt schaukelnd hinter den Bäumen hervor, biegt auf den Weg zur Hauptstraße ein, schaltet hoch. Wieder quillt schwarzer Qualm aus dem Auspuff; dasselbe geschieht beim Hochschalten in den vierten und in den fünften Gang. Dann ist der Lastwagen schon weit vor uns. Er fährt schnell. Diesmal hat er keinen Anhänger.
Onkel Jodi pfeift einige Takte einer Melodie, die mir bekannt vorkommt. Mama, die als erste geht, dreht sich um.
Walkürenritt? sagt sie. Was meinst du, Jodi?
Aber Karinchen. Ihr kennt eure Nachbarin nicht?
Soll das heißen, es ist eine Frau, die dieses braune Ungetüm fährt? Gute Götter! Blond, blauäugig, Wagnerstimme, und braucht zwei Stühle zum Sitzen?
Onkel Jodi lacht.
Ah geh! sagt er. Nein, das ist keine von denen, die die Männer durch ihre bloße Schwerkraft anziehen. Das mit der Walküre hat der Casimir Körös-Czernin aufgebracht. Sie hat ihn einmal mitgenommen, wie er in Ischl den Zug verpaßt hat. Er hat sich ge-

fürchtet. Er findet, sie fährt zu schnell. Schwört halt auf Pferde, unser Baron Casimir. Nein, die Frau Lubin schaut überhaupt nicht wie eine Walküre aus.
Sondern? sagt Mama.
Sondern fesch! sagt Onkel Jodi.
Danke, sagt Mama. Das ist eine präzise Auskunft.
Vielleicht schon zu präzise, sagt Onkel Jodi. Wenn meine Aggi erfährt, daß ich dir von der Edith Lubin vorgeschwärmt hab, schickt sie mich womöglich zur Beichte. Geh doch einfach mal abends rüber und schließ Bekanntschaft.
Hm! sagt Mama. Ist sie viel älter als ich?
Wir haben jetzt das jenseitige Ufer erreicht und gehen auf dem Fußpfad, der in den Fahrweg mündet. Links von uns, hinter den Bäumen, klirrt eine Kette. Ein Hund knurrt.
Kusch, Bella! ruft Onkel Jodi, und das Knurren verstummt. Nur die Kette klirrt noch einmal.
Bei der mußt du aufpassen, sagt Onkel Jodi, und schiebt seinen Rucksack zurecht. Die beißt, wenn sie dich nicht kennt. Die Bella, mein ich. Wie alt die Frau Lubin ist? Schätzungsweise so alt wie du. Tüchtige Person. Ihr Mann ist auch noch in Gefangenschaft.
Bei den Engländern? fragt Mama.
Bei den Franzosen, sagt Onkel Jodi. Wie er 1943 das letztemal auf Urlaub war, in Marienbad …
Marienbad! ruft Mama. Aber dann sind wir ja Landsleute! Ich hab mir schon gedacht, der Name klingt tschechisch. Was sind die Lubins? Tschechen? Sudetendeutsche?
Mei, sagt Onkel Jodi. Wie soll ich das wissen? Wahrscheinlich von allem ein bisserl, Karin. Der übliche kakanische Völkerverschnitt halt. Aber du hast mich von der Geschichte abgebracht. Die Lubins besaßen in Marienbad ein Speditionsgeschäft. Wie der Viktor das letztemal auf Urlaub war, hat er zu seiner Frau gesagt, er glaubt, wir verlieren den Krieg; sobald sie das Gefühl hat, es wird nimmer lang dauern, soll sie einen der Lastwagen nehmen, hineinladen, was hineingeht, und verschwinden. Am be-

sten in Richtung Österreich. Na, und das hat sie dann gemacht. Nur, daß sie außer dem Lastwagen auch noch einen Anhänger mitgenommen hat, voriges Jahr im Mai. Möbel, Teppiche, Klavier – alles, was dein Herz begehrt, das Mäderl eingeschlossen, das damals erst fünf war. Weißt du, worauf sie besonders stolz ist, die Frau Lubin?
Daß sie lebend hier angekommen ist, sagt Mama. Mit dem Kind!
I wo! Darauf, daß nur zwei Weinglasln hin waren. Und der Klavierdeckel hat einen tiefen Kratzer bekommen. Aber sie meint, der paßt, weil er einem C-Schlüssel gleicht.
Mama seufzt.
Die Courage hätte ich nie gehabt, sagt sie.
Geh, schon! sagt Onkel Jodi. Dir hat bloß der Lastwagen gefehlt.
Er schiebt die Daumen unter die Riemen von seinem Rucksack. Ich mache dasselbe mit meiner Schultasche. Sie ist schwarz. Über den beiden Schnallen sind Katzenköpfe aus Leder aufgenäht, mit grünen Glasaugen, die im Finstern leuchten.
Wir kommen an dem ausgebrannten Panzer vorbei, am Gasthaus Engljähringer mit dem Zipfer-Bier-Schild, an der Linde beim Bahnübergang, an der die beiden Seile hängen, und an der Bahnstation. Wir gehen die Kastanienallee entlang. Überall liegen die stachligen grünbraunen Früchte. Viele sind aufgeplatzt. Dort, wo die Allee auf die Dorfstraße von St. Koloman trifft, steht die Schule. Sie ist ockergelb verputzt, hat ein schwarzes Schieferdach und viele Fenster. Vor dem Schulgebäude ist der Hof gekiest; rechts und links liegen Wiesen, in denen alte Bäume stehen. Eine Menge Kinder sind schon da, die Buben auf der einen, die Mädchen auf der anderen Seite.
Aus der offenen Schultür kommt ein Herr, bleibt auf der untersten Treppenstufe stehen und verschränkt die Hände hinterm Rücken. Er ist ähnlich gekleidet wie Onkel Jodi: grüne Joppe, lederne Kniehose, dunkelgrüne Strümpfe, schwere Schuhe. Sein großer Kopf mit der hohen Stirn und den weißen Haaren erinnert mich an das Bild von Johann Wolfgang von Goethe, das in

Selenice über Papas Schreibtisch hing, bis einer der Männer vom Volkskomitee es heruntergenommen und zerschlagen hat; er hat geglaubt, es stellt einen Nazi dar.
Mama beugt sich zu mir herunter.
Alles Gute, mein Kleiner, sagt sie. Ich geb dir keinen Kuß, damit die anderen dich nicht auslachen. Den Weg nach Haus weißt du ja.
Onkel Jodi schüttelt mir die Hand.
Wann kommst du wieder? frage ich.
Das weiß der Herrgott, sagt er. Und der wirds den Russen sagen. Geh jetzt zu den anderen Buben, Babbo. Wenn einer beißt, beiß zurück. Beißen! Net stechen!
Er drückt mir etwas in die Hand. Es ist ein Taschenmesser mit einem Griff aus Hirschhorn, in den die Klinge hineingeklappt ist. Bevor ich mich bedanken kann, ist der Onkel Jodi fort. Er und Mama gehen auf den Herrn zu, der Goethe so ähnlich sieht. Ich schlüpfe aus den Tragriemen heraus, nehme meine Tasche in die Hand und gehe nach links zu den anderen Buben. Ich stelle meine Tasche ins Gras und schaue ihnen zu. Ich bin nicht der einzige, der nur zuschaut. Fünf oder sechs andere stehen genauso da wie ich. Die übrigen spielen Nachlaufen oder Fußball, oder sie reden miteinander. Ein paar von den größeren Buben werfen mit Taschenmessern nach dem Stamm einer dicken Tanne. Die meisten Messer prallen ab und fallen zwischen die Wurzeln hinunter. Wenn eins steckenbleibt, gibt es ein großes Hallo.
Ich schaue zu Mama und Onkel Jodi hin. Sie reden mit dem Herrn, der wie Goethe aussieht, aber wahrscheinlich der Oberlehrer Löschenberger ist.
Jemand tippt mir von hinten auf die linke Schulter. Ich wende den Kopf; aber da ist niemand. Schnell drehe ich mich ganz herum. Ein großer Bub steht vor mir, siebentes oder achtes Schuljahr, in schwarzer Jacke und Hose, blond, mit Sommersprossen, und grinst.
Das ist alt, sage ich. Das kenn ich.

Na und? sagt er. Erwischt hab ich dich trotzdem. Sag einmal, ist der Herr Hofrat dein Vatter?
Naa, sag ich. Mein Onkel.
Ja pfüat di Gott! sagt er, dreht sich um, geht zu ein paar anderen größeren Buben zurück und spricht leise mit ihnen. Sie hören zu und schauen dabei zu mir her.
Servus, Katzelmacher! sagt eine hohe, sanfte Stimme. Ich fahre herum, weil ich nicht gemerkt hab, daß hinter mir jemand steht. Die Stimme gehört zu einem knochigen Gesicht voller Sommersprossen, in das rostrote Haare hineinhängen. Der Bub ist so alt wie ich. Zwischen den Zähnen, die ein bißchen vorstehen, rollt er einen Grashalm hin und her. Er schaut auf meine Schultasche mit den beiden Katzenköpfen, dann mir ins Gesicht. Hellblaue Augen hat er.
Ein Katzelmacher, sagt er jetzt in einem Schriftdeutsch, das sich künstlich anhört. Einen solchen brauchen wir!
Hin und her dreht sich der Grashalm.
Servus, Rostiger! sag ich.
Der Grashalm bleibt stehen. Die Augen zwinkern.
Sag das noch einmal, sagt der Bub, und spuckt den Grashalm aus.
Servus, Rostiger! sag ich und setze einen Fuß vor.
Da läutet die Schulglocke. Wir stellen uns auf, zwei und zwei. Neben mir steht der Moosgassner Addi. Er will wissen, was ich mit dem Haimbuchner Siggi geredet hab. Ich sage es ihm leise.
Sauber! flüstert er mir zu. So a Hetz!
Ich weiß nicht genau, wie er das meint, aber ich kann ihn nicht fragen. Es ist ganz still geworden. Die Mädchen gehen ins Schulhaus. Nach ihnen sind wir an der Reihe.
Im Gang riecht es nach Bohnerwachs, Tinte und feuchten Kleidern, obwohl draußen ein sonniger Tag ist. Die Mädchen sind schon in ihrem Klassenzimmer. Neben der offenen Tür hängt in einem schwarzen Rahmen hinter Glas ein Schild: Mädchen I–VIII, E. Hutschenreuter, Oberlehrerin. Unser Klassenzimmer liegt am anderen Ende des Ganges. Die Buben vom achten Schuljahr zeigen uns, wo unsere Plätze sind. Sie selber sitzen

ganz hinten; vor ihnen sitzen die vom siebenten Schuljahr; dann kommen die vom sechsten, und so weiter. Ganz vorne sitzen die Kleinen, die zum erstenmal in die Schule gehen.
Mein Platz ist bei einem der Fenster. Draußen steht eine Linde. Ihre Blätter haben schon gelbe Ränder. Ich schiebe meine Schultasche in das Fach unterm Schreibpult. Dann versuche ich den Klappsitz. Er quietscht.
Die quietschen dauernd, sagt jemand neben mir. Einschmieren hilft auch nix. Ich habs probiert. Darf ich mal durch?
Sowieso, sag ich, und trete zur Seite. Der Bub steigt über die Strebe zwischen den beiden Sitzen und knufft seine Tasche, die alt und ziemlich dick ist, ins Fach hinein. Dann schaut er mich an. Er hat ein schmales Gesicht mit weichen Wangen, einer kleinen Nase und einem vorstehenden Kinn; braune, lockige Haare hängen ihm bis knapp über die hellbraunen Augen.
Ich bin der Lutz, sagt er, und hält mir eine knochige, braune Hand hin, an der die Fingernägel ganz kurz geschnitten sind.
Ich bin der Babbo, sag ich.
Wir schütteln einander die Hände.
Wieder läutet die Schulglocke. Sie hört sich an wie Mamas alter Wecker, nur viel lauter. Nach und nach wird es im Klassenzimmer ruhiger.
Stad sein! ruft jemand. Der Löschi kimmt!
Alle stehen auf. Es ist nun vollkommen still. Der Herr Oberlehrer betritt das Klassenzimmer, steigt auf sein Podium und bleibt neben dem Schreibtisch stehen.
Wir beten gemeinsam das Vaterunser.
Grüß Gott, Buben! sagt der Herr Oberlehrer. Seine Stimme ist tief und leise, aber sehr gut zu verstehen.
Grüß-Gott-Herr-Leh-rer! sagen alle.
Ich bin froh, daß ich nur die Lippen bewegt habe; sonst hätte ich als einziger Herr Oberlehrer gesagt.
Setzen! sagt der Herr Lehrer.
Wir setzen uns. Das Getöse ist gewaltig, aber kurz.
Auch der Herr Lehrer nimmt hinter seinem Schreibtisch Platz.

Er holt ein dünnes schwarzes Buch aus der Schublade, öffnet es, legt es vor sich nieder und setzt eine Brille mit schwarzem Drahtgestell und Halbmondgläsern auf. Mit einem Mal schaut er überhaupt nicht mehr wie Johann Wolfgang von Goethe aus. Er liest unsere Namen vor, nach dem Alphabet.
Ich sehe mir jeden an, der aufsteht, und versuche, mir die Namen zu merken. Der Lutz heißt Molinari Ludwig und wohnt Roßleithen sieben. Bald nach ihm bin ich an der Reihe.
Pastrukov?
Ich stehe auf. Der Klappsitz quietscht.
Von Pastrukov, sage ich. Baldur Boris. Weißenbach hundertundelf.
Der Lehrer schaut mich über seine Brillengläser hinweg an.
Pastrukov genügt, sagt er freundlich. Weißt du, wir verwenden keine Adelsprädikate. Setz dich! Paveronschütz?
Rechts von mir, in der Bankreihe gleich neben den Wandschränken, erhebt sich eine schmächtige Gestalt, von deren Schultern eine viel zu große Joppe in Falten herabhängt.
Pa-pa-paveronschütz, sagt die Gestalt leise. Si-gi-gismund. Schwarzenbach einunddreißig.
Der Paverl! flüstert mir der Lutz zu. Das arme Luder. Sein Vater …
Der Herr Lehrer schaut den Lutz an. Der Lutz verstummt, und das Verlesen der Namen geht weiter. Insgesamt sind wir dreiundfünfzig Buben. Der Herr Lehrer diktiert uns, was wir alles brauchen werden. Wir dürfen ausnahmsweise mit Bleistift schreiben, weil der Zuckerstätter Herrmann und der Raudaschl Anton gerade die Tinte austeilen und noch lang nicht fertig sind. Die Kleinen vom ersten Schuljahr bekommen Zettel mit, auf denen schon alles draufsteht. Ich schiele zum Lutz hin. Er verwendet Wörter, die ich nicht kenne. Wo bei mir Federkasten steht, steht bei ihm Pennal. Anstelle von Radiergummi schreibt er Radetzky.
Nach der Tinte teilt der Tafeldienst Bücher aus. Sie sind in blaues Packpapier eingeschlagen. Wir bekommen ein Lesebuch, eine

Sprachlehre, ein Rechenbuch und einen Katechismus. Das Lesebuch ist am dicksten. Dafür sind im Katechismus die meisten Bilder.
Am Ende der ersten Stunde kommt ein kleines Mädchen in einem Dirndlkleid herein. Blonde Zöpfe hängen ihr über die grüne Bluse. Sie steigt aufs Podium und hält dem Herrn Lehrer ein rotes Buch hin.
Servus, Herr Oberlehrer, sagt sie. Die Fräulein Hutschenreuter schickt mich mit dem Umlauf.
Servus, Lubinchen, sagt der Herr Lehrer. Ich laß der Fräulein Hutschenreuter auch vielmals danken!
Das kleine Mädchen nickt und geht hinaus.
Der Herr Lehrer liest uns vor, was in dem roten Buch steht. Vom 12. bis 14. Oktober werden die amerikanischen Truppen zwischen St. Koloman und Aigen Übungen abhalten. Die Straßen sind für Fuhrwerke aller Art gesperrt. Flurschäden sind dem Bezirkskommandanten zu melden, schriftlich, in dreifacher Ausfertigung. Ab 1. November bekommen wir von den Amerikanern täglich eine Schulspeisung, kostenlos. Zwei Frauen werden gesucht, die das Kochen und Austeilen übernehmen, gegen angemessene Entlohnung. In Rußbach hat ein siebzehnjähriger Bursch eine Panzergranate gefunden. Zu Hause hat er sie in den Schraubstock gespannt und versucht, sie aufzusägen. Die Granate ist explodiert und hat ihm den rechten Arm abgerissen. Aus diesem Anlaß werden wir nochmals dringend davor gewarnt, Munition anzufassen. Falls wir welche finden, sollen wir es den Eltern oder einem anderen Erwachsenen mitteilen; die sollen es dann der Gendarmerie melden, dem amerikanischen Bezirkskommandanten oder dem Führer des Munitionsräumkommandos, Oberst a. D. Molinari.
Ich schaue den Lutz an. Der nickt.
Molinari! sagt der Herr Lehrer, ohne aufzublicken. Pastrukov! Beim nächstenmal dürft ihr in der Ecke knien!
Nach der zweiten Stunde ist große Pause. Wir dürfen auf den Hof hinaus und wir dürfen auf den Abort gehen, wenn wir müssen.

Wo ist der Abort? frage ich den Lutz.
Komm halt mit, sagt er. Ich muß auch.
Der Haimbuchner Siggi rennt an uns vorbei und schreit mir ein Wort zu, das ich nicht kenne.
Bempolack! schreit er.
Was heißt das? frage ich.
Böhmischer Polacke, sagt der Lutz. Mach dir nix draus. Der Siggi, der ist so, weil seine Mutter eine Schlampen ist. Weil er keinen Vater nicht hat.
Ah so, sag ich. Und was ist mit dem Paveronschütz seinem Vater?
Der? sagt der Lutz. Saufen tut der. Die Mutter auch. Die Kinder sind wucki-wucki, alle vier. Meine Mamma sagt, da besteht ein kausaler Zusammenhang. Weißt, was das ist?
Schon, sage ich. Ungefähr.
Da ist der Abort, sagt der Lutz.
Abort – Knaben, steht in schwarzen Buchstaben auf der grauen Tür. Drunter hat jemand mit Bleistift gekritzelt: Schifferstüberl. Drinnen stinkt es, obwohl die Fenster offenstehen. Rechts sind die Türen zu den Spülklosetts. Links ist eine weißgekachelte Wand. Vor der stellen sich die Buben zum Schiffen auf. Die Schiffe läuft an den Kacheln hinunter und sammelt sich in einer Rinne zu einem trägen, gelben Bach.
Ich habe grade mein Hosentürl offen und will anfangen, da spritzt es mir warm gegen die rechte Hand. Wer war das? Keiner von den Buben neben mir hat sich gerührt. Ich wische die Hand am Hosenboden ab; Mama hat gesagt, Lederhosen vertragen viel. Dann schiffe ich los. Zugleich passe ich auf. Ich bin fast fertig, da sehe ich, daß der Leitner Georg das Schwein ist. Mitten im Schiffen preßt er den Zeigefinger aufs Loch, schwenkt, zielt, spritzt, schwenkt zurück und schifft weiter. Diesmal hat er den Strubreiter Philipp am Hals erwischt. Der schreit, daß der Leitner eine Drecksau ist, und er soll sich doch selber ins Maul brunzen.
Der Leitner grinst und sagt ganz ruhig, das wird er nicht machen; außerdem, brunzen, das tun bloß die Weiber.

Es ist nur ein Waschbecken da. Fünf oder sechs Buben warten darauf, sich die Hände zu waschen. Ich stelle mich hinten an. Vor mir steht der Lutz. Auf die Tür vom zweiten Spülklosett ist mit Rotstift ein Herz gemalt. Peter liebt Annerl!!! steht innen drin. Unter dem Herz sind zwei Bleistiftzeichnungen. Das eine könnte eine Sonne mit Strahlen sein. Nur ist sie nicht rund. Sie ist oben und unten spitz und hat in der Mitte einen senkrechten Strich. Das andere ist ein Rohr. An einem Ende ist es offen. Am anderen hat es zwei kleine Sonnen.
Der Leitner Georg, der sich hinter mir angestellt hat, fragt, ob ich herauskenne, was das ist.
Sowieso, sag ich. Das kennt doch jeder.
Der Leitner sagt, er glaubt mir nicht, und ich soll es beweisen.
Der Lutz fragt, was da zu beweisen ist. Das eine ist eine Fut, sagt er; so was haben die Weiber. Das andere ist ein Zipf mit dem Beutel dran. Man muß schon eine Phantasie haben, wenn man es herauskennen will, weil es so schlecht gezeichnet ist.
Ja so sagt der Leitner und grinst. Dann will er wissen, was herauskommt, wenn man den Zipf in die Fut hineinsteckt.
Ein kleiner Leitner, sagt der Lutz. Ein kleiner nackerter Leitner. Und der schreit: Mama, Mama! Milch! Milch!
Alle lachen. Der Zuckerstätter Herrmann sagt, jetzt ist es bewiesen, daß der Leitner immer noch heimlich ans Titterl saufen geht, obwohl er im nächsten Jahr aus der Schule kommt.
Während der dritten Stunde lernen wir, wie vor vielen tausend Jahren Gletscher das Tal von St. Koloman und den Seewaldsee ausgeschürft haben. Die Gletscher waren einen Kilometer dick. Nur die Bergspitzen haben herausgeschaut. Die Gletscher haben Moränen zurückgelassen. Zwei von den Seitenmoränen sind noch zu sehen: die Roßleithen und die Kalterleithen. Die Endmoränen, das sind die Hügel hinter St. Leogang, am anderen Seeufer. Und die Grundmoräne ist längst von fruchtbarem Erdreich zugedeckt.
Die letzte Stunde ist Religion. Der Herr Pfarrer heißt Ignaz Reitsamer. Sein langer schwarzer Rock riecht nach frischen

Erdäpfeln, Kaffee und Weihrauch. Zuerst fragt er uns nach den Sakramenten. Mich nimmt er als vierten dran. Ich habe mir gemerkt, was die anderen gesagt haben, und bringe alle sieben Sakramente richtig zusammen. Der Herr Pfarrer sagt, es ist gut; nur soll ich daran denken, daß die Priesterweihe vor der Ehe kommt.

Ich möchte wissen, warum. Aber ich frage nicht.

Nach der Schule machen wir uns auf den Heimweg. Mädchen gehen mit Mädchen; Buben mit Buben. Ich gehe mit dem Addi und dem Lutz. Der Himmel hat sich bewölkt. Ein Wind weht, von Westen. Kastanien fallen von den Alleebäumen, platzen auf. Wir stopfen uns die Hosentaschen voll.

Unter der Linde am Bahnübergang wartet der Haimbuchner Siggi. Er ist nicht allein. Bei ihm ist der Bub, neben dem er sich immer aufstellt. Er hat rostrote Haare, wie der Siggi, und schaut ihm auch sonst ähnlich. Sein Bruder kann er nicht sein, weil er Bruckschlögl Martin heißt.

Der Siggi und der Martin stellen sich mir in den Weg. Ich nehme meine Schultasche vom Rücken.

Net zwoa auf anen! sagt der Addi. Dös is feig!

Der Siggi stößt den Martin mit dem Ellbogen, und der Martin geht zur Linde zurück und setzt sich hin.

Servus, Bempolack! sagt der Siggi. Wo is überhaupt dei Vattern?

Bei die Engländer, sag ich. Und der deinige?

Der Siggi schweigt.

Da schau her, sag ich. Hast epper keinen? Servus, Bankert!

Er haut mir in den Bauch. Ich kleb ihm eine Watschen, die paßt, und wir fallen miteinander auf den Weg und rollen im Kies herum. Es ist rasch zu Ende. Keiner gewinnt. Der Siggi hat eine geplatzte Lippe und Nasenbluten. Mein linkes Knie ist aufgeschürft und voll von Sand; außerdem hab ich zwei oder drei Kratzer am Hals.

Kratzen tuat er, sagt der Addi. Wie die Weiber!

Eine Weile stehen wir noch herum. Keiner sagt was. Dann gehen wir; der Lutz nach links zur Roßleithen hin; der Siggi und der

Martin die Bahngleise entlang. Der Addi sagt mir, sie müssen Kohlen sammeln, damit sie was zum Heizen haben.
Als wir beim Gasthaus Engljähringer mit dem Zipfer-Bier-Schild vorbeigehen, frage ich den Addi, ob das Bier so heißt, weil es gelb ist. Er lacht und meint, damit hat es nichts zu tun. Es ist bloß der Name von dem Brauereibesitzer.
In unserer Stube riecht es nach Apfelknödeln und Zimt. Mama steht am Herd. Der Tisch ist gedeckt. An meinem Platz liegt eine Schachtel mit Buntstiften.
Mama! sag ich. Wo hast du die Buntstifte her?
Gekauft, sagt sie. Sündteuer waren die. Der Herr Löschenberger hat mir gesagt, ihr braucht welche.
Sie dreht sich um.
Du heiliger Strohwisch! ruft sie. Wie schaust du denn aus? Ihr seid schrecklich, ihr Mannsbilder. Wenn ihr klein seid, prügelt ihr euch. Wenn ihr groß seid, führt ihr Krieg. Was war?
Ich erzähle. Nur die Spritzerei und die Zeichnungen auf dem Knabenabort verschweige ich.
Also, sagt Mama. Erst einmal waschen! Dann Jodtinktur!
Sie wäscht mein Knie und meinen Hals, tupft alles mit einem frischen Handtuch ab, holt die Jodflasche aus der Kredenz.
Es wird brennen, sagt sie. Das hast du verdient.
Mama, sag ich. Du hast die Flasche von der Tante Agnes. Die mit dem Weihwasser.

*

Hanna lachte. Die roten Seepferdchen über ihren Brüsten hüpften.
Und? fragte sie. Was hat deine Mama getan? Hat sie etwa deine ehrenvollen Verletzungen mit Weihwasser behandelt? In eurem katholischen Österreich wäre das durchaus denkbar.
Babbo leerte sein Glas.
In deinem Basler Konvent erst recht, entgegnete er. Nein: Mama hat, materialistisch wie sie ist, das richtige Jodflascherl gefunden

und seinen spärlichen Inhalt an mich verschwendet. Sagt einmal: habt ihr zwei gar keinen Hunger?
Nee, sagte ich.
Nein, sagte Hanna. Ich nicht. Aber du vielleicht? Materialistisch wie du bist?
Bin ich? Ja, dann! Dann hätt ich gern ein Stück Fleisch. Einen Happen bloß.
Truthahn? Wir haben noch etwas von Thanksgiving übrig. Keule?
Nein. Brust. Wär dir Keule lieber?
Aber im Gegenteil, Hanna. Nichts geht über Brust – möglichst mit Seepferdchen garniert.
Hanna warf den Kopf zurück und stand auf.
Führen wir nicht, sagte sie. Du wirst nehmen müssen, was du kriegst.
Sie ging an den Kühlschrank und brachte Babbo die Truthahnreste. Wir sahen zu, wie er das weiße Fleisch in Streifen vom Brustkorb zog und verzehrte. Noch ehe er den letzten Bissen hinuntergeschluckt hatte, fuhr er mit seiner Erzählung fort.

16

Anfang Oktober findet Mama eine Stellung als Küchenhilfe in dem Erholungsheim für Juden, das die Amerikaner in der Villa Körös eingerichtet haben. Sie verdient dreißig Schilling in der Woche. Morgens muß sie um sechs zu Hause fortgehen, damit sie rechtzeitig zum Vorbereiten des Frühstücks in der Villa ist. Abends kommt sie manchmal erst in der Dämmerung zurück. Beinahe jeden Tag bringt sie etwas von den Lebensmitteln mit, die in der Küche übriggeblieben sind: Erdnußbutter, Schokoladenkekse, riesige, leuchtend gelbe Pfirsichhälften, die in klarem, dickflüssigem Sirup schwimmen, eine Truthahnkeule. Von der

Küchenchefin, die Sarah T. Perleberg heißt, bekommt sie jeden Tag fünf Camel-Zigaretten. Mama sagt, die sind inoffiziell, von denen darf ich niemandem erzählen.
Ich gehe in die Schule. Es gefällt mir; besonders Deutsch, Geschichte, Naturkunde und Naturlehre sind interessant. Rechnen finde ich eher langweilig.
Einmal muß ich zehn Minuten lang in der Ecke stehen, weil ich dem Lutz vorgesagt habe, in welchem Jahr die letzte Belagerung von Wien durch die Türken stattfand. Es gibt schlimmere Strafen. Wer zum zweitenmal beim Schwätzen erwischt wird, muß sich in die Ecke knien. Beim drittenmal muß er auf der Kante des Podiums knien, mit waagrecht vorgestreckten Armen. Beim viertenmal bekommt er drei Lesebücher ganz vorn auf die Hände gelegt; wenn er sie fallen läßt, ehe die zehn Minuten um sind, bekommt er ein viertes dazu.
Als das kleine Mädchen mit den blonden Zöpfen, zu dem der Herr Lehrer Lubinchen gesagt hat, zum zweitenmal mit dem Umlauf in unsere Klasse kommt, sagt mir der Lutz, daß sie Nina heißt und daß der Raudaschl und der Aitenbichler in sie verliebt sind. Ich sehe sie jeden Tag auf dem Schulweg, aber immer nur von weitem.

In der zweiten Schulwoche, mittwochs, in der Rechenstunde, fangen mir die Augen an zu tränen. Obwohl ich neben dem offenen Fenster sitze, ist mir heiß. Auf dem Nachhauseweg fühlen sich meine Beine an wie Gummi. Mama hat mir eine Dose Sardinen auf den Tisch gestellt. Sardinenbrot ist gut, besonders mit Zwiebelringen. Aber ich hab keinen Hunger. Ich packe meine Schultasche aus und fange mit den Hausaufgaben an. Nach einer Stunde höre ich auf, weil ich nichts Gescheites zusammenbringe. Später kommt der Addi. Er fragt, ob ich zum Fischen mitkomme; bei der Schneiderhöhle, unterhalb der Klamm, hat er zwei große Forellen entdeckt, die wir vielleicht erwischen können. Ich sage ihm, es hat keinen Zweck. Mir ist schlecht; nicht im Magen, im Kopf. Husten muß ich auch.

Ich bin froh, daß Mama früher nach Hause kommt. Sie legt mir ihre Hand, die rot und weich ist vom vielen Geschirrabwaschen, auf die Stirn.
Fieber! sagt sie. Mach einmal den Mund auf!
Aaaah! sage ich.
Mama schaut mir in den Hals.
Natürlich, sagt sie. Masern. Ausgerechnet jetzt, wo ich jeden Tag zur Arbeit muß.
Sie kocht mir Lindenblütentee, bringt mich ins Bett und schließt die Fensterläden.
Während der nächsten Tage darfst du nicht ins Licht schauen, Babbo, sagt sie. Du könntest dir sonst die Augen verderben. Versuch jetzt zu schlafen. Ich geh für einen Augenblick fort.
Sie bleibt lange aus. Schließlich höre ich sie zurückkommen. Sie öffnet die Schlafzimmertür einen Spalt weit.
Schläfst du? fragt sie leise.
Ach wo. Du weißt doch, ich kann nicht einschlafen, wenn du weg bist.
Sei kein Kind. Paß auf: ich war drüben bei der Frau Lubin. Sie wird den Doktor benachrichtigen. Und sie wird ab und zu nach dir sehen, wenn ich fort bin. Sei brav, hörst du? Benimm dich. Übrigens hat der Onkel Jodi recht. Sie ist wirklich eine charmante Person.
Wie schaut sie aus, Mama?
Mama lacht, kommt ins Schlafzimmer herein und lehnt die Tür an.
Wart es ab! sagt sie. Locken hat sie. Keine eingedrehten; echte. Ich bin ganz neidisch geworden mit meinen Roßhaaren.
Sie beugt sich zu mir herunter, gibt mir einen Kuß.
Du wirst dich anstecken, Mama, sage ich.
Keine Angst, sagt sie. Masern bekommst du nur einmal. Dann bist du für den Rest deines Lebens immun. Schlaf jetzt. Ich leg mich auch bald hin.
Bevor Mama am nächsten Morgen zur Arbeit geht, mißt sie meine Temperatur. Ich habe 40,2.

Bis heute abend! sagt Mama. Vielleicht läßt mich Mrs. Perleberg ein bißchen früher gehen.
Dann bin ich allein. Mir ist heiß – und so leicht, als ob ich gleich hinaufschweben werde bis unter die Zimmerdecke. Ich schlafe ein. Irgendwann wache ich auf. Licht fällt durch die halboffene Tür auf die helle Holzwand. Es tut weh; ich muß die Augen schließen.
Babbo? fragt eine dunkle Stimme.
Frau Lubin? sag ich. Wie spät ist es?
Mein Hals fühlt sich dick und kratzig an. Ich hab furchtbaren Durst.
Ah, du bist wach, sagt sie. Es ist gleich zwei.
Sie kommt herein und schließt leise die Tür. Einen Augenblick lang sehe ich die Locken und, von der Seite her, eine große gerade Nase. Dann ist es wieder dunkel. Nur die Risse in den Fensterläden schimmern. Frau Lubin setzt sich auf meinen Bettrand. Sie riecht nach Zigarettenrauch und nach frischer Luft. Sie legt mir eine kühle Hand auf die Augen.
Mei, sagt sie. Du brennst ja. Magst was trinken?
Ich nicke.
Ich hol dir was, sagt sie. Mach die Augen fest zu.
Nach einer Weile kommt sie wieder, schiebt ihre Hand unter meinen Rücken, hilft mir beim Aufsetzen, hält mir mit der anderen Hand eine Tasse an den Mund. Es schmeckt gut; kalt und sauer.
Was ist das? frag ich.
Wasser, sagt sie. Mit Zitronensaft. Die Amerikaner haben alles. Oder wär dir ein Bier lieber?
Nein.
Sie lacht leise.
Das kommt schon noch. Wie ist der Hals? Besser?
Ich nicke.
Na wunderbar, sagt sie. Und nun? Du mußt sicher Kondenswasser ablassen.
Kondenswasser?

Na ja! Pinkeln! Pissen! Schiffen! Seichen! Was dein Herzerl begehrt!
Ich glaub schon. Das kann ich aber allein.
Ta-ta-ta! Wo steht der Topf?
Unterm Bett.
Sie zieht den Nachttopf hervor, hilft mir beim Draufsetzen, hält mich an den Schultern fest, trägt den Topf hinaus, bringt ihn zurück, schiebt ihn unters Bett, legt mir ein nasses Tuch auf die Stirn.
Gut? fragt sie.
Gut, sag ich.
Sie fängt an zu summen. Es ist ein Schlager, den Mama manchmal gesungen hat, in Selenice. Die Worte hab ich vergessen. Mir ist warm. Meine Beine werden schwer, mein Bauch, meine Brust, meine Arme. Das Tuch auf der Stirn ist kühl.
Als ich aufwache, ist das Tuch fort. An seiner Stelle liegt eine Hand. Mamas Hand, das kann ich riechen.
Erzähl mir, sagt Mama. Wie hat sie dir gefallen, die Frau Lubin?
Sie riecht gut, sage ich. Sie hat eine schöne Nase.
Ja wirklich, sagt Mama. Das hätte ich jetzt nicht so zu sagen gewußt. Aber du hast recht.
Später am Abend kommt Dr. Magerstein. Mama stellt die kleine Petroleumlampe auf das Nachtkastel und dreht den Reflektor so, daß mir kein Licht ins Gesicht scheint.
Papa hat einmal davon gesprochen, daß es Menschen gibt, die so aussehen, wie sie heißen, und daß es oft besondere Menschen sind. Dr. Magerstein ist so ein besonderer Mensch. Er erinnert mich an den Commendatore aus Don Giovanni; wenn er sich umdreht, um mit Mama zu sprechen, wendet er nicht den Kopf, er wendet den ganzen Körper, aus der Hüfte heraus. Nur seine Lippen bewegen sich. Das übrige Gesicht bleibt reglos. Nicht einmal die Augenlider zwinkern. Der dunkle Anzug hängt in starren Falten um seinen Körper.
Er setzt sich zu mir auf den Bettrand. Er schaut mir in den Hals.

Prachtvolle Infektion, gnädige Frau, sagt er mit hallender Stimme. Wie aus dem Lehrbuch!
Er zieht mein linkes Augenlid herunter. Die kurzen Haare auf seinem Kopf sind grau und stehen aufrecht, wie bereiftes Gras.
Lichtscheu, sagt er, und läßt mein Augenlid los.
Er klopft meine Brust ab, danach meinen Rücken, von den Schultern abwärts zum Rückgrat hin. Es klingt hohl. Seine Hände sind kantig und kalt.
Hervorragend, sagt er. Bronchien und Lungen sind frei. Wegen einer Pneumonie brauchen Sie wohl keinerlei Besorgnisse zu hegen.
Er richtet sich auf, erhebt sich, dreht sich langsam zu Mama um. Über ihm an der Zimmerdecke hängt sein Schatten, schwarz, zerklüftet.
Sie haben sicher noch einen langen Abend vor sich, Herr Doktor, sagt Mama. Darf ich Ihnen eine Kleinigkeit anbieten?
Zu liebenswürdig, gnädige Frau, sagt der Doktor. Sie werden es mir nicht verübeln, wenn ich Ihnen zugleich mit meinem Dank meinen Verzicht ausspreche. Ich bin es gewohnt, ausschließlich zu Hause zu essen. Was unseren Patienten betrifft, so lasse ich Ihnen einige Tabletten hier, zur Linderung des Luftröhrenkatarrhs. Kommen Sie!
Mama ergreift die Lampe. Der Schatten Dr. Magersteins gleitet von der Decke die Wand herab und dem Doktor voraus zur Tür. Eine Weile höre ich noch Mamas Stimme und die des Doktors, dann Schritte, die Haustür, das Anspringen eines Motors.
Mama kommt mit der Lampe zurück und bringt mir Wasser mit Zitronensaft und eine ovale Tablette, die der Länge nach eingekerbt ist. Sie schaut wie die Zeichnung auf dem Schulabort aus; nur die Strahlen fehlen.

Frau Lubin kommt jeden Tag. Ich merke nie, wann sie mich alleinläßt. Ich schlafe immer vorher ein. Das Fieber geht nach und nach runter. Dafür bekomme ich einen Ausschlag; im Gesicht, am Hals, an der Brust. Er juckt. Kratzen ist verboten.

Einmal habe ich einen Hustenanfall, der nicht aufhören will. Frau Lubin hebt mich hoch, legt meinen Kopf in ihren Schoß, streicht mir über die Haare, langsam, regelmäßig, als wäre ich eine Katze.
Ich rieche etwas, aber keinen Zigarettenrauch. Es riecht anders. Mama riecht nicht so.
Bist du ein Hunderl, Babbo? sagt Frau Lubin. Du schnupperst so. An was denkst du?
Auf einmal fällt mir ein, wonach sie riecht. Die tiefen Seitenarme vom Weißenbach, in denen der Addi und ich fischen; die bemoosten Steine; der Tang, der im Wasser weht; der Geruch der glitschigen Fischleiber, frisch, ein bißchen salzig.
Ans Fischen denk ich, sage ich. Gehst du auch manchmal fischen, Frau Lubin?
Ich? Nein! Aber wenn du wieder gesund bist, kannst du einmal die Nina zum Fischen mitnehmen. Wie wär das? Sie ist ganz scharf drauf. Und allein laß ich sie nicht gehen. Zu gefährlich.
Gefährlich? Sicher kann sie mitgehen. Das heißt, wenn der Addi nichts dagegen hat.
Versteht sich.
Abgemacht, sag ich.
Sie hört zu streicheln auf und hält mir mit zwei Fingern die Nase zu.
Schluß mit dem Geschnüffel, sagt sie. Oder ich streichel nicht weiter!
Mach weiter, sag ich. Bitte!
Sie lacht.
Du bist mir schon einer, sagt sie.
Nach vier oder fünf Tagen hört der Ausschlag zu jucken auf. Mama sagt, jetzt darf ich mich kratzen, aber vorsichtig. Ich versuche es. Ein feiner Staub rieselt von meinem Gesicht, wie Kleie.
Einmal läßt Mama ihre Frühstücksmilch anbrennen. Der Gestank zieht ins Schlafzimmer. Schließlich halte ich ihn nicht länger aus. Mama ist schon fort. Ich stehe auf und öffne die Schlafzimmertür. Licht strömt herein. Ich warte darauf, daß meine

Augen zu tränen anfangen. Nichts geschieht. Nur der Gestank wird unerträglich. Ich gehe durch die Stube, mache die Haustür auf, keile sie mit einem Stück Holz fest, gehe ins Schlafzimmer, öffne die Fensterläden, schaue zu, wie der brenzlige Dunst ins Sonnenlicht hinauszieht. Nach einer Weile fangen meine Augen doch zu tränen an, und ich schließe Fensterläden und Schlafzimmertür und lege mich ins Bett.

Langsam gewöhnen sich meine Augen an die Dunkelheit. Das Brennen läßt nach. Durch das Schlüsselloch fällt ein Lichtstrahl herein. Ich kratze mich unterm Kinn, spüre Hautschuppen in meine Hand rieseln, hole aus, werfe sie in den Lichtstrahl hinein, sehe, wie sie wirbeln und tanzen und schließlich verschwinden.

Ich lege mich zurück und schaue vor mich hin auf die Wand, die mit hellen Fichtenbrettern verkleidet ist. Ich sehe Farben: blau, grün, braun. Ich schließe die Augen, schüttle den Kopf, mache die Augen wieder auf. Die Farben sind immer noch dort. Oben sehe ich einen breiten, dunkelgrünen Fleck. Nach unten hin wird er immer schmaler, läuft spitz zu, wird grauschwarz. Ganz unten ist überall Blau, mit hellen Flecken darin, die sich ganz, ganz langsam bewegen.

Das alles kommt mir vertraut vor. Ich drehe den Kopf hin und her. Alles bleibt, wie es war. Ich lege den Kopf ganz auf die linke Schulter. Auf einmal erkenne ich den breiten, dunkelgrünen Fleck, der nach unten hin schmaler wird. Es ist der Rinnkogel, aber verkehrt herum, als würde er sich im Wasser spiegeln. Die hellen Flecken im Blau sind Wolken am Himmel. Da ist die Moosgassner-Alm, dreieckig, grünbraun. Die Kalterleithen ist da, kieferngrün, langgestreckt; die roten Tupfen sind Hausdächer. Ich kann den gelben Sandweg sehen, der vom Brettersteg über den Weißenbach an unserem Haus vorbei zur Glöggler-Säge geht. Die drei schwarzen Striche jenseits vom Weg sind die Leitungsmasten. Da ist auch der Pumpbrunnen und die Obstbäume, die zwischen dem Pumpbrunnen und dem Weg stehen. Ihre Blätter sind braun.

Ich stehe auf, lege meine Kopfkissen ans andere Ende vom Bett, setze den Bruno zwischen die Kissen und die Wand und krieche wieder unter die Decke. Jetzt brauche ich nur den Kopf weit in den Nacken zu legen, dann sehe ich das Bild richtig herum.
Ich bin kein bißchen müde. Jetzt möchte ich, daß draußen auf dem Weg jemand vorübergeht. Ich will wissen, ob ich erkennen kann, wer es ist.
Ich muß lange warten. Dann kommt jemand, von der Säge her. Ein Mann; der Größe nach könnte es der Moosgassner Peter sein. Er trägt einen Rucksack; in der linken Hand hält er etwas Langes, Dünnes; einen Stock, vielleicht ein Gewehr. Er schaut zu unserem Haus her, wahrscheinlich, weil die Tür offensteht, und geht weiter. Ein Hund kommt hinter ihm hergerannt, rennt an ihm vorbei, kehrt um. Ein großer, brauner Hund. Der Moosgassner-Spitz ist weiß. Der Mann und der Hund gehen weiter, nebeneinander jetzt, und verschwinden aus dem Bild. Nur die Wolken ziehen über den Himmel. Ab und zu regen sich die Obstbäume; dann höre ich den Wind mit den Dachschindeln klappern und im Schornstein sausen.
Jetzt kommt jemand aus der anderen Richtung, vom Bach her. Eine Frau. Sie hat einen grauen Rock an und oben etwas Grünes, eine Jacke, einen Pullover. Sie biegt in den Fußpfad ein, der zu unserem Haus führt. Sie geht rasch, geht zum Brunnentrog, taucht die Hände ins Wasser, reibt sie gegeneinander, schlenkert das Wasser ab, schaut zum Himmel hinauf, schaut auf ihre Hände, wischt sie am Rock ab, dreht sich um und kommt auf mich zu. Sie hat braune Haare. Bevor ich ihr Gesicht deutlich sehen kann, verdunkelt sich das Bild. Die Haustür fällt ins Schloß. Schritte kommen durch die Stube. Die Schlafzimmertür geht auf.
Babbo? fragt die dunkle Stimme.
Grüß dich, sage ich. Endlich bist du da. Weißt du was? Ich kann hellsehen!
Ja logisch! Durch die Ritzen in den Läden! Das kann ich auch!

Die mein ich nicht. Ich kann echt hellsehen.
Und ich erst!
Was siehst du, Frau Lubin?
Daß es dir bedeutend besser geht. Und du?
Ich kann dir sagen, was du gemacht hast, während du von deinem Haus zu unserem Haus gegangen bist.
Ja? Schieß los!
In der Nähe vom Steg bist du einem Mann mit einem Rucksack und einem großen braunen Hund begegnet. In der Hand ...
In der Hand hat er einen Bergstock gehabt. Stimmt. Das war der Schöndorfer Sepp; der ist vorgestern aus der Gefangenschaft entlassen worden. Und weiter?
Du hast dich gewundert, weshalb unsere Haustür offensteht. Du bist aber nicht gleich hereingekommen. Erst bist du zum Brunnen gegangen, hast dir die Hände gewaschen und sie an deinem Rock abgetrocknet. Richtig?
Richtig. Ich weiß aber, wie du das herausgefunden hast. Du bist aufgestanden und hast spioniert.
Hab ich nicht! Ehrenwort! Es war ganz anders. Hier an der Wand ist ein Bild, ein lebendes Bild, auf dem alles zu sehen ist, was draußen passiert.
Ein Bild? Wo denn, Babbo?
Jetzt ist es fort, weil die Haustür zu ist. Du mußt sie aufmachen. Bitte!
Sie geht, kommt zurück, setzt sich auf mein Bett.
Tatsächlich! sagt sie nach einer Weile. Da hast du was entdeckt. Weißt du, was das ist? Eine Camera obscura.
Sie erklärt mir, wie das Bild an der Wand zustandekommt und weshalb es verschwindet, wenn man die Haustür schließt oder die Schlafzimmertür öffnet. Das meiste begreife ich. Mir bleibt nur unklar, wieso das Bild auf dem Kopf steht.
Woher weißt du solche Sachen? frage ich.
Ich war Lehrerin, sagt sie. Eigentlich hab ich Ingenieur werden wollen, aber da waren meine Eltern dagegen. Da hab ich halt Lehrerin studiert. Ich hab nur ein Jahr unterrichtet. Dann hab

ich meinen Mann kennengelernt. Wir haben geheiratet. Hernach ist er der Lehrer gewesen.
Was hat er dich gelehrt?
Sie lacht.
Autofahren, sagt sie.
Schau, sag ich. Der Radfahrer da. Kennst du den?
Freilich. Der Laimer Michl, der Postbote. Er fährt vorbei. Ihr kriegt nix.
Ja. Schade. Weißt du, was ich jetzt möcht?
Was denn?
Daß du den Laden aufmachst. Ich will dich anschauen.
Meinst, du hältst das aus?
Freilich. Ich habs schon probiert.
Ja dann!
Sie beugt sich über mich hinweg, öffnet die Fensterläden, hängt die Haken ein, schließt das Fenster.
Damit es nicht zieht, sagt sie. Na?
Ich schaue sie an. Ihre Augen gleichen denen vom Onkel Jodi: dunkelbraun und zugleich sehr hell; ich kann tief in sie hineinschauen. Die Brauen sind dicht, schmal, schwarz.
Mei, sagt sie, du schälst dich aber! Bei der Nina wars nicht so schlimm.
Sie neigt sich herab, nimmt mein Gesicht zwischen ihre Hände, reibt.
Schuppen! sagt sie. Macht nix. Drunter ist schon die neue Haut!
Ich schlinge meine Arme um ihren Hals, küsse sie auf den Mund. Die braunen Locken streifen mein Gesicht. Sie schaut mich an, schiebt die Unterlippe ein bißchen vor, küßt mich zurück, fest und kurz, drückt meinen Kopf ins Kissen hinein und zieht mir die Decke bis zum Hals hoch.
Genug geschmiert, sagt sie. Da hab ich mir einen Hecht an Land gezogen! Was machen die Augen? Keine Tränen? Prima. Soll ich dir was vorlesen?
Oh ja, sag ich. Den Sigismund Rüstig. Der liegt drüben, auf der Mama ihrem Nachtkastel.

Sie holt das Buch, öffnet es bei dem Buchenblatt, das Mama hineingelegt hat.
Das sind ja bloß noch um die dreißig Seiten, sagt sie. Kennst du die Höhlenkinder im heimlichen Grund?
Nein, sag ich.
Na wunderbar. Die bring ich dann morgen mit. Mach jetzt die Augen zu!
Das Vorlesen dauert nur sechs Tage. Dann meint Mama, ich bin gesund genug, um aufzustehen. Frau Lubin kommt weiterhin jeden Tag, aber nur für kurz. Sie erzählt mir, wohin sie mit ihrem braunen Lancia gefahren ist, was sie auf- und abgeladen hat, was sie alles organisieren konnte. Organisieren, das heißt, Sachen beschaffen, die es nicht zu kaufen gibt: Zucker, Haarnadeln, Stopfgarn, Rasierklingen, Zigaretten. Manchmal bleibt sie länger und hilft mir bei den Hausaufgaben, die der Addi jeden Tag für mich mitbringt. Abends geht Mama auf eine Stunde zu Frau Lubin hinüber. Oder Frau Lubin kommt zu uns. Dann trinken die beiden Kaffee, rauchen, erzählen: von Selenice, von Marienbad, von ihrer Schulzeit, von Papa, der nicht schreibt, vom Viktor Lubin, der schon schreibt, aber so unvorsichtig ist, daß man das Interessanteste in seinen Briefen nicht lesen kann, weil die Zensur es schwarz gemacht hat.
Manchmal bin ich schon im Bett. Ich kann dann nicht einschlafen, weil ich möglichst viel hören will. Aber vieles entgeht mir. Wenn Mama und Frau Lubin flüstern und lachen, verstehe ich überhaupt nichts.
Einmal bringt Frau Lubin Zigaretten mit, einen ganzen Karton.
Für Sie, Frau von Pastrukov, sagt sie. Frisch aus dem Schleichhandel. Schmeckt nochmal so gut.
Das kann ich aber nicht annehmen, Frau Lubin, sagt Mama.
Doch, das können Sie, Frau von Pastrukov. Der Tod ist umsonst. Die Zigaretten kosten zweifuchzig das Packerl. Paletti?
Natürlich, Frau Lubin, das ist etwas anderes.
Mama geht zur Kredenz, um ihr Portemonnaie zu holen, das hinter der roten Blechdose mit dem Maxwell-Kaffee aus der Villa

Körös seinen Platz hat. Das Portemonnaie ist wieder einmal nicht da.
Ich hab mein Portemonnaie irgendwo hingeschustert, sagt Mama. Darf ich Ihnen das Geld morgen geben, Frau Lubin?
Freilich, Frau von Pastrukov.
Die beiden schauen einander in die Augen. Plötzlich fängt Mama an zu kichern, wie ein kleines Mädchen.
Stimmt, sagt Frau Lubin. Lassen wir den Blödsinn. Ich bin die Edith!
Ich bin die Karin! sagt Mama, und streckt ihr die Hand hin.
Jessas, sagt Frau Lubin. So feierlich?
Sie macht einen Schritt auf Mama zu und nimmt sie in den Arm. Die beiden küssen einander, schauen einander an, platzen gleichzeitig heraus. Sie lachen, daß ihnen die Tränen herunterlaufen. Ich wüßte gern, über was sie so lachen müssen. Endlich lassen sie einander los, setzen sich hin. Frau Lubin steckt zwei Zigaretten an, gibt die eine Mama.
Karin, sagt sie, und ihre Stimme zittert, weil sie immer noch lachen muß; Karin, weißt du, was ich eben gedacht hab?
Nein, Edith, sagt Mama
Auch ihre Stimme zittert noch.
Ich hab gedacht, sagt Frau Lubin, wenn uns jetzt einer hätte beobachten können, nachher wär unser guter Ruf aber hin.
Ich hab euch gesehen, sage ich.
Ja schon, sagt Frau Lubin; Du verrätst uns aber nicht, gell? Schleichhandel mit Zigaretten ist nämlich streng verboten.

Sonntags besucht uns Frau Lubin oft schon am späten Nachmittag. Sie bringt dann die Nina mit. Der Nina ihre Augen gleichen denen ihrer Mutti. Aber ihre Augenbrauen sind nicht schwarz wie die von Frau Lubin; sie sind braun. Braune Brauen: das hört sich gut an. Und es schaut merkwürdig aus, gegen die blonden Haare.
Die Nina und ich spielen Mensch-ärgere-dich-nicht. Sie ärgert sich aber, wenn sie verliert.

Dich heirate ich nie, nie! ruft sie dann, obwohl ich sie gar nicht gebeten habe, mich zu heiraten. Das sag ich ihr auch.
Ich hab dir gar keinen Heiratsantrag gemacht, sage ich. Außerdem heißt das Spiel Mensch-ärgere-dich-nicht. Bist du ein Mensch? Oder was?
Ich bin ein Schatz, sagt sie. Mutti sagt, daß ich ihr einziger Schatz bin. Nicht wahr, Mutti?
Und was für einer, sagt Frau Lubin. Häng dir ein Schild um den Hals: Ich bin ein Schatz. Ich heirate nie, nie, niemanden!
Ich will aber heiraten, sagt die Nina. Bloß nicht den da!
Den da? sagt Frau Lubin. Babbo heißt er. Glaub ja nicht, daß er dir nachrennen wird. Es gibt noch andere Schätze.
Glaub ich nicht, sagt die Nina.
Sie räumt das Mensch-ärgere-dich-nicht in seine Schachtel und holt Fang-den-Hut. Wir stellen die roten, gelben, blauen und grünen Hüte auf ihre Anfangsfelder.
Alsdann, sagt die Nina. Du fängst an. Wehe, du läßt mich absichtlich gewinnen.
Ich dich? sag ich. Nie!
Das ist eine Lüge. Ab und zu lasse ich sie sehr wohl absichtlich gewinnen, weil sie nicht weiterspielen will, wenn sie zu oft verliert. Aber ich muß aufpassen, daß sie nichts bemerkt. Sonst ärgert sie sich noch mehr.

17

Das Dach an unserem Haus steht weit vor. Ich kann die Haustür ruhig offenlassen, auch wenn es regnet. Jeden Nachmittag mache ich sie weit auf, keile sie mit einem Stück Holz fest, gehe ins Schlafzimmer, lege mich auf mein Bett und schaue das lebende Bild an, das durch das Schlüsselloch auf die Wand fällt.
Mama habe ich nichts von dem Bild erzählt.
Ich könnte mich genausogut auf die grüne Bank draußen setzen,

auf der vor langer Zeit der alte Sebastian mit seinem Stock und seiner Pfeife gesessen hat. Ich würde dasselbe sehen; nur heller, deutlicher.
Ich würde nicht dasselbe sehen.
Hier auf meinem Bett im Schlafzimmer bin ich verborgen. Die Berge, Bäume, Menschen, Hunde, Felder und Wolken wissen nicht, daß ich hier bin. Vielleicht tun sie eines Tages etwas, was sie bleiben lassen würden, wenn sie mich sehen könnten, draußen, auf der grünen Bank.
Ich warte darauf.
Die Kühe werden von den Almen heruntergetrieben und für den Winter in die Ställe gebracht. Ich kann ihre Glocken von weitem hören. Die großen, tieftönenden gehören den Leitkühen. Nur die Kühe vom Mühlpoint-Bauern, vom Klaffenböck, bekomme ich auch zu sehen. Siebzehn sind es. Sie haben Almenrausch und Reiserbuschen mit bunten Bändern zwischen die Hörner geflochten. Die Sennerin und die beiden Burschen haben Mühe, sie über den schmalen Brettersteg zu treiben. Die Hunde kläffen und jaulen, wenn eine Kuh nach ihnen tritt.
Eines Tages kommt ein junger Mann von der Glöggler-Säge her. Er geht rasch. Er schwenkt die Arme. An den Beinen hat er Soldatenstiefel, eine Militärhose. Oben trägt er einen grünen Janker; ganz oben, auf dem Kopf, eine Schirmmütze. Dort, wo der Fußpfad zu unserem Haus her abgeht, zögert er kurz. Dann schlägt er den Fußpfad ein, kommt näher. Das Bild an der Wand verdunkelt sich.
Hallo! ruft eine helle Stimme. Hallo, Wirtschaft!
Ich stehe vom Bett auf, öffne die Schlafzimmertür. Der junge Mann steht breitbeinig mitten in der Stube, neben dem Herd. Er kehrt mir den Rücken zu.
Grüß Gott, sage ich.
Er fährt herum. Die Mütze auf seinem Kopf ist eine Offiziersmütze, aber ohne Litzen, ohne Reichsadler.
Sakra, sagt er und grinst. Jetzt hats mich aber gerissen! Grüß dich, Kleiner. Heißt du Pastrukov?

Jawohl.
Na endlich. Wir waren schon bei vier Häusern, und alle waren sie falsch. Ich bin ein Kamerad von deinem Vater. Er hat mir einen Brief mitgegeben für euch.
Er greift in die Innentasche seines Jankers und zieht einen verdrückten braunen Umschlag heraus.
Momenterl, sagt er. Ich schreib grad noch meine Adress hinten drauf. Damit der Herr Oberst weiß, wo er mich finden kann.
Er setzt sich auf Mamas Stuhl, schiebt meine Rechensachen zum hinteren Tischrand, nimmt einen von meinen Bleistiften und schreibt. Dabei beißt er mit den Schneidezähnen auf seine Unterlippe.
Hallriegl Michl, schreibt er. Hopfgarten in Tirol, Haus No. 12b, Itterhof.
Sodala, sagt er und gibt mir den Brief.
Danke, sag ich. Bleib noch. Ich hab was für dich.
Ich gehe ins Schlafzimmer, lege den Brief auf Mamas Nachtkastel, nehme ein Packerl Camel aus der Schublade und gehe damit in die Stube zurück.
Da, sag ich. Von der Frau Oberst.
Er macht große Augen.
Organisiert? sagt er. Von die Ami? Das brauchts aber net. Ja, ich laß der Frau Oberst vielmals danken. Mein Spezi wird schauen!
Wo ist er denn?
Bei der Säge drüben, Motorradl reparieren. Dreck im Vergaser. Der Scheinwerfer ist auch hin. Und wir müssen noch bis ins Tirol.
Er steckt die Zigaretten ein, in dieselbe Tasche, aus der er den Brief geholt hat.
Alsdann, sagt er. Servus! Alles Gute und Gottes Segen!
Er geht, rasch, mit großen Schritten. Ich schaue ihm von der Haustür aus nach. Als ich ihn nicht mehr sehen kann, gehe ich ums Haus herum unter die Bäume. Ich muß pinkeln, pissen, schiffen, seichen. Da kann ich auch gleich Weitspritzen üben.
Mama kommt früh nach Hause. Sie stellt ihren Korb auf den

Tisch. Oben schaut ein Weißbrot heraus. Sie gibt mir einen Kuß. Frisch ist es hier drin, sagt sie. Mach bitte gleich Feuer, ja? War jemand da?
Ja, sag ich. Frau Lubin.
Wie gehts ihr?
Schlecht. Sie war ganz mit Öl beschmiert. Der Schwungradanlasser vom Lancia ist hin. Typisch Freitag der dreizehnte, hat sie gesagt.
Ach du liebes Christkind. Da lauf ich nachher mal schnell hinüber.
Darf ich mit, Mama?
Vielleicht. Was hat sie sonst noch gesagt?
Nichts. Später war dann noch ein Mann hier.
Ein Mann?
Freilich. Hallriegl heißt er. Michl. Er hat etwas für uns abgegeben.
Was denn? Mach es nicht so spannend. Das tust du absichtlich, nicht wahr?
Ja, Mama. Weil es eine Überraschung ist. Sie liegt auf deinem Nachtschränkchen.
Du bist ein Mistvieh, Babbo!
Sie läuft ins Schlafzimmer, stößt einen leisen Schrei aus, kommt zurück; ein bißchen langsamer. Ich hab inzwischen mein Taschenmesser aufgeklappt und halte es ihr hin.
Paß auf, sag ich. Es ist scharf.
Danke, sagt sie. Du bist trotzdem ein Mistvieh.
Sie läßt sich in den roten Ledersessel fallen, schlitzt den Umschlag auf, zieht den Brief heraus, liest. Ich mache inzwischen Feuer im Herd.
Der Brief ist ein einziges Blatt, auf beiden Seiten beschrieben. Mama liest ihn mindestens dreimal.
Was schreibt der Papa? frage ich.
Hast du die Erdäpfel geschält? fragt Mama.
Ja.
Dann stell sie zu!

Hab ich schon. Was schreibt er?
Gleich. Moment. Laß mich erst zu Ende lesen. Wo sind meine Zigaretten?
Ich hol dir welche, sage ich.
Ich reiße das Packerl auf, ziehe eine Camel heraus, klopfe sie mit dem Ende, an dem die Schrift ist, gegen meine Handfläche, zünde sie an. Mama merkt nichts davon. Ich muß nicht husten. Ich habe schon Übung. Wenn Frau Lubin tagsüber bei mir vorbeischaut, darf ich manchmal eine Zigarette für sie anzünden.
Ich reiche Mama die brennende Zigarette. Sie steckt sie zwischen die Lippen und zieht.
Danke, sagt sie. Also paß auf. Er ist in Hamburg. Liebe Karin, schreibt er. Ich bin jetzt in Hamburg. Ich gebe diesen Brief einem von meinen Leuten mit, der morgen entlassen wird. Er sagt, er wird ihn schon durchschmuggeln. Die Engländer behandeln uns verhältnismäßig anständig. Die Mannschaften werden jetzt nach und nach entlassen; die Offiziere nur, wenn sie arbeitsunfähig sind. Daß der Offiziersrang auch seine Nachteile hat, ist Dir ja nichts Neues.
Zur Zeit beschäftigt man uns mit Aufräumungsarbeiten. Die Verwüstungen, welche die Angriffe mit Spreng- und Brandbomben angerichtet haben, sind unvorstellbar. Nicht nur die Straßendecken, auch Fensterscheiben, Eisengeländer und Gaslaternen sind in der furchtbaren Hitze geschmolzen. Die zahllosen Opfer sind zu unkenntlichen schwarzen Puppen verkohlt. Viele sind ertrunken und dann verbrannt; es scheint, sie haben sich vor den Feuerstürmen in die Wasserläufe geflüchtet. Der Obergefreite Hallriegl, Überbringer dieses Briefes, hat von zuhause gehört, daß in den Tiroler Bergen angekohlte Fetzen von Dokumenten aus einer Hamburger Senatskanzlei gefunden worden sind. Dies mag Dir einen Begriff davon geben, welche Hölle hier geherrscht hat.
Von Dir, mein Karinmädchen, hab ich kürzlich zwei Briefe aus Ried erhalten. Sind meine Briefe vom Juni, Juli und August in Deine Hände gelangt? Laß mich das bitte wissen. Seid ihr beide

gesund, Du und der Bub? Wie ist dem Bruno seine Mahlzeit bekommen? Wie kommst Du mit Deiner kinderlosen Tante zurecht? Ist der Jodi, dieses Urviech, am Leben?
Wenn Du wieder schreibst, sei bitte vorsichtig mit Äußerungen, die politisch ausgelegt werden könnten.
Ich habe einen sympathischen Menschen kennengelernt. Er heißt Dr. Erlend von Salveter, Schlesier, zwar Protestant, aber Jurist wie ich, konservativ wie ich. Wir planen, gemeinsam eine Anwaltskanzlei zu eröffnen, wenn all dies erst hinter uns liegt.
Halt die Ohren steif, Karin. Wir sind blindlings einem Verrückten gefolgt. Wir müssen dem in die Augen sehen, was wir angerichtet haben.
Ich drücke Euch beide ans Herz. Gib dem Boris einen Kuß von mir. Wie sieht er jetzt aus? Seid umarmt von Eurem ungewaschenen Gatten und Papa, Marek von Pastrukov.
Mama legt den Brief auf den Tisch, schnüffelt, wischt sich die Augen, drückt ihre Zigarette aus.
Wie sind die Dokumente von Hamburg nach Tirol gekommen, Mama? frage ich.
Mama verschränkt ihre Finger, zieht sie auseinander, verschränkt sie wieder.
Geflogen! sagt sie leise. Geflogen sind sie. Du weißt doch, wie Papierfetzen fliegen, wenn du draußen ein Feuer machst?
Ich nicke.
Ja also, sagt Mama. Es war eben groß. Sehr groß. Ein sehr großes Feuer.
Sie zündet sich eine Zigarette an, zieht, schüttelt den Kopf.
Mama! sag ich. Die Erdäpfel kochen!

18

Es ist Anfang November. Nur die Buchen haben noch ihre Blätter. Einmal ist schon Schnee gefallen, der aber nicht liegengeblieben ist. Ich gehe wieder in die Schule. Viele von den Mädchen tragen jetzt lange Hosen, aber über den Hosen haben sie Röcke an.
Wenn es nachts gefroren hat oder wenn es ein windiger, nasser Tag ist, zieht auch Mama eine alte Militärhose unter ihren Rock an. Frau Lubin tut das nicht. Sie läuft tagsüber nur in Hosen herum, meistens in einem olivgrünen Overall, der viele Reißverschlüsse hat. Sie sagt, wenn man arbeiten muß, ist das praktischer, und sie kann nicht einsehen, was daran ungehörig sein soll: Eine Frau in Hosen zeigt weniger von ihren Beinen her, als wenn sie einen Rock anhat oder ein Kleid.
Darüber muß Mama lachen.
Mein Stundenplan hat sich geändert. Zweimal in der Woche habe ich zusammen mit fünf anderen Buben Kommunionsunterricht. Der findet nicht in der Schule statt, sondern beim Herrn Pfarrer im Pfarrhaus. Nach dem Unterricht bringt uns die Frau Gertrud jedesmal Palatschinken mit Zwetschgenkompott. Sie ist die Mutter vom Herrn Pfarrer, und seine Haushälterin.
Mutterl, sagt er zu ihr.
Sie nennt ihn Bub. Bub, du mußt mehr essen, du fällst ganz vom Fleisch. Bub, denk an deinen Nachmittagsschlaf. Bub, du mußt in deinem Studierzimmer das Fenster zumachen; jetzt hat der Wind schon wieder deine Predigt vom Tisch geweht, und die Blätter sind alle durcheinander: das Amen kommt vor dem Halleluja.
Die zweite Änderung in meinem Stundenplan besteht darin, daß wir statt Zeichnen und Malen jetzt Handfertigkeit haben. Der Addi sagt, das ist jeden Winter so. Erst machen wir farbiges Kleisterpapier, jeder zwei Bogen. Dann fertigen wir aus Pappendeckel eine Mappe an, für Briefpapier, und eine flache Schachtel, für die Umschläge. Die Mappe und die Schachtel

beziehen wir mit dem Kleisterpapier. Wir müssen sauber arbeiten.
Die Schulspeisung ist gut. Es gibt viele Gerichte, die wir nicht kennen: rote Käsesuppe mit kleinen Fleischknödeln und riesigen Fettaugen; grüne Nudeln mit Dosengulasch, von dem der Leitner Georg behauptet, daß es Roßfleisch ist, von verreckten Rössern; vanillegelben und himbeerroten Pudding, zu einer Spirale ineinandergerührt; aber der gelbe Pudding schmeckt nicht nach Vanille, sondern nach Erdnüssen, und der himbeerrote schmeckt nach Kirschen.
Türkenblut und Janitschareneiter, sagt der Lutz.
In die Naturlehre bringt der Herr Lehrer einmal eine Schuhschachtel mit. Aus dem einen Ende hat er ein Quadrat herausgeschnitten und die Öffnung mit weißem Seidenpapier überklebt; in das andere hat er mit einer Stricknadel ein Loch gestochen. Wenn wir uns einen Mantel übern Kopf hängen und die Schachtel mit dem Loch auf das Fenster richten, sehen wir auf dem Seidenpapier alles, was draußen vor dem Fenster ist, nur viel kleiner, und umgekehrt.
Ob wir wissen, wie das zugeht, fragt der Herr Lehrer.
Ich hebe die Hand. Ich bin der einzige, der sich meldet.
Ja? sagt der Herr Lehrer. Pastrukov?
Ich stehe auf. Mein Sitz quietscht.
Das ist eine Camera obscura, sage ich. Das Loch sammelt das Licht wie ein Brennglas und erzeugt ein Bild auf dem Seidenpapier, das auch Mattscheibe genannt wird. Der Photoapparat ist nach demselben Prinzip gebaut. An der Stelle der Mattscheibe befindet sich der lichtempfindliche Film.
Gut, sagt der Herr Lehrer und schreibt etwas in sein Notenbuch. Ich darf mich setzen. Der Herr Lehrer zeichnet uns die Camera obscura an die Tafel, das Loch ist auf einen Baum gerichtet. Der Herr Lehrer braucht kein Lineal, er kann auch mit der freien Hand Striche vollkommen gerade ziehen. Die blauen Striche stellen die Lichtstrahlen dar. Dort, wo sie durch das Loch gehen, kreuzen sie sich: der von der Spitze des Baumes kommt, geht

nach unten; der von der Wurzel kommt, geht nach oben. Deswegen steht das Mattscheibenbild des Baums auf dem Kopf. So einfach ist das.
In der Pause, auf dem Abort, fängt der Leitner Georg wieder mit dem Weitspritzen an. Diesmal erwischt er den Hödlmoser Tobias am linken Hosenbein. Der Tobias merkt nichts. Wahrscheinlich ist seine Hose aus einem dicken Stoff. Der Leitner Georg grinst vor sich hin und seicht ruhig weiter.
Das ist eine Gelegenheit. Ich presse den Zeigefinger aufs Loch von meinem Zipf, schwenke, ziele, spritze, schwenke zurück. Eigentlich hab ich dem Georg vorn auf seinen neuen roten Pullover seichen wollen. Aber ich hab zu hoch gezielt. Ich treffe ihn genau aufs Maul.
Der Leitner Georg fühlt sich vielleicht sicher, weil er glaubt, er ist der einzige, der das Weitspritzen beherrscht. Vielleicht glaubt er außerdem, es ist ihm etwas aus seiner Rotznase aufs Maul getropft. Jedenfalls streckt er seine dicke schleimige Zunge heraus und leckt sich über die Lippen. Das Maul bleibt ihm offen stehen; er schmeckt, was er da geleckt hat. Er spuckt. Er läßt seinen Zipf los. Die Seiche fließt weiter, in seinen linken Stiefel hinein, und er steckt zwei Finger in den Hals, weil er speien möchte. Aber er kann nicht.
Einer von den Buben fängt zu lachen an. Dann noch einer.
Habts es gsehn? schrei ich. Der Leitner sauft Zipfer Bier!
Jetzt lachen alle.
Pastrukov, ruft der Zuckerstätter Herrmann lachend, du Drecksau, du damische!
Das freut mich. Es freut mich während der nächsten beiden Stunden und auf dem Heimweg und den ganzen Nachmittag lang. Es freut mich so, daß ich am liebsten alles der Mama erzählen möchte. Aber das geht nicht. Sie würde es nicht verstehen.
Später einmal, vielleicht.

19

Nach der Schule, wenn ich mit den Hausaufgaben fertig bin, gehen wir oft fischen, der Addi, die Nina und ich. Wenn der Addi keine Zeit hat oder wenn wir wenig aufhaben, gehe ich oft mit dem Lutz; Streifzüge machen nennt er das.

Er zeigt mir die Altwasser von der Seeache, in denen sommers die wilden Enten brüten. Er zeigt mir die Ruinen von dem Eisenhammerwerk, das vor drei Jahren abgebrannt ist. Das war in einer Winternacht. Drei oder vier Stunden lang ist der Himmel rot gewesen. Es war mitten im Krieg, aber mit dem Krieg hat es nichts zu tun gehabt. Der Besitzer selber hat das Hammerwerk angesteckt; er war bankrott. Er hat das Versicherungsgeld gebraucht. Aber die Gendarmerie war schlauer und hat alles herausgefunden.

Der Lutz zeigt mir die Villa Körös, wo Mama in der Küche arbeitet. Wir sehen nur die grünen Kupferdächer, den viereckigen Uhrturm und den runden Turm mit der Kuppel, in der das Teleskop steht, durch das der Baron Casimir ins Weltall hinausschaut. Einmal hat er sogar einen unbekannten Kometen entdeckt. Der ist jetzt nach ihm benannt.

Der Park ist von einer hohen Mauer umgeben, an der außen Efeu hinaufklettert. Innen ist sie mit wildem Wein bewachsen; er kommt oben über die Mauerkrone und hängt dem Efeu entgegen.

Der Lutz zeigt mir auch den Hof, den er und die Erika, seine Schwester, später einmal erben werden. Es ist ein richtiger Bauernhof, kein Herrenhaus wie bei uns in Selenice, das durch eine Mauer von den Stallungen und den übrigen Wirtschaftsgebäuden getrennt war.

Der Vater vom Lutz heißt Joachim Eugen Dandolo von Molinari. Die Mutter heißt Lisbeth. Der Vater ist Bauer und Pionieroberst a. D. Zweihundert Meter vom Hof entfernt, auf einer Waldlichtung, hat er sich einen kleinen Schuppen gebaut. Er nennt ihn die Himmelfahrtskapelle, weil er dort die Zündvor-

richtungen entschärft und weil er dabei betet, damit ihm nichts schiefgeht.
Im Haus kann ich unmöglich arbeiten, sagt der Herr Oberst. Wenn mir dort etwas schiefginge, hätten die Lisbeth und die Kinder nichts von meiner Pension.
Der Lutz und ich schauen einander an. Wir finden das großartig.
Ich frage den Herrn Oberst, was man studieren muß, wenn man zu den Pionieren möchte.
Ingenieur! sagt er. Unbedingt! Ein Offizier muß alles wissen. Wie soll er sonst führen können?

Am Sonntagnachmittag holt der Addi mich ab. Wir gehen zu Lubins. Die Bella bellt nicht mehr, wenn sie mich sieht. Wir warten draußen, bis die Nina sich fertig gemacht und ihre Gummistiefel angezogen hat. Sie hat die gleichen Gummistiefel wie ich; Frau Lubin hat sie für uns organisiert.
Wir warten und warten. Schließlich kriegen wir Zeitlang, und der Addi meint, wir wollen uns einmal den Lancia von unten anschauen. Das machen wir. Ich erkläre ihm gerade, wozu die Kardangelenke da sind, da hören wir die Haustür gehen. Gleich darauf hören wir die Nina. Sie ruft, wo wir denn sind, wir sollen sie nicht ewig warten lassen.
Wir kriechen unter dem Lastwagen heraus.
Servus, Lubinchen, sag ich.
Servus, Babbolein, sagt sie.
Der Addi betrachtet den Haselstecken, den die Nina in der Hand trägt. An der Spitze des Steckens ist ein kräftiger schwarzer Zwirnsfaden befestigt; er ist viele Male um den Stecken herumgewickelt. An seinem Ende hängt eine Stecknadel, zu einem Haken gebogen, auf den ein Stückchen Brot gespießt ist.
Der Addi will wissen, ob das eine neue Geheimwaffe sein soll.
Geh, halt dei Papparatur! sagt die Nina. A Angelruten is dös! Gemma?
Gemma, sagt der Addi, schaut mich an und rollt die Augen.

Der Addi und ich, wir fangen die Fische mit der Hand. Die meisten Buben machen das so. Wir tasten unter den hohlen Ufern entlang, unter den überhängenden Steinen. Sobald wir einen Fisch spüren, müssen wir sehr, sehr geduldig sein. Der Fisch muß sich daran gewöhnen, daß da noch etwas im Wasser ist. Die Hand muß von hinten kommen; das ist ziemlich einfach, weil die Fische immer mit dem Maul zur Strömung hin stehen. Die Hand muß ganz langsam nach vorn wandern, wie ein Tangbüschel, das sich im Wasser bewegt. Sobald die Hand hinter dem Kopf des Fisches angekommen ist, müssen Daumen und Zeigefinger blitzschnell zufassen, in die Kiemen hinein. Wenn wir die Kiemen verfehlen, glitscht der Fisch davon und lacht sich eins.
Die Nina kann das nicht. Sie sagt, weil es ihr vor den kalten Viechern graust. Aber das glaube ich nicht. Ich glaube, daß sie es zu eilig hat.
Wir gehen zu dem Wasserfall unterhalb der Schneiderhöhle, dort, wo der Bach aus der Klamm herauskommt. An einigen Stellen haben die Ufer schon einen schmalen Eisrand aus weißen Nadeln, die sich überkreuzen und ein Muster bilden, weiß auf grünem Grund.
Wie eine Stickerei, sagt die Nina.
Während der Addi und ich noch überlegen, wo wir es versuchen wollen, hat die Nina schon den ersten Fisch. Es ist keiner von den ganz großen, aber groß genug für eine Mahlzeit. Der Addi macht ihn von der gebogenen Stecknadel los, haut ihm mit einem Kiesel auf den Kopf, legt ihn in den Sand.
Die hat ein Glück, sagt er.
Ich klettere hinter den Wasserfall, taste die tiefe Höhlung unter der untersten Steinlage ab. Einmal kommt mir vor, da ist was; aber entweder hab ich mich geirrt, oder ich war zu ungeduldig. Sehen tu ich nichts.
Der Addi versucht es in dem Gumpen hinter der breiten Kiesbank, auf der ein paar kahle Weidenbüsche stehen. Die Nina bleibt an derselben Stelle, spießt ein Stückerl Brot auf ihre Stecknadel, taucht sie ins Wasser. Der Addi ruft ihr zu, das hat

keinen Zweck, sie muß es woanders probieren. Sie ruft zurück, das ist ein Schmarrn; sie hat das Mannderl erwischt, jetzt will sie auch noch das Weiberl erwischen.

Der Addi lacht und watet weiter hinaus, zu den Steinen hin, die mitten im Gumpen liegen. Dann flucht er; seit dem letzten Mal ist es hier tiefer geworden, und jetzt hat er die Stiefel voll Wasser.

Hilfe! ruft die Nina. Ich hab wieder einen!

Der Addi schaut nicht einmal hin. Er ruft nur, ob sie uns pflanzen will. Ich schaue hin. Sie hat den Fisch schon aus dem Wasser gezogen. Er tanzt mit schlagender Schwanzflosse hin und her. Gleich wird der Zwirnsfaden abreißen.

Ich springe ins Wasser, wate zur Nina hin. Jetzt hab ich auch Wasser in den Stiefeln. Ich krieg den Fisch in den Kiemen zu fassen. Der Zwirnsfaden reißt. Ich halte den Fisch fest, hole mit der anderen Hand mein Messer heraus; die Nina macht es für mich auf, und ich steche dem Fisch von oben in den Kopf, warte, bis er still wird, und lege ihn neben den anderen.

Der Addi kommt. In seinen Stiefeln quatscht es. Er schaut die beiden Fische an, dann mich, dann die Nina.

So ein Glück! sagt er und schüttelt den Kopf.

Gar net! sagt die Nina.

Ihr Gesicht unter der braunen Wollmütze ist rot. Die braunen Augen unter den braunen Brauen glitzern.

Der Addi fragt, ob sie weiß, was für Bauern das sind, die immer die größten Erdäpfel haben. Die Nina sagt, das ist ihr blutwurscht; sie ist kein Bauer, sondern ein Fischer, und überhaupt ist der Addi ja bloß neidisch.

Der Addi brummt etwas von Weibern, die eine Goschn haben wie ein Scheunentor. Er hockt sich hin und klappt sein Messer auf. Die Klinge ist vom vielen Wetzen ganz blank und schmal. Er schlitzt mit ihr die beiden Fische auf, putzt sie aus. Er sagt uns, was er da herausholt: die Leber, die Därme, das Herz. Das macht er immer so.

Die Nina meint, der Addi und ich sollen je einen Fisch bekommen, zur Erinnerung an den schönen Tag.

Der Addi sagt, wenn er schon wieder mit einem Fisch ankommt, kriegt er ihn von seiner Mutter um die Ohren geschlagen.
Ich sage, meine Mama hat schon was gekocht. Fische müssen frisch gegessen werden. Das erste ist eine Lüge. Ich weiß aber aus dem Religionsunterricht, daß es erlaubte Lügen gibt.
Ah geh, sagt die Nina. Ihr seids feig!
Eine Weile versuchen der Addi und ich noch, ob wir auch etwas fangen. Dann geben wir auf. Wir sind naß bis zu den Knien, und es fängt zu dämmern an.
Wir begleiten die Nina nach Hause. Sie trägt ihre beiden Fische. Den Haselstecken mit dem Zwirnsfaden hat sie untern Arm geklemmt. Vor ihrem Haus fragt sie mich noch einmal, ob ich nicht doch einen Fisch haben möchte. Oder vielleicht beide?
Danke, sage ich. Wirklich nicht. Ich laß deine Mutti auch vielmals grüßen!
Du redst wie der Löschi, sagt sie. Servus!
Während wir über den Brettersteg gehen, fragt mich der Addi, ob ich so eine wie die Nina heiraten möchte.
Eventuell schon, sag ich. Sie hat schöne Augen. Besonders, wenn sie einen Zorn hat.
Jessas! sagt der Addi. Erst der Raudaschl, dann der Altenbichler. Jetzt du!
Ich sage, daß ich aber gar nicht verliebt bin. Der Addi glaubt mir nicht. Er sagt, er kennt sich aus. Mit den schönen Augen fängt es immer an.
Und wie geht es weiter? frag ich.
Mit der Goschn! sagt er. Wenn ich du wär, ich tät mich fürchten.
Vor dem Haus liegen drei Fuhren geschnittenes Buchenholz, die der Moosgassner Peter uns angefahren hat. In der Stube sitzt Mama am Tisch. Sie ist dabei, meine Hefte durchzusehen. Ich ziehe meine Stiefel von den Füßen, stopfe sie mit Zeitungspapier aus, hänge meine Wollstrümpfe zum Trocknen über den Herd.

Baden gegangen? fragt Mama, ohne sich umzuschauen. Ihr seid mir drei Narren!
Zwei, Mama, sage ich. Die Nina ist nicht naß geworden. Dafür haben zwei Forellen bei ihr angebissen.
Aha! sagt Mama. Und du?
Ich hab nix gefangen. Der Addi auch nicht.
Mama lacht.
Ich hab gemeint, ob du auch angebissen hast, sagt sie.
Ich?
Schon gut. Was machen die Erdäpfel?
Ich hebe den Deckel, tauche rasch einen Finger ins Wasser.
Die kochen noch lang nicht, sage ich.
Auch gut, sagt Mama. Zieh dir eine andere Hose an, Babbo!
Ich gehe nebenan, ziehe mich um, hänge die nasse Hose neben die Strümpfe.
Moment, sagt Mama. Was ist das hier? Komm einmal her!
Ich bleibe hinter Mama stehen, schaue über ihre Schulter. Sie hat mein neues Rechenheft bis hinten durchgeblättert. Auf der letzten Seite hab ich eine Fut und einen Zipf gezeichnet, mit schwarzer Schultinte. Der Lutz hat gemeint, meine Zeichnung ist viel schöner als die auf der Aborttür.
Was das ist? sage ich. Na ja. Das linke, das ist eine Fut. Rechts ist ein Zipf mit einem Beutel.
Ausdrücke sind das! sagt Mama. Wo hast du die her? Wo hast du das alles nur her?
Ich erzähle ihr, wo ich das alles herhabe.
Ja so, sagt Mama, als ich fertig bin. Ja schön. Jetzt leg einmal Holz nach, und dann hör mir zu. Frag, wenn du etwas nicht verstehst!
Mama erklärt.
Ich muß immer wieder fragen.
Ich will wissen, weshalb sie so viele lateinische Wörter verwendet. Mama sagt, das ist nötig, damit die Menschen einander verstehen und über das Thema reden können, ohne rot zu werden.
Ich will wissen, ob das die Liebe ist. Mama sagt, es ist ein Teil von der Liebe, ein wichtiger Teil. Aber der andere Teil ist ebenso

wichtig, nein, wichtiger; den kann man jedoch nicht erklären, den kann man nur spüren.
Wo kann man den spüren? frage ich.
Hier! sagt Mama, und zeigt auf ihre Brust.
Wie fühlt sich das an? frage ich.
Als ob sich innen etwas herumdreht, sagt Mama. Es tut weh. Zugleich ist es – ja, wie? Herrlich, mein Kleiner.
Ich will wissen, weshalb die Menschen es als einzige so machen, daß sie einander dabei anschauen. Mama überlegt.
Vielleicht, sagt sie nach einer Weile, vielleicht wollen sie sicher sein, daß sie den Richtigen haben? Die Richtige?
Ich nicke. Dabei fällt mir unsere Schimmelstute in Selenice ein, die Milena. Zweimal hat Mama versucht, sie von einem fremden Hengst decken zu lassen, wegen der Blutauffrischung. Beide Male hat die Stute den fremden Hengst abgeschlagen. Beide Male hat sie den alten Pawel sofort aufsteigen lassen.
Aber die Pferde, Mama, sage ich.
Die Pferde?
Ja. Die Milena zu Hause, die hat auch nur den Pawel gewollt.
Dein Gedächtnis! sagt Mama. Das hast du von deinem Großpapa. Daß du dich an die Milena noch erinnerst, und an den Pawel! Ja, du hast recht. Wahrscheinlich trauen wir den Tieren zu wenig zu, nur weil sie nicht reden können.
Sie schnuppert, wendet den Kopf zum Herd hin.
Heilige Götter! ruft sie, springt auf und zieht den sprudelnden Topf zum Herdrand. Jetzt sind die Erdäpfel angebrannt. Das kommt davon. Sei so lieb und mach die Tür auf!

*

Babbo erhob sich und tippte Hanna auf die Schulter. Sie schrak zusammen, als wäre sie jäh aus einem Traum gerissen worden, und blickte zu Babbo auf, der sie lächelnd betrachtete.
Tut mir leid, sagte er. Aber danke fürs Kompliment. Ich geh mal frischen Stoff besorgen, okay?

Er sammelte die leeren Flaschen ein, stellte sie in einen Korb und trug sie hinaus. Hanna sah mich an.
Hast du das auch gemerkt? fragte sie.
Was denn?
Wie vertieft ich war, Mensch!
In seine Geschichte? Oder in ihn?
Sei nicht albern. In die Geschichte natürlich. Wußtest du, daß manche Tiere einen bestimmten Partner allen anderen vorziehen?
Ja. Gänse. Schwäne. Biber. Die leben aber ohnehin ehelich, und das...
Ich brach ab, weil Babbo hereinkam, die Tür mit dem Fuß hinter sich zuschob und Flaschen auf den Tisch stellte.
Habt ihrs gehört? fragte er.
Gehört? sagte Hanna. Was denn?
Coyoten! Viele. Weit weg. Nordöstlich. Dort steht auch ein schwacher grünlicher Schimmer am Horizont. Nordlicht? Gibts das? Ich meine, im Herbst?
Ja doch, sagte Hanna. Nordlichter kannst du das ganze Jahr über sehen, nur sind sie meist recht schwach. So richtig eindrucksvoll zeigen sie sich erst im Winter.
Babbo öffnete Flaschen, schenkte nach und nahm Platz.
Im Winter erst? sagte er und hob sein Glas. Zum Wohl! Na, dann wollen wir es jetzt mal schneien lassen!

20

Schnee ist gefallen, viel Schnee; fast ein dreiviertel Meter. Wir müssen unser Brennholz aus dem Schnee graben, bevor wir es kleinhacken und ins Haus tragen oder unter dem überhängenden Dach entlang der Hauswand aufstellen. Mama sagt, im nächsten Jahr werden wir uns schon im Sommer einen ordent-

lichen Vorrat an Brennholz anfahren lassen, damit wir nicht wieder diese Schinderei haben. Einen ganzen Sonntag lang helfen Mama und ich, den Hof und die Zufahrt bei Lubins freizuschaufeln. Trotzdem kommt Frau Lubin am Montag mit dem Lancia kaum die Steigung hinauf.
Ja pfüat di Gott! sagt sie. Jetzt irgendwo steckenbleiben, das kann ich mir net erlauben. Ich brauch Schneeketten.
Zwei Tage später hat sie welche, wenn auch nur für die Hinterräder. Es sind alte Schneeketten; viele Glieder sind dünn, einige gebrochen. Aber der Zuckerstätter-Schmied wird sie richten. Dann werden sie so gut wie neu sein.
Die Hauptstraße wird von den Amerikanern ausgepflügt, mit großen, dreiachsigen Maschinen, die Grader heißen. Die Seitenstraßen und die Fahrwege pflügen die Bauern selber frei. Ihre Schneepflüge sind aus Holz, vorne und unten mit Eisen beschlagen, und werden von sechs oder acht Pferden gezogen.
Es kommt jetzt öfter vor, daß Frau Lubin über Nacht ausbleibt. Dann kommt die Nina zu uns. Sie schläft bei Mama im großen Bett. Wir machen zusammen Hausaufgaben. Wenn wir Spiele spielen, bei denen keiner gewinnt oder verliert, vertragen wir uns ziemlich gut.
Falls nach den Hausaufgaben noch Zeit bleibt, gehen wir rodeln. Die Nina hat einen großen Rodelschlitten, so einen, den man mit einem Lenkrad steuert. Er hat auch einen Namen: Adelheid. Ich finde den Namen albern; ich kann mir bessere ausdenken. Aber das sage ich nicht, damit es keinen Remmidemmi gibt.
Die ersten Male steigen wir zum Wassenhof hinauf, der an den Hängen des Falkensteins liegt, und rodeln zum Moosgassner-Hof hinunter.
Das geht nicht besonders gut. Der Schnee ist tief. Wir bleiben stecken, oder der Schlitten kippt um. Dann sagt uns der Addi, auf dem Weg zur Moosgassner-Alm geht es viel besser. Am nächsten Sonntag gehen wir dorthin, an der Säge, am Haus vom Onkel Jodi und am Enterbacher-Hof vorbei.

Der Weg zur Moosgassner-Alm ist ein Hohlweg. Er windet sich in mehreren Serpentinen durch die Buchenwälder hinauf. Oben, wo es flacher wird, steht die Brunnenstube, von der das Wasser durch Röhren zum Enterbacher-Hof fließt. Der Addi sagt, im Sommer ist der ganze Hohlweg feucht, von dem Quellwasser, das überläuft. Jetzt ist er gefroren. Die weißgrüne Eisschicht ist dick und so glatt, daß wir nicht auf ihr gehen können. Wir stapfen neben dem Hohlweg durch den Wald hinauf. Ab und zu kommt ein Schlitten gesaust. Schnee und Eis spritzen unter den Kufen weg. In den Kurven neigen sich die Schlitten, steigen ein Stück an der Eiswand hoch. Die Mädchen kreischen. Die Buben liegen meistens auf dem Bauch und versuchen, mit den Stiefelspitzen zu lenken.
Aus der Bahn! schreien sie. Aus der Bahn!
Ich bin darauf gefaßt, daß es Streit geben wird, wer vorne sitzen und lenken darf. Aber die Nina will, daß ich lenken soll oder der Addi. Sie sitzt lieber hinten. Sie kreischt überhaupt nicht, auch nicht, wenn es sehr schnell dahingeht. Dafür schreit sie.
Aus der Bahn! schreit sie. Aus der Baaaaahn!
Es wird immer viel zu früh dämmerig. Wenn wir heimwärts müssen, möchte die Nina auf dem Schlitten sitzen und gezogen werden.
Ihr seid meine Rösser, sagt sie. Hüa!
Uns ist das recht.
Wenn ich nicht rodeln gehe, bringt mir der Lutz Skifahren bei, auf dem Abhang der Roßleithen, unterhalb der Villa Körös und oberhalb der Himmelfahrtskapelle. Skifahren ist schwer. Die Skier mit meinen Füßen fahren von selber los, bevor ich darauf gefaßt bin. Ein paar Meter weit kann ich das Gleichgewicht halten, indem ich wild mit den Armen fuchtle. Dann verliere ich die Skistöcke oder einer von den Skistöcken gerät mir zwischen die Haxen, und ich setze mich hin.
Strichpunktieren nennt das der Lutz.
Nach und nach lerne ich, auf den Beinen zu bleiben. Die Skispuren werden länger; die Löcher, die mein Hintern in den

Schnee macht, werden seltener. Bald kommt die nächste Lektion: der Stemmbogen.
Zu Weihnachten möchte ich ein Paar Skier haben.
Jede Woche kommen jetzt zwei oder drei Männer aus der Kriegsgefangenschaft nach Hause. Auch der Moosgassner Toni ist schon da, der jüngere Bruder vom Peter, der Mann von der Annerl. Ich sehe ihn zum erstenmal, als ich abends mit Mama Milch holen gehe. Er ist kleiner als der Peter. Er hat die gleichen Augen wie Tante Agnes, die seine Schwester ist; trotzdem sind sie anders, lustiger. Er hat eine Stupsnase, einen Haufen schwarzer Haare und einen schwarzen Vollbart. Sein linker Arm steckt bis zum Ellbogen in einem Verband. Die Annerl sagt, das ist eine Wunde, die nicht zugehen will, eine Knocheneiterung. Der Toni soll froh sein, daß sie ihm den Arm nicht einfach abgesägt haben.
Viel kann er mit dem Arm noch nicht arbeiten. Aber Ziehharmonika spielen, das kann er. Er hat es in der Gefangenschaft gelernt, von einem Russen. Viele russische Volkslieder kann er; spielen, und auch singen. Er hat eine gute Stimme, einen Bariton.
Ja, der Russ! sagt er. Der Russ is a musikalischer Teifi!
Zu Weihnachten möchte ich eine Ziehharmonika haben. Eine Quetschkommode, wie der Toni sie nennt.
Auch die jüngere Schwester von Tante Agnes lerne ich kennen, die Judith, die den Sommer über mit den Kühen auf der Alm war. Ihre blonden Zöpfe trägt sie am Hinterkopf zu einem Kranz aufgesteckt. Der schaut ein bißchen wie ein Heiligenschein aus. Im Gesicht und auf den Handrücken hat sie viele braune Flecken. Sie ist nicht schön, trotz ihrer großen Nase. Ihr Bub ist vier Jahre alt und heißt Tobias.
Auf dem Nachhauseweg erzählt mir Mama, daß die Judith den Tobias von ihrem Verlobten hat, der im Osten gefallen ist.
Wenn sie ihn doch geheiratet hätte! sagt Mama. Dann wäre der Bub legitim. Aber so? Und in zwei Jahren muß er in die Schule. Armer Kerl!

Auf dem Schulweg haben wir manchmal Glück: amerikanische Lastwagen fahren vorbei oder vierachsige gepanzerte Mannschaftsfahrzeuge. Wir bleiben stehen und warten.
Hei, Soldscher! rufen wir. Juh-Ess-Äj!
Die Soldaten winken und lachen. Oft werfen sie uns etwas zu: Kaugummis, Zuckerln, Zigaretten.
Die Zuckerln sind mir zu süß. Die Kaugummis sind auch nix, die schmecken wie Zahnpasta mit Sägemehl. Ein paar Buben in der Schule sind aber richtig wild auf das süße Zeug. Ich fange einen Schleichhandel an: Zuckerln gegen Zigaretten, Kaugummis gegen Zigaretten. Die Zigaretten bringe ich heimlich zu Frau Lubin. Die hebt sie für mich auf.
Es sind eigentlich zwei Häuschen, in denen Frau Lubin mit der Nina wohnt. Sie sind im rechten Winkel aneinandergebaut. Im vorderen Häuschen befindet sich ein Raum für Brennholz, eine Werkstatt mit Werkzeug, Schrauben, Keilriemen und Ersatzteilen für den Lancia, eine Küche, so groß wie unsere Stube, und ein kleines Büro. Im hinteren Häuschen befindet sich Frau Lubins Schlafzimmer, dessen Fenster auf den Weißenbach schauen, ein Wohnzimmer und ein Musikzimmer, in dem das Klavier mit dem verkratzten Deckel steht. Oben unterm Dach ist ein Dachboden mit einem winzigen Fenster voller Spinnweben und das Zimmer, in dem die Nina ihr Bett hat. Es ist ein zweistöckiges Holzbett; die Nina schläft unten. Sie sagt, oben wird ihre Katze schlafen, falls sie zu Weihnachten eine bekommt.
Alle Zimmer sind mit Möbeln vollgestellt. Besonders gefallen mir die Bauernsessel im Wohnzimmer. Die Streben, welche die Sitzflächen mit den Armlehnen verbinden, sind geschnitzte Figuren, Männer und Frauen. Sie haben buntbemalte Trachten an. Auf den Köpfen tragen sie feierliche schwarze Hüte.
Mama sagt, es ist ein Jammer, daß wir nichts von unseren Möbeln haben mitnehmen können. Der Papa weiß das zwar, aber was wird er sagen, wenn er kommt und sieht, wie wir wohnen?

21

Im nächsten Brief, den Papa uns schreibt, nennt er mich Babbo, nicht mehr Boris. Er schreibt, es ist nicht abzusehen, wann die Engländer ihn entlassen werden; es kann noch ein halbes Jahr dauern, zwei Jahre oder drei. Er bittet Mama, auf keinen Fall Pakete zu senden, weil die Postverbindungen noch so unzuverlässig sind.

Unzuverlässig? frage ich. Wieso? Papas Briefe kommen doch an, und unsere auch.

Er muß sich so ausdrücken, sagt Mama. Wegen der Zensur. Er meint, die Pakete werden gestohlen.

Von wem? frage ich. Von den Engländern?

Kaum, sagt Mama. Von irgendwelchen Menschen, die Hunger haben. Den wenigsten geht es so gut wie uns.

Wenn wir morgens in unser Klassenzimmer kommen, ist der Ofen schon eingeheizt. Das machen die Buben vom Tafeldienst. Sie zünden auch die Kerzen am Adventskranz an, der von der Zimmerdecke herabhängt.

Wir singen viele Weihnachtslieder, die meisten im Dialekt. Wir lernen, daß es nur deswegen den Winter und die anderen Jahreszeiten gibt, weil die Erdachse schief steht. Wir lernen, wieso die Gewässer nur oben zufrieren; wenn es anders wäre, gäbe es keine Fische. Wir lernen, wie es kommt, daß ein Schlitten oder ein Skifahrer über den Schnee gleiten kann; welche Tiere einen Winterschlaf halten und welche nur eine Winterruhe; wie wir uns verhalten müssen, um nicht zu erfrieren, falls wir uns in einem Schneetreiben verirren.

Jeden Tag in der letzten Stunde übt die Fräulein Hutschenreuter mit den größeren Buben und Mädchen ein Krippenspiel. Die kleineren Mädchen haben dann schulfrei. Wir wissen nicht, wen wir mehr beneiden sollen: die Buben, die mit den Mädchen zusammensein dürfen, oder die Mädchen, die eine Stunde früher als sonst nach Hause gehen können.

In der Woche vor Weihnachten bekommen wir unsere ersten

Zeugnisse. Auf den hellgrünen Bogen sind die Noten mit schwarzer Tinte eingetragen. Wir dürfen uns die Zeugnisse anschauen. Dann müssen wir sie falten, zuerst längs, dann quer, und in unser Rechenbuch legen. Der Paverl, der Haimbuchner Siggi und der Kogler Christian flennen, weil sie so viele Fünfer haben.
Auf dem Nachhauseweg singen ein paar von den größeren Buben ein Lied, das ich noch nicht kenne. Es fängt so an:
Leise rieselt die Vier
Auf das Zeugnispapier;
Weihnachtlich glänzet der Wald,
Wenn Papa mir eine knallt.
Abends faltet Mama mein Zeugnis auseinander und streicht die eine Ecke glatt, die sich ein bißchen gewellt hat, weil Schnee in meine Schultasche hineingeweht ist.
Rechnen ausreichend? sagt Mama. Na hör mal! Auf dem nächsten Zeugnis will ich da mindestens einen Dreier sehen. Und danach nur Zweier. Einser wären noch besser.
Ich nicke.
Mama liest weiter.
Unterrichtssprache! sagt sie, legt das Zeugnis hin und fängt an zu kichern. Unterrichtssprache! Ist dir das gar nicht aufgefallen?
Ich schaue ihr über die Schulter.
Unterrichtssprache: sehr gut, steht da.
Das ist Deutsch, sage ich. Weil wir im Unterricht Deutsch reden, nicht wahr?
Ja eben! ruft Mama lachend. Eben! Ihr sprecht nicht Französisch oder Englisch. Ihr sprecht Deutsch. Die Österreicher haben immer schon Deutsch gesprochen. Jetzt, wo sie mit den Deutschen zusammen den Krieg verloren haben, nennen sie es auf einmal Unterrichtssprache, um sich von den Deutschen zu distanzieren. Welches Politikerhirn das wohl ausgebrütet hat?
Ich sage, daß ich das auch nicht weiß. Aber das Bild gefällt mir. Ein großes, graues Hirn, gefurcht und gewunden wie ein riesiger Walnußkern, hockt auf einem Nest aus gelbem Stroh. Wenn ich

genau hinschaue, kann ich zwischen den Halmen die Eier schimmern sehen, aus denen es leise piept.
Mama faltet mein Zeugnis zusammen.
Alles in allem ganz ordentlich, Babbo, sagt sie, und wischt sich die Augen. Aber die Politiker? Bei denen piepts ja!
Stimmt! sage ich. Woher weißt du das?
Das weiß jeder, sagt Mama.
Aha, sage ich. Denk bitte daran, es zu unterschreiben. Rechts unten.
Mama zieht mich zu sich hinunter, gibt mir einen Kuß.
Ich denke dran, sagt sie. Nach dem Essen!
In der Nacht vor Heiligabend schneit es wieder; in der Früh liegt eine Handbreit staubfeiner Schnee, trocken wie Sand. Er zischt, wenn ich ihn mit der Schaufel zur Seite werfe. Die Luft ist sehr kalt. Unser Pumpbrunnen ist eingefroren. Wir schütten zwei Töpfe heißen Wassers in ihn hinein, bis er endlich zieht.
In der Schule schaut der Herr Lehrer nach, ob alle unsere Zeugnisse unterschrieben sind. Danach gehen wir geschlossen zum Gemeindesaal, der gegenüber der Kirche am Ufer des Sees liegt. Die Amerikaner haben uns zu einer Weihnachtsfeier eingeladen. Der grüne Vorhang auf der Bühne ist zugezogen. Die Wände des Saals und die langen Tische sind mit frischem Reisig geschmückt. Die Amerikaner sind schon da; es sind lauter Männer, alle in Uniform. Nachdem wir unsere Plätze auf den Bänken entlang der Tische eingenommen haben, ist der Saal beinahe voll.
Der Herr Bürgermeister Laimer hält eine kurze Ansprache. Nach jedem Satz macht er eine Pause, und der Herr Oberlehrer Löschenberger übersetzt seine Worte ins Englische.
Dann führen die Buben und Mädchen aus den sechsten, siebenten und achten Schuljahren ihr Krippenspiel vor. Es besteht aus lauter Weihnachtsliedern; gesprochen wird fast kein Wort.
Mit dem Halleluja geht es zu Ende. Die Amerikaner klatschen in die Hände und trampeln mit den Füßen. Wir machen es ihnen nach. Die Buben und Mädchen in ihren Verkleidungen verbeugen sich. Der grüne Vorhang geht zu, ruckweise, quietschend.

Nur die Krippe mit dem blauen Christkind bleibt vor dem Vorhang auf der Bühne stehen.
Einer von den Amerikanern erhebt sich. Er ist sehr groß, hat ganz kurzgeschnittene graue Haare und breite, rote Hände. Auf seiner linken Brustseite hängen in mehreren Reihen Orden und kleine, bunte Fähnchen. Er schüttelt der Fräulein Hutschenreuter, dem Herrn Lehrer und dem Herrn Bürgermeister die Hand. Es ist so laut, daß ich nicht verstehen kann, was er zu ihnen sagt. Dafür sehe ich alle seine Zähne.
Er steigt auf die Bühne hinauf und bleibt neben der Krippe mit dem Christkind stehen. Er wartet, bis alle still sind. Dann fängt er zu sprechen an.
Er spricht Deutsch. Es hört sich fremd an, so, als ob er die Worte im Mund herumwälzt wie heiße Leberknödel. Aber ich kann ihn gut verstehen.
Er sagt, unser Schauspiel war wundervoll. So etwas haben wir drüben in Amerika nicht, sagt er. Wenn man so etwas erleben möchte, muß man in das alte Land kommen.
Hier überlegt er kurz und fügt dann hinzu: Nach Europa!
Er sagt, er ist der Bezirkskommandant und heißt Joseph T. Praxmarer.
Praxmarer Sepp! sagt er und lacht.
Er ist nämlich nicht weit von hier geboren, im Pinzgau, auf einem Bauernhof. 1929 ist er zusammen mit seinem Bruder Karl nach Amerika ausgewandert. Es waren böse Zeiten in Österreich: Wirtschaftskrise, Geldentwertung, Arbeitslosigkeit. In Amerika war es besser. Er und sein Bruder haben hart gearbeitet. Jetzt besitzen sie gemeinsam eine Erdnußfarm in Georgia, achthundert Hektar. Aber sein Bruder ist drei Wochen vor Kriegsende in der Normandie gefallen.
Freiheit und Demokratie, sagt er, haben wir euch mitgebracht. Das ist unser Weihnachtsgeschenk. Weil man zu Weihnachten aber auch etwas Gutes essen muß, gibt es jetzt Truthahn – und noch ein paar Kleinigkeiten mehr. Alles erst vorgestern angekommen, mit dem Flugzeug, frisch aus Amerika. Danke!

Er steht breitbeinig auf der Bühne, die Hände hinterm Rücken verschränkt, nickt einmal, schaut uns an. Seine Augen sind grau, wie die vom Moosgassner Addi.
Wir klatschen in die Hände, trampeln auf die Dielen. Es ist ein Heidenspektakel.
Zum Truthahn gibt es ein Stück Füllung und weißen Reis; zu trinken gibt es eine braune Limonade, die Coca-Cola heißt, und als Nachtisch eine große Portion Eis, Himbeer und Zitrone. Rot-weiß-rot, sagt der Addi. Wie die österreichische Fahne.
Auf dem Nachhauseweg gehen der Addi und ich beim Oberegghof vorbei, um den Kater abzuholen, den die Bäuerin mir versprochen hat. Er ist neun Wochen alt und rot und weiß getigert. Um den Schwanz hat er abwechselnd rote und weiße Kringel, wie bei einer Eisenbahnschranke.
In der Abenddämmerung, während Mama Milch holen ist, laufe ich rasch zu Frau Lubin hinüber und hole mir die Zigaretten, die sie für mich aufgehoben hat. Es sind elf Packerln.
Unser Christbaum reicht bis an die Zimmerdecke; die Spitze mit dem goldenen Papierstern biegt sich sogar ein bißchen um. Glaskugeln haben wir keine.
Dafür hängen die Zweige voller gebackener Tiere, Engel, Tannenbäume und Buchstaben. Näher zum Stamm hin, wo die Zweige dicker sind, hängen auch Äpfel und Walnüsse und einige aus Goldpapierstreifen geflochtene Körbchen mit Rosinen.
Mama bekommt die Briefmappe und die Schachtel, die ich im Handfertigkeitsunterricht gebastelt habe. Die Zigaretten hab ich mit Mühe und Not in die Schachtel hineingekriegt. Die Mappe ist leer; Mama sagt, in der kann sie jetzt Papas Briefe aufheben. Erst gestern ist wieder einer gekommen, mit einem Gedicht, das Mama mir nicht vorlesen will. Sie sagt, ich darf es später einmal lesen, wenn ich erwachsen bin.
Ich bekomme ein Buch über Dampflokomotiven mit vielen Zeichnungen und ein Paar Skier mit Stahlkanten. Sie sind gebraucht, aber noch sehr gut, auch die Bindungen. Mir sind sie lieber als neue Skier, weil ich nicht so sehr auf sie achtgeben muß.

Die Christbaumkerzen lassen wir nur zu einem Drittel herunterbrennen. Dann löschen wir sie aus. Wir wollen sie zu Neujahr und zu Dreikönig noch einmal anzünden.
Mama nimmt den Pfirsichkuchen, der mit einem Kometen aus kandierten Kirschen verziert ist. Ich schiebe den Kater unter meine Wolljacke, so daß nur Augen, Ohren und Nase herausschauen, und wir gehen zu Lubins. Die Sterne sind groß und ruhig. Die Luft beißt in der Nase. Unter unseren Füßen knarzt der Schnee. Der Bach gluckert unterm Eis. Die Berge sind tiefschwarz und flach mit scharfen Umrissen. Schon auf dem Steg hören wir das Klavier: Als ich bei meinen Schafen wacht.
Die Bella gibt keinen Laut von sich. Nicht einmal ihre Kette klirrt. Doch der Kater riecht, daß da ein Hund ist, und faucht leise.
Mama klopft an der Haustür. Niemand kommt. Wir treten ein, stampfen den trockenen Schnee von den Füßen, gehen durch die Küche und am Büro vorbei ins Wohnzimmer. Der Baum steht in einer Ecke. Er ist mit Kerzen, silbernem Christkindlhaar und hellen Glaskugeln geschmückt, die in feinmaschigen goldenen Netzen hängen und schillern wie Seifenblasen. Die Nina sitzt unterm Baum, mit einem aufgeschlagenen Buch im Schoß.
Mutti! ruft sie. Besuch!
Das Klavierspiel bricht ab. Frau Lubin kommt aus dem Musikzimmer. Sie hat ein graues Seidenkleid an, mit langen Ärmeln und einem tiefen Ausschnitt, dünne Strümpfe, schwarze Schuhe mit hohen Absätzen, die auf den Dielen ein Geräusch machen wie die Hufe von sehr kleinen Pferdchen.
Karin! sagt sie. Na sowas! Du hast dir Mühe gegeben, und ich, ich hab einfach etwas gekauft. Momenterl!
Sie nimmt Mama den Kuchen ab, schnuppert, stellt ihn mitten auf den Tisch, geht ins Musikzimmer und kommt mit einem Buch zurück. Auf dem Einband ist eine aufgeblühte Rose zu sehen, tiefrot, beinahe schwarz.
Hier, sagt sie. Wir haben vor ein paar Wochen darüber gesprochen. Du erinnerst dich?

Natürlich! sagt Mama. Die dunkle Blume. Aber daß du daran noch gedacht hast!
Sie nimmt das Buch mit beiden Händen entgegen, streicht mit einem Handrücken über den Umschlag, schüttelt ein wenig den Kopf, legt es auf den Tisch neben den Kuchen.
Edith! sagt sie.
Die beiden schauen einander an. Ich erwarte, daß sie sich gleich umarmen und küssen werden. Aber das tun sie nicht.
Gebts euch ein Busserl! ruft die Nina. Hopp!
Mama und Frau Lubin fangen zu lachen an.
Ein rechter Feldwebel bist! sagt Frau Lubin zur Nina. Wie dein Vati!
Ich ziehe den Kater unter meiner Jacke heraus und halte ihn der Nina hin. Sie nimmt ihn, drückt ihn an sich, küßt ihn auf die Nase. Der Kater niest.
Für mich? sagt die Nina.
Mhm! sag ich.
Na, servus, sagt Frau Lubin. Eine echte Bescherung. Auch noch Rot-Weiß-Rot. Wie heißt jetzt das patriotische Katzerl?
Mit einem Finger hebt die Nina den Katerschwanz in die Höhe. Die beiden pelzigen Halbkugeln sind gut zu sehen.
Ein Katzerich, sagt sie. Mai heißt er.
Wir fragen sie, wie sie auf den Namen gekommen ist. Sie weiß es nicht – oder sie möchte es nicht verraten. Er heißt eben Mai, und damit basta.
Die Nina hat für mich auch ein Geschenk: ein blaues Taschentuch mit weißer Kreuzstichumrandung. In einer Ecke sind die Buchstaben B. v. P. eingestickt.
Danke, sag ich. Das ist lieb von dir.
Lieb! sagt sie. Mei! Red net so geschwollen daher!
Um elf holt uns der Klaffenböck Sepp mit seinem großen Schlitten ab. Wir fahren nach St. Koloman zur Christmette.
Der Fußboden in der Kirche ist steinkalt. Auf den Altären und zu Füßen der Heiligen brennen Kerzen. Sie füllen den Raum mit gelber Wärme, mit einem Netz von Schatten. Unsere Plätze sind

vor der Weihnachtskrippe mit ihren geschnitzten Figuren. Die ganz tiefen, lang anhaltenden Orgeltöne bringen die Kerzen zum Flackern, die Schatten zum Tanzen.
Später, auf der Nachhausefahrt im Schlitten, fragt mich die Nina, ob es wahr ist, daß in dieser Nacht die Tiere sprechen können wie die Menschen. Ich sage, ich glaube schon.
Weiß der Mai das? fragt die Nina.
Du mußt es halt probieren, sage ich.

22

Das lebende Bild an der Wand unserer Schlafkammer, die zugleich eine Camera obscura ist, sehe ich den Winter über nur selten. Es wird zu kalt in der Stube, wenn ich die Haustür länger als ein paar Minuten offenlasse; ich vertröste mich auf den Frühling, auf den Sommer.
Am Faschingsdienstag gehen Mama und Frau Lubin ins Gasthaus Engljähringer tanzen. Frau Lubin hat Mühe, Mama zu überreden. Zuerst sagt Mama, es gehört sich nicht, tanzen zu gehen, während die Männer in Gefangenschaft sitzen.
Aber Karin, sagt Frau Lubin. Wir sind doch Gott sei Dank keine Witwen. Außerdem ist es ein harmloses Vergnügen. Und vor allem mußt du ein bißchen unter die Leute!
Frau Lubin verkleidet sich als Burgfräulein. Mama geht als Blauer Engel.
Es ist Mitternacht, als sie zurückkommen. Ich kann sie schon von weitem hören. Auch im Haus unterhalten sie sich noch weiter: über die Musik, über die Gulaschsuppe, über den Linortner Xaver, der so besoffen war, daß er umgefallen ist, sobald seine Tanzpartnerin ihn ausgelassen hat; aber tanzen, das hat er noch können; über die Schuhplattler, über den Baron Casimir, der so einen irrsinnig eleganten Tango auf die Bretter legt, und

warum seine Frau, die Baronin Julie, wohl nicht mitgekommen ist.
Ich möchte alles erzählt bekommen, aber ich bin zu müde. Frau Lubin sagt, sie ist auch todmüde. Mama behauptet dasselbe.
Du und müd? sagt Frau Lubin. Glaub ich net! Schau dir deine Augen an! Groß und rund und blank. Deinen Schwung möcht ich haben!
In unserem Haus ist es eisig kalt. Wir heizen nicht mehr ein. Wir gehen ganz rasch ins Bett.
Schön war's! sagt Mama noch, bevor sie einschläft. Richtig lustig!
In der Nacht werde ich wach. Draußen singen Männerstimmen, vier oder fünf. Sie singen das Lied von dem Jägerburschen, der nachts seine Liebste auf der Alm besucht. Er möchte, daß sie ihm ihr Fenster aufmacht. Sie möchte, daß er lieber am Tag wiederkommt. Mama! rufe ich leise. Mama! Da sind welche, die wollen fensterln!
Mama wird sofort wach, richtet sich im Bett auf, lauscht.
Gute Götter! sagt sie. Das ist nun wirklich die Höhe!
Ich höre, wie sie sich in ihr Federbett wickelt, aufsteht, die Fensterriegel öffnet, die Läden aufstößt.
Dann redet Mama Dialekt. Ich hab nicht gewußt, daß sie das kann. Sie kann es gut. Sie muß heimlich geübt haben.
Sie sagt zu den Männern draußen, daß sie alte Geißböcke sind; daß sie sich schämen sollen, einer Frau, die morgen in die Arbeit gehen muß, den Schlaf zu rauben; und überhaupt, was sie sich gedacht haben, was sie für eine ist? Sie sollen schauen, daß sie heimkommen, dort können sie fensterln, wenn es ihnen eine Freude macht. Sie werden bestimmt schon sehnsüchtig erwartet. Aufpassen sollen sie halt, wenn sie den Kopf zum Fenster hineinstecken, daß das Nudelholz sie nicht am Schädel erwischt, sondern woanders! Und jetzt eine gute Nacht, und gemma!
Nix für ungut, Frau Nachbarin! sagt draußen eine schwere Stimme. Eine andere lacht verlegen. Dann gibt es einen dumpfen Plumps. Einer von den Männern ist in den Schnee gefallen.

Die anderen helfen ihm auf, lachen, murmeln. Einer fängt wieder zu singen an. Die Stimmen entfernen sich. Mama schließt die Läden und das Fenster, legt sich hin.
Sowas! sagt sie. Wenn jetzt der Papa hier wäre!
Der hätte gelacht, sage ich.
Meinst du?
Ja freilich. Schlafens fei guat, Frau Nachbarin!
Schon recht, Babbo, sagt Mama. Du bist mir dahintergekommen. Jetzt schlaf!
Ich fahre viel Ski. Meine Skier lasse ich meistens beim Lutz stehen, damit ich sie nicht immer hin und her schleppen muß. Wir üben Slalom und Schußfahren. Der Lutz sagt, im Sommer muß ich ihm das Schwimmen beibringen. Erst will ich gar nicht glauben, daß er nicht schwimmen kann.
Du willst mich pflanzen, sag ich. Natürlich kannst du schwimmen!
Nix! sagt er. Ehrlich! Das ist, weil ich ein Steinbock bin. Steinböcke gehen unter. Du bist ein Wassermann. Das ist ganz was anderes. Logisch?
Ich schüttle den Kopf. Gar net, sag ich. Das Wasser, das trägt einen jeden. Du brauchst bloß dran glauben. Ich zeig dir, wie es geht. Es ist leicht. Leichter als Skifahren.
Am Karfreitag müssen wir alle zur Beichte. Viele von den Buben und fast alle Mädchen haben sich Beichtzettel gemacht. Ich hab meine Sünden lieber auswendig gelernt. Der Lutz hat mir gesagt, Beichtzettel sind zwar praktisch, aber riskant. Der Leitner Georg, der Haimbuchner Siggi, die Schöndorfer Aloysia und noch zwei oder drei von den Mädchen sind hinter fremden Beichtzetteln her wie der Teufel hinter der armen Seele. Wenn sie einen erwischen, lesen sie die Sünden laut vor, und dann wird man wochenlang sekkiert.
Sie lesen die Sünden laut vor? sage ich. Ist das nicht selber eine Sünde?
Das weiß der Lutz nicht. Er meint, jedenfalls gibt es kein Gebot dagegen.

Da hat er recht.
Am Ostersonntag gehe ich das erstemal zur Heiligen Kommunion. Auf dem Photo stehen wir nebeneinander vor dem Pfarrhaus. Ich bin der zweite von links. Ich halte meine Kerze hoch, beuge mich ein wenig vor und blicke angespannt geradeaus. Mama findet, ich sehe aus wie ein Schatzsucher in einer dunklen Ruine, der soeben etwas entdeckt hat. Dabei ist es auf dem Photo heller Tag, und unsere Kerzen sind gar nicht angezündet.
Mitte Mai muß Frau Lubin nach Bad Ischl ins Krankenhaus. Mama weiß nicht genau, weswegen.
Irgendeine Frauengeschichte halt, sagt sie. Eine kleine Operation. Nichts Gefährliches.
Die Nina kommt zu uns. Ab und zu kochen und schlafen wir auch alle drei drüben bei Lubins. Die Nina und ich haben ein neues Spiel. Wir schneiden uns kleine Menschen aus Pappendeckel aus, Kinder und Erwachsene. Bei den Buben und den Männern sieht man die Beine bis obenhin; bei den Mädchen und Frauen sieht man nur die Füße, denn sie tragen alle lange Röcke. Wir spielen Verlobung und Hochzeit, Mittagessen und Geburtstag, Arbeit und Spazierengehen und Heimkehr aus der Kriegsgefangenschaft. Einmal wollen wir auch Sterben und Begräbnis spielen. Wir suchen dafür den ältesten von unseren Menschen aus. Er heißt Albert. Er hat schon ganz weiche Beine und Arme, vom vielen Hin- und Herbiegen; sein Gesicht und die Knöpfe an seiner Joppe haben wir drei- oder viermal neu zeichnen müssen. Da liegt er, auf einem langen, schmalen Holzklotz. Neben seinem Kopf brennt ein Kerzenstummel, der vom Christbaum übriggeblieben ist. Auch der Sarg aus Pappendeckel steht schon bereit. Rings um den Toten knien seine Angehörigen.
Wir beten. Wir singen traurige Lieder, die wir uns selbst erfinden.
Am liebsten spielen wir Kirche. Die haben wir im oberen Stockwerk von Ninas Bett eingerichtet. Eigentlich sollte dort ja der Mai schlafen. Der schläft aber lieber unten bei der Nina. Alle unsere Menschen nehmen an den Gottesdiensten teil. Wir haben

einen Pfarrer und einen Kooperator, außerdem zwei Meßbuben und viele Heiligenfiguren, die mit Buntpapier beklebt sind. Wir spielen Hochamt und Christmette, Beichte und Kommunion, Singmesse und Fastenpredigt, Taufe und Firmung.
Einmal sind wir mitten in einer Maiandacht.
Meerstern, ich grüße dich, singen wir. Wir singen ziemlich laut, um Mama zu übertönen, die unten im Musikzimmer Klavier spielt.
Was jetzt? frage ich, als wir mit dem Meerstern fertig sind.
Jetzt gehen alle nach Haus, sagt die Nina. Und wir verloben uns.
Verloben? sag ich. Wir? Du sagst doch immer, du wirst mich nie, nie heiraten!
Sch! sagt die Nina. Nicht so laut! Wenn deine Mama uns hört! Von Heiraten hab ich nix gesagt. Verloben! Die Verlobungszeit ist eine Zeit der Prüfung, oder?
Schon, sage ich. Wir brauchen aber Ringe. Ich hab keine. Du vielleicht?
Die Nina lacht; ihre Augen werden schmal. Die braunen Brauen ziehen sich in der Mitte zusammen.
Ah geh, flüstert sie. Nicht so! Nicht mit Ringen, daß jeder es sehen kann. Heimlich!
Ja von mir aus. Wie geht das denn, heimlich?
Ganz einfach. Du zeigst mir, was du hast.
Was?
Dein Schwanzerl, Depp! Und ich zeig dir, was ich hab.
Das ist aber unkeusch!
Ah geh! Wieso denn, wenn es heimlich ist?
Ja grade!
Geh, sei net feig! Bei mir wachsen schon Haare!
Die Tür geht auf. Mama schaut herein. Wir haben überhaupt nicht gemerkt, daß das Klavierspielen aufgehört hat.
Na? sagt sie. Liebesgeflüster?
Ich spüre, daß ich rot werde wie ein Truthahn. Die Nina wird kein bißchen rot. Sie schaut zu Mama hinab, läßt die Beine baumeln, leckt sich mit der Zungenspitze die Oberlippe.

Wir haben nur besprochen, was wir jetzt machen wollen, Frau von Pastrukov, sagt sie.
Da hab ich eine Idee, sagt Mama. Ihr könntet mir das Geschirr abtrocknen. Und der Mai möchte seine Milch. Hm?
Ja gern, sage ich.
Ja gern, sagt die Nina.
Wir springen vom Bett hinunter. Der Nina ihr roter Rock fliegt hoch, sie streicht ihn rasch glatt. Es gibt aber sowieso nichts zu sehen, weil sie eine Unterhose anhat, wie immer. Sie gibt mir einen Schlag auf die Schulter.
Wer zuerst drunten ist! ruft sie.
Gilt nicht, rufe ich. Du hast einen Vorsprung!
Während wir das Geschirr abtrocknen, denke ich darüber nach, was die Nina behauptet hat: daß bei ihr schon Haare wachsen. Mama hat mir gesagt, die Haare kommen zwischen dem elften und dem dreizehnten Lebensjahr. So alt ist die Nina noch längst nicht. Also hat sie mich angelogen. Aber wenn sie gelogen hat – wieso hat sie dann angeboten, es mir zu zeigen? Hat sie gewußt, daß ich zu feig sein werde? Aber ich war ja nicht zu feig. Mama ist hereingekommen.
Abends, die Nina schläft schon, und ich mache meine Rechenaufgaben fertig, bin ich nah daran, Mama zu fragen, wie das mit den Haaren ist. Dann lasse ich es doch bleiben. Mama wird wissen wollen, was mich auf die Frage gebracht hat. Was soll ich darauf antworten? Ich kann die Nina unmöglich verraten.
Nach elf Tagen kommt Frau Lubin aus dem Krankenhaus zurück. Es ist Nacht. Die Schlafzimmertür ist angelehnt. Ich liege wach und wiederhole den Taucher von Friedrich von Schiller, den wir bis morgen auswendig können müssen.
Grüß dich, Karin, sagt Frau Lubins dunkle Stimme. Brrr! Salzburger Schnürlregen! Und kalt!
Grüß dich, Edith, sagt Mama. Leg doch ab! Magst du einen Tee mit Honig? Ja? Auch ein bißchen von dem illegalen Rum?
Ja gern! sagt Frau Lubin. Schlafen die Kinder schon?
Freilich, sagt Mama. Längst. Morgen ist ja Schule.

Ein Stuhl wird gerückt. Ein Löffel klirrt gegen eine Tasse.
Du schaust gut aus, Edith, sagt Mama. Gehts dir auch gut?
Ich fühl mich prima, sagt Frau Lubin. Vor allem bin ich froh, daß ich wieder daheim bin. Der Oberarzt ist ja ganz in Ordnung. Aber die Schwestern! Besonders die Oberin! Die hat mir doch glatt ins Gesicht gesagt, ich hätte vor sieben oder acht Jahren eine Abtreibung gemacht, die Spuren seien unverkennbar, ich solle es nur zugeben. Ich hab ihr zwei- oder dreimal versichert, davon kann keine Rede sein. Ich hatte eine schwierige Entbindung, hab ich gesagt. Sonst nichts. Absolut nichts. Aber sie hat insistiert. Du glaubst es nicht. Glücklicherweise ist dann der Dr. Szygulla dazugekommen und hat sie hinausgeschmissen.
Hinausgeschmissen? sagt Mama. Die Oberin?
Na ja, sagt Frau Lubin. Nicht handgreiflich. Mit Worten. Sehr diplomatisch, aber deutlich. Sie ist auch gleich gegangen. Sag mal, Karin: Gehen solche Weiber in einen Orden, weil kein Mann sie haben will? Oder ist es das Klosterleben, das sie so bösartig macht?
Wer weiß, sagt Mama. Ich war ja sechs Jahre lang in einer Klosterschule. Die meisten Schwestern hab ich als ganz reizend in Erinnerung. Aber eine war ein Biest. Schwester Maria Regina. Wer hat die Operation bei dir vorgenommen? Dr. Szygulla?
Sein Assistent, sagt Frau Lubin. Ein Dr. Schladerer. Junger Kerl mit Pickeln im Gesicht. Brrr!
Mama lacht.
Ach geh, Edith, sagt sie. Mit dem Gesicht ist er dir ja nicht nahegekommen.
Das will ich auch schwer hoffen! Wie war die Nina? Brav?
Sie waren beide recht brav, sagt Mama. Sie haben sich überhaupt nicht gezankt. Und sie haben mir fleißig geholfen.
Ich höre, wie Mama und Frau Lubin sich Zigaretten anzünden.
Darf ich dich was fragen, Karin? sagt Frau Lubin. Was Intimes?
Was Intimes? Das wird ja spannend! Übrigens hab ich gedacht, wir sind über die Formalitäten hinaus. Na?
Habt ihr mit Absicht nur den einen Buben, dein Mann und du?

Ja. Der Marek hat gefunden, falls ihm was passiert, ist es besser, wenn ich nur mit einer Halbwaise dasitze.
Da hat er recht gehabt.
Find ich auch. Jetzt, wo wir Frieden haben, ist es ja was anderes. Ich hätte gern noch ein paar Kinder. Du auch?
Schon. Es hängt halt auch vom Viktor ab, gell. Ist dir dein Mann treu gewesen, Karin?
Ja!
Bist sicher?
Ich vertrau ihm. Wir haben uns viele Jahre gekannt, bevor wir geheiratet haben. Traust du dem Viktor nicht?
Ich weiß net. Ich möchte. Schau, er hat mir vor der Hochzeit gesagt, die Lubins können nicht treu sein. So ein Schmarrn! Als ob das etwas ist, was man erbt, wie blaue Augen oder eine lange Nase. Was meinst du?
Man erbt gewisse Anlagen, sagt Mama. Was man mit denen anfängt, hat man dann selber in der Hand, nicht wahr?
Freilich, sagt Frau Lubin. Bloß, bis man es in die Hand kriegt, da kann viel Zeit hingehen. Du, wollen wir mal rasch die Kinder anschauen?
Ja gern, sagt Mama.
Stühle werden gerückt. Ich schließe rasch die Augen.
Brüderlein und Schwesterlein, flüstert Frau Lubin.
Ich habs dir ja gesagt, flüstert Mama. Sie haben sich kein bißchen gezankt. Was hättest du denn noch gern, Edith? Einen Buben oder ein Mäderl?
Einen Buben, flüstert Frau Lubin. Buben sind unkomplizierter.
Sei da nicht so sicher, flüstert Mama.
Sie zieht die Türe zu. Ich höre, wie das Schloß einschnappt. Schade. Jetzt kann ich nicht mehr verstehen, über was die beiden miteinander reden.
Wer wagt es, Knappersmann oder Ritt,
Zu schlundern in diese Wasserbütt?
Nein! Bluatsakra! Mama hätte mir die Parodie besser nicht aufgesagt. Jetzt komme ich ganz durcheinander. Also:

Wer wagt es, Rittersmann oder Knapp,
Zu tauchen in diesen Schlund?
Einen goldenen Becher . . .

Der Schnürlregen dauert noch acht Tage. Dann kommt die Sonne wieder. Überall stehen Pfützen. Nach der Schule lassen wir Schiffchen schwimmen, die wir rasch aus einem Stück Rinde zurechtschnitzen. Der Mast ist ein zugespitzter Span, auf den wir als Segel ein Blatt drauffädeln. Buchenblätter gehen am besten. Wir lassen unsere Schiffe um die Wette segeln. Blasen ist erlaubt; es ist aber verteufelt schwer, so zu blasen, daß nur das eigene Schiff etwas davon hat, und nicht die Konkurrenz. Die Nina kann das sehr gut. Der Lutz auch.
Statt Turnen haben wir jetzt oft Schwimmen. Die anderen Buben wundern sich, weil ich am weitesten tauchen kann – und am tiefsten. Ich sage, da ist nichts dabei, das kommt, weil ich ein Wassermann bin. Der Zuckerstätter Herrmann sagt, er ist auch einer, und er kann es nicht so gut, und das ist ungerecht.
Der Herr Lehrer hat eine schwarze Badehose an und Muskeln wie ein Ringkämpfer. Das überrascht mich; in der Schule, wenn er angezogen ist, hab ich von den Muskeln nie etwas bemerkt. Er beschäftigt sich mit den Nichtschwimmern.
Net so steif, Molinari! sagt er. Eins-und-Zwei! Ja, richtig! Bloß net so steif! Laß dich tragen, Menschenskind!
Der Lutz tut sich schwer. Sobald der Herr Lehrer jemand anderen drannimmt, mache ich mit dem Lutz weiter. Aber es gelingt mir auch nicht. Ich brauche bloß die Hand unter seinem Bauch wegziehen, schon kriegt er Angst, wird steif, will sich am Wasser festhalten; und dann geht er natürlich unter wie eine bleierne Ente, schlägt um sich, hustet, spuckt.
Das wird schon, sag ich. Wir müssen halt öfter üben. Bei mir hat das Strichpunktieren ja auch aufgehört, wie wir öfter geübt haben.
Zu Beginn der Sommerferien nimmt mich Onkel Jodi für eine Woche in die Wälder unterhalb vom Kirmer und vom Rothorn

mit, weit hinten im Weißenbachtal. Wir zeichnen die Bäume an, die im kommenden Winter gefällt werden dürfen. Über Nacht bleiben wir auf einer der Almhütten. Wir essen Brot mit frischer Butter und frischem Topfen. Abends gibt es immer eine Nudelsuppe. Onkel Jodi kocht sie in dem schwarzen Kessel überm offenen Herdfeuer; sie schmeckt nach Rauch, als ob Selchfleisch drin wäre. Abends kann Onkel Jodi auch seine Pfeife anzünden. Tagsüber geht das nicht. Es ist ein trockenes Jahr. Onkel Jodi sagt, er hat einen Waldbrand erlebt, drüben im Steirischen, und das reicht ihm.

Einmal, früh am Morgen, sehen wir Gemsen. Sie kommen die Ostwand des Rothorns herunter, auf die schon die Sonne scheint. Die Wand ist beinahe senkrecht; die Gemsen springen hin und her, von einem Felsvorsprung zum nächsten, tiefer gelegenen, ohne Pause, ohne zu überlegen. Sie sind hier daheim. Sie kennen sich aus.

Später kommt die Beerenzeit. Zuerst werden die Himbeeren reif. Mama und ich gehen in die Scharte zwischen Falkenstein und Lienbachhorn, wo es in den alten Schlägen die meisten Himbeeren gibt. Das ist ein Tagesausflug. Wir gehen um vier in der Früh los und sind um zehn oder elf in der Nacht zurück.

Im August sind die Blaubeeren an der Reihe. Mama, Frau Lubin, die Nina und ich gehen weit ins Tal hinein. Dort, wo der Weißenbach in einem Lärchenwald unterhalb einer Felswand aus seinem Quelltopf hervorbrodelt, schlagen wir den schmalen Almweg ein, der sich in vielen Kehren den Schattenhang des Tals hinaufzieht. Gegen Mittag erreichen wir das hügelige Hochtal der Lienbachalm. Zwischen Almenrausch, Moosröserln, blauem und violettem Enzian wachsen die Blaubeerbüsche.

Wir übernachten auf der Lienbach-Hütte. Am nächsten Tag pflücken wir, bis wir alles voll haben. Danach machen wir uns auf den Rückweg. Unten im Weißenbachtal, zwischen der Unterberger-Alm und der Klamm, überrascht uns ein Regenguß. Es ist spät am Nachmittag. Auf einer Waldwiese, nicht weit vom Bach finden wir einen Heustadel und kriechen hinein.

Am nächsten Morgen weckt uns die Sonne. Frau Lubin ist schon auf. Sie hat Brombeeren gefunden, eine ganze Milchkanne voll. Die essen wir zum Frühstück.
Ich hab mich ein bisserl umgeschaut, sagt Frau Lubin. Hier muß früher mal ein Hof gestanden haben. Die Grundmauern sind noch da. Und ein paar Ribislbüsche und Apfelbäume. Bei dem Felsen da links, wo die Brombeeren wachsen, fließt auch eine Quelle. Hier möcht ich wohnen!
Du mußt halt reich werden, Edith, sagt Mama. Dann kannst du den Grund hier kaufen. Weißt du denn, wem er gehört?
Ah geh! lacht Frau Lubin. Träumereien in Moll!

Der 6. August ist längst vorbei, da fällt mir ein, daß wir jetzt schon über ein Jahr hier sind. Ich denke oft an Selenice: an den Obstgarten, die Karpfenteiche, die Eichenallee. Das ist weit weg. Lang her. Eine Ewigkeit, sagt Mama.
Ich bin jetzt im vierten Schuljahr. Wir haben zwei neue Lehrkräfte: den Herrn Lehrer Maximilian Wagner, der die Buben vom fünften bis achten Schuljahr übernommen hat, und die Fräulein Gisela Auersperg, welche die Mädchen vom ersten bis vierten Schuljahr unterrichtet. Wir haben auch neue Schüler. Zwei Flüchtlingsfamilien sind angekommen, aus Rumänien. Sie sprechen einen eigenartigen Dialekt. Wir können sie kaum verstehen. Außerdem sind sie Protestanten. Wir sekkieren sie: Wir schmieren ihnen Tinte auf die Radiergummis, stecken ihnen Hagebuttenkerne in den Kragen, äffen sie nach. Der Lutz sagt, das ist unfair. Trotzdem macht er oft mit. Ich auch. Der Addi findet, sie sollen halt reden wie wir. Dann täte sie keiner mehr trazen.
Eins von den Flüchtlingsmädchen ist im siebenten Schuljahr und heißt Luise, Luise Zander. Sie ist groß und hager. Sie heult immer gleich, wenn sie ausgespottet wird. Der Leitner Georg behauptet, die ist so, weil die Russen sie vergewaltigt haben. Nicht die richtigen Russen, sondern Kalmücken, oder Kirgisen. Irgend solche Steppenviecher halt. In der Pause, auf dem Abort, erzählt der Georg uns genau, wie Vergewaltigen geht.

Vier Mann brauchst, sagt er. Drei halten fest, und der vierte, der pimpert. Solchene Drecksäu!
Der Lutz sagt zum Georg, daß er selber eine Drecksau ist, so wie er daherredet. Der Georg will auf den Lutz los. Da sagt der Raudaschl Toni, jetzt reicht es ihm aber. Er soll den Lutz sofort auslassen. Oder drei von uns werden den Georg festhalten, und einer wird ihm ins Maul seichen, damit er schmeckt, wie das ist, wenn vier auf einen gehen, net wahr?
Jetzt sagt der Georg nichts mehr.
In der letzten Septemberwoche, am Freitag, gehe ich mit der Nina fischen. Der Addi kann nicht, wegen seiner Strafaufgabe. Er hat hundertmal zu schreiben, daß er sauber arbeiten muß, wenn er es zu etwas bringen will.
Wir gehen in die Klamm. Das ist nur möglich, weil der Bach so wenig Wasser führt. Hoch über uns, wo die Felswände einander fast berühren, sehen wir Bäume und einen blauen Streifen Himmel. Es ist kühl in der Klamm. Die Steine sind glitschig. Sonst sind hier immer mehrere Forellen, große. Wir können sie vom Weg aus sehen. Jetzt erwischen wir nichts. Wahrscheinlich sind die Fische weiter bachauf gezogen; oder sie stehen tief drin, unter den Überhängen.
Ich schlage vor, wir versuchen es weiter den Bach hinauf. Doch die Nina hat keine Lust mehr. Sie sagt, ich kann ja noch bleiben, wenn ich mag.
Geht nicht, sag ich. Du weißt doch, was ich deiner Mutti versprochen hab.
Ich versauf schon nicht, sagt sie. Ich kann schwimmen. Ich bin nicht wie dein Lutz!
Laß den Lutz aus, sag ich. Der kann mehr wie du.
Schwimmen auch?
Darauf gebe ich keine Antwort. Wir gehen schweigend den Bach hinab. Der Lancia steht noch nicht vor dem Haus. Frau Lubin hat der Nina gesagt, es wird spät werden.
Alsdann, sage ich. Servus bis morgen!
Nix Servus, sagt die Nina. Bussi!

Von mir aus, sag ich. Hast dir die Zähne geputzt?
Sie nickt.
Zwiebelbusserln find ich nämlich grauslich, sage ich. Jetzt tu deine Angel weg. Du bist imstand und spießt mich auf.
Sie legt die Angel weg, und wir küssen uns. Die Nina versucht, mir ihre Zungenspitze in den Mund zu stecken. Darauf bin ich vorbereitet; sie macht das nicht zum erstenmal. Ich beiße die Zähne aufeinander.
Bäh! sage ich. Nix getroffen, Schnaps gesoffen!
Die Nina bückt sich nach ihrer Angel und lacht.
Wart nur, sagt sie. Ich steck sie dir schon noch rein! Ganz tief! Mit Zwiebeln dran! Bäh!
Selber bäh, sage ich. Servus, Lubinchen!
Als ich über den Brettersteg auf unsere Bachseite hinüber gehe, läuft unten eine Ringelnatter über die Kiesbank, eine schwarzgelbe, lebendige Peitschenschnur. Sie ist mindestens anderthalb Meter lang. Ihre Schuppen schaben durch den Kies. Ich schaue ihr nach, bis sie in den Weidenbüschen an unserem Ufer verschwindet. Von der darf ich dem Addi nichts erzählen. Der jagt Ringelnattern.

Auf der grünen Bank vor unserem Haus sitzt ein bärtiger Mann mit Soldatenstiefeln, einem schwarzen Mantel und einem schwarzen Barett auf dem Kopf und raucht Pfeife. Neben ihm lehnt ein schwarzes Damenfahrrad mit einem Rucksack auf dem Gepäckträger. Das Gesicht von dem Mann kann ich nicht genau sehen, weil mir die Sonne in die Augen scheint. Ich gehe rasch weiter, komme in den Schatten, den unser Haus wirft, bleibe stehen. Jetzt erkenne ich die tiefliegenden graugrünen Augen, die schmale gerade Nase. Der Mann nimmt die Pfeife aus dem Mund; ich sehe, daß die mittleren unteren Schneidezähne ein bißchen schief zueinander stehen.
Papa? sage ich.
Ich glaube schon, sagt er, legt die Pfeife neben sich auf die Bank und streckt mir die Hände entgegen.

Ja da verreckst! sage ich.
Babbo! sagt er. Du redest ja wie ein Einheimischer. Großartig! Komm her, laß dich ein bißchen drücken!
Ich mache einen Schritt zu ihm hin, stoße das Fahrrad um.
Laß liegen, sagt Papa. Mensch, Kerl, du bist ja doppelt so groß wie beim letztenmal!
Er riecht nach Pfeifenrauch, Heu, Schweiß und Stiefelleder. Früher, in Selenice, hat er mehr nach Zigarren gerochen.
Wir gehen zusammen ums Haus herum, schauen die Obstbäume an, den Garten. Papa findet, daß wir einen großartigen Garten angelegt haben. Sogar Tabak!
Ich erzähle von der Schule und vom Skifahren und vom Onkel Jodi, daß ich die Masern hinter mir habe und daß ich eben mit meiner Freundin fischen war, daß wir aber nichts erwischt haben.
Eine Freundin? sagt Papa. In Österreich eintausenddrei? Großartig! Wie heißt sie denn? Nina? Du mußt sie mir bald einmal vorstellen. Ist sie nett?
Das wechselt, sage ich. Im großen und ganzen schon.
Das entscheidet, sagt Papa. Eine, die immer nett ist, die wäre ja unmenschlich.
Wir gehen ins Haus. Ich zeige Papa die Stube und die Schlafkammer, meine Schulsachen, das Buch von der dunklen Blume, das Mama zu Weihnachten bekommen und inzwischen ausgelesen hat, die Vorratskammer mit dem Himbeerkompott und der Blaubeermarmelade und den getrockneten Schwammerln und zuletzt den Abort.
Großartig, sagt Papa. Diese vertraute Nachbarschaft von Eßvorräten und Verdauungsprodukten! Wenn einer hinreichend lange Arme hat, kann er sich im Sitzen bedienen und braucht niemals mehr aufzustehen.
Ich erzähle, daß Mama etwas ganz Ähnliches gesagt hat, am Tag, an dem wir hier eingezogen sind. Papa wundert sich überhaupt nicht.
Na klar, sagt er. Deswegen haben wir einander ja geheiratet.
Nur deswegen? frage ich.

Papa hebt eine Augenbraue.
Gewiß! sagt er. Was hast denn du geglaubt?
Ich sage ihm, daß Mama nun bald nach Hause kommen muß, und ob er inzwischen etwas essen möchte?
Papa meint, essen sollten wir alle drei zusammen. Aber trinken würde er gerne was. Ob wir vielleicht Milch im Haus haben?
Ich schüttle den Kopf.
Die wäre längst sauer, sage ich. Ich geh welche holen. Die Resi melkt zwar erst in einer Stunde, aber vielleicht macht sie heute eine Ausnahme.
Einverstanden, sagt Papa. Dann kann ich mich inzwischen ein wenig waschen. Ich hab's nötig. Zeig mir bitte, wo die Handtücher liegen. Ach ja: und die Streichhölzer.
Als ich eine halbe Stunde später mit meiner Milchkanne vor unserer Haustür anlange, sehe ich Mama und Papa vom Bach her über die Wiese kommen, von dem Weidengebüsch her, in dem sich am Nachmittag die große Ringelnatter versteckt hat. Sie gehen Arm in Arm; Mama hat ihren Kopf an Papas Schulter gelehnt. Sie gehen langsam. Ich stehe da und halte meine Milchkanne. Mamas Frisur ist aufgegangen. Ihre Lippen sind so rot wie frische Himbeeren. Dabei weiß ich genau, daß sie keinen Lippenstift verwendet.
Na? sage ich, als sie ganz nah herangekommen sind. Wie geht's euch beiden?
Mama hebt den Kopf und schaut Papa an. Ihre Augen sind schmal.
Ja, Marek, sagt sie leise. Wie geht's uns eigentlich?
Großartig, sagt Papa.

*

Babbo ergriff sein Glas. Hanna streckte ihm das ihre entgegen, stieß mit ihm an und trank in einem Zug aus, den Kopf nach hinten geneigt, die Augen geschlossen.
Darf ich nachschenken? fragte ich.
Ja, sagte sie. Ja. Weiter!

23

Schon nach fünf Tagen findet Papa Arbeit bei der Glöggler-Säge. Ohne den Onkel Jodi, der überall Beziehungen hat, hätte er nicht einmal erfahren, daß dort eine Stelle frei ist.
In erster Linie muß Papa sich um die Maschinen kümmern: die Sägeblätter in den Gattern auswechseln, wenn sie stumpf sind; stumpfe Sägeblätter schärfen, schränken und überprüfen, ob sie Risse aufweisen; die Gatter neu einstellen, wenn statt Brettern Bohlen oder Balken zu sägen sind; die Fördergeschwindigkeit verändern, je nachdem, ob Weichholz oder Hartholz durch die Säge läuft; und zweimal am Tag alle Lager schmieren und nachstellen, falls sie zu viel Spiel aufweisen. In der übrigen Zeit hilft er bei den anderen Arbeiten mit: Stämme von den Lagerstapeln holen und aufbocken, Sägemehl schaufeln, Schwartlinge aus dem Weg räumen, Bretter aufstellen. Mama fragt ihn, ob der ständige Lärm ihm nichts ausmacht. Papa sagt, an Lärm bei der Arbeit hat er sich in den vergangenen sechs Jahren gewöhnt; das Großartige in der Sägemühle ist, daß niemand auf ihn schießt.
Papas Arbeitstag beginnt an sich um sieben Uhr früh und endet um vier Uhr nachmittags. Aber so ist es selten. Wenn ein umfangreicher Auftrag zu erledigen ist, arbeitet die Säge oft bis Mitternacht. Wenn das Wasser nicht reicht, um beide Gatter laufen zu lassen, muß auch länger gearbeitet werden. Bei großer Trockenheit oder starkem Frost hingegen wird die Säge manchmal ganz stillgelegt.
Jeden Abend bringt Papa eine Schubkarre voll Schwartlinge mit, die er auf der Bandsäge kleingeschnitten hat. Dadurch sparen wir viel Brennholz. Übrigens nennt Papa die Schubkarre von Anfang an bei ihrem richtigen Namen: Radlbock.
Für das alte Fahrrad, mit dem Papa gekommen ist, hat Frau Lubin zwei neue Reifen organisiert. Mama benutzt es, um zu ihrer Arbeit in der Villa Körös zu fahren. Sie kann morgens länger schlafen und ist abends früher zu Hause.

Wir haben einen langen und milden Herbst. Onkel Jodi sagt, es ist acht Jahre her, daß die Wälder zum letztenmal so herrlich bunt gewesen sind. Nachmittags liege ich oft für eine Weile auf meinem Bett in der verdunkelten Schlafkammer und schaue auf das lebende Bild an der Wand. Der Moosgassner Peter pflügt mit vier Rössern; ein Gewitter flackert über der Kalterleithen; Krähen rudern durch den Dunst; ein Hubschrauber, der ausschaut wie ein halb zusammengeklapptes Taschenmesser, kommt aus der Richtung von St. Koloman geflogen, zieht eine Schleife ungefähr dort, wo das Haus von Onkel Jodi und Tante Agnes steht, taucht hinter ein Waldstück und verstummt.
An den Abenden lesen wir, erzählen von Selenice, vom Krieg, von der Schule. Papa schnitzt Schachfiguren aus Holzabfällen von der Sägemühle: Lindenholz für die weißen, Nußbaumholz für die schwarzen Figuren. Die Bauern haben Hüte mit Gamsbärten auf und halten Äxte an die Brust gedrückt. Die Türme sind Panzer, deutsche und russische. Papa bringt mir Schachspielen bei. Er sagt, am wichtigsten ist es, rechtzeitig zu opfern, sonst bekommt man kein gutes Spiel. Er fängt auch an, mir Latein beizubringen. Irgendwann muß ich doch aufs Gymnasium; dann werde ich froh sein, wenn ich es kann.
Manchmal reden Papa und Mama tschechisch miteinander. Ich verstehe kaum noch ein Wort.
Drei- oder viermal in der Woche sind Frau Lubin und Nina bei uns, oder wir sind bei ihnen. Am Nikolaustag erzählt Frau Lubin, daß bei ihrem Lancia der dritte und der fünfte Gang öfters herausspringen, vor allem im Gefälle. Papa will wissen, seit wann.
Mei, sagt Frau Lubin. Seit zwei Wochen? Vielleicht sind's auch drei?
Na großartig, sagt Papa. Weißt du, daß das lebensgefährlich ist?
Schon, sagt Frau Lubin. Aber was soll ich tun? Kannst du dir das Biest mal anschauen?
Papa verbringt den ganzen nächsten Sonntag mit dem Biest. Als er nach Hause kommt, sagt er, das ist Verschleiß, da ist nicht viel

zu machen, solange es keine Ersatzteile gibt. Er hat ein bißchen herumgemogelt, mit Distanzscheiben; und er hat zwei Lederschlaufen angebracht. Die kann Frau Lubin über den Schalthebel streifen, wenn der dritte oder der fünfte Gang geschaltet ist; die Gänge müssen dann drinbleiben, ob sie wollen oder nicht.
Du mußt dich halb totgefroren haben, Marek! sagt Mama.
Karina mia! sagt Papa. Bei minus vier Grad? Ich hab dem Hallriegl einmal geholfen, bei seinem Panzer einen neuen Motor einzubauen. Das war am Don; Serafimowitsch hat das Kaff geheißen, gar nicht weit von Stalingrad. Den Tag vergeß ich nie. Minus dreiundzwanzig Grad und Ostwind. Ohne Fäustlinge hast du nichts anfassen können, keine Mutter, keinen Schraubenschlüssel. Wir haben den Panzer wieder zum Laufen gebracht, wie eine Eins. Ein paar Stunden später ist er auf eine Mine gefahren, und der neue Motor war am Arsch. Wenigstens sind meine Leute heil herausgekommen. Bosche muj!
Bosche muj: das verstehe ich. Es heißt: Mein Gott! Wie man es richtig schreibt, weiß ich aber nicht mehr.
Ich frage Papa, wieso er Jurist geworden ist und nicht Ingenieur.
Ganz einfach, sagt Papa. Ich hab nicht gewußt, daß ich technisch begabt bin. Der Krieg hat zwei Vorzüge. Einer ist, daß er schlummernde Talente weckt.
Und der zweite? frage ich.
Die Kameradschaft, sagt Papa. Die anderen brauchen dich, und du brauchst die anderen. Ich hab gute Leute gehabt. Großartige Leute. Ohne die säße ich nicht hier. Wollen wir vor dem Essen noch schachern, Babbo?
Freilich. Wer ist heute mit Weiß dran, du oder ich?
Du, glaube ich. Bring die Türme nicht wieder zu früh ins Spiel. Das gibt ein Stalingrad, wie gestern.
In der Weihnachtswoche kommt ein Brief von Papa. Er ist Anfang September in Hamburg abgegangen. Papa liest uns den Brief vor, in dem er unter anderem schreibt, daß er mit mindestens noch einem Jahr Gefangenschaft rechnet.
Papa grinst.

Typisch Leben! sagt er. Vier Tage, nachdem ich das geschrieben hatte, war ich draußen.

Das Jahr 1947 beginnt mit einem Schneesturm, der mehrere Tage anhält. Anderthalb Meter Schnee fallen. Onkel Jodi meint, das Glöcklerlaufen am Dreikönigstag wird wahrscheinlich abgesagt. Dann aber laufen die Glöckler doch, auf Skiern.
Am Faschingsmontag gehen wir nach St. Koloman in den Gemeindesaal zum Fischerfest: Papa, Mama, Frau Lubin, die Nina und ich. Der Moosgassner Toni und seine Frau, die Annerl, gehen mit uns. Die Annerl nimmt den Addi mit; sie sagt, damit sie jemanden hat, mit dem sie tanzen kann, weil der Toni sowieso die ganze Zeit Ziehharmonika spielen wird.
Die Nina geht als Katze. Sie möchte, daß ich als Kater gehen soll. Ich sage, da hat sie gar nichts zu bestimmen; wir sind noch nicht verheiratet, und ich gehe als Wassermann, und damit basta.
Der Addi geht als Rübezahl. Sein Bart ist aus einem Stück Fuchsschwanz und schaut sehr echt aus, nur fällt er immer wieder ab. Mama findet ein altes Schuhband, bohrt mit einer Stricknadel zwei Löcher in den Fuchsschwanz, zieht das Schuhband hindurch und befestigt es an Addis Rübezahlhut. Jetzt bleibt der Bart, wo er hingehört.
Aber, sage ich, wenn der Rübezahl grüßen will und nimmt den Hut ab, muß er zugleich auch den Bart abnehmen!
Und? sagt der Addi. Is doch wurscht! Na tu ich halt net grüßen, oder?
Die Nina sagt, der Addi soll ihr ein Busserl geben; die Lorscheider Erika aus dem achten Schuljahr hat erzählt, Bärte kitzeln beim Küssen. Sie will wissen, ob das wahr ist.
Der Addi antwortet, das ist ihm auch wurscht, und außerdem muß sie ihn erst mit einem gefrorenen Kuhdreck totschlagen, bevor sie mit ihrer Schleudergoschen in seinem Gesicht herumfährt.
Schatz, sagt Frau Lubin, gibs auf! Der Addi und der Babbo sind halt beide keine Siemanndln.

Ich frage, was das ist: ein Siemanndl.
Ein Pantoffelheld, sagt Frau Lubin. Einer, der sich von den Weibern herumkommandieren läßt.
Aha, sage ich.
Papa hockt sich neben dem Herd auf den Boden.
Fräulein Lubin! sagt er. Schau her! Ich hab auch einen Bart. Wie wär's?
Die Nina legt den Kopf zur Seite und leckt sich mit der Zungenspitze über die Unterlippe.
Hm, sagt sie.
Dann wirft sie den Kopf zurück, legt ihren Katzenschwanz übern Arm, damit er nicht auf dem Boden schleift, geht zu Papa hin, beugt sich hinunter und küßt ihn vorsichtig auf die linke Wange.
Na? sagt Papa. Wahr oder unwahr?
Die Nina lächelt ihn an, ohne daß ihre Lippen sich trennen.
Hm! sagt sie.
Marek, sagt Mama, dir fehlt eine Tochter!
Ja großartig, sagt Papa. Der rechte Einfall im rechten Augenblick.
Er schaut Frau Lubin an.
Edith, sagt er. Du hast doch einschlägige Erfahrung. Kannst du meiner Frau gelegentlich erklären, wie man Töchter kriegt?
Sonst noch was? sagt Frau Lubin. Ich kann euch ja eine photographische Zeichnung machen.
Mama, Papa und der Toni lachen. Die Annerl zieht ein Gesicht, als ob sie nicht verstanden hat, was da so lustig ist. Ich hab es auch nicht verstanden. Aber ich komme nicht zum Fragen, weil wir jetzt aufbrechen müssen, sonst sind im Gemeindesaal alle Tische besetzt.
Am Faschingsdienstag gehen Papa, Mama und Frau Lubin zum Holzhackerball ins Gasthaus Engljähringer. Papa verkleidet sich mit zwei alten Bettüchern als Gespenst. Die Nina findet, er schaut kein bißchen zum Fürchten aus; eher wie ein Araber, dem es kalt ist.

So? sagt Papa. Wart nur, bis du mir im Dunkeln begegnest, Fräuleinchen. Dann wird dir kalt, und zwar vor Grauen!
Die Nina bezweifelt das stark.
Ich bin nicht so sicher.
Draußen ist es hell. Der Halbmond scheint durch den Eisnebel. Er hat einen großen Hof. Ganz feiner Schnee fällt.
Wie Vanillezucker, sagt die Nina.
Wir spielen Domino und Schiffe versenken und Ritter und Bauern. Dann hole ich die Schachfiguren, stelle sie auf, erkläre der Nina die Regeln. Sie nickt.
Sauber, sagt sie. Spielen wir eine Portion Schach!
Eine Partie, sage ich.
Eine Portion, sagt sie. Ich weiß aber genau, daß es eine Portion heißt!
Also von mir aus, sag ich. Eine Portion. Du bist Weiß. Du fängst an.
Sie fängt an. Sie spielt viel zu schnell. Wir verlieren beide eine Figur nach der anderen. Plötzlich, mitten im Spiel, vergeht der Nina die Lust.
Des is fad, sagt sie. Das soll ein König sein und kann immer bloß einen Schritt machen? Blöd. Und dann die Panzer, die gegen die Rösser kämpfen. Sowas gibts doch gar net!
Ich sage, da irrt sie sich aber. Sowas gibts eben doch. Das ist sogar historisch. Der Hitler hat die Polen mit Panzern angegriffen, und die Polen haben ihre Kavallerie gegen die Panzer geschickt. Natürlich haben sie verloren. Aber was für eine Tapferkeit!
Die Nina mag davon nichts wissen.
Lies mir was vor! sagt sie.
Ich überlege. Mir fällt das Buch ein, das ich zu Weihnachten bekommen habe.
Eine Geistergeschichte? frage ich.
Au ja! sagt die Nina. Prima!
Sie zieht die Beine in den dicken wollenen Strumpfhosen unter sich. Der Mai springt zu ihr in den alten Ledersessel. Ich hole das

Gespensterbuch. Es steht im Regal zwischen der Dunklen Blume und der lateinischen Grammatik.
Alsdann, sage ich. Was für eine Geschichte? Eine harmlose? Eine mittlere? Oder eine, bei der dir vor Grauen das Blut in den Adern gefriert?
Eine mit gefrorenem Blut! sagt die Nina. Los! Gemma!
Langsam, sag ich. Ich muß dich warnen. Die Geschichte fängt ganz unschuldig an, wie ein Märchen. Mit drei Wünschen. Dann wird sie immer grauenvoller. Sie heißt: Die Affenpfote. Hm?
Nix hm! Lies!
Sie hört mir zu, das Kinn in eine Hand gestützt. Mit der anderen streichelt sie den Mai. Im Herd summt das Feuer.
Als ich fertig bin, sagt die Nina, ihr Blut ist immer noch flüssig, und sie möchte wissen, wovor der Mann sich so gefürchtet hat. Sie fürchtet sich kein bißchen.
Vor seinem Sohn natürlich, sage ich.
Schmarrn! sagt die Nina. Fürchtet sich dein Papa vielleicht vor dir? Also!
Ich bin lebendig, sage ich. Der Sohn in der Geschichte ist tot. Er ist in die Maschine gekommen. Er ist schrecklich zugerichtet. Und er hat schon im Grab gelegen. Er ist halb verwest. Jetzt steht er vor der Tür draußen und will herein.
Ja, servus, sagt die Nina. Die Mutter fürchtet sich doch nicht. Da bin ich halt wie die Mutter.
Ich versuche, der Nina klarzumachen, wieso die Geschichte wirklich grauenhaft ist. Es gelingt mir nicht. Es ist wie mit einem Witz: entweder man versteht ihn gleich und lacht, oder man muß ihn erklärt bekommen. Das gibt man besser gleich auf.
Ich gebs auf! sage ich, schlage das Buch zu, beuge mich über den Tisch und schaue aus dem Fenster. Immer noch rieselt Vanillezuckerschnee aus dem dünnen Nebel. Der Mond ist ein Stück nach rechts gewandert und steht genau über dem Falkenstein. An unserem Haus vorbei führt eine frische Spur durch den Schnee. Jemand ist zum Moosgassner-Hof hingegangen, während ich gelesen habe.

Die Nina fragt, was ich draußen sehe.
Nix, sage ich. Doch: den Mond. Er verbreitet einen düsteren, unheimlichen Glanz. Und es herrscht eine tiefe Stille. Wie am Friedhof.
Wieso ich an den Friedhof denke, will die Nina wissen.
Weißt du, wer hier vor uns gewohnt hat? frage ich.
Freilich. Der alte Moosgassner Wastl.
Wo ist der jetzt?
Im Grab. Auf dem Friedhof.
Eben, sage ich. Sein Körper ist im Grab. Aber seine Seele, die ist hier. Sie hat zugehört, wie ich eben vorgelesen hab. Sie hat gehört, daß ein toter Körper vom Friedhof zurückkommen kann.
Wo ist sie denn, die Seele? fragt die Nina. Zeig sie mir!
Ich deute an die Stubendecke über dem Herd, wo die warme Luft die Spinnweben zum Zittern bringt.
Da! sag ich. Schau genau hin!
Hm, sagt die Nina. Und weiter?
Ja, sage ich, die Seele hat also gehört, daß der Körper auferstehen kann. Das hat ihr gefallen. Sie ist auf den Friedhof geflogen. Sie ist in das Grab vom alten Wastl hineingeschloffen. Sie hat seiner Leiche einen Stubs gegeben.
Geh her, Leiche! hat sie geflüstert. Wach auf! Folge mir nach! Wir wollen nach Haus gehen. Dort ist es hell und warm! Komm! Komm! Komm!
Die Nina hat aufgehört, den Kater zu streicheln. Sie schaut mich groß an.
Babbo, sagt sie. Wo ist die Seele denn? Hier, oder auf dem Friedhof?
Seelen sind wie Gott, sage ich. Sie sind überall zugleich. Dem alten Wastl seine Seele schwebt jetzt beim Engljähringer vorbei, und dem Wastl seine Leiche, die geht hinterdrein, schwankenden Schritts. Drinnen im Gasthaus tanzen sie, Nina. Sie ahnen nichts von dem Entsetzlichen, was draußen vorbeigeht und zu uns will. Die Leiche schlenkert ein Bein nach vorn, dann das andere. Auf ihrem Kopf und auf ihren Schultern bleibt der Schnee

liegen. Sie ist ja kalt, kalt wie der Tod. Die Leiche hat ihre Pfeife zwischen den Zähnen. Bloß, aus der Pfeife kommt kein Rauch. Weißt du, was aus der Pfeife kommt?
Die Nina hat jetzt einen Daumen in den Mund gesteckt. Sie schüttelt langsam den Kopf.
Würmer! sage ich. Würmer kommen aus der Pfeife. Die Leiche ist voller Würmer. Irgendwo müssen die raus, logisch? Weiß sind sie. Fahl wie der Mond. Sie ringeln sich, weil es so kalt ist. Und die Leiche marschiert weiter, unerbittlich. Sie will zu uns. Ihre Seele zieht sie hierhin. Hier ist es hell und warm. Hier ist sie zu Haus. Jetzt ist sie dort, wo euer Weg abgeht. Jetzt ist sie auf dem Steg. Jetzt ist sie auf unserer Seite vom Bach. Jetzt sieht sie das Haus. Ah, denkt sie, gleich bin ich drin. Gleich! Gleich! Gleich!
Hör auf! flüstert die Nina. Bitte hör auf!
In diesem Augenblick geschehen vier rasche, starke Schläge gegen die Haustür. Die Nina packt den Mai und drückt ihn an die Brust. Um Nase und Mund herum ist sie weiß geworden. Sie starrt zur Tür hin. Die Tür geht auf. Frau Lubin, Mama und Papa kommen herein. Papa hat seine beiden Bettücher über Kopf und Schultern gelegt; um den Hals hat er sie mit seinem braunen Wollschal festgebunden. Jetzt sieht er wirklich einem Beduinenhäuptling ähnlich.
Servus, ihr beiden! ruft Frau Lubin. Was habt ihr denn ...
Sie bricht mitten im Satz ab, geht rasch zu dem Ledersessel hin, kniet nieder und nimmt die Nina in den Arm. Der Seejungfrauenrock mit den aufgenähten Schuppen aus blauem und grünem Stoff rutscht ihr bis in die Kniekehlen hoch. Ich kann die warmen Fliegerstiefel sehen, die sie für den Weg durch den Schnee angezogen hat.
Die Nina heult los.
Er-er-er-erschreckt hat er mich! schluchzt sie. Er hat mich so schrecklich erschreckt!
Aber Schatz! sagt Frau Lubin. Wieso denn? Am Abend hast du noch gefunden, er schaut gar nicht wie ein Geist aus!

Mama nimmt Papa den Schal und die Bettücher ab. Papa hockt sich neben Frau Lubin.
He, Nina! sagt er. Jungfer Lubin! Schau mich an. Ich bins bloß. Verzeih, wenn ich dir Angst eingejagt hab. Ja?
Die Nina hört augenblicklich zu heulen auf. Sie läßt ihre Mutti nicht los; sie dreht den Kopf zu Papa hin und bewegt die Lippen, als ob sie etwas sagen will. Doch sie sagt nichts. Sie nickt bloß.
Danke, sagt Papa. Mir fällt ein Stein vom Herzen!
Nachdem die Nina und Frau Lubin gegangen sind, essen wir noch Butterbrot und trinken warme Milch. Ich überlege: soll ich erzählen, was wirklich geschehen ist? Es wäre wahrscheinlich gescheiter, die Nina wird mich bei ihrer Mutti verpetzen; und die wird es Papa und Mama sagen.
Ich erzähle.
Papa und Mama sehen einander an. Beide sind ernst. Trotzdem, ich weiß nicht warum, hab ich das Gefühl, Mama möchte am liebsten loslachen.

Am übernächsten Tag kommt Frau Lubin, als ich gerade dabei bin, verschiedene Dreiecke in mein Raumlehreheft zu zeichnen. Über ihrem Overall trägt sie eine alte schwarze Pelzjacke. Ihre Pelzmütze hat genau die gleiche Farbe wie ihre Locken.
Grüß dich, sage ich. Mama kommt heute aber später als sonst. Papa kommt erst gegen zehn.
Das trifft sich ja prima, sagt sie. Ich will nämlich zu dir!
Sie setzt sich in den alten Ledersessel.
Weißt du auch, weshalb? fragt sie.
Schon, sag ich. Die Nina hat gepetzt.
Die Nina? sagt Frau Lubin. Kein Wort! Ich weiß alles von deiner Mama. Wir haben schrecklich gelacht über eure Geisterbeschwörung. Jetzt muß ich dich was fragen: Weshalb hast du alles erzählt? Nix wär herausgekommen. Du hättest bloß den Mund halten brauchen.
Ich hab gedacht, die Nina wird petzen, sage ich.

Ah ja, sagt sie. Ah ja. Jetzt mußt du mir was versprechen, Babbo.
Wenn es nicht zu schwer ist, sage ich.
Sie lacht, nimmt ihre Mütze ab, schüttelt ihr Haar aus.
Paß auf, sagt sie. Ehrlich sein darfst du nur zu Leuten, die du gut kennst. Die anderen, die drehen dir deine Ehrlichkeit im Mund herum und stopfen sie dir in den Hals zurück, daß du dran erstickst. Verstehst mich?
Freilich, sag ich. Das weiß ich aber schon.
So? Von wem?
Von niemandem. Von der Schule und so. Dem einen kann man was sagen, dem anderen nicht. Das spürt man.
Immer?
Meistens. Dir hab ich gleich alles sagen können.
Sie beugt sich vor, nimmt mich bei den Schultern und küßt mich auf den Mund. Sie riecht ein bißchen nach Dieselöl und ganz stark nach Schnee und kalter Luft. Ich küsse sie zurück. Ich kann ihre Zähne spüren. Sie versucht nicht, mir ihre Zungenspitze in den Mund zu stecken wie die Nina.
Wir lassen einander los. Ihr Gesicht ist noch nah an meinem. Ihre Augen glänzen. Ich bin rot geworden wie ein Bremslicht. Aber das macht nichts. Ich wische mit dem Handrücken über ihren Mund, von links nach rechts.
Jetzt, warum machst das? fragt sie leise.
Weil ich dich vielleicht vollgespuckt hab, sage ich.
Du bist ein Lieber, sagt sie. Ich hab gleich gemerkt, daß du ein Lieber bist!
Sie steht auf, nimmt ihre Mütze, behält sie aber in der Hand.
Denk dran, sagt sie. Ehrlich sein zu denen, die es gut mit dir meinen. Die übrigen anlügen, daß sich die Balken biegen. Versprochen?
Versprochen! sage ich.
Sie geht zur Tür.
Servus, altes Kamuff! ruft sie mir zu.
Servus, sag ich. Du bist auch lieb.
Ja, ja, ja! sagt sie. Grundlinie mal Höhe geteilt durch zwei!

Ich höre ihre Schritte im Schnee, die sich rasch entfernen. Dann fängt sie zu pfeifen an. Etwas aus den Vier Jahreszeiten von Vivaldi. Den Winter. Eigentlich logisch.
Mir fällt ein, was der Papa am Faschingsmontag im Gemeindesaal gesagt hat, wie die Nina auf einmal nur noch mit dem Addi hat tanzen wollen, anstelle mit mir.
Babbo, hat er gesagt, die Frauen sind so. Ganz verstehst du sie nie. Das ist unter anderem das Großartigste an ihnen.

24

Am 2. April 1947 kommt Viktor Lubin aus der französischen Kriegsgefangenschaft nach Hause. Am 3. April begegne ich ihm zum erstenmal; da weiß ich aber noch nicht, wer er ist.
Ich komme, um die Nina abzuholen. Wir wollen Weidenruten schneiden gehen, zum Körbeflechten. Ich klopfe an der Haustür, wie immer. Sie wird sofort geöffnet, aufgerissen. Ein untersetzter Mann steht vor mir, breit, mit einem breiten Gesicht. Sein Kinn ist in der Mitte gefurcht. Er ist glattrasiert. Kurze, blonde Haare hängen ihm schräg in die breite Stirn. Er hat eine Militärhose an, Stiefel, und ein altes Unterhemd. Auf seinen rechten Oberarm ist ein durchbohrtes Herz tätowiert, mit einem Namen drin: Lilli.
Na? sagt er. Hast dein Maul in der Schublade vergessen?
Ich weiß, was er meint. Ich habe nicht gegrüßt. Er hat mir auch keine Zeit dazu gelassen.
Grüß Gott, sage ich. Ich bin der Babbo. Babbo von Pastrukov. Wer sind Sie, bitte?
Er schaut mich aus hellblauen Augen an. Seine Oberlippe zieht sich hoch; ich kann die Zähne sehen. Dann verbeugt er sich, lächerlich tief.
Angenehm! sagt er sanft. Viktor Lubin! Was darfs denn sein?

Grüß Gott, Herr Lubin, sage ich. Ich will die Nina abholen. Wir sind nämlich verabredet.
Aha, sagt er. Verabredet. Schade. Daraus wird nichts. Arroganter Bengel!
Rums! Die Tür schlägt zu. Ein Stück Fensterkitt fällt mir vor die Füße. Ich schaue eine Weile blöd darauf hinunter. Dann gehe ich.
Ungefähr nach einer Stunde kommt die Nina zu uns, und wir können doch noch Weidenruten schneiden gehen.
Ich frage sie, warum ihr Vati so zuwider ist.
Weil er die Franzosen haßt, sagt sie. Die Franzosen haben ihn getrazt.
Schau ich wie einer aus?
Wie soll ich das wissen? Hast ihn vielleicht auf Französisch angeredet?
Schmarrn. Das kann ich überhaupt nicht. Was hat er gegen mich?
Weiß ich net, sagt sie. Red von was anderem. Oder ich fang zu heulen an.

Anfang Mai heiratet der Vockner Gustl, der Vorarbeiter auf der Glöggler-Säge, die Tochter eines reichen Bauern in der Abtenau, der auch eine Sägemühle besitzt. An seiner Stelle wird Papa Vorarbeiter. Er sagt, mit dem Onkel Jodi seinen Beziehungen hat das aber nichts zu tun.
Marek, sagt Mama, du machst Karriere.
Zweifellos, sagt Papa. Gottes Sägen ist mit uns.
Mama sagt, das ist ein grauenhafter Kalauer. Lachen tut sie trotzdem.
Für den Samstagabend lädt uns Frau Lubin zum Essen ein. Sie will glasierten Schweinebraten mit Semmelknödeln und Salat machen. Ob uns das recht ist?
Großartig, sagt Papa. Eins meiner Lieblingsessen!
Na prima, sagt Frau Lubin. Der Viktor ißt das auch so gern. Dann werdet ihr euch ja gut verstehen. Ach ja, noch was: würde es euch was ausmachen, nicht vom Krieg zu reden?

Im Gegenteil, sagt Papa. Das kommt meinen eigenen Wünschen bis zum Gartentor entgegen.
Bis zum Gartentor? sage ich. Was meinst du?
Ich meine: mehr als auf halbem Wege, sagt Papa.
In der Abenddämmerung gehen wir zu Lubins hinüber. Auf dem Steg schaue ich nach der großen Ringelnatter aus. Sie ist nirgendwo zu sehen. Wahrscheinlich ist es ihr schon zu kühl, und sie hat sich unter den Weiden verkrochen.
Vicki, sagt Frau Lubin zu ihrem Mann, während wir unsere Plätze einnehmen, Vicki, die Karin, der Marek und ich, wir sagen seit langem Du zueinander. Machst mit?
Er gibt keine Antwort und redet Mama und Papa weiterhin mit Sie an. Ihnen bleibt nichts übrig, als ihn gleichfalls mit Sie anzureden. Aber das Essen ist gut; auch der Karamelpudding mit Walnüssen und Schlagsahne.
Frau Lubin und Mama räumen ab. Papa zieht die Korken aus den Flaschen mit Blaubeerwein. Die Nina gießt Bier in die Gläser; sehr vorsichtig, weil es so stark schäumt. Herr Lubin zündet sich eine Zigarette an. Die, welche Mama ihm angeboten hat, mag er nicht. Selbstgedrehte sind ihm lieber als der Amidreck, sagt er.
Hats geschmeckt? fragt Frau Lubin.
Die Frage ist an ihren Mann gerichtet. Wir anderen haben alle längst gesagt, wie gut es war.
Na ja, sagt Herr Lubin. Der Hunger würgts eini!
Mama und Papa verziehen keine Miene Ich hab sie darauf vorbereitet, daß Herr Lubin sowas sagen wird. Er sagt es fast nach jeder Mahlzeit. Ich weiß das von der Nina. Sie glaubt, ihr Vati redet so, damit sich ihre Mutti ärgert. Ich kann mir das nicht vorstellen. Die Nina hat manchmal zuviel Phantasie.
Die Erwachsenen rauchen und reden vom spaten Frühjahr und von den Lebensmittelpreisen und vom Wiederaufbau, der noch Jahre dauern wird. Herr Lubin sagt kaum mehr als Ja und Nein und Vielleicht. Nach dem dritten oder vierten Glas Bier fängt er zu erzählen an. Er schildert, wie zweitausend deutsche Kriegs-

gefangene von einem Lager in ein anderes verlegt worden sind, in offenen Güterwagen.
Auf jeder Brücke haben die Franzosen gestanden, sagt er. Männer, Frauen, Kinder. Ziegelsteine haben sie auf uns heruntergeschmissen, Glasscherben, verfaultes Obst. Manche haben sogar daran gedacht, ihre Nachtgeschirre mitzubringen. Die haben sie uns dann über die Köpfe geleert. Dazu haben sie geschrien, daß wir dreckige deutsche Schweine sind. Nennen Sie das ein Kulturvolk, Herr Pastrukov?
Papa zieht an seiner Pfeife. Sie riecht gut, obwohl sie nur mit unserem eigenen Tabak gefüllt ist.
Sie haben den Krieg gegen uns verloren, Herr Lubin, sagt Papa. Haushoch. Dann hat man sie im nachhinein zu Siegern erklärt. Verständlich, wenn sie durchdrehen.
Herr Lubin findet das nicht verständlich. Er ist sicher, die deutsche Bevölkerung hätte sich ganz anders verhalten. Er wiederholt, daß die Franzosen kein Kulturvolk sind.
Denken Sie an unsere Konzentrationslager, Herr Lubin, sagt Papa. In denen wurde nicht bloß mit faulen Tomaten und Exkrementen geschmissen, in denen wurden Menschen umgebracht, planmäßig, wie in einer Fabrik. Sind wir deswegen auf einmal kein Kulturvolk mehr? So einfach liegen die Dinge wohl nicht.
Herr Lubin schweigt, dreht sich eine Zigarette, zündet sie an. Frau Lubin fragt ihn, ob er den Anlasser vom Lancia wieder zum Funktionieren gebracht hat. Er sagt, ja, für den Augenblick wohl, wer weiß, für wie lange. Die Ausländer können eben keine gescheiten Fahrzeuge bauen.
Da fällt mir was ein, sagt Mama. Mir muß endlich jemand Autofahren beibringen. Würden Sie eventuell diese undankbare Aufgabe übernehmen, Herr Lubin?
Herr Lubin schaut sie an.
Ja gerne, sagt er.
Während der nächsten halben Stunde reden die Erwachsenen von Autos; welche es gibt, wo man sie bekommt, welche Vor-

und Nachteile sie haben, was sie wohl kosten, welche Genehmigungen man sich besorgen muß.
Ja, sagt Papa. Das Geld allein tuts nicht, wenn es um die Genehmigungen geht. Da muß man Beziehungen haben.
Ich glaub, die hab ich, sagt Frau Lubin.
Na? sagt Herr Lubin. Da hast du aber Schwein. Beziehungen haben mir immer gefehlt. Hätte ich die gehabt, so wär ich vielleicht nicht Oberst geworden, aber Hauptmann bestimmt.
Geh, Vicki, sagt Frau Lubin. Das bezweifelt ja keiner!
Papa nimmt die Pfeife aus dem Mund. Mama hebt ihm ihr Weinglas entgegen. Sie möchte mit ihm anstoßen. Papa bemerkt es nicht.
Herr Lubin, sagt er. Was Sie da andeuten, das ist vorgekommen, wenn auch selten. Man hat Ihnen eine verdiente Beförderung vorenthalten. Haben Sie sich beschwert?
Beschwert? sagt Herr Lubin. Er spricht auf einmal sehr laut. Bei denen da oben? Die haben doch alle zusammengehalten wie die warmen Brüder! Denen war einer wie ich doch nicht gut genug!
Jetzt schreit er. Er schreit keinen von uns an; er schreit bloß vor sich hin. Mit einem Mal verstummt er, steht auf, greift sich einen Aschenbecher und eine volle Flasche Bier und geht ins Schlafzimmer.
Rums! Die Tür ist zu.
Frau Lubin sitzt da, das Kinn in die Hände gestützt.
Servus, sagt sie. Jetzt haben wir alle gegen ihn zusammengehalten.
Wie die warmen Brüder, sagt Papa.
Mußtest du auf ihn eingehen, Marek? fragt Mama.
Nein, sagt Papa.

Die Sommerferien kommen.
Wir gehen immer dann zu Lubins, wenn Herr Lubin unterwegs ist. Er ist viel unterwegs.
Frau Lubin bewirbt sich um eine Stelle als Lehrerin. Sie schreibt einen Antrag. Sie fährt zum Landesschulrat nach Salzburg. Die

Beamten sind freundlich zu ihr, aber sie können ihr nicht helfen. Freie Lehrerstellen gibt es genug. Doch Frau Lubin hat durch ihre Heirat die österreichische Staatsangehörigkeit verloren. Man muß Österreicher sein, um an einer österreichischen Schule unterrichten zu dürfen.
Frau Lubin lacht, als sie uns das erzählt.

Im neuen Schuljahr wird ein freiwilliger Englischunterricht eingeführt. Viele melden sich; die Fräulein Auersperg hat nämlich angekündigt, daß sie die Mädchen und die Buben gemeinsam unterrichten wird. In den ersten Stunden ist das Klassenzimmer mit siebenundfünfzig Schülern und Schülerinnen vollgestopft. Bald merken wir, daß es genauso geht, wie die Fräulein Auersperg vorausgesagt hat: Wir lernen zwar die englische Sprache näher kennen, nicht jedoch das andere Geschlecht. Anfang Oktober sind wir nur noch achtundzwanzig.
Beautiful! sagt Fräulein Auersperg. Jetzt können wir ernsthaft mit der Arbeit beginnen!
Das tun wir; was Fräulein Auersperg vorhersagt, trifft in der Regel auch ein.
Sie hat blonde Locken, die Fräulein Auersperg, künstliche; das kennt der Lutz sofort heraus. Sie hat eine gute Figur. Nicht Barock, sagt Onkel Jodi, Gott sei Dank, aber Rokoko. Sie hat einen Verlobten, einen amerikanischen Hauptmann aus Los Angeles. Er heißt Captain Abraham C. Hahn. Er trägt eine grüne Uniform und eine blaue Sonnenbrille. Sein Gesicht ist tief nußbraun, auch im Winter, und seine Stoppelhaare sind rot. Nach der Schule holt er die Fräulein Auersperg mit seinem Jeep ab.
Zu Hause erzähle ich, daß der Captain Hahn außer dem Jeep und der Fräulein Auersperg auch einen Spitznamen besitzt. Die Klaffenböck Susi hat ihm den gegeben. Papa und Mama sollen raten.
Papa legt das Schnitzmesser aus der Hand, mit dem er am Kiel von meinem Segelschiff gearbeitet hat.

Hm! sagt er. Da bin ich ratlos. Karin?
Auch Mama behauptet, daß sie den Spitznamen nicht erraten kann.
Ah geh! sage ich. Es ist leicht. Auerhahn!
Aua! sagt Papa, und schüttelt die Hand, als ob er sich geschnitten hat.
Marek, sagt Mama, wir werden alt. Auerhahn, natürlich! Bei der Farbenpracht!

Zu Weihnachten bekommt Frau Lubin ein eigenes Auto. Es ist klein und grau, ein Fiat Topolino mit einem Stoffdach, das sich nach hinten schieben läßt. An den Kotflügeln und an den Felgen sitzt ziemlich viel Rost, aber das läßt sich in Ordnung bringen, mit einer Drahtbürste, einem Pinsel und Farbe. Das Auto ist neunzehn Jahre alt, fast zweimal so alt wie ich. Es hat vier Zylinder und vier Sitzplätze, aber nur die vorderen sind richtige Sitze. Hinten befindet sich eine niedrige, schmale und harte Bank. Frau Lubin sagt, wer auf der sitzen muß, darf vorher nichts essen.
Ich bekomme das Segelschiff, an dem Papa seit Ende Oktober fast jeden Abend geschnitzt, gebohrt, geraspelt, geschliffen und gemalt hat. Die Segel hat Frau Lubin auf ihrer Maschine genäht. Sie sind richtig verstellbar; die Ruderpinne läßt sich in jeder Lage festmachen. Schade, daß der Seewaldsee, der Weißenbach und all die übrigen Bäche jetzt zugefroren sind. Nur das Fluder fließt. Aber auf dem kann ich das Schiff nicht segeln lassen, die Strömung ist zu kräftig.
Wir taufen das Schiff auf den Namen Cutty Sark.

Am Silvesterabend zündet Mama die Christbaumkerzen an. Es sind nur noch ein paar Minuten bis Mitternacht. Papa steht am Herd und rührt mit einem Eßlöffel im Punsch.
Mama bläst das Streichholz aus.
Marek! sagt sie. Babbo! Was wäre euch lieber: eine Tochter und eine Schwester – oder ein Sohn und ein Bruder?

Papa läßt den Löffel in den Punsch fallen. Es platscht. Mama trägt einen langen, schwarzen Leinenrock; der Bund liegt nicht besonders eng an.
Mama! sage ich. Bist du schwanger?
Und wie, sagt Mama. Beeilung, meine Herren! Wünsche für das neue Jahr müssen noch im alten geäußert werden.
Ich schaue Papa an.
Du bist der Ältere, sag ich.
Ja, sagt Papa. Ja ja. Zweifellos. Eine Tochter, Karin!
Eine Schwester, sage ich. Und wie taufen wir sie?
Prrr! sagt Papa. Nicht so schnell! Langsam mit den jungen Pferden! Kannst du ein Schiff taufen, bevor es vom Stapel gelaufen ist?
Nein, sage ich.
Quod erat demonstrandum, sagt Papa.
Das kann ich schon verstehen.

25

Anfang Januar 1948, gegen Ende der Weihnachtsferien, kommt aus Bremen ein Brief von Dr. Erlend von Salveter. Möglicherweise können Papa und er bereits in diesem Jahr ihre Anwaltskanzlei eröffnen, spätestens jedoch 1949. Bremen, Hamburg oder Kiel kämen am ehesten in Betracht. Papa soll bitte umgehend schreiben, was er dazu meint und welche Bücher er noch braucht. Das erste Paket geht mit gleicher Post ab.
Mein lieber Pastrukov, schreibt Dr. von Salveter am Schluß seines Briefs, halten Sie uns die Daumen, daß kein Krieg dazwischenkommt! Es sieht brenzlig aus.
Großartig, sagt Papa. Nun haben wir noch keine drei Jahre Frieden, und schon reden die Leute vom nächsten Krieg. Na, diesmal ohne mich!

Was würdest du denn tun, fragt Mama, wenn es wieder Krieg gäbe?
Auswandern, sagt Papa. Diesmal haben wir nichts zu verlieren.
Mama findet, wir können genauso gut hierbleiben. Sicher ist man nirgendwo mehr.
Zehn oder elf Tage später kommt das Bücherpaket.
Wir bauen ein zweites Regal, stauben alle Bücher ab, ordnen sie neu ein. Ich blättere in dem Buch, das Mama einmal von Frau Lubin geschenkt bekommmen hat: Die Dunkle Blume.
Lies dich jetzt nicht fest, sagt Papa. Lies nach dem Abendessen!
Das tue ich.
Das Buch gefällt mir. Es ist ganz anders geschrieben als die Geschichten, die in unserem Lesebuch stehen. Ausführlicher. Ich kann mir alles genau vorstellen: die alten Häuser, die Kleidung der Menschen, die Straßen in der Dämmerung, den Fluß.
Am nächsten Tag lese ich weiter, und am übernächsten. Ich komme zu einer merkwürdigen Stelle. Der Mann und die Frau, von denen die Geschichte handelt, fahren im Ruderboot auf einem Flußarm. Es ist Abend. Bäume hängen übers Wasser. Gleich muß etwas geschehen. Was?
Ich lese und lese. Es wird immer spannender, aber nichts ereignet sich. Endlich, am Schluß des Kapitels, kommt es doch noch. Und zwischen ihnen, steht da, erblühte die dunkle Blume der Leidenschaft.
Aha. Das ist natürlich nicht wörtlich zu nehmen. Das ist ein Vergleich, ein Bild. So viel weiß ich schon aus der Schule. Aber was ist Leidenschaft? Sie hat etwas mit Liebe zu tun, das ist klar. Mir scheint, Leidenschaft ist mehr als Liebe, obwohl ich gehört hab, daß Liebe das Höchste ist. Leidenschaft ist offenbar auch schwieriger als Liebe, komplizierter.
Ich könnte Papa und Mama fragen. Ich frage nicht. Ich möchte selber herausfinden, wohin das mit der Leidenschaft führt.
Ein paar Tage später sitzen wir abends um den Tisch. Papa liest

in einem seiner juristischen Fachbücher. Ab und zu macht er sich Notizen. Mama strickt an einem Fäustling. Ich lese in der Dunklen Blume. Ich bin schon weit über die Mitte hinaus. Die Leidenschaft, die zwischen dem Mann und der Frau aufgeblüht ist, scheint beiden Freude zu bereiten. Zugleich leiden sie unter ihr. Das ist logisch; deswegen heißt sie wahrscheinlich Leidenschaft.
Marek, sagt Mama, siehst du eigentlich, was der Bub da liest? Meinst du, er kann das schon verstehen?
Wie bitte? sagt Papa.
Mama wiederholt ihre Frage.
Ob er es versteht? sagt Papa. Na, wenn nicht, dann kann es ihm auch nichts schaden. Wenn ja – aber frag ihn doch selber!
Mamas Finger und Stricknadeln arbeiten gleichmäßig weiter.
Babbo, sagt sie. Die Dunkle Blume: was ist das?
Ich bin verblüfft, daß sie sowas Leichtes fragt, wo sie das Buch doch selber gelesen hat.
Die Dunkle Blume, sage ich, das ist die Leidenschaft.
Die Stricknadeln bleiben stehen.
Ah! sagt Mama. Ah ja. Das hast du verstanden. Dann sag mir noch eins. Was verbindet deinen Papa und mich? Liebe? Oder Leidenschaft?
Jetzt schaut auch Papa mich an. Ich überlege.
Hm, sag ich. Beides vielleicht? Meistens die Liebe, und manchmal die Leidenschaft?
Wieso nur manchmal? fragt Mama.
Weil die nicht lang zum Aushalten ist, sage ich.
Na bitte! sagt Papa. Manchmal machst du dir zu viele Sorgen, Karin.
Und er beugt sich wieder über sein Buch.
Im Februar gehen wir Buben vom fünften bis achten Schuljahr mit dem Herrn Lehrer Wagner für elf Tage auf die Lienbach-Alm einen Skikurs abhalten. Die Frau Wagner kommt auch mit. Sie heißt Franziska, ist winzig klein und schwarzhaarig und lacht fast ständig über irgendwas. Sie kann sehr gut skifahren; im Abfahrtslauf ist sie wesentlich schneller als ihr Mann. Der sagt, das

kommt davon, weil sie der Luft so wenig Angriffsfläche bietet. Sie kocht auch für uns. Und sie hält die Hütte in Ordnung. Fünf von uns helfen ihr dabei, jeden Tag fünf andere. Das ist der Hüttendienst.
Wir stehen um sechs Uhr in der Früh auf und waschen uns, ziehen uns an. Danach ist Appell. Wir ziehen an einem Seil die rotweiß-rote Fahne in den Giebel der Hütte hinauf und singen die erste Strophe der neuen Nationalhymne.
Land der Erbsen, Land der Bohnen, Land der vier Besatzungszonen ... singt der Lutz. Alle anderen singen den richtigen Text. Ich bin froh, daß der Herr Lehrer nicht heraushören kann, wie der Lutz die Nationalhymne verhunzt.
Nach dem Appell sind zwei Stunden Unterricht. Dann dürfen wir bis Mittag üben; trainieren nennt es der Herr Lehrer. Nach dem Mittagessen ist noch einmal eine Stunde freies Training, und danach unternehmen wir alle etwas gemeinsam. Wir machen eine Wanderung oder einen Orientierungsmarsch. Wir spielen Räuber und Gendarm – nur daß der Herr Lehrer es Russischen Winterkrieg nennt, und die beiden Parteien heißen Gebirgsjäger und Partisanen. Oder wir bauen Schneehütten, Iglus, und versuchen, in ihnen ein Feuer zu unterhalten und Würschtl zu braten. Das geht jedesmal in die Hose. Sowie es anfängt, ein bißchen warm zu werden, fallen von der Decke die ersten Tropfen. Bald sitzen wir wie unter einer Brause. Das Feuer geht aus. Wenn wir nicht durch und durch naß werden wollen, müssen wir den Iglu evakuieren und einen geordneten Rückzug antreten. Ein paar Stunden später hängt der Iglu dann innen voller langer, spitzer Eiszapfen und schaut einem Igel gleich, den jemand umgestülpt hat, wie einen Handschuh.
Abends ist noch einmal Appell, Zapfenstreich. Wir holen die Fahne ein und singen die letzte Strophe der Nationalhymne. Hinterher gibt es Abendessen, endlich.
Net so drängeln, ihr Gierassen! lacht die Frau Lehrer.
Zu trinken gibt es abends nur Skiwasser: Himbeersaft mit Wasser verdünnt. Der Herr Lehrer und seine Frau haben eine eigene

Wasserflasche zwischen sich auf dem Tisch stehen. Der Zuckerstätter Hiasl behauptet, da ist aber kein Wasser drinnen, sondern Himbeergeist, schwarz gebrannter. Das kann er bis hierher schmecken.
Schmecken, das heißt im Dialekt nicht nur schmecken, es heißt manchmal auch riechen. Man muß halt wissen, wann es was bedeutet.
Der Herr Lehrer kündigt an, am letzten Tag werden wir eine Olympiade veranstalten, bei der sich zeigen wird, wer im Abfahrtslauf, im Slalom und im Langlauf jeweils die drei Besten sind.
Im Gelände finde ich mich prima zurecht, weil ich mich an die riesigen Zirbelkiefern erinnere, unter denen im Sommer die Kühe ausruhen und wiederkäuen. Almenrausch, Enzian und Blaubeerbüsche liegen unterm Schnee, zwei bis drei Meter tief. Der Herr Lehrer sagt, an Stellen, die sich im Windschatten befinden, sind es bis zu sieben Meter.
Fünf oder sechs von den größeren Buben bleiben beim Nachmittagstraining immer nah an der Hütte, beim Westgiebel, wo der Schnee sich bis zur Heuluke hinauf türmt. Einer nach dem anderen schnallen sie ihre Skier ab, schauen sich um, klettern durch die Heuluke in den Dachboden. Nach einer Viertelstunde oder so kommen sie wieder heraus, schauen sich um, schnallen ihre Skier an, trainieren weiter. Der Leitner Georg ist immer mit dabei.
Der Herr Lehrer merkt nichts. Er ist damit beschäftigt, die Strichpunktierer zu trainieren. Das nimmt ihn voll in Anspruch. Vorlage! schreit er. Ja Kruzifixalleluja! Vorlage! Net Rücklage! Bist a Sparkassenbeamter, Mensch?
Das mit der Vorlage, das ist schwer. Man hat Angst, es schmeißt einen, wenn man sich nach vorn legt. Das ist grundfalsch; bloß merkt man das erst, wenn man die Angst überwunden hat.
Haxen zsamm! schreit der Herr Lehrer, wenn einem die Skier auseinanderlaufen oder über Kreuz. Haxen zsamm! Ja du heiliger Sankt Radihirn, gibts denn dös! Haxen zsamm! Bist a Bua oder a Hur?

Die meisten von uns grinsen, wenn sie das hören. Die nicht grinsen, haben es wahrscheinlich nicht verstanden. Wieso fragen sie nicht? Das wär eine Hetz. Ich möchte dabei sein, wenn der Herr Lehrer das erklären muß.
Grade kommt der Leitner Georg aus der Heuluke heraus, schaut sich um, springt in den Schnee.
Ich stoße den Rudi von Riedl an, der neben mir steht und zuschaut, wie der Herr Lehrer einen von den Strichpunktierern dressiert.
Du, Rudi, sag ich. Was machen die da oben im Dachboden?
Der Rudi sagt, oben im Dachboden ist der Alpenpuff.
Alpenpuff? sag ich. Was machen die da?
Na, sagt der Rudi, gegenseitig wichsen halt.
Ah so, sag ich.
Was Wichsen ist, weiß ich. Der Herr Pfarrer nennt es Selbstbefleckung. Er hat uns davor gewarnt. Wenn wir das tun, hat er gesagt, rinnt uns nach und nach das Rückenmark aus, und dann das Gehirn; schließlich werden wir blödsinnig wie dem Paveronschütz sein älterer Bruder, bei dem das aber andere Ursachen hat.
Das mit dem Paveronschütz hat mich verwirrt, und ich hab Papa gefragt. Der hat gesagt, das richtige deutsche Wort ist Selbstbefriedigung. Allen Respekt vor der hochwürdigen Geistlichkeit: aber das mit dem Rückenmark und dem Gehirn ist ein kolossaler Unfug, weil der Samen nicht dort erzeugt wird, sondern in den Hoden. Andererseits, ganz unrecht hat der Herr Pfarrer mit seiner Warnung nicht. Buben, die sich an Selbstbefriedigung gewöhnen, werden später oft miserable Liebhaber, weil sie nur noch an sich selber denken. Ihre Frauen haben keine Freude an ihnen. Ob ich möchte, daß mir das passiert?
Natürlich nicht, hab ich gesagt.
Am sechsten Tag machen wir nach dem Abendessen eine Nachtwanderung mit Kienfackeln, für die wir tote Äste von den Zirbelkiefern abhacken. Die Strichpunktierer dürfen keine Fackel tragen. Sie brauchen beide Hände für ihre Skistöcke.

Es ist schon nach Mitternacht, als wir zurückkommen. Die Frau Franziska steht in der offenen Hüttentür. Sie lacht.
Mei, Maxl, sagt sie zum Herrn Lehrer. Ihr hättets euch müssen sehen können! Die Lichterketten in der Finsternis wie die Gondelprozession auf der Lagune in Venedig. Sowas von romantisch!
Am neunten Tag sagt der Herr Lehrer nach dem Frühappell, er spürt es in seiner Schrapnellnarbe, daß wir Föhn bekommen. Am Gescheitesten ist es, wir machen unsere Olympiade noch heute und schauen, daß wir gleich morgen ins Tal hinunter kommen, bevor es mit den Lawinen angeht.
Am Nachmittag ist es schon über Null. Der Schnee fängt zu pappen an. Trotzdem wird die Olympiade ein voller Erfolg. Der Lutz belegt den ersten Platz im Abfahrtslauf, ich den dritten. Außerdem kriege ich fast den dritten Platz im Slalom, aber fast, das gilt nicht. Der Bruckschlögl Gotthold, der am ersten Tag noch ein Strichpunktierer gewesen ist, wird zweiter im Langlauf. Das freut den Herrn Lehrer besonders. Abends bekommen alle neun Sieger ein Glas Skiwasser, in das die Frau Franziska einen Schuß aus ihrer eigenen Wasserflasche hineintut. Der Zuckerstätter Hiasl hat recht gehabt. Es ist wirklich Himbeergeist.
Wir schlafen spät ein. Der Föhnwind heult und jault und winselt. Wie ein Rudel Wölfe, die eine Troika jagen, sagt der Lutz.
Am nächsten Morgen rücken wir in guter Ordnung ab. Die Dochte in den Petroleumlampen haben wir gestutzt, weil sonst vielleicht einer heimlich weiterglimmt und die Hütte in Brand setzt. Das Herdfeuer ist gelöscht, die Fahne eingerollt und verpackt.
Wir sind schätzungsweise anderthalb Stunden unterwegs, da bleibt der Herr Lehrer auf einmal stehen und deutet mit seinem Skistock nach Südwesten auf das Gamskar hin, das mit seinem gezackten Grat den Kirner und das Rothorn verbindet.
Wir schauen. Erst sehen wir gar nichts. Plötzlich erscheint ein schwarzer Riß auf dem Schneehang im Kar, wie wenn einer von der rückwärtigen Seite her mit dem Taschenmesser durch ein

Blatt Papier sticht. Ein dünner Nebel steigt hoch. Der schwarze Riß verbreitert sich, wird ein Dreieck, ein Pfeil, der hangabwärts schießt; der Schnee, der vor der Pfeilspitze herrutscht, färbt sich graubraun. Der dünne Nebel brodelt auf zu einer dicken Wolke, die das Kar hinter sich verbirgt. Nur noch der Kopf der Lawine ist zu sehen. Jetzt ist er dunkelbraun.
Ich hab zu zählen angefangen: einundzwanzig, zweiundzwanzig. Wie ich bei einunddreißig bin, höre ich einen harten Knall; ein zartes, trockenes Rauschen, aus dem rasch ein Brausen wird; ein schweres, schütterndes Donnergrollen, das lang anhält, bis es nach und nach leiser wird und aufhört, mit einem seufzenden Laut, wie wenn jemand erleichtert ausatmet.
Die Lawine ist ungefähr dreieinhalb Kilometer entfernt niedergegangen.
Da hammas, sagt der Herr Lehrer. Jetzt Obacht geben, Herrschaften. Abstand halten. Weg vom offenen Hang und hinein zwischen die Bäume, gell.
Der Abstieg ins Tal ist leichter, als wir erwartet haben. Unten wird es dann mühsam. Die Langholzschlitten haben den Schnee auf dem Weg zu einer Eisschicht zusammengefahren, auf der jetzt fingerhoch Schmelzwasser rinnt. Der Herr Lehrer sagt, es ist glatt wie ein Kinderarsch. Ich finde, es ist glatter. Sobald es bergab geht, klemmen wir uns die Skistöcke zwischen die Beine und bremsen mit den Stahlspitzen. Trotzdem schmeißt es mehrere von uns hin.
Als wir die Klamm erreichen, hat sich der Föhnwind gelegt. Es fangt zu schneien an, in dicken, flaumigen, patschnassen Flocken. Die Glöggler-Säge steht still. Das wundert mich erst, denn Wasser ist genug da. Dann fällt mir ein, daß wir heute ja Sonntag haben.

Mamas Fahrrad steht vor dem Haus, aber sie ist nicht da. Auch Papa ist fort. Wahrscheinlich sind sie zu Frau Lubin gegangen, oder zu Onkel Jodi. Ich heize ein, hänge meine Sachen zum Trocknen, packe den Rucksack aus, putze die Skier und spanne

sie zusammen. Dann wasche ich mich. Ich hab es nötig. Ich verbrauche das ganze warme Wasser.
Nachdem ich saubere Sachen angezogen habe, nehme ich den großen Topf und gehe, um ihn wieder zu füllen. Draußen fällt immer noch Schnee. Das Thermometer neben der Haustür zeigt drei Grad unter Null. Das Eis auf dem Brunnentrog ist nicht flach wie sonst. Jemand hat es zerschlagen, zusammengeschoben und aufgetürmt. Es sieht wie ein beschneiter kleiner Gebirgszug aus. Da drauf wird der Topf nicht stehenbleiben. Ich stelle ihn in den Schnee und mache mich daran, das Eis fortzuräumen. Es ist gar kein Eis. Es sind Tücher, nasse Tücher, halb gefroren, dick mit nassem Schnee bedeckt. Ich schiebe sie zur Seite, unter dem Brunnenrohr weg, damit ich den Topf hinstellen kann. Die Eiskruste splittert. Wasser quillt hoch, hellrosa. Jetzt ziehe ich die Tücher aus dem Trog, lege sie in den Schnee, zerre sie auseinander. Es ist ein einziges großes Tuch, ein Bettuch. In der Mitte hat es einen braunroten, symmetrischen Fleck, wie ein Schmetterling, nur daß er sechs Flügel hat und keine Fühler.
Ich rieche an dem Fleck.
Dann laufe ich zu Lubins.
Das Fenster vom Musikzimmer ist hell. Ich klopfe an der Haustür, öffne sie. In der Küche kommt mir Frau Lubin entgegen.
Jessas! ruft sie leise. Du? Jetzt schon?
Edith, sag ich. Ich hab das Bettuch gefunden. Da ist Blut dran. Was ist? Wo sind sie?
Sie sagt mir, das Bettuch hat sie selber eingeweicht, weil das Blut sonst nie mehr rausgeht. Die Mama hat letzte Nacht eine Blutung gehabt, eine Fehlgeburt. Papa hat sie mit dem Fiat nach Ischl gebracht. Eigentlich müßte er längst zurück sein.
Ich sage, ich weiß nicht genau, was eine Fehlgeburt ist. Sie erklärt es mir. Sie sagt, daß der Papa sich Vorwürfe macht. Daß er glaubt, er hat Schuld an der Fehlgeburt.
Aber wieso? sag ich. Wieso?
Mei, sagt sie. Miteinander geschlafen haben sie halt. Eine Stunde danach ist es passiert.

Aber der Papa tut der Mama nix, sage ich.
Meinst, das weiß ich net? Aber er glaubt es eben. Schweig still davon. Wart, was er selber sagt. Kann sein, der Dr. Szygulla hat es ihm schon ausgeredet.
Aber wieso? sag ich. Wie kommt sowas?
Also ich glaub, es hat was mit dem Föhn zu tun, sagt sie. Jetzt hock dich her, Babbo. Ich mach dir was zu essen. Magst du einen Erdäpfelsalat?
Ich sage, daß ich nicht bleiben kann, weil bei uns die Haustür offensteht und das Feuer im Herd an ist.
Ja, dann lauf! sagt sie. Denk dran: Mund halten! Abwarten!
Ich nicke.
Am Brunnen fülle ich den Topf, trage ihn hinein, stelle ihn auf den Herd. Das große Bett in der Schlafkammer ist abgezogen. Die Matratzen sind aufgestellt. Auf einer ist ein runder, dunkler Fleck, so groß wie meine Hand. Um den Fleck herum fühlt sich die Maratze feucht an. Ich trage sie in die Stube und lehne sie neben dem Herd an einen Stuhl, damit sie trocknen kann.
Ich koche Kaffee, esse ein Stück Brot und den Rest von dem Sandkuchen, den mir Mama auf den Skikurs mitgegeben hat. Er ist ganz zerbröselt und schmeckt nach Rucksack. Dann warte ich.
Papa kommt gegen elf.
Grüß dich, sagt er. Du warst bei der Edith drüben, ja?
Ich nicke.
Was ist? frage ich.
Papa sagt, Mama wird in drei bis vier Tagen wieder zu Hause sein. Eine Weile wird sie nicht arbeiten dürfen. Das Ganze ist aber weniger schlimm, als es zuerst den Anschein hatte. Das Blut, das sie verloren hat, hat Dr. Szygulla bereits ersetzt.
Fast einen Dreiviertelliter hat er mir abgezapft, sagt Papa. Großartige Sache, wenn Eheleute die gleiche Blutgruppe haben. Mehr sagt er nicht.
Er fragt mich, wie der Skikurs gewesen ist. Ich erzähle alles, was mir einfällt. Um Mitternacht schickt Papa mich ins Bett.
Ich werde ziemlich früh wach. Papa ist nicht ins Bett gegangen.

Er schläft in der Stube, im alten Ledersessel. Brotbrösel hängen in seinem Bart. Seine Augenlider sind mit gelblichen Krusten verklebt, wie angetrocknete Reste von Vanillepudding.
Ich hebe Papas Pfeife auf, die neben dem Sessel auf dem Boden liegt. Dann mache ich leise Feuer.

26

Das Autofahren macht Mama Spaß. Frau Lubin bringt es ihr bei. Herr Lubin hat keine Zeit, weil sein Speditionsgeschäft blüht. Oft ist er zwei Wochen lang mit dem Lancia unterwegs.
Mamas Fahrunterricht findet im Weißenbachtal statt. Manchmal, auf den Seitenwegen, darf auch ich ein Stückchen fahren. Über den zweiten Gang komme ich nicht hinaus. Das ist aber wurscht. Es kommt darauf an, daß es beim Hochschalten mit Zwischenkuppeln und beim Herunterschalten mit Zwischengas kein bißchen kracht.
Frau Lubin findet, wir sind beide begabte Schüler. Auch der Lutz macht beim Schwimmen Fortschritte. Ende Juni schafft er schon die Strecke zwischen dem Bootshaus vom Baron Casimir und dem, das zum Gasthaus Seehäusl gehört. Das sind ungefähr zwanzig Meter. Er schluckt einen Haufen Wasser, der Lutz. Aber er bleibt oben.
Net saufen! schreit der Herr Lehrer Wagner. Dös is ka Bier net! Tu fei dei Atmung koordinieren, Molinari! Hörst net? Koordinieren! Jessas, Sakramariedi!
Der Himmel ist grau bezogen, wie mit Flanell. Schwül ist es. Der Addi sagt, Gewitter kriegen wir aber heute keins. Vielleicht in der Nacht; das wär möglich.
Der Lutz zieht sich auf den Steg neben dem Bootshaus hinauf, wischt sich das Wasser aus den Augen, spuckt, bläst Wasser aus beiden Nasenlöchern.

Ich sehe mich um, ob der Herr Lehrer mich hören kann. Er ist ein ganzes Stück weg, näher beim Ufer. Er dressiert einen von den anderen Nichtschwimmern.
Du, sag ich zum Lutz. Der Gebirgsjäger hat recht, wegen der Atmung. Beim Armstoß ausatmen, ins Wasser. Beim Armzug, wenns dich hochhebt, einatmen.
Das hab ich ihm bestimmt schon zweihundertmal gesagt. Jedesmal hat er genickt. Auch jetzt nickt er.
Weiß ich eh, sagt er. Bloß wenn ich dran denken muß, dann gehts net.
Ich sag ihm, er darf halt nicht dran denken. Er soll es sich vorstellen: Arme vor – Luft vor; Arme zurück – Luft zurück. Capito?
Ich laß mich vom Steg ins Wasser hinunter und mach es dem Lutz vor, extra langsam, damit er mitkommt. Er schaut mir zu und meint, doch, so könnte es gehen.
Nach einer Weile hat er sich genug ausgerastet und sagt, jetzt will er es noch einmal probieren. Er spritzt immer noch viel zu viel. Er bewegt sich zu rasch. Aber mir scheint, daß er deutlich weniger Wasser schluckt.
Etwas kitzelt mich an den Fußgelenken. Ich will mich grade bücken und kratzen, da packen zwei Hände fest zu und reißen mir die Haxen nach hinten weg. Es haut mich der Länge nach ins Wasser. Ich sinke unter, stoß mich vom Grund ab, bin gleich wieder oben und schlenz mir das Wasser aus den Augen, damit ich sehen kann, wer der Saubazi gewesen ist.
Nur der Leitner Georg ist in der Nähe. Die anderen sind alle weiter weg, schwimmen, spielen Wasserreiter, tauchen nach Muscheln. Der Hödlmoser Erich, den der Herr Lehrer momentan dressiert, haut um sich wie ein Fisch, der angebissen hat und den Haken spürt. Der Georg steht als einziger still da, hat die Hände auf die Hüften gestützt und schaut unschuldig auf den See hinaus. Der ist es natürlich gewesen. So ein Falott.
Ich schwimme unters Boothaus, daß er mich nicht sehen kann. Wie ich ein Stück vor ihm bin, tauche ich und schwimme von vorn auf ihn los. Das Wasser ist trüb, aber ich kann seine Haxen

gut sehen, die sind weiß, und seine Badehose ist rot. Jetzt dreht der Georg sich um, weil er einen Verdacht hat und glaubt, ich komme von hinten. Na prima.
Ich krieg seine Badehose am Bund zu fassen, ziehe sie ihm mit einem Ruck bis in die Kniekehlen runter und reiße ihm die Haxen weg. Dann schlage ich einen Haken, stoße mich ab, schwimme unters Bootshaus zurück und tauche auf.
Auch der Georg taucht soeben auf, spuckt, hustet und hupft im Kreis, weil seine Füße von der Badehose gefesselt sind. Einer nach dem anderen werden die anderen Buben aufmerksam, schauen her. Dem Georg sein Zipf ist weiß und faltig und ganz klein, wie eine junge Nacktschnecke. Das ist immer so, wenn man lange im Wasser gewesen ist. Bloß sehen tut mans halt selten.
Schauts, der Leitner hat nix! ruft einer.
Ja sowas! ruft ein anderer. A Dirndl!
Ein Mäderl! ruft der Rudi mit Fistelstimme. Süß! Ja wo is denn dös rosa Mascherl?
Endlich hat der Georg seine rote Badehose wieder heroben. Sein Kopf ist auch rot. Der Herr Lehrer grinst. Er steckt die Pfeife in den Mund, die ihm an einem Schnürl um den Hals hängt, und pfeift dreimal.
Schluß für heut, Herrschaften! schreit er. Antreten!
Wir stellen uns im seichten Wasser auf, der Größe nach, wie beim Turnen. Der Herr Lehrer schreit unsere Namen, und wir melden uns zackig: Hier!
Molinari! schreit der Herr Lehrer.
Der Lutz meldet sich nicht.
Mo-li-na-ri! Net schlafen!
Keiner antwortet.
Ich schau die Reihe entlang nach rechts, nach links. Der Lutz ist nicht da. Ich sage dem Herrn Lehrer, eben habe ich ihn noch gesehen, es ist keine fünf Minuten her. Er ist zum Seehäusl-Bootshaus hingeschwommen.
Jessas, murmelt der Bruckschlögl. Wann der versoffen is!

Der Haimbuchner meint, vielleicht ist der Lutz nach Haus gegangen, weil er so viel Wasser geschluckt hat. Aber das kann nicht sein. Seine Kleider liegen neben meinen auf dem Steg.
Der Herr Lehrer schickt einen Buben zum Gasthaus Seehäusl und einen zum Gemeindeamt. Er organisiert die Suche.
Nur die guten Taucher! sagt er. Er schreit nicht. Er redet eher leise.
Ich tauche beim Seehäusl-Bootshaus. Falls der Lutz wirklich im Wasser ist, dann hier.
Vom Bootshaus zum See hin fällt der Grund steil ab. Hier herunten ist das Wasser viel kälter, und trüb, obwohl eine Strömung geht. Ich kann drei oder vier Meter weit sehen. Ich bin ziemlich tief; in den Ohren tut es mir weh. Ich halt mir die Nase zu und puste, aber es tut immer noch weh. Dann hab ich keine Luft mehr und muß auftauchen. Der Herr Lehrer ist schon droben. Er schnauft. Dabei ist er zugleich mit mir getaucht.
Nix? sagt er.
Ich schüttle den Kopf. Ich atme lang aus, tief ein, ein paar Minuten lang. Dann tauche ich wieder.
Ich brauche immer länger, bis ich mich ausgeschnauft hab und wieder tauchen kann. Den anderen geht es genauso. Kalt ist mir. Das wird ein bißchen besser, wie die Annamirl vom Gasthaus uns eine Gulaschsuppe bringt, die wir aus Kaffeetassen trinken.
In der Abenddämmerung sagt der Herr Lehrer, wir müssen die Suche einstellen. Er wird jetzt gehen und die Eltern benachrichtigen.
Der hat Kurasch! sagt der Addi zu mir.
Ich nicke. Ich möchte auch nicht an dem Herrn Lehrer seiner Stelle sein, obwohl er ja nichts dafür kann.
Am nächsten Tag um vier in der Früh kommen drei amerikanische Kampfschwimmer. In ihren schwarzen Gummianzügen, mit den Preßluftflaschen am Rücken, den Schlauchrüsseln, die zum Mund führen, den blitzenden Gläsern der Gesichtsmasken und den schwarzen Schwimmflossen an den Füßen sehen sie wie riesige Wasserinsekten aus. Sie suchen bis weit in

den See hinaus und bis zum Abfluß der Seeache hin. Sie finden nichts.
Am Tag darauf, gegen Abend, geht dem Eissl Vinzenz sein Vater, dessen Hof in der Nähe der Villa Körös liegt, zur Seeache hinunter. Seine Gänse sind ihm ausgekommen. Er denkt sich, sie sind wahrscheinlich zum Wasser gelaufen. Er findet die Gänse, und er findet den Lutz.
Der Vinzenz erzählt uns, der Lutz hat grauslich ausgeschaut. Die Ache hat ihn über den Grund geschleift, und der Kies und die Steine haben ihm das ganze Gesicht weggehobelt.
Der Vinzenz erzählt das in der Pause. Mir wird übel. Ich muß auf den Abort und speien.
Am Samstag ist das Begräbnis.
Am Montag liegt ein Kranz aus Feldblumen auf dem Lutz seinem Schreibpult. Eine Kerze brennt, den ganzen Vormittag lang. In der letzten Stunde haben wir Religion. Der Herr Pfarrer spricht davon, daß wir weder den Tag noch die Stunde wissen.
Media in vita in morte sumus, sagt er und fragt, ob jemand von uns weiß, was das bedeutet.
Ich weiß es. Ich melde mich nicht. Da übersetzt es der Herr Pfarrer für uns.
Mitten im Leben sind wir vom Tod umgeben, sagt er.
Daran hat der Lutz sicher nicht gedacht, sonst wäre er jetzt hier. Ich kann mir auch nicht vorstellen, wie jemand die ganze Zeit daran denken soll, daß er im nächsten Augenblick vielleicht schon tot ist.
Am Dienstag setzt der Herr Lehrer den Zander Calvin neben mich, den Bruder der Luise, die von den russischen Soldaten vergewaltigt worden ist. Der Calvin hat ein rundes Gesicht, eine lange, dünne, schiefe Nase und braune Augen, Hasenaugen.
Ich will nicht, daß der auf dem Lutz seinem Platz sitzen soll. Ich fange an, ihn zu schikanieren. Ich spucke in sein Tintenfaß. Ich schmeiße seine Bleistifte auf den Boden, daß sie dauernd abbrechen. Ich sage ihm falsche Antworten vor. Ich stecke ihm Heiligenbildchen in sein Lesebuch, weil ich gehört hab, daß die Pro-

testanten eine abergläubische Furcht vor katholischen Heiligen haben. Es ist alles vergebens. Er verpetzt mich nicht. Er sagt nicht, daß er lieber woanders sitzen möchte. Er wehrt sich nicht einmal. Er schaut mich nur an, mit seinen blöden, traurigen Hasenaugen.

Nach der Schule gehe ich oft auf den Friedhof. Das Grab ist einstweilen nur an einem Holzkreuz zu erkennen. Der Grabstein wird erst aufgestellt, wenn die Erde sich gesetzt hat. Ich weiß, was unten im Grab geschieht, während die Erde sich setzt; ich hab genug tote Tiere und Menschen gesehen. Doch was geschieht mit der Seele? Wo ist die? Manchmal, wenn plötzlich ein Wind über den Friedhof geht, glaube ich, das ist sie. Aber wenn es so ist, wo ist dann der Himmel?

Im Winter ist wieder viel von Krieg die Rede. Die Russen haben Berlin von der Umwelt abgeschnitten; die Frage ist nur, wie lange die Amis sich das bieten lassen werden.

Papa und Herr Dr. von Salveter haben sich jetzt darauf geeinigt, ihre Kanzlei in Kiel zu eröffnen. Herr Dr. von Salveter hat bereits mehrere geeignete Lokalitäten ins Auge gefaßt. Büroräume, schreibt er, sind leichter zu finden als Wohnungen.

Zu Weihnachten bekomme ich eine Ziehharmonika. Sie ist alt, wie meine Skier, aber sie hat einen vollen, abgerundeten Klang, sagt der Moosgassner Toni. Er hat auch die ganze Mechanik nachgeschaut und in Ordnung gebracht. Schon am zweiten Weihnachtsfeiertag gibt er mir die erste Stunde. Ich muß viel üben. Papa sagt, in Kiel heißt es weder Akkordeon, noch Ziehharmonika, noch Quetschkommode, sondern Schifferklavier.

Während der ersten Junihälfte erhält Papa in rascher Folge fünf oder sechs Briefe von Herrn Dr. von Salveter. Am 17. Juni kommt ein Telegramm. Papa kündigt seine Stelle bei der Glöggler-Säge. Im Saal vom Gasthaus Engljähringer findet eine große Abschiedsfeier statt, und am 20. Juni reist Papa ab. Ich habe für den Tag schulfrei bekommen. Papa ist schon eingestiegen und steht am Fenster. Mama hat ihm den Siegelring mit unserem Familienwappen angesteckt. Im Krieg hat Papa keinen Ring getragen, nicht einmal seinen Ehering, nachdem der Leutnant Rössler beim Abspringen von einem Panzer mit seinem Ring an einer Niete hängengeblieben ist und sich das ganze Fleisch vom Finger gerissen hat.

Mama und ich stehen auf dem Bahnsteig. Eigentlich müßte der Zug längst abgefahren sein. Ich gehe nach vorn zur Lokomotive, um nachzusehen, was es gibt. Der Lokführer und der Heizer arbeiten mit Schraubenschlüsseln und einem Hammer an der Schiebersteuerung. Der Lokführer schimpft. Jetzt schreibt er seit einer Woche in den Fahrbericht, daß sich das obere Schwingenlager zu stark erwärmt, und die Schlampertatschen in der Werkstatt haben es immer noch nicht gerichtet.

Ich gehe zurück. Mama sagt mindestens zum fünftenmal, daß Papa unbedingt sofort schreiben muß, ob er gut angekommen ist in Kiel. Papa antwortet, daß er lieber telegraphieren wird, falls das nicht allzu teuer kommt.

Endlich stößt die Lokomotive einen kurzen Pfiff aus. Der Stationsvorsteher hebt seine Kelle. Mama und Papa küssen sich noch einmal. Dampf und Rauch entweichen in fauchenden Stößen aus dem Schornstein der Lokomotive. Schneller und schneller fährt der Zug. Wir schauen ihm nach und winken, bis der letzte der kleinen, grünen Wagen hinter der Biegung verschwindet, dort, wo die Kastanienallee auf die Ortsstraße trifft. Nur die Dampfwolke ist noch zu sehen.

Gott sei Dank, sage ich.

Nicht wahr? sagt Mama. Abschiede sind scheußlich.

Nach fünf Tagen kommt ein Telegramm: Reise überlebt. Verkehrsverhältnisse unsäglich. Alles Liebe, M. v. P.

Weitere dreizehn Tage vergehen, bis der erste Brief uns erreicht. Dafür ist es ein dicker Brief. Papa schreibt, er und Dr. von Salveter haben einen weiteren Partner hinzugezogen, einen jüngeren Herrn, der Kai Heiko von Matthiessen heißt, Experte in Steuer- und Finanzfragen ist und vor allem aus einer alteingesessenen Kieler Familie stammt. Die Kanzlei wird folglich Mat-

thiessen, Pastrukov, Salveter heißen. Die Räumlichkeiten befinden sich in einem ehemaligen Patrizierhaus am Schützenwall, unweit des Landgerichts. Der Garten ist groß und verwahrlost, das Haus heruntergekommen. Zwei Schreibtische sind vorhanden, sechs Stühle, einige Aktenschränke, eine alte Remington-Schreibmaschine. Wann der Telephonanschluß gelegt wird, wissen die Götter. Das größte Problem wird darin bestehen, eine geeignete Familienwohnung aufzutreiben.
Na, sagt Mama, das hört sich ja vielversprechend an.

Seit ich den Lutz nicht mehr habe, bin ich wieder mehr mit der Nina zusammen. Ein paar von den Buben finden, es ist schad, daß ich ein Siemanndl geworden bin. Ich entgegne, daß sie bloß neidisch sind, vor allem jedoch hab ich die Nina fest am Zügel. Das können sie mir glauben.
Das mit dem Zügel ist ein bißchen anders. Aber man muß ja nicht alles erzählen, was wahr ist.
Die Nina hat Brüste. Ich hab das schon seit einiger Zeit kommen sehen, ungefähr seit anderthalb Jahren. Aber jetzt sind es eben richtige Brüste, nicht bloß so flache Hügel wie die, auf denen die Strichpunktierer das Skifahren lernen. Die anderen Mädchen, die mit der Nina im selben Schuljahr sind, haben noch nichts, gar nichts.
Die sind neidisch auf mich, sagt die Nina. Die drücken den Brustkasten heraus und ziehen die Kleider straff, damit man glauben soll, sie haben was. Man sieht aber bloß die Brustwarzen. Die hat ein jeder, gell? Sogar du!
Wir gehen im See schwimmen. Wir lassen die Cutty Sark segeln. Sie segelt gut; sie kann ziemlich hart an den Wind gehen, bevor die Segel anfangen zu schlagen. Wir fangen in unseren Sacktüchern fingerlange Weißfischchen, machen ein Feuer und braten sie. Die Nina ißt sie manchmal roh. Sie möchte, daß ich das auch tun soll. Mir graust, und ich weigere mich.
Wenn wir uns umziehen, versuche ich, der Nina ihre Brüste zu sehen. Das mißlingt jedesmal. Sie ist viel zu flink. Ich bitte

sie, mich einmal schauen zu lassen, nur ganz kurz. Ich sage, früher hat sie mir noch ganz etwas anderes zeigen wollen. Das streitet sie ab. Sie behauptet, ich muß das geträumt haben, und es ist halt einer von den Träumen, die nicht in Erfüllung gehen.

Wenn wir uns ein Busserl geben, versucht sie nicht mehr, mir die Zunge in den Mund zu stecken, nicht einmal, wenn sie vorher Zwiebeln gegessen hat oder Knoblauch. Und sie paßt höllisch auf, daß sie mich nicht mit ihren Brüsten berührt. Sie sagt, das tut weh.

Ich frage Mama, wie es kommt, daß die Nina schon Brüste kriegt. Pubertas praecox, sagt Mama. Vorzeitige Entwicklung. Frühreife.

Ist das eine Krankheit? frage ich.

Keine Spur, sagt Mama. Deine Großmama, meine Mutter, war mit sieben Jahren voll entwickelt. Es ist selten, aber absolut keine Krankheit. Für die Mädchen kann es schwierig sein. Sie sind noch Kinder, und zugleich schon Frauen. Sie werden dann oft ziemlich launisch. Streitet ihr euch häufig, du und die Nina?

Hm, sag ich. So jeden zweiten, dritten Tag.

Mama meint, das ist häufig. Ich sage, na ja, es ist aber weniger häufig als vor vier Jahren; und das bedeutet doch einen Fortschritt – oder nicht?

Mama lacht.

Doch, sagt sie. So gesehen schon.

Ich frage, wieso sie und Papa sich so selten zanken. Das hab ich schon öfter fragen wollen. Es hat sich bloß nie eine gute Gelegenheit geboten.

Auf die Frage hab ich gewartet, sagt Mama. Es ist so: Der Papa und ich, wir haben uns auf Vorrat gezankt. Ich war einundzwanzig, als wir geheiratet haben. Bei deiner Geburt war ich dreiundzwanzig. In der Zeit, bevor du gekommen bist, hat es zwischen uns gestaubt. Ich hab ein paarmal daran gedacht, fortzulaufen. Der Papa auch. Wir waren aber verheiratet. Da ist das nicht so leicht mit dem Fortlaufen. Und wir haben einander gern

gehabt. Manche Leute raufen sich auseinander, obwohl sie sich gern haben. Wir haben uns zusammengerauft.
Weil ich gekommen bin? frage ich.
Das ist eine vertrackte Frage, sagt Mama. Auf die kann ich dir nur eine vertrackte Antwort geben. Wir haben uns zusammengerauft, weil du gekommen bist. Und du bist gekommen, weil wir uns zusammengerauft haben. Klar?
Mhm! sag ich.
Mir ist aber nur der erste Teil von Mamas Antwort einigermaßen klar. Über den zweiten muß ich noch gründlich nachdenken.

Im November schickt Papa zum erstenmal Geld, eine Kleinigkeit, schreibt er. Es ist so viel, wie er auf der Glöggler-Säge in dreieinhalb Monaten verdient hat. Mama kündigt ihre Stelle in der Villa Körös zum Jahresende. Sie meint, das Geld könnten wir zwar immer noch gut gebrauchen, aber sie braucht die Zeit nötiger.
Sie näht und strickt viel, meistens zusammen mit Frau Lubin, die ihr auch ein bißchen Buchhaltung und Maschineschreiben beibringt.
Vor allem jedoch muß Mama mit mir lernen. Papa hat einige von den Büchern geschickt, die ich im Gymnasium brauchen werde. In Latein, Mathematik und Englisch sollte ich eigentlich auf dem Stand der Klasse sein, in die ich gehen werde; es kann aber nichts schaden, wenn ich alles gründlich wiederhole.
Mama sagt, ihr tut es auch ganz gut, die alten Kenntnisse wieder etwas aufzufrischen. Nur mit der Mathematik findet sie sich nicht mehr zurecht. Die übernimmt dann der Herr Oberlehrer Löschenberger, dreimal in der Woche, nach dem regulären Unterricht.
An einem der ersten Märztage geht Mama abends unsere Milch holen und bleibt fast drei Stunden aus.
Was war? frage ich. Ist eine von den Kühen krank?
Aber nein, sagt Mama. Der Peter hat uns ein wunderbares Angebot gemacht. Er hat mich gefragt, ob wir das Haus hier kaufen

möchten, mit anderthalb Hektar Grund zwischen dem Fluder und dem Weißenbach. Was hältst du davon?
Mensch, Mama, sag ich. Das wär großartig. Würden wir dann hierbleiben?
Das wohl kaum, sagt Mama. Wir könnten aber jedes Jahr hier Urlaub machen, wann immer wir wollen. Wenn Papa und ich einmal alt sind, würden wir vielleicht ganz hierherziehen; du könntest uns dann besuchen, mit deiner Frau und deinen Kindern. Wär das nicht hübsch? Natürlich liegt das alles noch weit in der Zukunft.
Ja, sag ich. Der Nina wär das schon recht. Die möchte auch nicht von hier weg. Was will der Peter denn haben für das Haus?
Zwanzigtausend Schilling, sagt Mama. Für Haus und Grund.
Sie setzt sich sofort hin und schreibt an Papa.
Die Antwort kommt bereits Ende März.
Endlich haben wir Telephon, schreibt Papa. Und wir haben die Handwerker im Haus, das Dach wird neu gedeckt, und vor allem wird die Zentralheizung repariert – jetzt, da der Winter vorbei ist. Nun jedoch zu Deinem Vorschlag, das Weißenbacher Häuschen betreffend. Grundsätzlich bin ich von Herzen dafür; die einzige Frage, die sich mir stellt, ist die: Können wir es uns im Augenblick leisten? Es kommen Ausgaben auf uns zu, Karin. Allein kann ich in einem möblierten Zimmerchen hausen. Zu dritt wäre das ausgeschlossen. Wir werden eine Wohnung mieten müssen. Wir besitzen keinerlei Möbel. Mit der Kleidung steht es nicht viel besser. Ich könnte die Liste beliebig verlängern, und das sind nur unsere privaten Lebenshaltungskosten. Auch die Kanzlei wird noch erhebliche Investitionen verlangen. Dies ist die eine Seite.
Die andere: Wir verdienen recht ordentlich. Die Währungsreform hat der Wirtschaft einen kräftigen Anstoß gegeben, der wiederum unsere Kanzlei in Schwung gebracht hat. Im Mai erhält Dr. von Salveter seine Bestallung als Notar; ein weiterer Schritt voran. Allmählich wage ich zu hoffen, daß es so weitergeht – falls kein Krieg dazwischenkommt.

Meinst du nicht auch, Karin, wir sollten zwei oder drei Jahre abwarten? Aus Deinem Brief schließe ich, daß Peters Angebot freundschaftlich gemeint und keineswegs auf einen akuten Geldbedarf gegründet ist. Er wird sicher bereit sein, ein wenig Geduld zu üben. Sprich mit ihm! Laß mich wissen, wie Ihr verblieben seid.
Mama legt den Brief aus der Hand und zündet sich eine Zigarette an.
Na ja, sagt sie. Die Stimme der Vernunft.
Am 20. Juni, auf den Tag genau ein Jahr, nachdem Papa abgereist ist, erhalten wir einen Brief von ihm, in dem er mitteilt, daß wir ab 1. August Mieter eines Häuschens in Gettorf sind, eine knappe halbe Bahnstunde von Kiel entfernt in Richtung Eckernförde
Ich sehe Mama an.
Mama, sag ich. Freust du dich überhaupt nicht?
Doch, sagt Mama. Es ist nur so, daß ich lieber hierbliebe.
Das geht aber nicht, sag ich.
Stimmt, sagt Mama. Du und Papa, ihr habt beide recht.
In der Schule beneiden mich alle, weil ich eine Reise quer durch Deutschland machen darf, in eine Großstadt komme, ganz nah am Meer, und die vielen Schiffe sehen werde.
Ich sage, das stimmt schon. Dort gibt es aber zum Beispiel keine Berge. Das Land ist flach und grün wie ein Billardtisch. Ob mir einer sagen kann, wie ich dort einen Slalom fahren soll, oder einen Schuß?
Nein, das kann mir keiner sagen. Auf jeden Fall wollen sie mir alle schreiben, und ich will ihnen schreiben. Jede Woche.
Frau Lubin, die Nina, Mama und ich gehen noch einmal Blaubeeren sammeln. Es gibt nur wenige dieses Jahr. Es hat nicht genug geregnet. Na ja, wir könnten die Marmelade sowieso nicht mitnehmen. Ich bringe aber einen Buschen Almenrausch und ein paar violette Enziane mit. Ich fahre mit Mamas Rad auf den Friedhof und lege sie dem Lutz aufs Grab. Der Grabstein ist ein weißer Marmorquader, oben spitzt er sich zu einer Pyramide.

Eingemeißelt sind die Worte: Geboren 1937. Gestorben 1948. Sit tibi terra levis.
Einen ganzen Tag lang machen Mama und ich Abschiedsbesuche.
Lieber bliebe ich hier! sagt Mama jedesmal, wenn es soweit ist, daß wir aufstehen müssen, Hände schütteln, danken, alles Gute wünschen.
Der Tag, an dem wir abreisen, der 4. August 1950, ist warm und sonnig. Es geht ein starker Westwind; Mama meint, der wird bald Regen bringen.
Außer der Kiste, in der zwischen dem Bettzeug die Gläser, meine Ziehharmonika, die Cutty Sark sowie andere zerbrechliche Dinge verpackt sind und die uns der Moosgassner Toni vorgestern auf die Bahn gefahren hat, nehmen wir nur vier Koffer mit. Den dunkelgrünen Kleiderkasten mit den weißen und roten Rosen hat Frau Lubin bekommen, auch den alten Lehnsessel. Meine Skier hab ich der Nina vermacht. Sonst sieht es im Haus so aus, als ob wir noch drin wohnen würden: morgen; übermorgen; immer.
Frau Lubin fährt uns mit ihrem kleinen Fiat zur Bahnstation. Bei der ersten Fahrt nimmt sie Mama und drei Koffer mit. Während ich warte, daß sie zurückkommt und die Nina, mich und den vierten Koffer holt, lege ich mich auf die abgezogene Matratze in meinem Bett und schaue das lebende Bild an der Wand an. Jetzt muß etwas geschehen; etwas, wodurch unsere Abreise im letzten Augenblick unmöglich wird.
Nichts geschieht. Nur die Bäume schwingen im Wind. Schließlich kommt Frau Lubin. Als sie durch die Haustür geht, verdunkelt sich das Bild und verschwindet.
Frau Lubin öffnet die Schlafkammertür.
Babbo? sagt ihre dunkle Stimme. Hab ich mirs doch gedacht, du Höhlenmensch! Wollen wir – oder wollen wir nicht?
Wir müssen, sag ich. Das weißt du.
Wir gehen über den Brettersteg. Unten auf der Kiesbank liegt die große Ringelnatter in der Sonne, ganz nah beim Weidengebüsch.

Im Auto frag ich die Nina, wie oft sie mir schreiben wird.
Jeden Tag! sagt sie.
Da wird sich dein Vati freuen, sag ich. Wenn er das Geld fürs Porto verdienen darf.
Jede Woche? sagt sie.
Hm, sag ich. Eher.
Abgemacht, sagt sie.
Ich reiche ihr den Bruno nach hinten.
Da, sag ich.
Sie nimmt den Bären auf den Arm.
Ja danke, sagt sie. Ich spiel aber nicht mehr mit Puppen. Das weißt du.
Schon, sag ich. Heb ihn auf, für unsere Kinder.
Mhm, sagt sie.
Dann stehen wir auf dem Bahnsteig. Die Berge schauen ganz nah aus. Das ist auch ein Zeichen, daß bald ein Regen kommt. Die Felsen sind voller Lichter und Schatten, voller Risse und Rinnen; aus einigen hängen reglos gleißende Fäden. Wasser ist das.
In den Schienen vor unseren Füßen beginnt es leise zu mahlen und zu stampfen. Aus der Kurve unterhalb der Roßleithen taucht der Zug auf, wächst, fährt ein, hält. Die Bremsen seufzen. Aus dem Sicherheitsventil der Lokomotive bricht tosend weißer Dampf.
Wir steigen ein, zerren unsere Koffer auf die Plattform.
Alsdann! sagt Frau Lubin. Ohren steif! Augen zu! Wird schon!
Du hast gut reden, Edith, sagt Mama. Fahr du doch an meiner Stelle!
Paß auf, was du sagst, entgegnet Frau Lubin. Ich bin imstand und mach das. Meinst, du kannst ihn dir zurechtbiegen, den Vicki?
Mama lächelt, schüttelt den Kopf.
Der Zug ruckt an. Wir winken mit unseren Sacktüchern. Die Nina läßt den Bruno winken. Geschickt macht sie das. Die könnte glatt ein Puppentheater eröffnen.

Mama winkt noch, als Frau Lubin und Nina längst nicht mehr zu sehen sind.
Ich gehe an das gegenüberliegende Fenster, öffne es, beuge mich hinaus. Weißenbach ist schon hinter dem Falkenstein verschwunden. Langsam schieben sich die Berge voreinander, drehen sich weg, werden fremd. Vom Rinnkogel ist bloß noch die Spitze zu sehen.
Wir fahren durch eine Lawinengalerie. Die Telegraphendrähte längs des Bahndamms ducken sich, springen wieder hoch. Wald wischt vorüber. Dann kommt der Kaltenbachtunnel, der längste auf der ganzen Strecke. Draußen in dem schwarzen hallenden Getöse fliegen Funken vorbei. Als es wieder hell wird, befinden wir uns auf der anderen Seite des Lienbachhorns, das die Wasserscheide zwischen dem Tal von St. Koloman und dem Almbachtal bildet.
Mama hält immer noch ihr blauweiß gewürfeltes Sacktuch in der Hand. Aus ihren Augenwinkeln führen nasse Spuren die Nase entlang bis zur Oberlippe.
Mama, sag ich. Wir kommen ja wieder!
Ja, sagt Mama. Bloß wann?
Bald, sag ich. Und wir waren doch fünf Jahre hier. Übermorgen wären es genau fünf Jahre gewesen.
Fünf Jahre, sagt Mama. Ein halbes Leben!
Ein halbes Leben? Mir fällt das Photo ein, auf dem Mama im Alter von zehn Jahren zu sehen ist. Sie trägt ein weißes Kleid mit einem Matrosenkragen, einen hellen Strohhut, weiße Strümpfe und weiße Spangenschuhe. Sie sitzt auf einer Schaukel. In der rechten Hand hält sie einen Apfel. Gleich wird sie hineinbeißen.

*

Babbo öffnete eine Flasche Wein, schnupperte am Korken und sah Hanna an.
Dein Glas ist leer, Gnädigste, sagte er. Darf ich?
Hanna nickte.

Danke, sagte sie, als das Glas voll war. Zum Wohl! Sag einmal: ist dir der Abschied von St. Koloman ebenso schwer gefallen wie deiner Mama?
Babbo zog die rechte Augenbraue hoch.
Hm, sagte er. Schwerer, glaub ich. Dafür hab ich ihn rascher hinter mich gebracht. Wir saßen beide im Zug, Mama und ich. Aber während sie noch in St. Koloman weilte, war ich bereits in Kiel angelangt – in dem Kiel, das ich mir vorstellte. Magst du jetzt ein Glas Wein, Much?
Ich bleibe lieber beim Bier, sagte ich. Ja, Kinder können manchmal recht unsentimental sein, wenn es ans Abschiednehmen geht.
Unsentimental? sagte Hanna. Nicht doch. Verschlossen sind sie. Verschlossen und realistisch.
Genau, sagte Babbo. Es bleibt ihnen ja wenig andres übrig, wenn die Erwachsenen über sie bestimmen. Jetzt, wo war ich denn stehengeblieben? Ah ja: Mama auf der Schaukel, die von St. Koloman nach Kiel schwingt. Alsdann!

27

Bis in den September hinein schreiben die Nina und ich einander jede Woche, wie wir es abgemacht haben. Danach werden ihre Briefe seltener. Um die Mitte des Jahres 1951 schreibt sie nur noch einmal im Monat. Ich halte mich weiterhin an unsere Abmachung, obwohl Mama mir zu bedenken gibt, das könnte der Nina vielleicht nicht recht sein; sie könnte es als aufdringlich empfinden.
Frau Lubin schreibt an Mama und Papa. Es ist jedoch so gut wie stets Mama, die antwortet. Papas Zeit ist ausgefüllt. Morgens geht er zusammen mit mir aus dem Haus. Während ich um zwei, spätestens um halb drei wieder daheim bin, dauert Papas

Arbeitstag regelmäßig bis sieben, manchmal auch bis zehn Uhr abends.
Im Mai 1951 schreibt Frau Lubin, das Leben ihres Mannes läuft jetzt ein wenig ruhiger und überschaubarer ab. Das Geschäft geht glänzend; er möchte aber lieber nach Deutschland und wieder einen richtigen Speditionsbetrieb aufmachen, mit mehreren Fahrzeugen. Übrigens hat er zwei Freundinnen, eine in Linz, die andere in Kufstein, so daß ihm nichts abgeht, wenn er unterwegs ist.
Sympathisch! sagt Papa. Die Edith tut mir leid.
Marek, sagt Mama. Begreifst du sie? Wieso läßt sie sich das bieten?
Der Briefwechsel zwischen mir und meinen ehemaligen Mitschülern hat großartig begonnen und ist dann rasch eingeschlafen. Ab und zu kommt eine Karte; oder ein Brief, ein Blatt, aus einem Heft gerissen, heimlich beschrieben, während der Schulstunden. Nicht einmal der Addi schreibt oft.
Im Gymnasium komm ich ganz ordentlich zurecht. Ich hab in Untertertia angefangen und bin jetzt in Obertertia und in allen Fächern auf dem laufenden, außer in Latein, wo ich ungefähr ein Vierteljahr zurückhänge. Papa sagt, das läßt sich aufholen; falls ich mich anstrenge, kann ich unter Umständen sogar die Untersekunda überspringen. Da wird sich Herr von Matthiessen schon dahinterklemmen, der mit unserem Direx befreundet ist, privat und durch die CDU. Wenn mir das gelingt, kriege ich ein Segelboot, kein riesengroßes, aber ein richtiges.
Na ja, mal sehen.
Wir sind zweiunddreißig Mann in der Obertertia: drei stammen aus Arbeiterfamilien, dreiundzwanzig aus bürgerlichen, und sechs sind Adlige. Demokratisch gesehen, sagt Papa, ist das zwar eine Minderheit, dafür aber eine qualifizierte.
Marek, sagt Mama, setz dem Buben keine Rosinen in den Kopf. Die Zeiten haben sich geändert.
Papa entgegnet, erstens war es ein Witz; zweitens, Adel bleibt Adel; drittens, das verpflichtet.

Auch Mamas Zeit ist nun ziemlich ausgefüllt, seit sie dreimal in der Woche Abendkurse in der Handelsschule besucht, um ihre Maschinenschreibkenntnisse zu verbessern und Stenographie zu lernen. Sie sagt, jetzt, wo sie höchstwahrscheinlich doch keine Kinder mehr bekommen wird, kann sie sich ebensogut in der Kanzlei ein wenig nützlich machen, halbtags vielleicht. Mit dem Haushalt fühlt sie sich nicht mehr ausgelastet. Ja, wenn es ein Landhaushalt wäre, wie in Selenice, oder auch nur ein Bauernhof. Aber so?

Anfangs, also im vorigen Jahr, kurz, nachdem wir umgezogen waren, hab ich mir Mühe gegeben, den Kieler Dialekt zu erlernen. Das war ein Reinfall. Die anderen haben gelacht.

Ich hab noch am selben Tag auf Hochdeutsch umgeschaltet. Den Salzburger Dialekt kann ich ja immer noch in den Briefen an die Nina verwenden.

Im April 1952 ziehen Lubins in die Bundesrepublik um, nach Dortmund-Kirchhörde, Herdecker Straße 33. Das Häuschen in Weißenbach behalten sie weiterhin zur Miete. Frau Lubin bewirbt sich um eine Stelle im Schuldienst und wird sofort genommen, mit Handkuß, schreibt sie. Sie unterrichtet das erste Schuljahr. Es macht ihr schon Spaß, das Gehalt ist gut; und dann die Sicherheit, die man als Beamter hat. Aber wenn sie mittags nach Hause kommt, braucht sie immer anderthalb oder zwei Stunden, bis sie sich wieder erwachsen fühlt.

Die Nina hat seit elf Wochen keine Zeile mehr von sich gegeben. Sie kann halt nicht – der Umzug mit seinem Trubel, die neue Schule, der Dortmunder Dialekt.

Der Juli vergeht, der August, der September. Kein Brief von der Nina.

Babbo, sagt Mama, sei gescheit. Hab ein bißchen Stolz. Keine Frau mag das, wenn ein Mann sie so bedrängt. Die Nina ist noch ein halbes Kind. Geh lieber öfter segeln!

Es sind fast immer dieselben beiden Jungs, mit denen ich segle: der Stippi, und der Parvo.

Der Stippi heißt eigentlich Johannes Steinki, von Steinki &

Knesebeck, Baustoffgroßhandel. Der Parvo hat den seltenen Vornamen Paridam, Paridam von Pogner. Der Stippi ist klein, hat drahtige Bürstenhaare, rasche, gezielte Bewegungen und unglaublich gute Augen, mit denen er die Seezeichen noch ausmachen kann, wenn der Parvo und ich längst zum Glas greifen müssen. Der Parvo ist eine Handbreit größer als ich, schmaler, und blond. Er sieht bedeutend schlechter als der Stippi, das sowieso, doch auch schlechter als ich. Er trägt eine Brille. Wenn wir Seegang haben und es spritzt, sagt er immer, es ist eine Scheiße, daß noch niemand einen Scheibenwischer für Brillen erfunden hat. Parvos Stärke besteht darin, daß er sich unwahrscheinlich gut orientieren kann, selbst im Dunkeln. Wenn keiner mehr weiß, wo wir genau sind, er weiß es. Außerdem gehört ihm das Schiff. Sigrun heißt es, nach seiner Mutter.
Mädchen nehmen wir auf unsere Törns grundsätzlich keine mit.

Im März 1953 stirbt Onkel Jodi. Er geht trotz einer Grippe in die Wälder am Fuß des Rothorns, um eine Bestandsaufnahme zu machen. Er sagt, er wird drei Tage ausbleiben. Als er am vierten Tag noch nicht zurück ist, scheucht Tante Agnes die Forstverwaltung und die Gendarmerie auf. Am nächsten Tag findet ein Forstadjunkt den Onkel Jodi in der Sennhütte auf der Holzmeister-Alm. Da ist er bereits tot. Dr. Magerstein sagt, die Grippe hat sich zu einer Lungenentzündung entwickelt; Onkel Jodi war zu geschwächt, um ins Tal hinunter zu steigen. Da ist er auf der Hütte geblieben. Er hat noch versucht, sich zu kurieren; über der kalten Feuerstätte hat ein Kessel mit Lindenblütentee gehangen. Der Brief, in dem Tante Agnes uns dies mitteilt, ist elf Tage unterwegs. Das Begräbnis hat längst stattgefunden. Mama und ich wären gerne hingefahren.
Ab und zu bekomme ich einen Brief von Nina. Frau Lubin schreibt öfter. Ihr Mann hat nun zwei Lastwagen laufen.
Auch wir kaufen ein Auto, einen hellgrauen Volkswagen mit geteiltem Rückfenster und unsynchronisiertem Getriebe. Papa fährt selten; er zieht die Bahn vor. Da kann er noch einen

Blick in die Akten werfen, die er mit nach Hause genommen hat.
Sobald ich achtzehn bin, will ich auch meinen Führerschein machen. Einstweilen komme ich nur zum Fahren, wenn ich am Wochenende den Parvo auf dem Landgut seiner Eltern besuche. Herr von Pogner besitzt neben anderen Autos auch einen uralten Volvo. Er ist nicht angemeldet, aber das spielt keine Rolle, weil wir nur auf den privaten Wirtschaftswegen damit herumgurken.

Die Kanzlei Matthiessen, Pastrukow, Salveter, Rechtsanwälte und Notare, stellt eine zweite Sekretärin ein. Fräulein Cunnewitz, die von Anfang an dabei war, schafft die Arbeit nicht mehr allein. Von der neuen Sekretärin erfahre ich durch einen Zufall. Ich sitze in der Küche, lese eine Geschichte von Wolfgang Borchert und warte, daß mein Teewasser kocht. Mama ist drüben im Wohnzimmer und liest ebenfalls. Ich höre, wie die Haustür aufgeschlossen wird. Das ist Papa. Er stellt seinen Aktenkoffer ab und geht durch den Flur ins Wohnzimmer.
Grüß dich, Karin! höre ich ihn sagen. Entschuldige, daß es so spät ist. Ich wollte dich anrufen, aber nicht einmal dazu findet man Zeit, wenn man sich mit diesen Holzköpfen herumschlagen muß.
Ich höre, wie er sich neben Mama auf das Sofa setzt.
Holzköpfe? sagt Mama. Ach so: der Baulandausschuß!
Ja genau, sagt Papa. Woher weißt du das?
Von deiner Sekretärin, sagt Mama. Das ist doch deine neue Sekretärin, die mit dem kurzen Rock und dem roten Wuschelkopf?
Ja, sagt Papa. Was hast du gegen den Rock, Karin? Er reicht bis weit unter die Knie.
Vielleicht, wenn sie steht, sagt Mama. Übrigens kann sie es sich leisten, ihre Knie zu zeigen. Tüchtig ist sie auch. Sie hat deinen gesamten Tagesablauf im Kopf gehabt. Wie heißt sie eigentlich?
Fräulein Norgaard, sagt Papa. Maleen Norgaard.
Ma ... Wie?

Maleen. Du kennst doch die Ballade vom Brennesselbusch:
Brennettelbusch,
Brennettelbusch so kleene,
Wat steihst du so alleene?
Brennettelbusch,
Wo is myn Tyd eblewen,
Un wo is myn Maleen?
Ja richtig, sagt Mama. Börries von Münchhausen. Marek: Seit wann sind Brennesselbüsche rot?
Papa beantwortet diese Frage nicht. Statt dessen fragt er, worauf Mama hinauswill. Mama entgegnet, indem sie Papa fragt, weshalb die neue Kraft ihm zugeteilt worden ist und nicht Herrn von Matthiessen.
Das war folgendermaßen, sagt Papa. Der Kai und ich haben gelost.
Marek! sagt Mama. Wirklich! Habt ihr so wenig zu tun, daß ihr während der Bürostunden Damenverlosungen abhaltet?
Jetzt wird Papa ärgerlich. Er sagt, Mama weiß ganz gut, wie unangebracht der Plural ist; es war ein harmloser Spaß unter Männern.
Mama lacht.
Also Marek, sagt sie. Das begreif ich schon – jetzt, nachdem du es mir erklärt hast. Komm, ärger dich nicht!
Die Woche geht zu Ende, ohne daß die neue Sekretärin in meiner Gegenwart noch einmal erwähnt wird. Am Montagmorgen beim Frühstück erklärt Mama, daß ab heute sie selber Papas Sekretärin sein wird, halbtags. Fräulein Norgaard kann für Herrn von Matthiessen tätig sein.
Papa und Mama nehmen das Auto. Mama fährt.
Das Boot, das Papa mir versprochen hat, bekomme ich im nächsten Jahr, am 22. Mai 1954. Es ist eine Jolle, wie die Cutty Sark, die auf meinem Bücherregal steht und oft abgestaubt werden muß; es liegt in der Schlei, bei Missunde. Papa fährt mich hin. Das Boot ist grün. Es heißt Undine. Während ich es mir genau ansehe, unterhält Papa sich mit dem Bruder des Eigentümers. Ich

höre nur mit halbem Ohr hin. Sie sprechen von Häusern, Grundstücken, Grundstückspreisen. Wenige Tage darauf, wir haben die Undine gekauft, aber noch nicht abgeholt, erzählt Papa beim Abendessen von einem Haus mit großem Grundstück, das günstig zu haben ist. Am Sonntag fahren wir es besichtigen. Es ist ein ehemaliges Gutsverwalterhaus, mit dicken, gelb verputzten Mauern, hohen Fenstern, einem roten Walmdach. Es steht unmittelbar an der Engstelle der Schlei gegenüber von Missunde.
Mama ist entsetzt. Innen und außen bröckelt der Putz. Viele Fensterscheiben sind zerbrochen und durch Pappe oder Sperrholz ersetzt. Die Dachrinnen durchgerostet. In drei Räumen sind die Parkettböden feucht geworden und haben sich geworfen. Zentralheizung ist keine vorhanden.
Zentralheizung haben wir jetzt auch nicht, sagt Papa. Die läßt sich einbauen. Der Keller und die Grundmauern sind trocken, Karin. Der Dachstuhl ist einwandfrei. Schau dir den Garten an, die herrlichen alten Eschen! Zweieinviertel Hektar Land – und für den Preis!
Mama schlägt vor, wir sollten zuerst unser Häuschen in Österreich erwerben, in Weißenbach. Ewig wird der Peter nicht warten.
Papa meint, wir können das eine tun, ohne das andere zu lassen. Der Peter hat vier Jahre gewartet; er wird auch noch ein fünftes Jahr warten.
Wir brauchen etwas Eigenes, sagt Papa. Wem können wir es denn zumuten, uns in Gettorf zu besuchen? Na bitte! Wenn wir etwas Eigenes wollen, dann jetzt, Karin. Die Preise werden ins Ungemessene steigen. Wart es ab. Oder besser nicht.
Im Juni wird der Kaufvertrag abgeschlossen. Mama und ich sind überrascht, wieviel Geld Papa in den letzten beiden Jahren erspart hat. Etwas über zwei Drittel der Kaufsumme kann er bar bezahlen. Für den Rest nimmt er eine Hypothek auf, die uns monatlich kaum mehr kostet als die Miete unseres Häuschens in Gettorf.

Die Samstage und oft auch die Sonntage verbringen wir jetzt in Missunde. Wir schlagen lockeren Putz ab, setzen Fensterscheiben ein, reißen die verdorbenen Parkettböden heraus. Wenn wir eine Pause einlegen, spiele ich auf meinem Schifferklavier. Das Haus hat eine wundervolle Akustik. Papa meint, das kommt davon, daß die Räume ganz leer sind. Mama sagt, das spielt gewiß auch eine Rolle, vor allem liegt es jedoch an den Wänden, die bis zur halben Höhe vertäfelt sind, und an den Holzdecken.

Im Juli bekomme ich zum erstenmal seit Mitte März wieder einen Brief von Nina. Sie schreibt, ihr Vati hat jetzt insgesamt vier Lastwagen laufen; ihre Mutti kommt neben ihrem Schuldienst mit den Büroarbeiten kaum noch nach. Sie schreibt, sie hat im Mai angefangen, ein bißchen segeln zu lernen, auf dem Baldeneysee. Es geht schon ganz dufte. Im Postskriptum schreibt sie, daß sie mich möglicherweise in diesem Jahr einmal besuchen wird.

Drei Tage später ist sie da. Sie hätte ja telegraphieren können, wann sie ankommt. Oder sie hätte unterwegs anrufen können, von Hamburg aus zum Beispiel. Aber sie kommt einfach, ruft an und sagt, sie sitzt vor dem Hauptbahnhof auf ihrem Koffer und ist ganz platt, weil Kiel so eine saubere Stadt ist, mit so einer guten Luft. Nur die Sprache versteht sie fast nicht. Ob das so eine Art von Englisch ist?

Gute Götter! sagt Mama, während sie die Autoschlüssel sucht. Sitzt das junge Ding da mutterseelenallein mitten im Hafenviertel! Und das bei Nacht! Wenn ihr nun etwas passiert?

Aber Mama, sag ich. Reg dich doch bitte ab. Der Bahnhofsplatz ist nicht die Reeperbahn. Kiel ist nicht Chicago.

Endlich findet Mama die Autoschlüssel, und wir fahren los.

Es ist nicht ein Koffer, auf dem Nina sitzt. Es sind drei; drei große Koffer. Nina springt auf, als sie uns erkennt, und öffnet meine Tür, noch ehe der VW ganz zum Stehen gekommen ist.

Sie ist gewachsen in den vier Jahren, die wir uns nicht gesehen haben. Sie trägt ein hellblaues Sommerkleid mit weitem Rock

und weiße Stöckelschuhe, aber keine Strümpfe. Die Haare hat sie zu einem Pferdeschwanz hochgebunden; ein bißchen sind sie nachgedunkelt, aber blond sind sie immer noch.
Mama bekommt ein Bussi.
Wie soll ich zu dir sagen? fragt Nina. Frau von Pastrukov? Oder so wie früher?
Aber Ninotschka! sagt Mama.
Also gut, sagt Nina. Grüß dich, Mama!
Jetzt bin ich dran. Wir zielen beide schlecht. Das Bussi geht daneben, in die Mundwinkel. Immerhin bekomme ich mit, daß es nicht nach Zwiebeln schmeckt, sondern nach Hustenbonbons.
Na! sagt Nina. Unrasiert bist!
Na! sag ich. Das ist ein Bart!
Schluß jetzt, sagt Mama. Zankt euch später. Rein mit den Koffern, und heim ins Reich.
Mann! sagt Nina, als Mama in den dritten Gang schaltet, ohne daß es kracht. Dufte! Mit Zwischenkuppeln. Wo hast du das gelernt, Mama?
Bei deiner Mutti. Weißt du das nicht mehr?
Nein. Das hab ich vergessen. Ich werd eben alt.
Wir bringen Nina in meinem Zimmer unter. Wir haben zwar ein Gästezimmer, doch das, sagt Mama, gleicht momentan eher einer Rumpelkammer. Für die zwei Wochen kann ich da schlafen, auf dem Feldbett.
Jetzt beeilt euch, sagt Mama. Packt fertig aus. Ich geh uns was kochen. Papa wird gleich heimkommen.
Mamas Schritte sind noch auf der Treppe zu hören, da fragt mich Nina, ob ich ihr treu war.
Logisch, sag ich. Das hatten wir doch ausgemacht.
Kennst du gar keine anderen Mädchen?
Doch.
Und? Wie finden die das?
Was denn, Nina?
Na, daß du nicht auf sie reagierst.
Hm, sag ich. Mysteriös? Ja: mysteriös. Rätselhaft. Interessant.

Das weiß ich durch meine Freunde. Die wollen immer wissen, wie ich das mache, daß die Mädchen mich interessant finden. Ich sag ihnen, ich mach gar nichts. Das ist wahr. Aber sie glauben es nicht.

Ich muß lachen, weil mir das Gesicht vom Parvo einfällt, wie ich gesagt hab, ich kann ihm den Trick nicht verraten, weil da keiner ist.

Ich find das nicht komisch, sagt Nina.

Sie schaut mich an. Dann schlingt sie beide Arme um meinen Hals und küßt mich. Erst ist ihre Zunge in meinem Mund. Dann ist meine Zunge in ihrem.

Ich küsse sie auf die Augen, und wieder auf den Mund. Ihr Gesicht ist heiß, rot. Sie atmet tief ein, nimmt mein eines Bein zwischen ihre Knie, preßt sie zusammen, daß es wehtut, atmet tief aus, schiebt mich mit beiden Händen von sich weg.

Babbo, sagt sie. Babbo. Nein. Nein. Nein. Nicht!

Warum nicht? sag ich. Es ist schön.

Ja, sagt sie. Nein. Laß es. Ich werd unten immer gleich naß, wenn mich einer so küßt. Ich bin leicht hochzukriegen. Ich will nicht. Bitte.

Ich schaue sie an.

Immer? frag ich. Wenn wer dich küßt?

Wer schon! Männer. Buben. Jungens.

Welche?

Der Addi. Der Raschid, der ist aus Persien. Zwei oder drei noch, auf den Parties.

Ich hab geglaubt, du bist eine Jungfrau. Das hast du gesagt. Geschrieben auch.

Es ist wahr, Babbo. Das, was du meinst, hab ich mit keinem gemacht.

Was sonst?

Na ja. Dem Addi.

Was? Sag schon!

Dem Addi hab ich einen abgemolken. Einmal bloß. Letzten Sommer. Er hat mich gebeten, weißt du. Angefleht.

Und? Wie war das?
Lustig. Ein bisserl eklig. Nein, eklig nicht. Komisch. Ihn hat es so aufgeregt, und ich bin so kalt gewesen. Auch wie das Zeug herausgespritzt ist aus seinem, na ja. Mir hat das keinen Spaß gemacht. Ihm schon. Bist du mir bös?
Wieso? sag ich. Du hast es mir gesagt. Ich hab dich gern.
Sie nickt, wischt sich Haare aus der Stirn.
Ich dich auch, sagt sie.
Wir packen weiter aus. Nach einer Weile fängt sie zu erzählen an. Sie erzählt in einem Stück, während wir auspacken und einräumen, während wir die Treppe hinuntergehen, während wir essen. Dann wird sie unvermittelt stumm, ein bißchen blaß. Sie lehnt sogar die Zigarette ab, die Mama ihr anbietet.
Müde? sagt Mama. Kein Wunder. Komm, ich bring dich in die Heia.
Mama kommt zurück.
Wo ist Papa denn hin? fragt sie.
Ins Bett gegangen, Mama. Um seinen meistbeanspruchten Körperteil zu schonen, hat er gesagt. Dein Buch hat er mitgenommen.
Mama setzt sich, gießt Tee ein, zündet eine Zigarette an.
Babbo, sagt sie, ich hab dir etwas abzubitten.
Du mir? sag ich. Den Tag hab ich herbeigesehnt. Worum handelt es sich?
Blödel, sagt Mama. Hör zu: ich hab öfters spitze Bemerkungen über die Nina gemacht. Ich hab mich geirrt. Sie kommt mehr und mehr auf ihre Mutter heraus. Ein temperamentvolles, warmherziges, durch und durch lebendiges Geschöpf. Halt sie fest!
Mama! sage ich. Vor drei Tagen hast du mir noch empfohlen, Abstand zu halten. Jetzt entscheide dich, wen ich halten soll: den Abstand – oder die Nina?
Mama schüttelt den Kopf, bläst Rauch von sich.
Beide, sagt sie.

28

Auch Papa meint, daß die Nina ein großartiges Mädchen ist, und behandelt sie mit der ernsthaften, ein wenig pedantischen Ritterlichkeit, die er ansonsten für Mama reserviert. Er rückt ihr den Stuhl zurecht, gibt ihr Feuer, wenn sie ausnahmsweise eine Zigarette annimmt, hilft ihr in den Regenmantel, führt sie am Arm durchs Foyer des Stadttheaters und die Treppe hinauf in die Loge. Nina sagt, das alles macht sie oft ganz unsicher, weil sie abwarten muß, ob Papa etwas für sie tun wird, was sie ganz gut selber machen könnte. Aber sie genießt es; das kann ich sehen, das sag ich ihr auch, und das gibt sie auch zu.

Wir gehen segeln, mit der Undine, und zweimal sogar mit der Sigrun. Der Stippi ist erst skeptisch, als ich ihn anrufe und frage, ob es okay ist, wenn ich eine Frau mitbringe. Er will wissen, ob es so eine ist, die alles mit Höschen und Büstenhaltern zuhängt. Ich beruhige ihn. Der Parvo sagt, er muß sie erst einmal beriechen, dann wird er gleich wissen, woher der Wind steht. Er ist dann sehr angetan von Nina. Sie kommt in einer weißen Hose und einem roten Pullover statt in irgendwelchen Reizgardinen, die man ab Windstärke vier um die Beine festbinden muß, damit Zucht und Anstand gewahrt bleiben. Sie bringt Tennisschuhe mit, statt mit ihren Straßentretern aufs Deck zu latschen. Sie fragt, ob sie an Bord kommen darf, bevor sie an Bord kommt. Sie weiß, daß Wahrschau eben nicht die Hauptstadt von Polen ist. Es fällt ihr nicht ein, Backbord mit Steuerbord zu verwechseln, oder im Zweifel zu sein, wohin Rot gehört und wohin Grün.

Wie sie sich das so rasch gemerkt hat, will der Parvo wissen. Da ist doch sicher ein Trick dabei?

Stimmt, sagt Nina. Ein Trick aus der Politik.

Ja schön, sagt der Parvo. Das reimt sich. Und weiter? Laß kommen!

Na, sagt Nina. Die Linken sind rot, folglich bleibt für rechts nur Grün übrig. Die Rechten sind am Steuer, an Steuerbord; dann kann links nur noch Backbord sein. Logisch?

Der Parvo nimmt seine Brille ab, haucht auf die Gläser, setzt sie wieder auf.
Grauenhaft! sagt er. Aber es funktioniert.
Am vorletzten Abend veranstalten wir in unserem Haus in Missunde eine Party, in dem großen Raum zu ebener Erde, der nach Süden auf die Schlei hin geht und einmal unser Wohnzimmer sein wird. Im offenen Kamin brennt ein Feuer. Es sind zwischen dreißig und vierzig Leute da; genau läßt sich das nicht sagen, es herrscht ein ständiges Kommen und Gehen. Bowle gibt es, und Bier. Der Parvo hat sein Saxophon mitgebracht und seine Sonnenbrille aufgesetzt und mimt einen auf Charlie Parker, gar nicht ungelungen. Ich hab natürlich mein Schifferklavier mitgenommen. Der Nepomuk Pauli aus der Parallelklasse, der Pastor werden will und deswegen allgemein Sankt Pauli genannt wird, hat seine Gitarre dabei. Offenbar will er herausfinden, wer mehr aushält, die Gitarre oder wir.
Es dauert nicht lange, bis er es herausfindet.
Jesus, sagt Nina zu ihm. Gib her! Geh Orgel spielen!
Er gibt ihr die Gitarre, geht aber nicht, sondern hört zu. Nach einer Weile sagt er, sie kann es wirklich besser, und er ist froh, erlöst zu sein.
Jetzt wird gesungen: There is a house in New Orleans, Saint Louis Woman, Kalinka, Drei Lilien, Die Affen rasen durch den Wald, Sixteen Ton und schließlich auch noch Unrasiert und fern der Heimat.
Und der Bart wird immer länger,
Immer länger wird der Bart...
Dieses Lied hält man ziemlich lange durch, falls ein paar Leute anwesend sind, die mit Kopfstimme, Tremolo und einigen Faxen und Mätzchen Abwechslung in den immer wiederkehrenden Text bringen.
Nachdem wir den allerletzten Bart zart und wehmütig haben ausklingen lassen, gibt Nina dem Sankt Pauli die Gitarre zurück.
Danke, sagt sie. Du kannst weiterüben.
Der Parvo sagt, ihn wandelt eine Sehnsucht nach dem Ruhrge-

biet an. Ob es dort noch mehr solche Frauen gibt wie die Nina?
Nina sagt, leider nein, sie ist ein Einzelstück. Dann streicht sie mit dem Handrücken über mein Kinn.
Na? sagt sie. Mir scheint, ein bissel hats geholfen.
Meinst, er ist länger geworden? Das kann aber auch an der Treibhaushitze hier drin liegen.
Stimmt. Komm, wir gehen raus. Sonst wächst er dir noch bis auf den Bauch.
Draußen ist es recht hell, obwohl der Mond hinter Wolken steckt. Die Schlei gluckst. Unter den Bäumen wird geknutscht. Das muß jetzt erledigt werden; in einer halben Stunde ist es Mitternacht, und die meisten von uns werden abgeholt.
Wir sprechen von der Schule, von Autos, vom Mai, den die Nina letzten Sommer in Österreich gelassen hat, weil er in Dortmund nicht glücklich war; wir sprechen von meinen und ihren Eltern, und wir überlegen, was wir studieren wollen.
Maschinenbau, sag ich. Schiffsbau, vielleicht. Oder Elektrotechnik. Ich muß erst mal sehen.
Lehrerin? sagt Nina. Wegen der Ferien? Oder Medizin? Kann sein, Medizin. Medizin ist prima.
Mensch oder Tier?
Weiß ich noch nicht. Hat ja Zeit.
Bei mir nicht, sag ich. Ich muß nächstes Jahr im Herbst anfangen.
Ja richtig, sagt Nina. Du bist Oberprima.
Danke, sag ich.
Sie lacht und sagt, ich soll mir nichts einbilden. Ich nehme sie in den Arm, küsse sie auf die Augen.
Wann heiraten wir? frage ich.
Weiß ich nicht. Hat ja Zeit.
Bis wann, Nina? Bis ich fertig bin?
Wann bist du fertig?
In drei, vier Jahren.
Dann bin ich auch soweit. Vielleicht. Weißt du, Babbo, weshalb ich euch besucht hab?

Ja sicher. Wir haben einander gern. Du magst meine Eltern. Meine Eltern mögen dich. Weißt du das nicht?
Doch. Deswegen bin ich aber nicht gekommen. Nicht hauptsächlich.
Sondern?
Sie schiebt mich von sich weg, hakt sich bei mir unter. Wir gehen den Weg entlang, der zum Bootssteg führt.
Weshalb bist du denn gekommen? frage ich.
Ich war neugierig. Mich hat interessiert, wie wir miteinander sind, du und ich.
Du meinst, ob wir zueinander passen?
Sie schüttelt den Kopf. Ihr Pferdeschwanz geht auf, die Haare fallen über ihre Schultern und dicht um ihr Gesicht.
Au Scheibenhonig, sagt sie. Hast du vielleicht einen Gummi?
Sorry. Laß sie ruhig offen. Es steht dir.
Mußt du das sagen? Ich weiß, daß mir das steht. Voriges Jahr haben sie bei uns den Spiegel erfunden.
Ich bin kein Spiegel. Ich hab dir was Nettes gesagt, du olle Distel.
Sie lacht.
Ich hab dich was gefragt, sage ich. Passen wir zueinander?
Ich glaub schon. Bloß, was bedeutet das? Mutti und Vati passen auch zueinander. Trotzdem kommen sie miteinander nicht zurecht.
Nina, wir sind nicht unsere Eltern.
Doch! Halb und halb!
Schon. Das hab ich nicht gemeint. Ich hab sagen wollen, unser Leben muß nicht so verlaufen wie das von unseren Eltern. Wir müssen miteinander auskommen. Wir: du und ich.
Und?
Und ich finde, wir kommen miteinander aus. Viel besser als früher, stimmts? Also. Die drei Wochen, die waren doch schön. Für mich. Für dich auch.
Wir sind auf den Bootssteg hinausgegangen und bleiben stehen. Die Undine liegt da. Wasser strömt mit einem leisen ziehenden Laut um ihren Rumpf. Über uns hängen die belaubten Zweige

der Eschen. Die Bäume, das Wasser, die Dunkelheit erinnern mich an etwas, was ich einmal gelesen hab. Was war das? Es fällt mir nicht ein.
Babbo, sagt Nina, das stimmt alles. Das weiß ich alles. Mich hat interessiert, wie wir miteinander sind.
Laß kommen, sag ich. Wie sind wir miteinander?
Wie Geschwister. Wie deine Eltern. Stell dir das vor: ruhig, verträglich, höflich, lustig, zuvorkommend, Tag für Tag, jahraus, jahrein, das Leben lang. Zum Schreien! Zum Weglaufen!
Nina. Bin ich dir langweilig?
Das bist du nicht. Du nicht und ich nicht. Miteinander wären wirs. Ich brauch, daß was los ist!
So wie bei deinen Eltern, ja?
Sei nicht gemein!
Ich bin nicht gemein. Ich bin deutlich. Wie das mit meinen Eltern ist, davon weißt du noch weniger als ich. Es hat zwischen ihnen gekracht, anfangs. Sie waren nah dran, sich scheiden zu lassen. Sie haben sich halt zusammengerauft. Mama hat mir das selber gesagt. Und jetzt, jetzt läuft auch nicht alles so glatt, wie es aussieht. Ich hab dir die Sache mit dem Grundstück hier erzählt. Die Geschichte mit der Sekretärin auch.
Ja, eben. Immer finden sie einen Ausweg.
Nina, dafür sind sie doch verheiratet. Jetzt sag mir, was du willst. Willst du es so haben wie deine Eltern?
Sie legt ihren Kopf an meine Schulter.
Nein, sagt sie leise und deutlich. Nein, nein, nein! Er schläft nicht mal mehr mit ihr! Wieso sie noch da ist, ich weiß nicht. Wegen mir? Nein.
Nina, was möchtest du?
Ich weiß nicht. Ich mag dich. Du bist nicht langweilig, aber … hm! Paß auf: ich fahr übermorgen heim, nicht wahr?
Weil du mußt.
Laß mich ausreden. Ich fahr übermorgen heim. Nach vier oder fünf Tagen schreib ich dir, ich brauch dich, komm. Einfach so, ohne Grund. Was machst du?

Ich komme. Ich hab schließlich Ferien.
Aha. Du kommst. Inzwischen ist irgendwas eingetreten, oder ich habs mir anders überlegt. Ich sag dir, lieber Babbo, ich kann dich jetzt nicht brauchen, fahr wieder heim. Und?
Na, dann fahr ich halt.
Eben!
Ah so. Du glaubst, du hast mich am Banderl? Da täuschst du dich. Ich hab dich lieb. Das ist ganz was andres.
Gar nicht! Es kommt aufs gleiche raus. Ich werd dich ausnutzen, Babbo. Schlitten fahren werd ich mit dir. Das hab ich vom Vati. Und noch was. Die Lubins können nicht treu sein.
Wer sagt das?
Die Mutti. Die muß es wissen, oder?
Sie meint deinen Vater. Nicht dich.
Wohl meint sie mich. Ich bin seine Tochter.
Das ist der blödeste Scheißdreck, den ich je von dir gehört hab! Du wühlst dich da in was rein. Du denkst dich rein. Du redest dich rein. Wenn du jetzt der Parvo wärst oder der Stippi, ich würd dir rechts und links eine runterhauen, bis du wieder normal bist!
Sie hebt ihr Gesicht.
Ja! sagt sie. Tus!
Ich nehme ihr Gesicht und küsse sie. Sie wehrt mich nicht ab. Sie küßt mich nicht zurück. Sie fängt an zu heulen.
Mir ist kalt, sagt sie nach einer Weile. Gehn wir rein.
In der Nacht vor Ninas Abreise liege ich lange wach. Mama geht ins Badezimmer, nach ihr Papa. Ich liege und lausche auf die Geräusche in den Wasserröhren; es zischt und braust, gurgelt und seufzt.
Im Haus wird es still. Ich warte eine halbe Stunde. Dann stehe ich auf, gehe geräuschlos durch das braune Dämmerlicht den Flur entlang an der Treppe vorbei, klopfe leise an die Tür meines Zimmers.
Babbo? sagt Ninas Stimme.
Ja, sage ich.

Komm! sagt sie.
Ich trete ein, schließe behutsam die Tür.
Ich kann auch nicht schlafen, flüstert Nina. Ich war drauf und dran, zu dir zu kommen. In die Rumpelkammer!
Sie lacht.
Jesus! flüstere ich. Das Feldbett wär unter uns zusammengekracht. Mama wär mit Blaulicht und Hausapotheke angerast. Stell dir den Anblick vor, der sich ihr geboten hätte.
Mhm, anrüchig. Babbo, wirst du brav sein?
So brav wie du.
Dann komm ins Bett.
Sie wälzt sich auf die rechte Seite, hebt die Decke, und ich krieche zu ihr. Sie riecht nach Seife, nach gewaschenem Haar, Bettwärme und frischem Schweiß. Ich küsse sie in den Nacken.
Brav sein, sagt sie.
Sie wühlt sich zurecht, preßt ihren Rücken gegen meine Brust und ihr Hinterteil in meinen Schoß.
Bequem? fragt sie.
Mhm, sag ich. Und du?
Gib mir deine rechte Hand her, sagt sie. Ja, so. Die linke ein bißchen höher, ja, da hin. Ich glaub, so gehts. Halt mich fest.
Wenige Minuten später ist sie eingeschlafen, und mein rechter Arm, auf dem sie liegt, auch. Ich drehe ihn ein wenig, langsam, vorsichtig, bis das Blut in den Adern wieder in Gang kommt. Nach einer Weile wird der linke Arm taub, und ich ändere seine Lage, langsam, vorsichtig, um Nina nicht zu wecken.
Manchmal dämmere ich ein. Aber dann schnarcht Nina; oder ihr Rücken wölbt sich, reibt sich an meiner Brust; oder sie zieht meine linke Hand von ihrer Schulter und an ihr Gesicht.
Irgendwann schlafe ich doch ein. Ich werde davon wach, daß die Nina sich heftig gegen mich wirft, sich schüttelt, verschlafen durch die Nase schnaubt und sich plötzlich aufsetzt. Es ist hell im Zimmer.
Mei! sagt sie. Wie spät ist es?

Gleich sechs, sag ich. Wir haben noch Zeit. Schlaf.
Wo ich gleich fahren muß, sagt sie. Du spinnst.
Sie reißt mir die Decke fort, wirft sie übers Fußende vom Bett. Ihre Schlafanzughose ist ihr weit über die Hüften hinuntergerutscht. Ich sehe das dunkle, krause Haardreieck; oberhalb davon, nah an der Leistenbeuge, sitzt ein ovales, hellbraunes Muttermal. Sie bemerkt, wohin ich schaue, schaut auch dorthin, zieht ihre Hose mit einem Ruck hoch.
Du! sagt sie. Warst du das?
Ich schüttle den Kopf.
Wie kannst du glauben, ich mach sowas, wenn ich dir versprochen hab, brav zu sein? sage ich. Du hast dich ziemlich rumgeschmissen.
Ich hab es geträumt, sagt sie.
Was?
Na, daß du mich nimmst. Von hinten.
Von hinten? Wie hast du dann gewußt, daß ich es war?
Ich kenn doch deine Hände, sagt sie. Deine Arme waren um meine Arme. Deine Hände waren um meine Brüste. Ein richtiger Fesselgriff. Ich hab nichts machen können.
Sie fängt zu kichern an. Es schüttelt sie.
Nina, sag ich. Was gibts da zu lachen?
Weiß ich nicht, sagt sie lachend. Ich muß halt. War es schwer?
War was schwer?
Das Bravsein, natürlich!
Eine Folter, sag ich. Das nächste Mal schlafen wir in einem breiteren Bett.
Ja, sagt sie. Ja, das tun wir.
Sie knöpft ihre Schlafanzugjacke auf. Ihre Brüste sind groß, mit hellbraunen Warzenhöfen und schmalen, rosigbraunen, ein wenig eckigen Brustwarzen.
Schau sie dir an, sagt sie. Du hast mich so drum gebeten. Schau her! Näher!
Sie packt meinen Kopf, drückt ihn an sich, zwischen ihre Brüste, wickelt mir ihre Schlafanzugjacke um den Kopf, wiegt sich.

Hm, hm, hm. singt sie vor sich hin. Gut ist dein Bart, der kratzt so schön, der kratzt so schön!
Sie läßt mich los, wickelt die Jacke von meinem Kopf, schaut mich an, mit einem Lächeln, das fast nur aus den Augen kommt, wie bei ihrer Mutter.
Nina, sag ich. Liebe Nina.
Sie lehnt den Kopf an meine Schulter.
Soll ich dir einen abmelken? sagt sie leise.
Wie dem Addi? Nee!
Nicht so. Nicht mit der Hand. Mit dem Mund. Und du machst das gleiche bei mir. Bloß kein Kind jetzt. Magst?
Drüben auf der anderen Seite des Flurs gluckert es in der Wasserleitung. Ein langgezogenes Ächzen folgt, dann einige helle, metallische Schläge. Nina hebt den Kopf, horcht.
Was war das? fragt sie.
Mama. Unten im Badezimmer.
Jessas. Wenns der Papa wär, der bleibt garantiert unten. Die Mama, die ist imstand und kommt mich wecken, und dann? Schnell, Mensch! Dalli! Ab in dein Zimmer!
Sie schiebt mich aus dem Bett, öffnet leise die Tür, schaut auf den Flur.
Alles klar, flüstert sie. Renn!
Sie küßt mich aufs Kinn.
Wir machens noch, flüstert sie. Zu Weihnachten, wenn der Vati in Mallorca ist. Oder nächstes Jahr in Österreich, im Sommer. Bestimmt! Servus jetzt! Leise! Fall nicht hin!
Nach dem Frühstück fahren wir zum Bahnhof. Mit den drei Koffern, von denen nur einer unter die vordere Haube vom VW paßt, ist es verdammt eng; Papa ist mitgekommen, obwohl er mindestens zwei Bürostunden versäumen wird. Ich hoffe, Nina weiß das zu schätzen.
Gute Fahrt, Lubinchen, sagt Papa. Nächstes Mal in Missunde, hm?
Ninotschka, sagt Mama. Du wirst uns fehlen. Komm wieder. Bald!

Servus, sag ich. Bis Weihnachten?
Nina nickt.
Der Zug beschleunigt rasch, viel rascher als die Kleinbahn in St. Koloman vor vier Jahren. Wir bleiben stehen, bis er verschwunden ist und der aufgewirbelte Staub und die Papierfetzen wieder zur Ruhe gekommen sind.
Gute Götter, Marek, sagt Mama. Ich hab meine Zigaretten vergessen. Ich brauch jetzt eine Zigarette. Abschiede sind das Letzte!

29

Bald nach Ninas Abreise beginne ich mit meinen Fahrstunden. Das Schulfahrzeug ist ein schwarzer Mercedes 190; der Fahrlehrer ist ein schmaler schwarzhaariger Mensch mit zartem, verknittertem Gesicht, der immer denselben grauen Anzug und jeden Tag eine andere, jedoch stets violette Krawatte trägt. Er hat als Obergefreiter die Ardennenoffensive mitgemacht, von der er beinahe ununterbrochen erzählt. Seine Anweisungen an mich erteilt er zwischendurch.
Die amerikanische Panzerbrigade war rechts von uns aufgefahren, sagt er. Bitte links einordnen, Herr von Pastrukov. Vor uns befand sich ein Waldstück – haben Sie in den Rückspiegel geschaut? – und ehe wir es erreicht hatten, durften wir das feindliche Feuer nicht erwidern – jetzt den Fahrtrichtungsanzeiger raus –, um unsere Position nicht zu verraten. Gegenverkehr abwarten! Freilich lag das Feuer der Amis erheblich zu kurz – mehr Abstand halten vom Vordermann! –, was uns ermöglichte, im Schutz des Hügels eine scharfe Schwenkung zu vollziehen – weiten Bogen fahren, Herr von Pastrukov, schön weit raus, denken Sie an die zweite Fahrspur –, bis wir auf Schußweite heran waren und der Befehl kam: Feuer frei! Halt, um Gotteswillen halt! Die Ampel ist rot, röter wird sie nicht!

Er heißt Borchert, mein Fahrlehrer, wie der junge Dichter, aus dessen Erzählungen ein erheblicher Teil unserer Deutschlektüre besteht. Er sagt, man merkt, daß ich viel schwarz gefahren bin. Nur daran, daß ich beim Hinaufschalten zwischenkupple und bei Herunterschalten Zwischengas gebe, mag er sich nicht gewöhnen.
Nina schreibt jede Woche. Zum erstenmal verberge ich ihre Briefe; ich schaffe mir ein Geheimfach, indem ich eine von Papas leeren Zigarrenkisten in den freien Raum zwischen zwei Schubladen meines Schreibtischs leime. Man muß eine der Schubladen ganz herausziehen und sich tief bücken, um an die Briefe zu gelangen.
Aus meinem geplanten Weihnachtsbesuch bei Lubins im Ruhrgebiet wird nichts. Zwei Tage, bevor ich abreisen soll, ruft Frau Lubin an. Ihr Mann hat von einer Frankreichtour seine neueste Freundin mitgebracht, eine Belgierin, der man ansieht, daß ein Teil ihrer Vorfahren vom Kongo stammt. Sie ist ein Jahr älter als Nina, heißt Chantal und kann nur ungefähr fünfzehn Worte Deutsch. Frau Lubin zählt diese Worte auf; Mama weigert sich jedoch, sie uns zu wiederholen. Herr Lubin möchte die Weihnachtsferien gemeinsam mit seiner Familie und Chantal verbringen.
Am 2. Januar 1955 schreibt Nina mir aus Österreich. Sie und ihre Mutti sind am Heiligabend aus Dortmund geflüchtet. Die Straßen waren vereist, es war eine rechte Höllenfahrt, eine Rutschpartie. Aber jetzt sitzen sie warm und gemütlich in ihrem Häuschen in Weißenbach. Und der Mai ist da! Bei Moosgassners war er, im Stall, in der Scheune, hat Mäuse gefangen und morgens und abends nach dem Melken frische Milch gesoffen. Der Addi hat ihn herübergebracht, und sie ist mit dem Addi tanzen gegangen.
Einige Tage später kommt auch von Frau Lubin ein Brief. Dem Moosgassner Toni sein Arm steckt immer noch in einem Verband, doch soll es jetzt eine neue Operation geben und neuartige Medikamente, so daß gute Aussichten bestehen, den Toni wieder

ganz in Ordnung zu bringen. Tante Agnes hat ihre Schwester Judith zu sich genommen, samt dem unehelichen Buben. Wie die drei zusammenleben, können wir uns ja vorstellen. Die Schule in St. Koloman verfügt jetzt über sieben Lehrkräfte, und das Geläut der Pfarrkirche ist endlich vollständig. Den Panzer, der auf dem Engljähringer seinem Grund vor sich hin gerostet hat, haben sie zusammengesetzt und frisch angestrichen und auf ein gemauertes Fundament gestellt; der bildet jetzt eine Touristenattraktion. Die Kleinbahn führt zwei Schnellzüge täglich, einen in jeder Richtung. Unser Häuschen ist seit einem Jahr vermietet, an ein älteres Ehepaar aus Frankfurt; er ist praktischer Arzt, sie Gymnasiallehrerin. Die Nina geht jeden Tag mit dem Addi aus: skifahren, eisstockschießen, spazieren, tanzen. Sicher hat sie mir das schon selber geschrieben.
Und Dr. Magerstein hat sich erschossen, an Chanukkah. Jetzt, wo das mit seiner Familie beinahe zwölf Jahre in der Vergangenheit liegt! Er hätte doch gescheit sein und seine Haushälterin heiraten sollen, die Tonerl; ein sauberes Weibsbild, eine gestandene Person, außerdem grad im richtigen Alter. Statt dessen geht er her und tut sowas.
Unbegreiflich, sagt Mama. Der arme Kerl.
Ja, sagt Papa. Weißt du was, Karin? Erinnere mich doch bitte morgen früh, daß wir als erstes einen Brief an den Moosgassner Peter schreiben, wegen unseres Häuschens.
Marek! sagt Mama.
Am nächsten Tag gibt es Aufregung in der Kanzlei, beinahe schon einen Aufruhr. Herr von Matthiessen teilt seinen Partnern, Papa und Herrn Dr. von Salveter, mit, daß er vorhat, sich scheiden zu lassen und seine Sekretärin, Fräulein Norgaard, zu ehelichen.
Papa kommt spät abends nach Hause. Seinen Schlips hat er abgenommen und in die Brusttasche gesteckt; das Ende hängt heraus. So hab ich Papa noch nie gesehen.
Na großartig! sagt er. Die Partnerschaft haben wir so eben noch gerettet. Aber der gute Kai muß verrückt sein. Die Tochter eines

Schiffsdieselmechanikers! Dabei hat er zwei Kinder und eine nette und kluge Frau!
Mama sagt nichts.
Der Brief an den Moosgassner Peter geht erst fünf Wochen später ab.
Mein Abitur rückt näher. Wir schreiben unseren letzten Deutschaufsatz: Der Adel in der demokratischen Gesellschaft – fossiles Relikt oder heimliche Elite im Wartestand?
Am Sonntag, ich komme vom Segeln, sitzt Papa mit Herrn Dr. von Salveter im Wohnzimmer. Mein Aufsatzheft liegt vor ihnen auf dem nierenförmigen Couchtisch; sie sind in einer angeregten Diskussion begriffen, in die Herr Dr. von Salveter mich sogleich hineinzieht.
Ecce homo faber! ruft er mit seiner hellen Stimme. Da ist er ja, unser künftiger Technokrat! Setz dich, setz dich. Zigarre? Ja? Endlich! Zigaretten sind was für Damen, und die Pfeife, die ist der letzte Trost für diejenigen von uns, die zu alt werden, um der Zigarre noch huldigen zu dürfen. Wo waren wir stehengeblieben, Marek? Ach ja!
Er gibt mir Feuer für die Zigarre, die ich aus seinem Etui gewählt habe. Sein langer, kahler Schädel ist braungebrannt. Über den Ohren und am Hinterkopf wachsen dichte, grauweiße Stoppeln. Die hohe Stirn läßt sein Gesicht mit dem flachen Kinn, dem breiten, dicklippigen Mund und den engstehenden blaugrauen Augen klein erscheinen.
Zieht sie? fragt er. Keine Nebenluft? Bestens. Also: was du hier schreibst, nämlich, daß auch in der Demokratie eine geistige, kulturelle, moralische Elite des Eigentums bedarf, um wirksam zu werden, wie eine Pflanze in der Erde wurzeln muß, wenn sie Früchte bringen soll – das ist goldrichtig! Goldrichtig, Junge! Aber eins hast du dabei vergessen. Nämlich?
Ich gebe mit einer Geste zu verstehen, daß ich nicht weiß, was er meint.
Nämlich die Amerikaner! fährt er fort. Dies, was wir nun in der Bundesrepublik haben, ist nicht unsere Demokratie, es ist ein

Geschenk der Amerikaner: teils Carepaket, teils Büchse der Pandora, teils trojanisches Pferd.
Ich bemerke, wie bedauerlich es ist, daß diese Vergleiche mir in der Schule nicht eingefallen sind. Er freut sich.
Macht nichts, sagt er. Kommt alles. Worauf ich hinauswill: Dies ist keine bodenständige, es ist eine amerikanische Demokratie. Wir werden noch erleben, wie sie uns umformt; wir werden amerikanischer und amerikanischer werden. Eine Elite im amerikanischen Sinn wird bei uns aufwachsen – was sage ich: sie wächst bereits auf! Und worauf sind sie gegründet, die amerikanischen Eliten, die Industriedynastien der Rockefeller, Guggenheim, Du Pont, Ford?
Auf das Eigentum, sage ich.
Ganz so! sagt Herr von Salveter. Auf das Eigentum, nur auf das Eigentum! Auf die Unabhängigkeit und die Macht, die allein das Eigentum verleiht. Nach Geist, nach Kultur, nach Moral wird da nicht groß gefragt. Die kann man sich später hinzukaufen, wenn es gilt, den Anspruch, eine Elite zu sein, dem Volk gegenüber zu legitimieren.
Du schreibst in deinem Aufsatz: Das Rad der Geschichte läßt sich nicht zurückdrehen. Die Geschichte ein Rad? Ich muß bitten! Die Geschichte ist ein Streitwagen, assyrisch, persisch, ganz nach Belieben. Jedenfalls ein Streitwagen, mit zwei Rädern. Die drehen sich; vorwärts, selbstverständlich. Streitwagen, die auf sich halten, setzen niemals zurück. Wenn du dir nun einen Punkt am Umfang eines der Räder markierst und seinen Weg verfolgst, was wirst du beobachten?
Daß er sich nach einer vollen Umdrehung des Rades relativ zum Wagen wieder an derselben Stelle befindet, sage ich. Ich verstehe, Herr von Salveter. Sie vertreten eine zyklische Geschichtsauffassung.
Nee! sagt er. Gott behüte! Die braucht meine Vertretung nicht! Die vertritt sich ganz alleene! Ich wollte nur deutlich machen, weshalb ich das Bild vom Rad der Geschichte, das sich nicht zurückdrehen läßt, für unsinnig halte, und das Bild vom

Streitwagen für dienlicher, wenn es um die Wahrheitsfindung geht. Zyklische Geschichtsauffassung – bestens. Gestatte mir ein anderes Bild, das mir persönlich näher liegt. Die Geschichte als Musikstück. Als Fuge. Keine endlose Wiederholung desselben Ablaufs, wie beim Rad. Vielmehr: Thema mit Variationen. Punctum contra punctum. Imitation. Parallelführung. Krebsgang mitunter. Alles, was Bach konnte, kann die Geschichte auch.

Sie glauben also, sage ich, daß der Adel eines Tages wieder als geistige, kulturelle und moralische Elite wirksam sein könnte, falls er darauf bedacht ist, sich materielle Unabhängigkeit zu schaffen und zu erhalten?

Ganz so! sagt er. Das Volk wird es eines Tages leid werden, sich von Eliten manipulieren zu lassen, deren einziges Instrument die materielle Macht ist. Es wird nach Vorbildern verlangen, die mehr zu bieten haben. Wir können solche Vorbilder sein. Wir: das heißt, die Besten von uns. Diejenigen, die Freiheit höher schätzen als Freiheiten. Geistige Freiheit, Junge! Geistige! Freiheiten, die haben immer was Fleischliches. Deswegen neigen sie zur Selbstzersetzung. Heimliche Elite im Wartestand – gar nicht übel formuliert!

In Missunde ziehen in der ersten Februarwoche die Handwerker ein. Eine Zentralheizung wird installiert, mit Koks zu betreiben, doch jederzeit auf Öl umstellbar.

Mitte Februar schreibt der Moosgassner Peter. Es tut ihm ja so leid. Er hätte uns eher schreiben müssen, das sieht er jetzt ein, aber das Schreiben kommt ihn halt so hart an, und er hat ja nie ein Lebenszeichen von uns erhalten. Da hat er halt geglaubt, wir haben ihn und die Resi und den Toni und die anderen und St. Koloman ganz vergessen, was ihn ja auch nicht wundern täte, bei dem Aufschwung und der Beschäftigung, die jetzt in Deutschland herrschen.

Kurz und gut, unser Häuschen, das ehemalige Austragshäusl, die Nummer 111, ist verkauft. An einen Herrn Doktor Allmann aus Frankfurt. Es ist leider endgültig, unterschrieben, besiegelt, nix mehr zu ändern. Aber der Peter verkauft uns jederzeit ein Stück von seinem Grund, damit wir uns ein Häusl hinstellen können, denn das muß sein. Mit vorzüglich hochachtenden lieben Grüßen, Peter Moosgassner.

Mehrere Tage lang halte ich mich so wenig wie möglich zu Hause auf. Dicke Luft im alten Herrenhaus! würde der Parvo die Stimmung beschreiben, die bei uns herrscht. Es ist nicht so, daß Mama und Papa streiten, einander Vorhaltungen machen oder einander anschweigen. Wenn sie reden, ist ihr Ton weder ironisch noch sarkastisch; er ist höflich, nur höflich, sonst nichts. Mich wundert, wie sie das aushalten.

Innerhalb ein und derselben Märzwoche bestehe ich zuerst meine Führerscheinprüfung und dann mein Abitur. Es folgt ein achtwöchiges Industriepraktikum bei der Howaldtswerft. Ende Mai schreibt Nina, von der ich seit den Weihnachtsferien nichts mehr gehört habe. Sie fragt, ob ich Lust hätte, mit ihr und ihrer Mutti nach Österreich in die Sommerferien zu fahren.
Ich schreibe sofort zurück und sage zu.
Elf Tage verstreichen. Dann ruft Frau Lubin an. Sie ist mit Nina in Schweden, in Göteborg. Wenn es mir recht ist, holt sie mich am Sonntag ab.

*

Eine Weile saßen wir schweigend um den Tisch. Babbo hatte seine Pfeife auseinandergenommen und putzte das Mundstück durch. Von draußen war ein fernes Summen zu hören, wuchs rasch zu einem tiefen Brummen, einem Dröhnen und Poltern, brauste vorbei und verklang.
Holztransport? sagte Babbo.
Mhm, sagte ich. Wieder ein Stück kanadischen Waldes auf dem Weg zum Sägewerk. Schiebt mal eure Gläser ein bißchen näher, okay? Danke.

Ich schenkte nach. Wir tranken schweigend. Nebenan im Wohnzimmer schlug die Pendeluhr. Ich stand auf, schob einige Stücke Holz in den Herd und nahm wieder Platz.
Na? sagte ich. Schweigen im Walde? Worauf warten wir eigentlich?
Babbo blickte auf, bog den Pfeifenputzer zu einem Fragezeichen und legte ihn in den Aschenbecher.
Auf Frau Lubin, sagte er.

30

Wir warten den ganzen Sonntag lang auf Frau Lubin und Nina. Es regnet. Nach dem Mittagessen fährt Papa auf einen Sprung nach Missunde, um nachzusehen, was die Handwerker wieder angerichtet haben. Diesmal ist die Toilette im Dachgeschoß verstopft.
Mörtel, sagt Papa. Schweinerei. Zu faul, um ihre Kellen draußen abzuwaschen. Denen werd ich Bescheid stoßen.
Laß mich das erledigen, Marek, sagt Mama. Wir möchten doch, daß sie endlich fertig werden. Nach eurem letzten Gespräch sind sie drei Wochen lang ausgeblieben.
Zwei, sagt Papa. Von mir aus; ruf du an.
Danke, sagt Mama. Wo die Edith nur bleibt?
Schau raus, sag ich. Es schüttet. Das Tiefdruckgebiet reicht bis nach Finnland hinauf. Widerliche Fahrerei.
Gegen acht fängt es zu stürmen an. Ich stehe am Flurfenster neben der Haustür, Mütze auf dem Kopf, rauche Pfeife und schaue in den fliegenden Regen hinaus. Kurz vor neun biegt ein schwarzes Auto in unsere Zufahrt ein, fährt langsam den Weg herauf, in dessen Fahrspuren Bäche dahinströmen.
Ein VW Kabrio, rufe ich. Wer ist denn das?
Der Wind reißt mir fast die Haustür aus der Hand. Ich ziehe sie hinter mir zu, gehe zur Hausecke, neben welcher der VW ge-

halten hat. Es ist Frau Lubin; sie ist schon ausgestiegen, hat einen dunklen Regenmantel über ihr weißes Kleid gezogen, die Kapuze über den Kopf gestülpt und sucht gebückt nach etwas im Inneren des Autos.
Grüß dich, Edith! rufe ich. Entschuldigung; ich meine, Grüß Gott, Frau Lubin! Wo ist denn der kleine Fiat?
Sie richtet sich auf, einen Koffer in der linken Hand, schlägt die Wagentür zu, hält mir die rechte Hand hin.
Grüß dich, Babbo! sagt sie. Der Fiat steht in Weißenbach. Bleib ruhig beim Du, wir kennen uns doch. Mensch, bist du groß geworden! Hör sofort zu wachsen auf!
Wir schütteln uns die Hände.
Wo ist Nina? frage ich.
Im Zug, sagt sie. Hier, nimm den Koffer, sei so gut. Ich erzähl euch gleich. Komm, rein mit uns, wir werden ja patschnaß!
Die Begrüßung spielt sich im Flur ab. Mama und Frau Lubin vergießen einige Freudentränen; die Nässe auf den Dielen stammt jedoch hauptsächlich von Frau Lubins und meinen Schuhen. Mama wischt gleich auf, indes Papa Frau Lubins Regenmantel an die Garderobe hängt und ihren Koffer mit einem Geschirrtuch trockenreibt.
Danach stehen wir in der Küche um Mama herum, die den Rindsbraten wärmt.
Sind alle da? fragt Mama. Also, Edith: Wo ist dein Schatz?
Im Zug, sagt Frau Lubin. Heut früh ist ihr eingefallen, daß sie unbedingt noch nach Dortmund muß, weil sie die Hälfte von ihren Sachen vergessen hat. Typisch Nina. Ich hab ihr gesagt, ohne mich. Den Umweg mach ich nicht, bloß ihrer Vergeßlichkeit zulieb. Ich fahr direkt nach Österreich. Na ja. Sie hat sich nicht umstimmen lassen. Da hab ich sie in Kopenhagen in den Zug gesetzt. Um ein Haar hätte sie noch ihren Reisepaß im Auto liegenlassen. In einer Woche will sie nachkommen.
Mit der Eisenbahn? fragt Mama.
Ja, logisch, sagt Frau Lubin. Hat sie euch hier auch mit ihren Launen sekkiert?

Launen? sagt Papa. Sie sprudelt halt über von Einfällen.
Wir essen im Wohnzimmer, das heißt: Frau Lubin ißt. Mama fragt viel nach Österreich. Einmal fragt sie auch, wie Frau Lubin es anstellt, daß sie noch die gleiche Figur hat wie vor fünf Jahren.
Gar nix mach ich, sagt Frau Lubin. Der Vicki hält mich in Form.
Um Viertel nach elf meint Papa, jetzt sollten wir aber ins Bett gehen, wenn wir morgen um fünf aufstehen wollen.
Frau Lubin schläft in meinem Zimmer. Ich schlafe auf dem Feldbett in der Rumpelkammer, wie im vorigen Jahr, als Nina bei uns war. Meine Koffer sind gepackt. Mein Reisepaß steckt in der Lederjacke.
Ich erwache davon, daß der Sturm sich gelegt hat. Der Regen strömt nach wie vor. Es ist zehn Minuten vor fünf.
Um fünf klopft es an meiner Tür.
Babbo? sagt Frau Lubins dunkle Stimme. Raus mit dir. Hopp!
Ja, rufe ich leise. Ich komm schon.

31

Edith fährt. Ich halte die Karte auf den Knien. Wir wollen über Hamburg und Hannover nach Göttingen, dann über Fulda, Schweinfurt, Bamberg nach Nürnberg und von dort nach München. Von München nach Salzburg und St. Koloman brauchen wir keine Karte mehr.
Hinter der Unterführung mußt du rechts abbiegen, sage ich. Dann gleich wieder rechts. Danach sind wir praktisch aus Kiel heraus.
Na prima, sagt sie. Zündest du mir mal eine Zigarette an?
Freilich, sag ich.
Ich drücke den Zigarettenanzünder ein, hole das Päckchen Camel aus dem Handschuhfach, ziehe zwei-, dreimal an der

Zigarette, bis sie rundherum glüht, warte, bis die Edith in den vierten Gang geschaltet hat, und halte ihr dann die Zigarette hin.
Danke, sagt sie. Ich seh, du hast Übung.
Im Zigarettenanzünden?
Im Beifahren! Stimmts?
Sehr! Ich hab es getragen sieben Jahr...
Geh! Jetzt übertreibst!
Ich hab nur zitiert.
Magst nicht rauchen?
Nicht so früh am Tag. Mir schmeckts erst, wenn ich ein Mittagessen im Bauch hab.
Mir eigentlich auch. Bloß beim Fahren, da hab ich mirs angewöhnt, das ständige Rauchen. Störts dich? Soll ich das Fenster aufmachen?
Laß nur, Edith. Ich bin im Rauch aufgewachsen.
Ja richtig. Babbo, der Höhlenmensch. Erinnerst dich?
Sicher, sag ich. Unser letzter Morgen in Weißenbach. Du hast mich abgeholt, und ich hab auf meinem Bett gelegen und das Bild an der Wand angestarrt. Stimmts?
Stimmt, sagt sie. Stimmt auffallend. Daß du sowas noch weißt!
Ich vergeß nix.
Gar nix?
Kann mich an nichts erinnern, was ich vergessen hätte.
Sie lacht und geht vom Gas, weil uns ein Lastwagen entgegenkommt und einen Schwall braunen Wassers auf die Windschutzscheibe wirft.
Bazi! sagt sie. Muß der so schnell fahren? Du hast dich vollkommen verändert, Babbo, und du bist der gleiche geblieben. Lustig find ich das.
Der gleiche geblieben? sag ich. Inwiefern?
Inwiefern! äfft sie mich nach. Red net so geschwollen. Insofern beispielsweise, als die persönliche Ausprägung von Humor, die ich früher so an dir geschätzt hab, die gleiche geblieben ist.

Schade. Du hast mir nie gesagt, daß ich Humor hab und daß du ihn schätzt.
Ja blöd wär ich gewesen!
Inwiefern?
Mei! Weil Humor ein Talent ist, und kein Verdienst. Wenn du Kinder für ein Talent lobst, werden sie eingebildet. Oder sie möchten wieder gelobt werden. Ich hab oft so lachen müssen, wenn ich euch zugehört hab, dir und der Nina. In der Hinsicht hat sie von dir gelernt, glaub ich.
Geht mir glatt runter. Was ist denn meine persönliche Ausprägung von Humor – wenn ich mich so geschwollen ausdrücken darf?
Du darfst. Ich erlaubs dir. Dein Humor ist realistisch – und leise.
Leise? Nein: hintersinnig. Realistisch und hintersinnig. Zufrieden?
Mhm.
Na prima.
Sie hält mir ihren Zigarettenstummel hin. Ich nehme ihn, drücke ihn aus, schiebe den Aschenbecher ins Armaturenbrett zurück.
Okay, sag ich. Bis Hamburg gehts jetzt immer gradeaus.
Sie nickt, streicht sich eine Locke hinters Ohr.
Babbo, sagt sie. Babbo?
Edith?
Nix, Babbo. Ich hab nur laut gedacht. Ich hab kein so gutes Gedächtnis wie du. Ich hab überlegt, wie du wirklich heißt. Ich habs mal gewußt.
Baldur Boris, sag ich. Und so weiter.
Natürlich, ja. Baldur Boris. Zwei Namen, die sich beißen. Wieso haben sie dich nicht Baldur Björn genannt? Oder Boleslaw Boris?
Das weißt du nicht? Aber das ist ein Stück Familiengeschichte. Papa war zwar in der Partei, aber kein gläubiger Nazi. Mama hingegen war beides. Als ich zur Welt kam, hat Papa mir einen slawischen Vornamen geben wollen und Mama mir einen germa-

nischen, einen ganz urigen. Na ja, und so haben sie mich halt auf beide Namen getauft, und der Papa und der Boris haben der Mama und dem Baldur den Vortritt gelassen.
Sie wirft mir einen raschen Blick zu.
Gentlemen! sagt sie. Bist du auch einer? Ein Gentleman?
Ich lache.
Das weiß ich nicht genau, Edith. Möglich. Du mußt es selber herausfinden.
Da bin ich dabei, Boris. Hast du was dagegen, wenn ich Boris zu dir sag?
Nein. Aber warum?
Warum? Mei. Babbo, das hört sich wie ein Kindername an. Wer hat dir den gegeben? Deine Eltern? Ein Ehekompromiß?
Meine Eltern? Vor der Ausweisung hat Papa mich strikt Boris genannt und Mama Baldur. Nein, die gute Idee hat der Onkel Jodi gehabt.
Ich schildere ihr den Nachmittag auf Onkel Jodis Terrasse, die weißen Korbsessel, die Sonne, Onkel Jodis selbstgemachte Zigaretten. Sie hört zu. Sie sieht nicht zu mir her. Sie schaltet zurück, weil vor uns ein Lastwagen fährt, den sie nicht überholen kann, und schaut angespannt durch die verschmierte Scheibe. Ich kann an ihrem Gesicht sehen, daß sie mir ebenso angespannt zuhört. Dann ist die Gegenfahrbahn frei. Edith schaut rasch über die Schulter nach hinten, tritt das Gas durch, überholt. Sie fährt den dritten Gang weiter aus als Mama. Sie fährt überhaupt anders; gleichmäßiger, viel schneller, und vor allem ruhiger. Mama ist meistens nervös, weil sie es eilig hat; oder umgekehrt.
Edith schaltet in den vierten Gang, schaut in den Innenspiegel, geht dann langsam wieder auf die rechte Fahrbahn. Es regnet jetzt weniger; weit im Südwesten reißen die Wolken auf.
Ich glaub, wir sind noch vor Hannover aus dem Regen raus, sagt sie. Ja, der Jodokus. Der ist so gestorben, wie er sich das gewünscht hat. Charme hat er gehabt. Humor. Einen ähnlichen Humor wie du, Boris. Ich frag mich, wie er es ausgehalten hat mit der Agnes. So eine Bißgurn!

Ich hab mich das auch gefragt, sag ich. Bis ich das Photo gesehen hab, in der Küche, auf dem die Tante Agnes zu sehen ist, siebzehn Jahre alt, mit einem Schweindl im Arm. Reizend war sie. Er hat sie halt liebgehabt.
Mhm, sagt Edith. Das hat er wohl. Und sie? Was hat ihr gefehlt, daß sie so geworden ist?
Kinder, sag ich. Übrigens ist sie mit dem Jodi ganz anders umgegangen als mit uns.
Ja? Das hab ich nicht gewußt. Du kennst dich aus mit Menschen, gell?
Sie interessieren mich.
Alle?
Wie soll ich das wissen, Edith? Dazu müßt ich sie erst alle kennenlernen, logisch?
Wie lernst du einen Menschen kennen, Boris? Was machst du?
Zuhören halt. Zuschauen.
So wie gestern abend? Du warst so schweigsam. War das, weil du uns ausspekuliert hast?
Ich lache.
Du spinnst, sag ich. Du hältst mich für raffinierter, als ich bin. Ich hab wenig geredet, weil ich an die Nina gedacht hab.
Was hast du gedacht?
Mei. Verschiedenes. Warum sie ihre Sachen vergessen hat. Warum sie so selten schreibt. Warum sie den Zug in Kopenhagen genommen hat. Sie hätte doch wenigstens mit zu uns kommen können. Wir hätten sie dann halt in Kiel in den Zug gesetzt. Mama und Papa haben sich so auf sie gefreut. Ich auch.
Es war einer von ihren spontanen Einfällen, Boris. Ich sag ihr oft, daß ihre spontanen Einfälle manchmal bloß Rücksichtslosigkeiten sind. Hat sie dich letztes Jahr auch mit solchen Einfällen beglückt?
Gelegentlich schon. Ab und zu auch beunglückt. Nein, das ist unfair. Verwirrt hat sie mich.
Das kann ich mir vorstellen. Weißt du, für was sie dich hält?
Für einen Gentleman, hoffentlich!

Edith lacht.
Hast du ihr dazu Anlaß gegeben? fragt sie.
Ich glaub schon, sag ich.
Aha. Ja, sie findet, du bist ein Gentleman, bloß zu sehr. Sie findet dich zu weich, zu nachgiebig. Sie sagt, du hängst dich zu sehr an sie. Ich hab ihr gesagt, daß sie sich da täuscht. Daß du sie einfach gern hast. Hab ich recht?
Freilich hast du recht. Zufällig hab ich ihr dasselbe gesagt, letztes Jahr. Fast mit denselben Worten.
Zufällig? Ich glaub nicht an Zufälle. Was uns zustößt, hängt immer direkt mit uns zusammen. Mit unserem Charakter. Mit dem, was wir tun. Mit dem, was wir unterlassen. Wenn wir beide der Nina praktisch dasselbe gesagt haben, bedeutet das, es ist was dran. Hat sie dir einmal ihre Lieblingstheorie auseinandergelegt?
Welche?
Die, daß Leute, die einander sehr gut kennen, nicht heiraten sollten. Die Geschwistertheorie.
Ah ja. Doch, davon hat sie mal gesprochen. Sie und ich, hat sie behauptet, wir würden uns miteinander langweilen, später.
Was hast du ihr geantwortet?
Daß sie Blödsinn redet.
Na, aber blühenden! Deine Eltern haben sich auch schon von Kind auf gekannt; länger als du und die Nina. Und es geht ganz gut, stimmts? Langweilen tun sie sich jedenfalls nicht, das hätt ich gemerkt, ich bin ja nicht blind. Mein Mann und ich haben uns als Erwachsene kennengelernt. Und es geht nicht. Nicht mal langweilen tun wir uns miteinander. Gibts das überhaupt, Boris? Daß man jemanden zu gut kennt?
Ich habs noch nicht erlebt, sag ich. Vielleicht, weil ich zu neugierig bin.
Neugierig auf was?
Darauf, wies mit jemandem weitergeht. Wir ändern uns doch ständig.
Ja? Wie kannst du dich dann auf einen Menschen verlassen, wenn der sich ständig ändert?

Geh fort! Vor einer halben Stunde hast du mir gesagt, ich hab mich vollkommen verändert, und ich bin der gleiche geblieben. Ist das bei dir anders?
Sie lacht und schaltet den Scheibenwischer aus, weil es aufgehört hat zu regnen.
Du mit deinem Gedächtnis, sagt: sie. Jetzt will ichs aber genau wissen. Du bist also neugierig auf das, was sich in einem Menschen verändert. Und verlassen tust du dich auf das, was gleich bleibt. Ja?
Ja sicher. Das machen doch alle.
Meinst? Die Nina auch?
Ich denk schon. Ich hab sie nicht gefragt.
Schad! Du hättest fragen sollen. Wenn die Nina genau so denkt wie du, wieso befürchtet sie dann, ihr würdet es langweilig haben miteinander?
Das weiß sie selber nicht. Ich hab herausfinden wollen, was sie möchte, und bin nicht weitergekommen. Ich frag sie was, und ich seh an ihrem Gesicht, ihr fehlt die Antwort; sie hat Gefühle, gegensätzliche Gefühle, und sie kann sich auf keins festlegen.
Kann sie nicht, Boris, oder will sie nicht?
Ist das drin bei ihr? Daß sie nicht will?
Aber ja. Das hat sie von ihrem Vater. Der Vicki sagt, wenn er sich festlegen muß, dann kann er sich gleich begraben lassen, dann hat er keine Freiheit. Kommst du da mit?
Nein, sag ich.

Nach und nach trocknet die Straße ab. Kurz vor Hamburg kommt die Sonne heraus. Halbwegs zwischen Hamburg und Hannover fährt Edith auf einen Parkplatz und stellt den Motor ab.
Jausenhunger, sagt sie. Du auch?
Ein bißchen, sag ich.
Sie streckt sich, verschränkt die Hände im Nacken, blinzelt in die Sonne.

Steif bin ich, sagt sie. Alt und steif. Magst du nachher chauffieren?
Gern.
Sie bückt sich, fischt ihre weißen Stöckelsandalen unter dem Sitz heraus und vertauscht sie gegen die flachen Wildlederschuhe, die sie zum Fahren getragen hat. Auch Mama hat flache Autofahrschuhe unter ihrem Sitz.
Edith öffnet die Tür. Ein kühler Windstoß bläst herein.
Joi! sagt sie. Frisch!
Ich ziehe die braune Strickjacke vom rückwärtigen Sitz und halte sie ihr hin.
Mhm! sagt sie. Ein slawischer Kavalier!
Ein viertelslawischer, sag ich. Die Ungarn sollen schlimmer sein. Kaffee? Bier? Oder beides?
Beides, sagt sie. Kaffee für dich, Bier für mich. Ich hab ja nachher frei!
Wir setzen uns auf eine grüngestrichene Bank an einen grüngestrichenen Tisch und breiten unsere Eßvorräte aus. Mama hat uns Semmeln eingepackt, mit Wurst, Schinken, Käse, Sardinen und Sprotten belegt. Edith ißt beinahe so viel wie ich und trinkt ihr Bier dazu.
Wo bringst du das alles unter? frag ich.
Der Hunger würgts eini, sagt sie.
Wir essen zu Ende, packen ein, schauen uns um, ob eine Toilette in Sicht ist, sehen keine, verschwinden jeder hinter einem Busch und gehen dann zum Auto zurück. Ich muß mir den Sitz ganz nach hinten rücken, damit meine Haxen Platz haben.
Auf mehrere Kilometer verläuft die Bundesstraße in einem Einschnitt. Als wir ihn verlassen, wirft sich der Wind von rechts gegen den Wagen und drückt ihn bis zur Mitte der Fahrbahn. Ich lenke dagegen, ein bißchen heftig. Der Wagen beginnt zu schwänzeln. Ich nehme Gas weg. Das Heck beruhigt sich, und ich lenke langsam wieder nach rechts.
Gas wegnehmen war richtig, sagt Edith. Was war das für ein Auto, auf dem du gelernt hast?

Ein Mercedes, sag ich. Ein 190er.
Du hast nix dagegen, wenn ich dir ein bissel Chauffieren beibring?
Nein, im Gegenteil.
Brav.
Wieso brav?
Weils die meisten Männer fuchtig macht, wenn ein Weibsbild ihnen dreinredet. Sie glauben, ihnen ist das Chauffieren angeboren.
Ehrlich? Vielleicht bin ich halt kein Mann.
Wie meinst das jetzt, Boris? Gradaus – oder ums Eck?
Ich lache.
Weiß ich nicht, sag ich. Wieso interessierts dich?
Wegen der Nina, natürlich.
Jetzt fängst du wieder mit der Nina an. Wo ich grad eine Stunde oder so nicht an sie gedacht hab.
Ich bin schon still.
Nix! sag ich. Jetzt hast angefangen, jetzt bleib auch dabei. Was ist mit der Nina? Findet sie, ich bin kein richtiger Mann?
Horch zu. Ihr habt doch ausgemacht, ihr wollt aufeinander warten, Jungfrau bleiben, stimmts?
Stimmt. Findest du das blöd?
Sie zündet eine Zigarette an, öffnet das rechte Fenster einen Spalt weit.
Nein, mein Lieber, sagt sie. Hübsch find ich das. Wer von euch beiden hat die Idee gehabt?
Weiß ich nicht, Edith. War das eine Idee? Das ist doch nicht aus uns gekommen. Das haben wir in der Schule gehört, im Religionsunterricht, und sonst auch. Alle haben so gedacht. Na ja; die meisten.
Und du denkst immer noch so?
Schon, ja.
Und du hältst das aus?
Wie meinst du?
Na, wie du das aushältst: den Trieb; die Begier. Schau, ich hab

nur eine Tochter. Ich hab keinen Buben. Ich kenn das alles sozusagen bloß aus der Theorie. Wir habens leicht. Wir Weibsleute, mein ich. Das bisserl, was wir produzieren, werden wir einmal im Monat los. Aber ihr?
Aber wir auch, sag ich. Einmal im Monat; alle drei Wochen. Na ja, so ungefähr eben.
Und wie ist das? Angenehm? Zuwider? Ich frag dich da so intime Sachen. Sags einfach, wenn du nicht drüber reden magst.
So intim find ich das nicht, sag ich. Eher allgemein, oder? Intim wird sowas, wenn keiner sich traut, davon zu reden. Ich finds weder angenehm noch zuwider. Erleichternd.
Träumst du?
Freilich.
Von der Nina?
Von einer Frau. Ich kann ihr Gesicht nicht sehen. Es ist dunkel. Ich hab schließlich die Augen zu, logisch?
Sie lacht.
Laß mich mal ziehen, sage ich.
Sie steckt mir die Zigarette zwischen die Lippen.
Vorsichtig, sagt sie. Verbrenn dir net die Goschn.
Ich ziehe zwei-, dreimal, und sie nimmt mir den Stummel weg, drückt ihn aus. Der Lastwagen vor uns wird größer. Ich überhole ihn, gehe dann wieder nach rechts. Ich bin froh, daß ich am Steuer sitze; über solche Dinge redet es sich leichter, wenn man einander nicht ins Gesicht zu sehen braucht.
Edith lacht, schüttelt ihre Locken, verschränkt die Hände im Nacken.
Stell dir vor, sagt sie, wir würden einander jetzt gegenübersitzen, an einem Tisch. Herumdrucksen würden wir. Kein Wort täten wir rausbringen. Ist das nicht lustig?
Das hab ich eben auch gedacht, sage ich. Das Auto ist wie ein Beichtstuhl. Aber sag einmal: Was hat dein Mann eigentlich gegen mich? Wieso legt er auf, wenn ich meinen Namen sag?
Weil er dich haßt, Boris. Weil er deinen Umgangsformen nichts entgegenzusetzen hat. Weil er sich unterlegen fühlt. Nur deswe-

gen. Was die Nina von ihm geerbt hat, ist etwas ganz anderes: dieser besondere Freiheitsdrang. Der Vicki kann nicht treu sein. Treu sein, das würde ihn binden – und eine Bindung ist für ihn eine Fessel, an der er zerrt und zerrt, bis sie zerreißt. Das tut die Nina auch. Hast du das nie gespürt?

Ich gehe vom Gas, schalte herunter, weil eine Kreuzung kommt. Ich weiß nicht, ob ich das gespürt hab, sage ich. Ich spür aber, was du willst. Du willst uns auseinanderbringen.

Nein, Boris, ich werde euch keinen Stein in den Weg legen. Auf die Nina hab ich wenig Einfluß. Mir gehts um dich. Ich möchte nicht, daß du eines Tages so dasitzt, mit jemandem, an den du gebunden bist und der neben dir herlebt und dich nicht mal mehr anrühren mag.

Verzeih mir, sage ich. Es stimmt also, daß der Vicki nicht mehr mit dir schläft?

Wer hat dir das gesagt?

Du! Grad eben!

Lüg nicht, Boris! Bitte! Du hast gesagt: Es stimmt also! Jemand hat es dir erzählt, bevor es mir rausgerutscht ist. Wer? Die Nina?

Ja.

Das Luder! Ich hab geglaubt, sie kann wenigstens diskret sein.

Ich war auch nicht diskret, sag ich.

Sie schweigt, wischt sich mit dem Handrücken über die Augen. Als sie merkt, ich schau zu ihr hin, dreht sie das Gesicht weg.

Ich glaub dir, sag ich. Ich hab schon gespürt, daß in der Nina was vorgeht.

Und du willst ihr helfen, ja? Sie ändern? Wenn man jung ist, glaubt man, das geht. Es geht nicht, Boris. Es geht nicht. Du kannst nur liebhaben, was da ist.

Sie schaut kurz zu mir her, sucht nach ihren Zigaretten, zündet eine an.

Hast du versucht, deinen Viktor zu ändern? frag ich.

Sie nickt heftig, bläst Rauch durch die Nase.

Na und ob! sagt sie. Vergebne Liebesmüh.

Bist du ihm treu, trotz allem?

Nicht mehr, sagt sie. Bis vor zwei Jahren, ja.
Seither find ich ab und zu einen, einen, der frei ist. Ich bin ein gewöhnlicher Mensch. Ich brauch das. Daß einer mich will. Mich anfaßt. Es hält nie für lang. Hirundo maleficis evoltat.
Hirundo? sag ich. Die Schwalbe; die Schwalbe entspringt – nee; die Schwalbe entfliegt den Übeln? Das ist aber Küchenlatein!
Sie lacht hell heraus, mit ihrer dunklen Stimme.
Gottseidank, sag ich.
Für was? fragt sie.
Daß du wieder lachst, Mensch. Was heißt dein lateinischer Spruch? Der ist schwer, gell? Weißt was? Denk nach! Und wenn du den Spruch am Ende der Ferien nicht heraus hast, sag ich ihn dir. Okay?
Yes, madam.
Darf ich auch mal wieder chauffieren?
Wenn es sein muß, sage ich.
Bei der nächsten Gelegenheit fahre ich rechts ran, und sie löst mich ab. Es ist immer noch ziemlich windig; hochliegendes, in weiten Bögen ausgefasertes Zirrusgewölk zieht sich über den Himmel. Die Sonne scheint kühl. Die Landschaft, durch die wir fahren, leuchtet feucht und grün. Wir kommen gut voran. In einer Vorstadt von Fulda essen wir zu Mittag, in einer kleinen Gastwirtschaft. Ein großer, alter Bernhardiner wandert zwischen den Tischen umher, setzt sich hin, wartet, ob etwas für ihn abfällt, wandert zum nächsten Tisch.
In Nürnberg trinken wir Kaffee, essen jeder ein Stück Marzipantorte, füllen unsere Thermosflasche nach. Edith kauft ein paar Lebensmittel ein: Mehl, Zucker, Eier, Reis, ein Suppenhuhn, Dosenmilch, Bier.
Am späten Nachmittag fahren wir durch München. Hier ist es richtig warm, beinahe schwül. Edith hat einen Stadtplan und lotst uns um die Stadtmitte herum. Trotzdem brauchen wir fast anderthalb Stunden, wegen des Feierabendverkehrs und weil die Stadt von Baustellen wimmelt. In Harlaching tanken wir und öffnen das Verdeck.
Auf der Autobahn herrscht ziemlicher Betrieb, vor allem auf un-

serer Seite, in Richtung Salzburg. Hinter Traunstein stehen wir zum erstenmal in einer Verkehrsstauung.
Blöd waren wir, sagt Edith. Wir hätten über Freilassing fahren sollen. Egal. Von hier ab fühl ich mich sowieso zuhaus.
Sie nimmt ihr Zigarettenpackerl aus dem Handschuhfach, zieht den Aschenbecher heraus, schaut hinein, löst ihn ganz aus seiner Halterung und hält ihn mir hin.
Da, Boris, sagt sie. Schmeiß raus!
Ich nehme den Aschenbecher und werfe ihn mit Schwung auf den Mittelstreifen. Der Bus vor uns fährt an.
Ja du Radihirn! ruft Edith, reißt ihre Tür auf, rennt ums Auto herum, bückt sich nach dem Aschenbecher, schüttelt die Kippen ins Gras, rennt zurück, hupft ins Auto und schlägt die Tür zu. Auf gehts, sagt sie. Jetzt, was hast dir dabei gedacht? Unser einziger Aschenbecher!
Ich muß grinsen.
Nix hab ich gedacht, sag ich. Du hast befohlen: schmeiß raus. Da hab ich halt geschmissen.
Die Kippen hab ich gemeint!
Weiß ich jetzt auch!
Die Stauung löst sich erst kurz vor Salzburg ganz auf. Es dämmert. Die ersten Sterne werden sichtbar.
Magst über Fuschl fahren? fragt Edith. Oder lieber übern Scharfling?
Scharfling, sag ich. Ist aber weiter.
Macht nix, sagt sie. Wir haben Zeit.
Ich fahre langsam; fünfzig, höchstens mal sechzig. Es wird rasch dunkel; wärmer wirds auch, jedenfalls kommt es mir so vor. Von der Scharflinghöhe sehen wir die Lichter von St. Leogang tief unter uns; weiter links, im Osten, die von St. Koloman. Über dem Seewaldsee schwimmt Dunst. Die Berge sind alle an ihrem Platz: Rinnkogel, Reiterkogel, Lammerfeld, Falkenstein.
Schau! sagt Edith. Ist das nicht herrlich? Hier möcht ich irgendwo begraben sein.
Du? sag ich. Du bist noch jung.

Einundvierzig, Boris.
Zu jung für makabre Gedanken, würde Mama sagen.
Denkst du nie dran?
Schon.
Also!
Die Brücke über die Seeache ist immer noch so rostig wie vor fünf Jahren. Auf dem freien Platz beim Seehäusl steht eine Mistfuhre mit Rössern davor. Die elektrischen Straßenlaternen sind neu. In ihrem Licht schaut das Laub der Linden knallgrün aus, künstlich. Da ist das Bootshaus vom Seehäusl. Dort draußen ist der Lutz ertrunken. Da ist die Pfarrkirche, der Gemeindesaal. Wir fahren an der Einmündung der Kastanienallee vorüber. Die Schule ist dunkel; nur im Oberstock, in einer der Lehrerwohnungen, brennt Licht. Vor dem Bahnübergang schalte ich zurück.
Fahr zu, sagt Edith. Der Zehn-Uhr-Zug ist durch.
Letzte Worte einer Beifahrerin, sag ich.
Depp, sagt sie.
Vor dem Gasthaus Engljähringer biege ich rechts ab. Unsere Scheinwerfer beleuchten den Panzer, der grau und breit auf seinem Fundament steht.
Sauber habens den hergerichtet, sagt Edith. Gell?
Gleich darauf sind wir da. Ich weiß noch, wie lang der Weg war, als ich ihn zum erstenmal gegangen bin, mit Mama, mit den Koffern, vor bald zehn Jahren. Jetzt ist er kurz. Ich fahre zum Haus hinunter, unter den Bäumen, halte vor dem Garagentor, schalte die Scheinwerfer aus, den Motor. Die Stille schlägt über mir zusammen wie das Wasser beim Tauchen. Dabei ist es gar nicht still. Die Grillen sägen im Gras. Der Weißenbach rauscht. Ich warte darauf, daß eine Kette klirrt, ein Hund blafft.
Die Bella, sag ich. Wo ist die Bella?
Tot, sagt Edith. Vor zwei Jahren gestorben, an Altersschwäche. Ich hab sie dort unterm Birnbaum begraben. Weißt, sie hat doch die Birnen so gern gemocht, die fauligen, datscherten … Alsdann: Verdeck zu. Koffer raus. Einkäufe raus. Bier in den Kühlschrank. Unter die Brause. Rein in die gute Stube!

Sie sperrt die Tür auf, geht voran. Es wird hell.
Elektrischer Strom? sag ich. Seit wann?
Seit letztem Jahr. Drüben in eurem Häusl auch. Und Telephon. Und ein Badezimmer haben wir. Und eine überdachte Veranda, die hast du noch gar nicht gesehen, die zeig ich dir morgen. Magst du im ehemaligen Büro schlafen? Ja? Prima. Stell deine Koffer gleich rein. Meine zu mir – ja, dasselbe Zimmer wie früher.
Sie setzt sich auf die Küchenbank, zieht ihre Stöckelsandalen aus, schlüpft in flache Holzpantinen.
Hast meine Zigaretten mitgebracht? fragt sie. Danke. Dein Pfeiferl auch? Lieb von dir. Jetzt steh hier nicht so riesengroß rum. Weißt was? Geh brausen. Der Kasten rechts neben der Tür vom Badezimmer, das ist der Boiler. Der Schalter ist nicht markiert, sehr gscheit, aber wenn das ewige Lichterl leuchtet, ist er an. Und während du dir die Bundesrepublik abwäschst, werd ich uns was kochen. Was magst? Sag, was dir einfällt.
Pfannkuchen, sag ich.
Palatschinken? sagt sie. Hab ich auch Lust drauf. Mit was dazu? Blaubeerkompott?
Haben wir. Jetzt geh, verschwind! Nein, wart: ich geb dir noch ein paar Handtücher!
Sie geht in ihr Schlafzimmer, die Holzsandalen klappern auf den Dielen, und kommt mit einem Packen Handtücher zurück.
Bitte sehr, der Herr, sagt sie. Laß mir auch welche übrig. Ab mit dir!
Ich trage die Handtücher ins Badezimmer, schalte den Boiler ein, hole aus meinem Zimmer meinen Schlafanzug, meine Zahnbürste und meine Holzpantinen, ähnliche, wie die Edith sie hat, nur mit dünnen Gummisohlen, trage alles ins Badezimmer und öffne das Fenster, damit der Dampf abziehen kann. Ich drehe das Wasser auf. Es ist schon warm.
Als ich in die Küche zurückkomme, ist der Tisch gedeckt. Es riecht nach heißem Fett, nach Palatschinken, Tee und Zigarettenrauch. Das Fenster zum Garten steht weit offen.

Edith, sag ich, ich hab die nassen Handtücher draußen auf die Wäscheleine gehängt. Recht so?
Sie nickt.
Ich hab dich gesehen, sagt sie. Romantisch hat das ausgeschaut. Unwirklich, weißt. Wie im Theater.
Sommernachtstraum, sag ich. Dritter Akt: Oberon hält Großwaschtag.
Grad so! sagt sie. Was magst du trinken: Tee? Rotwein? Oder Kaffee? Den müßt ich erst machen.
Bier, wenn's geht, sag ich.
Bier? sagt sie. Mei, in deinem Bauch möcht ich net zuhaus sein. Bier und Palatschinken!
Sie holt eine Flasche aus dem Kühlschrank, stellt sie neben meinen Teller, stellt ein Glas dazu.
Auf geht's, sagt sie. Iß und trink! Nimm, was dein Herz begehrt!
Machen wir, sag ich. Guten Appetit!
Wir essen die Palatschinken, alle acht. Hinterher trinkt Edith ein Glas Wein, ich den Rest von meinem Bier, und wir bereden, was wir morgen machen wollen: segeln gehen vielleicht, oder auf die Moosgassner-Alm? Oder Beeren sammeln? Aber für die Beeren ist es noch zu früh, die sind erst in zwei, drei Wochen soweit.
Weißt du, wie spät es ist? sagt sie schließlich. Aber ich! Du gehst jetzt schlafen, und ich räum noch kurz auf. Keine Widerrede! Du bist drei Viertel der Strecke gefahren. Kannst du unter einer Decke schlafen, wenn es so warm ist? Ich nicht; ich nehm dann immer ein Leintuch. Ich hab dir auch eins hingelegt.
Sie steht auf und fängt an, das Geschirr zusammenzustellen. Ich stehe ebenfalls auf.
Alsdann, sag ich. Danke für alles!
Sie streckt mir die Hand hin. Ich nehme sie, beuge mich hinunter und küsse sie.
Schlaf gut, Edith, sag ich.
Sie streicht mir mit der Hand über die Haare.
Die sind noch feucht, sagt sie. Schlaf schön, Boris Pastrukowitsch!

Das Bett ist niedrig und breit, mit einem hohen, geschnitzten Kopfteil; ein altes Bauernmöbel. Eine Weile liege ich wach, horche auf die raschen Schritte nebenan, das Klappern von Besteck, das Quietschen einer Fensterangel, das dumpfe Zufallen der Kühlschranktür. Dann beginnt das Wasser im Badezimmer zu laufen.

Mir ist zu warm.

Ich ziehe meinen Schlafanzug aus, decke mich wieder mit dem Leintuch zu. So ist es besser. Das Bier beginnt zu wirken. Meine Beine werden schwer, meine Arme. In den Ohren hab ich noch den Fahrtwind, das Singen des Motors, das endlose Pochen der Räder über die Fahrbahnfugen. Nach und nach lösen sich die Reisegeräusche auf im Rauschen des Bachs draußen vor meinem Fenster, in der Dunkelheit unter den Bäumen.

32

Es ist dunkel. Hände umfassen meine Schultern; die Handflächen sind ein bißchen rauh. Jetzt streichen die Daumen meine Schlüsselbeine entlang, hin und her; die Kuppen der übrigen Finger tasten die obere Kante meiner Schulterblätter ab, graben sich ein, lassen wieder locker. Langsam gleiten die Hände über die Schultern zu meinem Hals hin; die Fingerspitzen gleiten den Hals hinauf, um die Ohren herum, zu meinen Augen. Zwei Fingerspitzen streichen über meine Lider, vom inneren Augenwinkel zum äußeren, noch einmal, wieder; gleiten nach unten, die Nase entlang, durch den Bart zu den Mundwinkeln, wo sie verharren, leicht und kühl. Eine der Fingerspitzen verschwindet; ich kann sie noch spüren, einen Augenblick lang, doch ich weiß, sie ist fort, verschwunden in der Dunkelheit. Die andere Fingerspitze folgt meiner Oberlippe, langsam, genau, von links nach rechts; meiner Unterlippe, von rechts nach links; ruht im Mund-

winkel; gleitet nun zurück, nach rechts, sehr langsam, meine Lippen ein wenig trennend, ohne die Zähne zu berühren; ruht im Mundwinkel, verschwindet.
Der Bach rauscht. Ich höre meinen Atem, und noch einen, einen fremden: ruhig, tief. Dann sind die Fingerspitzen wieder da, alle, im Bart unter meinem Kinn. Sie streichen den Hals hinab, weichen meinem Kehlkopf aus, finden die Schlüsselbeine, an denen sie entlanggleiten, nach außen hin, zurück nach innen. Nun lassen sich die Handflächen auf meiner Brust nieder, ein bißchen rauh, federleicht; die Hände gleiten in meine Achselhöhlen, schließen sich zu Fäusten, die sich drehen, in den Achselhaaren wühlen. Die Fäuste öffnen sich; die Hände streichen meine Flanken hinab, rasch, glatt, in einem Zug, treffen sich unterhalb meiner Rippenbögen, bleiben liegen. Jetzt streichen die Hände meinen Brustkorb hinauf, flach, warm; die Fingerspitzen folgen den Vertiefungen zwischen meinen Rippen. Die Handflächen heben sich ab; die Fingerkuppen umkreisen meine Brustwarzen, einmal, noch einmal, streichen die Schlüsselbeine entlang; abermals umfassen die Hände meine Schultern, die Finger graben sich ein, tasten die obere Kante meiner Schulterblätter ab, gleiten zu meinem Hals hin.
Ich öffne die Augen. Es bleibt dunkel; warm; schwarz. Nur das Fenster kann ich erkennen; ein Quadrat, von sachterem Schwarz als dem, das den Raum anfüllt.
Die Fingerspitze folgt meiner Oberlippe, verharrt im Mundwinkel, folgt der Unterlippe; streicht zurück, langsam, meine Lippen ein wenig trennend. Ich öffne den Mund, nehme den Finger zwischen die Zähne, fasse die Hand mit beiden Händen, lasse den Finger los. Ich küsse den Handrücken, die Innenfläche, die sich für einen Augenblick um mein Kinn und meinen Mund schließt. Ich fahre mit der Zungenspitze zwischen die Finger hinein, die sich nachgiebig spreizen. Ich lege die Hand an meine Wange, halte sie dort mit meiner rechten Hand; mit den Fingern der anderen streichle ich die Handwurzel, streiche die Innenseite des Arms hinauf, lasse meine Fingerspitzen in der Vertiefung der

Ellenbeuge kreisen, streiche den Oberarm entlang bis in die Achselhöhle, die heiß ist, feucht. Meine rechte Hand sucht den anderen Arm, findet ihn, ganz nah, wandert aufwärts; meine beiden Hände treffen sich im Nacken der Frau, umgreifen ihn. Ich ziehe sie zu mir herunter.
Ich fahre mit der Zungenspitze ihre Zähne entlang, außen, innen. Unsere Zungen berühren sich. Mein Speichel vermischt sich mit ihrem. Unsere Köpfe wenden sich hin und her; unsere Nasenspitzen biegen sich um, gleiten aneinander ab. Locken sind über meinem Gesicht, weich, schwarz; ich fahre mit gespreizten Fingern in ihnen umher, nehme sie in den Mund. Ich küsse die Nase, die Augenlider, die Brauen, die Ohren, die Wangen, den Hals, wieder den Mund.
Sie richtet sich auf, meine Hände sind um ihre Schultern, stützt sich auf die Ellbogen, streichelt mein Gesicht, meinen Bart. Sie atmet flach, rasch. Speichel tropft aus ihrem Mund auf meine Lippen. Ich lecke ihn ab. Ihre Brustwarzen streifen meine Brust. Ich streichle ihre Schenkel, taste nach ihrem Schoß. Sie öffnet die Schenkel, kniet sich über mich. Ich nehme ihre Brüste. Ich kann ihren Schoß riechen; Tang, Salzwasser, Meeresgetier. Ich möchte ihn küssen, mein Gesicht hineinwühlen.
Sie küßt mich rasch in den Mundwinkel. Ihr ganzes Gesicht ist naß. Sie richtet sich wieder auf, streicht mit beiden Händen meine Brust hinab, über meinen Bauch. Sie nimmt meinen Sack locker in eine Hand, beugt sich hinunter, nimmt meine Eichel zwischen ihre Lippen, läßt Speichel drüberfließen, greift meinen Schwanz ganz unten und führt ihn in ihren Schoß, der naß ist und heiß, heißer als die Achselhöhlen, heißer als der Mund. Sie zieht die Luft durch die Zähne ein, mit einem leisen, scharfen Zischen, hält inne, läßt sich langsam herabsinken, bis er ganz drinnen ist. Ich streichle ihre Hinterbacken. Sie legt ihren Kopf auf meine Brust, atmet tief ein, tief aus.
Sie hebt den Kopf, stützt die Hände auf meine Schultern, fängt an sich zu bewegen, auf und ab, langsam. Die Muskeln in ihren Schenkeln zucken. Ihr Atem geht rasch, hechelnd, meiner auch,

und ich weiß nicht mehr, wer von uns es ist, der stöhnt, rauh, unmenschlich; aufschreit, laut, schrill, verwildert. Ich spür den ersten Samenstoß in ihren Leib spritzen, dann nichts mehr, nie mehr, und dann läßt sie sich auf mich fallen, wühlt den Kopf unter mein Kinn, krallt die Finger in meine Schultern; tief in ihr drin ballt sich etwas zusammen, eine weiche, knochenlose Faust, dehnt sich, ballt sich, wieder, und wieder, saugt mir den Samen aus.

Ich streichle ihre Schultern, ihren Rücken, die Vertiefungen zwischen ihren Wirbeln. Sie ist naß von Schweiß. Ich hebe ihren Kopf, der schwer ist, lecke ihre Lider ab, ihre Nase, ihre Lippen. Tang; Salzwasser; Meeresgetier.

Nach einer langen Zeit lösen wir uns voneinander, mit einem sanften, schmatzenden Laut. Sie seufzt, streichelt meinen nassen Sack, meinen schlaffen Schwanz, rollt sich auf die Seite. Wir umarmen einander. Sie atmet gegen meine Brust; tief, ruhig. Es ist dunkel.

33

Es ist heller Tag. Das Wasser des Bachs spiegelt Sonnenlicht an die Zimmerdecke über mir, wo es sich bewegt; eine Kette flimmernder, fließender Blasen, die sich teilen, auflösen, vereinigen.

Es riecht nach Kaffee und Gebackenem, nach warmem Holz, sonnenbeschienener Baumrinde und dunstendem Laub. Draußen in der Küche klappern Holzsandalen, bleiben stehen, entfernen sich.

Ich stehe auf. Meine Schlafanzughose liegt neben dem Bett am Boden. Ich ziehe sie an.

Das Bett ist verwühlt. Decke und Leintuch sind am Fußende zusammengeschoben, die Kissen am Kopfende; das Bettuch, auf dem wir gelegen haben, ist der Länge nach aufgefaltet. Ich bücke mich und ziehe es glatt. Da ist ein großer symmetrischer Fleck; die Falte geht mitten durch ihn hindurch; er schaut aus wie eins der Klecksbilder aus dem Rorschachtest.

Eine Erinnerung berührt mich, wie eine Unterströmung beim Schwimmen in tiefem Wasser; streift an mir vorüber, ist fort.

Ich gehe mich waschen. Edith hat unsere Zahnbürsten in ein Glas gestellt, ihre schwarze, meine rote. Ich schaue in den Spiegel. Da sind ein paar Stellen, am Hals und über den Backenknochen, die ich nachrasieren muß.

Als ich im Badezimmer fertig bin, gehe ich Edith suchen.

Auf dem Fensterbrett in der Küche liegt der Mai und schläft. Über dem rechten Schulterblatt hat er eine fingerlange, haarlose Narbe. Auch sein linkes Ohr ist kahl; die Spitze ist eingerollt, wie das Deckblatt bei einem Blumenkohl.

In der Ostwand des Musikzimmers, dort, wo früher mal ein Fenster war, befindet sich jetzt eine Tür. Sie steht offen; ich schaue auf die überdachte Veranda hinaus. Ein Tisch steht da, zwei Stühle. Der Tisch ist gedeckt: Tischtuch, zwei Teller, Kuchengabeln, Kaffeelöffel, Zuckerdose, Rahmkännchen, ein brauner, weiß überzuckerter Guglhupf und die Kaffeekanne, in ein Handtuch eingepackt.

Von links, aus dem Garten, kommt Edith. Sie geht rasch, mit kurzen Schritten, wie man geht, wenn man Holzpantinen an den Füßen hat. Sie trägt einen weiten, moosgrünen Rock, Kniestrümpfe in derselben Farbe, eine weiße Bluse mit kurzen Ärmeln und breitem Kragen. In der einen Hand hält sie einen Blumenstrauß. Neben unserem VW bleibt sie stehen, hebt einen Fuß, greift mit der freien Hand zwischen Fußsohle und Holzsandale hinein, wirft etwas fort, einen Kiesel, einen Zweig, geht weiter.

Auf der Veranda rückt sie die Stühle ein wenig vom Tisch ab, befühlt den Deckel der Kaffeekanne, schnuppert am Guglhupf, beißt sich auf den Daumen, nickt, legt die Blumen, es sind Margeriten, Glockenblumen und zwei Klatschmohne, auf den Tisch und kommt auf mich zu. Sie sieht mich erst, als sie schon einen

Fuß auf der Schwelle hat, und bleibt stehen.
Halbnackter Mann beim Klavier, sagt sie. Herrlich. Morgen, Boris!
Morgen, Edith! sag ich.
Eine Weile schweigen wir.
Was schaust? fragt sie dann.
Du bist schön, sag ich.
Ich? sagt sie. Geh! Falten um die Augen, Eidechsenhaut unterm Kinn, das übermäßige Riechorgan. Und zu dicke Oberschenkel hab ich auch!
Du bist schön, sag ich.
Sie schüttelt den Kopf.
Ich bin deine erste Frau, sagt sie.
Ich geh zu ihr hin, nehme ihr Gesicht in die Hände, streiche mit den Fingern die Locken nach hinten. Die Brauen sind dicht, schmal, schwarz, die Augen dunkelbraun und zugleich sehr hell. Ich kann tief in sie hineinschauen, und sie lächeln. Jetzt trennen sich ihre Lippen ein wenig und lächeln auch. Ich streichle sie mit meinem Mund.
Ja, sag ich. Das bist du. Gleich wirst du meine zweite. Komm ins Bett. Ich brauch dich.
Aber Boris! sagt sie. Unser Frühstück. Der Kuchen wird kalt. Der Kaffee wird trocken. Umgekehrt, mein ich!
Sie lacht.
Edith, sag ich. Liebe Edith. Komm. Oder magst nicht?
Du Närrischer du, sagt sie. Ich und nicht mögen! Darf ich erst den Blumen Wasser geben?
Ich nicke, lasse sie aus. Sie geht in die Küche, die Holzsandalen klappern rasch auf den Dielen, kommt mit einem braunen Tonkrug wieder, geht auf die Veranda, stellt die Blumen in den Krug, die Mohnblüten in die Mitte, schaut mich an.
Na? sagt sie.
Ich nehme ihre Hand.
Wohin ziehts dich denn? frage ich, während wir nebeneinander durchs Wohnzimmer gehen. Zu dir oder zu mir?

Zu dir natürlich, sagt sie. Verbrecher ziehts doch immer an den Tatort zurück, oder?
Sie schließt die Zimmertür. Während wir uns küssen, knöpfe ich ihre Bluse auf. Die Brüste kommen mir entgegen. Sie schlüpft aus den Sandalen, streift sich mit einer raschen Bewegung die Unterhose hinunter, läßt sie fallen, setzt sich aufs Bett. Ihre Brüste, ihr Hals, ihr Gesicht sind rot. Ihre Augen sind schmal. Ihr Mund steht ein wenig offen.
Boris, sagt sie. Mannsbild.
Ich knie mich vor ihr hin, öffne ihre Knie, streife den Rock hoch, küsse ihren weichen Bauch. Oberhalb der Schamhaare, nahe der Leistenbeuge, hat sie ein hellbraunes, ovales Muttermal, und ich küsse es, und ihre Schenkel gehen auseinander, und ich küsse sie in den Schoß, nehme die roten, salzigen Lippen in den Mund, streichle mit der Zunge den feuchten Spalt.
Lieber, sagt sie. Du Lieber. Komm jetzt, steck ihn mir rein, ich halts nimmer aus.
Sie nimmt meinen Kopf zwischen ihre Brüste, zieht mich zu sich, und ich stoß zu, und sie stößt dagegen, beißt mich ins Ohr.
Boris, flüstert sie. Nicht so schnell! Du hast mich. Ich lauf dir net weg. Langsam! Ja! Ja!
Sie schlingt die Beine um mich. Dann wird es dunkel.
Später, während sie mir durch die Haare streicht, langsam, regelmäßig, als ob ich der Mai wär, preßt sie plötzlich die Fersen in meine Kniekehlen.
Bleib, sagt sie. Laß ihn drin, den Stöpsel. Ich brauch jeden Tropfen.
Ich hab alles abgeliefert, sag ich. Werd ich dir zu schwer?
Ein bisserl, sagt sie. Liebeslust, Liebeslast. Stütz dich doch auf die Ellbogen!
Ich hebe den Kopf. Meine Hände halten noch ihre Brüste, so fest, daß die Brustwarzen zwischen meinen Fingern eingequetscht sind. Ich lasse sofort los, stütze mich auf die Ellbogen, lecke die Spuren meiner Finger auf ihren Brüsten.
Edith, sag ich. Bin ich dir zu grob?

Du? sagt sie. Damian! Du bist mir grad recht. Eine Wohltat.
Sie schaut mich an, platzt heraus, lacht, daß ich alle ihre Zähne sehen kann, verschluckt sich, hustet.
Mir ist grad der blöde Spruch eingefallen, keucht sie, halb hustend, halb lachend. Hirundo maleficis evoltat, weißt?
Freilich. Sag schon!
Bist wirklich net dahintergestiegen?
Nein. Laß kommen.
Also. Die Ferien sind zwar noch nicht am Ende, aber weil du es bist. Es ist gar kein Latein, Boris. Hier und do mal e Fick is e Wohltat. Paletti?
Paletti! sag ich. Wir lachen beide, und ich rutsch aus ihr raus.
Da hammas, sag ich. Du hast mich rausgelacht.
Macht nix, sagt sie. Ich hab dich eh total ausgezutzelt. Der Mohr hat seine Schuldigkeit getan, und jetzt kann er gehn und den Kaffee saufen und den Guglhupf auffressen, hm? Zusammen mit mir, logisch.
Sie setzt sich auf, zieht sich den moosgrünen Rock über die Knie, knöpft ihre Bluse zu, schüttelt den Kopf.
Mei! sagt sie. Wie die Viecher! Wunderbar!

34

Die Sonne steht schon fast im Zenit, als wir auf der Veranda einander gegenübersitzen und frühstücken. Es ist warm unter dem Schindeldach, obwohl die Veranda nach den Seiten hin offen ist. Edith meint, das Segeln sollten wir heute bleibenlassen; wenn überhaupt noch ein Wind kommt, dann gegen Abend. Wir sollten lieber auf die Alm gehen.
Ich nicke, nehme mir noch ein Stück von dem Guglhupf, gieße Rahm in meinen Kaffee. Mir fallen die Gespräche ein, in der Schule, auf dem Schiff, auf Parties; die Gespräche, in denen es

darum ging, wie man keine Kinder kriegt. Einige aus meiner Klasse haben sich bei diesen Gesprächen besonders hervorgetan, vor allem der Stippi. Fünf todsichere Methoden hat er gewußt und aufgezählt. Dabei bin ich mir grade bei ihm ziemlich sicher, daß er mit seiner Helga, deren Vater eine Drogerie besitzt, nie über das Küssen hinausgekommen ist.
Ich muß grinsen.
Was hast? fragt die Edith. Denkst schon wieder ans Sündigen? Auf der Alm, da gibts aber ka Sünd!
Das mußt du mir erst beweisen. Außerdem hab ich an ganz was andres gedacht.
An was?
Es hat was mit dem Sündigen zu tun. Wenn du es bis zum Ferienende nicht heraus hast, sag ichs dir.
Feigling!
Na schön, weil du es bist. Ich hab überlegt, was wär, wenn du ein Kind von mir kriegst.
Du machst mich neugierig! Was wär?
Mir wärs recht. Dir auch?
Boris, du spinnst! Du stehst am Anfang deiner Ausbildung. Ich bin zweieinhalb mal so alt wie du. Verheiratet bin ich obendrein.
Jaja! Weiß ich alles. Mir wärs trotzdem recht. Was würde dein Mann dazu sagen?
Der? Kein Wort.
Wieso nicht?
Weil er kein Recht dazu hat, und das weiß er. Jetzt hör auf zu phantasieren. Ich krieg keine Kinder mehr. Ich bin über jeden Zweifel erhaben.
Seit wann?
Das ist über neun Jahre her. Ich hab Zysten gehabt, gutartige. Du weißt, was das ist?
Ungefähr. Eine harmlose Operation.
Schon. Aber sie haben mich trotzdem versaut. Das heißt, der Szygulla hat's ja nicht gemacht; der junge wars, der Schladerer.

Der mit den Pickeln im Gesicht?
Ja! Du: woher weißt du das?
Von dir. Du hast es damals Mama erzählt, und ich hab nebenan im Bett gelegen, mich schlafend gestellt und lange Ohren gemacht.
So einer bist du?
So einer war ich. Damals hast du aber nichts davon gesagt, daß der Schladerer die Operation verpatzt hat.
Ja wie denn auch? Das hat sich erst später gezeigt. Das ist auch ein Grund, warum der Vicki mich nicht mehr will. Eine Frau, die keine Kinder kriegt? Da kann er genau so gut die Weihnachtsgans vögeln, hat er gesagt.
Die Tränen fließen ihr übers Gesicht, tropfen auf ihren leeren Teller und in ihre Kaffeetasse. Ich steh auf, geh zu ihr hin, will sie anfassen. Sie stößt mich weg.
Laß, sagt sie. Du bist verliebt. Du bist jung. Du hast keine Ahnung.
Edith, sag ich, wenn dein Mann so ein blödes Arschloch ist, brauchst du das nicht an mir auszulassen.
Ich zieh mein Taschentuch heraus, halte es ihr hin. Sie nimmt es, trocknet sich das Gesicht ab, schneuzt sich, knüllt das Taschentuch zusammen, gibt es mir wieder.
Danke, sagt sie. Recht hast. Ich brauch es nicht an dir auszulassen. Ich laß es aber an dir aus. Und wenn du was hast, wenn dich was plagt, laß es gefälligst an mir aus. Ich brauch das. Wenn dir das nicht paßt, dann geh, verschwind. Ich hab immer bewundert, wie kultiviert deine Eltern miteinander umgehen. Ich kann das nicht. Obwohl ich eine gute Erziehung hab. Paß ich dir, Boris? Ja oder nein?
Ja, sag ich.
Du meinst, im Bett?
Schmarrn. Du hast mir schon früher gepaßt. Da hab ich ans Bett noch gar nicht gedacht.
Sie zündet sich eine Zigarette an, bläst das Streichholz aus, wirft es übers Geländer in den Garten.

So, so, sagt sie. Sigismund Rüstig. Die Höhlenkinder im heimlichen Grund. Nein; du vergißt nix.
Sie lacht, wirft die Locken zurück.
Ich muß mich erst dran gewöhnen, sagt sie.
An was? frag ich.
Wie das ist, wenn man mit einem lebt, der sich auch an alles erinnert. Unser erstes Busserl. Warum hast du mich geküßt?
Du hast mir halt gefallen. Deine Haare. Deine Nase. Wie du gerochen hast.
Wie hab ich gerochen?
Nach dir.
Und da hast du mich mir nix, dir nix um den Hals genommen und heruntergezogen und geküßt, wie letzte Nacht. Weißt was? Angst hab ich gehabt, letzte Nacht, daß du mich vielleicht nicht wirst haben wollen. Bis ich deine Hände im Nacken gespürt hab, genau wie damals. Da hab ich gewußt, ich bin richtig bei dir. Sag einmal: das Bild an der Wand. Die Camera obscura. Ist dir sowas je wieder begegnet?
Nie mehr, sag ich. In jedem Zimmer, in dem ich geschlafen hab, hab ich herumexperimentiert; die Fenster verdunkelt, den Schlüssel aus dem Schlüsselloch gezogen. Nix!
Ich auch. Wem hast du davon erzählt, Boris? Außer mir?
Keinem. Meinst du, ich kann nachher mal hingehen und die Leute, die Allmanns, fragen, ob das Bild noch zu sehen ist?
Boris, du bist unmöglich! Stell dir die Szene vor. Du klopfst. Der Dr. Allmann macht die Tür auf – nein, die Frau; das ist besser, die ist noch korrekter wie er. Also die Frau macht dir auf. Du sagst: Grüß Gott. Mein Name ist Soundso. Gestatten Sie mir nachzuschauen, ob Ihre Camera obscura noch funktioniert? Mei! Ich seh sie vor mir, die arme Frau Studienrätin mit ihren Stöckerlbeinen und ihren zwanzig Unterröcken, wie sie schreiend die Wand hinaufrennt, blaurot im Gsicht! Nein, Boris, das geht nicht. Jetzt räumen wir zusammen und schauen, daß wir auf die Alm hinaufkommen, ja?
Rauch fertig, sag ich. Ich räum die Sachen weg.

Edel von dir, sagt sie.
Selber schuld, sag ich. Du hast angeordnet, ich soll alles an dir auslassen. Mit dem Edelmut fang ich an.
So? sagt sie. Und womit gehts weiter?
Laß dich überraschen, sag ich.
Wir ziehen uns andere Schuhe an. Ich stecke meinen Tabak, die Pfeife, Streichhölzer und der Edith ihre Zigaretten ein, und wir gehen los.
Mitten auf dem Brettersteg über den Weißenbach bleibt sie stehen.
Machst du das auch? frag ich. Ins Wasser schauen, bis es dir vorkommt, als ob das Wasser stillsteht und der Steg mit dir bachaufwärts fährt?
Ja, sagt sie. Kindisch, gell? Aber jetzt hab ich sehen wollen, ob die Ringelnatter noch lebt.
Die große? sag ich. Die muß jetzt um die zwei Meter lang sein. Ein Weiberl, wahrscheinlich.
Mhm, sagt sie. Die werden größer als die Mannderln. Stärker. Deswegen holen sie für die Mannderln die Äpfel von den Bäumen.
Ja, ja! sag ich. Komm, wir gehen. Der ist es jetzt viel zu heiß.
Recht hast, sagt sie. Auf der Alm wirds kühler sein.
Wir werden sehen, sag ich.
Vor dem Häuschen Nr. 111 steht ein weißer Mercedes. Im Giebel des Häuschens hängen drei Hirschgeweihe. Das Fluder strömt dunkel und rasch dahin. Über dem roten Ziegeldach der Glöggler-Säge, über den Bretterstapeln und dem Holzlager zittert die Luft. Beide Gatter laufen; der heiße Terpentingeruch frischen Sägemehls begleitet uns ein Stück weit, während wir den Weg entlanggehen, auf dem ich damals, vor bald zehn Jahren, meine Schritte gezählt hab. Am Haus von Onkel Jodi und Tante Agnes sind die Fensterläden geschlossen. Aber die Beete im Garten schimmern feucht; auch die Obstbäume sind gewässert worden. Wahrscheinlich hält Tante Agnes ihren Mittagsschlaf.

Im Hohlweg, der sich in weiten, steilen Serpentinen durch den Buchenwald zieht, ist es feucht, kühl. Farnkraut wuchert grün die Hänge hinauf. Wir gehen nah beieinander. Wir streifen uns nicht. Trotzdem kann ich die Edith spüren. Für ein paar Schritte mach ich die Augen zu; ich möchte wissen, ob ich mir das vielleicht nur einbilde, aber nein: ich spür sie immer noch, so, als ob wir einander im Arm hätten. Als wir beim Enterbacher seiner Brunnenstube vorbeigehen, aus der das Wasser in breitem Geriesel überläuft, sommers wie winters, nimmt Edith auf einmal meine Hand.
Was zuckst? fragt sie. Hab ich dich elektrisiert?
Grad so, sag ich. Den Arm hinauf, und von der Schulter runter bis in den Bauch.
Mei, sagt sie. Ein ernster Fall. Dich hats erwischt.
Dich vielleicht nicht?
Doch, mein Lieber. Ich red bloß so daher, weil ich Lust hab, ein bissel mit dir zu spielen. Darf ich?
Freilich. Was, wenn ichs dir abschau?
Was wird sein? Nachher spielen wir alle beide.
Und? Wer gewinnt?
Sie lacht, gibt einem runden Kieselstein einen Tritt, daß er bergauf vor uns herrollt.
Keiner, sagt sie. Beide.
Und der Viktor? frage ich.
Der schmeißt viel Geld raus. Für Weiber. Fürs Auto. Für das Haus auf Mallorca, das er kaufen will. Er verdient aber auch viel. Er bezahlt seine Leute gut. Mich auch – für die Steuersachen und die Buchhaltung, die ich für ihn mach, gibt er mir mehr, als er müßte. Und er gibt mir Haushaltsgeld, obwohl er fast nie da ist. Mein Lehrerinnengehalt brauch ich kaum einmal anzubrechen; das geht jeden Monat aufs Sparkonto. In Geldsachen ist er immer großzügig gewesen, der Vicki.
Läßt du dich deswegen nicht scheiden von ihm?
Sie bleibt stehen, läßt meine Hand los.
Sag das nochmal, sagt sie.

Nein, sag ich. Verdammt, ich hab das nicht so gemeint!
Das glaub ich auch, sagt sie. Sonst tät ich dir jetzt rechts und links eine tuschen und dich stehenlassen hier, bis zum Jüngsten Tag.
Ich stehe stumm da. Mir fällt nichts ein. Sie nimmt meine Hand. Komm, sagt sie. Sei mir nicht bös. Du willst wissen, warum ich mich nicht scheiden laß. Zwei Gründe. Einmal, weil wir verheiratet sind. Das klingt blöder, als es ist. Ich hab nicht geheiratet, um mich scheiden zu lassen. Wenn er eines Tages weg will von mir, schön. Seine Sache. Der zweite Grund: er braucht mich.
O ja, sag ich. Für die Buchhaltung. Für die Steuer. Für ein Essen ab und zu, das ihm der Hunger hineinwürgen muß.
Nein, Boris. Das sind Nebensachen. Was er braucht, das ist, daß ich da bin, wenn er heimkommt. Daß er mit mir reden kann. Wenn er zu weit geht, wie letzte Weihnachten mit der Chantal, dann geb ich ihm das schon zu verstehen, verlaß dich drauf. Nein, er braucht mich wirklich. Ich bin sein einziger Rückhalt. Wenn er den nimmer hat, ist er am Ende.
Er verdient dich nicht.
Nein. Das weiß ich. Und ich, Boris? Verdien ich dich? Und du selber? Ich hab dich gern. Hast du das Gefühl, du verdienst das? Oder freuts dich einfach?
Ich bleib stehen, küsse ihren Mund, ihre Augen. Sie küßt meine Hand, die sie in ihrer behält, während wir weitergehen.
Also! sagt sie.
Die Moosgassner-Alm ist nicht ganz so steil, wie sie vom Tal her ausschaut, und von Bachläufen durchzogen, die jetzt nur Rinnsale sind. Da und dort stehen Baumgruppen wie auf der Lienbach-Alm. Kühe weiden weit verstreut, die Köpfe hangaufwärts gerichtet, mit den Schwänzen peitschend, von Fliegen umsummt. Ihre Glocken klingen harmonisch zusammen. Das ist kein Zufall; wir haben in der Schule gelernt, daß jeder Bauer bemüht ist, die Glocken seiner Herde aufeinander abzustimmen, und daß die Glocke mit dem tiefsten Ton immer der Leitkuh gehört.

Wir steigen eine gute Stunde weit über die Wiesen hinauf bis an den Waldrand, über dem die Felsen des Nordgipfels stehen, legen uns ins Gras, schauen in den leeren, diesigen Himmel, rauchen, reden. Edith erzählt von der Schule; von den neuen Unterrichtsmethoden, die sich offenkundig Leute ausgedacht haben, welche selber kinderlos sind; von den viel zu großen Klassen; von den Schwierigkeiten, die sich aus den Milieuunterschieden ergeben. Da sind auf der einen Seite die Arbeiterkinder, auf der anderen die der sogenannten besseren Leute; und die Flüchtlingskinder hängen irgendwo dazwischen, weil sie anders reden, anders sind. Sie erzählt, wie sie sich in den beiden ersten Jahren besonders viel Mühe gegeben hat; sie hat ja den Anschluß wieder finden müssen. Aber vielleicht war das nicht so gescheit von ihr. Jetzt hat es sich bei den Eltern herumgesprochen, daß sie einen guten Anfangsunterricht erteilt. Jahr für Jahr, wenn die Schule beginnt, heißt es, die Frau Lubin ist gut, die wollen wir haben. Und ihr Schulleiter hat halt kein Rückgrat; der macht, was die Elternschaft will. Sie wird wohl bis zur Pensionierung nichts andres mehr sehen als erstes Schuljahr, zweites Schuljahr, erstes Schuljahr, und so weiter. Na ja. Ein siebentes oder achtes, das wär mal was; eine Abwechslung, eine Erholung von dem ewigen Buchstabenkasper und der ständig wiederkehrenden Rechentrude.
Ich erzähle von unserem Haus in Missunde, vom Segeln mit der Sigrun, mit der Undine; vom Herrn Borchert, der mich im Autofahren und in den Einzelheiten der Ardennenoffensive zugleich unterrichtet hat; von Papas und Mamas Arbeit in der Kanzlei, von der Geschichte mit Fräulein Norgaard; von meinem Abitur und meinem Praktikum bei Howaldt und von meinen Studienplänen.
Wer hat dich eigentlich auf Ingenieur gebracht? fragt Edith.
Du, sag ich. Und der Herr von Molinari.
Edith setzt sich auf, schaut ins Tal hinunter, wo die Dächer ziegelrot und schindelgrau im Gelb und Grün der Felder, Wiesen und Wälder verstreut sind. Sie steckt sich eine Zigarette an, schluckt den Rauch, behält ihn lange drin, bläst ihn weit von sich.

Sowas, sagt sie. Dort unten hat mich noch keiner geküßt.
Ich setze mich auch auf und schaue hinunter.
Wo meinst du? sag ich. Zeig schon!
Sie lacht.
Trottel, sagt sie. Net unten im Tal; unten zwischen den Beinen. Daß das einer tut, hab ich mir gewünscht, seit ich sechzehn war. Auf dich hab ich warten müssen! Wer hat dir das eingegeben, Boris?
Keiner, sag ich. Lust hab ich drauf gehabt, so wie jetzt. Komm!
Sie haut mir auf die Finger.
Pratzen weg! sagt sie. Wenn jetzt dort unten so ein Tourist steht und durch sein Fernglasl heraufschaut zu uns, nachher täten wir schön dastehen!
Schön schon, sag ich. Aber dastehen?
Ja, ja! sagt sie. Reich mir die Hand, mein Leben! Zieh mich empor zu dir! Na prima, danke. Jetzt schauen wir, daß wir heimkommen. Ich hab Hunger. Du auch.
Im Hohlweg unterhalb dem Enterbacher seiner Brunnenstube begegnet uns ein junger Mann, barhäuptig, bärtig, blond. In der linken Hand trägt er eine langstielige Axt; über der rechten Schulter hängt ihm eine Fallsäge im Lederfutteral.
Grüß Gott, die Herrschaften, sagt er. A pfundigs Wetter hamma, ha?
Edith sagt, da hat er recht, und hoffentlich bleibt es noch lang so.
Den hab ich schon mal gesehen, sag ich, als wir außer Hörweite sind.
Glaub ich dir. Das ist der Leitner Georg; der war doch mit dir in der Schule, oder? Im Frühjahr hat er den Hof von seinem Vater übernommen. Nächstes Jahr will er heiraten. Spritzenmeister bei der freiwilligen Feuerwehr ist er auch. Hats dich – oder kriegts dich?
Sie schaut zu mir herunter. Ich hab mich mitten auf den Weg gesetzt, in den nassen Kies, weil ich so lachen muß.
Boris, sagt Edith. Bitte. Verlaß mich nicht.

Nach einer Meile bin ich soweit, daß ich ihr erzählen kann, wie sich der Georg seinerzeit auf seine jetzige Tätigkeit bei der Feuerwehr vorbereitet hat. Im Gehen nehme ich sie um die Mitte, damit sie sich nicht auch hinsetzt.
Jessas! lacht sie, und lehnt den Kopf an meine Schulter. Zipfer Bier! Boris, du Drecksau! Hast das deiner Mama erzählt?
Noch nicht. Ich werd aber bestimmt dran denken.
Das mußt du unbedingt. Die Karin wird sich krummlachen. Die mag solche Geschichten. Weißt du das nicht?
Wir gehen rasch weiter, Hand in Hand. Tante Agnes hat schon Licht im Wohnzimmer, obwohl die Sonne eben erst untergegangen ist. Die Säge liegt still. Als wir den Brettersteg betreten, bleibt Edith plötzlich stehen.
Schau, flüstert sie. Dort unten!
Ich sehe nur noch das hintere Ende der Ringelnatter; zwei dicke, gelbschwarze Windungen mit dem spitz zulaufenden Schwanz, die sich langsam ins Wurzelwerk eines Weidenbuschs hineinziehen.
Sauber, sagt Edith. Eine Kraft muß das Viech haben. Der Addi hat sie mal hinmachen wollen. Dem hab ich vielleicht ein paar getatscht! Zuhaus hat er sich bei seinem Vater über mich beschwert, und da hat der ihm noch ein paar getatscht. Das waren Zeiten!
Mensch ja, der Addi. Den muß ich mal besuchen.
Ja, der kommt bald wieder. Jetzt ist er in Holland.
In Holland? Was macht der Addi in Holland?
Keine Ahnung. Frag ihn selber.
Ich ziehe den Hausschlüssel aus dem Spalt zwischen der zweiten und dritten Balkenlage links von der Tür und sperre auf.
Quod erat demonstrandum, sagt Edith.
Sprich dich aus, sag ich. Was hast du mir bewiesen?
Daß es auf der Alm keine Sünd gibt, sagt sie.

35

Wir frühstücken, waschen unser Auto und fahren nach St. Koloman. Eigentlich möchten wir segeln gehen, aber es ist windstill, dunstig; Himmel und Berge sehen überhaupt nicht so aus, als ob heute noch Wind aufkäme. Also mieten wir ein Paddelboot und fahren eine Stunde weit zur Mooslaug hinüber. Das ist die lange, gekrümmte Halbinsel, deren Spitze ziemlich genau auf St. Leogang am nördlichen Seeufer zeigt.

Bis auf eine Entenfamilie, die im Schilf herumpuddelt und sofort neugierig angeschwommen kommt, sind wir allein.

Edith hat einen einteiligen Badeanzug dabei und einen zweiteiligen. Beide sind schwarz. Mit Mühe überrede ich sie dazu, daß sie den zweiteiligen anzieht. Sie behauptet, sie hat einen Schlabberbauch und ihre Oberschenkel sind zu dick. Als ob ich sie noch nie gesehen hätte.

Das mit dem Schlabberbauch ist natürlich ein Schmarrn. Sie hat ein paar waagrechte, feine Striche unterhalb des Nabels, die wie Perlmutt schimmern, wenn sie sich bewegt. Dehnungsnarben sind das, von der Schwangerschaft. Mama hat die ebenfalls. Und das mit den dicken Oberschenkeln ist erst recht hirnrissig. Das sag ich ihr auch gleich.

Sie legt sich in den Sand, mit dem Kopf auf meinen Bauch, streckt sich, streichelt meine Achselhöhle.

Na, ist recht, sagt sie. Wie du mich siehst, so bin ich. Wo sind denn unsere Enten?

Fort. Denen waren wir zu langweilig.

Meinst? Haben die eine Ahnung.

Nach dem Abendessen fahren wir zum Tanzen nach St. Leogang. Edith trägt ein graues Seidenkleid mit langen Ärmeln und tiefem Ausschnitt. Wir fahren mit offenem Verdeck. Im Innenspiegel kann ich manchmal den zunehmenden Mond sehen, der zwischen Rinnkogel und Reiterkogel aufgeht. Es ist warm. Der Fahrtwind ist angenehm.

Ihr Weiber habts gut, sag ich.
Das find ich auch, sagt sie. Was meinst genau?
Eure Kleidung. Ihr braucht fast nichts anziehen. Wir müssen uns in die Anzüge da hineinquetschen.
Meinst, du wirst schwitzen? Ich kann ja betont kühl zu dir sein.
Trau dich, sag ich.
In St. Leogang herrscht Betrieb. Die engen, gepflasterten Gassen sind voller Menschen; zu zweit, in Gruppen, die meisten für den Abend gekleidet. Die geparkten Autos kommen überwiegend aus der Bundesrepublik, aber auch aus Frankreich, Holland, Italien. Zwei Engländer seh ich und mehrere Amerikaner mit Militärkennzeichen.
Die Fenster der Hotels, Restaurants und Tanzlokale sind geöffnet; Stimmen dringen heraus, rauchige Luft, Essensgerüche, Musik: Ragtime, Wiener Walzer, Blues, Polka, Landler und Boogie, alles demokratisch durcheinandergemischt.
Wir stellen unseren VW an der Seepromenade ab, unter den Linden gegenüber der Kirche.
Können wir das Verdeck offenlassen? frag ich.
Ich denk schon. Deinen Tabak und die Pfeifen, die tust in mein Handtascherl, so. Hast die Schlüssel? Prima. Jetzt suchen wir uns eine Musik, die zu uns paßt. Du, ich freu mich!
Sie nimmt meinen Arm.
Wir gehen von einem Lokal zum andern, hören uns die Musik an, schauen in die Glaskästen, in denen auf Hochglanzphotos die Musikkapellen zu sehen sind. Eine besteht aus fünf Herren in weißen Frackanzügen; alle haben ihre Instrumente unter den linken Arm geklemmt und die Haare brillantineglatt aus der Stirn nach hinten geleckt; alle lächeln, mit Lippen, die glänzen, als wären sie lackiert.
Max Trippel und seine Solisten! steht unter dem Photo.
Edith bekreuzigt sich.
Fünf Zuhälter auf einmal, sagt sie. Schau dir die Schlurfe an! Max Tripper und seine Syphilisten. Gott behüt uns. Komm, Boris!

Schließlich, wir sind in einem Bogen in die Nähe der Kirche zurückgekehrt, stehen wir vor einem Tanzlokal, über dessen Eingang in roten Neonbuchstaben das Wort Almhütte zu lesen ist. Die Kapelle nennt sich Los Lobos, die Wölfe. Im Schaukasten sehen wir die sechs Musiker in spanischer Tracht, andalusischer, wenn mich nicht alles täuscht, und aus den Fenstern hören wir einen Tango.
Kennst den? fragt die Edith.
Viola mia, sag ich.
Stimmt, sagt sie. Du, das rührt mich an. Und die Almhütte, die paßt mir auch.
Gleich hinter der Drehtür nimmt uns ein Ober in Empfang, geleitet uns zu einem kleinen Tisch am Rand der Tanzfläche unweit eines Fensters und bringt uns die Weinkarte.
Such aus, sagt Edith. Nimm, was dein Herz begehrt. Ich schließ mich dir an.
Wir entscheiden uns für einen Rotwein, einen spanischen, der Musik zuliebe, die gut ist, schwungvoll, nicht zu laut. Refosco heißt er. Als die Flasche kommt, will Edith wissen, wieso sie von innen wie beschlagen ausschaut.
Gerbsäure, sag ich. Der hat lang gelegen. Stark ist er auch. Sei vorsichtig.
Wir stoßen an, trinken einen Schluck.
Mhm! sagt sie. Schmeckt mir. Dir auch?
Mhm! sag ich. Bei dem bleiben wir, von mir aus. Magst du tanzen?
Sie nickt.
Ich kenn das aber nicht, sagt sie.
Ich schon, sag ich. Komm!
Ich stehe auf, verneige mich vor ihr, nehme sie in den Arm.
Denk an meine nackten Zehen, sagt sie.
Nackt? Du hast doch Strümpfe an.
Du magst Strümpfe, gell?
Ja.
Net bloß schwarze?

Aber nein.
Wieso magst du Strümpfe?
Weil sie oben einen Streifen Fleisch frei lassen, Edith. Weiches, nacktes Fleisch.
Das kannst jetzt gar nicht sehen.
Ich denk aber dran.
Lustmolch. Denk weiter nach unten. Denk an meine Zehen.
Ich werd mich hüten. Denkst du an meine?
Nein, mein Lieber.
Also! Wieso hast du vorhin gesagt, du kennst den Tanz hier nicht?
Weils wahr ist.
Du kannst ihn aber.
Schon. Weil du führst.
Da merk ich nix davon.
Nicht? Na, vielleicht passen wir einfach zusammen?
Das wär möglich. Das hab ich noch gar nicht erwogen.
Wir tanzen auch die nächsten vier Tänze. Ediths Hand liegt leicht auf meinem Oberarm. Ich kann ihre Haut riechen, ihr Haar. Einmal schau ich auf unsere Füße hinunter, die sich nah beieinander übers Parkett bewegen, rasch, selbständig.
Stier mir net so ins Dekolleté, sagt sie.
Du bist ungerecht, meine Liebe, sag ich. Ich hab weiter nach unten gestiert. Deine Zehen sind noch da.
Lieb von dir, sagt sie.
Dann ist der Tanz zu Ende. Der Schlagzeuger spielt einen Wirbel auf dem Xylophon, gefolgt von einem tiefen Schlußakkord. Wir gehen Arm in Arm an unseren Tisch. Ich warte, bis Edith Platz genommen hat, verneige mich, setze mich ihr gegenüber.
Die Karin und der Marek kriegen ein Dankschreiben von mir, sagt sie. Sütterlin, mit Goldrand.
Wofür denn?
Weils dich so perfekt dressiert haben. Im Ernst, Boris. So ein bisserl Schliff und Haltung bei einem Mannsbild, da bin ich ganz versessen drauf.
Ich fülle unsere Gläser nach, und wir stoßen an.

Auf die Lady, sag ich.
Auf den Gentleman, sagt sie.
Du bist vergeßlich, sag ich. Ein paarmal hab ich dich ganz und gar nicht wie ein Gentleman behandelt.
Eben. Da sitzt du, gepflegt, korrekt, wohlerzogen, und dabei weiß ich die ganze Zeit, zu was du fähig bist, sobald wir allein sind. Was meinst, wie das aufreizt?
Die Kapelle kommt zurück; der Schlagzeuger beginnt mit einem Wirbel auf dem Xylophon, und die übrigen Instrumente fallen ein, spielen einen langsamen Walzer.
Hopp, mein Kavalier! sagt Edith leise.
Wir tanzen. Die Blondine neben uns, im schwarzen Paillettenkleid, deren Partner einen Kopf kleiner ist als sie, singt die Worte halblaut mit. Es ist ein Schlager, dem man zur Zeit nirgendwo entgehen kann; er handelt davon, wie ein weiblicher und ein männlicher Mensch miteinander in einen Himmel hineintanzen, der durch ein Ordnungszahlwort näher gekennzeichnet wird.
Halt dich fest, Edith, sag ich. Gleich schlagen wir hin. Das Schmalz steht zentimeterhoch.
Zyniker! Hast kein Gefühl net?
Gefühl schon.
Aber?
Aber das da ist keins. Das ist so sentimental – mir tun die Zähne weh. Wie wenn einer mich zwingt, reinen Kristallzucker zu fressen.
Laß dich halt net zwingen. Genieß! Gefühl und Sentimentalität, das geht nahtlos ineinander über.
Nahtlos? Ich kann die Naht spüren. Die scheuert.
Sie drückt meine Hand, lächelt mir zu, mit Augen und Lippen.
Du Armer! sagt sie. Wo denn?
Die nächste Tanzpause benutzen wir dazu, rasch einmal auf die Toilette zu gehen; erst Edith, dann ich. Als ich den Tanzsaal wieder betrete, spüre ich ihren Blick auf mir. Ich gehe über die Tanzfläche zu ihr hin, setze mich.
Buenas tardes, Señora, sag ich. Was gibt's?

Das frag ich dich, sagt sie. Du strahlst so.
Logisch, sag ich. Ich bin stolz auf dich. Weil du mir gehörst.
Was bringt dich da drauf?
Dein Gesicht; deine Augen.
So? Du siehst zuviel, mein Lieber. Gehörst du mir auch ein bissel?
Nein, sag nix! Net antworten, bitte! Später!
Wie die Dame wünschen. Teilen wir uns noch eine Flasche?
Gern. Wenn du nachher chauffierst.
Ganz wie Gnädigste befehlen.
Ich sehe mich nach dem Ober um. Er steht am anderen Ende des Saals, im Gespräch mit einem Kollegen begriffen. Ich nicke ihm zu. Er sieht die Bewegung augenblicklich, unterbricht sein Gespräch, kommt an unseren Tisch, und ich gebe unsere Bestellung auf.
Gegen Mitternacht herrscht auf der Tanzfläche nicht mehr so ein Gedränge, weil viele Gäste allmählich müde werden. Als die Kapelle wieder einmal einen Tango spielt, nützen wir den freien Raum und tanzen all die Figuren, für die bisher zuwenig Platz war. Der Tango geht zu Ende. Wir stehen vor dem Musikerpodium und warten auf den nächsten Tanz.
Jetzt ist dir aber warm geworden, sagt Edith.
Weißt wovon? Ich hab in dein Dekolleté gestiert.
Schäm dich!
Der Schlagzeuger sagt ein paar Worte auf Spanisch, schlägt einen kurzen Wirbel auf seinen Trommeln.
Hast ihn verstanden? fragt Edith.
Kein Wort, sag ich.
Die Kapelle fängt an zu spielen. Es ist derselbe Tango wie eben.
Du, mir schwant was, sagt Edith. Die spielen für uns!
Ich schau mich um. Sie hat recht. Wir sind allein auf der Tanzfläche.
Ja, da verreckst, sag ich leise. Geh her; jetzt dürfen wir uns nicht blamieren!
Es geht recht gut; teils, weil wir den Tango ja soeben getanzt ha-

ben und die Musik kennen; teils, weil wir einfach zusammenpassen. Wir reden kein Wort. Als der Tango sich seinem Ende nähert, sind wir zu weit von der Mitte der Tanzfläche entfernt. Blöd. Aber die Musiker sehen das; sie hängen noch ein paar Takte an, so daß wir mit dem letzten Ton genau in der Mitte zum Stehen kommen. Für einen Augenblick verharren wir so, die Gesichter der Kapelle zugewandt. Ein paar Leute fangen zu klatschen an.
Wir lösen uns voneinander, halten uns bei den Händen, wenden uns ganz zur Kapelle, verneigen uns. Der Schlagzeuger spielt seinen Pausenwirbel; die anderen Musiker klatschen. Wir drehen uns um, verneigen uns zu den Gästen hin. Viele klatschen. Eine Rothaarige mit überkandidelter Frisur und quellenden Brüsten klatscht besonders laut. Auch ihr kahlköpfiger Begleiter patscht in seine haarigen Hände. Ich verneige mich noch einmal. Edith vollführt einen kleinen Hofknicks. Dann biete ich ihr meinen Arm, und wir gehen zu unserem Tisch.
Sowas! sagt sie lachend. Du bringst mich in die unmöglichsten Situationen!
Ich bring dich aber auch wieder aus ihnen heraus, sag ich. Stimmts?
Sie nickt und streicht sich eine Locke aus der Stirn.

Wir gehen unter den Linden die Seepromenade entlang. Es ist warm. Der See liegt glatt wie schwarzes Glas. Der Sand knirscht. Wir halten uns an den Händen.
Gut, daß ich net chauffieren brauch, sagt Edith. Ich hab weiche Knie.
Ah geh, sag ich. Ich hab mehr getrunken wie du.
Sie bleibt stehen, nimmt auch meine andere Hand, legt ihr Gesicht an meine Hemdbrust.
Net vom Wein, sagt sie. Weil ich liegen möcht. Weil meine Beine auseinander möchten. Weißt, wem es so gegangen ist? Der Karin. Deiner Mama. Wir haben einmal verglichen, wie das war, als unsere Männer aus dem Krieg gekommen sind. Dein Papa hat zwei oder drei Worte zu ihr gesagt. Da sind ihr die Knie weich

geworden, und dann hat er sie ins Gebüsch gezogen und hergenommen. Erst war sie schockiert, aber net für lang.
Mensch ja, sag ich. Ich kann mich erinnern.
Du warst mit im Gebüsch? Glaub ich net!
Nein, nein. Ich war Milch holen. Ich hab die beiden gesehen, wie sie aus dem Gebüsch zurückgekommen sind. Weißt, das war derselbe Weidenbusch, unter dem die Ringelnatter wohnt.
Da schau her. Und? Hast was gespannt?
Gespannt? Das war eher so eine Ahnung.
Wir gehen zu unserem Auto. Ich halte ihr die Tür auf. Sie scheucht einen Nachfalter vom Sitz.
Fahr langsam, sagt sie. Wir haben Zeit.
Als wir aus St. Leogang heraus sind, auf der Landstraße, legt sie den Kopf nach hinten auf die Sitzlehne und schaut in den Himmel hinauf.
Zeig deine Kehle nicht so her, sag ich.
Magst beißen? sagt sie. Wart noch. Schau, jetzt haben wir einen schönen Abend gehabt und fahren nach Haus. Und ich hab dich bei mir, und morgen auch. Und übermorgen.
Merkwürdig, sag ich. Ich hab dasselbe gedacht. Mir haben bloß die Worte gefehlt.
So? Na, die hab ich dir jetzt geliefert. Was ist das für dich, der Alltag? Daß man dauernd verliebt ist ineinander?
Dauernd? Das wär nicht zum Aushalten. Nein, immer wieder mal. Man hat ja auch sonst was zu tun.
Als wir an der St. Kolomaner Pfarrkirche vorbeifahren, streicht mir Edith leicht über den Handrücken.
Net zucken, sagt sie. An was denkst jetzt?
An die Rothaarige aus der Almhütte.
Net lügen! An mich denkst!
Mhm!
Und was?
Was Saublödes.
Sag!
Daß du meine Dunkle Blume bist.

Du Kitschonkel, du sentimentaler!
Ich hab dich gewarnt.
Ich laß mich net warnen. Ich bin viel zu neugierig. Ich möcht wissen, was du mit ihr machen wirst. Mit deiner Dunklen Blume.
Küssen halt.
Wohin?
Erst in die Blattachseln.
Hübsch. Und dann?
Auf die Kelchblätter.
Schön. Weiter?
Auf die Narbe; logisch.
Das wird immer schöner. Tust sie auch begießen, damit sie frisch bleibt?
Versteht sich. Aber vorher ...
Wart! unterbricht sie mich. Behalt das einstweilen für dich, du Gärtner. Magst auch ein Zigaretterl?
Ausnahmsweise, sag ich.
Dann sind wir auf der Hauptstraße. Das Scheinwerferlicht wischt über den Panzer, als wir nach rechts einbiegen; sein Geschützrohr zeigt zu uns her.
Ich hab zwei Wünsche an dich, sagt Edith.
Im Märchen sinds immer drei, sag ich.
Wir sind aber nicht im Märchen, mein Lieber. Vorhin haben wir uns auf den Alltag geeinigt.
Haben wir. Dann war das dein erster Wunsch. Und die anderen beiden?
Also zuerst, daß wir jetzt gleich ein bissel was essen und trinken, in aller Ruhe.
Genehmigt. Und dann?
Dann mach mit mir, was du willst.

36

Die Tage vergehen.
Wir machen Hausputz. Wir rollen die Teppiche ein, tragen sie in den Garten, klopfen sie, lassen sie in der Sonne auslüften, während wir die Dielen scheuern, die Wände abwaschen, die Fenster putzen, die Möbel abstauben, die Dielen einwachsen, nachdem sie getrocknet sind.
Wir segeln auf dem Seewaldsee. Edith hat wenig Erfahrung. Manchmal will sie zu schnell sein, bringt die Kommandos durcheinander und die Jolle fast zum Kentern. An sich wär da nichts dabei; wir können beide schwimmen, das Wasser ist warm, und von Wellengang kann kaum die Rede sein. Aber wir haben Zuschauer. Was sollen die anderen Segler von uns denken?
Mir völlig blutwurscht! ruft Edith lachend. An welchem Schnürl muß ich denn jetzt ziehen, damit der Knoten da aufgeht, der damische?
Schnürl? Das ist ein Fall!
Ein ernster, glaub ich. Geh, komm her, sei lieb, hilf mir!
Wir landen an der Spitze der Mooslaug, sortieren unsere Takelage, essen frische Semmeln mit Schlackwurst, trinken einen Schluck von unserem Refosco, den wir im Gemischtwarenladen gekauft haben, stehen dann im Sand und schauen auf die anlaufenden Wellen, bis uns das ziehende Gefühl überkommt, daß die Wellen stillstehen, daß wir es sind, die mitsamt der ganzen Mooslaug langsam, langsam nach St. Leogang hinüberfahren.
Was fangen wir an, wenn wir drüben sind? sag ich.
Abends holen wir immer Milch vom Moosgassner-Hof. Der Addi wird erst später im Juli aus Holland zurück sein.
Wir mähen das Gras im Garten. Wir reißen die Brennesseln aus. Wir holen Kies aus dem Bach, verteilen ihn vor der Garage, vor der Haustür, auf den Gartenwegen.
Wir jäten. Wir setzen den Komposthaufen um.
Manchmal gehen wir auswärts essen. Meistens kochen wir zu Hause.

Zwei- oder dreimal regnet es.
An einem Regenmorgen bin ich dabei, auf der Veranda den Frühstückstisch zu decken. Edith ist in der Küche, ärgert sich über das Kaffeewasser, das nicht kochen will, und pfeift aus den Vier Jahreszeiten; den Frühling, glaub ich.
Das Pfeifen bricht ab.
Jetzt hab ich es satt, ruft sie. Jetzt gieß ich dich auf, auch wenn du nicht kochst, du Scheißwasser, du!
Gibs ihm! ruf ich. Geschieht dem Kaffee ganz recht, wenn er schwach wird! Du hast heute deinen willensstarken Tag, oder? Paß auf, ich auch!
Sie antwortet nicht. Nach einer Weile kommt sie mit der Kaffeekanne, stellt sie nieder, küßt mich auf die Stirn.
Grüß dich, Lieber, sagt sie. Willst du Streit? Schon am achten Ferientag?
Gern, sag ich. Heut sind wir nämlich neun Tage hier.
Acht!
Neun!
Nein! Acht! Und wenns dich zerreißt!
Neun!
Boris! Sei der Gescheitere. Gib nach. Acht!
Nein!
Doch! Gleich beweis ichs dir!
Sie springt auf, rennt in die Küche, kommt mit an dem Wandkalender wieder, und während unser Kaffee zieht, zählen wir die Tage. Dann zählen wir nochmal.
Es ist der elfte Ferientag
Mich hauts vom Stangerl, sagt sie. Wie find ich das? Wunderbar. Jetzt haben wir beide unrecht.
Sie gibt mir ein Busserl, setzt sich, gießt uns Kaffee ein, nimmt sich Rahm, rührt um. Auf einmal läßt sie ihren Löffel fallen.
Jessas! sagt sie.
Jessas, sag ich. Was hast? Ist dir der Blitz in die Petersilie gefahren?
Die Nina! sagt sie. Unser Ninaschatz! Ja die müßt doch längst hier sein! Sag einmal, hast du überhaupt nie an sie gedacht?

Gedacht? Ein paarmal ist sie mir eingefallen, und ich hab gleich wieder an sie vergessen.
Sie nickt.
Ich auch, sagt sie. Ich ja auch. Boris, was sind wir für Rabeneltern!
Sie schlägt beide Hände vor den Mund, schaut mich an. Ich schau ihr in die Augen, die sehr groß sind; vielleicht wirken sie auch nur so, weil die untere Hälfte ihres Gesichts von den Händen verdeckt ist. Dann lach ich laut los. Nach einer Weile fängt sie auch zu lachen an, hinter den Händen; nimmt die Hände weg, lacht laut, stützt die Ellbogen auf den Tisch, stützt das Kinn in die Hände, hört zu lachen auf, kichert bloß noch.
Wir müssen sie anrufen, sagt sie. Wer machts? Du oder ich?
Losen wir, sag ich.
Mhm! sagt sie.
Sie bricht ein Streichholz in zwei ungleiche Teile, schüttelt sie zwischen den umeinander geschlossenen Handflächen, macht Fäuste, legt sie auf den Tisch.
Kurz muß telephonieren, sagt sie.
Die rechte, sag ich.
Sie öffnet die rechte Faust. Ich hab das längere Stück gewählt, das mit dem roten Kopf.
Sie seufzt.
Laß, sag ich. Ich schäm mich ja schon. Ich ruf an. Aber erst frühstücken wir.
Nix! sagt sie. Verspielt ist verspielt. Reich mir den Honig, mein Leben, sei so lieb!
Nach dem Frühstück, während ich den Tisch abräume, geht Edith ins Wohnzimmer telephonieren. Es dauert fast eine halbe Stunde, bis sie nach Dortmund durchkommt. Ich sitze neben ihr, in einem der Bauernsessel, deren senkrechte Streben geschnitzte Figuren sind, Männer und Frauen in bunten Trachten, mit feierlichen schwarzen Hüten auf den Köpfen. Das Gespräch ist kurz.
Grüß dich, Nina, sagt Edith. Wie gehts dir? Wirklich? Ja, aber …

Ja, das mußt du wissen. Ich hab gesagt, das mußt du wissen. Sicher. Wieso, Schatz? Nein, kein bissel. Wenigstens anrufen hättst können. Mhm! Ja, schon. Sag mir wenigstens, ob du... Mhm! Und wann, wenn ich fragen darf? Mei! Tu, was dein Herz begehrt! Ja sicher. Machen wir. Servus, mein Schatz. Dir auch!
Sie legt den Hörer auf, lehnt sich zurück, verschränkt die Hände im Nacken.
Na, sag ich. Was ist los?
Hm! Erst hat sie keine Lust gehabt. Dann ist ihr was dazwischengekommen. Nichts Tragisches, hat sie gesagt; ich brauch mir keine Sorgen machen. Steigst du dahinter?
Nein, sag ich.
Ich steh auf, geh zum Fenster. Die Berge stecken in Wolken. Um die Räder unseres VWs breiten sich Pfützen aus.
Hat sie mit mir reden wollen? frag ich.
Sie hat dich mit keinem Wort erwähnt, sagt Edith.
Wann kommt sie?
Irgendwann im Juli. Sie kann...
Sie kann sich nicht festlegen, unterbreche ich. Stimmts?
Edith lacht leise, rückt ihren Sessel, steht auf, kommt zu mir; hinter mir bleibt sie stehen, legt ihr Gesicht auf meine Schulter. Du nimmst mir das Wort aus dem Mund, sagt sie.
Pardon, sag ich. Ich tus gleich wieder zurück.
Ich dreh mich um und geb ihr ein Busserl. Ihre Lippen schmecken nach Honig. Dann legt sie die Hände auf meine Hüften.
Boris, sagt sie. Wenn die Nina kommt, gehst dann wieder zu ihr zurück? Sei ehrlich.
Ich lege meine Hände auf ihre, streiche ihre Unterarme hoch zu den Ellbogen und dann weiter die Oberarme hinauf, bis meine Finger ihre Schultern umfassen und meine Daumen unter ihren Armen sind, in den feuchten, gekrausten Haaren.
Du blödes Weib du, sag ich. Ich hab dich viel zu gern.
Ihr Gesicht ist nah an meinem und rot. Ihre Augen glänzen, und

ihre Oberlippe glänzt. Honig ist das, vom Frühstück. Ich lecke ihn ab.
Jetzt, warum machst das? fragt sie.
Weil du ein bissel Honig auf der Oberlippe gehabt hast.
Ehrlich? Na, wenigstens etwas. Mit der Milch haperts aber. Du bist ein Lieber; ich hab immer gewußt, daß du ein Lieber bist. Sag einmal: was machen wir, wenn die Nina kommt?
Diskret sein.
Du bist gut. Meinst, die merkt nix?
Wir werden sehen.
Was?
Wie sie ist. Außerdem, wenn wir jetzt was planen, dann geht das sowieso schief. Wir müssen warten, bis sie da ist. Dann sehen wir weiter.

37

Wir gehen nach St. Koloman in die Kirche, sonntags, um die Mittagszeit. Vom Gewölbe des Hauptschiffs schaut aus einem gelb umrandeten Dreieck Gottes dunkelblaues Auge starr auf uns herab. Vor dem Marienaltar im Seitenschiff brennen Votivkerzen. Edith öffnet ihre Handtasche, holt eine dicke, braune Kerze heraus, entzündet ihren Docht an einer der Kerzenflammen, schmilzt das untere Ende an, klebt die Kerze auf der von erkaltetem Wachs überzogenen Blechtafel fest, deren Rand hochgebogen ist, damit kein Wachs aufs Altartuch fließt.
Die Kerze brennt, ruhig wie die anderen. Höher und höher steigt das geschmolzene Wachs um den Docht herum, wölbt sich zu einem Hügel, läuft über, rinnt rasch und glänzend die Seite der Kerze hinab, breitet sich aus, wird matt und porig. Ich berühre es mit dem Finger; es ist bereits erstarrt.
Hast es gesehen? sagt Edith leise. Ein Tropfen. Net zwei; einer. Das bedeutet was.

Geh, sag ich. Jetzt hab ich gehofft, du wirst fromm, und du bist bloß abergläubisch.
So? sagt sie. Ist da ein Unterschied?
Wir machen unsere Kniebeuge, gehen hinaus auf den Friedhof, zum Grab vom Onkel Jodi, zum Grab vom Lutz. Wir haben Feldblumen mitgebracht, unterwegs gepflückt. Ich erzähle, wie ich als kleiner Bub geglaubt hab, daß die Seelen der Verstorbenen vielleicht im Wind sind.
Wenn es regnet, räumen wir den Dachboden auf. Bücherkisten stehen dort, Kisten mit Noten, Schachteln voller Briefe und Photos: Ediths Elternhaus in Marienbad, Jugendstil, mit dem Praxisschild am rechten Flügel des Gartentors; das Hochzeitsbild ihrer Eltern; es ist der Vater, von dem sie die Locken hat; Edith vor dreißig Jahren, in einem schwarzen, weit um sie ausgebreiteten Kleid am Boden kniend, das ernste Gesicht mit der großen Nase über eine Spielzeugdampfmaschine geneigt; Edith mit siebzehn; sie sieht der Nina kein bißchen ähnlich; noch ein Hochzeitsphoto, Edith und der liebe Viktor; beide lachen, aber der Viktor schaut an der Kamera vorbei.
Ich frag Edith, weshalb sie keine Geschwister gehabt hat. Sie weiß es nicht. Ihre Eltern haben niemals darüber gesprochen.
Aber jetzt, sagt sie, jetzt hab ich ja dich.

Wir besorgen uns Autolack, schmirgeln den kleinen Fiat ab, behandeln die Roststellen, es sind nur wenige, mit Drahtbürste und Mennige. Wir machen den Garagenboden mit der Gießkanne naß, damit es nicht staubt. Dann pinseln wir. Die Karosserie wird wieder grau; die Felgen streichen wir schwarz und die Radscheiben gelb.
Prima schaut er aus, sagt Edith. Morgen bringst ihn zum Laufen. Wenns dunkel wird, probieren wir ihn aus.
Zwei Tage verbringen wir in Salzburg.
Im Marionettentheater schauen wir uns die Entführung aus dem Serail und den Don Giovanni an. Im Haus der Natur geraten wir in ein Kabinett, von dessen Vorhandensein Edith nichts gewußt

hat, obgleich sie öfter hier war. Vielleicht ist die Eingangstür für gewöhnlich geschlossen und nur heute zufällig offengeblieben. Jedenfalls kommt niemand, um uns zu verscheuchen.
Auf den Wandregalen des Kabinetts stehen mit einer farblosen Flüssigkeit gefüllte Glasballons, in denen menschliche Föten schwimmen. Sie sind allesamt mißgebildet.
Siamesische Zwillinge sind da, an den Hinterköpfen, den Schultern, den Hüften miteinander verwachsen; beide haben die Beine angezogen, die Arme angewinkelt, die Augen geschlossen; jeder ein blindes Spiegelbild des anderen.
Da ist eine Kreatur mit eingesunkenen Lidern, Knopfnase und vorspringendem Froschmaul, das weit offensteht in einem zahnlosen, knorpeligen Grinsen. Eine Hand umklammert die abgeschnittene Nabelschnur.
In einem der Glasballons schwebt aufrecht ein Mädchen mit schlankem Körper und Hals, hoher, gerundeter Stirn und einem Ausdruck andächtiger, träumender Reinheit auf dem blassen Gesicht, wie ich ihn sonst nur auf kitschigen Darstellungen von Schutzengeln gesehen habe. Arme und Beine fehlen; die Hände und Füße sind unmittelbar am Rumpf angewachsen, aber nicht von menschlicher Form; sie gleichen den Flossen einer jungen Robbe. Eine kleinere Glasflasche enthält ein kindskopfgroßes, aufgeschnittenes Gebilde, das mich zunächst an jene runden Steine erinnert, welche innen eine mit Kristallen bewachsene Höhlung besitzen. Hier sind es keine Kristalle; es sind Zähne, sechs wohlgebildete Schneidezähne, weit auseinanderstehend. Im übrigen ist die Höhlung mit schwarzem, zusammengeknäultem Haar ausgefüllt. Außen ist das Gebilde von dunkelbrauner, runzliger Haut überzogen.
Menschenskinder, sag ich. Was es alles gibt.
Stell dir vor, sagt Edith, du freust dich neun Monate lang auf dein Kind, und dann kriegst du sowas.
Langsam gehen wir das Regal entlang. Als wir zu seinem Ende kommen und umkehren wollen, fährt Edith zurück, so heftig, daß sie mir auf den Fuß tritt.

Jessas! ruft sie und lacht dann.
Vor uns in einer Wandnische steht die lebensgroße Wachsfigur eines nackten, untersetzten Schwachsinnigen. Seine rechte Hand ist um den erigierten Penis geschlossen, die linke an den Mund gehoben, der am Daumen saugt. Die klaren, groben Gesichtszüge zeigen die gedankenlose Konzentration eines jagenden Tiers.
Sowas von lebensecht, sagt Edith. Ob das Original noch irgendwo rumläuft? Komm, wir gehen an die Salzach. Ich muß Wasser schnuppern.
Wir kaufen ein: Taschentücher für den lieben Viktor. Eine Schachtel Mozartkugeln für den Ninaschatz. Neue Holzsandalen für Edith, ohne Gummisohlen, damit sie richtig klappern. In der Getreidegasse gehe ich in eine Tabaktrafik, um unsere Vorräte an Zigaretten und Pfeifentabak zu ergänzen. Der Pfeifentabak heißt zufällig Cutty Sark, wie mein erstes Segelschiff.

Mitte Juli werden die Himbeeren reif; etwas später die Blaubeeren. Wir machen Saft, Marmelade und Kompott. Wir würden auch gern einen Blaubeerwein ansetzen, aber dafür reichen die Ferien nicht.
Auf dem Rückweg von der Lienbach-Alm steigen wir zu dem Heustadel hinauf, in dem Nina, Edith, Mama und ich einmal Zuflucht vor einem Regenguß gefunden haben. Er steht auf einer Waldwiese, nicht weit vom Weißenbach. Verwilderte Apfelbäume, Ribiseln und Brombeeren wachsen um ihn herum. Am Waldrand liegen mehrere Felsblöcke; einer ist größer als der Heustadel. Da und dort schauen aus dem Gras und den Büschen Mauerreste hervor.
Erinnerst dich? fragt Edith.
Freilich, sag ich. Damals hast du davon geträumt, das Stück hier zu kaufen und ein Haus zu bauen.
Weißt was? sagt sie. Das tu ich immer noch. Aber ich glaub, ich werd doch lieber unser Häusl kaufen.
Hast schon mit dem Sepp geredet? frag ich.

Sie schüttelt den Kopf.
Das mach ich nächstes Jahr, sagt sie. Dann hab ich auch das Geld beisammen. Und mein Mietvertrag läuft eh noch drei Jahre. Komm, wir gehen nach der Quelle schauen.
Die Quelle entspringt neben einem der Felsblöcke. Wenn man sich über den Tümpel bückt, sieht man auf seinem Grund die tellergroße Öffnung, aus der das Wasser aufsteigt. Die Strömung ist so kräftig, daß sie Sandkörner bis an die Wasseroberfläche heraufträgt, von wo sie im Bogen langsam wieder zurücksinken.
Da könnt ich stundenlang zusehen, sag ich nach einer Weile.
Du hast es mit dem Wasser. Gell?
Mhm. Das hier wär genug für ein Haus. Reichlich.
Du möchtest lieber hier ein Haus haben, ja? Wegen der Quelle?
Nicht bloß wegen der. Aber es ist eine Geldfrage. Hier müßten wir neu bauen. Gibt die Gemeinde überhaupt eine Baubewilligung, so weit außerhalb der Ortslage?
Ich denk schon, Boris. Ich kenn die Leut, die was zu sagen haben.
Komm, sag ich. Gehen wir mal rundherum um das Stück, daß wir eine Idee kriegen, wie groß es ist. Ein bissel Wald soll ja auch dabei sein.
Eine Dreiviertelstunde später stehen wir wieder vor dem Quelltümpel. Wir sind aber auch ziemlich gemütlich gegangen.
Boris, sagt Edith, du bist größenwahnsinnig. Das sind fast drei Hektar.
Mit dem Waldstück schon, sag ich. Und mit der kleinen Halbinsel unten in der Bachschleife, wo das Wasser so tief ist. Magst auf die verzichten?
Geh! Am liebsten hätt ich das ganze Tal!
Also. Weißt du, wem das hier gehört?
Dem Kogler.
Welchem von den beiden?
Dem Markus.
Na, dann red doch mit dem.
Mach ich, mein Lieber. Nächsten Sommer. Erst red ich mit dem

Sepp wegen dem Häusl, und nachher mit dem Markus wegen dem Grund hier. Und dann überlegen wir, was wir uns leisten können.
In der Dämmerung teilen wir uns das letzte Brot und den letzten Käse, waschen uns im Bach, kriechen in den Heustadel und graben uns ein Bett. Die Luft ist kühl geworden, aber tiefer drin im Heu ist es warm.
Wir ziehen einander aus, küssen uns. Ihr Mund schmeckt nach Brombeeren, ihre Haut nach Salz und Heu. Ich küsse sie auf die Knie, hebe ihre Beine auf meine Schultern, fasse im Dunkeln nach ihren Brüsten. Auf einmal rollt sie sich zur Seite, reißt mich mit, stößt mich mit dem Knie vor die Brust.
Nein, flüstert sie. Nein! Ich mag net!
Sie kriecht von mir fort. Das Heu raschelt. Dann ist es still. Ich lausche, bis ich ihren Atem höre, der rasch geht, krieche ihr nach, taste nach ihr, finde sie. Sie preßt die Knie fest aneinander, wehrt mich mit beiden Händen ab, stößt, kratzt. Ich kriege sie an den Schultern zu fassen. Sie dreht sich weg, schlüpft mir unterm linken Arm durch; ich greife nach ihrem Fuß, sie reißt ihn mir weg, kriecht von mir fort, und ich hinterher. Dann hab ich sie in einer Ecke. Sie wehrt sich erbittert; sie ist stark, aber ich bin stärker. Wir keuchen beide.
Nein! keucht sie. Neinneinnein! Ich mag net! Mich schaffst net!
Ich stoße mein Knie zwischen ihre Knie, zwinge ihre Schenkel auseinander, laß mich zwischen sie fallen, lege beide Hände flach auf ihr Gesicht und drücke ihren Kopf hinunter ins Heu. Sie beißt mich in den Daumen.
Doch! keuche ich. Dich schaff ich! Geh her, du Weibsstück! Mir gehörst!
Ich stoß zu. Wie sie mich in sich spürt, wirft sie die Beine über meine Schultern, zieht, klammert.
Verbrecher! kichert sie. Mach mich hin!

*

Hanna nickte heftig. Babbo sah sie aufmerksam an, den rechten Daumen im Mund. Ihr Gesicht war tiefrot. Schweißtröpfchen glitzerten in ihren Brauen. Babbo wandte den Blick von ihr, besah seinen Daumen und wischte ihn am Hemd ab.
Sapristi! sagte er leise. Wem gilt diese vehemente Zustimmung, Gnädigste? Der Edith oder mir?
Hanna lachte und lehnte sich zurück.
Dumme Frage, Pastrukov, sagte sie. Beiden natürlich. Du, Much, leihst du mir mal dein Taschentuch?
Sie trocknete sich die Stirn, schneuzte sich, knüllte das Taschentuch zusammen und schob es in den Ärmel ihrer Bluse. Babbo folgte ihren Bewegungen mit den Augen.
Glotz nicht so! sagte sie. Erklär mir lieber, wie euch das geglückt ist. Auf einander einzugehen. Genau das zu tun, was der andere erwartete. Nun?
Babbo nagte wieder an seinem Daumen.
Erklären? sagte er. Aber du hast es schon erklärt. Du hast gesagt: es ist uns geglückt. Das wars. Und jetzt kommt der Regen.

38

Seit vier Tagen regnet es.
Es ist Nachmittag. Wir liegen im Bett; Edith schläft. Ich hab mich halb aufgerichtet und auf einen Arm gestützt und sehe sie an. Ihre Lippen sind rot. Ihr Gesicht ist weich, ein wenig voller als sonst. So ist es immer, wenn wir miteinander geschlafen haben.
Draußen tropft Wasser von der Dachrinne. Der Bach braust lauter als sonst. In meiner Brust dreht sich etwas herum; langsam, gewaltsam einmal ganz herum. Es tut weh. Es ist herrlich.
Du, flüstere ich.
Sie hört mich nicht. Sie schläft.
Ich beuge mich zu ihr, nehme die schmalen, schwarzen Brauen

zwischen meine Lippen, die eine, die andere, ziehe sie zwischen meinen Lippen durch, wieder und wieder. Sie sträuben sich, legen sich.
Ich richte mich auf.
Mach weiter, murmelt Edith. Mach weiter.
Du! sage ich leise. Edith!
Sie blinzelt, leckt sich die Oberlippe, rümpft die Nase, schlägt die Augen ganz auf.
Wieso hast net weitergemacht? fragt sie. Schön war das. Hab ich lang geschlafen?
Mhm!
Du net?
Doch.
Mei, dein Gsicht!
Was ist mit dem?
Dreinschauen tust wie dein Papa, wenn er vom Krieg erzählt. Grimmig.
Ehrlich?
Sicher. An was denkst, Boris?
An dich.
Logisch. Und was?
Ich lieb dich.
Ah geh! Beweis mir das!
Ich greif nach ihrer Hand, leg sie auf meine Brust, dorthin, wo das Herz schlägt. Sie nimmt meine Haut zwischen Daumen und Zeigefinger, fest, und dreht, kräftig. Es tut ein bissel weh.
So? sagt sie. Innen drin?
Ich nicke.
Wie eine Hand, sagt sie, die das Herz packt und herausdrehen möcht, mitsamt der Wurzel?
Ja.
Boris, das ist ernst. Was machen wir?
Heiraten, sag ich.
Sie setzt sich auf, rutscht ans Kopfende, stopft sich ein Kissen in den Rücken, zieht die Decke bis zu den Schultern hinauf.

Das hab ich kommen sehen, sagt sie. Ich hätt was dagegen tun müssen.
Was denn zum Beispiel?
Weniger lieb sein zu dir. Rechtzeitig aufhören. Am besten gar net erst anfangen. Was weiß ich.
Sie lacht, nimmt meine rechte Hand zwischen ihre Hände.
Hast du sowas ernsthaft überlegt? frag ich.
Aber sicher. Mehr als einmal. Zuletzt vorgestern.
Vorgestern? Was hast du da überlegt?
Abzureisen, mein Lieber. Du nach Kiel. Ich nach Dortmund. Ende. Schluß. Aus.
Ich versteh dich nicht. Ich hab dich lieb. Ich möcht dich heiraten. Willst du davon nichts wissen?
Wollen, Boris? Ich hab dir gesagt, ich habs kommen sehen. Ich hätt was dagegen tun können. Hab ich was getan?
Nein. Also hast du es gewollt.
Die Liebe? Den Heiratsantrag? Nein. Dich; dich hab ich gewollt.
Das läuft auf dasselbe hinaus, Edith.
Scheint mir auch. Ich hab mir was vorgemacht. Wenn ich die Milch will, muß ich auch die Kuh füttern und den Mist rausfahren wollen, stimmt's?
Na ja, sag ich. Der Vergleich ist ein bissell rustikal, aber stimmen tut er schon.
Also. Wer sagt's denn, wenn net ich! Komm ein bissel näher, Boris. Mhm, so!
Sie schmiegt sich in meinen Arm, reibt ihr Gesicht an meiner Brust. Frierst net? fragt sie.
Keine Spur. Wann heiraten wir?
Laß das mit der Heiraterei. Daß du mich lieb hast, find ich herrlich. Das hab ich mir gewünscht. Wahrscheinlich hab ich deswegen alles so gehen lassen. Aber heiraten? Wozu denn?
Damit es so bleibt wie jetzt, Edith. Wegen dem Alltag.
Ja ja! Du vergißt nichts. Und das Niederträchtige ist, du kommst mit deinen schönen Worten immer dann daher, wenn ich sie hören will. Wenn du spürst, du kannst mich überzeugen.

Ja, das versuch ich. Horch zu. Das mit meinem Studium, das ist kein Hindernis. Ich weiß von anderen Studenten, die verheiratet sind, und das geht, wirklich. Bei mir wirds eher besser gehen, wenn ich weiß, ich komm nach Haus, und du bist da. Und falls du an meine Eltern denkst, daß die Schwierigkeiten machen werden, da täuschst du dich. Die haben dich gern. Beide.
Als Freundin, ja. Aber als Schwiegertochter? Boris! Kopfstehen werden sie!
Ja, von mir aus! Dann stell ich sie halt auf die Füße zurück und wasch ihnen die Köpf. Denen bring ich schon bei, daß ich dich haben will – und du mich.
Ich glaubs dir.
Alsdann. Jetzt mußt du sagen: Was, wenn sie dir aber kein Geld mehr geben? Und? Dann geh ich eben nebenher arbeiten. Das schaff ich auch noch.
Freilich schaffst das. Davon brauchst mich net erst überzeugen. Sei lieb und lang mir mal die Zigaretten her, ja? Den Aschenbecher auch. Danke. Ich find das gut, wie du all meine Argumente vorwegnimmst. Bloß, die Türen, die du einrennst, die sind so offen – offener gehts gar nicht.
Ja, so? Wozu läßt du mich dann reden und reden?
Weil du nicht aufhörst. Und du hörst nicht auf, weil du vergessen hast, was ich dir am ersten Tag hier gesagt hab. Ich laß den Vicki net im Stich.
Draußen tropft das Wasser von der Dachrinne; der Bach braust. Ab und zu fährt Wind in die Bäume, dann rauschen Blätter und Regen durcheinander.
Wir rauchen unsere Zigaretten zu Ende, drücken sie aus. Ich nehme den Aschenbecher von der Bettdecke, stelle ihn aufs Nachtkastel, fange an, mich anzuziehen.
Boris, sagt Edith.
Ja?
Boris. Net so. Bitte.
Wie denn?
Wie bisher. Schau, ich hab dich wahnsinnig gern.

Nicht genug.
Rindviech. Geh her. Setz dich zu mir.
Nein, Edith.
Wie du meinst. Dann horch mir wenigstens zu. Ich hab nicht vorgehabt, dich zu verführen. Das kam aus dem Augenblick, und dann wars ja auch gleich gegenseitig, stimmts?
Freilich. Und jetzt hab ich dich lieb, und auf einmal ist das nimmer gegenseitig, und du läßt mich damit hocken. Und jetzt sag mir halt, wie ich das finden soll.
Sie stützt das Kinn in die Hände, nimmt beide Daumen zwischen die Zähne, beißt auf ihnen herum.
Boris, sagt sie leise. Ich laß dich nicht hocken. Du irrst dich. Du irrst dich. Du irrst dich. Setz dich her, bitte. Sei nicht so ekelhaft weit weg.
Ich setz mich auf den Bettrand. Sie zieht meinen Kopf auf ihre Knie, wühlt mir durch die Haare, daß ich ihre Fingernägel spüren kann.
Das hier ist unser Haus, sagt sie; oder wir bauen uns eins im Tal, bei der Quelle. Wir können es schön haben zusammen, Boris. Jede Ferien. Und wenns bloß für einen Tag ist. Ich bin imstand und fahr von Dortmund hierher, für einen Tag mit dir. Das weißt du. Ich werd dir treu sein. Wir werden ihn kriegen, unseren Alltag. Ich bin wie du, Boris; am liebsten hätt ich ihn das ganze Jahr lang, mit dir, jahraus, jahrein. Aber wenns net geht? Das Zweitbeste ist doch besser wie gar nix, oder? Also. Dann laß uns gescheit sein. Ich hab zwei Wochen Weihnachtsferien. Wirst du kommen?
Ich hebe den Kopf, schau ihr in die Augen, die dunkel sind und hell, beides zugleich; lächeln tun sie auch.
Ich muß doch, sag ich. Kommst du bestimmt?
Ich schwörs dir, sagt sie.

39

Einige Tage später, am Vormittag. Das Wasser des Bachs ist gefallen. Es schießt nicht länger trübbraun daher. Es rinnt klar über die flachen Kiesbänke, fließt lichtgrün in den Hauptarmen, strömt dunkelgrün in dem tiefen Kolk unterhalb des Ufers, an dem unser Häuschen steht.
Wir haben Bettwäsche gewaschen. Wir spülen Leintücher und Bezüge, bis an die Knie im Wasser stehend, wringen sie aus, legen sie zusammen, tragen sie zum Korb, der auf der Sandbank steht. Edith trägt ein weißes Leinenkleid. Am Saum ist es naß geworden. Wenn sie geht oder sich bückt, bleibt es manchmal in ihren Kniekehlen kleben. Auf der bräunlichen Haut ihrer Arme und Beine glitzern Wassertropfen.
Sie knotet das weiße Kopftuch auf, mit dem sie ihre Locken aus dem Gesicht gebunden hat, schüttelt sie aus, steckt das Kopftuch in ihre Rocktasche.
Na prima, sagt sie. Das wärs für diesmal. So viel Bettzeug hab ich noch nie in meinem Leben verbraucht. Weißt, wie du ausschaust? Wie der Poseidon. Leibhaftig. Bloß der Dreizack fehlt.
Du, sag ich. Du mit deinen Ansprüchen.
Wir wringen das letzte Leintuch aus, falten es und legen es in den Korb. Edith schlüpft in ihre Holzsandalen, stößt dabei mit den Zehen gegen einen Stein, so kräftig, daß er sich lockert.
Aua! sagt sie.
Sie bückt sich, gräbt den Stein ganz aus dem Kies, schwenkt ihn durchs Wasser, betrachtet ihn, hält ihn mir hin. Er ist rund, an einer Seite ein bißchen eingekerbt, tiefrot und von schwarzen Adern durchzogen, die sich verzweigen, wie bei einem Blatt.
Da! sagt sie. Mein kaltes Herz. Das schenk ich dir, Boris. Hebs gut auf.
Ich dank auch vielmals, sag ich. Jetzt bist du vollkommen herzlos.
Meinst? sagt sie. Was, wenn ich zwei Herzen hab, ein kaltes und ein warmes?

Ich lege den Stein zu der Wäsche in den Korb, und wir gehen durch den Kies, am Weidenbusch vorüber, unter dem die Ringelnatter wohnt, über den Brettersteg und in den Garten. Dort ziehen wir die Wäschestücke glatt und hängen sie auf. Zuletzt liegt nur der Stein im Korb. Er ist immer noch tiefrot, aber matt; von den Adern ist nichts mehr zu sehen

Ich nehme ihn in die Hand.

Da schau, sag ich. Wie rasch dein Herz sich wandelt.

Sie beugt sich nieder und leckt über den Stein. Gleich sind die Adern wieder zu sehen, schwarz, verzweigt.

Wir tragen den Korb ins Haus. Ich gehe mit dem Stein in unser Zimmer. Während ich ihn in meinen schwarzen Rollkragenpullover wickle, höre ich das Telephon läuten. Als ich mich umgezogen habe und in die Küche komme, ist Edith dabei, den Tisch zu decken.

Na? sag ich. Wars der Hubert? Kriegen wir endlich unsere Dachschindeln?

Besuch kriegen wir, sagt sie. Die Nina. Mit dem Sechs-Uhr-Zug.

Da schau her. Wer fährt sie holen? Am gescheitesten fahren wir beide, oder?

Nein, Boris. Ich fahr.

Wieso?

Weil ich das Gefühl hab, sie möcht mit mir reden. Sie hat sich merkwürdig angehört.

Wie denn genau?

Erleichtert. Bedrückt. Beides zugleich. Verstehst?

Ungefähr, sag ich.

Ich nehme eine Käsescheibe, beiße hinein.

Alsdann, sag ich. Wir räumen deine Sachen wieder in dein Zimmer. Recht so? Wir richten der Nina ihr Zimmer her. Wir setzen ihr den Teddy aufs Kopfkissen. Den Bruno. Hat sie den überhaupt noch?

Aber ja, sagt Edith. In Dortmund.

Na, dann eben keinen Teddy. Dann eben den Mai – falls der sitzen bleibt.

Was noch, Boris?
Ich glaub, das ist alles. Lassen wir den Kelch halt auf uns zukommen. Moment: wollen wir diskret sein?
Sie nimmt mir den Käse aus der Hand, stopft ihn sich in den Mund, kaut.
Mei, sagt sie schließlich. Das wird schwierig. Probieren wirs. Wenns anders läuft, als wir uns das denken – wir verständigen uns schon.
Um halb sechs fährt sie ab, hupt noch einmal, als sie aus unserer Zufahrt in den Weg einbiegt, winkt mit ihrem nackten Arm.
Ich mische die Teigmasse für die Semmelknödel an, schneide altbackene Semmeln würfelig, sehe ab und zu nach dem Selchfleisch, das in seinem Nest aus gelb angeschwitzten Zwiebeln vor sich hin schmurgelt, rauche eine Pfeife, warte. Um sieben Uhr gehe ich ins Wohnzimmer, lege ein sauberes Tischtuch auf, decke den Tisch. Dann ist das Fleisch soweit; ich hole es aus dem Topf und lege es auf ein Brett, damit es auskühlen kann, bevor ich es in Scheiben schneide. Ich setze mich an den Wohnzimmertisch, schenke mir ein Glas von unserem Rotwein ein und blättere in einem der Bücher, die wir auf dem Dachboden entdeckt und ins Regal gestellt haben: Skizzen von Leonardo da Vinci.
Ein paar Minuten nach acht höre ich unseren VW. Ich bin dabei, das Selchfleisch aufzuschneiden. Meine Hände sind verschmiert. Jetzt rollt der VW die Zufahrt herunter, bleibt vor der Garage stehen. Ich höre die Türen zuschlagen, höre Ediths Stimme, dann die von Nina, und dann geht die Haustür.
Nina kommt als erste herein. Sie trägt eine lange schwarze Hose, dazu Schuhe mit ziemlich hohen Absätzen. Sie hat sich die Haare abgeschnitten; Ponyfransen hängen ihr in die Stirn, und die braunen Augenbrauen sind zu schmalen Sicheln gezupft.
Hallihallo, ruft sie. Servus, Babbo. Dufte, Mensch. Du wirst mal ein vorbildlicher Ehemann.
Sie streckt mir die Hand hin.
Grüß dich, Ninotschka, sag ich. Paß auf, ich hab fettige Finger. Hier!

Ich spreize den Ellbogen ab, und sie nimmt ihn und schüttelt ihn.
Na, sag ich, wie war die Reise?
Ach Gott, soso-lala. Ich fahr lieber mit dem Auto.
Und wo habt ihr so lang gesteckt?
Wir haben getratscht, Boris, sagt Edith. Die Knödel sind bestimmt verkocht, oder?
Die sind noch gar nicht aufgesetzt. Das mach ich jetzt.
Gut, daß du mit denen gewartet hast. Weißt was, laß mich jetzt weitermachen, und ihr hockt euch auf die Veranda oder rüber ins Wohnzimmer, daß ich euch aus den Füßen hab. Wie wollt ihr das Sauerkraut: warm oder kalt?
Kalt, sag ich.
Danke, sagt Edith. Klare Entscheidungen, das hab ich gern. Also, ab mit euch!
Komm schon, sagt Nina. Wir stören.
Momenterl, sag ich. Darf ich mir grad die Finger waschen?
Ja, aber schnell, sagt Nina.
Wir gehen ins Wohnzimmer. Ich frage Nina, ob sie auch Wein mag, schenke ein. Wir trinken. Sie steht auf, setzt sich wieder hin, fragt, wo der Aschenbecher ist, und ich hole ihn. Sie sucht in ihrer Handtasche nach Zigaretten.
Mist, sagt sie. Ich hab keine mehr. Ich hol mir welche von der Mutti, die raucht dieselben wie ich.
Die gleichen!
Hör auf, Babbo, du redst wie ein Lehrer.
Na und? Wenn zwei das gleiche tun, ist es nicht dasselbe.
Kennen wir, Babbo. Kennen wir alles.
Sie steht auf, geht in die Küche, kommt mit einem Packerl Camel zurück. Ich gebe ihr Feuer.
Du auch eine? fragt sie.
Nee, danke, sag ich. Lieber die hier.
Ich nehme meine Pfeife und fange an, sie zu stopfen. Nina trinkt einen Schluck Wein, zieht an ihrer Zigarette, die sie zwischen Daumen und Zeigefinger hält, steht auf, geht zur Verandatür,

schaut hinaus, kommt zurück, setzt sich. Ich zünde meine Pfeife an, wedle das Streichholz aus.
Mei, sag ich. Dich treibts aber um.
Mach dich nicht lustig über mich, sagt sie.
Das liegt mir fern. Rauch nicht so hastig.
Erzieh nicht an mir herum. Was ist mit dir los, Babbo? Du bist überhaupt nicht mehr wie früher.
Schade. Wie war ich da?
Netter. Nicht so von oben runter.
Von oben runter, ich? Geh, jetzt fängst du an zu spinnen.
Kann sein, ja. Wieso sagt die Mutti Boris zu dir?
Wieso denn nicht? Wär dir Baldur lieber?
Nein. Ich weiß nicht. Du kommst vom Thema ab.
Ehrlich? Mir scheint, du findest nicht zum Thema hin.
Zu welchem, Babbo?
Warum du nicht gekommen bist. Erst steigst du in Kopenhagen in den Zug und machst einen Bogen um uns, als ob wir die Pest hätten. Dann sagst du, du kommst in einer Woche nach. Und wer kommt nicht? Wer ruft nicht mal an?
Laß gut sein, sagt sie.
Sie nimmt eine neue Zigarette, entzündet sie an dem zu Ende gerauchten Stummel, drückt ihn aus, kratzt sich an der rechten Augenbraue, dann an der linken.
Die jucken, gell? sag ich. Wachsen wollen die.
Ja, sagt sie. Ich laß sie auch wieder wachsen. Ich hab das halt mal probiert. Es steht mir einfach nicht. Ich schau viel zu alt aus damit.
Sie steht halb auf, setzt sich wieder hin, schlägt ein Bein über das andere, schaut mir zum erstenmal, seit wir hier sitzen, in die Augen.
Babbo, sagt sie, ich hab kein Recht mehr ... ich meine, ich kann nicht mehr erwarten, daß du dich an mich bindest. Daß du auf mich wartest.
Ich hab nicht gewartet, sag ich.
Sie beugt sich weit vor, stützt die Ellbogen auf die Armlehnen.

Was? sagt sie. Du hast ... Du bist ...
Ja, sag ich. Ich bin keine Jungfrau mehr. Ich hab mit jemandem geschlafen.
Sie lacht auf, zieht an ihrer Zigarette, hustet.
Das ist zum Quietschen, sagt sie. Aber ehrlich. Da warten wir ewig aufeinander, und dann tun wirs, und jeder mit einem anderen. Ich lach mich kaputt. Wo wars denn, Babbo? In Kiel?
Nein.
Also hier? Ja, aber wie? Nur, weils dich gedrückt hat? Oder liebst du sie?
Ich hab sie lieb.
Das sieht dir gleich. Typisch Babbo. Wer wars? Kenn ich sie?
Ich denk schon.
Wer, Babbo? Doch nicht die Mutti?
Doch.
Nein!
Doch, sagt Edith hinter mir. Ich dreh mich um. Sie steht in der Tür zur Küche. Ihre Arme hängen herunter; ihre Hände streichen langsam über das weiße Kleid, beschmieren es mit Knödelmasse.
Doch, sagt sie noch einmal. Schön wars. Und jetzt ist Schluß. Geh deine Sachen packen, Boris. Ich bring dich zum Zehn-Uhr-Zug.
Nina steht langsam auf, schaut mich an, schaut Edith an, legt ihre Zigarette in den Aschenbecher, stößt dabei ihr halbvolles Weinglas um, preßt eine Hand vor den Mund und rennt hinaus. Ich hör sie die Treppe hinauflaufen, in ihr Zimmer. Der Wein breitet sich aus, erreicht den Tischrand, rinnt am Tischtuch hinab, tropft auf den Teppich.
Laß nur, sagt Edith. Das putz ich schon auf. Ich geh grad mal nach dem Kind schauen.
Ich höre sie die Treppe hinaufsteigen. Nach einer Weile kommt sie wieder.
Was ist? sagt sie.
Dein Kleid, sag ich.

Sie schaut an sich hinunter, schaut auf ihre Hände.
Typisch Edith, sagt sie. Jetzt geh packen, ja?
Du meinst es ernst?
Freilich mein ichs ernst. Schau, mein Lieber, wenn du jetzt schon nicht diskret sein kannst – wie soll das später gehn?
Ich versteh.
Gut. Ich muß mich umziehen. Du mußt packen. Wir treffen uns dann.
Sie dreht sich um, geht hinaus. Eine Weile später gehe ich auch. In der Küche hebe ich den Deckel vom Knödeltopf. Die Knödel sind halb verkocht, und ich ziehe den Topf auf den Herdrand.
Dann packe ich. Draußen rauscht der Bach. Als ich fertig bin, trage ich meine Koffer und die Reisetasche in die Küche. Edith sitzt am Tisch und raucht.
Nichts vergessen? sagt sie. Zahnbürstl? Reisepaß?
Ich hab alles, sag ich. Die Ohren hab ich mir auch geputzt, und die Fingernägel sind sauber. Weißt was? Du widerst mich an, mit deiner Mütterlichkeit.
Sie schlägt die Augen nieder.
Magst noch was essen? fragt sie. Nein? Ich auch nicht. Dann komm, laß uns gehn.
Wir laden mein Gepäck auf den Rücksitz.
Magst chauffieren? fragt sie.
Danke, sag ich. Fahr du.
Sie hat ihre Holzsandalen anbehalten, die sie sonst nie zum Autofahren trägt. Wie sie den ersten Gang einlegt, knurrt es im Getriebe. Sie fährt mit einem Ruck an; unter den Reifen fliegt der Kies weg. Beim Hochschalten in den zweiten Gang kracht es.
Scheißdreck elender, flüstert sie.
Kurz vor der Einmündung unseres Wegs in die Landstraße fährt sie rechts ran, hält neben dem Fundament, auf dem der Panzer steht, stellt den Motor ab, schaltet das Innenlicht ein, sucht im Handschuhfach nach Zigaretten, brennt zwei an, hält mir eine hin.

Jetzt nimm schon, sagt sie. Ich muß mit dir reden. Und du mit mir.
Es tut mir leid, Edith, sag ich.
Ist schon recht. Weißt, das war wie im Zirkus. Die Nina hat dir den Reifen hingehalten, und du bist durchgehupft. Ich war auch schuld. Ich hab Boris zu dir gesagt; Babbo hätt ich sagen müssen.
Das mein ich gar nicht, Edith. Mir tut leid, was ich vorhin zu dir gesagt hab. In der Küche.
Ach so. Das. Aber wir waren uns doch einig, daß wir sowas aneinander auslassen. Wieso tut's dir dann leid?
Ich hab dir wehtun wollen. Ich will dir gar nicht wehtun.
Bist ganz sicher? Getroffen hast mich jedenfalls. Wir Weibsleut sortieren unsere Gefühle nicht so auseinander, wie ihr das könnt. Wenn wir einen gern haben, ist immer ein bissel was von der Mütterlichkeit mit dabei, von der widerlichen.
Hör auf. Bitte.
Sie lacht, streichelt meine Hand.
Du bist mir der Rechte, sagt sie. Dann ist also nicht Schluß zwischen uns?
Schluß? Geh! Das hast du verkündet, nicht ich.
Sicher. Ich hab einen Zorn gehabt. Du bist zu ehrlich gewesen, und darauf hat die Nina kein Recht. Sie hat dich ausgeholt, statt dir zu erzählen, wo sie war und was sie angestellt hat. Dabei hat sie mir versprochen gehabt, sie wirds dir selber sagen. Also paß auf: sie ist in Kopenhagen in den Zug gestiegen, weil sie mit dem Addi verabredet war. Sie hat ihn in Holland besuchen wollen, für eine Woche. In der zweiten oder dritten Nacht kommt der Addi zu ihr ins Zimmer und will bei ihr im Bett liegen. Sie läßt ihn versprechen, daß er brav sein wird. Das verspricht er. Mei, und dann hat er sie natürlich genommen. Sie sagt, sie hat sich gewehrt, aber schreien hat sie nicht wollen; das ganze Haus wär zusammengerannt, Urahne, Großmutter, Mutter und Kind.
Ich muß lachen. Ein Auto biegt von der Landstraße her ein; für einen Augenblick blenden mich seine Scheinwerfer.
Was lachst? fragt Edith.

Über die Nina, sag ich. Die hat mit mir das gleiche gemacht.
Boris, nein!
Doch. Letztes Jahr, wie sie bei uns in Kiel war.
Und du warst brav?
Natürlich.
Du findest das natürlich?
Frag mich was Leichteres.
Hat sie dich herausgefordert?
Kann sein. Wie soll ich das wissen? Edith, ich versteh überhaupt nichts mehr. Seid ihr alle so? Wollt ihr genommen werden?
Manchmal schon. Von einem, den wir sehr gut kennen. Was hab ich sagen wollen? Ja. Also unser Schatz ist am nächsten Morgen abgereist, nach Dortmund, und hat dort den Mund gehalten und auf seine Periode gewartet: weil der Addi sich nicht vorgesehen hat; nicht rausgezogen, kein Pariser, gar nichts. Die Periode ist ausgeblieben; die war immer schon ein bissel unregelmäßig, aber unter den Umständen hat das natürlich eine ominöse Bedeutung angenommen. Der arme Schatz hat gewartet und gewartet. Vorgestern war sie dann da, die Periode, und heut ist die Nina hier. Und die ganze Zeit über hat sie zu keinem was gesagt.
Respekt, sag ich.
Nicht wahr? sagt Edith. Das hat sie von mir. Und jetzt hat sie sich in den Kopf gesetzt, sie wird den Addi heiraten, weil er ihr erster war. Das hat sie auch von mir.
Wo ist er jetzt, der Addi?
Zuhaus. Sie hat ihn angerufen, als die Periode da war, und sie sind zusammen hergefahren. Zu uns hat er nicht mitkommen wollen. Ich denk mir, er hat Schiß gehabt.
Vor wem? Vor mir?
Selbstverständlich! Vor wem denn sonst?
Sie knipst das Innenlicht an, schaut auf ihre Uhr.
Fünfunddreißig Minuten bis zum Zug, sagt sie. Jetzt was? Magst mit mir nach Haus fahren? Die Nina wird die ganze Zeit über da sein. Oder findst es gescheiter, du fährst jetzt nach Kiel, und wir treffen uns zu Weihnachten hier, nur wir zwei?

Wie kommst du besser mit der Nina zurecht? Allein? Oder wenn ich dabei bin?
Allein, Boris. Klar. Auf mich hat sie bloß einen Haß, weil ich dich ihr weggenommen hab. Dich haßt sie doppelt: einmal, weil du mich magst, und dann, weil du sie nimmer magst. Stimmts?
Schon. Ja. Dann fahr ich jetzt, und zu Weihnachten ... du kommst bestimmt?
Sie nimmt meine Hände und drückt sie in ihren Schoß.
Ich brauch dich, sagt sie.
Heirat mich, sag ich.
Ja, sagt sie. Sobald ich kann.
Wann?
Keine Ahnung. Ich hab dir gesagt, ich laß mich nicht scheiden. Aber wenn der Vicki sich scheiden lassen will, schmeiß ich ihm keinen Prügel zwischen die Füße.
Das kann lang dauern.
Nicht unbedingt. Schau, bisher hab ich mir alles von ihm bieten lassen. Damit ist Schluß. Wenn er wieder so eine Weibergeschichte anfängt, zieh ich aus.
Und dann?
Dann meld ich mich bei dir. Und du? Wirst du warten?
Ja.
Magst du Kinder haben?
Mhm. Wir können welche adoptieren.
Du läßt dich nicht abschrecken?
Nein. Schreiben wir uns?
Wenns sein muß. Aber keine Liebesbriefe, Boris. Nur von unserem Alltag. Recht so?
Recht so.
Sie startet den Motor. Über dem See ist der Himmel noch grün. Ein paar Minuten später sind wir auf der Bahnstation, tragen meine Sachen auf den Bahnsteig, kaufen meine Fahrkarte, gehen miteinander zum Auto zurück.
Fahr nach Haus, sag ich.
Du haßt Abschiede, sagt sie. Wie deine Mama.

Wir küssen uns durch das Autofenster.
Ja, ja, die Liebe in Tirol... singt jemand, der auf der anderen Straßenseite vorübergeht; jemand mit einem Bariton.
Bloß net neidisch werden! ruft Edith ihm nach.
Nix für ungut, Frau Nachbarin, ruft er.
Ich sehe dem VW nach, wie er die Kastanienallee entlangfährt, fort von mir. Die Rücklichter schrumpfen, rücken näher zusammen, blinzeln, verschwinden.
Ich gehe zu meinem Gepäck. Der Sand knirscht. Ich sehe Edith vor mir, ihr Gesicht, ihre Augen. Ich höre ihre Holzsandalen, spüre ihre Hände, rieche ihr Haar.
Dann kommt der Zug.

40

Meinen Eltern erzähle ich, daß es zwischen der Nina und mir aus ist und daß sie den Addi heiraten will.
Mama kann es nicht begreifen.
Papa meint, wir sind noch jung, und vielleicht wird sich alles wieder einrenken. Begreifen jedoch kann er es auch nicht.
Ich hole Ninas Briefe aus dem Geheimfach in meinem Schreibtisch, lese sie noch einmal der Reihe nach. Dann verbrenne ich sie. An ihre Stelle lege ich den roten Stein, den Edith mir gegeben hat.
Es ist heiß. Seit über drei Wochen hat es nicht geregnet. Aber das Land ist grün, dank der feuchten Luft, die vom Meer her kommt, nachts vor allem.
Mama mietet einen Pritschenwagen, und wir fahren zusammen auf die Dörfer, suchen nach alten, gut erhaltenen Möbeln, wählen aus, kaufen. Mama hat eine Liste bei sich, auf der alles verzeichnet ist, was wir in Missunde brauchen werden. Sie hakt ab, streicht, ergänzt. Wenn wir über die Preise feilschen, ist sie skrupellos; von der Seite kenne ich sie gar nicht. Sie bietet zehn

Mark für ein Doppelbett aus Eichenholz, wunderhübsch verziert, jedoch mit klosettblauem Bootslack überpinselt. Das Holz allein ist mindestens zweihundert Mark wert. Aber das weiß der Mann nicht, der uns in seine Scheune geführt hat, wo das Bett steht, halb unter vorjährigem Heu begraben.
Er handelt mit uns, eine Stunde lang, und ist am Ende hochbefriedigt, als Mama ihm fünfundzwanzig Mark gibt.
Mama mag die modernen Möbel nicht, auch nicht, wenn sie gediegen sind. In Missunde soll es ein wenig so aussehen wie früher in Selenice.
Wenn wir zwei oder drei Stücke beisammen haben, geht es ans Abbeizen, Leimen, Einölen und Lackieren.
Ich schreibe einen Brief an Edith.
Meine geliebte Edith, fange ich an. Dann fällt mir ein, daß sie kein Liebesbriefe mag. Ich erzähle, was wir machen; wie selbstlos wir die alten Gegenstände davor bewahren, auf dem Müll zu landen oder im Küchenherd, und wie wir sie wieder herrichten.
Auf der vierten Seite vermischen sich die Möbel in Missunde mit denen in unserem Häuschen am Weißenbach; das Wasser der Ostsee wird zum Wasser des Seewaldsees; die Spitze der Mooslaug kommt in Sicht. Nachdem ich sie erreicht habe, ist es nicht mehr weit bis zur Moosgassner-Alm, bis zu den Blaubeerbüschen, bis zu unserem Heustadel.
Die übrigen achteinhalb Seiten sind Schwärmerei und Zärtlichkeit, Anbetung und Gier. Ich versteige mich zu Ausdrücken, verliere mich in Wendungen, die ich noch vor einem Jahr für übertrieben gehalten hätte. Jetzt kommen sie mir unzulänglich vor.
Trotzdem bringe ich den Brief zur Post.
Mama kann nicht begreifen, was mit mir los ist.
Babbo, fragt sie, was hast du? Du grinst wie ein Schwachsinniger.
Ich sage ihr, das liegt am herrlichen Wetter.
Ich warte auf Ediths Antwort. Das Azorenhoch verlagert sich. Mit dem herrlichen Wetter ist es vorbei.

Nach zweiundzwanzig Tagen kommt der Brief. Er ist in Dortmund abgestempelt. Bis zum Abend trage ich ihn mit mir herum. Dann schneide ich ihn auf.
Drinnen ist eine Kunstpostkarte; die Photographie einer griechischen Vase mit einer Darstellung Poseidons, schwarz auf terrakottarotem Grund. Ich drehe die Karte herum. Kein Wort; auf der leeren Fläche ist mit einem Streifen Klebeband ein Schlüssel befestigt. Ich löse ihn ab. Flach ist er, blank, ein bißchen ölig.
Ich schließe die Augen, taste den Schlüssel mit der Fingerspitze ab.
Ich kenne ihn. Auch im Dunkeln.
In derselben Woche, in der mein erstes Semester beginnt, beginnt auch unser Umzug nach Missunde. Er zieht sich nahezu einen Monat hin; Mama will nicht in einem Durcheinander leben, und das Haus in Gettorf müssen wir erst zum Jahresende räumen. Manchmal schlafen wir in Gettorf, manchmal in Missunde. Papa findet das ärgerlich. Mama genießt es. Mir ist es wurscht.
Ich schreibe jede Woche an Edith. Es wird jedesmal ein Liebesbrief. Sie schreibt mir einmal: von der Schule, vom ersten Kratzer, den unser VW bekommen hat, von der Nina, die, man höre und staune, dem Vicki nichts von uns erzählt hat, kein Wort; und vom Brennholz, das der Moosgassner Peter angefahren hat und das ich in den Weihnachtsferien unbedingt spalten und aufstellen muß.
Auch in Missunde liegt Brennholz; zehn Festmeter, für den offenen Kamin im Wohnzimmer.
Das Studium macht mir Spaß. Noch bevor unser Umzug abgeschlossen ist, lege ich mich auf Elektrotechnik fest, Spezialgebiet Fernmeldetechnik.
Das Wetter ist grauenhaft; Wind, Wind, Regen und Schlackschnee.
Vier Tage lang streikt die neue Zentralheizung, und wir scharen uns zu dritt um den Wohnzimmerkamin.

Der Schlüssel, Ediths und mein Schlüssel, hängt an meinem Schlüsselbund.
Oft werde ich nachts halb wach, suche im Bett neben mir nach meiner Frau.
Ich schreibe ihr das.
Ich liebe dich, schreib ich. Deine Schultern, deinen Bauch, deine Knie. Dein Gesicht. Deine Augen ... Liebst du mich auch? Du hast es nie gesagt.
Wann heiraten wir?
Kommst du Weihnachten?

41

Ediths Postkarten-Poseidon mit dem Dreizack hefte ich außen an die Tür meines Zimmers.
Dein Tierkreiszeichen! sagt Mama. Originell! Wo hast du das her?
Aus der Reventlovschen Buchhandlung natürlich, sage ich.
Ich habe angefangen, zu lügen. Skrupellos. Von der Seite kenne ich mich gar nicht.
Ich schreibe an das Gasthaus Zum Seehäusl in St. Koloman, frage, ob sie für die Zeit zwischen Weihnachten und dem Dreikönigstag noch Gästezimmer frei haben. Nach wenigen Tagen ist die Antwort da. Selbstverständlich sind noch Zimmer frei. Wer fährt im Winter schon nach St. Koloman?
Mama und Papa erzähle ich, daß ich vorhabe, zusammen mit einem gleichaltrigen Kommilitonen in den Weihnachtsferien nach Österreich zu fahren, zum Skilaufen. Ich zeige ihnen den Brief vom Seehäusl.

Die Schulferien in Dortmund beginnen am 22. Dezember. Am 19. packe ich meine Sachen. Am 20. bin ich allein im Haus. Papa ist für den Vormittag in die Kanzlei gefahren, und Mama macht in der Stadt Besorgungen; nicht nur für Weihnachten, auch für

das Jahresende. An Silvester weihen wir offiziell unser neues Haus ein. Wir erwarten über sechzig Gäste. Die Einladungen sind vor einigen Tagen hinausgegangen.
Gegen zehn Uhr reißen die Wolken auf, zum erstenmal seit Wochen. Die Sonne glitzert auf dem bleifarbenen Wasser der Schlei. Der Postbote kommt später als sonst. Vielleicht hat er in Missunde die Fähre verpaßt; oder es liegt an den vielen Sendungen. Wir erhalten einen ganzen Stoß von Post: Glückwunschkarten, Briefe, Postwurfsendungen, den dicken Katalog eines Versandhauses, bei dem wir noch nie etwas gekauft haben, und mehrere Zeitschriften; unter ihnen die Zeitschrift Electronics, die Papa und Mama für mich abonniert haben. Auch zwei Briefe für mich sind dabei, einer davon aus Dortmund. Die Adresse ist auf der Maschine getippt; der Absender fehlt, aber das macht nichts.
Ich setze mich an das Chippendale-Tischchen, auf dem ich die Post sortiert habe, und schlitze den Umschlag mit dem Taschenmesser auf; es ist immer noch dasselbe, das mir der Onkel Jodi geschenkt hat. Der Brief ist mit der Hand geschrieben, und kurz, kaum eine Seite.

Mein Lieber!
Schwöre nie. Es geht schief. Ich kann nicht kommen. Der Vicki ist auf der Laderampe ausgerutscht und hat sich den Oberschenkel gebrochen. Im Spital wollen sie ihn nimmer haben, weil er das Personal zum Wahnsinn treibt. Für einen Gehgips ist es noch zu früh. Ich darf mich also um ihn kümmern. Eigentlich könnte ja auch die Nina das tun. Die will aber nicht. Neulich hat sie sich verplappert. Die Geschichte mit dem Addi ist herausgekommen. Es hat eine Szene gegeben zwischen Vater und Tochter, daß die Gläser im Schrank getanzt haben. Du siehst, das Fest der Freude rückt näher.
Boris, hab Geduld. Ja? Diesmal bin ich angebunden, aber ich will Dich entschädigen. Ich weiß auch schon wie. Du wirst dich freuen.

Bitte sei vernünftig und schreib keine stürmischen Briefe mehr. Was soll ich mit der närrischen Poesie? Worte taugen mir nur, wenn ich dabei was zum Anfassen hab. Das weißt Du doch.
Schreib mir, wann Du wieder Ferien hast.
Deine Edith

Ich gehe hinauf in mein Zimmer, reiße Ediths Brief mitten durch. Dann halte ich inne, klebe ihn mit Klebeband wieder zusammen, lege ihn in mein Geheimfach, gehe ans Telephon, wähle die Dortmunder Nummer. Ich komme sofort durch. Nina meldet sich.
Grüß dich, sage ich. Kann ich bitte mal die Mutti sprechen?
Wer ist denn dort? fragt sie.
Ich sage meinen Namen. Sie legt auf.
Ich rufe abermals an, aber jetzt ist der Anschluß besetzt. Wahrscheinlich hat das Miststück den Hörer neben den Apparat gelegt.
Ich gehe in mein Zimmer und fange an, auszupacken.
Kurz vor vier Uhr kommen Mama und Papa nach Hause. Ich sage ihnen, daß der Skiurlaub ins Wasser fällt. Der Kommilitone, mit dem ich fahren wollte, ist im Badezimmer ausgerutscht und hat sich den Knöchel gebrochen. Und allein hab ich keine Lust.
Sowas von Pech, sagt Mama. Du mußt den armen Kerl unbedingt besuchen.
Ich hab mich schon angemeldet, sag ich.
Mama nimmt mich in den Arm.
Ich freu mich jedenfalls, sagt sie, daß wir dich Weihnachten hier haben. Und Silvester auch.
Spät in der Nacht setze ich mich hin und schreibe an Edith.

42

Meine liebe Edith!

Schwöre nie – es geht schief! Ist das eine Entschuldigung? Wenn eins der dummen Dinger aus meinem Tanzkurs sich so ausdrücken würde, könnte ich lächeln und versuchen, das Thema zu wechseln. Bei Dir kann ich das nicht.

Schwören – das heißt doch: versprechen, daß etwas auf keinen Fall schiefgehen wird. Daß man sich mit aller Kraft dafür einsetzen will, daß es gutgeht. Das hast Du nicht getan.

Du setzt alle Deine Kraft für den lieben Viktor ein.

Du schreibst: Diesmal bin ich angebunden.

Diesmal? Du selber hast mir erzählt, wie lange das schon so geht.

Es ist, wie Papa sagen würde, eine ganze Kette von Präzedenzfällen; diesmal, das ist bloß das letzte Glied.

Wer hat Dich angebunden? Die Nina? Der Vicki?

Mach Dir nichts vor.

Du selber bist es, die sich anbindet. Die Nina entschuldigst Du damit, daß sie sich nicht um ihren Vati kümmern will, weil sie Streit miteinander hatten. Ist das nicht ein bißchen billig? Wo kämen wir hin, wenn jeder alles ungetan lassen dürfte, was er nicht gerne tut?

Dein lieber Viktor ist ein erwachsener Mann. Jedenfalls macht er äußerlich diesen Eindruck. Wenn er sich im Krankenhaus so betragen muß, daß sie ihn dort nicht mehr haben wollen, ist das seine Sache. Wie kommst Du dazu, darunter zu leiden? Wie komme ich dazu?

Leidest Du vielleicht gern? Du brauchst mir das nicht zu beantworten. Nimm aber bitte zur Kenntnis, daß ich ein ganz gewöhnlicher Mensch bin, der dem Leiden aus dem Weg geht, wenn er kann.

Du brauchst Dich nicht um den Viktor zu kümmern. Er hat die finanziellen Mittel zur Hand, um eine private Pflegekraft anzustellen. Sieh zu, daß er das tut.

Dann ruf mich an. Auch wenn wir nur noch für eine Woche fahren können, ist mir das lieber als gar nichts.
Du hast gesagt, Du wolltest Dir nicht mehr alles bieten lassen. Jetzt ist die Gelegenheit da.
Du schreibst, ich soll Geduld haben. Mit Dir? Oder, auf dem Umweg über Dich, mit dem Viktor? Ich denke nicht daran. Stell Dich vor den Spiegel. Dann siehst Du jemanden, der es weit gebracht hat mit seiner Geduld.
Das Beste wird sein, ich fahre zu Deinem Mann, sobald er wieder auf den Beinen ist, sage ihm, wie die Dinge liegen, und überzeuge ihn, daß er sich scheiden lassen muß, wenn er sich nicht lächerlich machen will.
Meine Briefe nennst Du närrische Poesie.
Ich bin kein Dichter. Ich hab nur versucht, Dir zu sagen, was mit mir los ist. Wenn Dir das lächerlich vorkommt, dann liebst du mich nicht, zumindest nicht genug. Du wüßtest sonst, was es heißt, sich Monat für Monat jeden Tag und jede Minute nach einem Menschen zu sehnen. Du hättest mir sonst wenigstens ab und zu ein paar liebe Worte geschrieben. Aber dafür hat es nicht gereicht. Du hast mir nur einen Schlüssel geschickt, und dann eine Absage.
Was bin ich für Dich, Edith? Ein netter Bub, mit dem Du ein wenig herumspielst?
Täusch Dich nicht.
Die Nina und der Viktor können sich nicht festlegen, hast Du gesagt.
Du kannst. Du legst Dich fest. Dann ziehst Du zurück.
Ich versteh Dich nicht, Edith.
Dein Boris

43

Ich warte auf Ediths Anruf. Oder hoffe ich nur auf ihn? Ich weiß es nicht. Ich hoffe und warte vergebens.
Es ist Silvesterabend. Um sieben Uhr sind die meisten unserer Gäste bereits da, alle mit ihren Gattinnen, alle in Abendkleidung. Herr und Frau von Salveter und Herr und Frau von Matthiessen sind schon ein wenig früher gekommen. Herr von Salveter hat eine Gruppe von fünf oder sechs Herren um sich versammelt; er erzählt ihnen die neuesten jiddischen Witze, die er von Dr. Levinsson hat, einem seiner Freunde und Klienten.
Zwei meiner Professoren sind eingeladen und ebenfalls schon anwesend.
Das Büffet ist im oberen Stockwerk aufgebaut, auf der Galerie, zu der vom Hausflur aus rechts und links je eine Freitreppe hinaufführt.
Papa hat vier Lohndiener engagiert. Mama hat gemeint, zwei würden es auch tun. Jetzt ist sie froh, daß Papa seine Ansicht durchgesetzt hat.
Die fünfköpfige Tanzkapelle ist für acht Uhr bestellt.
Papa, Mama und ich begrüßen unsere Gäste an der Haustür, geleiten sie herein, unterhalten uns mit ihnen.
Professor Dr. Jaumann, der Elektroniker, der im letzten Kriegsjahr noch an der Verbesserung der Radargeräte für unsere Nachtjäger arbeitete, erzählt mir von der Patentsache, die Papa vor anderthalb Jahren für ihn durchgefochten hat, und kommt darauf zu sprechen, wie er es handhabt, wenn einem seiner Assistenten eine patentwürdige Erfindung gelingt.
Halbe-halbe, sagt er. Hm? Schließlich haben wir den Jungs jahrelang zur Verfügung gestanden, samt dem Institut. Es soll ja Dozenten geben, die sich in so einem Fall das ganze Patent unter den Nagel reißen. Schlechtes Beispiel. Schlechte Form. Hm?
Ich drücke ihm in gesetzten Worten meine Anerkennung aus und füge hinzu, wie bedauerlich ich es fände, wenn bei uns amerikanische Sitten überhand nähmen. Das gefällt ihm.

Ich unterhalte mich mit Frau Bockriss, der Gattin meines ehemaligen Klassen- und Deutschlehrers. Sie beglückwünscht mich nachträglich zu meinem Abitur und fragt, wie mir das Studium zusagt. Im übrigen möchte sie vor allem wissen, wie es mir mit den kleinen Mädchen ergeht. Na? Hihi?
Ich gebe erfundene Auskünfte, hinlänglich allgemein, um zugleich diskret und spannend zu wirken. Sie kichert.
Ich begreife nicht, was Herr von Salveter gegen sie hat. Sie ist dick, da gibt es keinen Zweifel, jedoch beweglich und temperamentvoll; und die Blicke, die zwischen ihr und ihrem Gatten hin- und hergehen, als dieser zu uns tritt, sind auf anregende Weise ehelich.
Frau von Matthiessen, das ehemalige Fräulein Norgaard, Maleen Norgaard, trägt ein dunkelgrünes Chiffonkleid, selbstverständlich dekolletiert, mit weitem Rock. Sie hat noch immer die Wuschelfrisur wie früher, den roten Brennesselbusch. Sie ist nicht dumm. Das überrascht mich. Wieso eigentlich? Kinder hat sie keine. Aber sie langweilt sich nie. Sie töpfert. An drei Nachmittagen in der Woche unterrichtet sie Tennis. Sie erzählt von ihren Schülern; witzig, ironisch, ohne Namen zu nennen, ohne jemanden lächerlich zu machen. Schon begreiflich, daß Papa einmal ein Auge auf sie geworfen hat.
Pünktlich um acht erscheint die Tanzkapelle. Den ersten Tanz habe ich für Mama reserviert.
Es wird warm. Das Feuer im Kamin haben wir bereits ausgehen lassen. Jetzt mache ich mich daran, jeden zweiten Heizkörper abzudrehen und einige Fenster einen Spalt weit zu öffnen. Alte Häuser haben dicke Mauern und halten die Wärme. Außerdem wird viel getrunken. Die Lohndiener haben zu tun.
Ich habe ebenfalls zu tun. Ich betanze die Damen, wie Papa das nennt. Nur vor Frau Bockriss drücke ich mich unauffällig. Ich fühle mich ihr nicht so ganz gewachsen.
Um halb elf verkündet Papa, daß ab jetzt auch Damenwahl ist. Mama fordert mich auf; nach ihr Frau von Salveter; nach dieser eine jüngere Dame, deren Name mir nicht einfallen will, was

mich jedoch nicht hindert, Konversation zu machen. Und dann Frau von Matthiessen.
Die Kapelle spielt einen Tango. Wir passen in der Körpergröße gut zueinander; das ist wichtig. Aber sie tanzt auch gut, sehr gut. Endlich jemand, der alle Figuren beherrscht, sagt sie. Das macht Spaß.
Und ob, sage ich.
Sie äußert Komplimente über meinen Anzug. Ich bewundere ihr Kleid, erkundige mich, wo sie arbeiten läßt.
Können Sie diskret sein? fragt sie lachend.
Ich versichere ihr, daß ich das von Grund auf gelernt habe.
Sehr gut, sagt sie. Das Kleid hab ich selbst entworfen und genäht. Hat mich keine vierhundert gekostet. Aber Sie kennen ja unsere Snobs.
Oh ja, sage ich. Das Kleid sieht eher nach dreitausend aus. Mindestens. Lassen wir die Snobs bei ihrem Glauben.
Sie lacht, nicht laut, aber herzlich, mit einem kehligen Unterton.
Ich bitte sie um den nächsten Tanz.
Aber gewiß, sagt sie. Gern.
Wir tanzen einen Slowfox. Sie fragt, was ich studiere, wie es mir gefällt, was ich in meiner Freizeit treibe. Danach lassen wir drei Tänze aus; das heißt, sie tanzt mit anderen Herren, und ich gehe erst ans Büfett und drehe nachher noch ein paar Heizkörper ab.
Dann fordert sie mich zu einem langsamen Walzer auf.
Wo haben Sie die Muskeln her? fragt sie. Rudern Sie?
Nur bei Flaute, sage ich.
Sind Sie überall so muskulös?
Wer weiß? Mir gefallen Ihre Schultern, gnädige Frau. Ihr Hals. Von Ihrem Gesicht und Ihrem Haar gar nicht zu reden.
Der Rest gefällt Ihnen nicht, Monsieur?
Wie soll ich das wissen, gnädige Frau?
Sie lacht, wieder mit dem kehligen Unterton. Diesmal begreife ich. Ich umfasse ihre Taille ein wenig fester, presse mein Knie kurz gegen ihren Schenkel.
Magst du ficken, Brennettelbusch? frage ich.

Du bist unverfroren, lacht sie. Ja, ich mag. Wo?
Mein Zimmer. Die linke Treppe hinauf. Im linken Flur. Die dritte Tür rechts. Du kannst sie nicht verfehlen. Eine Kunstkarte hängt draußen. Poseidon mit dem Dreizack.
Tatsächlich? Vielversprechend!
In zehn Minuten dann. Ich gehe zuerst. Nach einer Weile kommst du nach. Alles klar?
Alles klar, Monsieur.

Ich habe kein Präservativ. Dumm von mir. Aber sie hat welche in ihrem Handtäschchen. Sie streift mir selbst eins über, schlenkert ihre grünen Schuhe von den Füßen, rafft ihren Rock hoch. Ich ziehe ihr den Schlüpfer herunter. Sie läßt sich aufs Bett fallen und spreizt die Schenkel.
Her mit dem ersten Zacken, sagt sie.
Es geht rasch. Es macht Spaß.
Dich hab ich nötig gehabt, sage ich, als wir fertig sind.
Gleichfalls, sagt sie. Das machen wir öfter. Keine Liebe. Alles klar?
Alles klar, sage ich.
Wir bringen das Bett und unsere Kleider in Ordnung. Ich gehe zur Tür, entriegle sie, schaue auf den Flur hinaus.
Alles klar, sage ich. Du zuerst.
Bevor sie hinausgeht, gibt sie mir einen raschen Kuß.
Danke, sagt sie. Du bist erstklassig.
Und du erst, sage ich. Bis nachher. Tanzen wir noch?
Versteht sich, sagt sie.
Ich warte zehn Minuten, bevor ich mich nach unten begebe. Niemand hat das Geringste bemerkt.

44

Wir sind umsichtig, Brennettelbusch und ich, umsichtig und diskret. Keiner kommt uns auf die Schliche.
Wir treffen uns einmal, mitunter auch zweimal in der Woche. Wir ziehen uns nie ganz aus, auch wenn wir Zeit genug haben. Wir mögen das; es ist wie beim erstenmal.
Beim Ficken sagt sie Monsieur zu mir oder Herr von Pastrukov; ich sage Frau von Matthiessen oder gnädige Frau. Vorher und nachher nennt sie mich Babbo oder Poseidon; ich nenne sie Maleen, Brennettelbusch oder Fickstern.
Wir brauchen einander.
In der zweiten Januarhälfte, einen Tag vor meinem Geburtstag, erhalte ich einen Brief von Edith.

Mein Lieber!
Du hast recht: Ich hab mich selber angebunden. Deswegen muß ich mich auch selber losbinden. Und deswegen wär es unsinnig, wenn Du herkommen und mit dem Vicki reden würdest. Laß das bitte bleiben. In diesem Teil meines Lebens find ich mich besser zurecht als Du.
Deine Briefe sind weder lächerlich noch lästig. Sie sind mir zuviel – und zuwenig, Boris. Beides. Zu viele Worte. Zu wenig, was ich anfassen kann. Krieg das nicht wieder in den falschen Hals.
Du bist kein Bub. Ich hab nicht mit Dir herumgespielt. Und ich hab nicht zurückgezogen. Du täuschst Dich, weil Du keine Geduld haben willst.
Verlangst Du, daß ich Geduld hab für uns beide? Ich kanns versuchen, obwohl ich nicht soviel Zeit hab wie Du. Ich hab lang auf Dich warten müssen, mein Lieber, und ich war allein.
Weißt Du, wie Du mir vorkommst, Boris? Wie einer, der im Finstern vor seinem Haus steht und vor lauter Ungeduld das Schlüsselloch nicht finden kann.
Deine Edith

Ich lese den Brief noch einmal, dann zum drittenmal. In diesem Teil meines Lebens – was meint sie? Hat sie ihr Leben eingeteilt wie einen Karteikasten?
In meinen Briefen ist zuwenig, was sie anfassen kann. Wie soll ich das verstehen? Soll ich mir ein Ohr abschneiden und es ihr schicken? Ich bin doch nicht van Gogh.
Ich hab lang auf dich warten müssen, und ich war allein; ja, bin ich vielleicht nicht allein? Sieht sie nur sich selber?
Ich will keine Geduld haben? Das ist einfach nicht wahr. Ich will. Ich kann. Ich möchte bloß ein Ende absehen können, ein Ziel. Das weiß sie aber. Das hab ich ihr gesagt.
Der absolute Höhepunkt steht ja am Schluß. So also komme ich ihr vor: wie ein Fummler im Finstern, der den Schlüssel nicht ins Loch kriegt.
Du hast ja keinen Schimmer, sage ich leise vor mich hin.
Ich gehe hinunter ans Telephon und rufe Maleen von Mathiessen an. Sie ist zu Hause.
Ficken? sagt sie. Mit dir? Jederzeit.
Sie gibt mir die Adresse einer Freundin, die zur Zeit in der Schweiz Skiurlaub macht und deren Wohnungsschlüssel sie hat. Wir verabreden uns für den Abend.
Wir tun, was sie sich schon oft vorgestellt hat. Sie liegt in einem niedrigen Sessel, die Beine über die Armlehnen gehängt, und befriedigt sich selbst, während ich sie in den Mund ficke. Das rote Wuschelhaar ist lang; ich ziehe es ihr übers Gesicht, decke ihr Gesicht damit zu, bis nur noch die Lippen zu sehen sind. Als sie kommt, spritze ich ihr in den Mund. Ihre Nasenflügel zittern. Sie schnappt nach Luft, beißt ein wenig zu, greift nach dem Handtuch, das unter ihrem Kopf liegt.
Nichts da, sage ich. Schlucken Sie das runter, Sie Votze, Sie!
Sie gehorcht. Dann gibt sie meinen Schwanz frei, leckt ihn ab.
Da kommt was nach, sage ich. Das auch!
Sie leckt den Tropfen von der Spitze, leckt sich die Lippen, streicht sich die Haare aus dem Gesicht, angelt mit der Hand nach dem halbvollen Glas Rotwein auf dem Tischchen neben

uns, trinkt es leer, spült sich den Mund, schüttelt den Kopf, lacht.
Brrr! sagt sie. Erstklassig!
Hats geschmeckt? frage ich.
Nee! sagt sie. Daß du mich gezwungen hast. Das wars.
Reiner Instinkt, sage ich.
Und schmutzige Worte, sagt sie. Beim nächsten Mal hau mir ein paar runter dabei.
Gern, gnädige Frau, sage ich.

Im Sommer gibt sie einen Töpferkurs in Katarinenhof auf Fehmarn. An den Wochenenden erhält sie Besuch von ihrem Mann; ansonsten sehe ich sie fast jeden Tag bei ihr oder auf meinem Boot. In der letzten Woche ist sie anders als bisher; nachdenklich, unaufmerksam, gereizt. Schließlich sagt sie mir, wir können einander für längere Zeit nicht mehr treffen; für ein halbes Jahr, für ein ganzes vielleicht.
Ich frage, ob sie sich langweilt. Sie lacht.
Langweilst du dich mit mir? fragt sie.
Nein, Sternchen, sage ich.
Alles klar, sagt sie. Langeweile ist meistens gegenseitig.
Was ist es dann? frage ich.
Liebe, Babbo. Ich hab angefangen, mich in dich zu verlieben.
Du? Das glaub ich nicht, Ficksternchen.
Gut für dich.
Wieso das?
Du glaubst mir nicht; das heißt, du bist nicht verliebt.
Nein, das bin ich wohl nicht.
Gut für uns beide, sagt sie. Machs besser. Amüsier dich. Wenn ich wieder normal bin, melde ich mich.
Alles klar, sage ich.
Von Fehmarn bis nach Olpenitz an der Schleimünde muß ich gegen den Westwind ankreuzen. Es ist Nacht, als ich zu Hause anlege. Das Haus ist dunkel. Papa und Mama sind wahrscheinlich bei Salveters. Ich kriege die Haustür nicht auf. Die Batterien in meiner Taschenlampe sind leer, und die Streichhölzer, die ich

anzünde, bläst mir der Wind aus. Endlich brennt eins, und ich sehe, ich habe den falschen Schlüssel in der Hand; den, welchen Edith mir geschickt hat.
Ich gehe in mein Zimmer hinauf, schaue auf den Wandkalender. Noch elf Tage Schulferien. Mein Praktikum beginnt erst in zwei Wochen. Ob Edith in St. Koloman ist?
Ich rufe an, lasse klingeln, lange. Niemand nimmt den Hörer ab. Mama behauptet immer, sie kann es dem Rufzeichen anhören, ob am anderen Ende der Leitung jemand im Haus ist oder nicht. Technisch gesehen ist das natürlich Unfug. Aber ich verstehe jetzt zum erstenmal, was Mama meint.
Das Telephon läutet im Häuschen am Weißenbach; das regelmäßige Schrillen dringt in alle Räume, selbst ins Badezimmer, sogar in die Garage, ohne daß jemand es hört.
Ich versuche es wieder und wieder, alle fünfzehn, zwanzig Minuten, bis ich unser Auto kommen höre.
In meinem Zimmer nehme ich Ediths Schlüssel von meinem Schlüsselbund ab und lege ihn ins Geheimfach zu dem roten Stein und den vier Briefen.
Im September, mein Praktikum ist beinahe beendet, rufe ich einmal bei Maleen an, vormittags, als ich sicher bin, daß ihr Mann in der Kanzlei ist.
Von Matthiessen, meldet sie sich.
Villa Dreizack, Missunde, sage ich. Leiden Sie unter Entzugserscheinungen, gnädige Frau?
Sie lacht, herzlich, ironisch.
Du hast gut spotten, sagt sie. Du hörst dich kühl an. Warst wohl auf dem Wasser?
Falsch, sage ich. In einer stickigen Montagehalle, die ganze Nacht lang. Hat er gewirkt, der Liebesentzug?
Noch nicht, Monsieur.
Brennettelbusch, wat steihst du so alleene? Vielleicht mußt du bloß ein wenig begossen werden?
Nur das nicht. Dann geht es von vorne los. Am Ende stecke ich dich noch an.

Eine Weile schweigen wir beide.
Nun ja, sage ich schließlich. Ich ruf dich um Weihnachten herum wieder an. Alles klar?
Tu das, sagt sie. Tschüß.
Wir treffen uns manchmal, gesellschaftlich. Dabei bleibt es dann, auch später.
Nach Maleen kommen andere Frauen. Sie sind meist älter als ich. Fast alle sind verheiratet.
Was soll ich mit den Mädchen in meinem Alter? Sie wissen nicht genau, was sie wollen. Die älteren Damen wissen zumindest, was sie nicht wollen; es ist dasselbe, was ich nicht will.

*

Babbo leerte sein Glas, streckte sich und gähnte.
Müde? fragte Hanna.
Keine Spur, sagte er. Hungrig. Ihr auch?
Doch, sagte ich. Jetzt, wo du davon redest. Wie wärs mit einer Gulaschsuppe?
Hanna erhob sich.
Ich hab welche in der Kühltruhe, sagte sie. Muß bloß gewärmt werden. Okay?
Babbo grinste und klopfte sich den Bauch.
Okey-dokey, Gnädigste, sagte er. Du bist ein Schatz.
Während Hanna die Suppe heißmachte, schnitt Babbo Brot auf und deckte den Tisch. Ich leerte die Aschenbecher aus und öffnete ein Fenster, um frische Luft hereinzulassen. Aus der Richtung von Noel Critchleys Farm war vielstimmiges Hundegebell zu vernehmen. Hanna hörte es auch und lachte.
Ohfor und Genossen, sagte sie. Ob die wieder einen Waschbären auf einen Baum gejagt haben?
Möglich, sagte ich. Unsere Schafe jagen sie jedenfalls nicht.
Wir aßen. Danach räumte ich Teller und Besteck ab, holte frische Gläser und schenkte ein.
Worauf trinken wir? fragte ich.
Auf die Sehnsucht! sagte Babbo. Auf mein neues Schiff!

45

Zu meinem Geburtstag im Jahr 1957 schenken mir meine Eltern ein hochseetüchtiges Schiff. Es ist schonergetakelt; sein Rumpf ist rot gestrichen, und es heißt Saudade. Das ist portugiesisch und bedeutet auf deutsch Sehnsucht.
Der bisherige Eigner der Saudade ist ein Brasilianer, der in der Bundesrepublik studiert hat und jetzt Chirurg an der Universitätsklinik ist.
Meine Undine verkaufe ich an einen Mitstudenten. Papa freut sich, weil ich etwas mehr für sie bekomme, als sie gekostet hat.
Wo immer ich mit meinem neuen Schiff anlege, heißt es: Guck mal, die rote Sau ist da!
Der Spitzname mißfällt mir. Ich denke daran, das Schiff umzutaufen, sobald mir ein passender Name einfällt.
Im August fragt Nina brieflich an, ob sie uns für einige Tage besuchen darf. Mama ist begeistert. Papa nickt, ohne seine Zigarre aus dem Mund zu nehmen; er hat so etwas vorausgesehen. Ich schreibe, von mir aus soll sie kommen. Warum nicht?
Sie kommt und bleibt vier Tage. Länger kann sie nicht; sie muß ein Krankenhauspraktikum absolvieren, bevor sie im Herbst mit ihrem Medizinstudium anfängt.
Ich finde, sie schaut netter aus als vor zwei Jahren. Die Haare trägt sie wieder länger, und die Augenbrauen sind nachgewachsen.
Drei von den vier Tagen verbringen wir auf der Ostsee, zwischen den dänischen Inseln. In Nakskov auf Lolland kaufen wir zwei Flaschen Champagner, zwei Dosen Bootslack, roten und schwarzen, sowie zwei Pinsel und taufen das Schiff auf den Namen Ninotschka. Erst überstreichen wir den alten Namen. Dann malen wir den neuen auf. Der Champagner kommt zum Schluß; ein Glas voll über den Steuerbordbug, eins über den Backbordbug. Den Rest trinken wir.
Wir schlafen miteinander.

In der letzten Nacht weckt mich Nina gegen Morgen, küßt mich, flüstert mir zu, daß sie mich heiraten möchte.
Ich sage ihr, das hatten wir schon mal; sie soll es sich gründlich überlegen. Wenn sie in einem Jahr immer noch möchte, können wir weitersehen.
Sie braucht kein Jahr, um es sich zu überlegen. In der Weihnachtswoche teilt sie mir mit, wie enttäuscht sie ist, weil ich nie geschrieben habe. Wenn ich so wenig Interesse an ihr zeige, hat es mit uns wohl keinen Zweck.
Gut, daß ich zu Papa und Mama von den Heiratsgedanken kein Wort gesagt habe.
Im nächsten Jahr schreibt Edith; nicht an mich, an uns. Der Klaffenböck Sepp kann sich nicht entschließen, ihr das Häuschen in Weißenbach und ein Stück Grund zu verkaufen. Zwei von seinen Geschwistern sind dagegen; weshalb, das weiß sie nicht. Sie wird also ein Grundstück weiter hinten im Tal erwerben und dort neu bauen. Es ist die Rede davon, die Straße ins Tal hinein zu verbreitern und zu asphaltieren. Ihrem Mann geht es gesundheitlich nicht so gut; Rückenschmerzen, Rheuma wahrscheinlich. Er verbringt die Winter in Mallorca und überläßt die Leitung des Transportgeschäfts mehr und mehr seinem Prokuristen. Die Beerenernte war schlecht in diesem Jahr; zu wenig Regen, und zu spät.
Mama antwortet und gibt mir den Brief. Eine halbe Seite ist noch frei; vielleicht möchte ich ein paar Worte dazuschreiben? Ich nehme den Brief mit in mein Zimmer, lese ihn. Mama hat eigentlich alles erwähnt, was mitteilenswert ist. Mir fällt nichts ein, was ich hinzufügen könnte. Dann fällt mir der Schlüssel ein. Es wäre nicht korrekt, ihn zu behalten. Edith muß ihn dem Sepp geben, oder demjenigen, der nach ihr das Häuschen mieten wird. Ich hole den Schlüssel aus dem Geheimfach, befestige ihn mit einem Stück Klebeband auf dem Briefpapier, verschließe den Umschlag, versehe ihm mit Briefmarken und lege ihn zur ausgehenden Post.
Im Herbst kauft Papa ein zweites Auto, einen schwarzen Merce-

des. Ich erbe den VW und verwende mehrere Tage meiner Ferien darauf, ihn neu zu lackieren; rot, wie mein Schiff.
Am Gründonnerstag 1959 verlobt sich in St. Koloman Fräulein Nina Lubin, stud. med., mit Herrn Adolf Moosgassner, stud. med. Wir bekommen die Anzeige viel zu spät, fast zwei Wochen nach Ostern. Selbstverständlich gratulieren wir. Mama überlegt, ob ein Geschenk angebracht wäre. Ich rate ihr ab. Papa sagt lediglich, er möchte begreifen, was in das Mädchen gefahren ist.
Dreieinhalb Sommerwochen verbringen wir auf der Nordsee: Petrina, Gerti, Arnold und ich. Wir segeln bis über die Lofoten hinaus, laufen in mehrere Fjorde ein. Wir sind alle im selben Semester. Mädchen sind in meinem Fach noch eine Seltenheit. Viele Studenten begegnen ihnen mit Sarkasmus, manche mit Ablehnung. Die Professoren neigen dazu, mehr von ihnen zu verlangen als von den Männern.
Petrina und Gerti sind jedenfalls in Ordnung, in den Seminaren wie auf dem Schiff. Hübsch sind sie außerdem.
Wir kommen an einem Sonntag von unserem Törn zurück. Seit Stunden schon ist der Wind launisch gewesen. Als wir in die Schleimünde einlaufen, legt er sich ganz und gar. Wir bergen die Segel, starten den Hilfsmotor. In Kappeln steigt meine Besatzung aus; dort hat Gerti ihr Auto stehen. Es ist später Nachmittag, als ich in Missunde vor unserem Garten anlege und festmache.
Die Garage steht offen. Der Mercedes ist fort. Im Speisezimmer ist der Tisch für drei Personen gedeckt: benutztes Kaffeegeschirr, eine Sachertorte, von der nur noch drei Stücke übrig sind, ein halber Obstkuchen, Kleingebäck. Aus der Küche höre ich Wagnermusik, den Walkürenritt.
Ich nehme ein Stück von der Torte, beiße hinein, öffne die Küchentür. Zwiebeldunst kommt mir entgegen.
Grüß dich, Mama, sage ich.
Sie schaut vom Herd auf, greift nach dem Radio, dreht die Lautstärke herunter.
Grüß dich, Babbo, sagt sie. Ihr seid schon zurück?

Schon? sage ich. So hättest du dich früher nie ausgedrückt.
Sie lacht.
Nein, sagt sie. Ein Zeichen, daß wir älter werden.
Die Torte ist mal wieder erstklassig, sage ich.
Wirklich? Das freut mich. Papa findet sie zu massiv. Edith und ich haben das meiste gegessen.
Edith war da? Seit wann?
Sie ist kurz nach Mittag gekommen.
Ich ziehe mir einen Küchenstuhl ans halboffene Fenster, setze mich, öffne das Fenster ganz. Zwiebelduft und Sachertorte passen schlecht zusammen.
Erzähl mal, sage ich. Habt ihr vorher gewußt, daß sie uns besuchen wird?
Freilich, sagt Mama. Sie hat vorgestern angerufen, von Göteborg aus. Sie hatte dort zu tun. Ihr Mann denkt daran, drei neue Lastwagen zu kaufen.
Volvos? Ich hab geglaubt, der liebe Viktor zieht deutsche Erzeugnisse vor.
Hab ich auch geglaubt. Aber diesmal werden es nun wahrscheinlich Volvos. Es hat irgendwas mit stärkeren Motoren zu tun. Oder mit den Getrieben? Ich weiß es nicht, Babbo. Ist ja egal.
Edith hat sich also Lastwagen angeschaut? Ja, wieso ist der Lubin denn nicht selber gefahren?
Babbo! Herr Lubin! Edith ist gefahren, weil er sich in St. Koloman aufhält und nach ihrem Neubau sieht.
Der liebe Viktor in Österreich? Geh, Mama! Du meinst Mallorca.
Aber nein! Es stimmt schon.
Ich glaub dir ja, Mama. Ich bin bloß ein bißchen verblüfft.
Das waren wir auch. Herr Lubin beaufsichtigt also die Baustelle und hilft ein wenig mit. Der Addi hilft tüchtig mit, und die Nina büffelt physiologische Chemie.
Ich seh sie vor mir, Mama: am Bachufer, im Badeanzug, mit den Füßen im Wasser. Eine bukolische Familienidylle!
Sei nicht so zynisch. Oder plagt dich die Eifersucht?

Mich? Wegen dem Addi? Ach was. Darf ich noch ein Stück Torte haben?
Iß sie beide. Mir kannst du nichts mehr wegnehmen, und dem Papa tust du einen Gefallen. Weißt du, was er gesagt hat?
Daß ihm die Torte zu massiv ist.
Das waren meine Worte, nicht seine. Er hat gesagt, es ist eine echte Sacher-Masoch-Torte. Edith hat laut gelacht. Gemein, nicht?
Ja, sage ich. Aber günstig für mich.
Ich hole die Tortenplatte, stelle sie neben mich. Der Radiosprecher kündigt das nächste Musikstück im sonntäglichen Wunschkonzert an. Mama entzieht ihm mitten im Satz mit einer Knopfdrehung das Wort.
Glaubst du daran, Mama? frage ich.
An Zwölftonmusik? sagt sie. Niemals.
Nein nein! Ich meine, an die neugefundene Lubinsche Familienharmonie.
Mama gießt ein wenig Wasser an den Braten, setzt den Deckel auf den Topf und schaut sich suchend um.
Deine Zigaretten? sage ich. Die sind hier.
Ich nehme sie vom Fensterbrett und reiche sie ihr. Sie zündet sich eine an der Gasflamme an und setzt sich mir gegenüber.
Ob ich daran glaube? sagt sie. Weißt du, ich kann mir vorstellen, daß es hält. Edith hat sich nach dem Krieg einmal einer Operation unterziehen müssen. Irgend etwas ist schiefgegangen. Seither hat sie keine Kinder mehr haben können, und das hat zwischen ihr und ihrem Mann – nun ja, es hat zu Unstimmigkeiten geführt.
Ich hab mal davon gehört, sage ich.
Sicher von der Nina?
Wahrscheinlich.
Sie nickt, bläst den Rauch zum offenen Fenster hinaus.
Bestimmt von der Nina, sagt sie. Na ja. Jedenfalls hat Edith das jetzt in Ordnung bringen lassen, und die Aussichten scheinen ganz gut zu sein.

Kinder zu kriegen? sage ich. In ihrem Alter?
Mama lacht und wirft den Kopf zurück.
Babbo! sagt sie. Wirklich! Du vergißt, das ich genauso alt bin wie sie.
Mama, du vergißt, daß du um zehn Jahre jünger aussiehst. Mindestens.
Ja, die Edith aber auch!
Freilich. Schon. Das hab ich gar nicht bezweifeln wollen. Ich hab an die Risiken gedacht, die in eurem Alter mit einer Schwangerschaft verbunden sind.
In jedem Alter, Babbo. Aber ich versteh dich schon. Ich versteh bloß nicht, weshalb du so kritisch bist. Ich hab gedacht, du wirst dich freuen.
Ich greife mir das letzte Stück Torte, beiße hinein.
Ich freu mich ja, sage ich. Sowas von lecker. Gut, daß Papa nicht masochistisch veranlagt ist. Bei der nächsten größeren Fahrt mußt du unbedingt mitkommen und uns bekochen und bebacken, Mama.
Ich? sagt sie. Niemals. Ich brauch festen Boden. Denkst du übrigens daran, dein Schiff wieder umzutaufen?
Warum sollte ich? Alle finden den Namen originell. Alle denken an Greta Garbo. Wo ist eigentlich Papa?
Zu Matthiessens gefahren.
Allein? Das läßt du zu?
Natürlich. Die Dame des Hauses ist in Fehmarn und spielt mit den Urlaubsgästen Backe-backe-Kuchen. Der Strohwitwer hat sie besucht und Papa sofort angerufen, als er zurück war; wegen des Einspruchs gegen die neue Kläranlage.
Kommunalpolitik am Sonntag? Widerlich.
Gute Götter, ja. Aber manchmal unvermeidlich. Das hab ich einsehen gelernt. Frau von Matthiessen wohl auch. Die Ehe scheint ganz gut zu gehen.
Mhm, sage ich. Das hab ich auch gehört. Ich schau nochmal rasch nach der Ninotschka. Wann gibt es Abendessen?
Um sieben, sagt Mama.

Im Herbst 1960 mache ich mein Schlußexamen. Papa stellt mir anheim, noch anderthalb oder zwei Jahre an eine Promotion zu wenden, aber ich winke ab. Vom Studieren habe ich genug. Ich möchte gern arbeiten; möchte etwas zu unserem Haushaltseinkommen beitragen.
Meine Eltern schenken mir ein neues Auto, ein rotes VW-Kabriolett mit schwarzem Verdeck.
Anfang Dezember trete ich in der Kieler Niederlassung eines deutschen Elektrokonzerns meine erste Stellung an.
Ich bleibe zu Hause wohnen. Mir stehen nun zwei Räume zur Verfügung. Mein bisheriges Zimmer richte ich mir als Arbeitszimmer ein; der Raum daneben wird mein Schlafzimmer.
Petrina arbeitet in meiner Abteilung; ihre Freundin Gerti hat eine Stelle bei den städtischen Verkehrsbetrieben. In unserer Freizeit gehen wir segeln, tanzen, ins Kino, ins Theater; zu dritt, oft auch zu viert, wobei der vierte Mann manchmal Arnold ist und manchmal ein anderer.
Mama wünscht mir eine dauerhafte Beziehung zu einem Mädchen. Genau das ist es, wovor ich mich hüte.

Im Mai des folgenden Jahres heiratet Nina den Moosgassner-Addi. Beide sind mit ihrem Medizinstudium noch längst nicht fertig. Die Heiratsanzeige samt Einladung erhalten wir in der ersten Juniwoche. Mama sagt, das sieht schon beinahe nach Absicht aus; aber sie schreibt einen Glückwunschbrief, dem Papa und ich jeweils einige freundliche Zeilen beifügen.
Ende Juli schreibt Edith. Der Addi möchte gern eine Allgemeinpraxis in St. Leogang übernehmen; dieselbe, die in den Jahren vor und nach dem Krieg Dr. Magerstein innegehabt hat. Nina hat ihr Studium aufgegeben; sie bereitet sich darauf vor, ihrem Mann als Praxishelferin an die Hand zu gehen. Herrn Lubins Transportunternehmen besitzt nun Filialen in München und Hannover und bald auch eine in Hamburg. Zur Moosgassner-Alm hinauf wird ein Skilift gebaut. Die Zahl der Hotels und der Ferienhäuser im Tal von St. Koloman nimmt langsam zu.

Manche Leute finden, es sind bereits zu viele. Andererseits bringt der Fremdenverkehr Geld und Arbeitsmöglichkeiten für die Einheimischen.
Am Schluß ihres Briefes erwähnt Edith, daß ihr Häuschen jetzt fertig ist, daß sie ihre Ferien dort verbringt und daß Nina und Addi sie ab und zu besuchen. Addi hat sie dazu überreden wollen, die Außenwand mit gehobelten Profilbrettern zu verkleiden. Sie findet es jedoch hübscher, wenn man die Balken sehen kann und die Fugen zwischen den Balken, den Wechsel von Licht und Schatten. Wir können uns ja selber ein Bild machen; Photo liegt bei.
Mama nimmt den Umschlag vom Tisch, schaut hinein.
Nein, sagt sie. Da ist kein Photo. Schade.
Na ja, sage ich. Sie wird vergessen haben, es hineinzutun.
Papa zieht an seiner Zigarre.
Karin, sagt er, wir werden alle miteinander alt.
Zweifellos, sagt Mama. Weißt du was, wir sollten die Edith einmal besuchen.
Großartiger Einfall, sagt Papa. Wann?
Ja, ja, sagt Mama. Wir haben keine Zeit. Das meinst du doch. Merkwürdig. Nach dem Krieg ist es uns schlecht gegangen, verglichen mit jetzt. Aber Zeit, die hatten wir.
Papa nickt und streift Asche von seiner Zigarre.
Mama beantwortet den Brief. Sie denkt auch daran, Edith an das vergessene Photo zu erinnern. Aber es kommt keine Antwort.

Die Jahre vergehen.
Ich mache Karriere. So drückt Papa es aus. Ich würde eher sagen, daß ich angemessen vorankomme.
Selbstverständlich spielen dabei unsere Beziehungen eine Rolle. Warum auch nicht? Wenn von mehreren Anwärtern auf eine Position einer der Beste ist, wird man ihn wählen. Das ist nicht mehr als vernünftig. Was jedoch, wenn sie alle ungefähr gleich qualifiziert sind? Soll man dann losen? Da finde ich es entschie-

den besser, die persönlichen Beziehungen mit in die Waagschale fallen zu lassen. Sie sagen zwar nichts über die fachliche, dafür aber viel über die soziale Eignung des Bewerbers aus.
Jeden Herbst erneuere ich den Unterwasseranstrich an meinem Schiff. Im Herbst 1963 erneuere ich auch den Anstrich oberhalb der Wasserlinie. Nach und nach ist der alte Name wieder sichtbar geworden; erst sichtbar, dann auch leserlich. Das sieht unmöglich aus. Nina und ich müssen seinerzeit, als wir das Schiff umtauften, ein bißchen zu sparsam mit der Farbe und zu hastig bei der Arbeit gewesen sein.
Das ist auch schon wieder sechs Jahre her.

46

Im Sommer 1964 lerne ich den Much kennen. Ich komme aus dem Postamt gegenüber dem Schrevenpark, wo sich das Wasservogelfreigehege befindet. Er sitzt in einem alten, liebevoll instandgehaltenen und feuerwehrrot lackierten Fiat Topolino. Auf dem Rücksitz liegen Schwimmflossen, Preßluftflaschen, eine Tauchermaske. Ich stelle mich vor, sage, daß ich als Bub in einem ebensolchen kleinen Fiat meine ersten Fahrversuche gemacht habe, frage, ob das Auto vielleicht zu verkaufen ist. Er antwortet, das weiß er nicht, da muß ich schon die Eigentümerin fragen, und die ist in den Park gegangen, um die Enten zu füttern. Wie er sie kennt, wird sie bald zurück sein.
Während wir warten, erzählen wir; er vom Gerätetauchen, ich vom Segeln. Als er sich schließlich mitten im Satz unterbricht und ich auf meine Uhr schaue, ist beinahe eine ganze Stunde vergangen.
Ja endlich, Dorle, ruft er. Haben dir die Enten die Nägel von den Fingern gefressen? Hier ist jemand, der dein Auto klauen möchte. Er stellt uns einander vor.

Sie heißt Dorle Kollmer, ist etwas kleiner als ich und schätzungsweise in meinem Alter, hat dunkelhellbraune Augen und einen Lockenkopf. Echt sind die Locken wohl nicht, aber von einem erstklassigen Friseur; sie passen zu dem schmalen Gesicht mit der markanten Nase.
Nein, der Fiat ist nicht zu verkaufen. Der ist ein Geschenk von ihrem Papa, zum Staatsexamen.
Ich gratuliere nachträglich und erkundige mich, um was für ein Staatsexamen es sich gehandelt hat.
Sie lacht, gratuliert mir ihrerseits zu meiner Verhörtaktik und fragt, ob ich zufällig bei der Kripo bin.
Ich bedaure, sie enttäuschen zu müssen, nenne meinen Beruf und Arbeitgeber und erfahre dafür, daß sie Studienassessorin am Ricarda-Huch-Gymnasium ist; Englisch unterrichtet sie und Biologie.
Wir unterhalten uns noch eine Weile. Dann muß ich dringend zurück zur Arbeit. Wir tauschen Adressen und Telephonnummern aus und verabreden, uns gelegentlich zu treffen: Der Much und die Dorle würden gerne segeln lernen und sich revanchieren, indem sie mir das Gerätetauchen beibringen.
Mein Urlaub beginnt Mitte August. Der Much hilft mir beim Aussuchen meiner Taucherausrüstung. Wir verbringen zwei Wochen in der Ostsee und entlang der Küste nördlich von Göteborg, teils auf, teils unter dem Wasser. Petrina und Gerti sind mit dabei. Dorle hab ich nicht erreichen können. Gemeldet hat sie sich auch nicht, weder bei mir noch beim Much. Er sagt, so ist sie halt; man muß nur ein bißchen Geduld haben.
Ich möchte sie gerne wiedersehen.
Am Abend des letzten Urlaubtages komme ich nach Missunde zurück. Es hat geregnet. Der Garten ist dicht und grün und duftet. Auf dem Chippendale-Tischchen im Flur liegt ein Zettel. Papa und Mama sind mit Matthiessens und Salveters auswärts essen gegangen, in ein italienisches Restaurant. Auf dem Schreibtisch in meinem Arbeitszimmer steht ein Telephon. Während meiner Abwesenheit hat Papa mir eine Nebenleitung legen

lassen, damit ich zum Telephonieren nicht immer ins Erdgeschoß hinunterlaufen muß. Typisch Papa.

Ich rufe sofort bei Dorle an. Sie ist nicht zu Hause. Auch an den nächsten beiden Abenden erreiche ich sie nicht. Ich schreibe ihr einen kurzen Brief. Dann warte ich. Während der Woche erhalte ich mehrere Anrufe, aber keinen von Dorle.

Spät am Sonntagabend läutet wieder einmal mein Telephon. Ich nehme ab, melde mich.

Ja endlich, sage ich. Dorle?

Sie antwortet nicht. In der Leitung jault es sanft, auf- und absteigend. Soll ich raten? sage ich. Gerti?

Abermals keine Antwort. Dafür kann ich jetzt Musik hören, verwaschen, verzerrt, weit weg.

Petrina? sage ich.

Keine Antwort, nur die Musik. Ich lausche ihr eine ganze Weile, ohne sie zu erkennen. Es könnte etwas Klassisches sein, Oder Unterhaltungsmusik, die ein klassisches Motiv verwurstet. Dann höre ich unerwartet laut ein wischendes Geräusch. Etwas hat das Mikrophon gestreift, ein Haarsträhne, ein Ärmel vielleicht. Dann klickt es. Die Verbindung ist unterbrochen.

Ich lege ebenfalls auf.

Zehn Minuten später, ich bin schon im Schlafanzug und beim Zähneputzen, läutet wieder das Telephon. Ich nehme ab, melde mich jedoch nicht. Auch auf der anderen Seite herrscht Schweigen.

Sieh an, sage ich. Der Abend der Rätsel.

Jemand lacht leise. Ein weibliches Lachen.

Petrina? sage ich.

Nein! flüstert sie.

Gerti?

Nein!

Dorle?

Sie lacht laut; jetzt erkenne ich ihre Stimme.

Das hat dir der Teufel gesagt, lacht sie. Du bist vielleicht schwer zu erreichen!

Wir sprechen lange miteinander und verabreden uns dann, gleich für den nächsten Abend.
Nach drei Wochen nehme ich sie zum erstenmal mit nach Hause und stelle sie meinen Eltern vor. Mama versteht sich sofort mit ihr. Papa ist erst ein wenig reserviert; wie er mir später sagt, findet er sie zu selbstsicher im Auftreten, zu grundsätzlich in ihren Ansichten.
Aber Marek, sagt Mama. Sie steht allein im Beruf. Sie muß sich durchsetzen. Mit ihr verglichen war ich eine Treibhausblume, damals, nach dem Krieg.
Papa ist immer noch skeptisch.
Mag sein, sagt er. Du hast dich trotzdem durchgeschlagen, stimmts?
Seine Skepsis verschwindet erst, als ich ihm einige Tage später erzähle, daß Dorles Vater Staatsanwalt beim Münchner Landgericht ist.
Ja so! sagt er. Dann hat sie dieses dezidierte Wesen wohl von ihrem Herrn Papa? Das ändert natürlich das Bild erheblich. Weißt du, Babbo, in unserer Jugend war alles viel einfacher. Da hat man immer die ganze Familie auf einmal kennengelernt, wenn man sie nicht sowieso schon kannte. Menschen gehören in ihren familiären Kontext. Jemanden ganz für sich genommen zu beurteilen, das ist meist eine mißliche Sache.
1967 verloben wir uns. Sie kommt oft nach Missunde. Der Much ebenfalls. Alles in allem bin ich mit ihm sogar häufiger zusammen als mit Dorle, die ihre Schulferien regelmäßig bei ihrer Familie verbringt.
Im Sommer 1970 sind der Much und ich sechs Wochen lang im Mittelmeer auf Fahrt. Danach verlieren wir einander aus den Augen.
Dorle und ich werden am 11. Mai 1973 in Kiel standesamtlich getraut. Zwei Tage später findet in München die kirchliche Trauung statt. Die Fahrt zur Theatinerkirche machen wir in Dorles kleinem Fiat; dies ist ein Zugeständnis von seiten beider Familien, zumal der Fiat ja rot ist.

Für die Hochzeitsreise steigen wir in meinen VW um.
Wir beziehen eine Neubauwohnung in Melsdorf bei Kiel.
Ich mache weiterhin Karriere.
Kinder bekommen wir keine.
Am 27. April 1983 wird unsere Ehe im gegenseitigem Einvernehmen geschieden. Fünf Wochen danach bin ich in Melbourne, und es ist Herbst.
Ich habe damit gerechnet, die Leitung einer Generalvertretung angeboten zu bekommen, wenn auch nicht so bald; ich bin erst sechsundvierzig. Ich lebe mich rasch ein; teils, weil die Australier sich erstaunlich wenig von den Amerikanern unterscheiden, mit denen ich während der letzten Jahre viel zu tun hatte, teils, weil das australische Bier bedeutend besser ist als das in den Vereinigten Staaten oder in Kanada.
Am 3. Dezember 1984 ruft Mama mich im Büro an. Papa ist tot. Sie teilt mir keine Einzelheiten mit. Sie bittet mich nur, sofort zu kommen, falls ich das einrichten kann.
Selbstverständlich kann ich. Ich danke den Göttern, daß ich meinen Stellvertreter von Anfang an zu allen Entscheidungen herangezogen, ihn ständig informiert gehalten habe. Das ist zwar offizielle Firmenpolitik, aber jeder weiß, wie unterschiedlich sie gehandhabt wird.
Eine knappe Stunde lang besprechen wir uns in seinem Büro.
Alles klar, Herr Kurtz, sage ich. Viel Spaß. Grüßen Sie Ihre Frau von mir. Wenn ich wiederkomme, werden Sie mich überflüssig gemacht haben.
Am selben Abend sitze ich im Flugzeug.
In Melbourne war es Frühsommer.
In Norddeutschland ist es abscheulich. Wind, Wind, Regen und Schlackschnee. Die Bäume und Sträucher in unserem Garten sind kahl, naß, schwarz. Die einzigen Farbflecken sind unser Haus und meine Ninotschka, die auf ihrem Slip liegt.
Mama hat zwei schlaflose Nächte hinter sich. Wenigstens hat sie regelmäßig gegessen. Sie trinkt schwarzen Tee, und sie raucht

und raucht. Dorle ist bei ihr. Frau von Matthiessen und Herr von Salveter sind ebenfalls da.
Es ist Mama, die mir berichtet.
Papa hat einen Unfall gehabt. Er wollte zu einer Besprechung im Finanzgericht, trotz seiner Grippe. In der Feldstraße ist ein BMW von hinten auf seinen Mercedes aufgefahren und hat ihn unter einen Lastwagen geschoben. Papa hat einen Bruch des linken Fußknöchels, einen offenen Bruch des rechten Oberarms und eine Gehirnerschütterung davongetragen. Bei der Einlieferung in die Universitätsklinik war er bewußtlos, doch war sein Kreislauf stabil und seine Atmung gut. Für die Narkose wurde er intubiert. Professor Dr. Paliske hat die Operation selber durchgeführt. Sie ist erfolgreich verlaufen, ohne jegliche Komplikationen. Da Papa nach dem Abklingen der Narkose immer noch ohne Bewußtsein war, ist eine Sitzwache abgeordnet worden, eine voll ausgebildete Pflegekraft, die unter anderem die Aufgabe hatte, den Schleim aus der von der Grippe und der Intubation gereizten Luftröhre abzusaugen. Die Sitzwache muß eingeschlafen sein, obgleich sie das abstreitet. Papa ist erstickt.
Ich schaue Mama an.
Ja, sagt sie. Das ist alles.
Sie zündet die nächste Zigarette an. Auch Dorle raucht. Und Frau von Matthiessen. Herr von Salveter reicht mir sein Zigarrenetui. Ich bediene mich, danke ihm.
Nun rauchen wir alle. Das Feuer im Kamin flammt bei jedem Windstoß hoch, bis in den Schornstein hinauf. Schmelzender Schnee läuft an den Fensterscheiben herab.
So eine Niedertracht, sage ich nach einer Weile.
Herr von Salveter schaut mir in die Augen, nickt, sieht zu Mama hinüber.
Was ich gesagt habe, Karin, sagt er. Meine Worte.
Jeder wird das sagen, sagt Mama.
Goldrichtig, sagt Herr von Salveter. Dann sind wir uns einig. Dann laß uns etwas unternehmen, Karin. Den Marek machen

wir nicht wieder lebendig. Aber wir helfen verhindern, daß so etwas wieder vorkommt. So etwas darf nicht ungestraft bleiben. Laß uns dafür sorgen. Es wird sich herumsprechen.
Nein, sagt Mama.
Karin, sagt er. Ich bitte dich.
Nein, sagt Mama.
Sie beugt sich vor, legt ihre Hand auf die Herrn von Salveters.
Nein, Erlend, sagt sie.
Die Beerdigung ist am Nikolaustag, auf dem Südfriedhof.

Zu Weihnachten schenke ich Mama einen Bernhardinerwelpen, eine Hündin. Eigentlich ist dies ein Geschenk von Papa; er hat das Hündchen noch zusammen mit Mama ausgewählt. Mama nennt es Sanna, nach ihrer Mutter.
So hätte deine Schwester heißen sollen, sagt sie. Susanna von Pastrukov. Klingt ganz gut, nicht?
Ich bleibe bis Anfang Januar. Mama ist entschlossen, das Haus in Missunde zu behalten, auch wenn es für sie allein viel zu groß ist.
Sie hat ja den Hund. Sie hat Freunde und Bekannte. Sie hat den Garten, das Stadttheater, die Konzerte, die alten Filme im Retrospektive-Kino. Sie hat ihre Bücher.
Ein Fernsehgerät möchte sie nicht.
Im April lasse ich die Ninotschka nach Australien überführen.
Ich bleibe noch fast sieben Jahre in Melbourne. Jedes Jahr verbringe ich den Dezember zu Hause mit Mama.
Sechs Wochen, bevor mich meine Firma nach Deutschland zurückruft, geht Herr Kurtz als Generalvertreter nach Kuala Lumpur. Ich bringe ihn und seine Frau zum Flughafen. Wir verabschieden uns herzlich, wünschen einander alles Gute, versprechen, Kontakt zu halten.
Das kenne ich.
Als die Maschine aufgerufen wird, schütteln wir uns noch einmal die Hände. Frau Kurtz schenkt mir ein rasches, diskretes Lächeln, und ich nicke.

Nette Frau. Angelika heißt sie. Gele.
Nach elf Tagen trifft endlich mein Nachfolger ein. Ich habe kaum Zeit, ihn überall einzuführen. Sein Englisch hört sich an, als käme es aus einem Computer. Na ja; nicht mein Problem.

Im Februar bin ich daheim, im wiedervereinigten Deutschland, reise von einem Meeting zum anderen. Ich habe ein Jahr Zeit, mich zu entscheiden, ob ich Berlin, Moskau oder Leningrad übernehmen will, das inzwischen wieder St. Petersburg heißt.
Die Ninotschka liegt auf ihrem Slip. Sie braucht einen neuen Anstrich.
Sanna, die Bernhardinerin, hat jedes Jahr Welpen gehabt. Zwei vom letzten Wurf sind noch da, ein Rüde und eine Hündin. Wenn ich Zeit habe, hole ich sie aus ihrem Zwinger, gehe mit ihnen spazieren, am Ufer der Großen Breite entlang.
Mama fühlt sich wohl, obwohl sie immer noch stark raucht. Sie hat sich einige Romane in tschechischen Übersetzungen gekauft, Conrad, Hamsun, Galsworthy.
Gute Götter, sagt sie. Verstehen tu ich zwar alles. Aber ob ich noch sprechen kann?
Abends liest sie mir manchmal laut vor. Ich verstehe kein Wort mehr. Doch der Klang der Sprache ist mir vertraut; von den Sonntagsgottesdiensten in der Dorfkirche, von den Dienstboten in den Stallungen und in der Küche, von den Abenden, an denen Papa und Mama nebenan halblaut mit Besuchern reden, während durch den Spalt der angelehnten Tür ein Lichtstreifen auf die Tapete über meinem Gitterbett fällt und die Blumen und Blätter quittengelb einfärbt.
Doch, Mama, sage ich. Das hört sich gut an. Richtig, meine ich. Wie früher.
Sie läßt das Buch sinken, schiebt einen Finger zwischen die Seiten.
Scheint mir auch so, sagt sie. Weißt du, Babbo, was wir tun sollten?
Freilich, sage ich. Ins Bett gehen.

Sie lacht. Ihr Lachen hat sich fast gar nicht verändert.
Das auch, mein Alter, sagt sie. Gleich. Nein, ich würde gerne Selenice zurückkaufen. Sag nichts! Sag nicht, daß ich senil werde!
Ich drücke den Tabak in meiner Pfeife fest, brenne ihn an.
Mama, sage ich, du wirst auf deine alten Tage genial.
Scherzo ironico?
Andante serioso, ma non troppo, Mama. Die Frage ist: Können wir das bezahlen'?
Wir hocken uns morgen einmal zusammen und rechnen, ja? Weißt du, Papa hat recht gehabt, hierher zu gehen. Obwohl ich … Ich wäre ja lieber in St. Koloman geblieben.
Sie steht auf, legt ein Lesezeichen in ihr Buch.
Das Haus hier, sagt sie. Das Grundstück. Unser Anteil an der Kanzlei. Die beiden Mietshäuser in Melsdorf. Die Wertpapiere. Ich hab keine Ahnung, ob es reichen wird. Wir rechnen morgen. Falls es nicht reicht: würdest du mitmachen?
Ich lege meine Pfeife nieder, stehe auf, nehme Mama in den Arm. Ich möchte schon, Mama, sage ich. Laß mich drüber nachdenken. Schlaf gut!
Schlaf gut, mein Alter, sagt sie. Du fühlst dich mehr und mehr wie Papa an. Merkwürdig.

*

Hanna hatte ein wenig Wein verschüttet und die Pfütze mit dem Zeigefinger rundherum zu Strahlen ausgezogen; sie glich einer Sonne, wie Kinder sie malen.
Hübsch, sagte ich.
Hanna sah auf.
Merkwürdig, sagte sie.
Was ist merkwürdig? fragte ich.
Daß ihr nur sechs Jahre zusammen wart, Babbo und du. Ich hatte den Eindruck, ihr hättet einander von Kindheit an gekannt!
Babbo lachte und wischte den Wein mit seinem Taschentuch auf. Recht hast, Gnädigste, sagte er. Genauso haben wir uns gefühlt:

wie eineiige Zwillinge, die, vom Leben allzu früh getrennt, einander endlich wiederfinden. Was heißt das: nur sechs Jahre? In diesen sechs Jahren haben wir alles nachgeholt, was wir schon immer gern zusammen getan hätten. Segeln. Tauchen. Fressen. Saufen. Auf Weiberjagd gehen. Und Reden. Was haben wir geschwätzt. Nächtelang. Stimmts, Much?
Ich nickte.
Weiber jagen? sagte Hanna. Du warst doch mit Dorle verlobt.
Schon. Bloß, die hat selten Zeit für mich gehabt. Der Much hingegen wohl. Der war immer da. Und er war ledig, wie ich. Wir waren . . . na ja.
Ein Herz und eine Seele?
Ja, Gnädigste. In dem Fall paßt das Klischee.
Danke. Wieso habt ihr einander dann einfach aus den Augen verloren?
Laß gut sein, sagte ich.
Hanna biß sich auf die Unterlippe.
Babbo? sagte sie. Was war?
Babbo schüttelte den Kopf.
Laß dir das vom Much erzählen, sagte er. Wenn ich fort bin. Ich erzähl jetzt weiter von der Edith. Okay?

47

Ich komme von einer Tagung in Stockholm nach Hause. Es ist Karfreitag. Der Garten ist viel grüner als vor einer Woche. Ich fahre den Wagen in die Garage, hole meine Koffer heraus, freue mich auf die Dusche und aufs Essen, das Mama gekocht hat.
Mama erwartet mich in der offenen Haustür.
Grüß dich, mein alter Babbo, sagt sie. Ich fürchte, du mußt gleich wieder fort.

Ich stelle die Koffer nieder, gebe ihr einen Kuß.
Ausgeschlossen, Mama. Nicht vor Dienstag. Das bißchen Feiertagsarbeit sollen die Unterhunde tun. Wer war am Apparat? Küfer? Benthien? Oder der Schmidt-Schüdderup, diese Arschgeige?
Nicht die Firma, Babbo. Edith. Edith Lubin. Du erinnerst dich? Sie will dich sehen.
Mich?
Sie hat mit dir sprechen wollen. Ich hab ihr gesagt, du bist in Stockholm, und da hat sie mich gebeten, es dir auszurichten.
Daß ich stehenden Fußes nach Dortmund kommen soll? Aber ich muß am Dienstag sowieso nach Essen, Mama. Das wäre ein Aufwaschen.
Babbo! Sie wohnt nicht mehr in Dortmund. Sie wohnt in St. Koloman. Sie ist seit Jahren pensioniert.
Woher weißt du das, Mama? Wann hast du sie zuletzt gesehen?
Sei nicht so gereizt! Daß sie pensioniert sein muß, kann ich mir ausrechnen. Gesehen hab ich sie zum letztenmal vor zweiunddreißig Jahren. Erinnerst du dich nicht? Du bist von deiner Lofotenfahrt zurückgekommen. Du hast drei Stücke Sachertorte hintereinander gegessen.
Stimmt. Die Sacher-Masoch-Torte. Komm, Mama, laß uns hineingehen. Warum hast du sie nie besucht, die Edith?
Ich hab ein paarmal daran gedacht, mein Alter. Aber nach dem, was mit Nina und dir gelaufen war? Und dann hat sie ja auch niemals mehr geschrieben, nie angerufen, gar nichts. Ich hab mich nicht aufdrängen wollen.
Ja. Das ist mir so ähnlich gegangen. Wie hat sie sich angehört?
Alt.
Und sie hat gesagt, daß sie mich sofort sehen will?
Natürlich nicht. Das wäre nicht ihre Art. Sie hat gesagt, sie würde sich sehr freuen, wenn du sie einmal besuchen kämst.
Aha. Die Eile ist eine Zutat von dir?
Keine Zutat, Babbo. Ein Gefühl.
Mhm. Dann muß ich wohl.

Das hab ich dir gleich gesagt. Schau, daß du einen Flug bekommst. Ich stelle inzwischen das Essen auf den Tisch.
Ich gehe telephonieren. Es dauert. Diese verdammten Feiertage.
Schließlich ergattere ich einen Platz für den nächsten Vormittag, aber nur bis München. Ich sage, ich hätte gern auch einen Mietwagen, von München nach Österreich.
Moment mal, entgegnet die Dame. Bleiben Sie bitte dran, ja?
Ich bleibe dran, warte.
Herr von Pastrukov? meldet sich die Dame nach mehreren Minuten.
Jawohl, sage ich. Immer noch.
Na, na! Wir sind hier auch im Streß. Also, es sind nur noch größere Wagen verfügbar, Achtzylinder, glaube ich.
Glauben Sie? Sagen Sie mal, führen wir hier religiöse Gespräche, oder was? Ich will wissen, welches Auto ich kriegen kann.
Sie seufzt.
Also, sagt sie, da wäre ein Mercedes 450, der ist aber grün?
Großartig, sage ich. Ganz meine Blutgruppe!
Wie bitte?
Den nehme ich. Schreiben Sie schon!
Ich beantworte ihr einige Fragen, diktiere ihr meine Kreditkartennummer, zweimal, wünsche ihr gesegnete Feiertage, lege auf.
Babbo! sagt Mama. Manchmal hast du einen Ton!
Verzeih, Mama. Du hättest das Mädelchen hören müssen. Mohndoof.
Wir setzen uns zu Tisch. Ich frage Mama, was Edith sonst noch erzählt hat.
Wenig, sagt Mama. Die Nina hat drei Kinder, ist seit Jahren geschieden und lebt irgendwo in Kanada. Der Addi hat nicht wieder geheiratet.
Recht hat er, sage ich.
Wer weiß? sagt Mama. Ach ja: Die Edith hat gefragt, ob du den Stein noch hast.
Den Stein?

Das waren ihre Worte. Ich hab ihr gesagt, ich weiß nicht, welchen Stein sie meint. Hast du ihn noch?
Ja.
Was ist das für ein Stein, Babbo?
Bloß ein Bachkiesel, Mama. Ich erzähl dir davon, wenn ich zurück bin, ja?
Im Lauf des Nachmittags versuchen wir mehrmals, Edith anzurufen, um ihr zu sagen, wann ich komme. Sie nimmt nicht ab.
Bevor ich zu Bett gehe, hole ich aus dem Geheimfach in meinem Schreibtisch die vier Briefe, die ich von Edith besitze, und den roten, an einer Seite ein wenig eingekerbten Stein. Ich lese die Briefe. Ich erinnere mich, was ich auf die ersten drei geantwortet habe. Der letzte ist unbeantwortet liegengeblieben.
Ich fahre mit der Zunge über den tiefroten Stein. Die Adern werden sichtbar, schwarz, verzweigt, wie bei einem Blatt.
Edith, sage ich. Edith.
Am nächsten Morgen bin ich pünktlich am Flughafen. Der Start verzögert sich um anderthalb Stunden. Ich raunze die Flugbegleiterin an, weil sie mir einen Kaffee mit Fußbad bringt. Dabei kann sie nichts für die böige Luft. Zufällig heißt sie auch noch Karin.
Über München fliegen wir endlose Warteschleifen. Ich rufe die Flugbegleiterin zu mir. Sie kommt und sagt, eigentlich darf sie jetzt nichts mehr servieren, wir können jeden Augenblick Landeerlaubnis erhalten.
Ich will gar nichts haben, sage ich. Ich möchte mich bei Ihnen entschuldigen. Es war nicht Ihr Fehler, daß ich ekelhaft zu Ihnen war.
Ach, sagt sie, das sind wir gewöhnt.
So? sage ich. Auch, daß sich der Täter entschuldigt?
Sie lächelt, schüttelt den Kopf.
Na denn, sage ich. Lassen Sie sich vom Osterhasen was Liebes bringen.
Danke, sagt sie. Gleichfalls.
Der Mietwagen steht bereit. Er ist tatsächlich grün. Er hat ein

Schiebedach; sehr gut. Und eine Getriebeautomatik; nicht mein Fall. Auf der Autobahn herrscht ziemlicher Betrieb, vor allem auf meiner Seite, in Richtung Salzburg. Hinter Traunstein wird der Verkehr zähflüssig. Jetzt bin ich froh über das automatische Getriebe. Ich brauche bloß von der Bremse aufs Gas zu gehen und wieder zurück auf die Bremse.
Irgendwo hier hab ich einmal einen vollen Aschenbecher zum Fenster hinaus auf den Mittelstreifen geworfen. Wie lang ist das her? Sechsunddreißig Jahre?
Als ich den Hörmannsreiter Forst auf der Höhe der Wasserscheide zwischen dem Tal von Fuschl und dem von St. Koloman hinter mir lasse, liegt unter mir der Seewaldsee. Die Ortschaften haben sich ausgebreitet, sind entlang der Ufer aufeinander zu gewachsen. Der Betrieb auf dem See steht dem auf der Landstraße kaum nach: Segelboote, Windsurfer, Motorboote mit Wasserskiläufern in farbigen Schutzanzügen, zwei Ausflugsdampfer; der eine von ihnen könnte die alte Kaiserin Elisabeth sein. Ich fahre an Gschwendt vorüber. Die langgestreckte Halbinsel links, die Mooslaug, ist dicht mit Ferienhäusern bebaut. Jedes hat seinen eigenen Bootssteg.
Dann bin ich in St. Koloman. Einige von den Häusern erkenne ich wieder, den Simonhof, den Vocknerhof. Die meisten sind neu. Ich fahre langsamer. Gleich muß die Abzweigung nach Weißenbach kommen. Dieser Holländer hinter mir mit dem großen Wohnwagen hupt. Ich fahre noch langsamer, blinke rechts.
Da ist der Panzer; hellgrau steht er auf seinem Bruchsteinfundament, von Bäumen umgeben, an die ich mich nicht erinnern kann. Hinter ihm erhebt sich ein weiß verputztes Betongebäude mit großzügig verglaster Front und bäuerlichem Schindeldach. Zum Königstiger, steht in grünen Neonbuchstaben auf der Fassade, und darunter, etwas kleiner: Hotel-Restaurant-Disco-Bar.
Ich biege ein. Auch diese Straße ist nun asphaltiert. Halblinks vor mir sehe ich den Rinnkogel. Von der Moosgassner-Alm sind zwei breite Schneisen durch den Wald geschlagen, bis ins Tal herunter.

Die Stützen der Skilifte leuchten dunkelrot. Die Gipfelfelsen des Rinnkogels und des Reiterkogels sind voller Lichter und Schatten, voller Risse und Rinnen; in einigen hängen reglos gleißende Wasserfäden, in anderen liegt noch stumpfweißer Schnee.
Für einen Augenblick sehe ich rechts zwischen hellgrün belaubten Eichen und Eschen das Dach des Häuschens, in dem einmal Lubins gewohnt haben; in dem Edith und ich ein paar Wochen miteinander gelebt haben, in einem Sommer.
Der Brettersteg ist fort. An seiner Stelle führt eine schlicht geformte Betonbrücke über den Weißenbach. Ob dort unten auf den Kiesbänken Ringelnattern in der Sonne liegen?
Da ist unser ehemaliges Häuschen. Der Pumpbrunnen steht noch unter den Bäumen. Das Fluder strömt durch die Wiese, dunkel, reißend. Da ist die Glöggler-Säge, beinahe unverändert; nur das Dach ist neu. Drüben am Waldrand liegt der Moosgassner-Hof.
Ich biege rechts ab, fahre am Holzlagerplatz entlang. Die Straße ins Weißenbachtal hinein ist ebenfalls asphaltiert und nahezu doppelt so breit wie früher, und sie hat viel weniger Kurven. Gleich muß ich zur Klamm kommen.
Da ist keine Klamm mehr.
Links von der Straße erstreckt sich sanft aufsteigend eine spärlich mit Büschen bewachsene Geröllhalde bis zum Waldrand hinauf. Rechts fließt der Bach; sein jenseitiges Ufer bildet ebenfalls eine Geröllhalde, beinahe kahl, sanft ansteigend in abrutschsicherem Winkel.
Ich drücke aufs Gas; die Automatik schaltet herunter, der Wagen beschleunigt. Zwei oder drei Personenwagen kommen mir entgegen, ein Lastwagen mit Langholz. Die Straße ist vorzüglich angelegt, mit tiefen Gräben zur Bergseite hin, mit breiten Durchlässen für Schmelzwasser und Gewitterregen. Ab und zu fahre ich an Häusern vorbei; es sind Wohnhäuser, Ferienhäuser, keine Bauernhöfe, und sie werden seltener und seltener, je weiter ich ins Tal hineinfahre. Bald hören sie ganz auf. Bis auf die breite Asphaltstraße schaut das Tal so aus wie früher.

Dann sehe ich rechts, am anderen Bachufer, eine Gruppe von Gebäuden, einen Bauernhof, der früher nicht da war. Eine Holzbrücke führt zu ihm hinüber. Da steht auch ein kleiner Heustadel. Ich erkenne ihn erst wieder, als ich bereits an der Brücke vorbei bin. Ich bremse, setze zurück, bleibe stehen. Jetzt erkenne ich auch die Halbinsel in der Bachschleife, gerade vor mir. Auf ihrer Spitze, fast ganz hinter Bäumen versteckt, steht ein Blockhaus.

Langsam fahre ich über die Brücke, halte vor dem Bauernhof, in dessen Garten eine junge Frau ein Beet umgräbt. Blonde Locken hängen unter ihrem Kopftuch heraus. Sie schaut auf, lächelt, tritt den Spaten in die Erde, kommt zu mir her. Ich öffne das Fenster. Sie hat hellgraue Augen. Sie ist nicht ganz so jung, wie ich erst gedacht hab; sechsundzwanzig wird sie ungefähr sein.

Grüß Gott, sagt sie. Ein fesches Auto habens da. Was kostet sowas, wenn ich fragen darf?

Ungefähr vierhunderttausend Schilling, sag ich. Das gehört mir aber nicht. Das ist bloß ein Leihwagen. Sagen Sie mir bitte: Wohnt hier die Frau Lubin?

Freilich. San Sie der Herr von Pastrukov?

Ja, der bin ich. Mit wem hab ich die Ehre?

Sie hebt ihre Hand, beschaut sie, streckt sie mir hin.

Freut mich, sagt sie. Ich bin die Weinbacher Maria. Die Großmutter ist zu Haus. Fahrens immer dem Weg da nach, bis er aufhört. Nachher sans da.

Ich drücke ihre Hand, die ein wenig rauh ist.

Danke, sag ich. Sie sind also der Frau Lubin ihre Enkelin?

Sie nickt, läßt meine Hand los, streicht sich die Locken unters Kopftuch zurück.

Die älteste, sagt sie. Die Brüder und die Mutti, die san irgendwo in Kanada.

Ich hab Ihre Eltern gut gekannt, Frau Weinbacher. Beide, die Nina und den Addi. Wir waren zusammen in der Schule.

Ich weiß. Von der Großmutter. Wahnsinnig, wie die Zeit vergeht, gellja?

Mhm. Das ist schon wahr. Haben Sie Kinder, Frau Weinbacher? Entschuldigens, wenn ich so daherfrag.
Nix zum Entschuldigen! lacht sie. Kinder hab ich noch keine. Der Michel und ich, wir wollen warten, bis das hier alles bezahlt ist.
Sie weist mit einer raschen Kopfbewegung hinter sich, auf den Garten, die Gebäude. Als ich ihr Gesicht von der Seite sehe, fällt mir auf, daß sie eine ziemlich große Nase hat.
Das ist gescheit, sag ich. Wollen Sie Landwirtschaft betreiben?
Ja logisch. Der Hof steht auf der Großmutter ihrem Grund, Wir haben noch dazugekauft, vierzig Tagwerk. Die müssen halt reichen.
Die reichen bestimmt. Jetzt darf ich Sie aber nimmer aufhalten.
Sie mich? Gehns! Alsdann, immer dem Weg nach. Die Bella brauchens nicht fürchten, die beißt net. Ach ja: sagens der Großmutter bitte, der Postbote hat nix für sie gebracht, ja?
Mach ich. Dankeschön!
Nix zum Danken!.
Im Rückspiegel sehe ich, wie sie in ihren Gummistiefeln zum Garten geht und den Spaten wieder ergreift.
Langsam fahre ich den Kiesweg entlang, am Heustadel vorbei, der noch gut halb voll liegt. Weiter oben auf der Wiese, bei den Felsblöcken am Waldrand, weiden zwei Kühe. Der Weg wendet sich nach links, zu der Halbinsel hin, überquert das Bächlein, das von der Quelle her kommt, endet unter Bäumen auf einem runden, gekiesten Platz vor einem mit Brettern verkleideten Schuppen.
Ich steige aus. Es ist still. Von dem Blockhaus auf der Spitze der Halbinsel ist nur ein Stück des Daches zu sehen.
Nach einer Weile hole ich meine Reisetasche aus dem Kofferraum und schlage den Fußpfad zum Haus ein, der sich zwischen einzeln stehenden Buchen, Ahornen, Eichen und Eschen durchwindet. Als ich das letzte Mal hier gegangen bin, waren all die Bäume viel kleiner. Ein Hund blafft. Eine Kette klirrt. Ich bleibe stehen, sehe mich um. Die Hundehütte ist fast ganz von einer

Weißdornhecke überwachsen. Jetzt schiebt sich der Kopf eines Schäferhundes aus dem Eingang heraus.
Bella, sag ich.
Sie ist gar nicht angekettet. Sie hat nur ein Kettenhalsband um, mit einer Blechmarke daran. Sie kommt, schnüffelt an meiner Reisetasche.
Ich hab keine datscherten Birnen dabei, sag ich. Im Herbst, vielleicht.
Sie blickt mich an, wedelt, läuft zu ihrer Hütte zurück, dreht sich ein paarmal im Kreis, legt sich ins Gras.
Ich gehe weiter.
Die Haustür steht offen. Ich klopfe, trete ein.
Edith, rufe ich.
Ich stelle die Reisetasche hin, gehe von einer Tür zur anderen, klopfe, öffne sie einen Spalt, rufe. Niemand ist da. Die letzte Tür rechts am Ende des Gangs ist weit offen. Sie führt ins Eßzimmer. Der breite Tisch steht da, die Bauernsessel, deren senkrechte Streben geschnitzte Figuren von Männern und Frauen sind, alle in bunten Trachten, alle mit feierlichen schwarzen Hüten auf den Köpfen. Ich gehe um den Tisch herum, streiche mit dem Handrücken über seine Platte, mache die Tür auf, die ins Freie führt, finde mich auf einer gedeckten Veranda, von der Stufen hinuntergehen zu einem offenen Platz unter hohen, dicht beieinander stehenden Bäumen. Düster ist es hier draußen, und kühl. Die feuchte Luft riecht nach altem und frischem Laub, nach Kiefernnadeln, Moos, und Zigarettenrauch.
Boris, sagt eine heisere, dunkle Stimme. Endlich. Komm her. Laß dich anschauen.

48

Am Rande des offenen Platzes, unter einer Kiefer, wo fast kein Licht hinfindet, stehen dunkelrote Gartenmöbel; ein Tisch, einige Sessel. In einem von ihnen sitzt Edith. Sie hat eine braune Hose an, einen dicken, schwarzen Pullover mit Rollkragen, braune, weiche Schuhe. Ihre Oberschenkel sind ungeheuer dick, massig, schwammig; nach den Seiten hin flachen sie sich ab, als wollten sie auseinanderfließen. Der Bauch quillt vor, liegt den Oberschenkeln auf, als sei er bis zum Platzen mit Fruchtwasser angefüllt und sonst mit nichts. Die Hände sind abgemagert; Knochen, Sehnen, Haut, braunfleckig wie das Gesicht mit der großen, schmal und scharf gewordenen Nase, den rissigen Lippen. Auf dem Schädel wachsen fingerlange Büschel grauschwarzer Haare, wie der Flaum auf den Schädeln halbwüchsiger Raubvögel; zwischen den Haarbüscheln glänzt überall die kahle Kopfhaut durch. Die Brauen sind lückenhafte Bögen aus grauschwarzen Borsten. Nur die Augen sind wie früher, dunkelbraun, und zugleich hell. Ich kann tief in sie hineinschauen.

Na? sagt die Edith heiser. An denen erkennst mich noch, gell? Steh net so riesengroß da. Hock dich. Wie gefällt dir unsere Klamm?

Ich beuge mich zu ihr hinunter, nehme ihr Gesicht in die Hände, küsse sie auf den Mund, der nach Tabak und Zahnpasta schmeckt. Von ihrem Schoß her steigt mir Uringeruch in die Nase, säuerlich, beizend.

Schnüffel net so, sagt sie. Ich bin undicht. Ich lauf in Windeln rum, wie ein kleines Kind. Hock dich, Boris. Wie gefällt dir die Klamm?

Ich ziehe mir einen Sessel heran, setze mich ihr gegenüber, nah, stütze das Kinn in die Hände.

Die Klamm, sag ich. Weshalb haben sie das gemacht?

Weshalb? sagt sie. Na, weils billiger war. An sich war da ein Tunnel geplant. Bloß, der wär recht teuer gekommen, achtmal so

teuer, glaub ich; und da habens halt gesprengt. Schaut ja auch heller und freundlicher aus, oder?
Ich sage nichts.
Geh, sagt sie, sei fesch! Lach ein bissel, wenn ich einen Witz mach. Magst ein Zigaretterl?
Von dir schon, sag ich.
Sie zündet zwei Zigaretten an, reicht mir eine. Ihre Hände zittern fast gar nicht.
Danke, sag ich. Wieso hast du deine Haare abgeschnitten?
Sie lacht, trocken, boshaft. In dem Ton hab ich sie früher nie lachen hören. Wahrscheinlich kommt er von der Heiserkeit.
Boris, sagt sie, meine Haare sind am Nachwachsen. Seit ich im vorigen Jahr mit der Behandlung Schluß gemacht hab, gehts wieder aufwärts mit ihnen. Vor zwei Jahren hab ich ausgeschaut wie diese kahle Sängerin aus Irland, bloß net so hübsch. Weißt, welche ich mein?
Sinéad O'Connor?
Stimmt auffallend. Natürlich hab ich eine Perücke getragen, damit ich die Leut net verschreck.
Mit was für einer Behandlung hast du Schluß gemacht, Edith?
Mit den Medikamenten, mein Lieber. Mit den Bestrahlungen. Verstehst?
Schon. Wo ... woher ist das gekommen?
Aus mir, Boris. Ich war selber dran schuld. Ich hab schlafende Hunde geweckt. Jetzt, wann hast deine letzte richtige Mahlzeit gehabt?
Heut fruh. Zuhaus.
Magst einen Guglhupf und Kaffee?
Du hast einen Guglhupf gebacken?
Freilich. Heut früh. Morgen haben wir Ostern.
Edith, hast du gewußt, daß ich unterwegs bin?
Freilich. Deine Mama hat gesagt, sie wird dich schon expedieren. Auf die ist Verlaß. Komm, wir essen drin. Du mußt mir hochhelfen. Meine untere Hälfte ist hin. Die obere funktioniert noch ganz gut. Alsdann!

Ich helfe ihr beim Aufstehen. Sie geht aus der Hüfte heraus, mit kurzen, schwerfälllgen Schritten. Über die Stufen muß ich sie hinaufheben; sie lacht dabei.
Da schau, sagt sie. Jetzt hast nur noch eine Last an mir.
Im Eßzimmer helfe ich ihr in einen der Armsessel.
Du, sag ich, ich hab ganz vergessen, dir auszurichten, daß der Postbote nichts für dich gebracht hat.
So? sagt sie. Bist du nix? Jetzt sei lieb und hol den Guglhupf, deck den Tisch, und mach uns einen Kaffee. Du findst dich schon zurecht, ich hab alles so eingeräumt wie im alten Häusl. Und stell mir den Aschenbecher her, ja? Danke.
Während wir essen, kommt ein rotweißer Kater langsamen Schritts zur Verandatür herein, springt auf den Sessel am Kopfende des Tisches und schaut zur Edith hin, bis sie ihm auf der flachen Hand ein Stückchen Kuchen reicht.
Mai, sagt sie. Was hast? Friß schon!
Der Kater schluckt den Brocken hinunter, leckt Edith die Finger, blinzelt zu mir her.
Ein Nachkomme? frage ich.
Mhm! Der Urenkel. Seine Schwester ist beim Addi.
Ich breche ein Stück von meinem Kuchen ab, halte es dem Mai hin.
Er beschnüffelt es, bevor er es nimmt.
Wie gehts dem Addi? frage ich.
Ganz gut. Viel zu tun hat er. Ich sag ihm immer, er soll doch wieder heiraten, aber davon mag er nichts wissen. Bist du verheiratet, Boris?
Ich war verheiratet.
Wie lang?
Nicht ganz zehn Jahre.
Weswegen habt ihr euch getrennt?
Ich lache.
Das weiß ich nicht. Ich weiß aber auch nicht, wieso wir überhaupt geheiratet haben.
Habt ihr einander liebgehabt?

Geklebt haben wir aneinander. Schließlich haben wir uns voneinander losgerissen.
Siehst du sie noch?
Manchmal. Wenn sie Mama besucht.
Du hast viele Frauen gehabt?
Ja.
Sie habens dir leicht gemacht?
Was meinst du, Edith? Das Anbandeln, oder das Schlußmachen?
Beides mein ich.
Mhm. Ja, sie haben mir beides leicht gemacht; und ich ihnen auch. Wir haben was voneinander gewollt, und das haben wir gekriegt.
Ein paar schöne Wochen, stimmts?
Stimmt. Ein paar schöne Wochen. Keine Kinder, keinen Alltag. Vor allen Dingen keine Liebe.
Sie nickt, macht eine Kopfbewegung, als wollte sie die Locken zurückwerfen, die nicht mehr da sind. Dann lacht sie. Ich kann sehen, daß sie noch ihre eigenen Zähne hat. Nur zwei oder drei Backenzähne fehlen. Sie holt etwas aus der Tischschublade, eine kleine weiße Plastikdose, nimmt eine orangerote Kapsel heraus, steckt sie in den Mund, spült sie mit einem Schluck Kaffee hinunter.
Laß mal sehen, sag ich.
Sie rollt die Plastikdose übern Tisch zu mir herüber. Ich nehme sie und lese das Etikett.
Die verschreibt mir unser Dr. Adolf Moosgassner, sagt sie. Außerdem macht er jede Woche einen Hausbesuch bei mir. Lieber Kerl. Die Nina war schön blöd, daß sie den hat sitzenlassen.
Ich schnippe die Medizindose mit dem Finger über die Tischplatte zurück, und Edith fängt sie auf.
Weißt du, was du da schluckst? frag ich.
Natürlich weiß ich das. Ich bin schon abhängig von dem Zeug. Süchtig.
Wieso nimmst es dann?

Weil ich ein ganz gewöhnlicher Mensch bin, Boris; einer, der dem Leiden aus dem Weg geht, wo er kann.
Ich zünde zwei Zigaretten an, reiche ihr eine.
Du vergißt nix, sag ich.
Weniger als du, sagt sie. Wie lang bleibst?
Bis Montagnachmittag. Am Dienstag hab ich in Essen ein Seminar zu halten. Aber ich komm wieder.
Wann, Boris?
Wann du magst.
Ehrlich? Schwör!
Ich schwörs dir.
Und wenns schiefgeht?
Es wird nicht schiefgehn.
Schau, schau!
Wir sitzen einander gegenüber, Ellbogen auf dem Tisch, Zigaretten in der Hand.
Edith schaut mich an. Ihre Augen lächeln.
Boris, sagt sie nach einer Weile, ich muß dich was Intimes fragen. Welche von all deinen Weibern hast du geliebt?
Dich, sag ich.
Sie nickt langsam, zieht an ihrer Zigarette, schluckt den Rauch runter, behält ihn lang unten, bläst ihn durch Nase und Mund vor sich hin; er leuchtet blau in der Sonne. Dann trennen sich ihre Lippen, lächeln.
Weißt was? sagt sie. Das geschieht dir recht. Jetzt komm, ich zeig dir dein Zimmer. Nein, laß, ich kann schon allein aufstehen. Ich muß ein bissel mobil bleiben. Ich kann ja net dauernd die Maria herbeitelephonieren. Die kommt eh schon in der Früh und am Abend nach mir schauen.
Wir gehen in den Gang hinaus. Ich hole meine Reisetasche und strecke die Hand nach der Haustür aus, um sie zu schließen.
Laß offen, sagt Edith. Geh her.
Sie öffnet die Tür am Ende des Ganges, winkt mir mit dem Zeigefinger, und ich komme zu ihr. In der Tür bleibe ich stehen. Das Zimmer ist klein, nahezu quadratisch. Ich kenne all die Möbel-

stücke, besonders das niedrige, breite Bauernbett mit dem hohen geschnitzten Kopfteil. Die Wand dahinter ist weiß verputzt, schmucklos.
Steh net so da, sagt Edith. Mach die Tür zu, Gentleman. Und jetzt sei lieb und mach die Läden auch zu. Der linke klemmt ein bissel, da mußt du fest ziehen. Jetzt hock dich. Paß auf, fall net über meine Füß.
Ich setze mich neben sie auf den Bettrand, lege meine Hände auf ihre Schultern.
Und jetzt? sag ich.
Net was du denkst, sagt sie. Das geht nimmer. Wart ab. Schau!
Ich schaue auf die weiß verputzte Wand.
Zuerst erkenne ich die Berge; das Lammerfeld, den Kirner, den gezackten Grat zwischen dem Kirner und dem Rothorn, welches einer Pyramide gleicht. Über der Spitze des Rothorns steht eine einzelne Wolke. Vielleicht ist das auch Schnee; vielleicht geht dort oben ein Wind, der den Schnee von den Gipfelfelsen bläst. Nach und nach erkenne ich die Wälder, in denen ich mit Onkel Jodi war, die freien, braungrünen Flächen der Unterberger-Alm, und zuletzt die Wiese draußen vor der Haustür, die Büsche, die einzeln stehenden Bäume.
Menschenskind, sag ich. Wie hast du das hingekriegt?
Ja geh. Das war leicht. Du kennst doch das Buch, das ich hab, mit den Handskizzen von Leonardo da Vinci? Also. Da sind auch mehrere von der Camera obscura drin. Ich hab zur Sicherheit erst einmal mit einer Schuhschachtel herumexperimentiert, aber das war überflüssig. Die Maßstäbe haben gestimmt; klar, der Leonardo hat ja gewußt, was er macht.
Ja. Das hat er.
Freuts dich? Lieb von dir. Jetzt ist ja nix los da draußen. Aber wie die Maria noch klein war, und dann der Gustl und der Severin, da hab ich denen oft lang zugeschaut. Und die haben alle geglaubt, ich halt meinen Mittagsschlaf!
Sie lacht, leise und heiser, und küßt meine rechte Hand, die auf ihrer Schulter liegt.

Edith, sag ich.
Ja?
Edith, ich hab für das Haus hier auch einmal einen Plan gemacht. Mit einem Schlafzimmer, in dem es so ein Bild an der Wand gibt, wenn die Haustür offensteht.
Wann denn?
Vor den Weihnachtsferien, in denen du nicht gekommen bist.
Und was hast mit dem Plan angestellt?
Zerrissen hab ich ihn. Verbrannt.
So? Damian, damischer. Hast an die Kinderzimmer gedacht?
Hab ich. Zwei. Unterm Dach.
Da schau her. Die haben wir hier auch. Das heißt, die Wände sind da – ausgebaut hab ich die Zimmer nicht mehr. Weißt, zu was ich jetzt Lust hab?
Zu was denn?
Ich möcht auf die Moosgassner-Alm hinauf. Um neun kommt die Maria und bringt mich ins Bett. Wir haben Zeit. Chauffierst mich?
Freilich. Ich kann dich aber auch ins Bett bringen.
Sie lacht.
Ja, du Wüstling, sagt sie. Das glaub ich dir aufs Wort. Nein, das macht die Maria, da bin ich eisern. Schlafen darfst bei mir im Bett, wenn du dich traust. Ich muß auf dem Rücken liegen. Schnarchen tu ich wie eine Wildsau. Alsdann, laß das Licht wieder herein, zieh dich ein bissel gemütlicher an, und in einer halben Stunde holst mich ab. Anklopfen, gell! Die Tür gegenüber dem Eßzimmer. Erst noch ein Bussi. Mhm!
Ich packe meine Reisetasche aus, ziehe mich um, mache das Bett zurecht, gehe ins Badezimmer. Im Glasbecher vor dem Spiegel stehen zwei Zahnbürsten; eine schwarze, und eine rote, die unbenutzt ist.
Als ich fertig bin, klopfe ich an Ediths Tür, sage, daß das Badezimmer frei ist, gehe auf die Veranda hinaus und über den offenen Platz unter den hohen Bäumen, wo die dunkelroten Gartenmöbel stehen, zur Spitze der Halbinsel. Steinstufen führen

steil zum Wasser hinab; an der untersten ist mit zwei Ketten ein hölzerner Ponton vertäut. Das Wasser ist dunkelgrün, tief, so gut wie ohne Strömung. Es bildet einen kleinen See, um die hundert Meter lang und etwa dreißig Meter breit; eine sichelförmige Sandbank, auf der blühende Weidenbüsche wachsen, trennt ihn vom Bach, der weiß schäumend und rasch die weite Schleife durchfließt. Ich steige die Treppe hinunter, trete auf den Ponton, der unter meinem Gewicht mit weichem Schwanken tiefer ins Wasser sinkt, hocke mich hin, tauche die Hände ein. Das Wasser ist durchdringend kalt. Fische sehe ich keine. Es ist still; das helle, gleichmäßige Rauschen des Baches füllt die Stille aus.
Nach einer Weile gehe ich zum Haus zurück.
Edith ist schon fertig. Sie hat ihre Perücke aufgesetzt; braune Locken mit viel Grau drin, sehr naturgetreu gearbeitet, wahrscheinlich nach einem Photo von früher.
Na? sagt sie. Kennst es heraus, daß ich fremde Federn am Kopf hab?
Nur, weil ichs weiß.
Dann vergiß es halt. Komm, leg deinen Arm um mich. Laß uns gehen.
Sie steht da, die Hände unterm Bauch verschränkt, um ihn zu stützen. Ich lege meinen Arm um sie.
Ich liebe dich, sag ich.
Ja, ja. Du vergißt nix. Net mal die alten Schlager.
Wir gehen an der Hundehütte vorbei. Die Schäferhündin hebt den Kopf.
Bella, sagt Edith, Haus!
Armes Viech! Laß sie doch mitfahren.
Lieber nicht. Die speit dir den schönen Wagen voll.
Nachdem ich ihr ins Auto geholfen habe und selber eingestiegen bin, suche und suche ich nach den Schlüsseln, bis ich sehe, daß sie im Zündschloß stecken. Das ist mir seit Jahrzehnten nicht mehr passiert.
Wir fahren den Kiesweg entlang.
Ich muß mir bald wieder ein eigenes Auto kaufen, sag ich.

An was für eins denkst? fragt sie.
An einen Volvo.
Ja? Net blöd. Ich hab einen gefahren, vierzehn Jahre lang. Einen gelben Kombi. Und der Vicki, der hat zum Schluß ja nur noch Volvos gehabt.
Zum Schluß? Was meinst du? Hat er die Firma verkauft?
Nein, Boris. Die hab ich verkauft, nach seinem Tod.
Er ist tot? Das hab ich nicht gewußt. Seit wann?
Im September sinds siebenundzwanzig Jahre.
So lang schon? Dann kann er ja nicht viel älter geworden sein, als ich jetzt bin. Was hat er gehabt?
Herzinfarkt. Er ist auf Mallorca gestorben, in seinem Haus. Im Bett, verstehst? Auf einem von seinen Weibern. Er hat seinen Geist zugleich mit seinem Samen aufgegeben.
Mei, hast du ein böses Maul!
Gar net! So hat der Addi das ausgedrückt. Aber das Schönste an der Geschichte kommt erst. Der liebe Vicki war damals schon ziemlich dick. Das arme Mäderl, Melanie hat sie geheißen, hat net unter ihm herauskönnen, wie sie gemerkt hat, was los ist. Und da hats bei ihr ausgehängt. Geschrien hat sie, als wenn sie am Grillspieß stecken tät, was ja auch net so ganz unpassend war. Das hat einer von den Nachbarn gehört, ist gekommen und hat sie unterm Vicki rausgezogen. Hinterher war sie zwei Monate lang in einem Sanatorium. Das hab ich dann aus der Erbmasse bezahlt. Aber ich hab gehört, sie hat was weg für den Rest ihres Lebens, die Melanie.
Sauber!
Gell? Find ich auch.
Wo ist der Vicki begraben?
Auf Mallorca. Logisch.
Ich hab gedacht, er hat mit den Weibersachen aufgehört, und eure Ehe ist besser geworden.
Wie bist da drauf verfallen?
Durch dich. Du warst einmal in Missunde. Das war im Jahr vor meinem Examen.

Neunundfünfzig war das, Boris.
Stimmt. Wie ich vom Segeln heimgekommen bin, warst du grade weg. Ich hab noch den Rest von der Torte gegessen.
Die Sacher-Masoch-Torte? Freilich. Ich erinner mich. Ich hab aber mit keinem Wort gesagt, daß der Vicki mit den Weibergeschichten aufgehört hat oder daß unsere Ehe besser geworden ist. Wer hat dir das eingegeben?
Niemand, Edith. Mama hat erzählt, der Vicki ist hier, in Weißenbach, und kümmert sich um den Neubau.
Ja, das war so. Er hat gewollt, daß ich nach Göteborg fahr, weil er doch kein Englisch konnte, und Schwedisch schon gar net. Und da hab ich gesagt, schön, das mach ich, wenn er auf mein Haus aufpaßt. Und du hast also da draus geschlossen, unsere Ehe ist wieder in Ordnung?
Ich ziehe mein Taschentuch heraus, knülle es zusammen, wische mir das Gesicht ab.
Ich hab erst mal überhaupt nichts geschlossen, sag ich. Das war Mama. Sie hatte den Eindruck, es ist besser zwischen euch. Das hat sie gefreut, verstehst? Ich hab ihr erst nicht glauben wollen.
Edith zündet sich eine Zigarette an.
Erst nicht, sagt sie. Dann aber doch, oder? Wieso, Boris? Bitte, sag mir, wieso!
Wegen der Kinder.
Bitte?
Wegen der Kinder, Edith. Mama hat mir erzählt, du hast dich operieren lassen. Du kannst wahrscheinlich wieder Kinder haben.
Vom Vicki? Hat sie behauptet, daß ich das gesagt hab? Daß ich vom Vicki Kinder will?
Nein. Sie hat das so aufgefaßt. Ich auch.
Sie nickt.
Du auch, sagt sie leise. Freilich.
Sie zerbröselt die angerauchte Zigarette im Aschenbecher, wirft die Locken zurück.
Nein, mein Lieber, sagt sie. Nein. Ich hab mit dir reden wollen,

damals. Die Karin hat gesagt, es kann noch Tage dauern, bis du nach Haus kommst. Da hab ich halt mit ihr geredet. Ich hab mich drauf verlassen, sie wird dir alles erzählen. Das hat sie ja auch getan. Nein, Boris. Ich hätt mit dir reden müssen. Ich hab mich so auf das Gesicht gefreut, das du machen wirst, wenn ich dir sag, wir können Kinder haben. Ist dir net eingefallen, daß ich's für dich getan hab?
Nein, Edith, du warst weit weg.
Mhm. Du auch.
Die neue Straße zur Moosgassner-Alm klettert in weiten Kehren durch den Buchenwald hinauf. Der Hohlweg, in dem wir im Winter immer gerodelt sind, ist zugeschüttet. Dort, wo die Almhütte gestanden hat, erhebt sich die Jausenstation Kolomansblick mit Fremdenzimmern und Aussichtsterrasse.
Wir setzen uns auf die Terrasse und bestellen Steckerlfische mit frischem Weißbrot und Zipfer Bier. Im Tal unten leuchten überall die roten Ziegeldächer. Besonders dicht drängen sie sich am Seeufer und in dem langgestreckten Dreieck zwischen der Kalterleithen und der Roßleithen. Nur wenige Höfe haben keinen Grund für Ferienhäuser verkauft, sind noch ganz von Äckern und Wiesen umgeben.
Edith erzählt mir von Nina. Nina hat sich nach sechs Jahren Ehe scheiden lassen. Sie und Addi hatten einander nichts mehr zu sagen. Sie ist mit den drei Kindern nach Kanada gegangen, hat dort einen Mr. Gilbert Manning geheiratet, um die Staatsbürgerschaft zu erhalten, aber nur kurz mit ihm zusammengelebt. Zweimal ist sie nach Weißenbach auf Besuch gekommen. Beim zweitenmal, vor elf Jahren, hat sich ihre Tochter Maria in den Weinbacher Michel verliebt und ist hiergeblieben. Damals war sie siebzehn. Die beiden Buben und die Nina leben jetzt im Westen von Kanada, in British Columbia. Sie ziehen häufig um. Geld haben sie genug. Alle anderthalb oder zwei Jahre schreibt Nina einen Brief, schickt ein paar Photos. Der letzte Brief kam aus einem Ort namens Meldrum Creek. Die Nina will vielleicht wieder heiraten.
Den mußt nachher lesen, Boris, sagt Edith. Erschrick nicht über

die Photos von der Nina. Ich glaub, sie säuft. Endlich, sag ich. Endlich etwas, worauf sie sich festgelegt hat!
Das hab ich mir auch gedacht. Schad, daß man im Alter so zynisch wird. Vielleicht ist es ganz gut, daß wir keine Kinder miteinander gehabt haben, Boris. Wer weiß, wie die ausgefallen wären?
Ich weiß es. Gut wären die ausgefallen.
Sie legt ihre Hand auf meine.
Beweis mirs doch, sagt sie.
Ich lege meine Hand auf ihre.
Edith, sag ich. Was, wenn jetzt dort unten im Tal einer steht und sein Fernglasl auf uns richtet? Wie schauen wir für den aus?
Romantisch, sagt sie. An dem Beispiel kannst studieren, was für Irrtümer die Entfernung hervorruft.
Ich hebe mein Bierglas.
Darauf trinken wir, sag ich. Prost!
Prost, Boris Pastrukowitsch! Wie ist es dir in deinem Beruf ergangen? Deine Mama hat bloß erwähnt, daß du ein hohes Tier in Australien gewesen bist. Erzähl einmal!
Ich schildere ihr meine Karriere. Als ich zu Ende bin, sind die Schatten deutlich länger geworden. Ich bestelle noch zwei Bier, ein großes für mich und ein kleines für Edith.
So war das also, sagt sie. Du hast das verwirklicht, wovon ich geträumt hab, als junges Ding. Hats überwiegend Spaß gemacht? Oder überwiegend Ärger?
Beides, sag ich. Gut durchwachsen.
Hat dich deine Stellung ausgefüllt?
Anfangs schon – in den ersten sechs, sieben Jahren.
Und danach?
Danach hab ich meine Stellung ausgefüllt.
Du hast eine Rolle gespielt?
In welchem Sinn meinst du das, Edith?
Sie lacht. In beiden, sagt sie.
Also, ja. Ich hab eine Rolle gespielt.
Prima. Schau net so betreten drein! Ich mein das ganz unkritisch.

Was hast jetzt vor? St. Petersburg? Moskau? Berlin?
St. Koloman. Unterabteilung Weißenbach.
Geh, du spinnst.
Überhaupt nicht. Ich mein das ernst. Ich hör auf und komm zu dir.
Boris! Wirklich, du spinnst. Du wirst mich net ertragen. Außerdem, wer sagt dir, daß ich dich haben will?
Du sagst mir das. Du hast mich gerufen.
Ja. Ich hab sehen wollen, wo du dich verändert hast und wo du derselbe geblieben bist.
Und? Weißt du das schon?
Sie streichelt meine Hand; ihre ist ziemlich rauh.
Nein, sagt sie. Da hast recht. Du läßt dich net abschrecken, gell?
Diesmal nicht, Edith
Nein? Das glaub ich dir erst, wenn du wieder vor mir stehst. Na, einstweilen bist ja noch da. Du, ich glaub, wir müssen fahren. Auf, mein Lieber!
Wir fahren rasch und leise die weiten Kehren ins Tal hinab. Unten ist es schon dämmrig. Im Garten von Onkel Jodi ist eine Frau in roten Gummistiefeln und erbsgrünem Overall damit beschäftigt, den Rasen zu wässern. Ich frage Edith, wem das Haus jetzt gehört.
Einem Emanuel Sedlatschek, sagt sie. Teegroßhändler aus Wien. Einer von den zuwideren Neureichen, die glauben, ihr Geld kommt direkt vom lieben Gott. Kennst die Sorte?
Sicher, sag ich lachend. Die Sorte gibts inzwischen überall.
Als wir nach Hause kommen, verblaßt gerade das letzte Sonnenlicht auf den Gipfeln des Kirners und des Rothorns. Ich koche uns eine Hühnersuppe mit Nudeln. Wir essen und hören uns dabei eine Tangoplatte an.
Um neun kommt die Maria. Während sie Edith zu Bett bringt, gehe ich mit der Bella zur Spitze der Halbinsel, werfe ihr einen Ast weit ins Wasser hinaus, bloß aus Neugier, weil ich sehen will, was sie macht. Sie springt in das eisige Wasser, schwimmt, bringt mir den Ast, sieht mich an, wedelt.

Nein, meine Liebe, sag ich. Für heut reichts. Morgen wieder!
Sie läßt den Ast fallen und schüttelt sich.
Als ich ins Bett krieche, schläft Edith schon. Sicher hat sie eine von ihren orangeroten Kapseln genommen. Ich küsse sie auf die Augen. Sie schläft weiter. Schnarchen tut sie nicht.
Ich liege lange wach.
Später fängt es draußen zögernd zu regnen an.

*

Hanna streckte die Hand aus.
Darf ich mal? sagte sie.
Babbo reichte ihr seine Pfeife. Hanna zog einmal und gab ihm die Pfeife zurück.
Danke, sagte sie. Was ging in dir vor, als du wach lagst, neben deiner Edith? Weißt du das noch?
Babbo nickte.
Freilich, sagte er. Mir war auf einmal deutlich bewußt, daß wir uns irren, wenn wir sagen: die Zeit vergeht. Sie vergeht nicht. Sie ist ... ist einfach da. Wir sind es, die vergehen. Ja?
Ja doch, sagte Hanna. Das hab ich manchmal so ähnlich empfunden. Erzähl weiter.

49

Der Morgen des Ostersonntags ist windstill und drückend warm. Die Berge stehen klar und nah über dem Tal. Um zehn fahren wir zum Hochamt nach St. Koloman.
Der Pfarrer, ein noch junger Mann mit vollständig kahlem Schädel, schwarzen Augen und heller, weit tragender Stimme, predigt über die Auferstehung. Er erzählt den Inhalt eines Films, der zur Zeit im St. Kolomaner Kino läuft. Der Film spielt in einer kleinen nordamerikanischen Stadt, auf deren Friedhof eines Tages

die Leichen der Begrabenen zu einem Scheinleben erwachen, sich aus der Erde herauswühlen, einzeln und in Rotten zum Städtchen ziehen und dort Verwirrung, Grauen und Tod verbreiten.
Der Pfarrer vergleicht die Idee des Films und einige seiner eindrucksvollsten Szenen mit der christlichen Auferstehungsverheißung. Seine Gegenüberstellungen sind wohlüberlegt und drastisch; seine Sprache ist ohne Ironie, einfach, manchmal derb. Er stellt Fragen, bietet jedoch keine Antworten an.
Wieso machen wir solche Filme? fragt er. Weshalb schauen wir sie uns an? Glauben wir an die Auferstehung? Fürchten wir uns vor ihr?
Die versammelte Gemeinde lauscht der Predigt aufmerksam und mit Unbehagen; offenbar haben die meisten den Film gesehen.
Nach dem Hochamt gehen wir übern Friedhof. Der Lutz ist nicht mehr allein; seine Eltern liegen beide neben ihm. Da liegen Onkel Jodi und Tante Agnes; sie ist achtundneunzig Jahre alt geworden, er nur siebenundsiebzig. Der Herr Oberlehrer Löschenberger hat einen Goethevers auf seinem Grabstein stehen: Warte nur, balde ruhest du auch. Casimir Baron von Körös-Czernin liegt unter einem Busch von Heckenrosen und wartet auf seine Julie. Und da ist der Leitner Georg: geboren 1935, gestorben 1979.
Der Georg? sag ich. Was war denn mit dem, Edith? Der war doch pumperlgesund.
Der ist in seinem Auto verbrannt, sagt sie. In der Nacht vom Faschingsdienstag auf den Aschermittwoch. Er war nicht schuld an dem Unfall. Wenigstens waren die Kinder schon aus dem Gröbsten heraus.
Wieviele Kinder?
Vier. Drei Buben, ein Mäderl.
Bevor wir nach Hause fahren, gehen wir ein Stück am Seeufer entlang. Das Wasser ist trüb. Stumpfbraune Tangmassen wuchern an den Ufermauern, an den Pfählen der Bootshäuser und

Stege. Es ist immer noch windstill und schwül. Über den Bergen im Westen wachsen Wolken herauf.
Zu Hause essen wir ein paar Semmeln mit Käse und Wurst, teilen uns eine Flasche Bier, machen einen Rundgang um das Grundstück, langsam, mit vielen Ruhepausen. Wir sitzen lange beim Quelltümpel und schauen dem aufsteigenden Wasser zu.
Die Strömung ist so kräftig, daß sie Sandkörner bis an die Wasseroberfläche heraufträgt; von dort sinken sie im Bogen auf den Grund zurück, werden abermals emporgetragen, sinken wieder hinab.
Was denkst? fragt Edith.
Daß ich morgen fort muß.
Wirst schon wieder auftauchen, Poseidon. Oder?
Werd ich. Ich möcht aber gleich hierbleiben.
Hier? Magst warten, ob sich dir eine Quellnymphe zeigt? Das könnt dir so passen. Aber jetzt lies erst mal der Nina ihren Brief und schau dir die Photos an.
Wir gehen zum Haus hinunter. Die Brombeeren haben sich ausgebreitet. Die Obstbäume sind beschnitten, ihre Stämme mit Kalkbrühe gestrichen. Die Bella läuft Kreise um uns, stöbert in den Brombeeren, kläfft, jault auf. Als sie wieder in unsere Nähe kommt, hängen Blutstropfen an ihrer schwarzen Nase.
Ein Igel, sagt Edith. Das lernt die nie.
Am Tisch im Eßzimmer lese ich Ninas Brief. Ich steig nicht ganz dahinter, wer das nun ist, den sie vielleicht heiraten will, wie er genau heißt. Die Schrift ist klein und wirr, und die Sätze haben oft gar keinen Zusammenhang.
Ich schreibe mir die Adresse auf. Edith meint, die Nina wird sich bestimmt freuen, von mir zu hören. Falls ich mal nach Kanada komme, kann ich sie ja auch besuchen.
Ich komm aber nicht nach Kanada, sag ich. Willst du mich loswerden?
Red keinen Mist, sagt sie.
Sie holt die Photos aus dem Umschlag.

Der Gustl, August heißt er mit vollem Namen, und der Severin, beide zu Pferd; der Gustl hat Viktor Lubins Figur, aber das Gesicht und die Augen wie sein Großonkel, der Moosgassner Toni, während der Severin ganz und gar seinem Großvater, dem Moosgassner Peter, gleicht. Von der Nina haben beide Söhne nur das blonde Haar.
Noch einmal Gustl und Severin, diesmal mit einem erlegten Elch, dessen Kopf sie am Geweih in die Höhe halten.
Ein metallgrauer, kotbespritzter Pickup. Auf seiner Ladefläche liegt ein toter Elch. Der abgetrennte Kopf ist mit gelben Plastikseilen auf der Motorhaube festgezurrt; Rinnsale von braunem, gestocktem Blut ziehen sich über den Lack.
Daß sowas drüben erlaubt ist, sagt Edith. Die können beim Chauffieren ja gar nix mehr sehen.
Doch, das ist erlaubt. Trophäen muß man herzeigen. In Australien hab ich das auch gesehen; mit Känguruhs, und Krokodilen.
Kindisch! Mannsbilder! Hast du auch Trophäen gesammelt, Boris?
Ich hab nie gejagt, nur geangelt; und die Fische haben wir immer gleich gegessen.
Hast meinen Stein noch? Das kalte Herz?
Sicher.
Ist der vielleicht keine Trophäe?
Nein, Edith. Sei nicht so zynisch. Ist das hier die Nina?
Mhm. Kennst sie nimmer?
Laß mal sehen, sag ich.
Die Frau im smaragdgrünen Paddelboot auf dem enzianblauen See hat lockiges Haar von der Farbe gemahlener Paprika, das ihr bis auf die Schultern fällt. Die Nase wirkt größer als die von der Nina; das kann aber auch an dem grellen, schattenlosen Mittagslicht liegen. Der Mund, von der gleichen Farbe wie das Haar, ist zu breit; die Lippen sind zu dick. Nur die Krümmung der Augenbrauen und die Haltung der Arme, die das Paddel führen, erinnern mich an Nina.
Ich bin nicht sicher, sag ich. Willst mich in den April schicken?

Heut nicht, sagt sie. Morgen ist der Erste. Doch, das ist unser Ninaschatz.
Wie alt ist sie auf dem Bild?
Zweiundfünfzig. Also ich hab in dem Alter bedeutend jünger ausgeschaut. Hier – das beste hab ich für den Schluß aufgehoben.
Sie legt das letzte Photo vor mich hin.
Ah ja, sag ich. Das ist sie. Unverkennbar.
Das Photo ist über einen Tisch hin aufgenommen, der voller Gläser, Flaschen und Aschenbecher steht. Gäste sitzen um den Tisch; ihre Ellbogen, Hände und Gesichter ragen von den Seiten her unscharf ins Bild. Nina steht am Kopfende des Tisches, eine Hand aufgestützt, die andere mit der Handfläche nach oben gestikulierend vor sich hin gestreckt, den Kopf ein wenig schräg gelegt, und redet; offensichtlich ist sie beschwipst.
Woran hast sie erkannt? fragt Edith.
An der Art, wie sie redet, sag ich.
Magst noch mehr Bilder anschauen? Prima. Die Photoalben sind in der Kredenz, wie früher. Nicht da, Boris! Die linke Tür!
Wir schauen Photos an, bis es Zeit für mich ist, Essen zu kochen. Ich bitte Edith um das Schwarzweißbild, das sie im Alter von elf Jahren zeigt. Sie kniet in einem dunklen, weit um sie ausgebreiteten Kleid am Boden und neigt das ernste Gesicht mit der großen Nase über eine Spielzeugdampfmaschine.
Von mir aus, sagt sie. Wenns dich so freut. Damals war ich hübsch.
Du bist später noch viel hübscher geworden, sag ich. Hier zum Beispiel.
Ich deute auf ein Photo in dem Album mit den neueren Bildern. Sie sitzt im Gras neben der Hundehütte und hält einen Welpen auf den Knien; die übrigen liegen an den Zitzen der Hundin.
Wie alt warst du da? frag ich.
Sie lacht.
Sechsundsechzig!
Ehrlich?

Ehrlich, Boris. Freut mich, daß ich dir noch gefallen hätt. Das war aber auch mein letztes gutes Jahr.
Sie klappt das Album zu.
Ich lege eine Platte auf – Richard Wagner – und mache mich ans Kochen. Dann essen wir. Pünktlich um neun erscheint die Maria. Draußen ist es immer noch schwül. Weit oben an den Hängen saust der Wind in den Wäldern. Drei- oder viermal schmeiße ich der Bella einen Ast ins Wasser, lasse sie apportieren. Danach gehe ich mit ihr noch einmal zur Quelle. Als wir auf dem Rückweg und beinahe schon zu Hause sind, fängt es zu regnen an.
Während ich das Geschirr abwasche, höre ich Edith rufen. Ich gehe zu ihr.
Ich kann net schlafen, sagt sie. Das gibt ein Gewitter. Magst ins Bett kommen und ein bissel tratschen?
Gern, sag ich. Ich geh noch rasch ins Badezimmer.
Sowas von eitel, sagt sie. Beeil dich, sonst schlaf ich doch noch ein.
Ich beeile mich, krieche zu Edith ins Bett, wälze mich auf den Bauch, lege mein Gesicht zwischen ihre Brüste. Sie drückt meinen Kopf mit beiden Händen an sich.
Was schnüffelst? sagt sie. Riech ich da noch wie früher?
Ja.
Prima. Hast die Haustür zugemacht? Die Fenster?
Ja.
Lieb von dir. Weshalb bist du nicht gekommen, Boris? Weshalb ist es bei dem einen Sommer geblieben? Hast mich nimmer gewollt?
Doch. Sehr.
Dich soll einer begreifen.
Weshalb hast du nicht geschrieben, Edith?
Ich hab geschrieben. Viermal. Auf den vierten Brief hab ich keine Antwort gekriegt. Ist ja gleich. Wozu ist die Schreiberei gut? Damals, in dem Sommer, haben wir uns verstanden. Jetzt verstehen wir uns wieder. Mit Briefen ist das anders. Weißt, was die deinigen bei mir bewirkt haben?

Du hast sie lächerlich gefunden. Närrische Poesie, so hast du dich ausgedrückt. Später hast du das zurückgenommen.
Ja. Sowas kommt raus bei der Briefschreiberei. Daß einer den anderen mißversteht. Ich muß die Leute reden sehen, ihnen ins Gesicht schauen können. Du hast mir sowieso schon gefehlt. Deine Briefe haben das schlimmer gemacht. Ich hab mich täuschen lassen. Du hast reifer gewirkt, als du warst. Mit deinem Verstand, deinem Humor, deinem Sinn für die Wirklichkeit. Und als Liebhaber.
Was hat mir gefehlt, Edith? Geduld?
Ja, die vor allem. Sag einmal, wann hast du zum erstenmal mit einer anderen Frau geschlafen, nach unserem Sommer?
Am Silvesterabend.
Im selben Jahr?
Mhm. Wir haben unser Haus in Missunde eingeweiht, und sie ...
Laß gut sein, das kannst du mir später erzählen. Was hat dich dazu gebracht, Boris. Deine Hormone?
Auch, ja. Die waren aber nicht entscheidend. Ich hab geglaubt, du ziehst mir den Vicki vor.
Aha. Und da blieb dir nichts anderes übrig, als mich zu vergessen, weil das leichter war als die Warterei. In der Hinsicht warst noch ein kleiner Bub, mein Lieber. Und das hab ich nicht wahrhaben wollen, sonst hätt ich dich besser festgehalten.
Wie denn, Edith?
Ich hätt dich öfter antelephoniert. Ich hätt dich zu den Ferien abgeholt. Dich rundherum mit meiner Mütterlichkeit umgeben wie mit einer Dornenhecke. Statt dessen hab ich dir den Schlüssel geschickt. Blöd war ich. Ich hab mir in den Kopf gesetzt, du müßtest von selber kommen.
Eine Weile schweigen wir beide. Draußen fällt Regen in die Bäume, tropft von den Schindeln, sickert in der Dachrinne. Wieder und wieder glimmt der Himmel hinter den Bergen auf, zittert und verlischt.
Edith, sag ich, ich hätte schon von selber zu dir kommen können. Ich habs bloß nicht zustande gebracht. Ich war gekränkt,

eifersüchtig, wütend; es war, als ob ich in mir selber eingesperrt wär.
Eingesperrt? In deiner Bilderkammer? Als du mit mir zusammen warst, hast du überhaupt keinen eingesperrten Eindruck gemacht.
Freilich nicht. Du warst ja da.
Ja, ja. Und dann hast mich vergessen. Hast du niemals Sehnsucht gehabt nach mir?
Doch. Sehnsucht schon. Bloß hab ich nimmer gewußt nach wem. Das heißt, einmal hab ich mich dran erinnert. Im nächsten Jahr. Ich weiß sogar den Tag; es war elf Tage, bevor deine Sommerferien zu Ende waren. Ich hab versucht, dich anzurufen. Ungefähr drei Stunden lang.
Elf Tage vor Ferienschluß? Ja, da werd ich sicher in den Blaubeeren gewesen sein. Nachher hast es nimmer probiert?
Nein.
Für einen langen Augenblick leuchtet das Zimmer grell auf; die Schatten der Bäume und der Fensterkreuze flackern schwarz an den Wänden. Dann erlischt alles, und mitten in die Finsternis fällt ein heller, berstender Schlag, wird von den Berghängen hin und her geworfen, rollt dröhnend das Tal hinauf. Der Regen bricht los. Nässe weht zum offenen Fenster herein.
Ich bin gleich wieder da, sag ich. Ich mach nur das Fenster zu.
Sie umklammert mein Genick, zieht mich an sich.
Idiot, flüstert sie. Ich hab das gern. Du nicht?
Doch, sag ich. Ich hab bloß an dich gedacht.
So? flüstert sie an meinem Ohr. Na prima. Besser spät als gar nicht. Was hab ich dich geliebt, Boris. Was hab ich dich geliebt.
Ich sage nichts. Ich streichle sie. Der Regen dröhnt auf dem Schindeldach. Das Gewitter ist nun über uns. Blitze und Donner folgen dicht aufeinander. Der Wind treibt den Regen mit dumpfem Rauschen durch die Bäume. Ein Ast scharrt übers Dach.
Edith, sag ich. Warst du jedes Jahr hier?
Ja, ich hab auf dich gewartet. Hoffnung hab ich mir keine mehr

gemacht. Aber neugierig war ich; es hätte ja sein können, du kommst eines Tages doch noch. Und so sind die Jahre eben vorübergegangen. Vierundsechzig ist dann der Vicki gestorben – und ich war frei, Boris! Ich war grad erst fünfzig, hab noch prima ausgeschaut. Alsdann, hab ich mir gesagt, jetzt oder nie. Jetzt rufst den Boris an und machst ihm einen Heiratsantrag.

Du hast aber nicht angerufen Edith.

Freilich hab ich.

Mit wem hast du gesprochen?

Du warst selbst am Apparat.

Nein. Davon weiß ich nichts. Wann soll das denn gewesen sein?

Am ersten Sonntag im September. Abends. Ein paar Minuten vor halb zehn. Von Pastrukov, hast du gesagt. Ja endlich. Dorle? Danach war's eine Weile still. In der Leitung war ein Störgeräusch, so ein leises Miau-Miau. Dann hab ich wieder deine Stimme gehört. Soll ich raten? hast du gefragt. Gerti? Und nach einer Weile hast du noch einen Weibernamen gesagt – Petra, glaub ich. Petrina.

Richtig, das wars. Petrina. Na, ich hab gewartet, ob die Edith eventuell auch noch drankommt. Ganz hübsch lang hab ich gewartet. Aber nein. Ich bin dir nicht eingefallen. Und da hab ich aufgelegt.

Sie gibt mir einen Klaps.

Ja, sagt sie. So war das mit dem Heiratsantrag.

Ich nehme ihre Hände, umfasse sie mit den meinen. Draußen schüttet es, aber der Wind ist abgeflaut, und das Gewitter muß längst im Tal von St. Koloman angelangt sein. Ab und zu erhellt noch ein Blitz den Himmel; viel, viel später folgt ein leises, mürrisches Grollen.

Weshalb hast du kein Wort gesagt? frage ich. Ein Wort hättest du bloß zu sagen brauchen, Edith. Ich hätte dich sofort erkannt.

Sie lacht.

Ich glaub's dir, sagt sie. Wer waren denn die drei Damen?

Gerti und Petrina waren Kolleginnen. Die Dorle hab ich später

geheiratet. Ich war frei, Edith, wie du. Du wärst überhaupt nicht dazu gekommen, mir den Heiratsantrag zu machen. Du hättest nur sagen müssen, der Vicki ist tot, und ich hätte gefragt, ob du mich haben willst.
Und die Dorle?
Die hab ich damals erst ein paar Wochen gekannt. Weißt, was mich an der interessiert hat?
Wenn du so fragst, kann ichs mir denken. Sie wird mir ein bissel ähnlich geschaut haben. Stimmts?
Stimmt. Wieso hast du kein Wort gesagt? Wieso hast du aufgelegt?
Du hast dich so zufrieden angehört, Boris. Ich hatte das Gefühl, dir geht nichts ab. Am wenigsten ich. Einen Moment lang war ich nah dran, was zu sagen. Wie ich das gemerkt hab, hab ich aufgelegt.
Das begreif ich nicht.
Nein? Ich hatte Schiß.
Vor mir?
Davor, daß du mich zurückweist. Vor dieser korrekten, höflichen, unangreifbaren Art, mit der ihr euch lästige Menschen vom Leib haltet, dein Papa und du.
Ich hätte dich nicht zurückgewiesen!
Ja, ja; jetzt weiß ich das, mein alter Boris. An was denkst du?
An uns. Wir könnten seit siebenundzwanzig Jahren verheiratet sein, Edith. Ein halbes Leben.
Wem sagst das? Wir haben die Zeit auch so überstanden, oder? Na also. Wie spät hast auf deiner Uhr?
Ich hebe das linke Handgelenk nah an die Augen.
Gleich Mitternacht, sag ich.
So spät? Ja, dem Glücklichen schlägt keine Stunde. Jetzt, was machen wir? Soll ich eine von meinen Kapseln schlucken? Oder bleiben wir auf und erzählen uns was?
Hast du Schmerzen?
Keine Spur. Du tust mir gut.
Dann bleiben wir auf. Hast du auch Hunger?

Und wie!
Wir essen, trinken, erzählen. In den frühen Morgenstunden zieht noch einmal ein Gewitter über uns weg. Später wird es langsam hell. Wir erzählen immer noch.
Um acht rufe ich die Maria an und bitte sie, heute ausnahmsweise erst mittags zu kommen. Ich öffne die Haustür und schließe die Fensterläden. Eine Weile liegen wir in unserer Camera obcura und schauen auf das Bild an der Wand; die Berge stecken bis unten in Wolken; die Wälder sind hellgrün, dunkelgrün, schwer von Nässe; der Regen strömt. Dann schlafen wir ein, Hand in Hand.

Um dreiviertel eins fahre ich ab.
Meine Reisetasche steht gepackt im Gang. Der Mai reibt sich an ihr.
Hast nix vergessen? fragt Edith. Hast dir die Zähne geputzt?
Ich nicke.
Komm in meine Armee, sag ich.
Wir umarmen uns, küssen uns. Sie hat die Perücke aufgesetzt, aber die Haare riechen nicht nach ihr.
Sie greift in die Tasche, hält mir auf der flachen Hand einen Schlüssel hin. Nimm schon, sagt sie. Den hätt ich dir gleich schicken sollen – damals, wie du mir den anderen zurückgeschickt hast.
Ich nehme den Schlüssel, stecke ihn ein.
Ich hätte dich ja drum bitten können, sage ich.
Sie nickt. Ihre Augen lächeln.
Komm wieder, sagt sie. Bald. Machs gut, mein Lieber.
Machs gut, Edith.
Ich gehe zur Haustür hinaus und den Pfad entlang zum Auto. Unter den Obstbäumen weiden Kühe, dunkel gefleckt vom Regen. Als ich von der Brücke in die Talstraße einbiege, schaue ich in den Rückspiegel. Da liegt die Halbinsel in der Bachschleife. Auf ihrer Spitze, fast ganz hinter Bäumen versteckt, steht das Blockhaus. Das zweite Fenster von links ist geöffnet. Ich kann Edith nicht erkennen. Ich sehe nur einen Fleck, unten dunkel,

oben hell. Ich fahre in eine Kurve. Jetzt sind im Spiegel nur noch Wälder, Berge und Regenwolken zu sehen. Die Scheibenwischer schlagen hin und her wie schwarze Flügel. Langsam fahre ich zum Tal hinaus.

50

Während des Flugs schreibe ich einen kurzen Brief an Nina, den ich in Düsseldorf aufgebe.

In Essen treffe ich Schmidt-Schüdderup, der mich dann den Seminarteilnehmern vorstellt, überflüssigerweise; die meisten kennen mich sowieso, und mit den anderen könnte ich mich auch selber bekanntmachen. Doch die hierarchische Rangfolge muß wohl irgendwie zum Ausdruck gebracht werden.

Beim Mittagessen teile ich ihm mit, daß ich vorhabe, zu kündigen. Er blinzelt, faßt sich dann rasch und entgegnet in der abgehackten Sprechweise, deren er sich in entscheidungsschweren Situationen bedient, daß dies ü-ber-haupt nicht in Frage kommt.

Abends essen wir in einem winzigen Düsseldorfer Altstadtlokal. Diesmal ist Benthien dabei. Er packt die Sache anders an; er schlägt mir vor, meinen seit nunmehr drei Jahren aufgelaufenen Urlaub zu nehmen, vielleicht noch einen Monat dazu, und mir alles in Ruhe durch den Kopf gehen zu lassen.

Ich nehme dankend an.

Von Essen fliege ich nach Amsterdam, von Amsterdam nach Berlin, und von Berlin fahre ich nach Dresden und dann nach Rostock.

Zwei- oder dreimal rufe ich Edith an; aber sie meint, das soll ich besser bleiben lassen, weil sie am Telephon so gut wie gar nichts mehr versteht.

Ich schreibe ihr jeden Tag; keine Liebesbriefe, nur, was ich tue, wo ich mich aufhalte, welche Menschen mir begegnen.

Nach einem neuerlichen Gespräch mit Benthien schreibe ich

ihr; ich bin ab Anfang Juni mein eigener Herr. Sie soll schon mal einen Kleiderschrank für mich freiräumen.
Ich schreibe ihr, daß ich sie heiraten möchte, und daß Mama daran denkt, auch nach St. Koloman zu ziehen.
In der dritten Aprilwoche bin ich für ein langes Wochenende daheim in Missunde. Mama hat eine leichte Grippe hinter sich und raucht schon wieder, obwohl es ihr nicht schmeckt. Von Nina ist keine Antwort eingetroffen; zurückgekommen ist mein Brief jedoch auch nicht.
Ich nehme mir vor, den Anstrich von meinem Schiff abzuschleifen. Am Bug fange ich an. Nachmittags, als ich aufhören muß, weil meine Bandscheiben mir zu schaffen machen, hat das Schiff zwei Namen; an Steuerbord heißt es Ninotschka, an Backbord Saudade.
Am Samstagvormittag fahre ich nach Kiel und kaufe Bootslack, Pinsel, Schleifpapier und eine neue, stärkere Schleifmaschine. Als ich heimkomme, erwartet mich Mama unter der offenen Haustür. In der Hand hält sie eine erloschene Zigarette. Die Hand zittert.
Babbo, sagt Mama.
Ihr Gesicht ist voller brauner Flecken. Zwischen den Flecken ist die Haut grau. Auch die Lippen sind grau. Die untere ist schlaff und trocken. Mama zieht sie zwischen die Zähne.
Mama? sag ich. Nein!
Komm herein, sagt sie.
Ich drehe ihr den Rücken zu, setze mich auf die nassen Steinstufen. Mamas Zigarette fällt herunter, kollert die Stufen hinab, bleibt neben meinem rechten Fuß liegen, saugt sich langsam voll.
Nach einer Weile fängt Mama an zu reden.
Die Weinbacher Maria hat angerufen. Edith ist tot. Maria hat sie in der Früh gefunden, an der Spitze der Halbinsel, im tiefen Wasser neben dem Ponton. Der Addi ist gleich gekommen. Er sagt, ertrunken ist sie nicht. Sie hat kein Wasser in den Lungen. Wahrscheinlich hat ihr Herz versagt. Das Begräbnis ist übermorgen.

Ich strecke die Hand aus, zerreibe die nasse Zigarette zu einem bräunlichen Matsch, wische die Hand an der Hose ab, stehe auf und nehme Mama in den Arm.
Babbo, flüstert sie. Warum die Geheimniskrämerei? Warum nur wart ihr beide so furchtbar diskret? Wenn ich zurückdenke ... gute Götter! Das war noch drüben in Gettorf, als du mit ihr in Ferien gefahren bist. Weißt du, was ich da gedacht hab? Ich hab gedacht: So ein hübsches Paar. Schade, daß der Babbo zu jung ist für sie.
Du hast recht gehabt, Mama. Damals. Komm, wir gehen hinein.
Am nächsten Morgen fahren wir in Mamas altem Mercedes nach St. Koloman. Es regnet die ganze Fahrt über.
Edith sehen wir nicht mehr. Ihr Sarg steht bereits in der Kirche und wird nicht wieder geöffnet. Sie hat vor Jahren zum Addi gesagt, wenn ihr Sarg einmal geschlossen ist, dann soll er auch geschlossen bleiben.
Das Grab liegt an der Nordmauer des Friedhofs, wo den ganzen Tag über Sonnenlicht hinfällt, sommers wie winters. Es liegt nur eine Reihe entfernt von Onkel Jodis Grab und gegenüber dem von Lutz und seinen Eltern. Einstweilen steht noch kein Grabstein darauf, nur ein Holzkreuz. Das Erdreich muß sich erst setzen.

*

Das ist die ganze Geschichte.
Ich weiß noch nicht, ob wir Selenice zurückkaufen werden, Mama und ich, ob wir nach St. Koloman ziehen, oder ob alles so bleibt wie bisher. Ich möchte mit Nina reden, wenn ich sie finden kann. Mei, draußen wird es schon hell. Jetzt, wo hab ich meinen Tabak hingeschustert? Grad eben war er noch da ...

51

Dein Tabak liegt auf der Bank, sagte Hanna. Nein, nicht neben dir. Ganz in der Ecke.
Babbo tastete in der dunklen Ecke nach dem Tabakbeutel, fand ihn und warf ihn vor sich auf den Tisch.
Dankeschön, Gnädigste, sagte er. Hab ich den selber dorthin gelegt?
Gelegt? Nicht doch. Du hast ihn mit dem Ellbogen vom Tisch gewischt, vorhin, als du sagtest, du wolltest mit Nina reden.
Ehrlich? Ich hab gar nicht gemerkt, daß ich so wild gestikuliert hab.
Hast du nicht. Außer, wenn du von der Nina gesprochen hast. Oder vom Viktor Lubin.
Oder von Tante Agnes, sagte ich.
Babbo stopfte seine Pfeife.
Na sowas, sagte er. Ihr habt mich ja gründlich beobachtet.
Quatsch, entgegnete ich. Wir haben zugehört.
Gebannt, will ich hoffen!
Mußt du alles ins Lächerliche ziehen?
Babbo grinste, drückte den Tabak fest und brannte ihn an.
Nein, sagte er. Wozu sollte ich mir die Mühe machen? Das meiste im Leben ist sowieso schon lächerlich genug. Jetzt, was tun wir mit dem angebrochenen Tag?
Verschlafen, sagte ich.
Nachdenken, sagte Hanna.
Babbo trank den Rest aus seinem Glas.
Nachdenken? sagte er. Über was?
Über deine Geschichte, sagte Hanna. Die geht mir nach.
Babbo nickte.
Wem hast du sonst noch von all dem erzählt? fragte Hanna.
Keinem, sagte Babbo.
Nicht mal deiner Mama?
Der hab ich nur wenig erzählen brauchen. Das meiste hat sie ja miterlebt. Von ihrem Standpunkt aus.

Deinen Sommer mit der Edith doch nicht.
Stimmt. Den nicht.
Hast du ihr den erzählt? So wie uns?
Babbo schüttelte den Kopf.
Frag ich dir zuviel? fragte Hanna.
Frag ruhig, sagte Babbo. Ich bin imstand und geb dir Antworten.
Sie streckte die Hand aus. Er gab ihr seine Pfeife.
Edith, sagte sie. Du liebst sie noch. Ja?
Ja, Hanna.
Aber sie ist tot! Gibt es das? Liebe über den Tod hinaus?
Ich weiß nicht. Nein. Sie ist tot. Und ich … laß gut sein.
Sag es, Mensch! Sprich es aus!
Wozu? Laß gut sein, Hanna.
Sie reichte Babbo die Pfeife zurück.
Okay, sagte sie. Von wem hast du erfahren, wo wir leben?
Von Dorle. Ihre Eltern und die vom Much sind Nachbarn. Immer noch.
Das weißt du aber, warf ich ein.
Ja doch. Du hast es mal erwähnt. Babbo, du willst die Nina finden. Weswegen? Willst du … Willst du dir deinen Teddybären wiederholen? Den Bruno?
Babbo sah sie aus seinen tiefliegenden Augen an.
Was bringt dich auf die Idee? fragte er.
Weiß ich nicht. Hab ich recht?
Ja. Das will ich. Ich möcht aber auch mit ihr reden. Über alles, was gewesen ist.
Ah ja. Du möchtest herausfinden, wieso ihr Leben danebengegangen ist. Du vermutest, da gab es eine Stelle, eine Weggabelung, an der sie sich falsch entschieden hat.
Mhm. Ungefähr so.
Du meinst doch nicht, ihr hättet gemeinsam gehen sollen?
Jessas, nein! Ihr Leben ist falsch gelaufen. Meins auch. Das ist das einzige, von dem ich sicher weiß, wir haben es gemeinsam. Alles übrige – ich weiß nicht, Hanna. Ich bin jetzt müd. Schlafen wir drüber.

Ich sah auf meine Uhr, stand auf, streckte mich.
Ich geh melken, sagte ich.
Ja, sagte Hanna. Tu das. Ich geh mich umziehen. Was hättet ihr gern zum Frühstück? Wären euch Pfannkuchen recht?
Palatschinken? sagte Babbo. Jederzeit.
Gleichfalls, sagte ich. Bis nachher dann.
Draußen war es warm. Der Wind kam gleichmäßig aus Südwest. Ein ununterbrochener Strom schwergrauer Wolken zog niedrig am Himmel dahin, doch die Luft fühlte sich trocken an, und auf dem Gras lag kein Tau.
Ungefähr eine Stunde später war ich mit Füttern, Melken und Zentrifugieren fertig und kam mit einem halben Liter Sahne für den Morgenkaffee in die Küche zurück. Hanna stand am Herd; in einem Sommerkleid mit einer Schürze darüber. Babbo saß auf der Bank und sah sich Photos an: Hanna beim Umgraben des Gartens; ich beim Schweineschlachten; Benedikt am Marterpfahl; die Kinder beim Schwimmen im See, von einem weiten Kreis mißtrauisch neugieriger Enten und Gänse umringt; Martin als Froschkönig mit meinen Schwimmflossen an den Füßen; Lilith in Hannas abgelegtem rotem Unterrock als Prinzessin.
Babbo blickte zu mir auf.
Wahnsinnig, sagte er. Was denen alles einfällt. Die Photos von den Kindern hast alle mit dem Tele gemacht, gell?
Ja sicher, sagte ich. Sobald die merken, sie werden geknipst, spielen sie sich auf. Hier zum Beispiel!
Ich zog das Photo heran, auf dem Lilith am Marterpfahl zu sehen war, vor dem ein qualmendes Feuerchen brannte. Der Rauch trieb ihr Tränen aus den Augen, aber sie hielt ihr rußverschmiertes Gesicht mit der rotbemalten großen Nase in starrsinniger Tapferkeit gerade auf die Kamera gerichtet.

Nach dem Frühstück begleiteten wir Babbo nach Chilicote. Hanna ging zwischen uns.
Eigenartiger Himmel, sagte Babbo. Kriegen wir Regen?
Wüßte ich auch gern, sagte ich. Die Leute behaupten, wer das

Wetter hier vorhersagen will, ist entweder ein Fremder oder verrückt. Da ist was dran.
Am Waldrand blieben wir stehen.
Die schwer hängenden Wolken strömten vom Similkameen heran, über uns hin und rasch nach Nordosten, teilten sich an den Kuppen der Hügel, umwirbelten sie, vereinigten sich wieder.
Hanna sagte:
Dämmrung will die Flügel spreiten,
Schaurig rühren sich die Bäume,
Wolken ziehn wie schwere Träume;
Was will dieses Graun bedeuten?
Sowas von poetisch, sagte Babbo. Lenau?
Nicht doch, sagte Hanna. Eichendorff.
Paßt kein bißchen hierher, sagte ich.
Wieso nicht? sagte sie. Das Gedicht heißt Zwielicht.
Ich weiß, sagte ich. Es ist aber ein Abendlied. Die letzte Strophe lautet nämlich so:
Was heut müde gehet unter,
Hebt sich morgen neu geboren.
Manches bleibt in Nacht verloren;
Hüte dich, bleib wach und munter!
Babbo sah mich an, dann Hanna, dann wieder mich.
Ich werd mich hüten, wach zu bleiben, sagte er. Munter werd ich vielleicht heut abend.
Vor der Verandatreppe von Chilicote blieben wir stehen.
Schlaf dich aus, sagte ich.
Mach ich, sagte Babbo. Ihr auch.
Hanna trat zu ihm hin, nahm sein Gesicht in beide Hände, küßte ihn.
Einen Augenblick lang glaubte ich, er würde sie wegstoßen. Dann legte er seine Hände auf ihre Schultern. Gleich darauf ließen sie einander los. Babbo zog sein Taschentuch heraus, knüllte es zusammen, wischte sich über Hals und Gesicht.
Ihr habt ja einen Vogel, sagte er leise. Ihr habt ja beide einen Vogel.

Much nicht, sagte Hanna. Wir beide: du und ich.
Babbos rechter Mundwinkel zuckte. Er wandte sich ab, senkte den Kopf, ging rasch die Stufen hinauf, betrat die Hütte und schloß hinter sich die Tür.
Komm, sagte Hanna, und nahm meinen Arm.
Wir gingen am Brunnentrog vorbei und über den Steg. Jenseits der Schlucht, auf dem Weg zwischen den Büschen, war der Wind kaum zu spüren.
Du hast dich entschieden? fragte ich.
Ich glaub schon.
Trotz der Geschichte?
Wegen der Geschichte.
Das versteh, wer kann.
Sie lachte und warf die Haare zurück.
Jetzt möchte ich mich hingeben, sagte sie. Ich mag ihn.
Hingeben? Du hast ihn praktisch vergewaltigt. Er war nah dran, dich wegzustoßen.
Natürlich. Weil du dabeigestanden hast.
Glaub ich nicht.
Dann glaub es nicht. Er will mich. Ich weiß, daß er mich will. Er hat sofort einen Steifen gekriegt.
Ja und? Deswegen bist du noch nicht die Edith, Hanna.
Ich will auch gar nicht die Edith sein. Ich sag dir ja: er braucht mich. Mich!
Tu es nicht. Bitte.
Laß das. Bitte. Vor elf Jahren hast du mich dazu gebracht, etwas zu tun, was ich nicht wollte. Jetzt willst du mich dazu bringen, etwas zu lassen, was ich tun will. Soll ich dir wieder nachgeben? Möchtest du das?
Darauf kann ich unmöglich antworten, und das weißt du. Du bist unfair.
Du warst auch unfair, Much. Sag einmal: wie ich dir damals in der Wohnungstür um den Hals gefallen bin, in meinem Minirock, mit der Hurenbemalung im Gesicht und halb besoffen, hast du da nichts gemerkt?

Nein.
Wieso hast du dir dann solche Mühe gegeben, mir zu erklären, daß das alles nur deine Phantasien waren?
Weil du mit dem Thema angefangen hast, erinnerst du dich nicht?
Nein. Ich war zu besoffen – und zu wütend.
Wütend? Das hast du verborgen. Du hättest es rauslassen sollen. Das wäre fair gewesen. Statt dessen hast du mit mir geschlafen.
Statt dessen? Du machst mir Spaß!
Du hast aus Wut mit mir geschlafen?
Auch aus Wut, oh ja. Wirst du mich gehen lassen? Zu Boris?
Nenn ihn nicht so. Du bist nicht Edith.
Nein. Wirst du mich gehen lassen?
Was erwartest du? Daß ich mit der Schrotflinte ums Haus patrouilliere?
Das hast du nicht nötig. Du verfügst über andere Mittel und Wege. Du wirst mich also gehen lassen?
Kann ich dich hindern?
Nein. Wirst du mich noch wollen?
Treib es nicht auf die Spitze.
Das ist nicht meine Absicht.
So? Was denn?
Daß du endlich begreifst. Ich tu nur das, zu was du mich einmal gedrängt hast. Ich kann nichts dafür, wenn seitdem elf Jahre vergangen sind. Wirst du mich noch haben wollen?
Ja.
Sie nickte.
Ich hab dich lieb, sagte sie.
Du spinnst, sagte ich.
Und wie, sagte sie.
Zu Hause legten wir uns schlafen.
Ich erwachte erst in der Abenddämmerung. Das Bett neben mir war leer. Ich zog mich an und ging hinunter. Hanna saß in der Küche. Sie hielt ein Buch auf den Knien, einen dicken Band. Als ich neben sie trat, sah ich, daß es sich um das Buch übers Ge-

schlechtsleben der Japaner handelte. Sie betrachtete einen der ganzseitigen Farbholzschnitte. Der Mann kniete vor der Frau, die auf einer Matte am Boden lag. Ihre Schenkel waren unerhört breit gespreizt und ruhten auf den Oberschenkeln des Mannes. Zwei Finger ihrer rechten Hand streichelten ihre Klitoris. Mit dem linken Arm stützte sie sich auf der Matte ab. Ihr Kopf war weit nach hinten gebogen, ihre Lider geschlossen. Mit den Zähnen biß sie in einen Zipfel ihres Obergewandes.
Analkoitus mit gleichzeitiger Selbstbefriedigung der Frau, las ich laut vor.
Much! sagte Hanna. Drück dich nicht so klinisch aus.
So steht es aber da.
Ja doch. Trotzdem.
Geilst du dich auf?
Das wäre überflüssig. Ich hab dir dein Essen warmgestellt.
Danke. War er da, zum Essen?
Mhm.
Weiß er Bescheid?
Daß ich ihn besuchen will? Sicherlich.
Weiß er auch, wozu?
Ich denke, schon.
Ich zeigte auf den Farbholzschnitt.
Dazu? sagte ich.
Warum nicht? Falls er das möchte.
Mir hast du das immer abgeschlagen.
Hab ich. Weißt du, weshalb?
Nein.
Du bist vergeßlich. Weil eine ähnliche Szene in einem deiner Wiesbadener Briefe geschildert war, allerdings mit einer dritten Person. Und die warst du. Als Zuschauer.
Laß die gottverdammten Briefe, Hanna. Verbrenn sie.
Das wäre ganz sinnlos, Much. Ich kann sie auswendig. Möchtest du gerne zusehen?
Ich gab keine Antwort.
Sie schlug das Buch zu und legte es neben sich auf die Bank.

Magst du jetzt dein Essen haben? fragte sie.
Von mir aus, sagte ich.
Sie stellte den Teller vor mich hin, legte Besteck auf, brachte die Terrine mit dem geschmorten Huhn, die Schüssel mit den Kartoffeln, den Salat.
Bier? fragte sie.
Hol ich mir selber, sagte ich. Willst du in den Schuhen da im Finstern durch den Wald gehen?
Ich nehm eine Laterne mit.
Zieh dir was über den dünnen Fetzen, den du anhast. Du wirst dich sonst erkälten. Es ist kühler geworden seit heut morgen.
Mach ich.
Sie ging in den Flur hinaus und kam in dem alten, hellgrauen Sommermantel zurück, den ich so gern an ihr sah. Ihre Absätze klapperten auf den Dielen. Sie blieb hinter mir stehen, küßte mich in den Nacken.
Na, dann schlaf gut, sagte sie.

52

Sie ging jede Nacht fort, zwischen zehn und elf, und kam in der Morgendämmerung nach Hause.
Am Donnerstag arbeiteten Babbo und ich nahe der westlichen Grundstücksgrenze. Wir flickten Zäune, zählten die Schafe; sie waren alle da. Nach dem Mittagessen gingen wir den Zaun des Westviertels ab, dort, wo er an der Straße entlanglief. Wir fanden noch eine beschädigte Stelle; die zwei untersten Drähte lagen am Boden, waren jedoch ganz geblieben. Als wir sie spannten und festnagelten, entdeckten wir an einem von ihnen ein Büschel braunroter, wolliger Haare.
Ohfor, sagte Babbo. Schieß ihn doch ab.
Mit Kußhand, sagte ich. Erst muß ich ihn erwischen.
Der kommt nachts, Much.

Eben. Bei dem bewölkten Himmel ist dann so gut wie nichts zu sehen.
Babbo schaute zu den Wolken hinauf, die grau und schwer über uns dahinströmten.
Ich versteh ja nichts von der Jagd, sagte er. Probiers doch einmal mit einer starken Taschenlampe.
Das hat Alfons schon versucht, sagte ich. Mark auch. Sobald der Ohfor ein Licht sieht, haut er ab.
Wir gingen zurück an unsere Arbeit.
Nach dem Abendessen holte ich die 30.06 mit dem Zielfernrohr aus dem Gewehrschrank, reinigte den Lauf und ersetzte die Patronen im Magazin durch solche mit stumpfnasigen Kupfermantelgeschossen.
Babbo sah mir zu.
Geht ihr viel jagen? fragte er.
Selten, sagte ich. Ein übers andere Jahr auf einen Elch.
Ich geh lieber fischen, sagte Babbo. Und jetzt geh ich mich ausschlafen.
Er stand auf.
So früh schon? sagte ich.
Mei, sagte er. Ich spürs im Rucken und im Kreuz.
Gewöhn dich dran. Und schlaf gut.
Hanna sagte nichts.
Kurz nach zehn ging sie ins Bad. Als sie herunterkam, trug sie den bodenlangen schwarzen Leinenrock und eine langärmlige weiße Seidenbluse, durch die der schwarze Büstenhalter zu sehen war.
So, sagte sie. Ich bin weg.
Ganz in Schwarz? sagte ich. Unten drunter?
Mhm!
Ich bückte mich, hob ihren Rocksaum an, ließ ihn wieder fallen.
Reitstiefel? sagte ich. Sieh an. Vergiß die Peitsche nicht.
Sie lächelte, streichelte meinen Arm.
Aber Much, sagte sie. Wo ihm das Kreuz ohnehin schon wehtut?
Ja grade, sagte ich. Immer druff, Domina dea nostra!

Sie küßte mich übers rechte Ohr.
So ein grausamer Erzengel, sagte sie. Gute Nacht, mein Lieber!
Gute Nacht, Hanna.
Ich lauschte ihren Schritten im Flur und auf der Veranda. Dann verloren sie sich im Rauschen des Windes.
Ich holte mir eine Flasche Bier, trank sie aus und rauchte eine Zigarre dazu. Danach zog ich meine alte Parka an, nahm die Büchse vom Tisch, steckte noch eine Schachtel Patronen ein und ging hinaus, an Zoltans Pferch vorbei zum Westviertel hinüber, auf dem die Schafe weideten, weit verstreut. Die Hunde kamen gelaufen, begleiteten mich ein Stück weit, kehrten um. Auf der Straße fuhren rasch nacheinander mehrere Autos vorbei, blendeten mich mit ihren Scheinwerfern. Nachdem sich meine Augen wieder an die Dunkelheit gewöhnt hatten, sah ich überraschend gut. Wind und Bäume rauschten. Sonst war es still. Nicht einmal Coyoten ließen sich hören.
Den Bach überschritt ich auf einem der Biberdämme, glitt aus, fluchte, weil ich keine Taschenlampe mitgenommen hatte. Ich stieg den jenseitigen flachen Hügel hinauf und wandte mich nach Osten. Von hier aus konnte ich Chilicote sehen. Ein Fenster war braungelb erleuchtet.
Ich ging durch den Wald nach Hause, stellte mir den Wecker für drei Uhr und legte mich schlafen.
Auch mein zweiter Rundgang verlief ergebnislos.
Die Schafe hatten sich niedergelegt; die Lämmer lagen bei ihren Müttern. Nur die Hunde waren auf den Beinen, schnüffelten nach Südwesten hin, von wo leise, aber klar das Jappen und Jaulen eines Coyotenrudels zu hören war. Der Himmel war tiefschwarz und wolkenlos, voller flackernder Sterne.

Die Nacht von Freitag auf Samstag war kalt. Im Bachtal raschelte das gefrorene Gras unter meinen Füßen. Als ich den jenseitigen Hügel hinaufstieg, wurde es spürbar wärmer. Chilicote lag in Dunkelheit. Zu Hause angekommen legte ich mich ins Bett, konnte wieder nicht einschlafen, stand auf, heizte den Küchen-

herd an, kochte Kaffee und verbrachte die Zeit bis zu meinem zweiten Rundgang mit Hannas japanischen Farbholzschnitten, trank Kaffee, rauchte, blätterte.
Auf dem zweiten Rundgang fand ich die Schafe im Bachtal, eng zusammengedrängt nahe dem Zaun, den sie in der Nacht vom Mittwoch auf den Donnerstag durchbrochen hatten. Diesmal war er unversehrt.
Eine lange Weile blieb ich stehen und sah in die Richtung, in der Chilicote lag. Die Hütte selber konnte ich nicht unterscheiden; sie war eins mit der Dunkelheit der Bäume.
Ich drehte mich um und ging.
In der Nacht auf den Sonntag machte ich wieder zwei Rundgänge. Beide Male fand ich bei den Schafen alles in Ordnung. Beide Male fand ich Babbos Fenster erleuchtet. Beim zweitenmal ging ich näher an Chilicote heran. Schließlich war ich nur noch etwa hundert Meter von der Hütte entfernt. Ich hätte näher herangehen können; dazu jedoch hätte ich den Hang hinabsteigen müssen, und dann hätten mir die Weidengebüsche den Blick verstellt.
Ich stand, an eine Pappel gelehnt, das Gewehr im Arm, und schaute nach dem erleuchteten Fenster. Ab und zu bewegte sich ein Schatten über das helle Viereck. Ich stand vielleicht eine halbe Stunde lang.
Dann löste ich das Magazin vom Gewehr, warf die Patrone aus, die sich in der Kammer befand, richtete das Zielfernrohr auf das erleuchtete Fenster, brachte Fadenkreuz und Fenster zur Deckung und stellte die Schärfe ein.
Ich sah den Fußboden des Zimmers, ein Bein des Kubbenstuhls, das untere Drittel des Schranks und etwa den halben Tisch. Vom Bett sah ich nur die eine Ecke des Fußendes. Die Lampe mußte auf dem Nachtschränkchen neben dem Kopfende stehen. Ihr Licht warf einen braunen, runden Schatten auf den Schrank, einen Schatten, der sich langsam und regelmäßig wie ein atmender Körper bewegte, auf und ab, mitunter auch ein wenig nach den Seiten hin.

Ich starrte auf den Schatten, bis meine Hände so zitterten, daß ich nichts mehr zu erkennen vermochte. Ich setzte das Gewehr ab, legte es wieder an. Der Schatten war noch immer da, bewegungslos jetzt, größer; nun richtete er sich auf, schrumpfte auf seinen vorherigen Umfang, verschwand jäh. Ich sah eine rasche Bewegung auf dem Tisch, mußte das Gewehr absetzen, weil meine Hände zu sehr zitterten, legte es gleich wieder an.
Suleiman saß auf dem Tisch und putzte sich.
Das Licht flackerte und ging aus.
Ich wartete, ziemlich lange.
Alles blieb dunkel.
Ich ging langsam nach Hause. Vom Waldrand aus sah ich Licht im Erdgeschoß. Ich ließ meine Stiefel auf der Veranda. Im Küchenherd brannte Feuer. Es roch nach Kaffee und Zigarettenrauch.
Hanna saß auf dem Sofa im Wohnzimmer, die Ellbogen auf die Knie gestützt, eine halbgerauchte Zigarette in der Hand. Ihre Schuhe lagen neben ihren Füßen auf dem Teppich. Ihr linker Strumpf hatte eine breite Laufmasche.
Sie lächelte mir zu; ich konnte fast alle ihre breiten, weit auseinander stehenden Zähne sehen.
Du, Much, sagte sie, ich liebe dich. Ich liebe euch alle. Bitte, bring mir einen Kaffee, ja? Schwarz. Mit einer Tonne Zucker drin. Nimm dir auch einen. Oder nimm dir ein Bier. Bier ist dir sicher lieber. Und dann erzählst du mir. Ich will wissen, was euch auseinandergebracht hat, den Boris und dich.
Eine Frau, Hanna.
Das hast du mir schon gesagt. Ich will es genau wissen. Bring mir meinen Kaffee – und dann erzähl!
Gewiß, Gnädigste.
Sie lachte. Sie lachte noch, während ich in der Küche den Kaffee einschenkte, zuckerte und umrührte und mir eine Flasche Bier aus dem Kühlschrank nahm.
Ich reichte ihr die Tasse.
Danke, sagte sie. Setz dich. Irgendwohin. Fang an.

53

Ich setzte mich so, daß ich die Stehlampe im Rücken hatte.
Seit wann rauchst du wieder Zigaretten? fragte ich.
Seit ein paar Tagen. Das war also im Sommer, vor einundzwanzig Jahren, und ihr wart mit der Ninotschka im Mittelmeer?
Ja. Wir sind gesegelt und getaucht, haben gefischt. Wir waren meistens zu dritt. Die Mädchen sind nie sehr lange geblieben; drei, vier Tage, höchstens eine Woche.
Mhm! Jetzt, wo ich euch beide kenne, kann ich ihnen das nachfühlen.
Aber du irrst dich, Hanna. Sie sind nicht gegangen. Wir haben sie ausgebootet.
Nach ein paar Tagen schon? Das müssen Schreckschrauben gewesen sein.
Nicht doch. Wenn eine Neue an Bord kam, haben wir beide uns angestrengt, sie ins Bett zu kriegen. Es war ein Spiel; ein Wettbewerb. Wer das Mädchen rumkriegte, mußte drei Flaschen Champagner ausgeben. Wir haben ein Abschiedsfest gefeiert. Und damit war das Spiel zu Ende – wir setzten das Mädchen an Land und suchten uns ein anderes.
War das schwierig?
Nein.
Wer von euch hat am häufigsten gewonnen?
Ich weiß nicht. Das muß sich ziemlich gleichmäßig verteilt haben.
War das alles? Einladen, balzen, vögeln, saufen – und hopp?
Nein. Hinterher, beim Champagner, haben wir den Mädchen immer gesagt, daß es ein Spiel war und worum es dabei ging.
Wie haben sie es aufgenommen?
Fast alle fanden es lustig. Freilich hatten sie zu dem Zeitpunkt mindestens eine halbe Flasche Champagner drin. Außerdem war das Balzen reglementiert.
Wie denn, Much?

Ganz einfach. Unter vier Augen war verboten. Sonst wäre es ja kein Wettbewerb gewesen.
Ihr habt euch also beide zur gleichen Zeit an die Mädchen rangemacht?
Sicher.
Wie habt ihr es gehalten, wenns ernst wurde? Habt ihr das auch zu dritt erledigt?
Wo denkst du hin? Wer verloren hat, zog sich diskret zurück.
Ihr müßt viel Platz gehabt haben auf dem Schiff.
Hatten wir.
Ihr habt nie Knies miteinander bekommen?
Wie meinst du?
Na, daß jeder von euch gemeint hat, er sei der Auserwählte.
Nein, Hanna. Das war immer ganz klar.
Hm. Ich versuch nur, es mir vorzustellen.
Was genau?
Daß ich eins von den Mädchen bin. Was hättet ihr gemacht, wenn eine gesagt hätte, sie will euch beide?
Wie kommst du darauf?
Das hab ich doch eben gesagt. Ich hab mir vorgestellt, ich bin mit Boris und dir auf der Ninotschka. Es ist Sommer. Abend. Ihr balzt mich beide an.
Ja? Was würdest du wollen?
Euch beide.
Nacheinander? Zugleich?
Am liebsten zugleich.
Bist du besoffen? Soll ich dir noch einen Kaffee bringen?
Sie drückte ihre Zigarette aus, zündete eine neue an und schlug ein Bein übers andere. Ihr Minirock rutschte bis zum Strumpfrand hinauf.
Ja gern, sagte sie. Übrigens bin ich schrecklich nüchtern. Tu genau so viel Zucker hinein wie vorhin, bitte.
Ich holte den Kaffee und für mich eine weitere Flasche Bier, setzte mich, beugte mich vor, streichelte ihr Knie. Sie legte ihre Hand auf meine.

Du bist ein lieber Mensch, sagte sie. Eins von den Mädchen hat euch beide gewollt? Und die hat euch auseinandergebracht?
Laß mich der Reihe nach erzählen, sagte ich.
Entschuldige. Ich bin neugierig. Wie hieß sie?
Geneviève Bayolle. Jenny. Eine Amerikanerin aus New Orleans. Archäologin. Sie reiste ein paar Monate in Europa und Nordafrika umher. Danach wollte sie ihren Doktor machen.
War sie blond?
Blond? Ja. Wir haben sie auf Mallorca kennengelernt. Von dort sind wir nach Marseille gesegelt, und von Marseille weiter nach Osten, die Küste entlang, bis nach St. Jean d'Hyères, einem Fischerdorf in der Nähe von Cap Morgiou, hoch überm Meer in einer Karstlandschaft. In St. Jean blieben wir einige Tage, Jenny zuliebe. Sie stöberte in den Klosterruinen. Sie war hingerissen von der kleinen romanischen Kirche, die über neunhundert Jahre alt ist. Sie kam mit dem Pfarrer ins Gespräch. Der war gleichfalls uralt, wenn auch ein bißchen jünger als seine Kirche. Er war es, der Jenny von der Höhle erzählte.
Wie lief euer Spiel, Much?
Wir gaben uns Mühe. Aber Jenny spielte nicht mit. Die Altertümer waren interessanter, und nachdem sie von der Höhle gehört hatte, war sie nur noch darauf aus, den Eingang zu finden. Die Höhle lag unter Wasser, in einer Bucht beim Cap Morgiou. Früher einmal war sie auch von oben her zugänglich gewesen, durch einen Schacht, doch der war seit langem verschüttet. Jenny schwärmte uns von den Bildern vor, mit denen die Wände der Höhle bemalt sein sollten, wie in Altamira oder Lascaux.
War der Pfarrer selber in der Höhle gewesen?
Nein, Hanna. Er kannte die Malereien nur vom Hörensagen. Niemand aus St. Jean ist jemals in der Höhle gewesen. Jenny sagte, das beweise gar nichts; an solchen Volkslegenden sei immer etwas dran. Na ja, schließlich hat sie uns überzeugt.
Das kann ich mir denken. Habt ihr den Eingang gefunden?
Sei nicht so ungeduldig. Wir waren nun sechs Tage mit Jenny zu-

sammen, und Babbo sagte, wenn unser Spiel am nächsten Tag immer noch unentschieden ist, müssen wir eben beide einen ausgeben.
Hat Jenny davon etwas gewußt?
Nein. Wir haben uns also in St. Jean mit Champagner eingedeckt und sind nach Cap Morgiou hinausgesegelt. Die Bucht war ein erstklassiger Ankerplatz, ziemlich tief, zwölf, dreizehn Meter, mit einer schmalen Einfahrt. Es war spät am Nachmittag. Wir sind trotzdem noch einige Male getaucht, haben auch einen Gang entdeckt, der jedoch blind endete; und dann sagte Jenny: Schluß für heute, es wird zu dunkel! Morgen ist auch noch ein Tag!
Der siebente. Habt ihr abends wieder gespielt?
Gewiß. Nur dachte Jenny die ganze Zeit an eine andere Höhle als wir.
Ihr Ferkel! Wer von euch hat am nächsten Tag den Eingang entdeckt. Du?
Nein. Jenny. Ich hatte an derselben Stelle gesucht, aber vergebens. Der Eingang war hinter Felstrümmern versteckt, in siebeneinhalb Metern Tiefe. Wir sind alle drei ein Stück weit in den Gang hineingetaucht. Er war zwischen einem und fünf Metern breit und zwei bis zweieinhalb Meter hoch. Die Wände waren glatt; nur an der linken Wand hat sich ein Sims entlanggezogen, ungefähr in halber Höhe.
Du meinst, an der Wand, die links von euch war, als ihr hineingeschwommen seid?
Ja klar.
Habt ihr Lampen gehabt, Much?
Nein; die waren auch überflüssig. Da gab es viele Spalten im Gestein, durch die von oben Licht hereindrang. Durch einige konnten wir sogar den Himmel sehen. Wir sind sechzig, siebzig Meter weit hineingetaucht. Dann sind wir umgekehrt. Das Wasser war sehr klar; die Sicht war ausgezeichnet, und von einer Strömung war nichts zu spüren.
Weshalb seid ihr dann umgekehrt?

Wir hatten nur noch vier volle Preßluftflaschen auf dem Schiff. Für einen von uns hätten die gereicht, aber allein tauchen, das kam nicht in Frage. Zu gefährlich. Außerdem wollten wir die Höhle miteinander entdecken. Und wir hatten keine Ahnung, wie lang der Gang war. Wir sind also nach Toulon gesegelt, haben alle unsere Flaschen nachfüllen lassen, zwölf Stück, und sind spät abends wieder in der Bucht zu Anker gegangen. Es war eine warme Nacht, und still. Bis auf die Zikaden; die haben einen Heidenlärm vollführt.
Paarungszeit, hm?
Wahrscheinlich. Jenny hatte Küchendienst. Sie hat uns was Leckeres gekocht, ein Muschelragout. Den französischen Namen dafür hab ich vergessen. Jedenfalls war es eine Riesenportion, und wir haben alles weggeputzt, mit Weißbrot und Rotwein dazu. Als der Rotwein alle war, hat der Babbo mich angesehen und die rechte Augenbraue gehoben; das kennst du ja. Ich hab genickt, und er hat die erste Flasche Champagner geholt und aufgemacht. Bald waren wir an der zweiten und an der dritten. Wir haben gesoffen und gesungen. Der Babbo hat auf seiner Ziehharmonika gespielt. Die vierte Flasche ist leer geworden, und die fünfte, und dann haben wir die Jenny hergenommen.
Gemeinsam?
Ja doch.
Nein, Much. Das glaub ich dir nicht. Nein! Du hast mir gesagt, es war ein Spiel, ein Spiel nach Regeln. Und es war ja zu Ende, oder? Es war ja unentschieden geblieben. Deswegen habt ihr doch gesoffen?
Freilich. Laß mich ausreden, Hanna. Laß mich erzählen, wie es gewesen ist. Jenny hatte ein bißchen weniger getrunken als wir, aber immer noch genug. Babbo und ich, wir beide hatten jeder ungefähr zwei Flaschen Champagner intus, vom Rotwein mal abgesehen. Wir waren schwer in Fahrt, alle drei. Babbo hat Jenny im Arm gehabt. Ich hab gefragt, soll ich jetzt die nächste Flasche knallen lassen. Jenny sagte, warum nicht, aber ihr wär anderes lie-

ber. Ich bin gegangen und hab die Flasche geholt. Als ich zurückkam, war der Babbo dabei, die Jenny auszuziehen. Die Jenny hat sich gewehrt, aber … Jesus! Wie soll ich dir das bloß klarmachen?
Sie hat sich so gewehrt wie die Edith im Heustadel? Meinst du das?
Ja, das mein ich. Das war mein Eindruck, obwohl ich damals von der Heustadelgeschichte ja nichts wußte.
Boris hat sich aber daran erinnert.
Mag sein. Na, ich stand da mit der Flasche in der Hand, und der Babbo hatte sein Knie zwischen Jennys Knien und hielt ihre Arme fest.
Stell die Flasche hin! hat er gesagt. Hilf mir! Halt ihr die Pfoten fest! Schau nicht so blöd, Much! Die will! Bestimmt! Geh schon her, halt sie mir fest, daß ich ihn reinkrieg!
Du hast ihm gehorcht?
Ich hab es getan. Ich hab sie ihm festgehalten, und danach hat er sie mir festgehalten, und wie ich mit ihr fertig gewesen bin, hat sie in der Koje gelegen, beide Hände zwischen den Beinen, die Beine dicht zusammengepreßt. Ihr Kopf war weit nach hinten gebogen, ihre Augen waren offen, aber ohne Blick, als ob sie blind gewesen wäre; sie hat sich hin und her gerollt wie eine Katze, und gejault hat sie wie eine Katze, und wir haben beide Schiß gehabt. Wir haben geglaubt, sie hat einen epileptischen Anfall, irgend sowas. Ich hab Wasser geholt. Wir haben sie abgewaschen und abgetrocknet, wir haben sie gestreichelt und ihr zugeredet, unsinniges Zeug, wie zu einem kleinen Kind. Schließlich hat sie sich dann beruhigt. Ich hab die Champagnerflasche aufgemacht, hab ein Glas vollgegossen, hab es der Jenny hingehalten. Sie hat es ausgetrunken.
Animals, hat sie geflüstert. Animals. We are just animals.
Boris hatte also unrecht, sagte Hanna. Sie hat es nicht gewollt?
Erst nicht. Nachher schon.
Ihr habt sie nochmal hergenommen? Gleich?
Nein, Hanna. Sie ist eingeschlafen, und wir, wir waren beide fix

und fertig. In der Früh hat sie uns geweckt. Es wurde grade hell. Sie hat uns nicht mal Zeit zum Zähneputzen gelassen.
Mhm! Wie habt ihr es gemacht, Much? So wie am Abend? Nacheinander? Oder zugleich?
Zugleich.
Ah. Wie denn genau?
Laß gut sein. Die anatomischen Möglichkeiten sind beschränkt.
Mhm! sagte Hanna. Hinterher habt ihr euch alle drei frischgemacht, die Zähne geputzt, gefrühstückt, und dann seid ihr getaucht und habt eure Höhle gefunden. Bitte, bring mir noch einen Kaffee. Und leg im Herd nach, ja?
Ich brachte den Kaffee und ein Bier für mich und setzte mich wieder mit dem Rücken zur Lampe.
Nach dem Frühstück haben wir uns ausgeschlafen, sagte ich. Am Nachmittag sind wir getaucht. Jeder von uns hatte zwei volle Preßluftflaschen. Eine Flasche reichte für sechzig Minuten. Wir hätten also im Ganzen zwei Stunden Tauchzeit gehabt; aber die nützt man niemals voll aus.
Ja, sagte Hanna. Das hast du mir schon mal erklärt.
Ja? Hab ich vergessen. Wir haben also abgesprochen, falls wir nach vierzig Minuten die Höhle noch nicht erreicht haben, kehren wir um. Wir haben vereinbart, uns nicht weiter als zehn Meter voneinander zu entfernen. Über die Handzeichen, die man unter Wasser verwendet, weil man ja nicht miteinander reden kann, waren wir uns einig. Lampen waren unnötig. Auf einen Ariadnefaden haben wir gleichfalls verzichtet.
Von dem hab ich noch nicht gehört, Much. Ist das ein Seil?
Ja, genau; eine Leine. Die bindet man am Eingang fest, und sie führt einen wieder zum Eingang zurück. Die hielten wir für überflüssig. Es war ja hell in dem Gang.
Woher habt ihr das gewußt? Ihr wart nur sechzig oder siebzig Meter weit drin gewesen, stimmts?
Das stimmt. Aber da war ja der Sims an der Wand, nicht wahr? Nach dem hätten wir uns richten können, auch in völliger

Dunkelheit. Und wenn der Gang weiter drinnen dunkel gewesen wäre und der Sims hätte aufgehört, wären wir umgekehrt. Das hatten wir alles bedacht. Alles besprochen.
Hanna nahm mir meine Zigarre weg.
Wer von euch ist als erster getaucht? fragte sie.
Babbo, sagte ich. Nach ihm kam Jenny, und zum Schluß ich. Kurz hinter der Stelle, an der wir tags zuvor umgekehrt waren, machte der Gang eine Biegung nach rechts. Es wurde rasch heller. Drei Minuten später befanden wir uns in einem breiten Einsturztrichter mit steilen Wänden, in den die Sonne hereinschien. Wir tauchten auf.
Hat einer von euch gesehen, wo es weitergeht? hat Babbo gefragt.
Jenny hat ihre Maske hochgeschoben und den Kopf geschüttelt.
Ich auch nicht, hab ich gesagt. Ich geh mal nachsehen.
Ich hab eingeatmet, das Mundstück zwischen die Zähne genommen, ausgeatmet, nochmal eingeatmet, und bin runter. Ich hab keine fünf Minuten gebraucht, um die Fortsetzung des Gangs zu finden. Sie lag im Schatten; daher hatten wir sie nicht gleich entdeckt. Ich bin ein Stück hineingetaucht, bis ich den Gang ungefähr dreißig Meter weit überschauen konnte. Er stieg leicht an. Er war hell, heller als das erste Stück. Der Sims auf der linken Seite hat sich fortgesetzt. Ich bin umgekehrt, bin noch einmal unter Wasser rund um den Einsturztrichter geschwommen; aber da waren nur diese beiden Eingänge: der, aus dem wir gekommen waren, und der, den ich eben gefunden hatte. Ich bin aufgetaucht.
Na? hat Babbo gesagt.
Alles klar. Das ist derselbe Gang. Er führt ein bißchen bergauf.
Prima. Packen wirs.
Okay, hat die Jenny gesagt. Let's do it.
Sie hat ihre Maske heruntergezogen, ihr Mundstück reingesteckt, hat sich flach aufs Wasser gelegt, den Oberkörper in der Hüfte nach unten abgeknickt und rasch die Beine gestreckt – und weg war sie.

Hey, hat Babbo gerufen. Wait a minute!
Zu spät, hab ich gesagt. Laß ihr den Spaß.
Ich bin wieder als letzter getaucht und habe auf meine Uhr geschaut.
Schätzungsweise achtzig Meter lang verlief der Gang ziemlich gerade. Dann krümmte er sich nach rechts. Jenny hatte es eilig. An einer Stelle, wo der Gang sich plötzlich nahezu rechtwinklig nach links wandte, hab ich sie für einen Moment aus den Augen verloren. Ich hab sie aber gleich wieder gesehen; Babbo war dicht vor mir, und sie war vierzig, fünfzig Meter vor ihm. Sie hielt an, hob den rechten Arm und machte mit dem Zeigefinger eine kreisende Bewegung. Das heißt: Ich warte hier, bis ihr alle bei mir seid. Na, wir haben uns beeilt. Als wir bei ihr waren, sahen wir, daß der Gang sich etwa dreißig Meter lang ziemlich steil senkte. Unten verlief er ein kurzes Stück weit eben und schien danach wieder anzusteigen. Unter den Felsspalten, durch die von oben Licht fiel, lagen kleine Geröllhäufchen. Wir sahen einander an. Ich hab mit Zeigefinger und Daumen einen Kreis geformt – alles in Ordnung, heißt das. Jenny und Babbo nickten. Ich streckte den rechten Arm aus und deutete mit dem Daumen nach unten: Wir gehen runter!
Jenny stieß sich von der Wand ab. Babbo folgte ihr. Ich sah auf meine Uhr. Elf Minuten waren vergangen, seit wir im Einsturztrichter getaucht waren. Im ganzen befanden wir uns knappe zwanzig Minuten unter Wasser.
Ich stieß mich ab, holte Babbo mit ein paar kräftigen Beinschlägen ein, und wir schwammen nebeneinander weiter. Der Gang verbreiterte sich. Jenny war weit vor uns, und wir legten einen Zahn zu, um sie einzuholen. Sie schwamm ziemlich nah am Boden. Jetzt war sie an der tiefsten Stelle angelangt, dort, wo der Gang ein Stück weit eben verlief. Eine ihrer Schwimmflossen berührte den Grund, dann die andere. Eine Wolke gelbgrauen Schlicks wirbelte hoch und breitete sich unheimlich rasch aus, dann noch eine. Die dritte konnte ich schon nicht mehr von den beiden ersten unterscheiden. Ich atmete tief ein, spuckte mein

Mundstück aus und brüllte: Stop! For God's sake! Gleich darauf konnte ich Jenny nicht mehr sehen.
Hat sie nichts gemerkt? fragte Hanna. Wieso denn nicht?
Sie hatte es eilig, sagte ich. Sie hat sich nicht umgeschaut. Ich hab noch zwei- oder dreimal gebrüllt, aber sie hat mich nicht gehört. Dann waren wir in der Schlammwolke drin. Babbo war jetzt hinter mir. Es war wunderbar hell, bloß zu sehen war nichts mehr. Ich streckte meinen rechten Arm aus und konnte gerade noch bis zum Ellbogen sehen. Mit der linken Hand hab ich nach dem Sims getastet und ihn auch gleich gefunden. Babbo packte meine linke Flosse und schüttelte sie. Also hatte auch er den Sims gefunden. Wir schwammen langsam weiter, immer am Sims entlang. Ich horchte, ob ich Jenny ausatmen hören konnte, aber unsere eigenen Atemgeräusche waren viel zu laut. Ich hoffte, Jenny würde merken, was los war, würde weiterschwimmen und sich auf keinen Fall von der Schlammwolke einholen lassen. Statt dessen kehrte sie um. Ich hörte sie nicht kommen. Ich erhielt einen Tritt in die Seite, ließ mich sinken, drehte mich herum. Zu sehen war bloß noch Schlamm, Wolken von gelbgrauem Schlamm, immer dichter – und hell, wunderbar hell. Jemand drosch im Wasser herum wie ein Fisch, der von der Angel los will. Ich hörte einen metallischen Schlag, ein scharfes Kratzen und das Ausströmen von Luft. Nicht stoßweise, wie bei normalem Ausatmen, sondern ein ständiges, gurgelndes Brausen. Das wilde Herumdreschen entfernte sich, kehrte zurück, entfernte sich wieder. Ich wußte nicht, in welche Richtung. Ich drehte den Kopf hin und her, und auf einmal war es fort. Ich hörte nur noch gleichmäßig ausströmende Luft. Ich tastete nach dem Sims, fand ihn und stieß mit Babbo zusammen. Auf einmal sahen wir einander ins Gesicht, aus einem Abstand von höchstens zwei Handbreiten. Babbos Mundstück mit dem Regulator war fort, der Schlauch abgerissen. Babbo hob die rechte Hand und zog sie unterm Kinn waagrecht über den Hals: keine Luft mehr. Ich hielt ihm mein Mundstück hin, und wir atmeten abwechselnd, einmal er, einmal ich. Ich hab meine Uhr nah vors

Glas meiner Maske gehalten. Seit dem Augenblick, in dem Jenny mit ihrer Flosse den ersten Schlamm aufgewirbelt hatte, waren sieben Minuten vergangen.
Wir haben noch eine Viertelstunde gewartet, bevor wir umgekehrt und zurückgeschwommen sind. Nach und nach wurde die Sicht ein wenig besser. Aber vor uns war niemand. Wir atmeten abwechselnd aus meinem Gerät. Wir hofften, Jenny würde vielleicht im Einsturztrichter auf uns warten. Doch da war sie auch nicht. Aus dem Eingang hinter uns quoll ganz langsam eine dünne Schlammwolke, breitete sich aus, sank hinab. Wir tauchten auf. Babbos Luftschlauch war am Hauptventil abgerissen.
Jenny? hab ich gefragt.
Ja, hat Babbo gesagt. Sie hat sich an mir festhalten wollen. Ich hab irgendeine blöde Bewegung gemacht. Ich glaub, ich hab mich zur Seite geworfen, und sie hat nicht losgelassen. Sowas von Kraft. Wir müssen wieder runter.
Mhm. Ist in deiner zweiten Flasche noch was drin?
Ich glaub schon. Die muß eigentlich noch voll sein.
Zeig her. Ja, das sieht gut aus. Alsdann!
Hanna reichte mir meine Zigarre.
Der Stummel schmeckt nimmer, sagte ich. Drück ihn aus.
Wie oft seid ihr nach Jenny getaucht? fragte sie.
Zweimal, sagte ich. Danach war bloß noch für dreißig Minuten Luft da. Bis in die Bucht hinaus waren es zehn Minuten. Und wir waren zu zweit.
Wie weit seid ihr hineingeschwommen, Much?
Schwer zu sagen. Vielleicht hundert, hundertzwanzig Meter über die Stelle hinaus, an der Jenny den Schlick aufgewirbelt hatte. Wir konnten nichts sehen. Wir tasteten uns voran durch dieses dichte, gelbgraue Licht. Wir haben minutenlang den Atem angehalten und gehorcht. Wir haben nur unseren Herzschlag gehört.
Hättet ihr nicht noch einen Versuch machen können? Auf dem Schiff hattet ihr doch volle Preßluftflaschen!
Ja. Aber wir hatten nur noch ein intaktes Gerät. Wir waren

erschöpft. Und wir hatten Angst. Es wäre gefährlich gewesen. Außerdem hätte es keinen Sinn gehabt. Jenny war längst tot.
Woher willst du das wissen?
Von den Marinetauchern, die sie am übernächsten Tag gefunden haben, in einem Seitengang, mit Schlamm bedeckt. Sie hat auf dem Bauch gelegen; unter ihrer rechten Schulter war der Regulator mit dem Mundstück eingeklemmt, und der Luftschlauch war um ihren rechten Oberarm gewickelt. In ihren Flaschen war noch Luft für siebzig Minuten. Sie muß schon tot gewesen sein, während wir noch nach ihr gesucht haben. Ich weiß nicht, was sie gemacht hat, Hanna. Kann sein, sie hat geschrien, um Hilfe geschrien, und danach vergessen, das Mundstück wieder hineinzutun. Sie hat durchgedreht. Sie war in Panik.
Habt ihr gewußt, daß ihr keinen Schlamm aufwirbeln dürft?
Selbstverständlich.
Die Jenny auch?
Ja sicher. Sie hat bloß nicht daran gedacht. Sie hat diese Höhle finden wollen. Und dann, wir waren nirgendwo in dem Gang auf Schlamm gestoßen; nur an der einen Stelle. Ich hätte dran denken müssen, daß sich in der Senke vielleicht Schlick angesammelt hat. Ich hätte Jenny nicht vorausschwimmen lassen dürfen. Hätte, hätte, hätte.
Wann sind die Marinetaucher gekommen, Much?
Die waren noch vor der Gendarmerie da. Wir haben von St. Jean aus in Toulon angerufen. Die Gendarmerie hat uns vier Tage lang festgehalten.
Eingesperrt?
Nein, nein. Unsere Pässe haben sie eingezogen, und die Schiffspapiere. Und die Ninotschka haben sie an die Kette gelegt.
Habt ihr Jenny noch einmal gesehen?
Mhm. In der Morgue von Toulon. Im Kühlraum. Ihre Arme waren auf ihrem Leib ausgestreckt, die Hände im Schoß übereinandergelegt. Die Augen haben offengestanden. In den Augenwinkeln und zwischen den Lippen saßen Eiskristalle. Rauhreif.

Und danach habt ihr euch getrennt, Boris und du?
Ja. Ja, das haben wir. Du fragst wie die französische Gendarmerie.
So? Wer hat Jennys Angehörige benachrichtigt?
Jennys Eltern waren bei einer archäologischen Grabung in Peru. Sie haben es sechs oder sieben Wochen später erfahren, von der Gendarmerie natürlich, und von mir.
Du hast ihnen geschrieben?
Ja, Hanna.
Was haben sie geantwortet?
Nichts.
Ja. Was hätten sie schon antworten sollen? Dem Boris haben sie auch nicht geantwortet.
Ich nahm die Zigarre aus dem Mund.
Ich hab gar nicht gewußt, daß er ihnen geschrieben hat, sagte ich.
Du weißt es. Du hast also mit ihm über all das gesprochen, ja? Wann denn?
Hanna stand vom Sofa auf, kniete sich neben meinem Sessel auf den Teppich, legte beide Hände und das Kinn auf meinen Unterarm.
Much, sagte sie. Bitte. An dem Tag, an dem du die Schafe nach Anahim Lake gebracht hast, war Boris bei Thom. Erinnerst du dich? Er ist früher nach Hause gekommen als du. Schon am Nachmittag. Wir haben uns lang unterhalten. Ich hab ihn gefragt, was ihn und dich damals auseinandergebracht hat, und da hat er mir den Hergang des Unfalls erzählt. Sonst nichts. Kein Wort von eurem Champagnerspiel. Kein Wort von eurem Liebesdreieck. Davon hab ich erst heute erfahren; zuerst von Boris, und jetzt von dir.
Ich nahm meine Zigarre vom Tisch und riß ein Streichholz an.
Aha, sagte ich. Jetzt begreife ich. Deswegen bist du heut früher nach Hause gekommen. Nachdem er dir alles erzählt hat, hast du dich hier hingesetzt, mir die Schnapsdrossel vorgespielt und

mich professionell verhört. Na? Stimmen unsere Aussagen überein?
Much!
Ich hab dich was gefragt, Hanna.
Much; ich war wirklich besoffen. Ich hab die Geschichte von dir hören wollen. Verstehst du? Von dir. Ich hab dich nicht zum erstenmal gefragt, wie das damals gewesen ist.
Stimmen unsere Geschichten überein?
Ja doch. Du hast viel ausführlicher erzählt. Wieso hast du nie von St. Jean gesprochen? Von dir aus, meine ich?
Das weiß ich nicht.
Much! Ich hab dich ein Jahr nach dem Unglück in St. Jean geheiratet. Ich will wissen, wieso du zwanzig Jahre lang mit mir gelebt und gegessen und geschlafen und gesprochen hast – über alles gesprochen, Much, nur nicht über St. Jean. Wieso nicht? Hast du befürchtet, es wäre aus zwischen uns, wenn du davon etwas sagst? Da hast du mich unterschätzt. Was hast du empfunden?
Ich hab mich schuldig gefühlt, Hanna – schuldig daran, daß Jenny so elend umgekommen ist.
Schuldig? Die Gendarmerie hat das anders gesehen. Die hat gesagt, ihr hättet Jenny nicht vorausschwimmen lassen sollen. Das sei Leichtsinn gewesen – aber Schuld?
Du verstehst nicht, Hanna.
Dann erklär es mir.
Okay. Du hast mich vorhin gefragt, weshalb wir nicht noch einen Versuch unternommen haben, Jenny zu finden. Nachdem wir aufs Schiff zurückgekehrt waren. Ich hab geantwortet, wir hatten Angst. Es wäre zu gefährlich gewesen, und vor allem war es zu dem Zeitpunkt schon viel zu spät.
Das war es ja auch.
Eben. Wir hätten unten bleiben müssen. Weiter suchen.
Ihr wärt beide umgekommen, Much!
Vielleicht. Wahrscheinlich. Aber wenn einer von uns sie geliebt hätte, wäre ihm das egal gewesen; er hätte gar nicht überlegt. Er hätte alles daran gesetzt, Jenny zu finden.

Denkt Boris genauso?
Babbo? Ich weiß nicht.
Ihr habt nie darüber gesprochen?
Nein.
Habt ihr euch getrennt, weil ihr Angst hattet, darüber sprechen zu müssen?
Ja. Um darüber schweigen zu können. Allein. Um nicht das Schuldbewußtsein in den Augen des anderen sehen zu müssen wie in einem Spiegel.
Zwillinge, die einander fliehen, weil jeder im anderen sich selbst verabscheut?
Genau.
Seltsam. Ich dachte, ihr hättet einander ... ja doch: geliebt!
Ich lachte, wischte mir mit der Faust übern Mund.
Geliebt? lachte ich. Lieber Gott, nein! Ergänzt haben wir uns, Hanna. Lieben konnten wir niemanden. Er nicht mehr. Ich noch nicht.
Aber mich hast du lieb?
Ja.
Er liebt mich auch.
Nein, das tut er nicht.
Hanna beugte sich vor, nahm die Bierflasche vom Tisch, hielt sie gegens Licht, setzte sie an den Mund und trank sie leer.
Wir könnten herausfinden, wer recht hat, sagte sie. Wir könnten zu Boris gehen und gemeinsam mit ihm etwas machen. Willst du?
Nee!
Willst du mich lieber allein?
Lieber allein. Ja.
Ich rutschte aus dem Sessel auf den Teppich, auf die Knie. Jetzt knieten wir einander gegenüber. Ich streichelte Hannas Wangen, ihre Nase, ihre Ohren, ihre Schultern. Sie knöpfte ihre graue Seidenbluse auf. Ihre Brüste, ihre ganze Haut von den Schultern bis hinab auf den Bauch waren von flachen, weißen Schwellungen bedeckt, deren jede in der Mitte einen rötlichen Fleck hatte.

Hanna, sagte ich. Was ist das?
Sie lachte leise.
Brennesseln, flüsterte sie.
Brennesseln? Er hat dich mit Brennnesseln geschlagen?
Nicht doch. Das war ich selber.
Bist du verrückt?
Nein. Katholisch. Ich hab bereut, was ich dir angetan hab. Ich hab dafür büßen wollen. Erst hinterher hab ich gemerkt, daß die Wirkung ganz anders war. Halt still, Much. Laß mich deine Hose aufmachen. Mhm! Ganz schön! Komm. Ich bin patschnaß.
Sie schob den kurzen Rock über ihre Hüften hoch, öffnete die Knie, umfaßte mit einer Hand meinen Nacken und zog mich auf sich hinunter. Mit der anderen Hand griff sie über ihre Schulter nach dem Schalter der Stehlampe, verfehlte ihn, warf die Lampe um. Das Licht erlosch mit einem bläulichen Blitz.

54

Wir schliefen bis in den Vormittag, erledigten unsere Stallarbeiten, duschten, warteten eine Weile auf Babbo und frühstückten dann ohne ihn. Hanna fuhr kurz zu Petkaus hinüber. Ich machte einen Rundgang zu unseren Schafen, Pferden, Schweinen und zu den Wasservögeln am See.
Nach dem Mittagessen fuhr Babbo zu Thom Sutherland und kehrte zwei Stunden später unverrichteter Dinge zurück. Thom war immer noch nicht daheim.
Bis zum Einbruch der Dämmerung hackten Babbo und ich Holz. Wir aßen gemeinsam zu Abend. Kurz nachdem Babbo uns eine gute Nacht gewünscht und sich nach Chilicote aufgemacht hatte, begann es leise zu regnen. Gegen zehn Uhr hörten Hanna und ich das unverkennbare Motorengeräusch von Thom Sutherlands Pickup. Ich ging auf die Veranda hinaus. Thom war bereits am Haus vorbeigefahren; das Licht seiner Scheinwerfer strich

den Hang entlang ins Bachtal hinunter, schwankte auf und ab und verschwand. Das dunkle Bullern des Motors war noch lang zu hören.
Als ich wieder in die Küche kam, hatte Hanna den Kalender vor sich liegen, in den sie die Deckdaten unserer Tiere eintrug.
Hat Thom nicht auf einen Sprung hereinkommen wollen? fragte sie.
Offenbar nicht. Er hatte es eilig.
So? Dann dürfen wir ja gespannt sein.
Sei du ruhig gespannt. Mir liegt mehr daran, diesen Ohfor zu erwischen. Ich geh jetzt.
Okay. Bis später also.
Ich ging erst ins Bachtal hinunter, an den Biberteichen vorbei zum westlichen Zaun, diesen entlang zur Nordwestecke und von dort nach Hause. Der Regen hatte nachgelassen. Auf der Veranda zog ich meine Stiefel aus, schüttelte das Wasser von Parka und Hut, holte einen Lappen und wischte das Gewehr trocken.
Babbo saß am Küchentisch, Hanna ihm gegenüber. Zwischen ihnen stand die Flasche mit dem Apfelschnaps, leer bis auf einen kleinen Rest. Neben Babbo auf der Bank lag sein olivgrüner Rucksack. Seine alte Bundeswehrparka hing über meinem Stuhl.
Zum Wohl, sagte ich. Alles ruhig draußen. Kein Ohfor. Was gibts bei euch Neues?
Ich setzte mich. Hanna stand auf, holte ein Schnapsglas, stellte es vor mich hin und schenkte mir den Rest aus der Flasche ein.
Danke, sagte ich.
Wir stießen an und tranken.
Ich muß weg, sagte Babbo. Mit dem Zwei-Uhr-Bus. Thom hat mir angeboten, mich nach Bella Coola zu fahren, aber das wäre wirklich zuviel verlangt. Ihr bringt mich doch zum Bus?
Machen wir, sagte ich. Willst du fahren, Hanna?
Hanna leckte ihr Schnapsglas aus und stellte es nieder.
Fahr du, sagte sie.
Okay, sagte ich. Wir haben noch ein bißchen Zeit. Die Nina sitzt

also in Bella Coola? Was hat Thom sonst noch herausgefunden? War er selber bei ihr?
Nein, sagte Babbo. Erst war er in Kamloops. Dort hat er erfahren, daß sie in Bella Coola lebt, und in Bella Coola war er bei einem von seinen Kumpels. Dessen Schwester hat eine Freundin, und die ist die Nachbarin von der Nina. Nina Dunbar.
Sie hat also diesen Dunbar geheiratet?
Ja, zu Ostern. Im Juli hat er sich umgebracht. Auf die gleiche Art wie Hemingway.
Nämlich? fragte ich.
Mit einer Schrotflinte, sagte Hanna. Er hat die Mündung in den Mund gesteckt und mit dem großen Zeh abgedrückt.
Ach du Scheiße, sagte ich.
Weiß Gott, sagte Babbo. Er hat sich dazu in die Badewanne gehockt. Die Nachbarn sollen sich gewundert haben, weil Nina die Badewanne nicht hat herausreißen lassen. Sie hat sie ausgewaschen und benutzt sie weiter.
Weiß jemand, weshalb er sich umgebracht hat? fragte ich.
Babbo sog an seiner Pfeife und schüttelte den Kopf.
Die beiden scheinen ganz gut miteinander ausgekommen zu sein, sagte er. Sie haben beide gesoffen. Aber Dudley war arbeitslos. Vielleicht war das ein Grund. Er hat siebenundzwanzig Jahre bei derselben Firma gearbeitet. Die hat im Mai zugemacht. Dudley war in meinem Alter. Thom meint, wer über fünfzig ist, kriegt kaum eine neue Stellung.
Und sonst? sagte ich. Was hat Thom sonst erfahren?
Wenig, sagte Babbo. Einer von Ninas Jungen ist in Vancouver verheiratet. Der andere wohnt noch zuhaus und arbeitet in der Saison als Jagdführer. Die Nina hält Schäferhunde und bemalt Möbel, bloß so, als Hobby. Das wärs auch schon.
Willst du sie anrufen? fragte Hanna.
Lieber nicht, sagte Babbo. Wer weiß, wie sie reagiert. Wenn ich einfach vor der Tür steh, wird sie mich schon reinlassen, oder?
Vermutlich, sagte ich.
Sicher, sagte Hanna. Wer von euch will noch einen Schnaps?

Gern, sagte Babbo.
Jetzt nicht, sagte ich. In zehn Minuten müssen wir los, sonst ist die Fähre weg.
Hanna schaute auf ihre Uhr.
Stimmt, sagte sie. Weiß einer von euch, ob jemand die Höhle in St. Jean d'Hyères inzwischen gefunden hat? Existiert die überhaupt?
Doch, sagte Babbo. Die gibt es. Zehn oder elf Jahre nach uns haben zwei Engländer versucht, sie zu finden, und sind dabei verunglückt. Daraufhin haben die Behörden den Eingang dicht gemacht – Unfälle sind schlecht für den Tourismus. In diesem Frühjahr erhielten dann vier Franzosen eine Ausnahmeerlaubnis. Sie waren bestens ausgerüstet, haben die Höhle gefunden und die Malereien photographiert. Sehen so aus wie die in Lascaux, sollen aber ein paar tausend Jahre älter sein. Sei so gut, Much, gib mir mal meine Parka her, ja? Danke.
Er zog seine Brieftasche aus der Parka, öffnete sie, holte ein Stück Papier heraus, faltete es auseinander und legte es auf den Tisch. Es war eine Farbseite aus einer Zeitschrift. Hanna und ich beugten uns vor.
Ein Bison, sagte Hanna. Pferde. Und das da? Ein Hirsch?
Geh, sagte Babbo. Schau dir das Geweih an.
Ein Rentier, sagte ich.
Stimmt auffallend, sagte Babbo. Aber was für ein Viech ist das hier?
Er legte den Finger unter die Abbildung eines Tiers mit rundlichem Rumpf, vier stummeligen Gliedmaßen und einem kurzen, dicken Hals, an dem ein kleiner Kopf mit aufgerissenem Schnabel saß.
Eine Schildkröte? sagte Hanna.
Möglich, sagte ich.
Glaub ich auch, sagte Babbo. Die Fachleute behaupten aber, es ist ein Vogel. Ein Pinguin oder ein Alk. Na ja.
Hanna zeigte auf die in schwarzen Strichen ausgeführte Umrißzeichnung einer menschlichen Gestalt.

Ein Jäger? fragte sie.
Und was für einer, sagte Babbo. Drei Speere hat er in der Hand.
Er faltete die Seite zusammen und schob sie in seine Brieftasche.
Ich sah auf meine Uhr.
Wir müssen, sagte ich.
Babbo stand auf und nahm Hanna in den Arm. Ich ging in den Flur hinaus und zog mich an. Als ich wieder in die Küche kam, standen die beiden nah beieinander, schweigend.
Fertig? sagte ich.
Ja doch, sagte Hanna. Servus, Babbo.
Servus, Hanna, sagte er.
Während der Fahrt nach Southbank wechselten wir nur ein paar Worte. Auf der Fähre stiegen wir aus und stellten uns an die Reling. Die Luft war frisch; im Westen klarte es auf.
Wie hat er geheißen? fragte Babbo.
Hm? sagte ich. Wer denn?
Der Indianer, der hier durchs Eis gebrochen ist. Der Bruder von dieser Christine, die mit Thom zusammenlebte.
Ach der! John.
Du hast gesehen, wie es passiert ist?
Ja, ich war auf der Fähre.
Weshalb ist er übers Eis gefahren, Much?
Um Zeit zu sparen. Viele tun das.
Wie ist es geschehen?
Er hat sich festgefahren und ist ausgestiegen. Die drei Leute, die mit ihm fuhren, stiegen auch aus. Zusammen haben sie versucht, das Auto wieder flottzumachen, aber sie haben nichts ausgerichtet. Eine Weile standen sie da und berieten. Dann sind drei nach hinten gegangen, um anzuschieben. John ging nach vorn, stieg ein und schlug die Tür zu. Im gleichen Augenblick sackte das Auto wie ein Fahrstuhl nach unten. Es war ganz rasch weg. Ein paar Eisschollen kamen hoch.
Hat die Fähre gestoppt?
Nein. Wozu? Sie haben über Funk die Polizei gerufen, und die Rettungsmannschaft. Aber da war nichts zu retten. Später, als

das Eis geschmolzen war, haben Taucher nach dem Auto gesucht. Vergebens.
Ja; das hast du mir schon erzählt. Und die Leute fahren immer noch übers Eis?
Freilich. Viele.
Einige Minuten nach halb zwei waren wir in Anahim Lake. Die Straßen lagen leer im gelben Licht der Natriumdampflampen. Die meisten Leuchtreklamen waren abgeschaltet. Nur eine Tankstelle hatte geöffnet und die Snackbar der Bushaltestelle. Wir bestellten Kaffee und blätterten in den ausgelegten Zeitungen.
Der Bus hatte nahezu eine Stunde Verspätung. Als wir ihn kommen sahen, standen wir auf und gingen hinaus. Der Fahrer war ein schwerer, fleischiger Mensch mit rotem Gesicht. Über der Brusttasche seiner grauen Uniform war eine kleine amerikanische Flagge aufgenäht. Er deutete auf Babbos Rucksack.
Your luggage? sagte er.
Babbo nickte. Der Fahrer öffnete die Tür des Gepäckraums, warf den Rucksack hinein und ließ die Tür zuknallen.
Jetzt, wenn da was Zerbrechliches drin wär, sagte Babbo.
Der Fahrer sah ihn von der Seite her an, sagte jedoch nichts und ging in die Snackbar. Das verschlafene Mädchen hinter der Theke schob ihm einen Kaffee hin. Er trank ihn aus, ohne abzusetzen, und ließ sich noch einen geben.
Alsdann, sagte ich. Hören wir von dir?
Freilich, sagte Babbo. Komm mich mal besuchen.
Wo denn?
Ich schreib dir. Wahrscheinlich in Selenice.
Grüß deine Mama von uns.
Werd ich tun.
Alles Gute, Babbo!
Bis irgendwann, Much. Danke.
Wir schüttelten uns die Hände. Babbo stieg in den Bus, zog seine Parka aus und setzte sich ans Fenster. Durch die grüngetönte Scheibe schauten wir einander an wie durch die Glaswand eines Aquariums.

Der Fahrer kam aus der Snackbar, stieg ein, setzte sich hinters Lenkrad, blickte zu mir her.
You coming? fragte er.
No, Sir, sagte ich.
Then why are you standing there?
To watch you leave.
Right. This is a free country.
Er wandte sich ab, drehte an der Kurbel, welche die Tür schloß, legte krachend den ersten Gang ein und ließ die Kupplung los. Mit einem weichen Ruck setzte sich der Bus in Bewegung.
Ich hob eine Hand. Babbo hob eine Hand. Der Bus beschrieb einen engen Bogen, wobei er sich stark zu Seite neigte, und fuhr mit heulendem Motor quer über den verlassenen Parkplatz und auf die Hauptstraße hinaus, ohne vor dem Stoppschild auch nur zu verlangsamen. Ein weißer Pickup bremste scharf, schaltete herunter und überholte dann den Bus, der nun gleichmäßig brummend die Steigung hinauffuhr und bald hinter den Felsen verschwand.

55

Mein Auto war das einzige auf der Fünf-Uhr-Fähre. Der Himmel hatte aufgeklart. Im Westen, nah am Horizont, schimmerten blasse Sterne. Im Osten lag ein grellgrüner Lichtstreifen über den Hügeln.
Der Kaffee in Anahim Lake hatte nichts dazu getan, mich wachzuhalten. Ich schaltete das Radio ein, fand nur Rockmusik, schaltete es aus, zündete mir eine kleine Zigarre an. Sie schmeckte abscheulich, doch sie hielt mich wach.
Über den Seen lagen flache Nebelbänke. Die Straße war feucht. Niemand kam mir entgegen. McLarrys Rinder weideten bei dem kleinen runden See unterhalb von Cheslatta Junction. Auf einem abgeernteten Haferfeld, das sich links vom See den Hang hinauf

zog, sah ich zahlreiche große Vögel, Wildgänse wahrscheinlich. Aus Aaronsons Schornstein stieg fetter, schwarzer Qualm.
Hinter der Kurve, bei der unser Westviertel beginnt, standen mehrere unserer Schafe auf der Straße. Obwohl ich sofort vom Gas ging, flüchteten sie die Böschung hinunter und durch den Zaun; alle Drähte lagen am Boden, ein Pfosten war abgebrochen. Weiter drinnen im Westviertel sah ich eine dichtgedrängte Gruppe rennender Schafe. Dann versperrten mir Büsche den Blick. Ich schaltete herunter, gab Gas, hielt vor unserem Tor, öffnete es und fuhr weiter, ohne es zu schließen. Vor dem Haus bremste ich, sprang aus dem Auto, lief die Verandastufen hinauf, stolperte über Suleiman, der aufjaulte und mit einem Satz übers Geländer hinweg in den Garten sprang, und ging etwas langsamer durch den Flur und die Küche ins Wohnzimmer.
Hanna! rief ich. Hanna! Schnell!
Sie antwortete nicht. Ich rief noch einmal. Dann holte ich mein Gewehr aus dem Schrank, verließ das Haus und ging rasch zum Westviertel hinüber. Als ich beim Bockspferch war, hörte ich unsere Hunde kläffen, wütend, weit weg. Ich begann zu laufen, schlug einen Bogen um die Büsche hinterm Pferch, lief unter den kahlen Pappeln am Zaun entlang, bis ich das mit einzelnen Büschen und Baumstrünken bestandene Weideland erreichte. Ich blieb stehen, schaute mich um, sah neben einem Baumstrunk etwas im Gras liegen, weißgelb, rot, lief hin, das Gewehr in der rechten Hand.
Es war eins unserer ältesten Mutterschafe, Hals und Bauchdecke aufgerissen, frisches, hellrotes Blut in der Wolle, Eingeweideschlingen herausgezerrt, die Leber angefressen.
Ich entsicherte das Gewehr, lud durch, sah mich nach allen Seiten um, sah kein weiteres Schaf, kein totes, kein lebendiges, und lief weiter, dem Gekläff unserer Hunde zu. Links von mir vernahm ich Hufgetrappel rennender Schafe, das sich rasch zum Bachtal hin entfernte. Ich kam an eine der Weißdornhecken, die wir als Windschutz für die Tiere gepflanzt hatten, versuchte ver-

gebens, mich hindurchzuzwängen, umging sie. Das Hundegekläff erklang nun von rechts und war ziemlich nah. Langsam ging ich weiter, sah einen unserer Hunde in langen Sätzen hinter einem Wacholderbusch hervorkommen und wieder hinter ihm verschwinden, gleich darauf den zweiten. Jetzt erschien wieder der erste Hund, warf sich herum, umkreiste den Wacholderbusch in der anderen Richtung. Ich ging noch ein paar Schritte und blieb unter den tiefhängenden Zweigen einer Fichte stehen.

Nah beim Wacholderbusch lag ein Schaf auf der Seite. Ein großer, rotbrauner Hund stand mit gespreizten Vorderbeinen und gesenktem Kopf über ihm, riß und zerrte an seinem Bauch. Ich stellte das Zielfernrohr auf neunzig Meter ein, legte den Gewehrkolben an die Schulter, schaute durchs Zielfernrohr. Ich sah den Hund schräg von vorn; schwierig, ihn ins Herz zu treffen. Ich zielte auf den Kopf und schoß. Als ich abdrückte, ruckte der Hund mit dem Kopf zur Seite und duckte sich. Ich schoß noch einmal, zu hoch, zu weit rechts. Helle Späne spritzten von der Rinde der Pappel, die mein Geschoß gestreift hatte.

Ich setzte das Gewehr ab. Der Hund war nirgends zu sehen.

Gottverdammte Hurenscheiße! rief ich.

Unsere Hunde kamen auf mich zugerannt, umsprangen mich, rannten zu dem Wacholderbusch zurück. Ich folgte ihnen.

Der rotbraune Hund lag zwei oder drei Schritte hinter dem gerissenen Schaf auf dem Bauch. Er versuchte, in den Schutz des Wacholderbuschs zu gelangen. Seine Vorderpfoten scharrten das Erdreich auf. Sein Hinterteil war schon tot. Mein erster Schuß hatte ihm zwei Handbreit hinter den Schultern die Wirbelsäule zerschmettert. Er scharrte, keuchte. Sonst gab er keinen Laut von sich.

Ich trat neben ihn. Er wandte mir den Kopf zu und sah mich an. Seine tiefliegenden Augen waren rotbraun, wie sein Fell. Ich hielt die Mündung des Gewehrs an sein linkes Ohr und schoß, lud durch, schoß, lud durch, schoß. Dann war das Magazin leer. Ich stand und starrte auf die Knochensplitter, auf das heraushän-

gende Auge, auf die graubraunen Gehirnbrocken, das tropfende Blut. Oh for God's sake, sagte ich.
Nach einer Weile wagten sich unsere Hunde an den Kadaver heran, schweifwedelnd, inbrünstig schnuppernd.
Aus! kommandierte ich. Sie wichen zurück, setzten sich, warteten. Ich machte die weit ausholende Armbewegung, auf die sie dressiert waren, und sie sprangen auf und trotteten davon, nebeneinander, der eine ein wenig hinter dem anderen, um die Schafe einzukreisen und zusammenzutreiben.
Ich ging und holte den Pickup. Nachdem ich einen neuen Pfosten anstelle des abgebrochenen eingeschlagen und die Drähte gespannt und angenagelt hatte, lud ich den toten Hund auf, fuhr mit ihm am Haus vorbei auf die Straße und die Straße hinab bis dorthin, wo Noel Critchleys Zufahrtsweg abzweigt. Ich setzte ein Stück weit in die Zufahrt zurück, hielt an, stieg aus, zerrte den toten Hund von der Ladefläche und ließ ihn mitten auf dem Weg liegen. Dann fuhr ich nach Hause. Diesmal schloß ich unser Tor. Ich ließ den Pickup vor dem Haus stehen, nahm das Gewehr mit und ging hinein.
Hanna! rief ich, als ich in die Küche trat. Hanna! Verdammt nochmal, wo steckst du?
Sie antwortete nicht. Ich ging ins Wohnzimmer, legte das Gewehr aufs Sofa, ging zurück in die Küche. Auf dem Tisch stand eine Kaffeetasse. Unter ihr lag ein abgerissenes Kalenderblatt mit Hannas Schrift. Ich schob die Tasse zur Seite und las:
Lieber Much! Ich glaube, ich bin schwanger. Ich will aber ganz sicher gehen. Dorothy fährt auf ein paar Tage nach Vancouver und nimmt mich mit. Denk bitte daran, die Kinder abzuholen, ja? Und die Amalthea muß wahrscheinlich übermorgen zum Bock. Deine Hanna.
Ich setzte mich, stand wieder auf, nahm die Kaffeetasse, ging zum Herd, auf dessen Rand die Kanne stand, goß mir von dem kalten Kaffee ein, setzte mich, las noch einmal.
Hanna hatte es jedesmal sehr früh gespürt, wenn sie schwanger geworden war. Jedesmal war sie fünf oder sechs Wochen später

zum Arzt gegangen, um sicher zu sein. Weshalb diesmal die Eile? Weshalb Vancouver? Wenn sie nicht zu Dr. Kumar gehen wollte, weshalb suchte sie dann nicht einen der Ärzte in Prince George auf?

Dorothy fährt auf ein paar Tage nach Vancouver.

Weshalb hinter meinem Rücken?

Dorothys weißer Pickup. Der Pickup, der hinter dem Bus gebremst hatte, der ihm die Vorfahrt nahm, hinter dem Bus, in dem Babbo gesessen hatte, war auch weiß gewesen. Auf den Typ hatte ich nicht geachtet.

Denk bitte daran, die Kinder abzuholen.

Wann?

Ich stand auf, ging zum Wandkalender. Heute. Heute, am späten Nachmittag.

Ich schaute auf meine Uhr.

Elf Minuten vor acht.

Draußen im Westviertel lagen zwei tote Schafe. Vielleicht mehr. Die mußten weg. Elf vor acht. Ich hatte Zeit.

Aus der Kammer neben unserem Schlafzimmer fehlte nur ein Koffer; ein kleiner, schwarzer. Viel konnte Hanna nicht mitgenommen haben. Ich ging hinunter, zog die Schubladen meines Schreibtischs auf, in denen wir in fünf getrennten Mappen unsere persönlichen Dokumente aufbewahrten. Hannas Mappe war da. Ich blätterte die Papiere darin durch. Außer ihrem Reisepaß hatte Hanna ihre Staatsbürgerschaftsurkunde, ihren Impfpaß und ihre Krankenversicherungskarte herausgenommen. Die Originale ihrer Zeugnisse waren den Daten nach geordnet. Jedem waren mehrere Kopien angeheftet. Unmöglich zu sagen, ob von denen welche fehlten.

Unser Scheckbuch lag an seinem Platz. Ich schlug es auf. Vier Schecks waren herausgetrennt, jedoch nicht eingetragen.

Hanna, sagte ich.

Nachdem ich die Stallarbeiten erledigt und die Milch zentrifugiert hatte, heizte ich im Herd ein, wärmte den Kaffee, aß ein paar Scheiben Brot, rauchte und wartete auf Noel Critchleys

Anruf. Ich wußte ziemlich genau, was er sagen würde. Wie würde ich antworten?
Einige Minuten nach halb zehn klingelte das Telephon. Ich stand auf, ging hin, meldete mich.
Hi, sagte eine weibliche Stimme. Could I please talk to Mr. von Pastrukov?
Die Stimme klang tief und etwas heiser. Das Englisch war ausgezeichnet, fast ohne Akzent. Nur der Name von Pastrukov war unverkennbar deutsch ausgesprochen.
Frau Dunbar? sagte ich. Sie können gerne deutsch reden.
Sie kicherte.
Prima, sagte sie. Nina Dunbar. Stimmt genau. Kann ich mal den Babbo sprechen? Der ist doch bei euch?
Im Augenblick nicht, sagte ich. Darf ich ihm etwas ausrichten?
Sie schwieg. Ich wartete.
Hm, sagte sie. Ja, du darfst. Er soll mir nicht nachspionieren. Er soll mich in Ruh lassen. Sich raushalten aus meinem Leben. Kannst du ihm das ausrichten?
Gern, sagte ich. Sobald ich ihn wiedersehe.
Danke. Du bist ein lieber Mensch. Hast eine sympathische Stimme. Wie schaust du aus?
Groß. Dunkelblond. Breitschultrig. Ein bißchen wie Kevin Costner. Den kennst du doch?
Sie kicherte.
Sicher, sagte sie. Aber natürlich kenn ich den. Schad, daß du so weit weg bist. Darf ich dich was fragen?
Von mir aus.
Was hast du jetzt vor? Jetzt gleich, mein ich? Oder bin ich zu neugierig?
Überhaupt nicht. Ich werde jetzt gleich in die Badewanne steigen. Ich bin von oben bis unten mit Blut verschmiert.
Sie sagte nichts. Ich hörte sie atmen. Dann klickte es. Die Leitung war frei. Ich legte auf.
Mistvieh, sagte ich laut.
Ich sah an mir hinunter. Wozu mich jetzt umziehen? Eben-

sogut konnte ich vorher das Westviertel absuchen und all die toten Schafe abhäuten, zerlegen und einfrieren, als Hundefutter.
Ich fand keine weiteren toten Schafe. Ich ging den südlichen Teil des Zauns ab. Er war unbeschädigt. Die Herde weidete im Bachtal, und ich zählte sie. Danach fuhr ich den Pickup nach Hause, versorgte die beiden Felle und das Fleisch und vergrub die Eingeweide im Komposthaufen. Als ich geduscht und frische Sachen angezogen hatte, war es gerade zwei Uhr vorbei.
Ich fuhr nach Chilicote.
Die Fenster von Liliths Zimmer, in dem Babbo gewohnt hatte, waren einen Spalt weit geöffnet und festgehakt. Die Luft duftete schwach nach Pfeifentabak. Das Bett war abgezogen; Laken, Deckenbezug und Kissenbezüge lagen ordentlich gefaltet auf dem Tisch. Neben ihnen lag geschlossen der rote Ordner, der Liliths kanadische Anekdotensammlung enthielt, beschwert mit dem runden, an einer Seite ein wenig eingekerbten tiefroten Stein. Ich nahm ihn in die Hand, drehte ihn herum, leckte ihn ab. Die schwarzen Adern wurden sichtbar, verzweigt wie bei einem Blatt. Ich schaute zu, wie der feuchte Fleck schrumpfte, wie die Adern verschwanden. Dann steckte ich den Stein in die Hosentasche und ging. Auf der Veranda saß Suleiman und blinzelte in die blasse Sonne. Seine Pupillen waren schmale Striche. Aus dem Rohr des Brunnens quoll in langsamen Stößen das Wasser. Unten in der Schlucht schlug gedämpft und gleichmäßig der hydraulische Widder. Ich überquerte den Steg, stieg in den Pickup, ließ den Motor an und drehte das Fenster herunter. Mein Blick fiel auf den Brennesselwald am Wegrand gegenüber. Fast alle Brennesseln waren zu Boden getreten. Viele lagen ausgerissen umher, teils mit Erde an den Wurzeln. An den wenigen, die noch standen, waren die obersten, kleinsten Blätter vom Frost gebräunt.
Vor dem Haus hielt ich noch einmal an, ging hinein, nahm Hannas Zettel vom Tisch, faltete ihn und schob ihn in meine Brusttasche. Neben dem Telephon blieb ich stehen. Ich nahm den

Hörer ab, wählte die Nummer unserer Bank, hörte das Rufzeichen und legte wieder auf, noch ehe jemand sich gemeldet hatte.

Unsinn, mein Lieber, sagte ich, ging aus dem Haus und schloß die Tür.

Als ich an der Abzweigung von Noel Critchleys Zufahrtsweg vorbeifuhr, lag der tote Hund nicht mehr dort. Bei Cheslatta Junction bog ich nach links ein, auf die Kiesstraße, die erst nach Westen und dann südwärts zum Chelaslie Lake führt.

Die Nadelwälder entlang der Straße waren bis auf wenige, in Privatbesitz befindliche Flächen abgeholzt. Die Laubbäume, vorwiegend Pappeln und Espen, waren übriggeblieben; für sie gab es keine kommerzielle Verwendung, weder als Schnittholz noch in der Papierproduktion. In den Tallagen hatte der Frost die Bäume bereits entblättert. Auf den Hügelkuppen hob sich ihr Laub gelbbraun vor dem blaßblauen Himmel ab. Sümpfe füllten die tiefer gelegenen Senken, oft auch kleine oder größere Seen, auf denen Gruppen von Wildenten und Scharen von Kanadagänsen eingefallen waren und im seichten Wasser nach Futter gründelten.

Ich fuhr an der mit weißen Kunststoffplatten verkleideten Mormonenkirche vorbei, an verfallenden Farmen, an den Baracken eines seit Jahren verlassenen Holzfällercamps. Vor dem Häuschen, in dem Guy und Marylou Pascalle wohnten, standen sein Kleinbus und ihr Pickup. Marylou hängte Wäsche auf und winkte mir mit einem nassen Handtuch zu. Ihr Bauch wölbte sich weit vor; sie mußte bald im neunten Monat sein.

Nun sah ich eine Dreiviertelstunde lang keine Gebäude mehr. Rechts und links breiteten sich Kahlschläge aus; Bruchholz und Baumstümpfe waren zu Haufen geschoben, alte Reifen und leere Motoröleimer lagen umher. In den tief eingewühlten Radspuren, welche die Langholztraktoren hinterlassen hatten, glänzte Wasser.

Das zweistöckige Blockhaus von Stan und Millicent Moroski mit den Spitzbogenfenstern im Giebel und dem riesigen Balkon an

der Nordseite, den niemals ein Sonnenstrahl erreichte, war die letzte menschliche Behausung. Stans Maschinen standen im Freien; der gelbe Bulldozer, der grüne Langholztraktor, der orangerote Frontlader, dessen hydraulische Greifzange abgenommen und zur Reparatur aufgebockt war, seit sechs oder sieben Monaten schon. Stan und Millicent arbeiteten jetzt beide in Anahim Lake, um die Abzahlungen für ihr Haus aufbringen zu können. In den Wäldern gab es für Stan nichts mehr zu tun.
Eine halbe Stunde später war ich am Chelaslie Lake. Ich fuhr bis auf den steinigen Strand hinunter, hielt an und stieg aus. Eine Landzunge, schmal, gerade, in der Mitte von Büschen und Birken bewachsen, lief weit in den See hinaus, dessen jenseitiges, noch dicht bewaldetes Ufer von Dunst verwischt war. Die Berge des Similkameen ragten steinern und klar aus dem Dunst auf: der Sunwapta mit seinen Firnfeldern, die Seven Sisters mit ihrem dreigeteilten Gletscherstrom, der Atna, der Chuchi und der Mount Tweedsmuir, dessen Doppelgipfel den Brüsten eines liegenden Mädchens glich; die Einheimischen nannten ihn Squaw's Teats.
Es war still. Ich ging am Strand entlang. Der Stein in meiner Hosentasche schlug bei jedem Schritt gegen meinen Oberschenkel. Ab und zu sah ich nach dem anderen Ufer des Sees hinüber, der hier seine breiteste Stelle hat. Das rote Motorboot, mit dem die Kinder kommen würden, war nirgends zu sehen.
Vom Süden her, über dem Sunwapta, zogen Wolken auf. Im Gehen stieß ich mit den Schuhspitzen Kiesel vor mir her, rote, gelbe, grünliche, braune. Sie hüpften, kollerten, knallten aneinander, blieben liegen. Das Wasser des Sees roch kalt. Ich holte Hannas Zettel aus meiner Brieftasche. Lieber Much. Deine Hanna. Deine Hanna. Der Edith ihre Augen. Hannas Augen. Die Amalthea muß übermorgen zum Bock.
Deine Hanna.
Ich faltete den Zettel, steckte ihn ein, schaute auf die Uhr. Schon nach sechs.
Ich kehrte um.

Guy Pascalles blauer Kleinbus mit dem rotweißen Seitenstreifen stand neben meinem Pickup. Guy hatte die Sitzlehne nach hinten geklappt und schlief. Zwischen den Zähnen hielt er ein Streichholz, wie stets, seit er sich die Zigaretten abgewöhnt hatte. Der rote Streichholzkopf bewegte sich bei jedem Atemzug auf und nieder. Ein neuer Talisman lag auf dem Armaturenbrett; eine Nixe aus weißem Stoff. Die grünen Schwanzschuppen waren einzeln aufgenäht, die Hände hinterm Kopf verschränkt. Die Augen waren kokett geschlossen. Der Mund lächelte wollüstig.

Ich griff zum offenen Fenster hinein und zog an dem grünen Büstenhalter der Nixe. Ich wollte sehen, ob er abnehmbar oder festgenäht war. Er war festgenäht. Guy fuhr hoch, spuckte das Streichholz aus, rieb sich die Augen.

Holy Cow, sagte er. Du hast mich erschreckt. Hallo, Michael!

Hallo, Guy, sagte ich. Sorry. Ich hab nur wissen wollen, ob man deiner Jungfrau da den Büstenhalter ausziehen kann. Wo hast du die her?

Von Marylou, zum Geburtstag. Sie hat den Büstenhalter festgenäht. Zur Sicherheit, hat sie gesagt. Wir sind alle geile Böcke.

Da hat sie recht.

Klar. Hast du das Boot gesehen?

Noch nicht. Drüben ist es dunstig.

Ich sehe. Laß mich raus.

Ich trat zurück. Er stieg aus, streckte sich, seufzte, setzte sich in den Sand, schaute zum Himmel hinauf. Ich setzte mich neben ihn. Er deutete mit dem Daumen nach den Wolken, die nun den ganzen Himmel bedeckten.

Regen, sagte er. Scheiße.

Regen? sagte ich. Wann?

Nicht gleich. Kann sein, in der Nacht. Morgen ganz bestimmt. Wie gehts deiner Frau?

Gut. Und deiner? Wie lang noch?

Er seufzte.

Fünf Wochen, sagte er. Ich komm nicht mehr an sie ran. Nur bis auf zwei Fuß. Der Bauch ist im Weg, verstehst du?
Ich nickte.
Ja, sagte ich. So ist das Leben.
Das ist wahr, sagte er.
Ich holte eine Schachtel Zigarren aus der Jackentasche, öffnete sie, hielt sie ihm hin.
Rauch wenigstens, sagte ich. Mach schon. Sie sieht es nicht.
Nein, sagte er. Aber sie wird es riechen.
Kau Tannennadeln. Das wirkt.
Glaubst du?
Das wirkt ganz sicher.
Er spuckte das Streichholz zwischen seine Füße, nahm eine Zigarre und gab uns beiden Feuer.
Ah! sagte er.
Da siehst du es, sagte ich.
Wir rauchten. Ab und zu sahen wir auf den See hinaus. Das Motorboot kam nicht.
Michael, sagte Guy nach einer Weile. Ich muß dich was fragen.
Ja? sagte ich.
Willst du deinen Job wieder haben?
Tauchen?
Richtig.
Fragst du, weil du es wissen willst, oder weil Charlie es wissen will?
Er grinste, spuckte aus.
Du merkst auch alles, was? Ja, Charlie hat gesagt, ich soll dich fragen. Spencer will im nächsten Jahr nicht wiederkommen. Da haben wir an dich gedacht. Willst du?
Kann sein. Ich muß mit meiner Frau reden.
Richtig. Tu das. Warum hast du den Job damals hingeschmissen?
Das ist eine lange Geschichte, Guy.
Mach sie kurz. Wir haben Zeit.
Okay. Warum nicht.

Ich erzählte ihm von St. Jean d'Hyères. Wir rauchten. Manchmal, wenn ich eine Pause machte, schauten wir beide auf den See. Der Dunst breitete sich aus. Es dunkelte. Als ich mit meiner Geschichte zu Ende war, hatte der Dunst unser Ufer erreicht. Die Luft war wärmer geworden, und es war nahezu Nacht.
Ich sehe, sagte Guy. Jetzt sehe ich. Sie ist vorausgeschwommen. Sie wollte die erste sein. Das war ein Fehler. Richtig?
Richtig, sagte ich. Und wir haben sie gelassen. Das war auch ein Fehler.
Er zog an seiner Zigarre.
War sie hübsch? fragte er.
Ziemlich, sagte ich.
Schade. Aber das Leben geht weiter. Die Zukunft. Wir müssen an die Zukunft denken. Ist das nicht so?
Das ist so, sagte ich.
Er stand auf.
Ich hau ab, sagte er. Die kommen nicht mehr. Zu gefährlich. Die Baumstämme im Wasser. Wirst du warten?
Ich denke schon, sagte ich.
Gut. Sprich mit deiner Frau, ja? Wegen dem Job. Grüß sie von mir.
Mach ich. Grüß Marylou von uns.
Okay. Wir sehen uns morgen früh. Gute Nacht, Michael!
Gute Nacht, Guy!
Er fuhr sanft an und langsam die Steigung hinauf; jenseits des Hügels hörte ich ihn noch beschleunigen, dann war es wieder still.
Ich blieb sitzen.
Nach langer Zeit erschien drüben am anderen Seeufer ein heller Fleck, färbte sich gelb, wuchs, rötete sich.
Sie hatten ihre Zelte aufgestellt und ein Feuer gemacht. Jetzt würden sie kochen und essen. Später würden sie sich schlafen legen. Morgen bei Tagesanbruch würden sie herüberfahren.
Ich stand auf. Rund um mich war alles schwarz. Der Strand war ein blasser Streifen. Ich ging auf die Landzunge hinaus, nah am

Wasser. Der Stein in meiner Hosentasche schlug gegen meinen Schenkel. Auf der Spitze der Landzunge blieb ich stehen und holte den Stein heraus. Er lag warm in meiner Handfläche. Ich schwang ihn mit gestrecktem Arm herum, einmal, noch einmal, und ließ ihn los. Weit draußen klatschte er auf. Ich sah keine Wellen an den Strand laufen. Ich sah den Lichtfleck des Feuers am jenseitigen Ufer, rund, dunstig, tiefrot in der alles umfassenden Finsternis.